KATRIN FALUDI

SCHATTENWALD

THRILLER

Gerth Medien

PROLOG

Ihre Zehen brannten. Während der Riese sie an den Armen durchs Unterholz zerrte, gingen erst ihre Schuhe verloren, dann ihre Söckchen. Ihre nackten Füße schleiften über Tannennadeln und Zweige, stießen gegen Steine, blieben an Wurzeln hängen, rissen auf, bluteten. Sie versuchte, sich auf den Beinen zu halten, doch taubgefroren, wie sie waren, knickten sie immer wieder unter ihr weg.

Abrupt blieb der Mann stehen. Riss sie zu sich heran, packte sie und warf ihren schmächtigen Körper mit einem wütenden Grunzen über seine Schulter, als wäre er nichts als ein Sack voll Unrat. Dann begann er zu rennen. Schwerfällig stampfend, unsicher, schwankend. Mehrfach glitt er auf nassem Laub aus und wäre fast gestürzt. Sie baumelte kopfüber an seinem breiten Rücken herab. In der Finsternis um sie herum rauschten die tiefschwarzen Schemen abgeknickter Baumstämme an ihr vorbei. Eiskalter Regen prasselte auf sie herab. Alles in ihr war Übelkeit. Ein wolkiger Schmerz pulsierte in ihrem Schädel. Sie spürte, wie ihr die Sinne wieder schwanden. Langsam drifteten sie fort. Bis ein plötzlicher Ruck sie unbarmherzig zurückriss.

Der Riese war stehen geblieben. Schwer atmend zerrte er ihren Körper von seiner Schulter herunter und ließ ihn rücklings in einen Graben plumpsen. Sie klatschte ins Wasser, doch sie hätte unmöglich noch nasser werden können. Schon im Wald hatten ihr T-Shirt und ihre dünne Hose nur noch in triefenden Fetzen an ihr herabgehangen. Die Kälte brannte in ihren Gliedern. Sie presste die Lider zu und schnappte nach Luft.

Als sie die Augen wieder öffnete, sah sie gerade noch, wie der Umriss des Riesen über ihr aus ihrem Blickfeld verschwand – in dieselbe Richtung, aus der sie gerade gekommen waren. Zurück in den Wald. Sein heiser keuchender Atem, das Knacken der Äste unter seinen schweren Stiefeln verloren sich im Prasseln des Regens.

Dann war er fort.

Sie war allein.

Die Erkenntnis traf sie wie eine Welle ins Gesicht und breitete sich über ihr aus, floss in sie hinein. Sie hätte nicht geglaubt, dass ihr noch kälter werden könnte.

Allein. Irgendwo. Nirgendwo. Weit, weit weg von zu Hause.

Einen Moment lang lag sie wie erstarrt im Graben. Das kalte Wasser schien ihren Brustkorb zusammenpressen zu wollen. Mit jedem Atemzug rollte ein Zitterschauer an ihrem Körper herab. Weil sie auf dem Rücken liegend keine Luft mehr bekam, wälzte sie sich schwerfällig auf den Bauch. Ihre steifen Finger tasteten durch das hohe Gras nach dem Grabenrand. Mit letzter Kraft krallte sie sich in die nasse Erde und zog sich hoch, rutschte ab, versuchte es erneut. Als sie sich über die Kante wälzte und mit der Hand vorantastete, kratzen ihre Fingernägel über Asphalt. Erschöpft ließ sie ihren Oberkörper auf die Straße sinken, während ihre Füße noch im Graben hingen. Der raue Belag stach ihr in die Wange. Sie hatte keine Kraft mehr, den Kopf zu heben.

War es vorbei?

Sie lauschte angestrengt, doch sie hörte nichts als Regenrauschen. Keine Schreie mehr, die sie verfolgten. Kein Stampfen, kein Rascheln, kein Keuchen. Nur noch trommelnde Stille, die sie umfing.

Sie hätte erleichtert darüber sein müssen, entkommen zu sein. Doch sie spürte nicht einmal mehr Angst. Irgendwo auf dem Weg hierher war die Angst verloren gegangen. Von ihr abgefallen wie ihre Schuhe und die Socken. An ihrer Stelle hatte sich Gleichgültigkeit in ihr breitgemacht. Eine tiefe, eisige Gleichgültigkeit, die das Herz in ihrer Brust immer langsamer schlagen ließ.

Ihre Lider flatterten, als in der Ferne plötzlich zwei Lichtpunkte auftauchten und sich langsam näherten. Lichtkegel ergossen sich auf die schwarze Straße, flossen zusammen, schwappten über sie hinweg.

Wie von selbst hob sich ihre Hand.

TEIL 1
LÜBECK

#1

Dieser Duft. Dieses unvergleichliche Potpourri aus abgewetzten Gummisohlen, altem Kunststoffbelag und schweißgetränktem Trikotstoff, gewürzt mit einer Prise Sportsocke und verfeinert mit reichlich Elan und Ehrgeiz, der in der Luft lag wie ein Versprechen. Sara blieb im Eingang zur Halle stehen, schloss die Augen und sog den Geruch genüsslich ein. Mehr als sechs Wochen war es her, seitdem sie die Sporthalle vor den Sommerferien das letzte Mal betreten hatte. Eine Ewigkeit ohne Basketball, ohne Training, ohne einen wirklichen Sinn. Vor lauter überschüssiger Energie wäre sie fast geplatzt. Ein paar ernst zu nehmende Trainingspartner, die hatten ihr gefehlt!

Die Poser von dem kleinen Sportplatz in ihrer Nachbarschaft waren ihr schnell langweilig geworden. Sie hatten irgendwann mal einige spektakuläre Dunkings auf YouTube gesehen und hielten das seither für die Essenz des Basketballs. Offenbar hatten sie ernsthaft geglaubt, Sara mit ihrem albernen Gehüpfe beeindrucken zu können. Ihre Sprünge zum Korb erinnerten sie an Popcorn, das laut, aber ziellos gegen den Pfannendeckel knallte. Von Technik oder Taktik hatten die Jungs jedenfalls keine Ahnung. Nach zwei Treffen auf dem Platz hatte Sara die Sache beendet und sich stattdessen Trainingstutorials im Internet angesehen, um wenigstens halbwegs am Ball zu bleiben.

Doch damit war nun Schluss. Heute begann die neue Saison – und damit auch gleich ein neues Kapitel. Zwar hatte Sara es bedauert, dass ihre langjährige Trainerin Fabienne nach dem Ende ihres Studiums aus Lübeck weggezogen war, aber dafür freute sie sich umso mehr darüber, dass Anja Kampmann ihr Team übernehmen würde. Anja hatte einige Jahre in der Nationalmannschaft gespielt und danach die Damen-Auswahl ihres Vereins trainiert. Sie war gefürchtet für ihr scharfes Urteil, aber auch bekannt für ihre Fähigkeit, talentierten Spielerinnen den entscheidenden Schliff zu verpassen. Zwei ihrer Schützlinge hatten den Sprung in die Nationalmannschaft geschafft, was Anjas bisherigem Team den Ruf als Talentschmiede eingebracht hatte. Dass sie nun Saras Jugendmannschaft übernehmen würde, war mehr als ein Glücksfall.

„Ist ja nicht zu fassen!" Caro, die neben Sara im Halleneingang stehen geblieben war, schüttelte den Kopf. „So schlimm?"

„Wie bitte, was?" Sara schlug die Augen wieder auf und sah ihre Freundin zerstreut an.

In Gedanken war sie beim vergangenen Saisonabschluss gewesen. Hauchdünn hatten sie in der Landesmeisterschaft gegen ihre Erzrivalinnen verloren. Vier lausige Punkte und sie hätten Rendsburg von der Tabellenspitze geschubst. Diese Saison würde alles anders werden. Dank Anjas Führung.

„Oje." Caro grinste, dass ihre Sommersprossen tanzten. Sie wusste genau, woran Sara gerade dachte. „Hätte ich geahnt, dass du solche Entzugserscheinungen zeigen würdest, hätte ich dich in den Ferien ersatzweise ab und zu an meinen alten Socken schnuppern lassen."

Sara bedachte Caro mit einem nachsichtigen Blick. „Hör mal, dieser Geruch ist das pure Adrenalin. Der Beweis dafür, dass hier gelebt, gelitten und gekämpft wird. Das hier ist ... das ist ..."

Sie suchte nach einer Umschreibung, die ihr Gefühl in die passenden Worte kleidete, und rang dabei mit den Händen. Poesie flog ihr eben nicht so leicht zu wie ein sauber gespielter Pass.

„Turnhallenmief", vervollständigte Caro nüchtern.

„Du kannst so gefühllos sein!"

„Irgendjemand muss dich ja auf den Teppich zurückholen."

„Schwingboden", korrigierte Sara. „Es handelt sich hier um einen Schwingboden."

„Habt ihr's bald?", moserte da jemand hinter ihnen.

Sara fuhr zusammen. Die Stimme war wie ein Nadelstich in ihr Trommelfell gefahren. Es war nur ein winziger Moment gewesen, aber der reichte aus, um irgendwo in den Tiefen ihrer Erinnerung ein alarmiertes Brummen in Gang zu setzen. Konnte das wirklich sein? Nach so langer Zeit?

Doch als sie sich umdrehte, atmete sie erleichtert auf. Sie hatte sich geirrt. Diese junge Frau, die ungeduldig hinter ihr auf den Fußballen wippte, weil sie nicht durchkam, hatte sie noch nie gesehen.

Hastig trat Sara zur Seite und folgte mit verwundertem Blick der Gestalt, die sich an ihr vorbeischob und in die Halle marschierte. Sie war stabil gebaut, überragte Sara, die selbst nicht gerade klein geraten war, um Haupteslänge und trug das platinblond gefärbte Haar so radikal gestutzt, dass es aussah wie eine frostglitzernde Wiese. Ihre Bewegungen waren kraftvoll und effizient wie bei einem Menschen, der seine Muskeln auf den Punkt trainierte. Und Muskeln hatte dieses Mädchen! Ihr Bizeps spannte unter der Haut und ihre Beine waren straff und fest wie Brückenpfeiler. Allein ihre Präsenz strahlte Kraft und Entschlossenheit aus. Der perfekte Center, der den Gegnern mit seiner Physis Respekt einflößte und ihre Angriffe mit voller Wucht an sich abprallen ließ.

„Neuzugang?", murmelte Caro fragend, die dem Mädchen kaum weniger beeindruckt hinterher sah.

„Sieht so aus."

Sara beobachtete, wie die Neue sich etwas abseits auf eine Bank am Spielfeldrand setzte und einen Gegenstand aus den Taschen ihrer Shorts fischte. Mit einer schnellen Bewegung zog sie sich ihn über den Kopf. Erst auf den zweiten Blick erkannte Sara, dass es sich um eine Art Schutzbrille aus Kunststoff handelte. Sie ähnelte den Brillen, die sie bei Experimenten im Chemieunterricht aufsetzen mussten, nur dass diese statt mit Bügeln mit einem Gummiband um den Kopf fixiert wurde. Sara wunderte sich. So etwas hatte sie bisher bei keiner Basketballerin gesehen. Diejenigen, die eine Brille benötigten, trugen auf dem Feld fast alle Kontaktlinsen.

„Die Gute scheint was an den Augen zu haben“, mutmaßte Caro.

„Ja, und ihr zwei habt eindeutig was an den Ohren!“, tönte es da vorwurfsvoll hinter ihnen. „Wir rufen und rufen, aber ihr habt nur Augen für dieses Monsterweib!“

Zwei weitere Mädchen zwängten sich an ihnen vorbei in die Halle. Johanna, mit schwarzen Klamotten, schwarzem Lidstrich und schwarzem Humor, und Naima, die in ihrem blütenweißen Outfit wie frisch aus der Plastikfolie gewickelt aussah. Gegensätzlicher könnten sie kaum auftreten.

„Selber Monsterweib!“ Sara musste sich auf die Zehenspitzen stellen, um Johanna zu umarmen, die sie seit Ferienbeginn nicht mehr gesehen hatte.

Johanna spielte ebenfalls Center, eine Position, die oft die größte Spielerin des Teams übernahm. Und damit auch wirklich niemand sie übersah, hatte sie ihre Haare magentarot gefärbt und zu zwei dünnen Pippi-Langstrumpf-Zöpfen geflochten.

„Na, ihr Süßen? Alles fit?“ Naima begrüßte Sara und Caro mit gehauchten Luftküsschen, wobei ihre schwarzen Locken Saras Wangen kitzelten.

„Von mir aus kann's losgehen!“ Sara klatschte unternehmungslustig in die Hände. „Fehlt nur noch Anja.“

„Oh.“ Naima warf Johanna einen bedeutungsschweren Blick zu.

Johanna erwiderte den Blick, verlieh ihm gekonnt ein dramatisches Funkeln und hob ihre gepiercte Braue. „Sie weiß es nicht.“

„So sieht's mal aus.“

„Was weiß ich nicht?“, fragte Sara lauernd.

„Na ja, wie soll ich sagen …“ Diesmal war es Naima, die die sorgfältig nachgezogenen Brauen lüpfte.

Caro stöhnte. Sie hasste Kunstpausen, die nicht von ihr selbst kamen.

„Na schön.“ Naima seufzte gönnerhaft und fuhr mit sachlicher Stimme fort: „Anja ist schwanger und fällt ab sofort aus. Wir kriegen irgendeine Vertretung.“

Saras Herz stolperte vor Schreck und fiel in den Dreck. Entsetzt sah sie Naima an. Da hatte sie monatelang dem unfassbaren Glück entgegengefiebert, von der besten Trainerin im ganzen Norden gecoacht zu werden – und dann das.

„Vertretung!", schnaubte sie und schüttelte aufgebracht den Kopf. „Und wo kriegen wir die so schnell hergezaubert?"

„Puff, da bin ich!", näselte es da hinter ihr. Eine Stimme, so warm und cremig wie geschmolzene Schokolade, floss ihren Nacken hinab.

Im ersten Moment glaubte Sara, sich verhört zu haben. Als sie sich dann umdrehte, hatte sie das Gefühl, dass ihr auch die Augen einen Streich spielten. Dieser Hutzelzwerg, der sich hinter ihr aufgebaut hatte, konnte unmöglich ihr neuer Basketballtrainer sein.

Der Typ war so klein, dass er für jeden Korbleger erst einmal eine Trittleiter hätte anschleppen müssen. Er trug schlabberige Trainingshosen und eine Sweatjacke, die ihn wie einen Menschen mit schwerwiegenden Entscheidungsproblemen wirken ließ: Sie war hellblau, der linke Ärmel braun, der rechte Ärmel schwarz-grün geringelt. Seine schulterlangen, mausbraunen Haare standen wirr nach allen Seiten ab und sahen aus, als hätte er sich in eine Autowaschanlage mit Heißwachsprogramm verlaufen.

„Ich heiße Lars", stellte er sich mit seiner schokoladenwarmen Stimme vor. „Mein Spezialgebiet ist eigentlich Squash. Aber weil der Vereinsvorstand so verzweifelt war, spring ich ein. Man hilft ja, wo man kann."

Sara fielen fast die Augen aus dem Kopf.

„Squash?", ächzte sie. Diese Disziplin rangierte in ihrer Hierarchie der coolsten Sportarten irgendwo zwischen Tischtennis und Rückenschwimmen.

„Ja." Durch seine dicken Brillengläser strahlte Lars sie an. „Macht Spaß!"

Sara musste an sich halten, nicht gequält aufzustöhnen. Sie hatte kaum Gelegenheit gehabt, den Schock über Anja Kampmanns Ausfall zu verdauen, da stand schon der nächste Totalausfall vor ihr und lächelte sie liebenswürdig an. Das war's. Die Saison war gelaufen, bevor sie überhaupt angefangen hatte. Mit dieser Erkenntnis verwandelten sich all ihre Träume in ein hässliches, qualmendes Häuflein Enttäuschung.

+++

„Sara, ich bin enttäuscht von dir", zwitscherte Victorias Schmollmund, während ihre Augen sie triumphierend anblitzten. „Hast du in den Ferien denn gar nichts gemacht?"

Sara musste sehr an sich halten, um ihr nicht gegen das sonnengebräunte Schienbein zu treten. In einer Trinkpause hatte sie mit halbem Ohr anhören müssen, wie Victoria den anderen vom Basketballcamp an der Algarve vorgeschwärmt hatte. Vor den Ferien hatte ein greller Flyer am Schwarzen Brett im Sportzentrum davon gekündigt, doch Sara hatte kaum einen Blick dafür übriggehabt, weil eine solche Reise für sie finanziell ohnehin nicht drin gewesen wäre.

„Ach komm, so wie du aussiehst, hast du dich in Portugal doch nur am Strand getoastet", spottete Caro von hinten. Sara ärgerte sich, dass ihr ein solcher Konter nicht selbst eingefallen war. Sie war so erschöpft, dass sie kaum geradeaus denken konnte.

„Im Gegensatz zu euch beiden habe ich mich auf dem Platz heute bewegt", erwiderte Victoria schnippisch. „Ihr habt ja nur herumgestanden und unseren Neuzugang begafft!"

„Hat sich wenigstens gelohnt", gab Caro ungerührt zurück. „Das war eine ziemlich spektakuläre Vorstellung!"

Zu spektakulär für Saras Geschmack. Zu Beginn des Trainingsmatches, für das Lars die Spielerinnen in zwei Mannschaften aufgeteilt hatte, war sie noch voller Elan auf den Platz marschiert, wild entschlossen, die aufgestaute Energie der vergangenen Wochen in einen haushohen Sieg für ihr Team zu verwandeln. Doch sie hatte nicht mit Leonie gerechnet, die von Lars ins andere Team sortiert worden war.

Hatte Johanna sie nicht kurz zuvor nichtsahnend mit „Monsterweib" tituliert? Wie recht sie damit gehabt hatte. Leonie hatte ihren Korb bewacht wie der Drache Smaug den Zwergenschatz. Mit ihrer mächtigen Statur und viel Kampfgeist hatte sie fast im Alleingang sämtliche Angriffe abgeblockt und Victoria im Gegenzug ermöglicht, den Korb von Saras Team fleißig mit Bällen zu füllen.

Anfangs hatte Sara noch nach irgendeiner verwundbaren Stelle bei ihrer neuen Gegnerin gesucht. Sie hatte geglaubt, Leonie sei einfach nur groß und klotzig. Dann aber hatte sie feststellen müssen, dass die Frau auch noch eine begnadete Technikerin war, die den Ball wahlweise anzog wie ein Magnet oder wegfeuerte wie ein Präzisionsgewehr.

Am Ende hatte Sara frustriert und schweißgebadet kapituliert. Noch nie hatte sie sich gegen eine einzelne Spielerin so machtlos gefühlt wie gegen diese Leonie.

Sara griff nach ihrer Trinkflasche, die am Spielfeldrand stand, und trottete mit hängenden Schultern Richtung Umkleide. So hatte sie sich das erste Training nach der langen Pause nicht vorgestellt. Sie war völlig bedient.

„Na?", quatschte sie da der Hutzelzwerg namens Lars von der Seite an.

Als Sara bemerkte, dass er sich um Gleichschritt mit ihr bemühte, blieb sie empört stehen. Lars hielt ebenfalls an, vergrub die Hände in den Taschen seiner Schlabberhosen und wippte vergnügt auf den Fußballen herum.

„Bisschen steif geworden über die Ferien, was?", plauderte er im freundlichsten Tonfall weiter.

Fing der jetzt auch noch damit an.

Entnervt knurrte Sara: „Sag bloß, du warst mit in Portugal!"

„Portugal?" Lars machte ein verständnisloses Gesicht.

„Ach, egal."

„Stimmt." Er nickte besänftigend. „Jedenfalls habe ich mir nur sagen lassen, dass du und … äh … Dings … Violetta …? Nee …"

„Victoria", soufflierte Sara ungeduldig, wobei sie sich bemühte, so viel Verachtung in den royalen Namen ihrer Konkurrentin zu legen, wie sie nur konnte.

„Victoria, natürlich! Also, ich habe mir sagen lassen, dass ihr beiden, Queen Victoria und Fürstin Sara, hier so was wie die ... Platzhirschkühe der Mannschaft wärt."

Ein unterdrücktes Prusten verriet, dass Caro sich hinter ihnen postiert hatte und ungeniert lange Ohren machte. Die fand diesen verhinderten Aushilfstrainer offenbar auch noch witzig. Allmählich beschlich Sara allerdings das Gefühl, dass der Kerl sich mit seinem affektierten Gehabe über sie lustig machte. Deshalb beschränkte sie sich auf einen finsteren Blick, den Lars aufreizend heiter erwiderte.

„Tja, meine Liebe, ich würde sagen, du hast in dieser Saison ein bisschen was zu tun, wenn du dich gegen Leonie behaupten willst und deiner Busenfreundin Victoletta bei der Gelegenheit auch noch das vorwitzige Erdbeermündchen stopfen möchtest."

„Und du siehst dich tatsächlich in der Lage, das zu beurteilen, ja?"

„Na ja, wenn ich es mir recht überlege ..." Lars legte die Stirn in Falten und schien ernsthaft nachzudenken. Nach einer Weile sog er die Backen ein, gab ein schmatzendes Geräusch von sich und zuckte mit den Schultern. „Du hast hier im Verein den Ruf einer erstklassigen Spielerin. Aber ich fand deine Performance jetzt nicht so umwerfend, um ehrlich zu sein."

Seelenruhig zählte er sämtliche Defizite auf, die er in der vergangenen halben Stunde an ihrer Spielweise beobachtet hatte. Eine zwar reichlich genäselte, aber nichtsdestoweniger messerscharfe und allzu wahre Analyse ihres derzeitigen Trainingsstandes, wie Sara überrascht und äußerst widerwillig feststellen musste.

„Du wirkst blockiert. Ein bisschen mehr Lockerheit würde dir guttun", schloss Lars mit einem Lächeln, das so sirupartig ausfiel, dass Sara einen Anflug von Übelkeit verspürte.

„Ich dachte, du kennst dich nur mit Squash aus?", ätzte sie kraftlos.

Lars lachte. „Squash?“ Dann brach er urplötzlich ab. Über den Rand seiner Brille hinweg sah er Sara spöttisch an und sagte mit völlig normaler Stimme: „Du glaubst aber auch alles, was man dir erzählt, was?“

+++

„Auf einer Skala von eins bis zehn: Wie schlimm war's?“

Kaum waren sie nach dem Training geduscht und umgezogen aus der Umkleide ins Foyer getreten, nestelte Caro einen Schokoriegel aus ihrer Sporttasche, ignorierte beim Auswickeln Saras tadelnden Blick und biss genussvoll hinein. Demonstrativ kauend sah sie ihre Freundin an und wartete auf eine Antwort.

„Tja.“ Sara äugte durch die Glasfront.

Im Licht der Straßenlaterne vor dem Eingang tanzten die Äste eines Baums vom Wind getrieben hin und her. Sie hatte sich gar nicht erst die Mühe gemacht, ihr langes, dunkelbraunes Haar in einer langwierigen Prozedur trocken zu föhnen. Stattdessen zog sie die Häkelmütze, die Caro ihr zum letzten Weihnachtsfest angefertigt hatte, aus der Jackentasche und stülpte sie über das feuchte Haar. Den Rest würde gleich der Wind erledigen.

„Ich glaube, der Typ wird dir guttun“, nuschelte Caro mit vollem Mund und setzte sich ihre eigene Häkelmütze auf den rotblonden Bob.

Sara schnaubte empört. „Wie kommst du denn darauf?“

„Na ja, immerhin hat er dir keinen Zucker in den Arsch geblasen, wie Fabienne das immer gemacht hat.“ Caro knüllte ihr Schokoladenpapier zusammen, zielte auf den Mülleimer neben dem Übungsleiterbüro, traf aber nicht. Schulterzuckend lief sie hin und sammelte das Papier wieder auf. „Vielleicht hat dich ihre ständige Lobhudelei ein bisschen selbstgefällig gemacht.“

„Bist du langsam fertig?“, fragte Sara genervt und nahm einen langen Zug aus ihrer Wasserflasche.

Den Rest kippte sie in einem spontanen Anflug von Mitleid in das schon pelzig-graue Granulat der Alibi-Topfpflanze, die neben dem Windfang mit hängenden Blättern auf ihr Ableben wartete. Wäre sie selbst belaubt, würde sie in diesem Moment wohl einen ähnlich traurigen Anblick abgeben. Sie musste an das denken, was Lars über ihre Spielweise gesagt hatte. Ihre frühere Trainerin Fabienne hätte sie niemals so runtergezogen. Und vor allem hätte sie sich nicht so affig verhalten wie dieser laufende Meter, der sich neuerdings ihr Trainer schimpfte.

„Blockiert!", knurrte sie und schob die Tür zum Windfang auf. „Ich glaub, bei dem ist auch was blockiert. Der wird schon sehen, was ich draufhabe!"

„Ich bin sehr gespannt", säuselte es da aus der Tür des Übungsleiterbüros und Sara ließ vor Schreck den Türgriff los. Als hätte es vorhin nicht gereicht, dass er sie mit seiner Squash-Story komplett veräppelt hatte – musste er sie gleich wieder in Verlegenheit bringen?

Lars lehnte im Türrahmen und grinste. „Übrigens, heute Abend: die *Mavericks* ab 23:30 Uhr im Livestream. Guckste?", fragte er nun mit seiner normalen Stimme.

Sara wunderte sich, woher er wusste, dass sie Fan der *Dallas Mavericks* war. Dann erinnerte sie sich, dass sie im Training ein altes, verwaschenes Trikotoberteil ihres Lieblingsvereins getragen hatte. Selbstverständlich mit der Nummer 41 und dem Schriftzug „Nowitzki" drauf, ihrem großen Idol, das zu Hause als Poster über ihrem Bett hing. Auch, seitdem er nicht mehr spielte, war sie seinem Team treu geblieben.

„Gegen die *Warriors*?" Sie nickte. „Hatte ich vor."

„Das wird ein hartes Stück Arbeit für die *Mavericks*", erwiderte Lars. „Letzte Saison lief's für die ja gar nicht. Die *Warriors* dagegen als Tabellenzweite …"

„Das kriegen die schon gebacken."

Lars wiegte zweifelnd den Kopf. „Fünf Euro auf ihre Niederlage." Damit drehte er sich um und verschwand im Büro.

Sara stieß erneut die Tür zum Windfang auf und hielt sie für Caro offen, als Lars noch einmal im Türrahmen erschien und mit einem apfelgrünen Briefumschlag wedelte.

„Ach ja, das hätte ich beinahe vergessen: Hier ist Post für dich gekommen! Hab ich vorhin zufällig auf dem Stapel entdeckt." Er kam auf sie zu und streckte ihr den Umschlag entgegen.

„Für mich?"

„Es steht Sara Henriksson drauf. Das bist doch du, oder?"

„Wieso kriege ich Post?"

Erstaunt drehte sie den Brief hin und her. Der Umschlag war aus hochwertigem Papier gefertigt und ihr zu Händen an den Sportverein adressiert. Handschriftlich, ohne Absender. Mit schwedischen Briefmarken und Luftpostaufkleber – eigenartig. Es kam ja so schon äußerst selten vor, dass für sie mal ein Brief im Kasten lag, und wenn doch, dann stammte er höchstens von ihrer Krankenkasse oder irgendeiner Behörde. Apfelgrüne Briefumschläge mit schwedischen Marken gehörten definitiv nicht zu den Dingen, die sie sonst erhielt.

„Also, wir sehen uns am Dienstag." Lars nickte ihr zu, drehte sich um und marschierte wieder zurück. „Und immer schön locker bleiben!" Mit einem provokanten Hinternwackeln ließ er die Bürotür hinter sich ins Schloss fallen.

„Was immer der Kerl nimmt, ich werde die Finger davon lassen!", murmelte Sara und stopfte den Umschlag in das Seitenfach ihrer Sporttasche, in dem sie ihre durchgeschwitzten Socken aufbewahrte.

+++

Gemeinsam verließen sie das Foyer durch die Glastür und liefen über den Vorplatz zu den Fahrradständern. Dort schwang sich gerade Leonie auf ein Mountainbike und hielt direkt auf sie zu. Caro hob grüßend die Hand, aber Leonie ignorierte sie. Ohne die seltsame Schutzbrille sah sie ganz anders aus, fand Sara. Erst kurz bevor Leonie an ihr vorbeiradelte, erkannte sie, warum. Der Lichtkegel der Straßenlaterne vor der Halle streifte eine lange Narbe, die sich von ihrem rechten Ohr bis zum Auge zog und sich um das Oberlid herum wie bei einem Spinnennetz verästelte. Die Brille hatte sie fast komplett verdeckt.

Eigentlich wollte Sara sie nicht anstarren, aber irgendetwas zwang sie hinzusehen. Da fing Leonie ihren Blick auf. Sie fuhr haarscharf an Sara vorbei, so dicht, dass diese zurückspringen musste, um nicht umgefahren zu werden. In ihren bernsteinfarbenen Augen spiegelte sich das kalte Licht der Neonröhren. Doch zugleich loderte in Leonies Blick etwas auf, das Sara weiter zurückweichen ließ.

Hass.

Sie begriff es erst, als Leonie schon vorübergefahren war und, ohne sich noch einmal umzuwenden, auf die Straße abbog. Leonie hasste sie. Sie spürte es instinktiv. Einen Augenblick lang krampfte sich ihr Magen zusammen wie eine geballte Faust.

„Was war denn das?", fragte Caro verblüfft und sah Leonie nach. „Hat die was gegen dich?"

„Ich weiß nicht." Ratlos schüttelte Sara den Kopf und atmete aus. „Ich kenne sie doch gar nicht."

#2

Zu Hause feuerte Sara als Erstes die Sporttasche in die Ecke hinter ihrer Zimmertür, um sie dort so lange stehen zu lassen, bis sie die Lust zum Ausräumen packte. Das konnte dauern. Dann mummelte sie sich ein. Mit Kapuzensweater und Wollsocken vertrieb sie die Kälte, mit der sich ihr der Fahrtwind entgegengestemmt hatte. Die Spätsommertage waren zwar sonnig und warm, abends wurde es aber schon empfindlich kühl. Und speziell an diesem Abend war es zu allem Überfluss windig und feucht draußen und ein moderiger Hauch lag in der Luft, der verkündete, dass den Bäumen allmählich die Kraft ausging. Ein erster Vorbote des nahenden Herbstes, auf den Sara gerne verzichtet hätte. Wenn es nach ihr ginge, könnte immer Sommer sein.

Sie hatte es sich gerade mit ihrem Smartphone unter der Bettdecke gemütlich gemacht, um einen Blick in den Gruppenchat ihrer Mannschaft zu werfen, als es an der Tür klopfte. Blitzschnell ließ Sara das Handy unter der Decke verschwinden und drehte sich nach ihrer Mutter um, die mit einem rätselhaften Lächeln in der Zimmertür stand.

„Zieh dir was an!" Auffordernd klimperte Eva Henriksson mit dem Wohnungsschlüssel.

Sofort packte Sara das schlechte Gewissen. Irgendetwas hatte sie wieder vergessen. War es das Altpapier oder die Runde zum Glascontainer? Was auch immer, sie beschloss, dass keine zehn Pferde sie an diesem Abend noch einmal vor die Tür bekämen und ihre Mutter schon gar nicht.

„Ich bin angezogen", brummte sie und widerstand dem Impuls, sich die Bettdecke über den Kopf zu ziehen.

„Jacke, Schuhe und etwas auf den Kopf, damit du dich nicht erkältest“, präzisierte Eva.

Sara wunderte sich. Der Tonfall ihrer Mutter klang so gar nicht nach versäumten Haushaltspflichten. Eva wirkte unternehmungslustig, ja regelrecht aufgedreht. Ihre Wangen schimmerten rötlich und ihre runden, hellblauen Augen glänzten.

„Wir treffen uns in fünf Minuten unten vor dem Haus“, sagte sie und verschwand wieder im Flur.

Wenige Sekunden darauf fiel die Wohnungstür ins Schloss. Sara setzte sich auf und steckte das Handy in ihre Hosentasche. Dieses Verhalten passte so gar nicht zu ihrer Mutter. Normalerweise verließ Eva das Haus abends nur, wenn es sich nicht vermeiden ließ. Wenn sie zum Yoga ging oder wieder einmal einen Volkshochschulkurs in Spanisch, Arabisch oder Altniederschwäbisch belegt hatte.

Sara erinnerte sich lebhaft an einen Abend im Frühjahr, an dem sie ihre Mutter am Küchentisch sitzend vorgefunden hatte, wo sie mit konzentriert gerunzelter Stirn arabische Schriftzeichen aus Lakritzschnecken formte. Über solche Merkwürdigkeiten wunderte Sara sich schon längst nicht mehr. Auch nicht darüber, wie schnell die sprachlichen Vorlieben ihrer Mutter sich änderten.

Aktuell übte Eva Sätze ohne erkennbare Vokale, dafür aber mit reichlich zischenden Knatterlauten, und kochte sonntags Serviettenknödel. Arabisch war schon längst wieder out und leckere Falafel gab es auch nicht mehr, denn jetzt paukte Eva Tschechisch. Einfach so, weil es ihr Spaß machte. Ein entspannter Abend war für sie ein Abend auf dem Sofa mit einer Tasse Kaffee und einem Lehrbuch auf dem Schoß. Unternehmungen waren überhaupt nicht ihr Ding. Und das war es, was Sara in diesem Augenblick so stutzig machte. Die Neugier darauf, was ihre Mutter vorhatte, trieb sie schließlich aus dem Bett. Innerhalb der geforderten fünf Minuten stand sie in Sportjacke und Sneakern vor der Haustür, wo Eva sie mit einem strahlenden Lächeln empfing.

„Und jetzt?“, fragte Sara schulterzuckend.

„Jetzt habe ich gleich eine klitzekleine Überraschung für dich", schmunzelte Eva.

„Aha?" Sara maß ihre Mutter mit einem verwunderten Blick. Das wurde ja immer seltsamer. Überraschungen gehörten definitiv nicht zu den Dingen, die Eva schätzte. Sie liebte es hübsch geordnet und vorhersehbar, dann fühlte sie sich sicher.

„Du musst nur einmal um die Ecke gehen." Eva nickte in Richtung Straßenecke, wo eine Laterne eine Lichtpfütze auf den feuchten, aufgeplatzten Asphalt warf.

Hinter den meisten Fenstern der Doppelhaushälften in ihrem Wohngebiet brannte Licht. Gegenüber werkelte Frau Kroligk in ihrer Küche herum. Sie gehörte zu der nicht geringen Anzahl der Siedlungsbewohner, die sich Scharen an Deko-Gänsen ins Fenster hängten und in den Vorgarten stellten. Irgendjemand hatte damit angefangen und nach und nach hatte die Gänse-Epidemie die gesamte Siedlung befallen. Rund um Ostern herum wurden die Viecher sogar mit bunten Eiern behängt.

„Ist da um die Ecke überraschend der Winter ausgebrochen?", fragte Sara und zog fröstelnd den Reißverschluss ihrer Sportjacke höher, damit ihr der Nieseldunst nicht weiter unter die Kleidung kriechen konnte.

„Geh nachsehen." Lächelnd gab ihre Mutter ihr einen kleinen Schubs.

Sara kam sich albern vor, während sie die wenigen Meter von ihrem Wohnhaus zur Straßenecke pirschte, dicht gefolgt von Eva und deren klirrendem Schlüsselbund. An der Ecke blieb sie stehen und äugte einmal die Siedlungsstraße hinauf und wieder hinunter, was kein atemberaubender Anblick war.

Einfamilienhäuser und Doppelhaushälften älteren Datums, mitten im Krieg hastig hochgezogen, um schnellen, billigen Wohnraum für die Ausgebombten und die zahlreichen Flüchtlinge aus den Ostgebieten zu schaffen. Die Siedlung lag am äußersten und völlig unspektakulären Rand der altehrwürdigen Hansestadt Lübeck, direkt an der ehemaligen innerdeutschen Grenze, und wirkte, als hätten die Stadtoberhäupter in ihrem noblen Rathaus vergessen, dass es diesen Flecken überhaupt gab. Nicht ein Auto rumpelte über die rissige Fahrbahn. Die Wagen standen alle brav aufgereiht am Bordstein, während ihre Besitzer ebenso brav zu Hause vor ihren Fernsehern aufgereiht saßen.

Sara drehte sich zu Eva um und hob ratlos die Schultern. „Und was genau soll hier sein?"

„Na, die Überraschung." Eva lächelte schelmisch.

Dabei fiel Sara auf, dass sie ihre Mutter zwar schon oft liebevoll, nachsichtig, traurig oder erfreut hatte lächeln sehen, nie aber auf eine solch spitzbübische Art. Irgendetwas an ihr war anders als sonst. Komplett anders.

Sie nahm die Straßenecke genauer in Augenschein, fand immer noch nichts Besonderes und sah Eva fragend an. „Ich sehe keine."

„Du stehst direkt davor."

Sara schüttelte den Kopf. „Ich sehe hier nur Autos."

„Richtig!", strahlte Eva. „Und um das, vor dem du gerade stehst, geht es."

Saras Blick fiel auf den weißen Mini mit den schwarzen Rennstreifen auf der Motorhaube und dem schwarz lackierten Dach, der vorne in der Reihe parkte. Ein schicker kleiner Flitzer.

„Von wem hast du den denn ausgeliehen?", fragte sie erstaunt.

„Ausgeliehen?" Eva schnalzte beleidigt mit der Zunge. „Gekauft habe ich ihn!"

„Du hast ein Auto gekauft? Wozu denn das, bitte?"

Eva seufzte, als wäre ihre Tochter besonders begriffsstutzig. „Was macht man üblicherweise mit einem Auto, Sara?"

„Wir haben nie eins gebraucht!"

Was für eine unsinnige Anschaffung! Sara starrte den Mini fassungslos an. Ein Auto und dann nicht nur ein popeliger Kleinwagen, sondern so ein stylisches! Was war bloß auf einmal in ihre Mutter gefahren? Sonst war sie doch so vernünftig, dass es staubte!

In Evas Miene fand ein Kampf statt. Sara erkannte Enttäuschung darüber, dass sie nicht so begeistert reagiert hatte, wie ihre Mutter sich das erhofft hatte. Und gleichzeitig Stolz, weil es ihr gelungen war, sie sprachlos zu machen. Am Ende gewann der Stolz.

Eva zückte die Fernbedienung, entriegelte den Wagen, öffnete die Beifahrertür und forderte Sara auf einzusteigen. Skeptisch ließ diese sich in den Sitz sinken. Sie saß äußerst selten einmal in einem Auto, und wenn, dann verkrampfte sie, sobald sich die Türen schlossen. Der Mini bereitete da keine Ausnahme. Unangenehm eng war es hier drin und der Geruch nach Cockpit-Spray trieb ihr die Tränen in die Augen. Sara rümpfte die Nase und rutschte auf ihrem Sitz herum. Am liebsten wäre sie sofort wieder ausgestiegen.

„Sieht aus wie neu, was? Ist aber ein Gebrauchtwagen, keine Sorge", versicherte Eva, nachdem sie auf dem Fahrersitz Platz genommen hatte. „Und ehe du fragst, woher wir auf einmal das Geld dafür haben: Wir finanzieren das gute Stück zu bequemen Raten. Dann können wir es uns auch leisten."

Sara nickte, doch eine andere Sache interessierte sie noch viel mehr: „Sag mal, Mama, hast du überhaupt einen Führerschein?"

Eva lachte nur. „Komm, wir machen eine Spritztour!", rief sie aufgekratzt und ließ den Motor an.

#3

Sara erwachte von einem Klappern aus der Küche. Sie boxte ihr Kissen zurecht, vergrub die Nase darin und lächelte. Ein paar Augenblicke blieben ihr noch, ehe ihre Mutter mit dem Frühstückstablett hereinkommen würde. Es würde Croissants geben, dunklen Honig, Johannisbeergelee und einen winzigen Napfkuchen mit Zuckerguss und bunten Streuseln. An diesem Morgen würden siebzehn Kerzen auf dem Kuchen flackern. Eva würde ein schwedisches Geburtstagslied anstimmen. Eine der seltenen Gelegenheiten, zu denen sie überhaupt noch ihre gemeinsame Muttersprache benutzte. Nach dem Singen würde sie sofort wieder zu Deutsch übergehen, als hätte sie nie etwas anderes gesprochen, und Sara würde einen winzigen Moment lang gegen ihre Traurigkeit darüber ankämpfen, ehe sie die Kerzen auspusten durfte.

Während Eva noch in der Küche herumwerkelte, tastete Sara unter der Bettdecke nach ihrem Handy. Die Spritztour mit dem Mini hatte länger gedauert als erhofft, sodass sie zu ihrem Leidwesen das *Mavericks*-Spiel verpasst hatte. Eva war mit dem Auto kreuz und quer durch die Stadt und über die Landstraßen ringsum gerauscht, was für Sara kein Vergnügen gewesen war.

Ihre Frage nach dem Führerschein vor Beginn der Fahrt hatte sie eigentlich nur im Scherz gestellt. Als sie wie durch ein Wunder unbeschadet, aber mit puddingweichen Knien vor ihrem Haus wieder aus dem Auto gestiegen war, wollte sie lieber nicht wissen, warum ihre Mutter ihr die Antwort darauf schuldig geblieben war. Nun hoffte sie auf ein weiteres Wunder. Gespannt scrollte sie in ihrer Sport-App durch die Basketballergebnisse und ihr Herz machte vor Freude einen

Hüpfer. Die *Mavericks* hatten die *Warriors* geschlagen! Zwar nur haarscharf, aber egal. Sie drehte den Kopf und nickte Dirk Nowitzki zufrieden zu, der auf dem signierten Poster über ihrem Bett mit hochfokussierter Miene zum Sprung auf den Korb ansetzte.

Schritte im Flur ließen sie aufhorchen. Schnell schob sie das Handy unter ihr Kopfkissen. Keine Sekunde zu früh, denn gleich darauf quietschte die Klinke und Eva schob sich, das Geburtstagsfrühstückstablett mit den brennenden Kerzen balancierend, durch die Tür. Dabei sang sie mit heller Stimme das schwedische Geburtstagslied. Lächelnd lauschte Sara den vertrauten Tönen. Jedes Jahr freute sie sich von neuem auf diesen Moment, der ein klein wenig nach der Heimat klang, an die sie sich längst nicht mehr erinnern konnte.

„Alles Gute im neuen Lebensjahr!", gratulierte Eva am Ende des Lieds. Sie stellte das Tablett aufs Bett, umarmte Sara und küsste sie auf beide Wangen.

Dann huschte sie kurz aus dem Zimmer. Sie kehrte mit einem in blaues Papier gewickelten Schuhkarton zurück, den sie auf den Nachttisch stellte. Obwohl Sara sich bemühte, sich ihre Aufregung nicht anmerken zu lassen, weil sie keine sechs Jahre mehr alt war, so konnte sie es doch kaum abwarten, endlich ihr Geschenk in den Händen zu halten. Immerhin benötigte sie es dringend. Eva tunkte aufreizend langsam ihr Croissant in den Milchkaffee und sog jedes Mal genießerisch den Duft ein, bevor sie abbiss. Erst nachdem sie den letzten Krümel verspeist hatte und gnädig nickte, griff Sara nach dem Paket und löste die Schleife. Endlich!

„Ich hoffe, die Schuhe sind okay", sagte Eva.

Ihr Tonfall ließ Sara aufhorchen. Was sollte daran nicht in Ordnung sein? Sie hatte das Paar schließlich vorige Woche sorgfältig mit Caro ausgesucht und zurücklegen lassen. Dunkelblau waren sie mit silberfarbenen Applikationen. Damit passten sie perfekt zu ihren ebenfalls dunkelblauen Mannschaftstrikots.

Sara riss das Papier ab, knüllte es zu einem Ball zusammen, hob den Deckel des Schuhkartons ab – und erstarrte. Schneeweiße Schuhe leuchteten ihr entgegen. Dazu stieg eine Chemiewolke aus dem Karton hoch, die ihr fast die Nase verätzte. Mit spitzen Fingern fischte sie einen Schuh aus dem Karton, drehte ihn in der Hand und starrte ihn ungläubig an. Was war denn da schiefgelaufen?

„Ich weiß, du hattest dir andere gewünscht." Eva zog schuldbewusst den Kopf ein und beobachtete sie aus den Augenwinkeln. „Aber vielleicht sind die ja auch in Ordnung?"

Sara erinnerte sich an diese Schuhe. Sie hatten sich wie Betonklötze an ihren Füßen angefühlt und ähnelten vom Aussehen her eher Astronautenstiefeln als Sportschuhen. Weiß und klobig. Victorias Spott wäre ihr damit sicher und der Hallenwart würde einen Tobsuchtsanfall bekommen, wenn er sah, wie Sara mit diesen Tretern seinen heiligen Schwingboden kaputttrampelte. Sie schüttelte den Kopf und legte den Schuh wieder in die Schachtel. In ihrem Inneren sprudelte die Enttäuschung wie nach einem Wasserrohrbruch empor.

Eva, die bemerkt hatte, wie ihr Geschenk ankam, streichelte Sara tröstend über die Schulter. „Weißt du, das andere Paar war ganz schön teuer. So viel war leider nicht mehr drin."

„Aber für ein Auto haben wir plötzlich Geld", murmelte Sara bitter.

„Ich hatte die Anzahlung schon gemacht, bevor ich die Schuhe besorgen wollte, und ansonsten ..."

„Wozu brauchen wir die Karre überhaupt? All die Jahre sind wir wunderbar ohne zurechtgekommen!"

„Ich kann verstehen, dass du enttäuscht bist, aber ist es wirklich so schlimm, dass du nicht dieses eine Paar Schuhe bekommst?"

Eva sah sie so flehend an, dass Saras Ärger langsam dahinschmolz. Doch eine kleine, schrille Stimme tief in ihr drin, die sich solchen Frust nicht bieten lassen wollte, holte Luft, um kräftig aufzubegehren. Für ein Auto, das kein Mensch brauchte, war Geld da. Für ein Paar vernünftige Sportschuhe nicht. Das war nicht fair!

„Wir könnten mit dem Auto in den Urlaub fahren", schlug Eva um einen versöhnlichen Tonfall bemüht vor. „Bald sind doch Herbstferien. Ich hätte da eine Idee ..."

Sara knallte den Deckel des Kartons zu.

„Urlaub!", zischte sie. „Wir sind noch nie in den Urlaub gefahren!"

„Dann lass es uns doch einfach mal tun."

Wieder beschlich Sara das seltsame Gefühl, dass ihre Mutter anders war als sonst. „Mama, bist du krank?", fragte sie besorgt.

Eva lachte erleichtert. „Nein, Schätzchen, mir geht es ganz wunderbar! Und nun mach dir nichts draus. Von einem Paar Schuhe wirst du dir doch wohl den Tag nicht verderben lassen, oder? Komm, lass uns aufstehen! Ich mache dir die Haare und verpasse dir ein Make-Up, dass deine Freundinnen nachher vor Neid Spliss kriegen!"

Diese Aussicht hob Saras Stimmung nicht im Geringsten. Was nützten ihr Evas Beautytricks, wenn ihr beim nächsten Auswärtsspiel die Schuhe von den Füßen blätterten? Mit Mascara und Lippenstift fiel es sich auch nicht eleganter auf die Nase.

+++

„Wow!"

Naima, die schon mit dem perfekten Lidstrich auf die Welt gekommen sein musste, riss begeistert die Augen auf. Sie umrundete Sara und musterte sie von Kopf bis Fuß, als wäre sie eine Litfaßsäule.

„Sehr hübsch, Sara, sehr hübsch. Das solltest du öfter so tragen."

Johanna lächelte mit nachsichtigem Spott. „Oh, da werden sich die Verkäufer aber gleich freuen, weil du dich so fein gemacht hast."

„Bist du wohl still", fuhr Naima sie an. „Lass uns den Anblick lieber genießen. Wann sehen wir Sara denn mal nicht mit rotem Gesicht und Schweißrändern auf dem Shirt?"

„Na, vielen Dank", erwiderte Sara und tat beleidigt.

Caro hakte sich bei ihr unter. „Komm, du Augenweide, vielleicht reißen wir gleich einen hübschen Schweden für dich im Småland auf!"

Kichernd liefen die vier Freundinnen durch den Haupteingang von IKEA und stürzten sich ins Samstagnachmittagsgetümmel. Mitten in dem Gedränge um die Wühltische mit Krimskrams fragte Sara sich, wie sie nur auf die dämliche Idee gekommen war, ihren Geburtstag ausgerechnet hier zu feiern. Jeder wusste doch, dass es bei IKEA samstags so idyllisch zuging wie im Vorhof der Hölle. Erst, als das Unmögliche eintraf, und sie in einer halbwegs ruhigen Restaurantecke einen Fenstertisch ergatterten, entspannte sie sich ein wenig.

Der Lärm, der ihr Hirn in einen Brummkreisel verwandelt hatte, verebbte. Zwar war der Blick auf Regenschleier und endlose Parkplatzwüsten nicht ganz instagramtauglich, aber sie waren ja nicht wegen der Aussicht gekommen, sondern um zu feiern.

Sara lud ihre Freundinnen zu Kaffee, Mandeltorte und Zimtschnecken ein. Für mehr reichte das Geld, das sie Eva für die Feier abgeschwatzt hatte, nicht. Die angesagten Cafés in der Altstadt entsprachen leider nicht ihrer Preisklasse. Doch sie wusste, dass Caro, Naima und Johanna darüber kein Wort verlieren würden – auch nicht hinter ihrem Rücken.

„Zeit für die Geschenke!", trompete Johanna, die Kuchen und Zimtschnecken in Rekordtempo heruntergeschlungen hatte.

„Okay, ich fange an." Naima nahm in aller Ruhe einen gesitteten Bissen mit ihrer Gabel, ehe sie unter den Tisch tauchte, wo sie ihre Einkäufe und die Handtasche verstaut hatte.

Sie förderte zwei aufwändig eingewickelte Päckchen zutage. Geschenkpapier und Schleife waren mit einer Perfektion arrangiert, als hätte Naima alles zuvor kompliziert berechnet. Sie überlegte kurz und reichte Sara das kleinere der beiden Geschenke über den Tisch.

„Zuerst das."

Der Gegenstand unter dem Papier knisterte leise. Sara bewunderte zunächst gebührend Naimas Einpackkünste, ehe sie sich ans Auswickeln machte. Als sie den Inhalt dann in den Händen hielt, musste sie ihre Mundwinkel allerdings zu einem Lächeln überreden, das ein wenig gequält ausfiel.

„Oh! Früchtetee."

„*Magenmilder Mittsommertraum*", erklärte Naima strahlend. „Mit Heidelbeeren und Roter Bete."

„Äh … danke."

Sara legte die Teepackung beiseite und griff nach dem zweiten Geschenk, das verdächtig nach Buch aussah, als aus Caros Handtasche ein haarsträubender Schmachtfetzen dudelte. Caro holte ihr Handy hervor, warf einen Blick aufs Display, zog eine Grimasse, und nahm den Anruf an.

„Hallo, Eva!", flötete sie. „Hier ist alles in bester Ordnung. Sara packt gerade Geschenke aus … Nein, natürlich störst du nicht … bis nachher!"

Johanna warf einen Blick auf ihre Uhr. „Fast eine Stunde bis zum ersten Kontrollanruf", stellte sie anerkennend fest. „Die ist ja richtig geduldig geworden."

Doch kaum hatte Caro ihr Handy zurück in die Tasche gesteckt, jodelte es erneut los. Mit einem genervten Grunzen packte sie es wieder aus.

„Ja, was ist denn noch? … Aber sicher sind wir rechtzeitig zurück. Kannst dich auf uns verlassen, weißt du doch. Tschaui!"

Nachdem sie Eva derart abgewürgt hatte, drückte sie energisch auf den Ausschaltknopf und ließ das Handy herunterfahren. „So, aus die Maus!"

„Sorry", murmelte Sara schuldbewusst und zog den Kopf ein.

„Kannst du ja nichts für, dass deine Alte ein bisschen spinnt", versuchte Johanna, sie zu trösten.

Naima nickte ihr auffordernd zu. „Pack lieber mal das andere Geschenk aus!"

Sara erwartete nicht allzu viel, als sie das Papier löste, denn eine ausgemachte Leseratte war sie nie gewesen. Das Buchcover, das darunter zum Vorschein kam, zauberte ihr dann aber ein Strahlen aufs Gesicht.

„Ein Schweden-Reiseführer! Danke, Naima!"

Das war ganz nach ihrem Geschmack. Wenn sie schon nicht selbst in ihre Heimat kam, konnte sie wenigstens zu Hause ein wenig in Bildern und Beschreibungen schwelgen. Sara sammelte alles, was sie über Schweden in die Finger bekam, vom Urlaubsprospekt bis hin zur Fahne, die sie neben Dirk über ihr Bett gehängt hatte. Ihre Sammlung füllte mittlerweile eine komplette Schreibtischschublade. Sie sprang auf, lief um den Tisch herum und umarmte ihre Freundin. Johanna nutzte den Moment, um sich das Taschenbuch zu schnappen und angeregt darin zu blättern.

„Allein schon wegen der Metal-Festivals würde sich eine Reise nach Schweden lohnen", meinte sie und knallte das Buch wieder auf den Tisch. „Aber natürlich schreiben die in solchen Schmökern kein Wort über so was. Alles Kulturbanausen!"

„Ich bin mir nicht sicher, ob Metal für Sara ein Grund wäre, nach Schweden zu fahren."

Caro lächelte geheimnisvoll, hob erneut ihre Handtasche auf den Schoß und kramte darin herum. Als sie fündig geworden war, zog sie einen länglichen Umschlag heraus und überreichte ihn Sara mit feierlicher Miene.

„Und das hier ist mein Geschenk an dich."

Saras Fingerspitzen begannen zu kribbeln. In einem solchen Kuvert würde sich kein liebloser Gutschein von der Supermarktkasse verbergen, das war nicht Caros Stil. Sie kannte ihre Freundin fast so gut wie sich selbst und wusste, dass Caro sich etwas Besonderes ausgedacht hatte. Doch kaum hatte sie den Umschlag halb aufgeratscht, ertönte aus Johannas Hosentasche ein schrilles Kreischen.

Während Naima nicht einmal mit der Wimper zuckte, fuhren Sara und Caro erschrocken zusammen. Mit einem breiten Grinsen zog Johanna ihr Smartphone aus der Tasche und drehte es, damit alle sehen konnten, dass sie Eva als „Saras Stalkerin" in ihrer Kontaktliste eingespeichert hatte. Beschämt senkte Sara den Blick und wünschte sich, Eva nicht die Handynummern ihrer Freundinnen verraten zu haben. Hätte sie wenigstens ein paar Zahlendreher mitdiktiert!

Johanna machte kurzen Prozess. Mit einem „Der gewünschte Teilnehmer ist zurzeit leider nicht erreichbar!" schaltete sie ihr Handy ab. Naima folgte ihrem Beispiel.

„Diese Ruhe …“, seufzte sie.

Johanna warf einen erneuten Blick auf die Uhr. „Mal sehen, wie lange es dauert, bis sie den Laden hier aufmischt und Sara ausrufen lässt.“

„Beschrei es bitte nicht“, flehte Sara, die Eva genau das zutraute.

Manchmal kam sie sich vor wie einer dieser Hunde, die ihr auf dem Gehweg entgegengeprescht kamen, nur um von ihren Frauchen mit einem energischen Ruck an der Leine wieder zurückgerissen zu werden. Wenn Eva sie laufen ließ, konnte es vorkommen, dass sie ihren Drang nach vorn jäh abbremste.

„Ehrlich, dass du dir das mit siebzehn noch gefallen lässt!“ Mit einem missbilligenden Kopfschütteln setzte Naima ihre Teetasse ab. „So streng sind nicht mal meine Eltern, und das als fromme Moscheegänger!“

„So ist meine Mutter eben“, erklärte Sara lahm und hoffte, das leidige Thema damit zu beenden.

Sie nahm sich wieder Caros Umschlag vor, zog ein sorgfältig gefaltetes Blatt Papier heraus und klappte es voller Erwartung auf. *Erlebnis-Gutschein* hatte Caro mit geschwungenen Buchstaben darauf gemalt. Sara musste schlucken, ehe sie weiterlas. Doch der Text übertraf alles, was sie sich hätte vorstellen können:

Liebste Sara,
ich schenke dir zwei Fährtickets nach Malmö. Eins für dich, eins für mich. Wir hauen ein Wochenende lang zusammen ab und verraten niemandem ein Wort. Einzig Johanna und Naima wissen Bescheid.
Ich freu mich schon!
Deine Caro.

„Oh mein Gott!“ Sara schossen Tränen in die Augen und sie presste das Papier an ihre Brust. „Du bist verrückt!“

„Vielleicht.“ Caro grinste nicht nur, ihr Gesicht leuchtete vor Freude über die gelungene Überraschung wie die gesamte Lampenabteilung von IKEA.

Sara fehlten die Worte. „Das kannst du doch nicht machen …“, stammelte sie. „So viel Geld …“

„Ach, so wild ist es nicht“, wiegelte Caro, um Bescheidenheit bemüht, ab. „Wenn man lauter Verwandte hat, die es als sportliche Disziplin betrachten, einem zu jeder Gelegenheit Geldscheine zuzustecken, dann kann man auch etwas davon abgeben.“

„Aber trotzdem …“

„Geld ist nur Mittel zum Zweck. An die Scheine werde ich mich nie erinnern. An den Spaß, den wir zusammen in Schweden haben werden, schon!“

Völlig geplättet ließ Sara sich gegen die Stuhllehne fallen. Das war zu schön, um wahr zu sein! Denn eine ganz entscheidende Frage war da noch offen.

„Wie kriegen wir es hin, dass unsere Eltern keinen Verdacht schöpfen? Meine Mutter würde austicken und Himmel und Hölle in Bewegung setzen, wenn ich einfach abhaue.“

„Hier kommt nun mein Geschenk ins Spiel“, verkündete Johanna und hob aufreizend ihre leeren Hände. „Ich schenke dir nämlich das perfekte Alibi.“

„Ach ja?“

„Ja. Ihr verbringt das Wochenende bei mir zu Hause und helft mir mein Zimmer zu renovieren. Meine Eltern haben es mir ziemlich übel genommen, dass ich die Wände und die Decke *Dark Purple* gestrichen habe, als sie ein paar Tage weg waren.“

„Dark Purple?“, wiederholte Sara stirnrunzelnd.

„Na ja, so auberginenfarben.“

„Also schwarz.“

„Jedenfalls muss das alles wieder weiß werden.“ Sie seufzte abgrundtief. „Und wie gesagt, ihr *helft* mir dabei. So verklickern wir das deiner Mom. Das merkt keine Sau!“

Caro nickte zufrieden in die Runde. „Damit wäre das auch geklärt. Mach dir keine Sorgen, Sara. Du kommst noch diesen Herbst nach Schweden. Mein Ehrenwort!“

Doch Sara war sich da nicht so sicher. Falls Eva sie überhaupt ein ganzes Wochenende lang weggehen ließ, würde sie sich das Stalken nicht nehmen lassen. Und dann würde alles auffliegen. Garantiert.

+++

„Kurz vor elf", stellte Caro vergnügt fest, als sie aus dem Bus stiegen und den Weg in ihre Siedlung einschlugen. „Wir sind keine zwei Stunden über der Zeit. Hab ich's dir nicht gesagt?"

„Du findest es also witzig, dass ihr mir allesamt gerade einen Haufen Ärger eingefahren habt, ja?"

Im Geiste sah Sara ihre Mutter, das Handy umklammert haltend, im Wohnzimmer umherwandern, drauf und dran, die Polizei zu alarmieren. Johanna hatte sie alle überredet, nach IKEA noch mit ins Kino zu kommen. Sara hatte sich ausklinken wollen, doch ihre Freundinnen hatten ihren Protest nicht gelten lassen, sie mit sich gezogen und sogar ihre Eintrittskarte bezahlt. Caro hatte Eva kurz vor Filmstart eine SMS geschrieben. Trotzdem hatte Sara die Actionkomödie nicht genießen können und im Dunkeln immer wieder verstohlen auf ihre Handyuhr geschielt.

„Naima hat recht", sagte Caro. „Du solltest dir diese Gängelei nicht mehr gefallen lassen. Was willst du denn machen, wenn du nach dem Abi irgendwo studieren willst? Soll deine Mama dir dann über hunderte Kilometer weg das Okay geben, wenn dein Prof die Vorlesung überzieht?"

„Ach, studieren …" Sara wischte den Gedanken aus der Luft. „Wahrscheinlich mache ich doch eine Ausbildung zur Physiotherapeutin. Dafür müsste ich nicht aus Lübeck wegziehen."

„Super Idee!", stöhnte Caro. „Herzlichen Glückwunsch zu so viel Eigenständigkeit!"

Sie hatten ihr Wohnhaus erreicht. Sara öffnete das Törchen und sie liefen über den Plattenweg zur Eingangstür. Das Haus gehörte Caros Eltern, die Saras und Evas Vermieter waren. Caros Mutter unterrichtete an der Volkshochschule Deutsch als Zweitsprache und hatte in einem ihrer Kurse vor elf Jahren Eva kennengelernt.

Durch Zufall hatte Gaby Moormann erfahren, dass die junge Mutter aus Schweden und ihre kleine Tochter sehr beengt in einer dunklen Einzimmerwohnung hausten. Spontan hatte sie Eva die Mansarde, die frei stand, zu einer unverschämt günstigen Miete angeboten. Eva hatte das dankbar angenommen.

Gabys Hintergedanke, dass Evas Tochter eine ideale Spielgefährtin für ihr gleichaltriges Kind abgeben würde, war in den folgenden Jahren voll aufgegangen. Sara und Caro hingen seither schier untrennbar zusammen wie ein Klettverschluss und Sara ging bei Familie Moormann ein und aus. Caros Eltern hatten sie längst als Zweittochter adoptiert.

Vor der Haustür warf Caro einen prüfenden Blick in den Himmel, wo die dicke Wolkendecke zu überlegen schien, ob sie hier oder doch erst über der Ostsee abregnen sollte. Ab und zu ließ sie ein Probetröpfchen zu Boden plinkern, wie um die Wirkung zu testen.

„Morgen Freibad?“, fragte Caro wagemutig. „Es soll noch mal warm werden.“

„Warmer Regen vielleicht!“ Lachend streifte Sara ihre Schuhe am Fußabtreter ab und trat ins Haus. „Lass uns das morgen entscheiden. Gute Nacht!“

„Nachti!“

Sara lief die Treppe hoch ins Obergeschoss, zog die Schuhe vor der Tür aus, ließ sie ins Schuhregal neben Evas graue Lieblingspumps plumpsen und betrat die Wohnung.

Ihre Mutter musste sie auf der Treppe gehört haben, denn kaum klappte die Tür, kam sie wie ein Schmetterball angeschossen. Sara war darüber nicht wirklich überrascht.

„Hör mal, so geht das nicht!“, legte Eva sofort los. Eine tiefe Falte verunzierte ihre sonst so makellos glatte Stirn. „Erst schalten alle ihre Handys aus, dann Caros lapidare SMS, dass ihr noch ins Kino wollt … Weißt du eigentlich, was für Sorgen ich mir gemacht habe?“

„Entschuldige", murmelte Sara zerknirscht und senkte den Kopf, weil sie diese Mischung aus Zorn und Furcht im Blick ihrer Mutter nur schwer ertrug. Davon bekam sie automatisch ein schlechtes Gewissen. Sie wollte nicht schuld daran sein, wenn Eva wieder einmal von Angst übermannt wurde. Trotzdem war es passiert. Sie hörte es an ihrer Stimme, die sich zum Falsett steigerte.

„Ich hätte euch doch vom Kino abholen und nach Hause fahren können!", meinte Eva.

„Mama, ich bin siebzehn", erinnerte Sara sie und dachte daran, was Caro auf dem Heimweg zu ihr gesagt hatte. Insgeheim gab sie ihrer Freundin recht. Wollte sie sich das in einem Jahr noch gefallen lassen?

„Manchen Gefahren ist dein Alter egal." Eva verschränkte stur die Arme. Diese Haltung und die trotzig aufgeworfenen Lippen gaben ihr ein kindliches Aussehen. „Und solange ich dich davor bewahren kann, werde ich es tun."

Sara verkniff sich eine patzige Antwort. Mit der Schulter stieß sie ihre Zimmertür auf und zog sich in ihr kleines Reich zurück, in der Hoffnung, noch einmal davongekommen zu sein. Sie wollte die Tür hinter sich ins Schloss ziehen, doch Eva war schneller und hielt sie auf.

„Was ist denn noch?", fragte Sara unwirsch und drehte sich um.

„Die Wäsche!" Eva nickte in Richtung Badezimmer. „Wenn du noch Sachen für die 60-Grad-Wäsche hast, dann her damit! Ich will die Maschine vorprogrammieren."

„Ach so", brummte Sara erleichtert. Ihr fielen die verschwitzten Socken ein, die im Seitenfach ihrer Sporttasche vor sich hin gammelten. „Moment!"

Sie zerrte die Tasche aus der Ecke hinter ihrer Zimmertür, öffnete den Reißverschluss an der Seite, fuhr mit der Hand hinein und stutzte. Statt der Socken berührten ihrer Finger etwas aus festem Papier. Erst wunderte sie sich, doch als sie den apfelgrünen Umschlag hervorzog, erinnerte sie sich, wie Lars ihr diesen Brief ausgehändigt hatte. Sie warf ihn auf ihr Bett, um ihn später zu öffnen, kramte die Stinkesocken hervor und stopfte sie im Bad in die Waschmaschine.

„Na, war's denn schön bei IKEA?"

Sara, die genau wusste, wie sehr ihre Mutter diesen Laden verabscheute, streckte ihr lachend die Zunge heraus. „Wunderschön."

„Hat Caro wieder säckeweise Unsinn eingekauft?"

„Nur ungefähr sechsundzwanzig Bilderrahmen für die neuesten Familienfotos. Und einen Plüsch-Broccoli."

„Na dann." Eva stellte das Waschprogramm ein, gähnte und wandte sich dem Badezimmerspiegel zu, um sich abzuschminken. Sara tat dasselbe, putzte sich die Zähne, wünschte ihrer Mutter eine gute Nacht und verzog sich in ihr Zimmer.

Der grüne Briefumschlag lag auf ihrer Bettdecke, die sie am Morgen nachlässig zusammengelegt hatte. Sie hob ihn auf, wendete ihn erneut, aber in der Zwischenzeit war kein Absender von Zauberhand auf dem Umschlag aufgetaucht. Sie lauschte, hörte, wie Eva den Wasserhahn rauschen ließ, kurz darauf aus dem Bad kam, durch den Flur schlich und ihr Schlafzimmer nebenan betrat.

Nachdem die Tür leise zugezogen worden war, riss Sara den Umschlag auf. Sie wusste nicht genau, warum sie erst sichergehen wollte, dass sie nicht gestört wurde. Es war so ein Gefühl. Irgendetwas an diesem Brief kam ihr merkwürdig vor. Vielleicht waren es die schwedischen Marken. Sie kannte niemanden in Schweden, der ihr Post schicken würde.

Mit wachsender Neugier zog Sara eine Karte aus dem Umschlag. Auf dem Deckblatt war ein appetitlich aussehender Cupcake in Pastelltönen abgebildet, in dem eine einzelne brennende Kerze steckte. Darüber stand in geschwungener Schrift: *Grattis på födelsedagen!* Unverkennbar eine Geburtstagskarte. Verwundert betrachtete Sara das Bild. Nicht nur, dass sie niemanden in Schweden kannte. Ihr fiel erst recht niemand ein, der wissen konnte, dass sie heute Geburtstag hatte! Vorsichtig klappte sie die Karte auf und las, was der unbekannte Absender in sauberer Handschrift auf Schwedisch hineingeschrieben hatte.

Liebe Sara,
wir haben uns lange nicht mehr gesehen. Ich möchte dir trotzdem zu deinem 17. Geburtstag gratulieren und wünsche dir von Herzen alles Gute und ein erfolgreiches neues Lebensjahr. Ich würde mich freuen von dir zu hören.
Papa

Entsetzt klappte Sara die Karte wieder zu und warf sie aufs Bett zurück, als hätte sie in ihren Händen plötzlich Feuer gefangen.

Das war nicht möglich. Das konnte nicht sein.

Sie schloss die Augen, atmete kurz durch, schlug die Augen wieder auf und starrte die Karte an. Dann nahm sie all ihren Mut zusammen, hob sie erneut auf und las den Inhalt noch einmal. Und noch einmal. Fassungslos schüttelte sie den Kopf. Papa. Das war völlig undenkbar. Ihr Vater war seit zwölf Jahren tot. Er war bei einem Frontalcrash mit einem Holzlaster ums Leben gekommen, auf einer Landstraße irgendwo in Schweden. Der schrieb ganz sicher keine Geburtstagskarten mehr.

Ratlos drehte Sara die Karte hin und her, doch außer einer kryptischen E-Mail-Adresse fand sie keinen Hinweis auf den Absender. Da hatte sich wohl jemand einen besonders geschmacklosen Scherz erlaubt. Aber wer auch immer glaubte, ihr damit einen Schrecken einzujagen, hatte sich getäuscht. Sie würde einen Teufel tun und auf diesen Unsinn antworten. Das hatte der Absender nicht verdient. Einer solchen Frechheit begegnete man am besten mit Ignoranz.

Sara klappte die Karte wieder zu und überlegte. Gleich ins Altpapier damit? Besser nicht. Wenn Eva sie in der Papierkiste in der Küche fand und las, würde sie nur unbequeme Fragen stellen. Darauf hatte Sara keine Lust – auf einen Ausflug zur Papiertonne, die unten in der Garage stand, allerdings auch nicht. Kurzerhand steckte sie die Karte in den Spalt zwischen Matratze und Bettrahmen. Dort war sie fürs Erste sicher aufgehoben. Sie knipste das Licht aus und beschloss, die Sache auf sich beruhen zu lassen.

#4

„Hab ich's nicht gesagt?" Caro setzte ihre Sonnenbrille auf und reckte die Nase gen Himmel. „Perfektes Freibadwetter. Vielleicht zum letzten Mal in diesem Jahr!"

Über Nacht hatte sich der Regen in Richtung Ostsee verzogen und Platz bereitet für einen strahlend blauen Spätsommerhimmel. Und weil das Thermometer im Laufe des Vormittags so fleißig nach oben geklettert war und es sich knapp über dem 25-Grad-Strich gemütlich gemacht hatte, spazierten Sara und Caro am frühen Nachmittag zum nahe gelegenen Freibad. Auf dem Weg durch ihre Siedlung erzählte Sara von der Geburtstagskarte, die sie am Abend davor so durcheinandergebracht hatte.

„Mensch, solche Post möchte ich auch mal bekommen!", rief Caro neidisch.

„Ich wüsste nicht, was daran toll sein soll", erwiderte Sara spitz. Wenn Caro sich unbedingt von irgendeinem Fremden veralbern lassen wollte …

„Immerhin kriegst du mal einen spannenden Brief!" Caro musste gegen das Dröhnen eines Rasenmähers anschreien, der hinter einer dichten Lorbeerhecke seine Bahnen zog. Im Nachbargarten schimpfte jemand lautstark.

Sara lief schneller, um der nachbarschaftlichen Kabbelei zu entkommen.

„Ist doch dein Problem, wenn du so langweilige Brieffreunde hast."

„Sterbenslangweilig!", jammerte Caro.

Sie war Mitglied in einem internationalen Briefclub, in dem es zum Ehrenkodex gehörte, ausschließlich von Hand zu schreiben. Wie man so etwas freiwillig tun konnte, wollte Sara, die schon nach einer handgeschriebenen Seite Krämpfe in den Fingern bekam, nicht in den Kopf.

„Die Tante aus Irland geht auf ein katholisches Mädcheninternat", fing Caro an aufzuzählen. „Der Franzose ist zwar ganz schnuckelig, aber seine Briefe stinken nach Weichspüler. Und das Mädel aus Taiwan gewinnt ständig irgendwelche Preise in Mathematikwettbewerben. Also, bitte!"

Ihre ehrliche Empörung brachte Sara zum Lachen. „Wenn du einen schwedischen Brieffreund mit zweifelhaftem Humor suchst, könnte ich dir einen anbieten. Ich habe allerdings nur seine E-Mail-Adresse."

„Danke, aber den darfst du gerne behalten."

Sie hatten das Ende der Siedlung erreicht und schlugen einen Feldweg ein, der parallel zur Bahnlinie verlief. In einiger Entfernung tutete ein Zug. Einer der wenigen, die sonntags dort entlangfuhren. Die Schienen sirrten. Ein hoher, singender Ton, der in Saras Ohren zu schnell zu einem unangenehmen Kreischen anschwoll.

„Und was, wenn …", begann Caro, wurde aber von der Regionalbahn übertönt, die in diesem Moment an ihnen vorbeirauschte. Der Luftzug zerrte an Saras Badetasche.

„Was hast du gesagt?", schrie sie gegen den Lärm an.

Caro wartete, bis der Zug vorüber war. Fast augenblicklich herrschte wieder Stille. „Ich meinte: Warum glaubst du eigentlich, dass die Karte ein Scherz sein soll?"

Sara schnaubte. „Was sollte das denn sonst sein?"

„Na ja …" Caro schnitt eine nachdenkliche Grimasse. „Was, wenn sie ganz ehrlich gemeint war? Wenn es doch dein Vater war, der sie geschrieben hat?"

Mit langen Schritten überquerte Sara die Bahngleise, um auf den Weg zu gelangen, der nach wenigen Metern vor den Toren des Freibads endete.

„Ausgeschlossen. Mein Vater ist tot, du erinnerst dich?"

Caro legte einen Zahn zu, um nicht den Anschluss zu verlieren. „Ja, natürlich. Das ist das, was dir deine Mutter erzählt hat. Aber warum sollte sich ein Fremder für deinen Vater ausgeben und dir Glückwünsche schicken, frage ich dich?"

Sara blieb abrupt stehen. „Willst du etwa behaupten, meine Mutter lügt?"

Caro ließ sich von dem zornigen Funkeln in Saras Blick nicht beeindrucken. „Ich behaupte gar nichts. Ich spiele nur die Möglichkeiten durch."

„Möglichkeiten!" Sara spuckte ihr das Wort vor die Füße, drehte sich um und lief weiter, die Badetasche eng unter ihren Arm geklemmt. „Dass mein Vater lebt, ist keine Möglichkeit. Und jetzt ist Schluss damit!"

Verwundert über diesen Ausbruch stolperte Caro hinter ihr her. Sie hatte Sara nur äußerst selten so aufgebracht erlebt.

Sie traten durchs Tor, überquerten die Liegewiese und suchten sich ein schattiges Plätzchen, was gar nicht so einfach war. Außer ihnen waren noch jede Menge anderer Leute aus der Gegend auf die Idee gekommen, den vielleicht letzten warmen Tag des Sommers im Freibad zu verbringen. Es lag am Kleinen See, einer Ausbuchtung des Flüsschens Wakenitz, das vom Ratzeburger See aus bis nach Lübeck floss. Im Sommer verbrachten Sara und Caro große Teile ihrer Freizeit in dem Naturbad.

Nach einigem Suchen fanden sie eine freie Stelle unweit des Schilfs. Sara ließ ihre Badetasche ins Gras plumpsen und Caro breitete ihre Picknickdecke aus.

„Warum bist du jetzt eigentlich sauer?", fragte Caro vorsichtig, als sie nebeneinander auf der Decke saßen.

Sara streifte ihr Top ab, unter dem sie ihren Sportbikini trug, und warf es neben sich ins Gras. „Weil meine Mutter nicht lügt. Das lasse ich nicht auf ihr sitzen."

Caro überlegte einen Augenblick, ehe sie einen provokanten Vorstoß wagte. „Und falls doch?"

Da drehte Sara ihr den Rücken zu, umklammerte ihre Knie und starrte mit eisigem Schweigen auf den Kleinen See hinaus. Caro begriff und seufzte. Bis hierher und nicht weiter.

+++

Mit kräftigen Zügen glitt Sara durch das herrlich kühle Wasser. Anfangs kostete es sie jedes Mal Überwindung, in den See zu waten und sich endlich nach langem Zaudern hineinfallen zu lassen. Wenn sie den kleinen Schock, der daraufhin ihre Lungen wie eine kalte Hand packte, überwunden hatte, stellte sich aber schnell ein unvergleichlich frisches, lebendiges Gefühl ein, von dem sie nicht genug bekommen konnte. Dann schwamm sie weiter raus und immer weiter.

In der Mitte des Sees verschwammen die Stimmen der Strandbadbesucher zu einem fernen Murmeln über der Wasseroberfläche. Bald nahm sie nur noch das leise Rauschen ihrer eigenen Schwimmzüge wahr. Sara beschloss, sich eine Pause auf ihrem Weg zum gegenüberliegenden Ufer zu gönnen. Sie drehte sich auf den Rücken, schloss die Augen und ließ sich treiben. Sie tauchte ein in den Moment der Stille. An der Böschung flüsterten die Erlen in einem leichten Windhauch, und ganz in ihrer Nähe schnappte ein Fisch nach einem Insekt auf der Wasseroberfläche. Sie genoss den Sonnenschein auf ihrem Gesicht, der wie mit einer sanften Berührung die Wassertropfen von ihrer Haut trocknete. Zu schade nur, dass der Sommer fast schon vorüber war. Es würde viele Monate dauern, bis sie wieder solch einen perfekten Moment der Erfrischung erleben durfte.

Ein unverkennbares Schnaufen und Gluckern näherte sich von hinten. Unwillig kniff Sara die Augen zusammen. Sie wollte jetzt nicht gestört werden. Doch das Gluckern wurde lauter, hatte sie fast erreicht und kleine Wellen brachten ihren Körper zum Schaukeln.

„Na?", prustete Caro nahe an ihrem Ohr.

Sara hielt die Luft an und tauchte unter. Deutlicher wusste sie ihren Wunsch, einen Moment lang allein zu sein, nicht auszudrücken. Caro ließ sich aber nicht abschütteln, schien sie sogar mit voller Absicht misszuverstehen.

„Wetttauchen? So wie früher?", feixte sie, als Saras Kopf wieder die Wasseroberfläche durchstieß. „Wer es unter Wasser am weitesten schafft!"

Caro sog Luft ein wie ein Blasebalg, machte ein paar umständliche Verrenkungen, tauchte unter und wirbelte dabei so heftig mit den Beinen, dass es brodelte. Seufzend wartete Sara, bis ihre Freundin wieder auftauchte. Vorbei war es mit der Ruhe.

„Du produzierst eine Bugwelle, da würde jeder Ausflugsdampfer neidisch werden!"

„Irgendein Talent hat jeder", erwiderte Caro unbekümmert und schwamm weiter auf das andere Ufer zu. Sara nahm die Verfolgung auf. Mit nur wenigen Zügen holte sie ihre Freundin ein. Beim Wettschwimmen war es Caro noch nie gelungen, Sara zu schlagen, was sie aber nicht sonderlich zu stören schien.

„Weißt du, ich habe nachgedacht", verkündete Caro, als sie an einem Schwanenpaar vorbeikamen, das sie elegant ignorierte. Sara spielte mit dem Gedanken, wieder abzutauchen, weil sie ahnte, was als Nächstes kam. Wenn Caro sich in ein Thema verbissen hatte, gab sie keine Ruhe. In dieser Hinsicht glich sie ihrem Vater, der als einer der leitenden Beamten der Lübecker Kripo einen entsprechenden Ruf genoss. Sara war sicher, dass seine Tochter einmal eine ähnlich erfolgreiche Polizistin abgeben würde. Das Kriminalisten-Gen schlug bei ihr voll durch und das war nicht immer bequem.

„Mir sind schon seit Längerem ein paar Dinge an euch aufgefallen, die mir komisch vorkommen."

Jetzt kommt's, dachte Sara grimmig. Sie blickte stur geradeaus auf den Ufersaum, wo einige Blesshühner nach Futter tauchten. Caro ließ sich davon nicht entmutigen.

„Warum gibt es bei euch zum Beispiel keine Fotos von früher?" Ihre Stimme klang ein wenig abgehackt, weil sie Mühe hatte, sich Saras Tempo anzupassen und gleichzeitig zu reden. Wieder prustete sie.

„Jede Familie, die ich kenne, hat Fotoalben im Regal stehen und Familienbilder an der Wand hängen. Ihr nicht."

„Weil wir keine Familie haben", entgegnete Sara genervt.

„Und warum nicht?"

„Was weiß denn ich? Wenn die Großeltern schon alle tot sind und meine Eltern beide keine Geschwister hatten, dann war's das mit der Verwandtschaft. Es kann so einfach sein."

„Manchmal auch zu einfach."

Sara drehte sich um und versuchte, Caro mit einem ärgerlichen Blick zum Schweigen zu bringen.

„Was ist mit Anekdoten von früher? Ich habe noch nie erlebt, dass Eva welche erzählt hätte", bohrte Caro weiter.

Sara selbst hatte das auch noch nie erlebt, sich aber nicht darüber gewundert. Ihre Mutter war eben schweigsam. Das war zuweilen angenehmer als Caros unentwegt plätschernder Redefluss.

„Erzählen denn deine Eltern so gerne Geschichten von früher?", fragte sie zurück.

„Das weißt du doch." Caros Augen blitzten auf. „Damals, als du drei Jahre alt warst … Weißt du noch, der Bauernhofurlaub in Österreich … Mit zwei Jahren hast du Tante Moni in die Handtasche gekotzt … So was muss ich mir ständig anhören. Und bei euch? Was erzählt Eva so aus deiner Kindheit?"

Widerwillig gab Sara dem Gedanken nach, denn er stieß etwas in ihr an. Etwas, das sie nicht fassen konnte, aus einer Zeit, die sie vergessen hatte. In diesem Punkt musste sie Caro recht geben. Während deren Eltern fast schon einen Kult darum betrieben, die Erinnerungen an die frühe Kindheit ihrer einzigen Tochter zu bewahren und zu pflegen, sie als „wertvoll" und „einen wunderbaren Schatz" bezeichneten, so tat Eva nichts dergleichen. Sie sprach einfach nicht von früher und Sara hatte bisher nie nachgefragt. Das mochte ungewöhnlich sein, aber was sagte das schon aus?

„Nichts. Und welche Schlüsse ziehst du daraus, Frau Kommissarin in spe?"

„Ich finde es merkwürdig, dass dein Leben offenbar erst mit deiner Ankunft in Lübeck richtig begonnen hat. Alles, was davor passiert ist, scheint keine Rolle zu spielen."

„Vielleicht ist auch einfach nichts Erwähnenswertes passiert", erwiderte Sara. Unter Wasser streifte irgendetwas ihren linken Fuß. Sie zuckte zurück, obwohl es nur eine Alge gewesen war. Zwei Schwimmzüge später stießen ihre Zehen auf Grund. Vorsichtig suchte sie mit ihren Füßen Halt. Sie blieb stehen und beschloss, sich dem Schilfdickicht nicht weiter zu nähern, um die scheuen Wasservögel, deren Refugium sich vor ihr ausbreitete, nicht zu stören. Wie eine wogende, leise wispernde Wand ragte das Schilf vor ihr auf.

„Vielleicht", sagte Caro hinter ihr. „Aber vielleicht sollst du dich auch nicht erinnern."

+++

Schweigend schwammen sie zurück zum Strandbad. Caro schien endlich geschluckt zu haben, dass ihre Fragen und Mutmaßungen nicht erwünscht waren. Dass ausgerechnet ihre beste Freundin die Glaubwürdigkeit ihrer Mutter in Zweifel zog – und das, obwohl sie sich schon seit elf Jahren kannten! –, kränkte Sara tief. Caro tat ja geradezu so, als würde Eva absichtlich etwas verheimlichen. Sie hatte wirklich zu viele Krimis gelesen.

Sie erreichten das Ufer und bahnten sich ihren Weg zwischen matschenden Kleinkindern und Frühpubertierenden hindurch, die sich unter schrillem Gekreisch im flachen Wasser balgten. Das ganze Treiben ging Sara plötzlich auf die Nerven. An ihrem Platz angekommen, sammelte sie ihre herumliegenden Klamotten ein, stopfte sie in die Badetasche und warf sich diese über die Schulter. Anschließend drehte sie sich nicht noch einmal um.

„Gehst du schon?" Caro klang enttäuscht und ein wenig schuldbewusst.

Sara nickte wortlos.

„Schade." Caro ließ sich auf die Decke fallen und streckte ihre Beine aus, die zu ihrem Leidwesen nie bräunten, sondern lediglich Sommersprossen ansetzten. „Ich bleibe noch. Vielleicht läuft mir ja zufällig die Liebe meines Lebens über den Weg. Die Gelegenheit will ich nicht verpassen."

Gegen ihren Willen musste Sara lachen. „Verstehe, dann will ich dich dabei nicht stören. Bis morgen."

Sie lief zum Umkleidehäuschen, zog sich Tanktop und Jeansshorts an und schlappte auf ihren Flipflops heimwärts. Dort angekommen, warf sie die nassen Badesachen im Bad zum Trocknen über eine Handtuchstange, band den feuchten Pferdeschwanz neu, klemmte ihren Basketball unter den Arm und zog sich vor der Wohnungstür ihre Sportschuhe an. Wenn sie traurig oder verstimmt war, half eine Runde Basketball eigentlich immer.

Auf dem Weg zur Hauptstraße ließ Sara den Ball springen. Die Siedlung lag an diesem Sonntagnachmittag wie ausgestorben da, sodass sie auf der Fahrbahn laufen konnte, wo es sich besser dribbelte als auf dem buckligen Bürgersteig. Ein älterer Herr, der in seinem Vorgarten Rosenblüten von den Stöcken knipste, nickte ihr freundlich zu.

Sara war froh, endlich für sich zu sein. Obwohl sie und Caro sich normalerweise alles erzählten, wünschte sie sich jetzt, ihr gegenüber nie diese verdammte Karte erwähnt zu haben. Das hatte Caros lebhafte Fantasie nur unnötig angeregt und sie zu völlig falschen Schlüssen verleitet. Sara war klar, dass sie sich solche Spekulationen in Zukunft häufiger würde anhören müssen. Ein Brief von einem Unbekannten, der ungeheuerliche Dinge behauptete, war für Caro ein gefundenes Fressen. Sara ärgerte sich. Sie hätte es besser wissen müssen, aber jetzt war es zu spät. Am besten wäre es, diese Karte zu verbrennen, um sie so ungeschehen zu machen.

Nach wenigen Schritten erreichte sie die Ausfallstraße, die Lübeck mit den Dörfern im angrenzenden Mecklenburg verband. Unter der Woche schwappten die Berufspendler wie eine morgendliche Flutwelle vom Speckgürtel aus hinein in Richtung Zentrum und abends, bei

Ebbe, auf dem entgegengesetzten Weg wieder zurück. Dann dröhnte der Verkehr an dieser Ecke so laut, dass man sein eigenes Wort kaum verstand. Sonntags aber herrschte hier fast gespenstische Stille, zumal der Supermarkt auf der gegenüberliegenden Straßenseite geschlossen hatte und der große Parkplatz verwaist dalag. Ein paar Tauben tappten nickend zwischen den leeren Parkbuchten hin und her und schienen sich zu wundern, wo denn die Kunden waren, die sie sonst immer mit ihren scheppernden Einkaufswagen aus dem Weg drängten.

Sara blieb an der roten Fußgängerampel stehen und sah zu dem kleinen, eingezäunten Sportplatz hinüber, der rechterhand an das Supermarktgelände anschloss. Die Jugendlichen aus den umliegenden Wohngebieten, die sich hier zum Kicken und Körbewerfen trafen, nannten ihn nur Käfig.

Sara kannte die meisten Jungs, die sich hier versammelten. Mit einigen von ihnen war sie schon in die Grundschule gegangen. An diesem Nachmittag aber war im Käfig nichts los. Nur ein einziger Besucher bewegte sich auf dem Platz. Ein dunkelhaariger junger Mann. Sara kniff die Augen zusammen und spähte über die Straße zu ihm hinüber. Er war nicht besonders hochgewachsen, hatte schmale Hüften, die in schwarzen Sportshorts steckten, und trug ein ebenfalls schwarzes Muskelshirt, das seine trainierten Schultern zur Geltung brachte. Seine Haare waren modisch geschnitten. Kurz rasiert an den Seiten, mit einer widerspenstigen Tolle, die ihn an den dichten Brauen kitzelte. Sein Teint war dunkel. Er erinnerte Sara an Milchkaffee mit einem Schuss Karamell.

Ein Wagen hielt an der Linie und die Fußgängerampel schaltete auf Grün. Automatisch lief Sara los, den Blick weiterhin auf den Fremden gerichtet. In diesem Moment geriet auch er in Bewegung. Er holte Schwung mit den Armen, stieß sich mit den Füßen ab und wirbelte in einem einzigen, fließenden Move über den Platz, so blitzschnell, kraftvoll und gleichzeitig elegant, dass Sara mit offenem Mund mitten auf der Fahrbahn stehen blieb. Fasziniert starrte sie den Typen an. Was war das denn gewesen?

Wieder holte er Schwung, fegte durch die Luft, landete auf den Händen und ließ mit einer absurden Geschwindigkeit die Beine rotieren. Er benahm sich, als gälten die Gesetze der Schwerkraft nur für diejenigen, die daran glaubten. So etwas hatte Sara auf diesem Platz noch nie gesehen. Nicht bei Hamza, der mit lautem Fluchen und einer erstaunlichen Frustrationstoleranz Rückwärtssaltos übte. Und schon gar nicht bei Yannick, Mr. Slamdunk persönlich, der mit dem Elan einer Silvesterrakete auf den Basketballkorb zuschoss, kurz vor dem zu erwartenden Feuerwerk dann aber in schönster Regelmäßigkeit die Kurve nicht kriegte und kläglich abstürzte. Dieser Unbekannte stellte all ihre Sportplatzkumpel locker in den Schatten. Seine Beweglichkeit war ein Fest für die Augen.

Ein Hupen riss Sara aus ihrer Betrachtung. Der Autofahrer an der Haltelinie wedelte ungeduldig mit den Händen. Sie warf ihm ein entschuldigendes Lächeln zu und stolperte hastig zur anderen Straßenseite.

Der Mann auf dem Platz schien über die Schwerkraft erhaben zu sein. Trotzdem übte er eine eigenartige Anziehungskraft auf Sara aus. Wie ferngesteuert lief sie zum Käfig hin, trat durch den Eingang, blieb stehen und sah ihm dabei zu, wie er durch die Luft kreiselte und wirbelte. Er war ein Tänzer mit einer überirdischen Körperbeherrschung, und er ging völlig in dem auf, was er tat. Sein Gesicht war ruhig, die dunklen Augen konzentriert, der Mund leicht zusammengekniffen. Er schien Sara überhaupt nicht zu bemerken.

Am Ende einer besonders spektakulären Serie an Sprüngen und Drehungen brach sie in spontanen Applaus aus. Fast schon erschrocken drehte er sich zu ihr um. Ihre Blicke trafen sich und einen Moment lang hatte Sara das Gefühl, genauso intensiv in seinem Fokus zu stehen, wie er es eben in Gedanken bei den Tanzschritten gewesen war. Die Art, wie er sie ansah, ließ sie beinahe ebenso abheben. Ein fremdes und zugleich verlockendes Gefühl, das ihr verführerisch zuflüsterte, sich neu entdecken zu lassen.

„Wow", brachte sie atemlos hervor. Nicht geistreich, aber ehrlich.

Er lächelte. Ein wenig scheu, wie um den intensiven Blick etwas abzumildern. Sara bemerkte, dass er nun doch ein klein wenig außer Atem war. Eine Ader an seinem Hals pulsierte. In der kleinen Grube zwischen den Schlüsselbeinen ruhte ein schlichter, silberner Kreuzanhänger.

„Wie hast du das gemacht?", fragte Sara bewundernd.

Der Fremde hob fragend die Brauen.

„Du bist ja regelrecht geflogen!"

Er schüttelte leicht den Kopf. „Sorry."

Er verstand kein Deutsch.

„How do you call these moves?", versuchte sie es daher auf Englisch.

Jetzt nickte der junge Mann, das Lächeln fiel etwas breiter aus, bekam aber gleichzeitig Gesellschaft von einem kleinen spöttischen Glitzern in den Augen.

„You don't know Breakdance?"

Doch, natürlich kannte sie Breakdance! Nur gab es hier am ödesten Lübecker Stadtrand nicht einen Menschen, der sich auch nur annähernd so atemberaubend bewegen konnte wie dieser junge Tänzer.

Er warf einen Blick auf den Basketball unter Saras rechtem Arm, den sie völlig vergessen hatte. „You want to play? I'll let you."

Er machte eine Handbewegung, um ihr zu signalisieren, dass er ihr den Platz überlassen würde. Dann hob er eine Wasserflasche auf, die neben ihm auf dem Boden lag, lief an Sara vorbei und verließ zu ihrer Bestürzung den Käfig.

„Warte mal, du musst doch nicht … ich kann doch …!", stammelte sie hinter ihm her.

Er drehte sich um, hob grüßend die Hand und schwebte über den Parkplatz von dannen. Mit klopfendem Herzen sah Sara ihm nach. So jemand war ihr noch nie begegnet. Sie verspürte den dringenden Wunsch, ihn wiederzusehen.

#5

Gesellschaftswissenschaften. Als erstes Fach am Montagmorgen. Sara hatte keine Ahnung, wie sie das überstehen sollte. Sehnsüchtig wanderten ihre Gedanken die Treppen hinunter zum Kaffeeautomaten in der Pausenhalle. Sie war verzweifelt genug, um in diesem Moment alles für einen Becher dieser unsäglichen Plörre zu geben.

Frau Döbert, ihre kleine, bezopfte Referendarin, schien solche Probleme nicht zu kennen. Sie frühstückte jeden Morgen offenbar einen großen Teller voll Motivation, die sie spielend durch den Tag trug.

„Wir starten heute ein topaktuelles Unterrichtsprojekt", gab sie zu Beginn der Stunde bestens gelaunt bekannt. „Es bietet Ihnen die Chance, sich mit einem Thema auseinanderzusetzen, das unsere Gesellschaft in den letzten Jahren beschäftigt hat wie kaum ein anderes."

Chance war ihr Lieblingswort. Sie sprach es „Schonks" aus, was bei Sara jedes Mal eine Gänsehaut verursachte. Halbwegs hellhörig wurde sie diesmal allerdings bei dem Wort „auseinandersetzen". Das klang nach Arbeit. Und nach Arbeit war ihr im Augenblick absolut nicht zumute.

Frau Döbert nahm ihr Tablet zur Hand und projizierte per Beamer zwei Fotos an die Wand. Das erste Bild war schwarz-weiß und stammte aus dem Zweiten Weltkrieg. Es zeigte einen Flüchtlingstreck: zerlumpte Männer, Frauen und Kinder, ausgemergelte, gebeugte Gestalten, die sich zu Fuß und mit Pferdegespannen auf eine Eisfläche wagten. Das zweite Bild war aktueller. Darauf war ein Flüchtlingsboot zu sehen. Ein großes Schlauchboot, kurz vorm Sinken, auf dem Dutzende Menschen zusammengepfercht ihrem ungewissen Schicksal entgegentrieben.

„Das sind die üblichen Bilder, die man angezeigt bekommt, wenn man den Begriff ‚Flucht' googelt. Die kennen Sie alle. Aber Flucht kann noch weitaus mehr bedeuten, als ein Krisengebiet zu verlassen." Frau Döbert sah mit erwartungsvoller Miene in die Runde. „Wovor könnte man beispielsweise noch flüchten?"

Zögernd gingen einige Hände nach oben. Auch Caro meldete sich. Aufrecht sitzend sah sie die Lehrerin aufmerksam an. Gesellschaftswissenschaften gehörten zu ihren Lieblingsfächern.

Der Reihe nach nahm Frau Döbert die Schüler dran.

„Aus dem Gefängnis."

„Vor einem Verfolger."

„Vor einer Hungersnot oder einer Umweltkatastrophe."

„Fahrerflucht."

„Steuerflucht."

„Wenn mir so 'ne Olle auf 'ner Party die Ohren volllabert!", sagte Pascal und erntete damit allgemeines Stöhnen.

Frau Döbert lächelte. „Auch vor solchen *Ollen* kann eine Flucht angebracht sein. Carola, bitte!"

„Man kann vor Dingen flüchten, die man nicht wahrhaben will", sagte Caro und stieß Sara unter der Bank mit dem Fuß an. Sara warf ihr einen wütenden Blick zu.

Frau Döbert strahlte, als hätte man ihr einen Welpen geschenkt. „Ein spannender Gedanke. Sehr schön, Carola!"

Sehr schön, Carola!, äffte Sara die Lehrerin lautlos nach und trat unter der Bank zurück. Caro grinste zufrieden.

„Flucht bedeutet also im Wesentlichen eine Reaktion auf Gefahren, Bedrohungen oder Situationen, die als unzumutbar empfunden werden", fasste Frau Döbert zusammen.

Sie legte ihr Tablet auf das Lehrerpult und sah die Klasse offen an. „Und nun zu Ihrer Aufgabe. Ich möchte, dass Sie sich in Zweiergruppen zusammentun und anhand eines Protagonisten eine Fluchtgeschichte rekonstruieren. Wovor ist die Person geflüchtet? Was hat sie auf ihrer Flucht erlebt? Wie hat sie sich dadurch verändert? Die

Ergebnisse werden Sie in den kommenden Wochen in Referaten präsentieren."

Im Klassenraum brach Gemurmel aus. Sofort schlossen sich die Schüler zu Grüppchen zusammen und begannen, Ideen zu entwickeln und zu diskutieren. Caro zückte ihren Kugelschreiber und rückte ihren Schreibblock zurecht. Sara hingegen sank mit einem Kellerloch-Seufzen über ihrem Tisch zusammen. Diese Zusatzarbeit hatte ihr gerade noch gefehlt. Reichte es nicht, dass die Kursleiter in Mathe, Französisch und Geschichte in der vergangenen Woche schon eine ganze Reihe Klausuren angedroht hatten?

Caro stupste sie an. „He, was ist?"

„Keine Lust."

„Wieso? Endlich mal ein interessantes Thema!"

„Ach was." Sara fegte mit ihrer Handfläche über den Tisch, wie um Caros Kommentar beiseite zu wischen. „Und wie sollen wir das anstellen? Sollen wir etwa die Jungs aus dem Asylbewerberheim, die immer bei uns an der Bushaltestelle rumhängen, anquatschen und fragen, warum sie hier sind?"

„Klar, warum nicht? Aber ich habe noch eine bessere Idee."

Mäßig interessiert hob Sara den Kopf. „Und zwar?"

Caro sah sie triumphierend an. „Meine Mutter. Die hat doch haufenweise Asylbewerber in ihren Deutschkursen sitzen. Sie kann uns bestimmt einen Kontakt vermitteln."

Das leuchtete Sara ein. Wenn ihnen jemand einen halbwegs brauchbaren Gesprächspartner beschaffen konnte, dann Gaby Moormann. Beruhigt ließ sie sich wieder auf die Tischplatte sinken. Immerhin musste sie sich nicht von den feixenden Typen an der Bushaltestelle vollqualmen lassen. Sonderlich froh stimmte sie die Aussicht auf die zusätzliche Arbeit in ihrer Freizeit trotzdem nicht. Was ging es sie schon an, warum irgendwelche Leute irgendwoher geflüchtet waren? Das war doch nicht ihr Problem.

+++

Mit zweifelnder Miene betrachtete Sara tags darauf das kleine Päckchen, das sie aus ihrer Sporttasche gezogen hatte. Frau Kroligk hatte es ihr, als sie und Caro sich auf den Weg zum Sportverein machen wollten, gegeben und ihr nachträglich gratuliert. Die alte Dame hatte keine Enkel, aber ein großes Herz für alle Kinder in der Nachbarschaft. Seit Sara denken konnte, hatten sie und Caro zu Geburtstagen und Weihnachten immer ein kleines Geschenk von ihr erhalten und zu Ostern ein Körbchen mit Schokoladeneiern. Daran hatte sich nichts geändert, als sie dem Kindesalter längst entwachsen waren.

„Gänse", bemerkte Johanna süffisant mit einem Blick auf das Geschenkpapier.

„Ein verspätetes Geburtstagsgeschenk", erklärte Sara und riss das peinliche Papier herunter, ehe jemand auf die Idee kam zu schnattern. Zum Glück musste sie dieses Mal keine Freude heucheln, nachdem sie den Inhalt ausgewickelt hatte. Sie durfte ihre Gesichtszüge ganz ungehemmt abstürzen lassen.

Caro kicherte. „Oh! Früchtetee!"

„Hyggelige Herbst-Harmonie", säuselte Johanna mit einem Blick auf das Etikett und platzte fast vor Lachen. „Mit Sanddorn-Quitten-Geschmack. Hast du Feinde, Sara?"

„Ich weiß gar nicht, was ihr alle gegen Früchtetee habt", schmollte Naima.

In diesem Moment klatschte Victoria in die Hände. „Schluss mit dem Gegacker! Los geht's!"

Mit energischen Schritten strebte sie zum Hallenausgang und winkte allen, ihr zu folgen. Sara rollte mit den Augen. Victoria lebte ihr Amt als Mannschaftskapitänin mit Leib und Seele. Mit einem Seufzen warf sie das Teepäckchen in ihre Tasche zurück. Dabei fiel ihr Blick auf Johannas Seesack, der direkt daneben lag. Der Taschenboden hatte sich dunkel verfärbt und eine gelbliche Flüssigkeit tropfte auf den Fußboden, wo sich eine Lache ausbreitete. Sie roch streng. Sara sah sich nach Johanna um, die sich gerade im Pulk mit den anderen durch den schmalen Durchgang zur Halle drängte.

„Ähm, Frau Kühn, Sie tropfen!“

„Hä?“ Johanna, die schon halb draußen war, drehte sich in der Tür um, rempelte dabei Monja und Emily an und eilte zu ihrer Tasche, als hätte sie etwas geahnt. Beim Anblick der Lache auf den Fliesen schlug sie die Hände über dem magentaroten Kopf zusammen und stöhnte: „Oh no!“

Mit Bewegungen, die so behutsam waren, als befürchte sie, in einen Skorpion zu fassen, räumte sie ihre Tasche aus. Nach einigen zusammengeknüllten schwarzen Kleidungsstücken förderte sie zu Saras großem Erstaunen mit spitzen Fingern eine enorme Glasscherbe zutage, die sie vorsichtig auf der Bank ablegte. Dann folgte, zu Saras noch größerer Verwunderung, ein tropfnasses Würstchen. Johanna wog es nachdenklich in der Hand und streckte es ihr entgegen.

„Magst du?“

„Warum schleppst du Wurstgläser mit zum Sport?“, fragte Sara konsterniert.

„Warum schleppst du Früchtetee mit?“, konterte Johanna. Sie biss in die Wurst, dass es krachte, und fuhr fort, weitere Scherben aus der Tasche zu klauben. „Na los, geh schon rein, sonst kriegst du noch ’nen Anschiss von der Queen!“

„Erst helfe ich dir.“ Sara lief zur Toilette, wo es einen Putzschrank gab, und kehrte mit einem Feudel zurück. Während Johanna Scherbe für Scherbe aus ihrem Seesack fischte, wischte sie die Wurstwasserlache auf.

„Shit!“ Mit einem Ruck riss Johanna ihre Hand aus der Tasche, umklammerte ihren Daumen und verzog schmerzvoll das Gesicht.

„Brauchst du Hilfe?“ Besorgt beobachtete Sara, wie Johanna krampfhaft ihren Daumen abdrückte und blass anlief.

„Voll in die Kuppe rein, verdammt!“

Sie schien nicht zu übertreiben, denn nun sah Sara, wie ein tiefrotes Rinnsal Johannas Unterarm herablief.

Tiefrotes Blut auf heller Haut. Sie wollte den Blick abwenden, doch etwas zwang sie hinzusehen. Und plötzlich glaubte sie, doppelt zu sehen, denn vor ihrem inneren Auge tauchte ein weiteres Bild auf. Ein Bild von Dunkelheit und einem grellen Licht, in dem Regentropfen flackerten. Von Scherben und Splittern. Und von Blut. Blut, das in einem dunkelroten Faden über helle Haut kroch, auf Asphalt tropfte und eine Lache bildete, die der Regen davonwusch. Dann sah sie gar nichts mehr.

+++

Erst roch sie Wurstwasser, dann ein herbes Herrendeo. Die Mischung widerte sie an und sie verzog das Gesicht. Als Sara die Augen aufschlug, schaukelte ein mausbrauner Ziegenbart in ihrem Blickfeld. Verwirrt schüttelte sie den Kopf. Sie lag auf dem Fliesenboden, Lars hockte neben ihr, hielt ihre Hand und schien ihren Puls zu fühlen. Hinter ihm ragten mehrere Paar Beine in Basketballshorts auf.

„Keine Sorge, ich lebe noch“, murmelte sie.

„Das ist erfreulich.“ Lars tätschelte ihre Wange.

Sara wich seiner Hand aus und warf ihm einen strafenden Blick zu. Er lachte.

„Normal gucken kannste jedenfalls wieder!“

„Du bist umgekippt, als du Johannas blutenden Daumen gesehen hast“, erklärte Caro, die an ihrer anderen Seite hockte. „Johanna hat dich gerade noch auffangen können. Daher das Blut an deinem Shirt.“

Aus der Richtung des sonnenverwöhntesten Beinpaares kam ein verächtliches Schnauben.

Lars runzelte die Stirn. „Es gibt Leute, die kein Blut sehen können, Victoria. Das ist völlig in Ordnung. Ich kollabiere, wenn ich an meinen Turnschuhen rieche.“

Er half Sara, sich vorsichtig aufzusetzen, und raunte ihr zu: „Braucht dir nicht peinlich zu sein.“

Natürlich war es ihr peinlich – gerade vor Victoria. Da sie und Sara auf derselben Position brillierten, war der Ton zwischen ihnen beiden schon seit Längerem mehr als rau.

Neben Victoria standen Naima und Johanna, Letztere mit dick verpflastertem Daumen und schuldbewusster Miene. Hinter ihnen ragte Leonie auf, die die ganze Szene mit einem Lächeln betrachtete, das auf den ersten Blick aufmunternd wirkte. Aber irgendetwas an ihren Augen irritierten Sara. Das Auge, das von der Narbe umrankt wurde, blickte sie merkwürdig starr und leer an. In dem anderen dagegen loderte etwas auf, das schwer zu deuten war. Heiter und düster zugleich. Vergnügen und Missgunst. Es dauerte eine Weile, bis es Sara gelang, beides zu einem Gefühl zusammenzufügen, das ihr großes Unbehagen bereitete – Schadenfreude.

Abrupt drehte Leonie sich um und verschwand durch die Tür in die Sporthallte. So, als hätte sie sich ertappt gefühlt. Verwundert sah Sara ihr nach.

+++

Es war zum Verrücktwerden. Früher hatte ihr *Pick and Roll* perfekt funktioniert. Caro war mit dem Ball auf die verteidigende Gegenspielerin zugedribbelt. Dann war Sara aus dem Hintergrund herangeeilt, hatte die Gegnerin geblockt und Caro so ermöglicht, sich eng an ihr vorbeizuschieben. Ein schneller Schritt um die eigene Achse, Sara stand frei, konnte den Pass von Caro ungehindert annehmen und in einen wunderschönen Korbleger verwandeln. Das war ihr Parademanöver gewesen, für das Fabienne sie immer wieder gelobt hatte. Doch nun war Leonie im Team und störte die eingespielte Harmonie gewaltig, denn sie schien das *Pick and Roll* schon im Ansatz zu erwarten. Jedes Mal, wenn Sara und Caro im Spiel einen neuen Versuch unternahmen, schwang sich Leonie aus der Gegenmannschaft wie aus dem Nichts dazwischen, jagte ihnen den Ball ab und setzte zum *Fastbreak*, zum schnellen Gegenangriff, an.

Frustriert ließ Sara die Arme hängen. Das gab es nicht! Seit sie gegeneinander spielten, hatte sie das Gefühl, dass Leonie jeden ihrer Züge vorausahnte und mehr sah als die anderen Spielerinnen. Sie schien kleinste Bewegungen schon aus dem Augenwinkel wahrzunehmen und reagierte sofort. Dabei bewegte sie sich trotz ihrer massigen Gestalt so aberwitzig schnell, dass Sara schwindlig wurde. Leonie war mit Abstand der beste Center, der ihr je begegnet war.

„Wahnsinn“, murmelte sie in einer kurzen Spielpause voll widerwilliger Bewunderung. „Sie müsste mindestens zwei Ligen höher spielen!“

Naima, die zufällig neben ihr stehen geblieben war, nickte ebenso beeindruckt. „Unglaublich, was sie alles sieht. Dabei hat sie nur ein Auge. Ist das nicht irre?“

Sara sah sie überrascht an. „Wie, nur ein Auge?“

„Leonie trägt eine Augenprothese. Ist dir das nicht aufgefallen?“

Sara schüttelte den Kopf. Sie hatte so etwas noch nie bewusst bei einem Menschen wahrgenommen. Doch das erklärte, warum Leonies Anblick sie anfangs irritiert hatte. Das Auge auf der vernarbten Gesichtshälfte hatte starrer und weniger lebendig gewirkt als das gesunde. Die Prothese war aber so ausgefeilt, dass es kaum auffiel.

„Deshalb trägt sie auch diese Sportbrille“, erklärte Naima und nahm einen Schluck aus ihrer Trinkflasche. „Um die Prothese zu schützen.“

„Wie kann man denn mit nur einem Auge Basketball spielen?“, wunderte sich Sara. „Ich wünsche mir immer sechs Paar Augen auf dem Platz und selbst das kommt mir manchmal noch zu wenig vor.“

„In der Herren-Bundesliga hat vor ein paar Jahren mal ein Center mit Augenprothese gespielt“, wusste Naima. „Das scheint also zu funktionieren.“

Kurz darauf schrillte Lars’ Trillerpfeife. „Seitenwechsel und weiter geht’s, Mädels!“

Als Sara auf dem Weg zur anderen Spielfeldhälfte an Leonie vorbeikam, konnte sie sich einen verstohlenen Blick auf deren vernarbte rechte Gesichtshälfte nicht verkneifen. Wie beharrlich hatte diese Frau trainiert, um das fehlende Gesichtsfeld auszugleichen? Sie konnte weniger sehen als ihre Mitspielerinnen und nahm doch mehr wahr. Offensichtlich hatte sie nicht nur in ihre körperliche Fitness investiert, sondern in alles, was ihren Nachteil aufwiegen konnte. Es war bewundernswert. Während sie sich im nächsten Viertel erneut an Leonie die Zähne ausbiss und darüber außer Atem geriet, reifte in Sara ein neuer Entschluss: Sie würde an sich arbeiten.

Talent war schön und gut, aber nur durch harte Arbeit wurde man besser. Als ersten Schritt verordnete sie sich ein intensives Lauftraining, damit sie es wenigstens in Sachen Kondition mit Leonie aufnehmen konnte. Sie selbst war längst am Keuchen und Schwitzen, wenn Leonie immer noch so frisch wirkte, als hätte sie sich gerade erst aufgewärmt.

Sara seufzte. Da hatte sie sich was vorgenommen.

+++

„Meine Mutter hat uns übrigens einen Partner für unser Flüchtlingsprojekt organisiert", sagte Caro, als sie nach dem Training heimwärts radelten. „Er ist Iraner und wohnt in dem Asylbewerberheim in der Kirschenallee. Er hat uns für morgen Nachmittag eingeladen."

„Kirschenallee?", wiederholte Sara mit einem mulmigen Gefühl. Das war eine der Straßen unweit ihres Wohngebiets, die sie tunlichst mied. Wenn es sich doch nicht verhindern ließ, dort entlangzufahren, dann klammerte sie sich mit dem Blick an den Häuserzeilen auf der linken Straßenseite fest, um ja nicht zur rechten Seite sehen zu müssen.

„Du wirst es da schon hinschaffen", beruhigte Caro sie. „Ich bin ja dabei."

„Hm." Sara überlegte. „Vielleicht könnte deine Mutter auch noch jemand anderen fragen, der …"

Caro seufzte ungeduldig, als hätte sie das schon befürchtet. „Ich fahre da morgen jedenfalls hin. Du kannst in der Zwischenzeit ja von mir aus ein Referat über deine eigene Realitätsflucht ausarbeiten."

„Ich hasse dich", knurrte Sara kleinlaut und trat in die Pedale, um Abstand zwischen sich und Caro zu bringen.

Ein paar Minuten lang radelte sie stur schweigend voraus, vorbei an der weitläufigen Kleingartenkolonie, die den Wakenitzradweg zu ihrer Linken begrenzte. Sara mochte diesen Teil der Strecke am liebsten, weil sie von hier aus ungehindert auf den Fluss hinaussehen konnte. Der stille Lauf des Wassers wirkte wohltuend auf sie, und das leise Gluckern am Ufersaum vertrieb nach und nach das Rauschen des Stadtverkehrs, das in ihr nachhallte. Zu ihrem Leidwesen machte der Radweg kurz darauf einen Knick, weg von der Wakenitz und hinein in ein Wohngebiet mit Einfamilienhäusern. Hier schloss Caro wieder zu ihr auf.

„Übrigens weiß ich jetzt, wer sie ist!", triumphierte ihre Freundin, die die Zeit offensichtlich für ihre eigenen Gedankengänge genutzt hatte.

„Wer wer ist?", fragte Sara, noch immer unwirsch.

„Na, Leonie!"

Sara fuhr einen Schlenker, um einem Schlagloch in der Straße auszuweichen. „Ich kann dir nicht ganz folgen."

Caro seufzte über so viel Begriffsstutzigkeit. „Leonie Schüle. Jetzt müsste dir aber mindestens eine Flutlichtanlage aufgehen!"

Sara schwieg verblüfft. Leonie Schüle? War es doch kein Zufall gewesen, dass diese schneidende Stimme von hinten ihr so in Mark und Bein gefahren war? Ehe der Gedanke mehr Raum einnehmen konnte, schüttelte sie ihn wieder ab. Ausgeschlossen. Caro musste sich irren.

„Das kann nicht sein."

„Doch."

„Leonie Schüle", sagte Sara langsam und betont, „war mindestens zehn Zentimeter kleiner, zehn Kilo schwerer und hatte dunkle Haare bis zum Po! Nicht zu vergessen, ihre Akne!"

„Du sprichst aber nett von deiner früheren Freundin", spottete Caro mit einer unüberhörbaren Schärfe in der Stimme.

„Freundin", schnaubte Sara und schüttelte den Kopf. „Das ist ja nun wirklich lange her."

Einen kurzen Moment mussten sie hintereinanderfahren, weil ein Spaziergänger mit Dackel mitten auf der Fahrbahn unterwegs war.

Der Hund versuchte röchelnd, an ihren Rädern hochzuspringen, und strangulierte sich dabei fast an seinem Halsband.

„Wir waren damals dreizehn", sagte Caro, als sie wieder zu Sara aufschloss. „Gut möglich, dass Leonie danach noch einen Schuss in die Länge gemacht und ihren Babyspeck verloren hat. Sie war ja sehr kindlich. Und ihr Vater war doch auch so ein langes Ende, erinnerst du dich?"

„Hm."

„Bei ihrer Haarfarbe hat sie ja offensichtlich nachgeholfen. Und immerhin hatte sie vier Jahre Zeit, ihre Fähigkeiten zu vervollkommnen. Also, ich bin mir sicher, dass sie es ist."

„Glaub, was du willst", brummte Sara.

Mit Schaudern dachte sie an den Blick zurück, den Leonie ihr bei ihrer ersten Begegnung in der vorigen Woche zugeworfen hatte. Diese kurze, eiskalte Spitze aus Hass. Sofort waren alle Abwehrmechanismen in ihr hochgefahren. Und doch, wenn sie ehrlich zu sich selbst war, hatte sie es schon in diesem Augenblick gewusst, aber gleich wieder von sich geschoben.

Angst sickerte wie ein alles gefrierendes Rinnsal in ihre Magengrube und zog ihr die Eingeweide zusammen. Einen Moment lang schloss Sara die Augen. Es ließ sich nicht mehr ignorieren. Caro hatte sich nicht geirrt. Leonie war wieder da.

#6

Spätnachmittags nach den Hausaufgaben schnürte Sara ihre Laufschuhe und eilte die Treppe hinunter. Sie wollte ihren Vorsatz so schnell wie möglich in die Tat umsetzen und hatte dafür sogar die Lauftights unter dem Stapel Basketballshorts hervorgezerrt, die ihre Mutter vor einiger Zeit bei einer Aktionswoche eines Discounters für sie gekauft hatte. Damals hatte sie das Teil achtlos in den Schrank gestopft, jetzt war sie dankbar dafür.

Unten angekommen, überlegte sie kurz, bei Moormanns zu klopfen und Caro zu überreden, sie zu begleiten. Zu zweit wäre es sicher lustiger gewesen. Caro hatte auf dem Heimweg von der Schule allerdings unmissverständlich klargemacht, dass sie keine Zeit hätte. Sara vermutete akute Unlust, gepaart mit einem neuen Krimi auf dem Tablet und einer Tafel Minzschokolade.

Caro spielte zwar gerne Basketball, mit Aktivitäten wie Joggen oder Bahnenschwimmen brauchte man bei ihr aber nicht aufzuschlagen. Dabei hätte ihr ein wenig mehr Kondition durchaus nicht geschadet, fand Sara.

Doch was leuchtete ihr entgegen, kaum, dass sie aus der Haustür getreten war? Caros rotblonder Haarschopf zwischen den Forsythienhecken. Zusammengekauert wie eine Amsel im Schneetreiben hockte ihre Freundin auf der Gartenmauer und starrte angestrengt in Richtung Straßenecke.

„So sieht also *keine Zeit* aus", stellte Sara spitz fest.

Caro zog den Kopf ein. „Glaub mir, ich würde viel lieber mit dir joggen gehen."

„Und was hält dich davon ab?"

„Ja, was könnte wichtiger sein, als sich mit der besten Freundin zu treffen?", sagte plötzlich jemand hinter ihnen und lachte. Sara fuhr herum und fasste sich an die Brust.

„Christoph, musst du dich immer so anschleichen?"

„Entschuldige!" Caros Vater klopfte ihr besänftigend auf die Schulter.

Auf den ersten Blick wirkte Christoph Moormann völlig harmlos. Schlanke Statur, schlohweißer Bürstenschnitt, gepflegter Schnurrbart. Eher wie ein Bibliothekar und nicht wie ein Kriminalhauptkommissar in leitender Position. Doch der Eindruck täuschte. Oft genug hatte Sara miterlebt, wie sie und Caro von den scharfen Augen hinter der randlosen Brille säuberlich filetiert worden waren, wenn sie etwas ausgefressen hatten. Jeder Schwindel war aufgeflogen.

„Caro hat ein Date", teilte er schmunzelnd mit.

Sara drehte sich wieder zu Caro um. „Ach, ist dir neulich im Freibad doch die Liebe deines Lebens über den Weg gelaufen? Wer ist denn der Glückliche?"

In diesem Augenblick bog ein silberfarbener Golf mit dem Logo einer Fahrschule, die ein paar Straßen weiter ansässig war, um die Ecke.

Auf dem Beifahrersitz saß ein Mann, der so dick war, dass Sara sich wunderte, wie er durch die Tür gepasst hatte, und am Steuer eine junge Frau mit Kopftuch, die den Wagen mit konzentrierter Miene tadellos am Straßenrand zum Stehen brachte. Sie stieg aus und lächelte Caro aufmunternd zu, ehe sie auf der Rückbank einstieg. Der Fahrlehrer ließ die Beifahrerscheibe herunter.

„Hopp, hopp!", rief er und nickte ihr zu. Diese kleine Bewegung reichte aus, um sein Doppelkinn und seine Backen wie Gelee zum Wackeln zu bringen.

Caro sah aus, als wollte sie vor lauter Panik in die Hecke tauchen. Grinsend gab Sara ihr einen Schubs.

„Na los. Schlimmer als meine Mutter wirst du auf keinen Fall fahren können."

Christoph nickte. „Das kann man guten Gewissens behaupten."

Sara musterte ihn fragend, doch er lächelte nur nebulös. Er hatte wohl auch beobachtet, wie Eva neulich die Gänge verwechselt hatte und mit Vollgas im Rückwärtsgang um ein Haar eine der Lärchen gefällt hätte, die ihre Straße säumten.

„Okay." Caro zog geräuschvoll die Nase hoch, ehe sie vom Zaun herabrutschte und mit steifen Schritten auf das Fahrschulauto zu stakste.

Christoph zwinkerte Sara zu. „Komm, wir verschwinden besser. Ich bin mir sicher, dass sie in diesem Augenblick keine Zuschauer ertragen kann."

„Sieht ganz danach aus." Also winkte sie Caro betont fröhlich zu und trabte los. Wie froh war sie, selbst nicht in dieses Auto einsteigen zu müssen!

Keine zwei Minuten darauf stand sie ratlos an der Hauptstraße. Wohin sollte sie laufen? Nach links, in Richtung Innenstadt? Die Strecke verlief annähernd schnurgerade und zu beiden Seiten zogen sich in endlosen Reihen gleichförmige Mietskasernen entlang, deren Putz unter dem immerwährenden Abgasschleier ergraut war. Nicht gerade inspirierend, zudem laut.

Sara sah nach rechts zur Stadtgrenze. Keine zweihundert Meter entfernt leuchtete ihr das Ortsausgangsschild entgegen. Dahinter schlossen sich ein reizloses Straßendorf und jede Menge ödes Hinterland an. Zuletzt wagte sie einen Blick geradeaus, vorbei am Supermarkt, zu der Straße hin, die in die Kirschenallee mündete. Dort lag der Stadtwald. Er war das Lauf- und Naherholungsrevier in der näheren Umgebung. Jogger, Spaziergänger und Hundebesitzer zog es gleichermaßen dorthin. Sara aber würde nicht einen Schritt in diesen Wald hineinsetzen. In diesen nicht und in keinen anderen.

Nach kurzem Abwägen wandte sie sich in Richtung Nachbardorf. Das war noch die attraktivste der drei Optionen. Kein Highlight, aber sie tröstete sich damit, dass sie bei der immer gleichen Strecke ihre Rundenzeiten vergleichen konnte. Außerdem kam sie dem Wald nicht zu nahe. Er blieb hübsch am Horizont, hinter einer Neubausiedlung verborgen – und das allein war schon viel wert.

+ + +

Nach dem Laufen betrat Sara frisch geduscht die Küche. Eva saß an dem kleinen Essplatz unter dem Gaubenfenster, legte mit der Akribie einer Fliesenlegerin Radieschenscheiben auf ihr Frischkäsebrot und streute Schnittlauch darüber. Ihre Brote sahen immer so appetitlich aus wie auf einem Foodblog. Fast hätte Sara erwartet, dass ihre Mutter im nächsten Augenblick ein Smartphone zücken würde, um Bilder ihrer Stullen zu posten. Doch Eva besaß kein Smartphone. Ihr Handy war absolut vorsintflutlich mit seinen Tasten und den polyphonen Klingeltönen. Die Marke gab es längst nicht mehr. Sara vermutete, dass das Telefon noch zu schwedischen Zeiten in ihren Besitz gelangt war. Womöglich war es sogar älter als sie selbst.

Sie setzte sich ihrer Mutter gegenüber, nahm sich eine Brotscheibe aus dem Korb, schraubte eine blaue Tube auf und drückte eine etwas zweifelhaft aussehende, orangefarbene Paste auf die Schnitte. Sie hatte den Brotaufstrich neulich bei IKEA in der Lebensmittelabteilung gesehen und mitgenommen, weil sie mal gehört hatte, dass er in Schweden beliebt sei.

Eva nahm davon keine Notiz. Ihre volle Aufmerksamkeit galt dem Lehrbuch, das aufgeschlagen neben ihrem Brettchen lag. Sara warf einen mäßig interessierten Blick auf die Seiten, auf denen Fotos von verschiedenen Personen abgedruckt waren, jungen wie alten. Offenbar paukte Eva Verwandtschaftsbeziehungen auf Tschechisch.

„Um acht geht der Kurs los“, erklärte sie mit einem entschuldigenden Lächeln. „Und ich will ja gut vorbereitet sein.“

„Bestimmt bist du dem restlichen Kurs schon wieder fünf Kapitel voraus“, neckte Sara sie.

Sie hatte längst aufgehört, sich zu fragen, warum ihre Mutter ihre Zeit damit verschwendete, Fremdsprachen zu lernen, obwohl sie keinerlei Absicht hegte, in die jeweiligen Länder zu reisen. Aber die Familienfotos auf den Lehrbuchseiten erinnerten sie an etwas.

„Wo sind eigentlich unsere Fotoalben, Mama?"

Evas Kopf ruckte hoch. „Unsere was?", fragte sie abwesend.

„Na, die Alben mit den Bildern von früher."

Eva musterte Sara, als hätte sie eine völlig abstruse Frage gestellt. Fotoalben! Auf eine solche Idee musste man erst mal kommen. „So etwas haben wir gar nicht", antwortete sie kopfschüttelnd. „Das weißt du doch."

„Caro sagt, jede Familie hätte irgendwo Fotoalben."

„Caro!" Eva schraubte ihren Blick genervt zur Decke. „Caro erzählt ganz schön viel, wenn der Tag lang ist."

Da musste Sara ihr recht geben. Manchmal neigte ihre Freundin tatsächlich dazu, ihre Erfahrungen zu verallgemeinern. Sie hatte wohl bei zwei, drei Bekannten Familienalben im Regal stehen sehen und meinte daher, das würde auf die Gesamtbevölkerung zutreffen.

„Wir haben also wirklich keine?", versicherte sie sich.

„Nein", sagte Eva mit fester Stimme. „Aber falls du es genau wissen willst: Wir hatten mal Alben, nur ist die Kiste damit beim Umzug damals verschwunden. Ich habe den Spediteur dafür ganz schön zur Schnecke gemacht, das kannst du mir glauben."

Zwar hatte Sara noch nie erlebt, wie ihre Mutter irgendjemanden zur Schnecke gemacht hatte, sie gab sich aber mit der Antwort zufrieden. „Schade, ich hätte gerne mal ein paar alte Fotos von früher gesehen."

„Stimmt", lächelte Eva und stippte mit ihrer Fingerspitze Schnittlauchringe von der Wachstuchdecke. „Es ist wirklich traurig, dass nichts von früher übrig geblieben ist. Aber viel war es sowieso nicht."

„Ja, aber wenigstens ein altes Babyfoto oder ein Bild von meinem Vater …"

Sara registrierte, wie ihre Mutter bei der Erwähnung ihres Vaters kaum merklich zusammenfuhr. Bis heute fiel es ihr schwer, über seinen Unfalltod zu sprechen. Meist wich sie dem Thema aus. Sara vermutete, dass der Schock tief saß, und konnte verstehen, warum Eva sich ungern daran erinnern ließ. Schon bedauerte sie, ihren Vater überhaupt erwähnt zu haben. Nichts lag ihr ferner, als ihre Mutter unnötig zu belasten.

Eva zwang sich ein neuerliches Lächeln aufs Gesicht. „Ärgere dich nicht über verloren gegangene Bilder. Das ist nur Vergangenheit. Das Einzige, was zählt, ist das Hier und Jetzt."

+++

„Musste es denn ausgerechnet diese Unterkunft sein?" Sara achtete tunlichst darauf, dem Waldrand nicht den Rücken zuzukehren, während sie ihr Fahrrad an einen Drahtzaun lehnte und dort ankettete.

Caro seufzte leicht genervt. „Es tut mir ja leid, dass dieses Haus ausgerechnet in der Kirschenallee steht und die nun zufälligerweise an den Wald grenzt! Lass uns schnell reingehen, okay?"

Nichts lieber als das! Sara eilte auf das ehemalige Mietshaus zu, das vor wenigen Jahren zu einer Asylbewerberunterkunft umfunktioniert worden war. Die Haustür stand offen. Sie traten in einen düsteren Hausflur. Fremdartige Essensdünste schlugen ihnen entgegen. Caro zog prompt die Nase kraus und sah aus, als schwanke sie zwischen maximaler Skepsis und maximalem Appetit.

Hinter einer Wohnungstür im Parterre plärrten mehrere Kinderstimmen durcheinander. Eine Frau zeterte etwas in einer fremden Sprache. Auf den Treppenstufen in den ersten Stock hinauf entdeckte Sara Staubflusen und festgetretene Kaugummis. Wie ein vergessenes Mahnmal hing ein Putzplan an der Wand neben der Treppe.

„Sieht ja nicht so aus, als würde sich irgendjemand daran halten", bemerkte sie und deutete auf den Zettel.

Caro trat hinter ihr die Stufen hoch und sah großzügig über den Dreck hinweg. „Ganz ehrlich, wenn ich nach einer Flucht mein Leben in einem fremden Land auf die Reihe kriegen müsste, wäre Hausflurreinigung auch nicht mein dringlichstes Problem."

Unschlüssig blieben sie auf dem Treppenabsatz stehen und sahen den Flur hinab, der im Halbdunkel lag. An keiner der Türen hing ein Namensschild.

„Er soll im ersten Stock wohnen", sagte Caro. „Sollen wir einfach irgendwo klopfen?"

„Lass es uns mal dort hinten versuchen!" Sara deutete ans Ende des Flurs, wo Tageslicht durch eine geöffnete Tür auf das Linoleum fiel. „Vielleicht ist da ein Gemeinschaftsraum oder so was Ähnliches."

Sie durchquerten den Gang und fanden eine Küche vor, bei deren Anblick ihre Mütter im Gleichtakt die Hände über dem Kopf zusammengeschlagen hätten.

„Heiligsblechle!", entfuhr es Caro beeindruckt.

Auf dem Fußboden gammelten achtlos an den Rand gescharrte Gemüseschalen vor sich hin. Der Herd war mit festgebackenen Fettspritzern übersäht. Auf einer Platte stand eine Pfanne voll ranzigem Öl. Auch die Schränke und Arbeitsflächen hätten dringend einen kräftigen Schuss Essigreiniger vertragen können. In der Spüle stapelte sich verschmutztes Geschirr zu einem Gebilde, das nur auf einen Luftzug wartete, um krachend in sich zusammenzustürzen.

„Hier sieht's ja aus wie nach unserem ersten Kochversuch!"

„Deine Eltern waren nicht begeistert, um es milde auszudrücken", erinnerte Sara sich.

Ihr Ansinnen, Spiegeleier zu braten, hatte in einem Fiasko mit verqualmter Küche und schrill fiependem Rauchmelder geendet. Danach hatte Christoph Moormann einen handlichen Feuerlöscher neben dem Kühlschrank installiert.

„Okay, was machen wir jetzt?", fragte Caro mit einem ratlosen Blick auf die menschenleere Verwüstung.

„Wohl doch irgendwo klopfen." Sara drehte sich um und wollte wieder in den Flur hinausgehen, als sie im Türrahmen mit einer Gestalt zusammenstieß.

„Oh, sorry!", rief der junge Mann, der im selben Augenblick in die Küche trat, und hob überrumpelt die Hände.

Sara prallte zurück. Sie wollte sich ebenfalls entschuldigen, aber nur ihr Mund klappte auf. Ihre Stimme war vor Schreck in Ohnmacht gefallen.

Vor ihr stand der Tänzer. Der geheimnisvolle Fremde, der seit ihrer ersten Begegnung immer wieder scheinbar schwerelos durch ihre Gedankenwelt gewirbelt war. Sie hätte an diesem Ort mit vielem gerechnet, aber nicht mit ihm. Er musterte sie ebenso überrascht. So nah waren sie sich bei ihrer letzten Begegnung nicht gekommen.

Sara spürte die Wärme, die von seinem Körper ausging, und roch, dass er kurz zuvor unter der Dusche gestanden haben musste. Eine leicht herbe Duftnote prickelte in ihrer Nase. Als er blinzelte, fielen ihr die langen, dichten Wimpern auf. Sein Augenaufschlag war geradezu waffenscheinpflichtig. Sie wusste nicht, wo sie hinsehen sollte, denn sie fürchtete, seinem Blick nicht standzuhalten.

„Ihr wollt bestimmt zu mir, oder?“, sagte er in einem Englisch, in dem ein melodischer Akzent mitschwang, und lächelte. Kein grelles, reviermarkierendes Grinsen, sondern eher ein Lächeln von der feinen, abwartenden Sorte.

„Äh …“, machte Sara verlegen.

„Du musst Ramin sein“, kam es deutlich souveräner von Caro. Sie streckte ihm die Hand entgegen, stellte sich und Sara vor und bedankte sich für seine Bereitschaft, sie zu treffen.

Lächelnd reichte Ramin auch Sara die Hand, die sie kaum zu ergreifen wagte. „Hallo, Sara.“

Es kam ihr vor, als hielte er sie einen kurzen Moment länger fest als die von Caro. Sie hätte nichts dagegen gehabt, wenn er sie gar nicht mehr losgelassen hätte.

„Nehmt Platz“, bot er an und deutete auf eine Sitzgruppe in der Ecke.

Nachdem Sara und Caro sich an den wacklig aussehenden Tisch gesetzt hatten, inspizierte Ramin mit kritischem Blick die zerkratzte Platte und sah sich dann auf der Küchenzeile um – vermutlich nach einem Wischlappen. Das einzige Exemplar lag zusammengeknüllt in der Spüle und hatte vor lauter Dreck eine undefinierbare Farbe angenommen. Ramin bückte sich, um im Küchenschrank darunter zu kramen, förderte einen halbwegs sauberen Lappen zutage, hielt ihn unter den Wasserhahn und wienerte erst einmal den Tisch.

Verstohlen beobachtete Sara jede seiner Bewegungen und das Spiel seiner Muskeln, die sich unter den engen T-Shirt-Ärmeln abzeichneten. Selbst beim Putzen sah dieser Mann unverschämt athletisch aus. Caro bemerkte ihren Blick, stieß sie unter dem Tisch mit dem Fuß an und zwinkerte ihr zu. Sara versuchte ihr unauffällig zu verstehen zu geben, dass sie ja die Klappe halten solle.

„Tut mir leid", sagte Ramin mit schiefem Lächeln. „Wir sind nur Männer auf der Etage und die meisten scheinen nicht zu wissen, wie man so etwas benutzt!" Mit Schwung ließ er den Lappen in die Spüle klatschen.

„Du musst unseretwegen jetzt nicht die Küche putzen", beruhigte Caro ihn, obwohl Sara auffiel, dass sie sich bemühte, nichts zu berühren.

Über schmutzige Treppenstufen zu steigen war eine Sache, in dieser versifften Küche zu sitzen eine andere. Ramin ließ sich trotzdem nicht davon abbringen, im Hängeschrank nach sauberen Tassen zu suchen und diese noch mal mit viel Spülmittel abzuwaschen, ehe er den altersschwachen Wasserkocher in Gang setzte. Aus einem anderen Schrank holte er eine große Schachtel Tee, die mit arabischen Schriftzeichen und zwei springenden Gazellen bedruckt war.

Als es im Kocher blubberte, hängte er in jede Tasse einen Teebeutel, goss das Wasser auf und wurde dann sehr eifrig mit der Zuckerdose. Sara bemerkte, wie Caros Augen mit jedem Teelöffel Zucker, der in die erste Tasse schwappte, größer wurden. Lächelnd stellte Ramin den dampfenden Tee vor sie hin. Dann verschwand er kurz auf dem Gang, um wenige Augenblicke später mit einem Teller Obst wiederzukommen. Ein aufmerksamer Gastgeber. Endlich setzte er sich ihnen gegenüber an den Tisch und sah sie erwartungsvoll an.

„Also, was wollt ihr von mir wissen?"

„Machst du noch anderen Sport außer Breakdance?", platzte Sara heraus, ehe ihre Vernunft wieder Kontrolle über ihr Sprachzentrum erlangen konnte.

Caro starrte sie verdutzt an. Sara hatte versäumt, ihr von ihrer ersten Begegnung mit dem Tänzer zu berichten. Ramin hingegen hob amüsiert die Brauen.

„Also, ich meine, ob du … weil du … na ja, du siehst ja irgendwie …" Sara verhaspelte sich, brach ab, bemerkte, wie sie knallrot anlief, und wäre vor Scham am liebsten in den verkrusteten Backofen gekrochen. Was für ein peinlicher Einstieg!

„Breakdance?", echote Caro, die sie ansah, als hätte sie Klingonisch gesprochen.

Ramin ignorierte den Einwurf. Zu Saras großer Erleichterung schien er die Frage gar nicht abstrus zu finden, denn er antwortete freundlich: „Ich gehe regelmäßig ins Fitnessstudio und jeden Tag in diesem wunderschönen Wald gegenüber joggen." Fast schon bedauernd hob er seine durchtrainierten Schultern. „Sonst gibt es hier in der Unterkunft nicht viel zu tun. Der Sport hilft gegen die Langeweile. Du darfst ihr nicht nachgeben, sonst zersetzt sie dich."

Sara nickte und registrierte nun ihrerseits, wie sein Blick aufmerksam ihre athletische Figur scannte. Wie er über ihre Oberweite, die sie zu flach, und ihre Schultern, die sie zu breit fand, wanderte und an ihrem Gesicht mit dem kantigen Kinn und dem viel zu groß geratenen Mund hängenblieb. Hastig, wie um sich dahinter zu verstecken, griff sie nach ihrer Teetasse, nahm einen Schluck daraus, verbrannte sich die Zunge und brach in einen heftigen Hustenanfall aus. Beinahe wäre ihr auch noch die Tasse aus der Hand gefallen.

„Was machst du denn da?", zischte Caro und hämmerte auf ihrem Rücken herum. Dann wandte sie sich an Ramin. „Du musst meine Freundin entschuldigen. Wenn sie Begriffe wie *Fitness* oder *Joggen* hört, kriegt sie vor Begeisterung jedes Mal fast 'nen Herzkasper!"

„Sportverrückt, was?", lachte Ramin.

„Und wie", keuchte Sara.

„Aber wir sind nicht hier, um über Sport zu quatschen!", fuhr Caro mahnend dazwischen. „Es geht um etwas ganz anderes."

„Ich bin ganz Ohr", sagte Ramin.

Caro legte ihr Smartphone auf den Tisch und startete die Aufnahmefunktion.

+++

Die Begegnung mit Ramin und die Geschichte, die er ihnen erzählt hatte, hing Sara den gesamten Nachmittag lang nach. Da noch Zeit bis zum Abendessen war, warf sie sich in ihre Laufmontur und joggte los, weil sie hoffte, dass Bewegung den Aufruhr in ihr wieder legen würde. Außerdem wollte sie mit ihrem Laufpensum nicht gleich zu Beginn in Rückstand geraten.

Als sie die Hauptstraße erreichte, wandte sie sich weder nach rechts noch nach links. Sie überquerte die Fußgängerampel, lief geradeaus am Supermarkt vorbei und wie ferngesteuert in die Richtung, aus der sie keine halbe Stunde zuvor mit Caro gekommen war.

An das Supermarktgelände schloss sich eine Kleingartenkolonie an, aus der ihr ein aufdringlicher Geruch nach Kohle, Grillanzündern und Bratwürsten entgegenwehte. Hinter dem Zaun klirrten Bierflaschen, jemand lachte. Gemütliches Feierabendgrillen an einem lauen Spätsommerabend. Noch schien die Sonne, auch wenn die schrägen Strahlen allmählich an Kraft verloren. Doch nachdem Sara den Zaun der Kolonie hinter sich gelassen hatte, verdunkelte sich der Himmel schlagartig. So kam es ihr zumindest vor. Sie hob den Kopf und erblickte Baumkronen, die sich wie zu einer drohenden Geste aufgerichtet über ihr erhoben.

„Keinen Schritt weiter!", schienen sie ihr zuzuflüstern.

Ihre Füße stoppten wie von selbst. Mit klopfendem Herzen blieb sie vor dem Waldrand stehen, der wie eine finstere, verrottende Wand auf ihrer Straßenseite aufragte. Der Grillgeruch war verflogen. Stattdessen stach ihr ein unverkennbarer Hauch von Moder in die Nase.

Der Geruch von abgestorbenem Laub, toten Nadeln und von feuchter Erde. Eine Mischung, die ihr, seit sie denken konnte, Magenkrämpfe bescherte, weil sie sich so davor ekelte.

Sie schnaubte, um ihre Nase davon freizubekommen, und wollte umkehren. Wollte zurück an die Sonne, ihre Arme von deren Strahlen wärmen lassen, statt im kalten Schatten der Bäume zu frösteln.

Irgendetwas aber ließ sie standhalten und stehen bleiben. Sie sah die Straße hinunter, wo einige Hundert Meter weiter das Haus stand, in dem Ramin wohnte. Ramin, der jeden Tag in diesem wunderschönen Wald joggte. So hatte er es ausgedrückt und das Strahlen in seinen Augen hatte verraten, dass er es nicht nur so dahingesagt hatte. Er stammte aus einer Großstadt im Iran, die am Rande einer Wüste lag. Für ihn war der Wald immer ein Sehnsuchtsort gewesen. Etwas, das es in jenem Teil seines Heimatlandes nicht gab. Wenn er in einem Wald spazieren gehen wollte, hätte er erst etliche Kilometer weit reisen müssen. Einmal hatte er diese Fahrt tatsächlich unternommen und war danach wie beseelt wieder nach Hause zurückgekehrt.

„Im Wald kann ich atmen", hatte Ramin begeistert erzählt. „Diese frische, klare Luft, die von den Bäumen reingewaschen wird. Das vielfältige Leben, das dir dort begegnet. Der Wald ist ein unglaublich lebendiger Ort … ein heiliger Ort! Dort fühle ich mich Gott und seiner Schöpfung näher als irgendwo sonst."

Sara hatte ihm verblüfft zugehört. Nie wäre sie imstande gewesen, den Wald so zu sehen. Für sie war es ein finsterer, toter Ort voller Bedrohung und Schatten, die ihr dort auflauerten. Ein Ort, der ihr Todesangst einjagte. Wahrscheinlich würde selbst sie, die nie in ihrem Leben zu irgendwem gebetet hatte, im Wald damit anfangen. Aus lauter Furcht, von dieser Hölle verschlungen zu werden.

Aber warum eigentlich?

Sara stand still und blickte in das Baumdickicht, das sich nur wenige Schritte vor ihr aufbaute. Hielt das Gefühl aus, das ihr sagte, dass tausend verborgene Augen zurückstarrten. Caro hatte die Frage neulich nicht gestellt, doch in diesem Augenblick war Sara sicher, dass sie mit zu deren Liste der *100 Unstimmigkeiten in Sara Henrikssons Leben* zählte.

Warum fürchte ich mich so vor dem Wald?

Es war eine so simple Frage. Doch erst in diesem Moment ging Sara auf, dass ihr nie in den Sinn gekommen war, sie sich zu stellen. Sie selbst, der Wald und die Angst waren für sie immer untrennbar miteinander verbunden gewesen. Da gab es nichts zu fragen. Da galt es nur zu vermeiden, keine schlafenden Schatten zu wecken und in größtmöglichem Abstand Ruhe zu finden.

Sara atmete durch und schüttelte den Kopf. Ausgerechnet die Begegnung mit Ramin brachte sie dazu, sich mit ihrer Urangst zu befassen. Nur, weil der Knabe masochistisch genug war, sich täglich durchs Dickicht zu schlagen. Nein, weil er das offenbar liebte. War es das Rätsel, wie so etwas möglich war, das sie reizte? Wie so vieles an ihm einen unwiderstehlichen Reiz bei ihr auslöste?

Plötzlich durchfuhr sie ein Gedanke, der sie gleichermaßen erschreckte und faszinierte. Wenn Ramin entspannt und sogar mit Freude durch den Wald lief – warum sollte sie nicht auch dazu in der Lage sein? Konnte sie es schaffen, ihre völlig irrationale Angst zu überwinden?

Der Gedanke fühlte sich groß an. Zu groß. Sara hätte nicht jahrelang alle möglichen Unbequemlichkeiten in Kauf genommen, um jede Baumansammlung zu umgehen, wenn es so einfach wäre. Aber vielleicht war dies gar nicht der Zeitpunkt, um zu denken. Vielleicht war dies der Moment zu handeln. Sich nicht mehr von ihrer Angst bestimmen zu lassen.

Nur wenige Meter vor ihr zweigte ein Waldweg ab. Jetzt oder nie? Sara horchte in sich hinein. Alles in ihr schrie, sie solle schleunigst das Weite suchen. Und wenn es ihr gelänge, die Stimmen zum Schweigen zu bringen?

Sie schloss die Augen und rief sich das Bild von Ramin ins Gedächtnis. Stellte sich vor, wie er leichtfüßig und mit einem Lächeln auf den Lippen durch den Wald trabte. Wie mochte es sich anfühlen, an seiner Seite zu laufen? Würde sie es mit ihm an ihrer Seite wagen? Bestimmt!

Nur war gerade kein Ramin in Sicht. Aber vielleicht genügte schon die Vorstellung, dass da jemand wäre, der sie begleitete? Vielleicht Gott, zu dem Ramin beim Joggen immer betete, wie er erzählt hatte? Bisher hatte Sara nie die Notwendigkeit verspürt, über so etwas wie Gott nachzudenken, ja, sie war sich nicht einmal sicher, ob sie glaubte, dass da irgendjemand war.

Für Ramin schien dieser Glaube eine Selbstverständlichkeit zu sein. Auch Caro glaubte an Gott, nur war das zwischen ihnen einfach nie ein Thema. Bisher hatte Saras Leben auch ganz gut ohne Gott funktioniert, aber sie musste zugeben: Hätte sie die Gewissheit, dass sie dem Wald nicht ganz allein gegenüberstand, sondern irgendeine positive Energie oder Macht oder wie auch immer man es nennen wollte, sie begleitete – dann würde sie sich leichter trauen.

Die Gewissheit hatte sie nicht. Auch keinen Glauben. Nur die Vorstellung, dass ihr so etwas helfen könnte, weil es auch Ramin half. Vielleicht war das für den Moment aber auch schon genug.

Sara öffnete die Augen und straffte die Schultern. Sie schickte einen stummen Gedanken in das dunkle Nirgendwo vor sich. Wenn da irgendjemand ist, steh mir bei!

Dann gab sie sich einen Ruck und lief los.

Der Wald verschluckte sie wie ein hungriges Tier. Er verschluckte das Bild von Ramin. Er verschluckte alle Geräusche, die Sara vor wenigen Augenblicken noch in der beruhigenden Gewissheit gewogen hatten, dass das Leben um sie herum weiterhin pulsierte. Der Straßenlärm war verebbt, das Gelächter aus der Kleingartenanlage hatte sich irgendwo in einem Gebüsch am Waldrand verheddert.

Bedrohliche Stille umfing sie. Ein Gefühl, als lausche der Wald auf jede ihrer Regungen, als lauere etwas Namenloses hinter den Bäumen, um sie heimlich zu verfolgen. Jeder ihrer Schritte klang seltsam gedämpft in ihren Ohren, ihr Atem war unnatürlich laut. Sogar ihren Herzschlag konnte sie hören. Er hämmerte von innen an ihr

Brustbein, als wäre ihr Herz zu einem Rammbock mutiert. Die wuchtigen Schläge dröhnten in ihrem Kopf.

Sara hielt ihren Blick starr geradeaus auf den Weg gerichtet. Totes Laub raschelte unter ihren Füßen, Zweige knackten. Dieses Scharren und Knistern, Brechen und Reißen brachte sie fast um den Verstand, erinnerte sie an tiefe Schwärze und noch tiefere Angst. Scharfe Zweige schnitten in ihre Arme und rissen blutige Wunden in ihre Beine, aber als sie an sich heruntersah, konnte sie nicht einen Kratzer erkennen. Angst und Realität verschwammen und es fiel ihr immer schwerer, beides auseinanderzuhalten. Sie wusste nur: Sie musste laufen. Schneller und schneller, um dem zu entkommen, der sie jagte.

Sie rannte wie nie zuvor. Ihre Füße berührten kaum den Boden. Stämme, Äste, Zweige, Laub um sie herum verwischten in ihren Augenwinkeln zu dunklen Schlieren. Feuchte, kalte Luft brannte in ihren Lungen, die sich anfühlten, als würden sie jeden Moment vor Anstrengung platzen. Sie rannte wie durch einen endlosen, dämmrigen Tunnel, der sich mal nach links wand, dann nach rechts, der andere Tunnel kreuzte und wieder geradeaus führte.

Sara blinzelte Tränen weg, die ihr über das glühende Gesicht liefen. Sie kniff die Augen zusammen: Vor ihr, weit vor ihr, malten Sonnenstrahlen das tote Laub goldgelb an. Hoffnung. Der Boden unter ihren Füßen schien sich zu verlieren, er sackte weg, ihre Beine bewegten sich, eilten ins Leere, sie schwebte, flog und verlor jeden Halt.

Plötzlich war der Tunnel zu Ende. Und plötzlich war auch der Boden wieder da und stieß unvermittelt von unten gegen ihre Schuhsohlen. Sara geriet aus dem Tritt, strauchelte vorwärts und landete der Länge nach auf löchrigen Betonplatten. Ein brennender Schmerz jagte über ihre Knie und Handflächen. Sie blieb einen Augenblick lang liegen und pumpte. Ihr Atem pfiff vor Anstrengung und ihr Herz schien fast zu explodieren. Sie legte die Stirn auf die pulsierenden Handrücken, schloss die Augen und versuchte wieder zu sich zu kommen.

Ein Sonnenstrahl traf ihr Schulterblatt und blieb. Die Wärme durchfuhr sie wie ein Hoffnungsstrahl. Sie hatte es geschafft. Sie war draußen. Sie war einmal quer durch den Wald gelaufen. Obwohl sie noch immer um Atem rang, rüttelte ein Lachen ihren Brustkorb. Es stieg auf und wollte raus. Es fühlte sich völlig verrückt an und doch richtig. Sara lachte in die Betonplatten, lachte Tränen, bis ein rauer Husten sie schüttelte. Es war ihr egal. Sie hatte den Wald überlebt.

#7

„Mein Gott, wie siehst du denn aus?“ Eva, die gerade das Abendbrot vorbereitete, starrte Sara entsetzt an.

Da erst wurde Sara sich bewusst, was für einen Anblick sie bot: das Gesicht erhitzt und verheult, die Sportsachen voll Staub und Kiefernnadeln, die Knie blutig geschürft.

Eva ließ das Tomatenmesser auf das Schneidebrett fallen. „Was ist passiert?“

„Ich war laufen.“ Sara grinste schief.

„Ich frage dich noch inmal, was passiert ist!“ Die plötzliche Schärfe in Evas Stimme ließ Sara zusammenzucken. „Warum bluten deine Knie und Hände? Und warum siehst du aus, als hättest du dich im Staub gewälzt?“

„Beruhige dich, Mama.“ Das Hochgefühl, das sie auf dem Heimweg erfasst hatte, ließ sie sich fast unverwundbar fühlen. „Ich bin beim Joggen im Wald gestolpert und hingefallen.“

Stolz und voller Erwartung sah sie Eva an.

„Du warst im Wald?“ Fassungslos riss Eva die Augen auf.

Sara nickte betont beiläufig und lachte sich innerlich ins Fäustchen über das perplexe Gesicht ihrer Mutter.

„Sara, was ist los mit dir? Du gehst sonst nie in den Wald.“

„Aber heute habe ich es probiert. Und ich bin noch am Leben, wie du siehst.“

Dass sie vor Angst fast wahnsinnig geworden war, verschwieg sie ihrer Mutter lieber. Und auch, dass sie in den Minuten, nachdem sie sich wieder aufgerappelt hatte, orientierungslos über den Betonplattenweg gestolpert war, weil sie keine Ahnung hatte, wo sie sich befand.

Erst, als die Häuser und Straßenzüge des Neubaugebiets vor ihr aufgetaucht waren, hatte sie begriffen, dass sie auf mecklenburgischer Seite aus dem Wald gekommen war. Keine zehn Minuten später hatte sie wieder vor ihrer Haustür gestanden. Genau rechtzeitig zum Einbruch der Dämmerung.

Eva griff erneut nach ihrem Messer und fuhr kopfschüttelnd fort, die Tomaten zu vierteln. „Es gefällt mir gar nicht, dass du alleine durch den Wald marschierst. Das ist gefährlich."

Das waren ganz neue Töne für Sara. Nicht, weil Eva ihr vorher erlaubt hätte, sich im Wald zu bewegen, sondern weil der Wald zwischen ihnen nie ein Thema gewesen war.

„Was soll denn daran gefährlich sein?", wunderte sie sich. Sie öffnete die Kühlschranktür und holte die Aufschnittdose heraus. Dann begann sie, Käsescheiben auf einem Tellerchen anzurichten.

„Man kann nie wissen, wer sich da noch alles herumtreibt."

„Habe ich irgendetwas verpasst?"

Eva lehnte sich an die Anrichte und fuhr sich mit der Hand durch die Haarsträhnen, die sich aus ihrem Dutt gelöst hatten. Sie sah aus, als überlege sie fieberhaft, ehe sie sich von der Arbeitsplatte löste und Sara ernst ansah.

„Der Wald ist nicht gut für dich. Das weißt du doch."

„Aber warum?", fragte Sara verwirrt. „Was ist im Wald passiert? Warum hatte ich solche Angst davor?"

„Nichts ist passiert." Eva machte eine wegwerfende Handbewegung. Da sie noch immer das Messer in der Hand hielt, wirkte es, als wollte sie das Thema einfach abschneiden. „Junge Mädchen wie du sollten nur nicht allein im Wald herumlaufen. Ganz einfach. Du hast dir die Hände nicht gewaschen, oder?"

Sara hielt in ihrer Bewegung inne und sah ihre erdverschmierten Finger an, mit denen sie eben den Käse arrangiert hatte. Sie hatte überhaupt nicht darüber nachgedacht, was sie tat.

„Entschuldigung", murmelte sie, stellte das Tellerchen auf die Arbeitsfläche neben dem Kühlschrank und wusch sich über der Spüle die Hände. Ihre Handflächen waren zum Glück nicht schlimm aufgeschürft, aber ihre Knie hatten auf dem rauen Beton ziemlich gelitten.

Eva nahm sie in Augenschein und seufzte. „Warte, ich hole Desinfektionsspray und Pflaster."

Als ihre Knie verbunden waren und sie wenig später beim Abendbrot zusammensaßen, wagte Sara einen neuerlichen Vorstoß. Sie wartete, bis Eva in ihre mit Salatblatt und Paprikastreifen verzierte Goudaschnitte gebissen hatte, um ihr während des Kauens Zeit zum Überlegen zu lassen, und fragte: „Woher kommt diese Angst, die ich schon immer vor Wäldern hatte, Mama? Irgendeinen Ursprung muss sie doch haben."

Etwas in Evas Blick zog sich zu wie Wolken am Horizont eines schönen Sommertages. Sara beobachtete ihr Mienenspiel, wurde daraus aber nicht schlau. Eva nahm einen Schluck Mineralwasser und sah sie an.

„Warum fürchten sich manche Menschen vor Spinnen? Warum haben andere panische Angst vorm Fliegen, obwohl sie nie ein Flugzeug betreten haben? Manche Ängste sind einfach da, Sara. Es gibt keine rationale Erklärung dafür." Über den Tisch hinweg griff sie nach der Hand ihrer Tochter. „Glaube mir, ich wünschte, ich wüsste es."

Die Wolke am Rande von Evas Blick war noch immer da. Irgendetwas stimmte nicht. Ganz gleich, was ihre Mutter sagte, Sara wurde den Verdacht nicht los, dass die Beklemmung, die sie im Wald erlebt hatte, keine Einbildung gewesen war. Das Gefühl, dass spitze Zweige ihr Arme und Beine zerkratzten, hatte sie sich ebenso wenig eingebildet. Der Schmerz, als ihre Haut aufzureißen schien, war echt gewesen. Schlagartig verstand Sara, warum.

Weil sie diesen Schmerz irgendwann vor langer Zeit einmal genauso gefühlt hatte.

+ + +

Nach dem Essen klappte Sara an ihrem Schreibtisch sitzend ihr Notebook auf. Sie hatte sich auf der Heimfahrt vom Asylbewerberheim bereit erklärt, das Interview mit Ramin abzuhören und Notizen für die Projektarbeit zu machen.

Caro hatte sie überschwänglich für ihren plötzlichen Arbeitseifer gelobt, es dabei mit dem verschwörerischen Augenzwinkern aber ein wenig übertrieben. „Da erwacht offensichtlich nicht nur eine ganz neue Liebe zur Gesellschaftswissenschaft!"

„So ein Quatsch", hatte Sara gebrummt.

„Ich weiß, was ich gesehen habe!"

Für den triumphalen Singsang in ihrer Stimme hätte Sara ihre Freundin am liebsten vom Rad geschubst. Selbstverständlich hatte Caro sich prächtig über die gesammelten Peinlichkeiten, die Sara an diesem Nachmittag vom Stapel gelassen hatte, amüsiert.

Sie öffnete das Mailprogramm, um die Audiodatei herunterzuladen, von der Caro versprochen hatte, sie ihr noch vor dem Abendessen zu schicken. Doch etwas stimmte mit der Internetverbindung nicht. Sie konnte sich nicht mit dem Server verbinden. Ungeduldig klickte Sara auf das WLAN-Symbol und seufzte genervt auf, als ein Dialogfeld auftauchte, das sie zur Eingabe des Passwortes aufforderte.

„Ach, Caro!" Sie nahm ihr Handy und schickte ihrer Freundin eine SMS.

Jetzt wäre der ideale Zeitpunkt, um das Bad zu putzen!

Die Antwort folgte prompt: *Sorry!!!*

Sara legte das Handy weg, sank gegen die Lehne ihres Schreibtischstuhls und drehte sich ein paarmal im Kreis. Das würde eine Weile dauern.

Es war immer wieder dasselbe: Kam Caro ihren Haushaltspflichten nicht nach, änderten ihre Eltern als Druckmittel das WLAN-Passwort, nichtsahnend, dass auch Sara mit drinhing, weil sie heimlich über das Funknetzwerk der Familie Moormann mitsurfte.

Bei Sara zu Hause gab es keinen Internetanschluss. Ihre Mutter wollte das so. Eva hielt das Internet für einen dunklen Abgrund voller

Gefahren und lehnte es daher kategorisch ab. Ihre Predigten über die Tücken der Online-Welt, über Viren, Trojaner, Cybermobbing, Phishing und was ihr sonst noch alles in den Sinn kam, konnte Sara mittlerweile auswendig mitsprechen.

Für eine Frau, die keine private E-Mail-Adresse besaß und ihre Banküberweisungen am liebsten in Tontafeln geritzt hätte, gab Eva sich bestens informiert. Bei ihrer Arbeit im Anwaltssekretariat kam sie zwar nicht umhin, die ein oder andere Mail zu verschicken, aber privat besaß Eva nicht einmal einen Computer. Saras Notebook war das einzige Zugeständnis, zu dem sie bereit gewesen war, weil sie es für die Schule benötigte.

Dass Sara es sich nicht nehmen ließ, über Moormanns WLAN zu surfen, wusste Eva hingegen nicht. Zusammen mit dem gebrauchten Smartphone, das sie einer Mitschülerin abgekauft hatte, war es das einzige Geheimnis, das Sara vor ihrer Mutter hatte. Es gefiel ihr zwar nicht, Eva zu hintergehen, doch ohne Internet wäre sie sozial komplett abgehängt. Das ging nicht, bei aller Liebe.

Eine knappe halbe Stunde später trudelte endlich die erlösende Nachricht ein.

Das neue Passwort lautet: Auch_Unter_Der_Klobrille! Ich hasse meine Eltern -.-

Grinsend zog Sara das Notebook auf ihren Schoß und tippte das Passwort in die Dialogzeile. Sofort leuchtete das WLAN-Symbol am unteren Bildschirmrand auf. Dann konnte sie ja endlich loslegen.

+++

„Warum bist du aus deiner Heimat geflohen?“, fragte Caro, die einen Spickzettel mit den wichtigsten Fragen in der Hand hielt. In der Mitte des Tischs lag ihr Smartphone. Das Aufnahme-Symbol blinkte und der Timecode lief.

Ramin überlegte kurz. Dann stand er wortlos auf und verließ die Küche. Draußen auf dem Gang klappte eine Tür. Sara und Caro tauschten einen beunruhigten Blick. Hatten sie ihn gleich mit der ersten Frage davongejagt? Das ließ sich ja gut an!

Sara erinnerte sich, wie Ramin nach ihrer letzten Begegnung ebenfalls schlagartig das Feld geräumt und sie verdattert stehen gelassen hatte. Doch zu ihrer Erleichterung hörten sie kurz darauf erneutes Türenklappen und Schritte auf dem Flur. Mit einem in schwarzes Leder gebundenen Büchlein in der Hand kam Ramin wieder in die Küche, setzte sich zurück an seinen Platz und legte das Buch auf den Tisch. Goldgeprägte arabische Lettern zierten den Umschlag.

Sara wünschte sich plötzlich, sie hätte Evas Ausführungen zur arabischen Schrift mit weniger Desinteresse gelauscht. Vielleicht hätte sie dann entziffern können, was da stand. Oder war das persische Alphabet doch wieder anders? Ihr wurde bewusst, dass sie keinen Schimmer hatte vom Iran, seiner Sprache und seiner Kultur. Alles, was sie aus den Nachrichten wusste, war, dass das islamische Land von einer Reihe halbgreiser Zauselbärte regiert wurde, denen es gefiel, die Bevölkerung auf Schritt und Tritt zu bevormunden und zu gängeln.

„Ist das ein Koran?“, erkundigte sich Caro.

Ramin schüttelte den Kopf. „Nein. Eine Bibel. Sie ist der Grund, warum ich mein Land verlassen musste.“

„Dann bist du gar kein Moslem?“, kombinierte Sara.

Wieder schüttelte er den Kopf. „Nicht mehr. Und genau das ist mein Problem.“

Nachdenklich fuhr er mit der Fingerspitze über die Goldprägung seiner Bibel. Eine liebevolle, fast zärtliche Geste. Dann begann er zu erzählen.

„Vor drei Jahren traf ich im Stadtpark auf ein paar Jungs in meinem Alter. Sie machten Breakdance. Ganz klassisch mit HipHop-Musik aus einem riesigen Ghettoblaster neben sich. Ein Kreis hatte sich um sie herum gebildet. Ein paar Leute klatschten mit, die Kinder versuchten die Sprünge nachzumachen, sie hatten alle richtig viel Spaß.

Ich blieb auch stehen. Ich hatte so was noch nie gesehen, aber ich wusste gleich, dass ich auch so tanzen wollte. Also sprach ich die

Jungs an und sie brachten mir ein paar Tricks bei. Bald gehörte ich fest zur Gruppe dazu. Wir trafen uns regelmäßig zum Trainieren in einer Ecke des Parks. Dabei mussten wir immer ein wenig aufpassen, denn manche Polizisten sahen das nicht so gerne. Sie behaupteten, Breakdance sei unislamisch."

Ramin schnaubte verächtlich. „Manchmal kam es mir vor, als wäre alles, was Spaß macht, verboten. Ich war nie ein besonders strenggläubiger Moslem, meine Familie hat das eher locker gesehen. Deshalb hatte ich auch kein Problem damit, als einer der Jungs bei einem Treffen plötzlich eine Bibel auspackte und ein paar Verse vorlas. Ich machte mir eher Sorgen, dass die Polizei das mitbekommen könnte.

Im Iran ist die Bibel ein gefährliches Buch. Man lässt sich besser nicht damit erwischen. Dabei waren die Verse, die mein Freund vorlas, wunderschön. Es war der 139. Psalm. Darin steht, dass Gott uns durch und durch kennt, uns liebt und uns unser gesamtes Leben lang begleiten will. Durch alle Höhen und Tiefen."

Ramins Augen leuchteten, als er sich an die Worte erinnerte. Spontan griff er nach seiner Bibel und schlug sie zielsicher auf. Dann begann er den Text auf Persisch zu vorzutragen. Fasziniert lauschte Sara dem fremdartigen, melodischen Klang. Ramins warme Stimme trug die unbekannten Laute so achtsam wie zerbrechliche Gegenstände. Sara hätte ihm endlos zuhören können, obwohl sie nicht eine Silbe verstand von dem, was er las. Als Ramin nach dem letzten Wort das Buch wieder zuklappte, erfüllte sie Bedauern.

„Mir hat man immer beigebracht, dass Gott zwar barmherzig sei, aber auch unnahbar, ja eigentlich unerreichbar. In diesem Buch aber steht das Gegenteil, nämlich dass Gott uns nahekommen will. Dass er sogar als Jesus Mensch wurde und mitten unter uns lebte, weil er Beziehung zu uns sucht. Das fand ich faszinierend, und ich fragte mich, ob Gott vielleicht ganz anders ist, als ich mir das immer vorgestellt hatte."

„Wie hast du dir Gott denn vorgestellt?", fragte Caro.

„Keine Ahnung ... So wie ich eben gesagt habe: fern und unerreichbar. Einer, der alles sieht, was ich tue, und alles bewertet, sogar meine intimsten Gedanken. Dem man es nie wirklich recht machen kann. Dem man trotzdem gefallen muss, weil man sonst nicht in den Himmel kommt. So ungefähr."

„Und wie erlebst du Gott heute?"

Ein Lächeln breitete sich auf Ramins Gesicht aus. „Heute weiß ich, dass ich nicht perfekt sein muss, sondern dass Gott mich liebt und es gut mit mir meint. Dass es genügt, ihm zu vertrauen. Und das versuche ich. Manchmal ist es schwer, weil er mir die harten Zeiten nicht erspart. Ich wäre gerne in meiner Heimat geblieben, bei meiner Familie. Gott hat mich nicht davor bewahrt, dass ich in Schwierigkeiten geraten bin, nachdem unsere kleine Christentruppe aufgeflogen ist."

„Wie hat man euch erwischt?", fragte Sara mit besorgter Miene.

Ramin rührte seinen Tee um, trank einen Schluck und stellte die leere Tasse zurück auf den Tisch. „Bei einem unserer Treffen im Park kamen ein paar Polizisten vorbei, die uns nicht so wohlgesonnen waren. Sie filzten uns und entdeckten bei einem von uns eine Bibel. Wir wurden alle verhaftet."

„Nein!", rief Sara erschrocken. „Nur wegen so etwas?"

„Ich weiß, hier wäre das überhaupt kein Problem." Ramin lächelte traurig und zuckte mit den Schultern. „Hier ist Glaube für viele Menschen sowieso kein Thema mehr. Bei uns ist die Religion staatstragend. Und wer von ihr abweicht und dabei erwischt wird, bekommt die Konsequenzen zu spüren. Ich saß eine Woche im Gefängnis, dann ließ man mich plötzlich frei. Mit dem netten Versprechen, dass man gut auf mich aufpassen werde."

Sara und Caro nickten betroffen, als sie verstanden, was er damit meinte.

„Meine Eltern beschworen mich, zum Islam zurückzukehren, um nicht noch mehr Ärger zu bekommen. Sie hatten Angst um mich und fürchteten Probleme für den Rest der Familie. Aber ich wollte nicht mehr. Ich wollte mich nicht mehr vom Staat zu dem zwingen lassen, was ich glauben sollte. Ich wollte nach meinen eigenen Überzeugungen leben. Also habe ich mich von meiner Familie verabschiedet und meine Heimat verlassen, auch um sie zu schützen. Eine andere Möglichkeit gab es für mich nicht."

Caro pfiff durch die Zähne. „Das hätte ich nicht gekonnt!"

„So habe ich auch mal gedacht. Aber manchmal gelangt man im Leben an einen Punkt, an dem man Dinge tut, die man vorher nicht für möglich gehalten hätte. Ich hätte nicht gedacht, dass ich mich einmal illegal über mehrere Grenzen durchschlagen müsste und dass man mich auf der Flucht ausraubt. Ich kam mit nichts als meinen Klamotten am Leib und meinem Pass in der Jackentasche in Europa an. Die wenigen Erinnerungsstücke, die ich mitgenommen hatte, meine erste Bibel, die Familienbilder, mein Handy – alles weg."

Sara stoppte den Audioplayer. Noch immer war sie tief bewegt von Ramins Schicksal. Sie fragte sich, ob sie genauso kompromisslos gehandelt hätte wie er. Sicherlich nicht. Sie hätte sich dazu überreden lassen, zu ihrem früheren Glauben zurückzukehren, wenn sie einen gehabt hätte. Oder sie hätte einfach so getan, als ob, und heimlich weitergemacht. Wegen seiner religiösen Überzeugung alle Zelte abzubrechen, die Familie zu verlassen und in der Fremde neu anzufangen – das war krass. Das hätte sie genauso wenig gekonnt wie Caro, die in Glaubensdingen wohl einigermaßen sattelfest war.

Am meisten aber bewegte sie das winzige Detail, das Ramin ganz am Schluss genannt hatte. Auch er besaß kein einziges Bild seiner Familie mehr. Es kam ihr zwar seltsam vor, doch dadurch fühlte sie sich Ramin ein klein wenig näher. Sie beide hatten ihre Heimat und ihre Familien verloren. Nur die Ursachen dafür waren völlig verschieden. Ramin war geflohen – und ihre Mutter?

Nachdenklich starrte Sara auf den Bildschirm. Als Desktophintergrund hatte sie ein Foto von sich und Eva hochgeladen. Ein Selfie mit einer uralten Digitalkamera, das bei einem ihrer Weiberabende auf dem Sofa entstanden war. Wange an Wange lachten sie in die Kamera und sahen dabei fast aus wie Schwestern. Vom Gesicht her war Sara nahezu die exakte Kopie ihrer Mutter, nur Haar- und Augenfarbe waren dunkler.

War Evas Entschluss, nach Deutschland zu ziehen, eine Art Flucht gewesen? Sie habe es nach dem Tod von Saras Vater in Schweden nicht mehr ausgehalten, hatte sie einmal erwähnt. Schließlich hatte sie alle Kontakte in die Heimat abgebrochen und brachte ihr früheres Leben dort nicht mehr zur Sprache. Selbst ihre Muttersprache hatte Eva nach einigen Jahren aufgegeben.

Sara hatte fast völlig vergessen, wie es klang, wenn ihre Mutter Schwedisch sprach. Sie war sich nicht einmal sicher, wie weit sie ihre eigene Muttersprache selbst noch beherrschte. Hatte Eva es bewusst darauf angelegt? Sprache war untrennbar mit dem Bewusstsein verknüpft. War das Aufgeben ihrer gemeinsamen Muttersprache am Ende womöglich Evas Versuch gewesen, die allerletzte Verbindung in die Heimat zu kappen?

Jetzt konnte Sara verstehen, was Caro zu ihren Fragen bewogen hatte, denn es gab tatsächlich einige Punkte in ihrem Leben, die merkwürdig erschienen, wenn sie ein wenig darüber nachdachte. Keine Bilder, keine Kontakte, keine Sprache, keine Erinnerungen. Eva hatte ihre gesamte Vergangenheit ausgelöscht.

Sara rutschte von ihrem Stuhl und machte einen Schritt hinüber zu ihrem Bett. Mit der flachen Hand fasste sie in den Spalt zwischen Matratze und Rahmen und fingerte die Geburtstagskarte hervor.

Papa. Sie konnte noch immer nicht glauben, dass ihr Vater diese Karte selbst geschrieben haben sollte. Es musste jemand anderer gewesen sein. Irgendjemand in Schweden kannte sie. Ein Mensch, von dem Eva höchstwahrscheinlich nicht wollte, dass sie sich an ihn erinnerte. Aber warum? Und wieso meldete sich dieser Unbekannte ausgerechnet jetzt? Woher wusste er, in welcher Stadt sie lebte und dass sie Mitglied in einem Sportverein war?

Es gab nur eine Möglichkeit, das herauszufinden.

Sara öffnete das Mailprogramm. Sie tippte die E-Mail-Adresse, die am unteren Rand der Karte stand, in die Adressatenzeile, übersprang den Betreff und klickte mit der Maus in das Textfeld. Sie schrieb nur einen einzigen Satz:

Wer bist du?

Ehe sie es sich anders überlegen konnte, schickte sie die Mail ab.

+++

Ihr Atem prallt in schnellen, hohlen Stößen gegen die Wände, die sie rau und viel zu eng umschließen.

Kalt. Ihr ist so furchtbar kalt. Eisiges Wasser umfließt leise murmelnd ihre tauben Fingerspitzen, tränkt die nassen Fetzen, die an ihr kleben, sprudelt in ihrem Ohr und zieht auch noch das letzte Fünkchen Wärme aus ihrem Körper. Ihr Gesicht ruht auf etwas Stinkendem, Schleimigem. Verrottetes Laub haftet an ihren Lippen und auf ihrer Zunge der Geschmack von Fäulnis und Tod.

Sie muss würgen. Spuckt Schlamm aus, würgt noch mehr und ringt verzweifelt nach Luft. Doch da ist nur dieser alles erstickende, gärige Gestank. Er kriecht in sie hinein, fließt durch ihre Adern und legt einen schmierigen Film auf all ihre Sinne. Ihr Kopf fühlt sich dumpf an und leer. Die Angst hat sich benommen in irgendeinen verborgenen Winkel ihres Herzens verkrochen und wartet, bis alles vorbei ist. Selbst die Angst lässt sie im Stich.

Plötzlich hört sie ein Kratzen, kurz darauf ein Scharren. Jemand kommt. Ein fahler Lichtstrahl irrt durch das Dunkel. Hände patschen durch das Wasser, Fußspitzen schleifen über den Boden. Fremder Atem hallt von den Wänden wider. Er keucht und stöhnt wie unter großer Anstrengung, rasselt in ihren Ohren und lässt sie zittern.

Sie hätte den Tod von vorn erwartet, doch er nähert sich von hinten. Mit einem Grunzen packt er ihre Fußgelenke und zerrt sie ruckartig mit sich. Ihr Gesicht schleift über die toten Blätter am Boden, ihre Finger versuchen sich in den Wänden festzukrallen, doch reiben nur an nacktem Beton. Weiter und weiter zieht er sie durch die enge Röhre. Dann, schlagartig, ändert sich die Luft. Die Fäulnis zerstäubt in tausend Regentropfen, die wie spitze, kalte Nägel auf sie herabprasseln. Der herbe Geruch von feuchter Erde und nassem Laub schlägt ihr entgegen. Sie ringt nach Atem, will den modrigen Geschmack aus ihrem Mund verbannen und hustet, bis ihr Hals brennt.

„Still!", zischt eine raue Stimme über ihr. „Bist du wohl endlich still?"

Die Hände packen sie bei den Handgelenken, reißen sie in die Höhe und im selben Moment glaubt sie, ihr Kopf müsste zerspringen. Sie will sich wieder zusammensacken lassen, will einfach nur auf dem Boden liegen und abwarten, bis alles vorbei ist, doch das lässt er nicht zu. Erbarmungslos schleift er sie hinter sich her. Sie kann nicht erkennen, wohin, denn auch außerhalb der Röhre ist es stockfinster. Sie verliert ihre Schuhe, ihre Socken. Ihre Fußspitzen scharren durch Laub, stoßen gegen Baumwurzeln und niedriges Geäst. Sie versucht, auf die Füße zu kommen, stolpert aber nur hilflos hinterher.

„Lauf!" Ein harter Ruck an ihrem Arm. „Du musst laufen!"

Sie kann nicht. Sie will, dass er sie loslässt. Es soll aufhören! Da schneidet ein Schrei wie mit einem blanken Messer in die Luft, schrill und unwirklich. Das Echo hallt dutzendfach von den Stämmen wider und nimmt mit verzweifeltem Schluchzen die Verfolgung auf. Und plötzlich ist die Angst wieder da. Hellwach, als hätte der Schrei das Eismeer zum Beben gebracht. Wie ein Tsunami rollt ihre Angst heran und reißt sie mit ihrem kalten Strom gnadenlos fort.

Die Bäume schreien! Ihre Tränen regnen auf sie herab, rinnen an ihr herunter, fließen in ihre Handflächen hinein und lösen den festen Griff der großen Hand. Sie entgleitet ihr, zuerst langsam, doch dann schnellt sie davon. Sie taumelt nach vorn und fällt, Gesicht voran, ins feuchte Laub.

Die Hände reißen sie wieder hoch, wirbeln sie durch die Luft und werfen sie wie einen nassen Sack über eine Schulter. Kopfüber baumelt sie über dem Rücken des Riesen, der keuchend durch den nächtlichen Wald jagt. In ihren Ohren rauscht das Blut. Ihr wird schwindelig. Das

Schreien erhebt sich erneut, macht sich bereit zum Angriff. Ein hoher, verzerrter Ton voll Schmerz und Verzweiflung.

Die Bäume greifen nach ihr, strecken ihre Äste nach ihr aus, kratzen wie mit spitzen Nägeln über ihre Haut, reißen Wunden, zerren an ihren Haaren. Wütend kreischen sie hinter ihr her, wenn sie ihnen entrinnt. Wieder versuchen sie es, immer wieder. Sie presst die Augen zu und will sich die Ohren zuhalten, doch sie kann nicht. Das Kreischen bringt sie fast um den Verstand.

Hinter ihren Lidern flackern Farben auf. Lilafarbene und grüne Punkte flattern in einem hektischen Reigen auf und ab. Sie sehen aus wie zwei Schmetterlinge, die im Dunkeln fluoreszieren. Leicht wie zwei Träume flattern sie ihr nach. Dabei fliegen sie hoch, wenn das Heulen anschwillt, und sinken ab, wenn es an Kraft verliert, fast so, als ritten sie auf der Welle der verzerrten Stimme. Allmählich entfernt sie sich. Ein paarmal wimmert sie noch durch die Finsternis, dann verstummt das Heulen und mit ihm lösen sich die Schmetterlinge auf. Nur ein paar schwache grüne und lilafarbene Schlieren hängen weiterhin in der Luft und lassen den Regen schimmern wie Perlmutt.

#8

Sara griff zum schwarzen Buntstift und fing an, das Papier vor sich damit zu bearbeiten. Mit kräftigen Strichen schraffierte sie die unteren zwei Drittel schwarz. Das obere Drittel ließ sie frei und zeichnete eine Reihe spitzer, dunkler Baumwipfel ein. Immer wieder äugte Caro von ihrer eigenen Arbeit zu Saras Tischhälfte hinüber, wobei sie ein wenig verstört wirkte.

Der Morgen begann mit einer Doppelstunde Kunst, was nicht unbedingt zu Saras Glanzfächern zählte. Doch als ihr Lehrer Schrumpf den Schülern zu Stundenbeginn die Aufgabe stellte, ein Filmplakat zu ihrer aktuellen Stimmungslage zu entwerfen, war Sara sofort ein Einfall gekommen. Das war ihr bei Schrumpfs Arbeitsaufträgen noch nie passiert. Zumeist saß sie erst einmal eine Viertelstunde ratlos vor ihrem Papierbogen und kaute am Ende ihres Bleistifts herum. Doch nach dieser Nacht und diesem Traum war ihr sofort ein Bild vor Augen erschienen, das nur noch gestalterisch umgesetzt werden musste.

„Spooky", bemerkte Caro nach einer Weile. Sie selbst zeichnete mit großer Sorgfalt mandalaartige Ornamente auf wolkenähnliche Gebilde, die Sara entfernt an Caros Lieblingsbettwäsche erinnerten. „Ich hätte ja etwas ganz anderes von dir erwartet."

„Und zwar?", fragte Sara spitz, denn ihr war der Unterton nicht entgangen.

„Na ja, Herzchen, Rosen, Schmetterlinge ...", zählte Caro mit schwärmerischer Stimme auf. „Würde das deine derzeitige Stimmungslage nicht akkurat beschreiben?"

„Schmetterlinge kannst du haben", brummte Sara. Sie nahm ein weiteres Blatt Papier, zeichnete einen grünen und einen lilafarbenen

Schmetterling, schnitt beide aus und klebte sie auf die schwarze Fläche. „Besser so?"

Caro hob zweifelnd die Brauen. „Ehrlich gesagt, heute bist du mir ein noch größeres Rätsel als sonst."

Sara griff zu Bleistift und blauem Buntstift und arbeitete einen düsteren, wolkenverhangenen Nachthimmel aus.

„Ich war gestern im Wald", erklärte sie beiläufig.

„Mhm. Ungefähr zu der Zeit, als ich mein Einhorn gestriegelt habe."

„Ich bin beim Joggen einfach auf den Waldweg abgebogen und einmal quer durchgelaufen."

Dass die Entscheidung alles andere als leicht und der Weg der reinste Horrortrip gewesen war, verschwieg sie. Sie hatte es geschafft und das allein zählte.

„Und, ist dir der Himmel auf den Kopf gefallen?", fragte Caro gespannt, nachdem sie begriffen hatte, dass Sara es ernst gemeint hatte.

Sara überlegte und ließ ihren Blick über den Kunstsaal mit seinen weiten, hohen Fenstern schweifen. Sie hatten wie immer den Tisch hinten rechts belegt. Ihre Mitschüler hatten sich locker auf den ganzen Saal verteilt.

Fast alle saßen vornübergebeugt und waren konzentriert am Arbeiten. Minen kratzten auf Papier, Pinsel klirrten in Wassergläsern, hier und da plätscherten leise Gespräche vor sich hin. Herr Schrumpf saß vorn am Lehrerpult, lutschte irgendetwas und pulte gelangweilt an seinem Fingernagel herum. Niemand nahm Notiz von ihnen, es waren also keine langen Ohren zu befürchten.

Sara begann leise zu erzählen. Von ihrem Lauf durch den Wald und von dem Traum, der sie schon seit ihrer Kindheit immer wieder in unregelmäßigen Abständen plagte und verstört aufwachen ließ. Es war das erste Mal, dass sie mit jemandem darüber sprach. Nicht einmal Eva hatte sie davon erzählt. Sie beschrieb die klamme Kälte, das Regenwasser, das sie umspülte, das Gefühl, im Moder zu ersticken, die riesenhaften Hände, die sie durch den Wald zerrten, und diese unmenschlichen Schreie, die sie verfolgten. Vor Anspannung versagte ihr einige Male die Stimme, weil ihr Hals so eng wurde. Am Ende ihres Berichts schwieg Caro mit ausdrucksloser Miene und malte nur weiter ein Ornament nach dem anderen. Dass sie sprachlos war, hatte Sara selten erlebt.

„Klingt abgefahren, ich weiß", murmelte sie. Caro nickte nur stumm, die Stirn konzentriert in Falten gelegt.

Sara wartete auf eine weitere Reaktion. Währenddessen betrachtete sie ihr Bild und bekam eine neue Idee. Sie nahm die Schere und ritzte Buchstaben in die schwarze Fläche: *Schattenwald.* So sollte ihr Film heißen. Sie schnitt einen Streifen von einem anderen Blatt Papier ab und klebte ihn hinter die Schrift, damit diese sich in einem schärferen Kontrast abhob. Zufrieden betrachtete sie ihr Werk. Für sie als totale Kunstbanausin war es gar nicht mal so übel geraten.

„Und wenn es gar kein Traum war?", fragte Caro unvermittelt.

Saras Kopf ruckte hoch und sie ließ den Klebestift fallen. „Wie meinst du das?" Ihr Puls beschleunigte. Wenn Caro in den vergangenen Minuten wieder irgendeine ihrer fixen Ideen ausgebrütet hatte, konnte sie sich warm anziehen.

Caro hatte offenbar schon mit ihrem Widerstand gerechnet, denn sie wählte ihre Worte mit Bedacht. „Ich bin mir nicht sicher, aber das, was du erzählt hast, klang fast zu real für einen richtigen Traum. Verstehst du?"

„Nein." Sara seufzte und wünschte sich zum wiederholten Male, den Mund gehalten zu haben. Mit ihrer Erzählung hatte sie mal wieder Caros inneren Spürhund wachgerüttelt. Wann würde sie es endlich lernen?

„Träumst du sonst auch immer so plastisch?", fragte ihre Freundin und sah sie erwartungsvoll an.

Sara dachte kurz nach und schüttelte den Kopf. „Ich kann mich selten an Träume erinnern und wenn, dann war es meistens wirres Zeug."

„Siehst du, und genau das meine ich!"

Mit Buntstiften zeichnete Caro ein selig schlummerndes Gesicht neben die Ornamente. Ihr eigenes Gesicht, das tiefe Zufriedenheit ausstrahlte. Mit Orange malte sie sich eine zerwuschelte Frisur.

„Ich träume auch entweder nur Müll oder Sachen, die viel zu schön sind, um wahr zu sein. Aber nie etwas Sinnvolles, Zusammenhängendes. Das, was du geträumt hast, hört sich für mich so an, als hättest du es selbst erlebt."

„Du hältst das für eine Erinnerung?"

Caro drehte sich zu ihr um und nahm sie scharf ins Visier. Der Spürhund war hellwach. „Du etwa nicht?"

Sara seufzte erneut und presste die Lippen zusammen. Auf solch eine Idee war sie nie gekommen. Sie war viel zu sehr damit beschäftigt gewesen, Wäldern und Träumen davon aus dem Weg zu gehen, als sich ernsthafte Gedanken darüber zu machen. Und jetzt kam wieder ihre Freundin mit einem ganzen Arsenal an Mutmaßungen an und feuerte wild um sich.

„Überleg doch mal", drängte Caro mit einem Eifer in der Stimme, der Sara sofort auf die Nerven ging. „Da traust du dich zum ersten Mal in den Wald und in derselben Nacht träumst du diesen Horrortrip, von dem du haarklein jedes Detail berichten kannst. Und über all die Jahre hat sich an dem Traum nichts geändert. Er ist immer gleich geblieben, oder?"

„Ist er", brummte Sara widerwillig nickend.

„Na also!" Caro klatschte mit der flachen Hand auf den Tisch. „Dann solltest du dich mal fragen, was damals mit dir im Wald passiert ist. Diese Phobie muss eine Ursache haben und vielleicht ist dein Traum der Schlüssel dazu."

„Du solltest Psychiaterin werden", spottete Sara.

Trotzdem schloss sie die Augen und versuchte, sich die Traumbilder ins Gedächtnis zu rufen. Dabei waren es weniger die visuellen Eindrücke als die Erfahrung von Kälte, Schmerz und Angst, die sie überkamen. Vor allem aber erinnerte sie sich an diesen merkwürdigen Zustand zwischen Sterben und Leben, zwischen der Sehnsucht, dass es enden möge, und der Furcht vor dem, was ihr diesen Wunsch erfüllen wollte. Todessehnsucht und Todesangst waren auf verstörende Weise miteinander verbunden. Und die Todesangst hatte sich genauso angefühlt wie ihr Zustand am Abend zuvor, als sie in wilder Panik durch den Wald gehetzt war.

Bisher hatte sie den Traum nur für das gehalten, was er auf den ersten Blick zu sein schien: ein Gespinst aus Urängsten wie Dunkelheit, Gejagtwerden und Ausgeliefertsein. Aber sollte Caro mit ihrer Theorie richtig liegen, dann hätte er eine noch größere Bedeutung. Er wäre ihre früheste Kindheitserinnerung. Ein Hinweis darauf, dass irgendetwas Schreckliches passiert war. Sara versuchte, dem Gedanken zu folgen, aber er endete in einer Sackgasse. Sie erinnerte sich beim besten Willen nicht daran, was ihr damals zugestoßen sein könnte. Sie fühlte nur eine diffuse Unruhe. Ein leises Beben irgendwo in einem verborgenen Winkel ihrer Erinnerung. Doch sie wusste nicht, was es zu bedeuten hatte.

Während sie ihren Gedanken nachhing, malte Caro den Filmtitel über ihr Bettzeug und ihr friedlich darin schlummerndes Gesicht: *Ziemlich beste Freunde.*

Sara, heilfroh über die Ablenkung, grinste. „Einfach traumhaft!"

„Deins etwa nicht?"

Sie kicherten die Anspannung, die sich auf sie gelegt hatte, weg, schienen damit aber die Neugier ihres Kunstlehrers geweckt zu haben.

Ohne Vorwarnung schob Herr Schrumpf seine Sichelnase über Saras Schulter. „Sehr interessant!"

Sara zuckte zusammen. Ihr Lehrer besaß die nervige Angewohnheit, sich lautlos von hinten anzuschleichen und seine Schüler mit unvermittelten Kommentaren zu erschrecken. Normalerweise roch sie ihn rechtzeitig, da er eine unverkennbare Dunstwolke aus Tabakrauch und Pfefferminzduft verströmte. Doch diesmal war sie zu abgelenkt gewesen. Angewidert hielt sie die Luft an.

„Diese Auskratztechnik gefällt mir sehr gut. Das passt hervorragend zur Ästhetik des Horror-Genres!" Herr Schrumpf klopfte mit einer Geste, die Anerkennung ausdrücken sollte, auf die Tischplatte und schlich dann weiter zum Nachbartisch, um Pascal und Timo hinterrücks zu überfallen. Sara atmete prustend aus und fächelte sich frische Luft zu.

Caro stieß sie kichernd an. „Immerhin beschert dieser Traum dir als Stiftestümperin endlich mal eine Eins in Kunst. Wer hätte das gedacht?“

+++

Sara war bester Laune. Mit Naima an ihrer Seite hatte sie Victoria schon zum zweiten Mal so in Bedrängnis gebracht, dass sie ihr den Ball abluchsen konnte. Über solche *Steals* freute sie sich immer diebisch. Und dieses Mal setzte sie ihm noch ein dickes Sahnehäubchen auf, indem sie den erbeuteten Ball mit einem beherzten Drei-Punkte-Wurf aus großer Distanz in den Korb beförderte. Das gab Szenenapplaus aus ihrem Team.

„Das hätte ich dann gerne beim nächsten Auswärtsspiel noch einmal gesehen!“, rief Lars und gab ihr einen Daumen hoch.

Er stand in einem giftfassgelben Einteiler, der wie eine Kreuzung aus Burkini und Schlafanzug aussah, am Spielfeldrand und erinnerte dabei entfernt an ein Teletubbie mit Trillerpfeife um den Hals. Wenn er diesen Anzug bei ihrer anstehenden Auswärtsbegegnung trug, würde man ihn für ein missglücktes Vereinsmaskottchen halten, fürchtete Sara.

Ihr blieb aber keine Zeit, sich weiter über Lars’ exzentrischen Klamottengeschmack aufzuregen, denn Victoria stand schon mit grimmiger Miene an der Grundlinie und taxierte ihren Einwurf. Sie zielte auf Monja, doch Leonie warf sich dazwischen und sicherte sich den Ball. Sara reagierte sofort. Als die Gegnerinnen sich in aller Eile neu sortierten, nutzte sie geschickt ein Loch in der Verteidigung. Sie sprang an den Rand der Zone und hob den Arm, damit Leonie sah, dass sie frei stand und beste Voraussetzungen für einen schnellen Korbleger hatte.

Leonie sah in ihre Richtung, erkannte die günstige Position und tat dann etwas Unverständliches: Sie passte einmal quer über mehrere Köpfe hinweg zu Nancy hinüber. Die aber hatte überhaupt nicht damit gerechnet, bedient zu werden. Sie reagierte zu spät, der Ball glitt ihr durch die Finger und sprang ins Aus. Lars pfiff.

Sara warf Leonie einen fragenden Blick zu. Doch Leonie wandte sich ab und leitete den Rückzug in ihre eigene Spielfeldhälfte ein, weil nun der Gegenangriff kam. In aller Seelenruhe ließ sie Caro, heute in der Gegenmannschaft, auf sich zudribbeln und an sich abprallen. Es dauerte nicht lange und der Ball war wieder in ihrem Besitz. Sara lief mit dem Angriff mit, immer auf der Suche nach einer Lücke, in der sie sich anbieten konnte.

Leonie passte zu Naima, die sich schnell zur Zone vorarbeitete, dort aber von Johanna gestoppt wurde. Ein kurzer Blickkontakt und Sara übernahm den Ball. Dribbelnd versuchte sie, durch eine Lücke in der Verteidigung in die Zone vorzudringen. Diesmal war es Victoria, die ihr als Verteidigerin wie ein nasser Duschvorhang am Körper klebte.

Sara hatte keine andere Wahl. Um den Ball nicht zu verlieren, musste sie ihn abgeben. Sie sah sich um. Leonie war die einzige erreichbare Anspielstation. Sara nickte ihr auffordernd zu und spielte einen schnellen Bodenpass in ihre Richtung, der sein Ziel hundertprozentig erreicht hätte. Leonie sah sie an – und trat einen Schritt zur Seite. Caro grätschte dazwischen und schnappte sich den Ball. Entgeistert sah Sara ihr nach.

„Sag mal, geht's noch?", schnauzte sie Leonie an, doch die zuckte nur wortlos mit den Schultern.

Solche Szenen erlebte Sara im Laufe des Spiels noch weitere Male. Immer dann, wenn es zu einem Zusammenspiel zwischen ihr und Leonie hätte kommen müssen, sabotierte Leonie es durch irgendeine unsinnige Aktion. Das blieb nicht lange unbemerkt.

„Leonie, den Pass von Sara hättest du locker gekriegt!", tadelte Lars von der Seitenlinie.

„Sorry." Leonie deutete auf ihr vernarbtes Auge. „Hab ich nicht gesehen!"

Da konnte niemand etwas sagen. Seltsam nur, dass sie alles andere ohne Probleme wahrnahm. Als sie wieder einmal einen Ballverlust in Kauf nahm, nur um Sara nicht anspielen zu müssen, tippte sich Caro im Vorbeilaufen demonstrativ an die Stirn. „Die hat wirklich was gegen dich!"

Sara blieb stehen und sah Leonie bestürzt hinterher. Das Hochgefühl vom Anfang war längst verflogen. Stattdessen kam aus irgendeinem dunklen Winkel ein anderes Gefühl angekrochen. Ein tiefes Unbehagen. Es fühlte sich ähnlich an wie am Morgen im Kunstunterricht. Sie hatte den Eindruck, sich an irgendetwas erinnern zu müssen. Doch sie wusste beim besten Willen nicht, woran.

+++

„Hätte Leonie mich nicht jedes Mal absichtlich übersehen, dann hätten wir haushoch gewonnen", beschwerte sich Sara auf dem Heimweg bei Caro. Sie radelten nebeneinander durch eine hoffnungslos zugeparkte Wohnstraße, vorbei an sorgfältig renovierten hanseatischen Wohnhäusern. Hier wohnte es sich gediegen und ruhig, obwohl in unmittelbarer Nähe der Stadtverkehr um die Altstadtinsel herum rauschte.

„Das grenzte schon an Totalverweigerung." Caro ließ den Lenker los, fummelte dabei zwei Kaugummis aus einer Dose in ihrer Jackentasche und schob sie sich in den Mund. Weil sie gerade so entspannt war, fuhr sie freihändig weiter. „Was die bloß für ein Problem mit dir hat?"

Sara hob resigniert die Schultern. „Keine Ahnung. Seit unserer ersten Begegnung behandelt sie mich, als wäre meine Anwesenheit die pure Beleidigung."

„Komisch." Caro geriet ins Schlingern und musste wieder zum Lenker greifen, um nicht einem Familienvan den Spiegel abzufahren. „Wo ihr doch früher mal so gut befreundet wart."

Die Bemerkung fühlte sich an, als hätte Caro mitten auf einen alten blauen Fleck gedrückt. Ein schwammiger, dumpfer Schmerz, den Sara fast vergessen hätte, wäre er nicht direkt berührt worden. Sie wartete, bis das Gefühl vorüber war, und winkte ab. „Das ist doch ewig her."

„Ihr habt damals extrem gut zusammengespielt. Das lief zwischen euch. Weißt du noch?"

Natürlich erinnerte Sara sich. Außerhalb des Platzes war Leonie still und verschlossen gewesen, auf dem Spielfeld aber hatte sie den Turbolader angeworfen und ein Können gezeigt, das ihr niemand zugetraut hätte. Schon damals hatte sie fantastisch gespielt. Gemeinsam mit Sara war sie fast unschlagbar gewesen. Doch diese Zeiten waren vorbei.

„Und plötzlich kam sie nicht mehr ins Training. Von einem Tag auf den anderen", erinnerte Caro sich.

Sara musste sich anstrengen, um sie zu verstehen, weil sie nun auf eine vielbefahrene Straße stießen und sich durch den Verkehr über die Wakenitzbrücke schlängeln mussten. Erst nachdem sie das andere Ufer erreicht hatten und am Fluss entlangfuhren, konnten sie sich wieder ungestört unterhalten.

„Sie ist weggezogen", sagte Sara. „Hat Fabienne irgendwann mal erwähnt. Leonies Vater hat in Süddeutschland eine Medizinprofessur angenommen."

„Aber warum hat Leonie das damals nicht selbst erzählt?", wunderte Caro sich. „So ein Umzug kommt doch nicht aus heiterem Himmel."

Sara schwieg. Sie hatte bis zu Fabiennes Bemerkung überhaupt nicht gewusst, dass Leonie aus Lübeck weggezogen war. Zu dem Zeitpunkt war der Kontakt schon abgerissen gewesen.

„Was ist damals eigentlich zwischen Leonie und dir passiert, Sara? Warum habt ihr euch zerstritten?"

Sara seufzte. Diese Frage hatte sie befürchtet. Sie wunderte sich, dass Caro sie nicht schon früher gestellt hatte. Aus irgendeinem Grund aber schien vor vier Jahren kaum jemand bemerkt zu haben, dass Leonie nicht mehr ins Training kam. Wenn sie auf dem Platz nicht gerade ein Feuerwerk gezündet hatte, war sie nicht weiter aufgefallen. Deshalb hatten die anderen Mädchen es hingenommen, dass sie nicht mehr gekommen war.

Erst Wochen später hatte jemand mal nach ihr gefragt, dann war das Thema abgehakt gewesen. Leonie war nie wieder erwähnt worden. So wie die vielen anderen Mädchen, die einige Zeit ins Training gekommen waren und schnell die Lust verloren oder die Sportart gewechselt hatten. Man hatte es hingenommen und sich keine Gedanken darüber gemacht.

„Wie kommst du darauf, dass wir uns zerstritten haben?", wiegelte Sara ab.

„Was soll denn sonst gewesen sein?"

Caro drehte sich zu ihr um und versuchte, sie mit Blicken zu sezieren. Bestimmt durchbohrte ihr Vater sein Gegenüber bei einer Vernehmung mit derselben intensiven Strenge, wie seine Tochter es jetzt tat. Entweder vererbte sich so etwas oder Caro hatte durch häufiges Beobachten gelernt, diesen Blick perfekt zu imitieren.

„Ihr wart befreundet, aber von einem auf den anderen Tag schien Leonie für dich gestorben zu sein. Du als ihre Freundin hättest doch mal nachhaken können, warum sie nicht mehr ins Training kam!"

Sara fühlte sich wie eine Versuchsratte im Käfig, wenn plötzlich die Neonröhren im Labor aufflackern – voll ausgeleuchtet und auf der verzweifelten Suche nach einer dunklen Ecke, in die sie sich verkriechen konnte, wohl wissend, dass es keine gab. Doch in diesem Augenblick kam unverhoffte Rettung: Ihr Fahrrad streikte.

Ein plötzlicher Ruck und ein metallisches Rasseln brachten sie aus dem Tritt. Ihr Rad geriet ins Schlingern, aber mit einer geübten Bewegung steuerte Sara gegen, sprang vom Sattel und schob es an den Wegesrand unter eine Laterne, wo sie das Malheur begutachtete. Die Kette war herausgesprungen und hatte sich im Zahnkranz verheddert.

„Wird mal wieder Zeit für einen Besuch beim Fahrrad-Schmidt. Das ist schon das dritte Mal in diesem Monat."

Sara öffnete das Werkzeugtäschchen unter ihrem Sattel und zog ein paar ölverschmierte Gummihandschuhe heraus. Die hatte sie immer dabei, weil sie sich sonst nach jedem Kettensprung vergeblich bemühte, die schwarze Schmiere von den Fingern zu schrubben. Sie streifte die Handschuhe über und machte sich ans Werk.

Caro lehnte ihr Rad an die Bank neben der Laterne, vergrub die Hände in den Taschen ihrer Steppweste und ließ eine Kaugummiblase zerplatzen. Stirnrunzelnd betrachtete sie Saras betagten Drahtesel, an dem nur der Rahmen noch original war. Sämtliche andere Teile waren mindestens schon einmal ausgetauscht worden. Sara hatte das Rad bei einem Gartenflohmarkt in der Nachbarschaft gebraucht gekauft, und da sie es intensiv nutzte, gab sie einen nicht unwesentlichen Teil ihres Geldes für die Instandhaltung aus.

„Hast du in letzter Zeit wieder etwas an deinem Rad machen lassen?“, fragte Caro.

Sara, die mit kritischem Blick den abgenutzten Zahnkranz musterte, schüttelte den Kopf. „Nein, wieso?“

„Weiß nicht. Irgendwas ist anders.“

„Beim letzten Schmidt-Service gab es einen Satz neue Reifen und ich habe die Bremsbacken austauschen lassen – aber die sind fast jedes Mal fällig. Sonst ist alles beim Alten.“

Vorsichtig schob Sara die Kette zurück auf die rundgeschliffenen Ritzel. Im Geiste überschlug sie, was es kosten würde, Zahnkranz und Kette auszutauschen, und seufzte. Von dem Geld würde sie per Inserat garantiert ein brauchbares Fahrrad bekommen. Aber dieser abgenudelte und werkstatterfahrene Drahtesel war ihr über die Jahre ans Herz gewachsen.

Herr Schmidt hatte zuletzt seinen Sattel getätschelt und ihn als „Charakterstück“ bezeichnet. Sara wusste, dass der alte Herr, der das Rentenalter einfach ignorierte und fleißig weiter an den Fahrrädern seiner Kunden herumschraubte, den scheinbar überkommenen, aber robusten Rädern gegenüber den hochgezüchteten Sportmaschinen den Vorzug gab.

„Du musst dir jedenfalls ganz schön was geleistet haben, dass Leonie dich heute so hasst!“, stellte Caro fest.

„Tja.“ Sara streifte die Gummihandschuhe ab und zuckte ratlos mit den Schultern. „Wenn ich nur wüsste, was.“

+++

Nach dem gemütlichen Samstagsfrühstück stieg Eva stolz in ihr neues Auto, um zum ersten Mal den Wocheneinkauf auf vier Rädern zu erledigen. Mit quietschenden Reifen und haarscharf an einem Baum vorbei fuhr sie von dannen, während Sara sich fürs Joggen fertig machte. Sie lief die normale Route und nicht durch den Wald. Von diesem Erlebnis musste sie sich erst einmal erholen.

Als sie eine Dreiviertelstunde später ausgepowert und zufrieden wieder in ihre Straße einbog, piepste ihr Handy in der Hosentasche. Sie zog es hervor und checkte die Nachrichten. Vielleicht hatte sich ja der ominöse Kartenschreiber endlich gemeldet. Seit ihrer Mail vom Donnerstagabend ging sie bei jeder Statusmeldung automatisch in Habachtstellung.

Aber es war nur Naima, die in ihren privaten Viererchat geschrieben hatte.

Jemand von euch heute Abend Lust auf Tonfink? Da tritt so ein schwedischer Singer-Songwriter auf. SARA???

Sie blieb stehen, lehnte sich vor ihrem Haus an den Gartenzaun und tippte auf den Link, den Naima mitgeschickt hatte, um sich den Musiker einmal anzusehen, dessen Namen sie noch nie gehört hatte. Sie stand auch nicht sonderlich auf Singer-Songwriter-Pop, aber es würde schon ein lustiger Abend werden. Weil sie keine anderen Pläne hatte, sagte sie kurzerhand zu.

Bin dabei. Wer noch?

Über ihr ging ein Fenster auf, Caro streckte den Kopf heraus und winkte mit ihrem Handy. „Ich!“

Sara drehte sich um und lachte. „Pfui, wie analog!“

„Ich schreib's auch gleich noch mal in die Gruppe", grinste Caro, streckte ihr die Zunge raus und verschwand wieder in ihrem Zimmer.

Sara stellte ihr Handy auf lautlos, steckte es ein und ging ins Haus, um zu duschen. Sie freute sich. Es war schon ewig her, seit sie das letzte Mal ein Konzert besucht hatte. Wobei sie noch nie auf einem großen Popkonzert gewesen war, sondern immer nur bei solch kleinen Live-Events in Bars mit Kleinkunstbühnen. Und selbst dafür hatte sie oft genug tricksen müssen, weil Eva ihr das nie erlaubt hätte.

Als sie nach dem Duschen aus dem Bad trat, schob sich im selben Moment eine riesige vollbepackte Klappkiste auf Beinen durch die Wohnungstür. Hinter einer Stange Lauch und einem Paket Toilettenpapier leuchtete Evas hellblonder Haarschopf hervor.

„Ich wusste gar nicht, dass unsere Treppe so steil ist!", stöhnte sie und wankte mit ihrer Last in Richtung Küche. „Hilfst du mir mal?"

Mit einem Seufzer der Erleichterung wuchtete Eva die Kiste auf den Esstisch, schnaufte kurz durch und begann dann umgehend, mit Bechern, Behältern und Gläsern Kühlschrank-Tetris zu spielen. Sara bestückte die Obstschale mit neuen Äpfeln und Bananen. Zwischendurch schnappte sie sich einen Apfel und biss herzhaft hinein.

„Hier, sieh mal!" Eva hob einen verschnörkelten Flakon mit einer schweren, dunkelroten Flüssigkeit aus der Kiste. *BerryBliss Bath* las Sara auf dem Etikett. Oh nein. Das konnte nur eins bedeuten!

„Und das hier!"

Nun packte Eva zwei Duftkerzen in Gläsern aus und stellte sie auf den Tisch. Es folgten zwei Tütchen mit Haarkur, zwei Gesichtsmasken, ein Sisalschwamm, brombeerfarbener Nagellack, eine Packung Beeren im Schokomantel, Knabbergebäck und Zutaten für einen Himbeersmoothie. Mit jedem Gegenstand, den sie hervorzauberte, sank Saras Laune eine Etage tiefer. Eva schien das nicht zu bemerken.

„Ich fand, es war mal wieder an der Zeit, nicht wahr?" Erwartungsvoll strahlte Eva sie an.

„Hm." Sara biss sich auf die Lippe.

Ihre Mutter hatte alles für einen ausgiebigen Mädelsabend besorgt. Solche entspannten Mutter-Tochter-Abende zelebrierten sie in unregelmäßigen Abständen immer dann, wenn ihnen danach war. Fanden sie unter Evas Regie statt, bedeutete das Wellness und Filmgucken. War Sara an der Reihe, schleppte sie ihre Mutter ins Kino, zum Poetry Slam oder sie probierten einen neuen Sushi-Imbiss in der Innenstadt aus. Normalerweise genoss Sara diese Abende. Doch heute war ein denkbar unpassender Termin dafür.

Endlich bemerkte Eva, dass ihre Einkäufe nicht die gewünschte Wirkung erzielten. „Stimmt etwas nicht?", fragte sie besorgt.

Sara druckste herum. „Na ja, eigentlich wollte ich heute Abend mit Caro, Johanna und Naima ins *Tonfink* ..."

„In diese Musikkneipe?" Eva zog ein angewidertes Gesicht. „Da ist es doch nur schummerig, proppenvoll und alles stinkt nach Bier!"

Am liebsten hätte Sara vergnügt genickt, weil ihr diese Aussicht deutlich besser gefiel als Badewasser mit künstlichem Beerenaroma. Aber sie senkte den Blick und versuchte, möglichst harmlos auszusehen.

„Da spielt heute ein Singer-Songwriter. Der würde dir bestimmt auch gefallen."

„Ach, die klingen doch alle gleich! Außerdem warst du doch erst letzte Woche mit deinen Mädels weg."

„Ja, und?"

„Nun hab ich schon alles besorgt ...", sagte Eva und zog ein solch enttäuschtes Gesicht, dass es Sara immer schwerer fiel, hart zu bleiben.

Im Geiste sah sie Caro, Naima und Johanna an diesem Abend bereits alleine losziehen, während sie selbst mit ihrer Mutter auf dem Sofa hockte und Himbeerpampe süffelte. Aber Eva hatte recht. Sie war ja wirklich erst am letzten Samstagabend mit ihren Freundinnen unterwegs gewesen. Dann sollte sie Eva dieses Mal nicht abends allein zu Hause sitzen lassen.

„Na schön", lenkte sie schweren Herzens ein. „Aber wir gucken keine Schnulze. Sonst renne ich!"

„Wunderbar!“, strahlte Eva. Wie, um ihren Triumph zu feiern, arrangierte sie die Sachen für den Mädelsabend auf der Küchenanrichte. Dabei fiel ihr auf, dass etwas fehlte.

„Oh, Schätzchen, bist du so lieb und läufst noch mal schnell zum Supermarkt? Ich habe den Tee für heute Abend vergessen.“

„Welchen Tee?“, wunderte sich Sara.

„Na, den passenden zum Thema. *Wohltuende Waldbeere*. Geh schnell, ich mache so lange Mittagessen.“

Seufzend trottete Sara in den Hausflur, um sich die Schuhe anzuziehen. Auf dem Weg zum Laden sagte sie ihren Freundinnen ab. Frustriert steckte sie das Handy wieder ein. Warum musste ihre Mutter ausgerechnet heute mit so einem Einfall kommen?

+++

Im Supermarkt stand Sara vor dem sechsstöckigen Regal, das sie bis dahin völlig außer Acht gelassen hatte. Mit wachsender Resignation betrachtete sie die unzähligen Schachteln, die wie eine Wand aus schreiend bunten Pappziegeln vor ihr aufragten, eine absurder beschriftet als die andere. Wenn man den Versprechungen der Hersteller Glauben schenkte, brauchte man nur ein Beutelchen voll getrockneter Kräuter- und Obstschalenreste in siedendes Wasser zu hängen, um Wohlbefinden, Weltfrieden und letztlich das ewige Leben zu erlangen. Wenn es denn so einfach wäre.

Weil sie zweifelte, richtig gelesen zu haben, zog sie eine Schachtel *Feige-Mangold*, die ihr in Augenhöhe mit dem Versprechen „süßer Vitalität“ entgegenleuchtete, aus dem Regal und studierte kopfschüttelnd die Beschriftung. Wer dachte sich solchen Unsinn bloß aus? Und vor allem: Wer wollte so etwas ernsthaft trinken?

„Eins muss man euch Deutschen ja lassen – von Tee habt ihr nicht die geringste Ahnung!“

Saras Herz machte einen unbeholfenen Hüpfer, als sie die Stimme hinter sich erkannte. Sie drehte sich zu Ramin um, der in Jeans und marineblauem T-Shirt einen ungewohnten Anblick bot, weil sie ihn bisher nur in Sportklamotten angetroffen hatte. Unter der Haartolle hatte sich eine steile Falte wie ein Ausrufezeichen in seine Stirn gegraben. Anklagend tippte er auf die Packung, die sie noch immer in der Hand hielt.

„Das da hab ich tatsächlich mal gekauft. Wegen der Feigen, die darauf abgebildet sind. Was das Grünzeug daneben sein soll, weiß ich nicht. Ist auch egal, die Gesamtkomposition geht geschmacklich gesehen in Richtung Kernschmelze!"

Sara hatte das Gefühl, dass er ehrlich entrüstet war. Irgendwo hatte sie mal aufgeschnappt, dass Tee in den orientalischen Kulturen eine größere Rolle spielte als hierzulande. Sie selbst trank ja lieber Kaffee. Trotzdem reizte es sie, Ramin ein wenig damit aufzuziehen, wenn er sich als solcher Kenner aufspielte.

„Mag ja sein. Aber ihr Perser scheint in Sachen Tee auch nicht so ganz firm zu sein."

„Wie bitte?" Ramin wich empört zurück und schüttelte so entschieden den Kopf, dass die Haartolle wackelte wie ein Lämmerschwanz. „Und ob wir was von Tee verstehen!"

„Aber warum schaufelst du dann so viel Zucker hinein, dass man allein vom Anblick Diabetes bekommt?"

„Schon wieder ihr Deutschen!" Er fasste sich mit einer theatralischen Geste an den Kopf. „Ihr habt alles im Überfluss und redet doch ständig vom Sparen: Zeit sparen, Geld sparen, Strom sparen, Wasser sparen. Und jetzt auch noch Zucker sparen!"

„Hier, was sagt der Experte?", unterbrach sie seine Tirade, weil sie gefunden hatte, wonach sie gesucht hatte. Sie zog eine Packung *Wohltuende Waldbeere* aus dem Regal und hielt sie Ramin schwungvoll unter die Nase.

„Entsetzlich!", schnaubte er angewidert.

Sara musste grinsen. „Was machst du eigentlich hier, wenn dieser Gang für dich nur Geschmacksfukushima ist?"

„Ich habe dich gesehen und habe mir Hoffnungen gemacht."

Schnell senkte sie den Kopf, damit er nicht sah, dass sie ähnlich rot anlief wie die Teepackung in ihrer Hand. Sie bemühte sich um einen betont harmlosen Tonfall. „Und worauf?"

Ramin schenkte ihr einen treuherzigen Blick, wie ihn kein Schäferhund besser hinbekommen hätte, und deutete auf die Regalreihe. „Darauf, einen anständigen, für einen Iraner genießbaren Tee zu finden. Der türkische Laden, wo ich sonst meine Lieblingsmarke bekomme, hat nämlich heute zu."

Eiskalt aufgelaufen. Sara kam sich vor wie eine Idiotin. Frustriert stopfte sie eine der beiden Teepackungen wieder ins Regal zurück. „Da bist du bei mir leider an der falschen Adresse! Ich gehöre nämlich eher zur Kaffeefraktion."

„Das fürchte ich auch", erwiderte Ramin und warf einen vielsagenden Blick auf die Teeschachtel in ihren Händen.

Sie musste schwer an sich halten, um nicht wütend gegen das Regal zu treten. Im Flirten war sie ungefähr so treffsicher wie ein Sektkorken. Aber Tee war auch ein selten dämliches Thema. Mit Sport wäre ihr das nicht passiert. Und das brachte sie auf eine Idee. Denn trotz aller Fettnäpfchen wollte sie diese zufällige Begegnung so schnell nicht verloren geben.

„Sag mal, kannst du mir ein bisschen was beibringen?", fragte sie Ramin.

„Wovon redest du?"

„Breakdance!" Erleichtert registrierte sie, wie sich seine Miene wieder aufhellte.

„Klar." Er nickte. „Jederzeit. Aber das wird nicht ganz billig."

„Oh?"

„Ja, dachtest du, ich mache das umsonst?" Ramin schnalzte missbilligend mit der Zunge. „Als Asylbewerber schwimme ich zwar in Zeit, aber nicht gerade in Ressourcen."

„Schon klar", murmelte Sara beschämt und überlegte, ob es ihr das wirklich wert war. Dass es ihm am Ende nur um Kohle ging, hätte sie nicht erwartet.

Ein leises Kichern, das sich schnell zu einem herzhaften Lachen auswuchs, riss sie aus ihren Gedanken. „Da checkt sie schon den Kontostand! Als ob ich von dir Geld nehmen würde!"

Ramin lachte sie so aufreizend aus, dass sie einen Moment lang nicht wusste, ob sie erleichtert oder wütend sein sollte.

„Nein, also wenn du mir ab und zu etwas von deiner wertvollen Zeit schenkst, um mit mir Deutsch zu üben, dann bring ich dir alles bei, was du willst. Okay?"

Der Typ macht mich fertig, dachte Sara, aber sie nickte und zwang sich zu einem Lächeln. Immerhin hatte sie erreicht, was sie wollte.

Sie gingen gemeinsam zur Kasse, verabredeten sich dabei für einen der kommenden Tage auf dem Sportplatz nebenan und tauschten Handynummern aus. Beschwingt lief Sara nach Hause, wo ihre Mutter sich über ihre plötzlich so strahlende Laune wunderte – und über die Packung Tee, die sie ihr überreichte.

„*Feige-Mangold*? Wer denkt sich denn so was aus?"

Wenig später stand Sara in ihrem Zimmer vor ihrer Kommode, wo neben *Magenmilder Mittsommertraum* und *Hyggelige Herbstharmonie* nun auch *Feige-Mangold* darauf wartete, im Biomüll seine endgültige Bestimmung zu finden. Sie beschloss, dem gruseligen Tee-Trio eine Gnadenfrist einzuräumen. Immerhin hatte *Feige-Mangold* ihr gerade ein Date mit Ramin verschafft. Oder zumindest so etwas Ähnliches.

+++

„Was sind denn das schon wieder für blaue Flecke?"

Eva strich mit dem Sisalschwamm über Saras Rücken, wobei sie einen Bogen um die Stelle an der rechten Seite machte, an der Sara beim Training am Abend zuvor einen kräftigen Ellbogencheck von Victoria kassiert hatte. Die Frau hatte ungewöhnlich spitze Knochen, die sie mit Vorliebe als Nahkampfwaffe einsetzte. Lars hatte sie im Laufe des Spiels zweimal deutlich ermahnt.

„Ich war beim Sport, Mama."

Eva seufzte. Sie tunkte den Schwamm in das lilafarbene Badewasser, das aufdringlich nach künstlichem Beerenaroma roch, und bearbeitete nun Saras linke Rückenhälfte. Sie saßen hintereinander in der großzügigen Eckbadewanne, die Moormanns ihnen im letzten Herbst mitsamt der Badezimmerrenovierung spendiert hatten. Die Badewanne war das Herzstück, in der Eva gefühlt den halben Winter unter einem knisternden Schaumteppich liegend verbracht hatte. Am Badewannenrand flackerten mehrere Kerzen und verbreiteten heimeliges Licht.

„Ich werde ja nie verstehen, warum du dir ausgerechnet einen so verletzungsintensiven Sport aussuchen musstest."

„Verletzungsintensiv!" Sara lachte.

Blaue Flecken und ab und zu mal eine harmlose Prellung waren für sie nicht der Rede wert. Der Bänderriss, der ihr vor zwei Jahren die Saison versaut hatte, das war eine Verletzung gewesen. Aber das hätte ihr bei einer anderen Sportart genauso passieren können.

„Warum probierst du nicht mal was Neues?" Eva wrang den Schwamm über Saras Rücken aus, die den warmen Tropfenregen genoss. „Yoga, Pilates ..."

„Wenn ich dabei nicht ins Schwitzen komme, ist es für mich kein Sport, Mama."

„Ja, aber warum unbedingt Basketball?"

Diesmal war es Sara, die seufzte. Diese Unterhaltung hatten sie in den vergangenen Jahren ein gutes Dutzend Mal geführt. „Was hast du bloß immer dagegen?"

„Du bist so fixiert darauf!" Eva griff zum Duschkopf, drehte den Wasserhahn auf, prüfte die Wärme und spülte Sara die Haarkur vom Kopf. „Leichtathletik wäre doch auch was für dich, wo du doch neuerdings so gerne joggst ..."

Sara tat, als hätte sie es nicht gehört, weil ihr das Wasser über die Ohren rauschte. In diesem Augenblick wünschte sie sich sehnlichst, sie wäre doch mit ihren Freundinnen ausgegangen. Livemusik, lockere Stimmung, einen Cocktail in der Hand und Gelächter wären ihr um so vieles lieber gewesen als dieselbe alte Diskussion mit ihrer Mutter, die zu nichts führte als Frust. Dafür hatte sie sich nun wirklich nicht zum Mädelsabend breit schlagen lassen.

Sie stiegen aus der Wanne, trockneten sich ab, zogen sich an und bliesen die Kerzen aus. Sara fühlte sich angenehm bettschwer, als sie in ihren Kuschelsocken vom Bad ins Wohnzimmer lief, wo ihre Mutter mit einem Stabfeuerzeug in der Hand auf der Sofalehne herumturnte, um die Kerzen in den beiden schmiedeeisernen Leuchtern an der Wand zu entzünden. In der Bodenvase neben dem Fernsehtisch flackerte auch schon eine. Auf dem Couchtisch standen ein Krug mit einem dicken, dunkelroten Himbeersmoothie, die Knabbereien, die Eva eingekauft hatte, und ein Teller mit Zimtschnecken, die Sara am Nachmittag gebacken hatte.

Eva kletterte von der Sofalehne herunter und wandte sich der Regalwand zu, wo sie einige Teelichter in zartrosa Kerzengläsern entzündete. Im Regalfach daneben reihten sich die DVDs.

„Denk dran: keine Schnulze!", erinnerte Sara sie. Das süßliche Aroma des Badezusatzes hatte ihr das Hirn schon genug vernebelt, fand sie.

„Dieser *Marvel*-Kram, wo es ständig knallt und kracht, muss aber auch nicht sein!"

Wie üblich kabbelten sie sich über die Filmauswahl und wie schon so oft landeten sie am Ende doch wieder bei *Die fabelhafte Welt der Amélie*. Von Evas Hang zu romantischem Kitsch war dieser Film noch der erträglichste.

Sie kuschelten sich zusammen unter ein Plaid und Eva startete die DVD. Sara gähnte verstohlen. Während Amélie wieder einmal begann, aus ihrem engen, kleinen Leben herauszutreten und ihr Schicksal in die Hand zu nehmen, schweiften ihre Gedanken ab.

Wie viel Spaß hätte sie mit ihren Freundinnen bei dem Konzert haben können! Aber statt rauszukommen und ein paar unbeschwerte Stunden zu erleben, saß sie doch nur wieder mit ihrer Mutter zusammen unter der Dachschräge und langweilte sich mit einem Film, den sie inzwischen mitsprechen konnte und in dem nichts wirklich Spannendes passierte.

Manchmal kam Eva ihr vor wie eine kleine, blonde Variante von Amélie, denn sie lebte ein ähnlich stilles und zurückgezogenes Leben. Doch im Gegensatz zu ihrer Filmheldin kriegte Eva nie die Kurve, sondern igelte sich weiter in ihrer Wohnung ein. Die lag allerdings auch nicht auf dem romantischen Pariser Montmartre, sondern in einer reizlosen Stadtrandsiedlung.

Sara war kurz vorm Einnicken, als ihr Handy an ihrem Oberschenkel vibrierte. Erleichtert stellte sie fest, dass Eva nichts davon bemerkt zu haben schien. Unauffällig tastete sie danach. Sie überlegte kurz, dann sprang sie vom Sofa auf.

„Wohin so plötzlich?", wunderte sich Eva. „Gleich kommt doch die Szene, wo Amélie den blinden Mann über die Straße führt …"

„Ich muss mal dringend", murmelte Sara und trippelte zum Bad. „Zu viel Himbeersmoothie!"

„Okay, ich halte so lange den Film an."

Im Bad, wo noch der künstliche Beerenduft in der Luft hing, schloss sie die Tür hinter sich ab, hockte sich auf den Badewannenrand und zog das Handy aus der Tasche. Sie hatte es so eingestellt, dass es nur vibrierte, wenn eine neue Mail eintraf. Als das Display aufleuchtete, zeigte die App sogar zwei Mails an. Die erste war Spam, in der man ihr einen 500-Euro-Einkaufsgutschein versprach. Doch als Sara den Absender der Nachricht darunter entzifferte, rutschte ihr vor Aufregung das Handy aus der Hand und knallte auf die Fliesen, sodass der Akku heraussprang. Schnell sammelte sie die Einzelteile ein, steckte mit fahrigen Fingern den Akku ins Gehäuse, klickte die Schale fest und startete das Telefon neu.

Quälend langsam kroch das Herstellerlogo über das Display. Voller Ungeduld wischte Sara mit den Füßen auf dem Fliesenboden herum, bis das Gerät endlich wieder betriebsbereit war. Sie öffnete die Mail-App. Die zweite von oben war es. Der Kartenschreiber hatte geantwortet. Sie hatte schon fast nicht mehr damit gerechnet und geglaubt, er würde sich diebisch freuen, weil sie so naiv gewesen war, auf seinen Scherz zu reagieren. Deshalb versuchte sie, sich innerlich gegen die nächste Verarsche zu wappnen. Ihr Zeigefinger schwebte über der Betreffzeile. Ein leichtes Antippen und sie würde wissen, wer er war und was dieser Unsinn bedeutete.

Sie schloss die Augen, war kurz davor, es zu wagen, doch im nächsten Moment verließ sie der Mut. Schnell schaltete sie das Display aus, stopfte das Handy in die Tasche ihrer bequemen Haremshose und drückte die Toilettenspülung. Mit dem Gefühl, als hinge ein Backstein in ihrer Hosentasche, kehrte sie ins Wohnzimmer zurück.

Eva nickte ihr mit schuldbewusster Miene zu. Ihre Wangen wölbten sich über einem Bissen der Zimtschnecke, die sie in den Händen hielt, und auf ihren Lippen klebten ein paar fettige Krümel. Normalerweise hätte Sara sich ein Grinsen verkniffen, denn Eva tat stets so, als machte sie sich nichts aus Zimtschnecken. Wenn aber niemand hinsah, griff sie beherzt zu. In diesem Augenblick war Sara aber nicht in der Stimmung, sich darüber zu amüsieren.

„Ist dir was runtergefallen?“, nuschelte Eva, alle ihre Prinzipien in Sachen Tischmanieren über Bord werfend.

„Nur die Seifenschale. Ist zum Glück heil geblieben.“

Eva gab sich mit der Antwort zufrieden, griff zur Fernbedienung und drückte auf Play. Nun konnte Sara sich erst recht nicht mehr auf den Film konzentrieren. Sie fieberte seinem Ende entgegen und fürchtete es zugleich. Die Spannung zwischen Neugier und Nicht-Wissen-Wollen wurde so unerträglich, dass sie immer wieder ihre Fingernägel in die Handballen grub. Sie war heilfroh, dass ihre Mutter nichts von ihrem Zwiespalt wusste. Und gleichzeitig fragte sie sich: Was wusste Eva alles, von dem sie ihr nie etwas erzählt hatte?

+++

Endlich war der Film zu Ende, der Abspann abgelaufen, die letzte Melodie verklungen. Während Eva das benutzte Geschirr in die Küche brachte und die Kerzen löschte, putzte Sara sich im Bad die Zähne und fuhr sich mit der Bürste durch die langen Haare. Auf dem Weg zu ihrem Zimmer begegneten sie sich im Flur. Eva schluckte verstohlen den letzten Bissen einer Zimtschnecke herunter, ehe sie Sara auffordernd die Wange hinhielt.

„Gute Nacht, mein Schatz!"

„Nacht."

Zerstreut drückte Sara ihr einen Kuss auf die Wange, dann verzog sie sich in ihr Zimmer, bemüht, nicht zu hastig zu wirken. Sie zog sich um, schaltete das Licht aus, kroch unter ihre Bettdecke und lauschte im Dunkeln den Geräuschen, die ihre Mutter nebenan im Bad produzierte.

Toilettenspülung, Wasserhahn, Zähneputzen, Wasserhahn. Badezimmerschrank. Jetzt schminkte sie sich ab. Tretmülleimer, Wasserhahn, Badezimmerschrank. Endlich die Tür. Evas nackte Füße schlurften über den Teppichboden im Flur. Wieder die Tür. Die Klinke quietschte leise. Dann das Ächzen des Bettrahmens und das Knipsen der Nachttischlampe.

Sara zählte im Stillen langsam bis zehn. Jetzt war die Luft rein. Sie tastete nach dem Handy, das sie für den Fall der Fälle unter einem Sportmagazin auf ihrem Nachttisch verborgen hatte. Manchmal fiel Eva doch noch etwas ein und sie stand plötzlich in der Tür, weil sie eine Frage hatte oder Sara an einen Termin am nächsten Tag erinnern wollte.

Der helle Schein des Displays stach ihr nach den Minuten in der Dunkelheit unangenehm in die Augen. Sie blinzelte und lauschte zur Sicherheit noch einmal. Erst, als alles ruhig blieb, tippte sie das Mailsymbol an, wartete, bis das Programm startete, und öffnete die zweite Mail von oben, Betreff: *Wer ich bin.* Sie hielt inne und fragte sich ein letztes Mal, ob sie das wirklich tun sollte. Doch ehe der Zweifel sie dazu überreden konnte, die Nachricht unbesehen zu löschen, begann sie zu lesen. Und bereute es sofort.

Liebe Sara,
diese Mail fällt mir nicht leicht, deshalb musstest du etwas länger darauf warten. Das ist allerdings kein Vergleich zu der Zeitspanne, in der ich auf ein Lebenszeichen von dir gehofft habe. Insgesamt zwölf Jahre. Ich habe an jedem einzelnen Tag an dich gedacht und mich gefragt, wie es dir geht. Wo du bist und was für ein Leben du lebst. Aber nicht einen Augenblick lang bin ich davon ausgegangen, dass du deinen Papa vergessen haben könntest. Das war mein Fehler, als ich dir neulich die Karte schickte. Es war nicht meine Absicht, dich zu erschrecken. Das tut mir leid.

Ich heiße Jon Vicander. Ich lebe noch immer in derselben Wohnung in Stockholm, wo ich mit dir und Eva zusammengewohnt habe, bis ihr vor zwölf Jahren plötzlich verschwunden seid. Ich kam abends von der Arbeit nach Hause und ihr wart fort. Seitdem habe ich nie wieder etwas von euch gehört, obwohl ich alles, was mir möglich war, unternommen habe, um euch zu finden. Ich weiß nicht, was vorgefallen ist. Bis heute quält mich die Frage nach dem Warum. Warum Eva entschieden hat, dass ihr ohne mich woanders leben werdet.

Endlich habe ich dich gefunden. Als ich das Bild auf der Seite deines Sportvereins fand, habe ich dich trotz der langen Zeit, die vergangen ist, sofort erkannt. Ich habe befürchtet, dass du nicht antworten würdest, und freue mich umso mehr, dass du es dennoch getan hast. Bitte lass mich wissen, wie es dir geht. Das würde mir viel bedeuten.

– Jon.

Sara ließ das Handy sinken und starrte ins Dunkle. Sie war völlig fassungslos.

Mama hat gelogen. Der Satz dröhnte wie ein Hammerschlag durch ihre Gedanken. Ihre Mutter, der Fixpunkt in ihrem Leben, der Mensch, von dem sie überzeugt gewesen war, dass er keine Geheimnisse vor ihr hätte, hatte sie angelogen. Von klein auf hatte sie sie mit dieser Lüge regelrecht gefüttert. Und das Schlimmste daran war: Sie hatte mitgemacht. Weil sie es glauben wollte. Obwohl sie es, wenn sie ehrlich zu sich selbst war, hätte wissen müssen.

Sara ließ den Kopf gegen ihre Knie sinken und biss sich von innen in die Wange, bis sie Blut schmeckte. Am Anfang war er noch da gewesen, der Zweifel. Aber jedes Mal, wenn sie nach ihrem Papa gefragt hatte, war Eva wütend geworden und hatte sie angeschrien. Das hatte sie sonst nie getan. Ihre schrille Stimme und die Blicke, die wie brennende Geschosse auf sie zugeflogen waren, hatten Sara eingeschüchtert.

„Er ist tot!", hatte ihre Mutter einmal geschrien. „Wann kapierst du das? Tot! Er kommt nicht mehr zurück! Vergiss ihn endlich!"

In solchen Momenten war ihre Mutter ein völlig fremder Mensch geworden und sie hatte Angst bekommen, sie zu verlieren. Deshalb hatte sie den Zweifel weggeschoben. Die Lüge hatte sich so viel sicherer angefühlt als das, was ihre Erinnerung ihr immer wieder zuflüsterte. Mit der Zeit hatte Sara gelernt wegzuhören und schließlich war die leise Stimme in ihren Gedanken verstummt. Doch sie war nicht verschwunden. In einem verborgenen Winkel in Saras Gedächtnis hatte sie geduldig schweigend auf ihren Einsatz gewartet. Nun war das Stichwort gefallen. Wie auf einer Bühne flammte der Spot auf und warf Licht auf eine Erinnerung, die sie all die Jahre ins Dunkel verbannt hatte.

Die Tür schwang auf und ein ohrenbetäubender Lärm surrte ihr entgegen. Vor ihr erstreckte sich ein langer, gewundener Tunnel, düster und eng im Schein der Neonröhren. Menschen, große Menschen in dunklen Anzughosen, eilten an ihr vorbei auf eine Wand aus Blech zu. In einer ovalen Öffnung stand eine Frau in blauer Uniform. Das Lächeln auf ihrem Gesicht war in dem kalten Luftzug, der durch den Gang wehte, zu Eis gefroren. Mama schob sie an der Frau vorbei durch die Öffnung hindurch in eine weitere Röhre voller Sitzreihen.

Sie blieb wie angewurzelt stehen, geblendet von dem plötzlichen grellen Licht. Ein beklemmend schmaler Gang, gerade breit genug, dass sich ein Erwachsener zwischen den Sitzen hindurchschieben konnte. Zu beiden Seiten gewölbte Wände, von oben die niedrige Decke, die sich langsam auf sie zuzubewegen schienen. Die Stuhlreihen rückten immer näher. Ein Gefühl von Panik begann in ihrer Magengrube zu beben, dieselbe Panik wie neulich, als sie ... Sie drehte sich um und wollte hinausrennen, weg von diesen Röhren und Tunneln, diesem Surren und Rauschen.

„Nein." Mama schob sie vorwärts, unerbittlich, drückte sie vorbei an Menschen, die hektisch ihre Taschen in Fächern über den Sitzen verstauten. Ihre Schultern streiften fremde Beine in dunklen Hosen. Überall um sie herum metallisches Klicken, Räuspern, Zeitungsrascheln, leise Gespräche. Alles unter einer schweren Decke aus Lärm. Das gleichmäßige Motorenrauschen kroch in ihren Kopf und schien ihn von innen aufzusägen.

Sie presste sich die Hände auf die Ohren und ließ sich widerstandslos von ihrer Mutter auf einen Sitz am Fenster schieben. Als ihre Schulter die Wand neben dem kleinen, runden Guckloch berührte, zuckte sie zurück. Sie war eiskalt. Einen Moment lang hatte sie das Gefühl, Wasser durchtränke ihre Jacke und flösse an ihr herab. Sie schloss die Augen und versuchte, die Bilder wieder zurückzudrängen, zurück hinter die Tür in ihrer Erinnerung, wo sie scheinbar sicher verschlossen waren.

„Du musst keine Angst haben!"

Sie schlug die Augen auf und sah in das Gesicht der Frau mit dem Eislächeln, die sich zu ihr herabbeugte. Ihre Stimme klirrte wie ein Windspiel aus Eiszapfen und auf ihren Augenlidern schimmerte silbriger Lidschatten wie ein zugefrorener See. Die Frau reichte ihr ein Malbuch mit Flugzeugen, Buntstifte und ein Tütchen mit Pinguinen aus Fruchtgummi.

„Gleich starten wir. Wenn du aus dem Fenster schaust, wirst du sehen, wie wir durch die Wolken fliegen und immer höher steigen. Dann kannst du auf das ganze Land herabsehen. Ist das nicht spannend?"

„Ich will nicht wegfliegen", jammerte sie. „Ich will nach Hause."

Sie verbarg das Gesicht in Mamas Strickjacke, sog den vertrauten Geruch ein, die Wärme mit einer frischen Spur Wildrosenduft, der sie bislang immer beruhigt hatte, und wartete, bis die Frau mit ihren Malbüchern und Süßigkeiten weitergegangen war.

„Wir können nicht mehr nach Hause", sagte Mama leise. Ihre Stimme klang traurig und falsch zugleich. „Ich habe dir doch vorhin schon gesagt: Es ist etwas Schlimmes geschehen."

„Papa. Ich will zu Papa."

„Du weißt doch: Papa hatte einen Unfall. Er ist tot. Deshalb müssen wir fort."

Mama hatte keine Tränen in den Augen. Mama war völlig ruhig, fast gelöst. Das war falsch. Wenn jemand tot war, den man liebhatte, dann war man traurig und weinte. Das wusste jedes Kind.

Als das Flugzeug zur Startbahn rollte, Anlauf nahm, unter lautem Rütteln und Klappern immer schneller vorwärtsraste und wie von einer unsichtbaren Hand in die Luft emporgehoben wurde, lehnte Mama sich in ihrem Sitz zurück, schloss die Augen und lächelte. Erleichtert. So, als würden unten auf der Erde wütende Hunde nach ihr bellen, die ihr nichts mehr anhaben konnten, weil sie weit, weit davonflog.

Die Lüge hatte alles leichter gemacht. Ihretwegen war Saras Leben in Ordnung gewesen und hatte funktioniert. Es gab nichts, worum sie sich sorgen musste. Die Lüge war wie ein dick gewobenes Tuch, das gnädig alles verdeckte, was nicht dazugehörte. Es gab nur Eva und sie, sie hatten einander, die Zukunft konnte kommen. Die Vergangenheit hatte keine Rolle gespielt.

Jetzt war alles anders. Aber so klar dieser eine Erinnerungsfetzen plötzlich vor Saras innerem Auge auch aufgetaucht war, mehr wollte ihr Gedächtnis nicht preisgeben. Obwohl da noch mehr sein musste! Ihr Traum vom Wald hatte das deutlich gezeigt. Nur wusste sie nicht, wo Türen zu den früheren Erinnerungen verborgen waren. Es war, als hätte jemand in den hinteren Korridoren ihrer Gehirnwindungen das

Licht abgestellt, sodass sie sich durchs Dunkle tasten musste. Wenn sie aber tatsächlich eine Klinke berührte – würde sie sich dann trauen, die Tür zu öffnen?

Sara griff wieder zu ihrem Handy und ließ das Display aufleuchten. Noch einmal las sie die Nachricht von dem Mann, der Jon Vicander hieß und den sie vor langer Zeit als Papa gekannt hatte. Sie bemühte sich, ein Bild von ihm hervorzurufen. Irgendeine Erinnerung. Aber da war nichts. Der Name Jon ließ nirgendwo auch nur das kleinste Lämpchen aufleuchten. Eva hatte wirklich ganze Arbeit geleistet, ihn in Vergessenheit geraten zu lassen. Keine Fotos, keine Geschichten, keine Erinnerungen.

Jon hatte als P.S. seine Handynummer in die Mail geschrieben. Sara zögerte kurz, dann fügte sie die Nummer zu ihren Kontakten hinzu und stellte dabei fest, dass Jon beim selben Chatdienst angemeldet war, mit dem sie fast alle ihre Nachrichten verschickte. Sie öffnete einen neuen Chat und begann zu tippen.

Ich will ein Foto sehen. Und ich will wissen, was damals passiert ist.

Es klang schroff, es klang unhöflich. Aber in diesem Moment war sie nicht in der Verfassung für freundliches Geplänkel. Sie brauchte Klarheit und das möglichst schnell.

Angestrengt starrte Sara auf das Display. Nach einigen Augenblicken leuchteten die Häkchen auf, die ihr verrieten, dass Jon die Nachricht nicht nur erhalten, sondern auch gelesen hatte. Sie starrte auf die Statuszeile, wartete auf die Anzeige, dass Jon eine Antwort schrieb. Nichts passierte. Ihr Handy blieb stumm. Das Display erlosch. Sara legte das Gerät neben sich unter die Bettdecke, ganz nah an ihr Bein, damit sie das Vibrieren auch im Schlaf fühlen würde. Doch weder der Schlaf kam noch eine Antwort. Nur tausend Fragen, die sie nicht eingeladen hatte.

#9

Sara erwachte früh, und obwohl sie nur wenige Stunden geschlafen hatte, trieb die Anspannung sie aus dem Bett. Als Erstes checkte sie ihr Handy. Die Lage war unverändert. Jon hatte ihre Nachricht gesehen, aber nicht geantwortet.

Unruhe rumorte in ihren Gliedern. Sie dehnte und streckte sich, doch das half nicht. Kurz entschlossen schlüpfte sie in ihre Laufsachen, steckte den Haustürschlüssel ein und ging joggen. Sie konnte sich nicht daran erinnern, wann sie das letzte Mal an einem Sonntag frühmorgens außer Haus gewesen war. Die Siedlung lag in tiefem Schlaf, über den Gärten lag ein feiner Nebelschleier und es war schon empfindlich kühl für diese Jahreszeit. Die Sonne dämmerte irgendwo hinter einer kleistergrauen Hochnebelschicht vor sich hin, als hätte sie verschlafen. Das einzige Lebewesen, dem Sara auf ihrem Weg durch die Siedlung begegnete, war Frau Kroligks rotgetigerte Katze, die vom Geräusch der rhythmischen Laufschritte aufgescheucht über die Straße raste und unter dem Gartenzaun hindurch ins Gebüsch flutschte.

Sara lief die Standardrunde durch das Nachbardorf und zurück an den Bahngleisen, die ihre Siedlung am anderen Ende begrenzten. Sie war nur eine knappe halbe Stunde unterwegs, fühlte sich aber deutlich besser, als sie wieder zu Hause ankam.

Nach einer schnellen Dusche ging sie in die Küche. Sie warf einen Blick auf die Uhr über der Tür. Ein hässliches Teil in Braun- und Ockertönen, bedruckt mit bauchigen weißen Tassen und dem Schriftzug Cappuccino. Niemand in diesem Haus trank Cappuccino. Die Uhr stammte aus einem Billigkaufhaus und sollte ursprünglich nur vorübergehend das vorangegangene, geschmackvollere Exemplar ersetzen, das nach einem Sturz von der Wand kaputtgegangen war. Nun hing Cappuccino aber schon geschlagene zwei Jahre unbeachtet an dieser Stelle und tickte laut und aufdringlich vor sich hin.

Bald würde Eva aufstehen und alles für ihr traditionelles Sonntagsfrühstück im Bett vorbereiten. Mit einem Tablett voller Leckereien wie Croissants, dunklem Honig, Rührei und Obstsalat, auf jeden Fall mit einer Kerze dekoriert, würde sie zu Sara ins Zimmer kommen, unter ihre Bettdecke schlüpfen und gemütlich mit ihr zusammen in den Tag starten. So war es immer gewesen. Bis heute.

Sara schob zwei Toastscheiben in den Toaster, bestrich sie mit Butter und Johannisbeergelee, verdrückte sie im Stehen an der Arbeitsplatte lehnend und beschloss, dass ab heute alles anders sein würde. Ihren Kaffee konnte Eva jedenfalls alleine trinken. Sara füllte den Wasserkocher unter dem Hahn, schaltete ihn an, lief hinüber in ihr Zimmer und blieb vor der Kommode stehen, auf der sie ihren gesammelten Früchtetee abgelegt hatte. Mit Todesverachtung griff sie wahllos nach einer Packung.

Wieder in der Küche, kramte sie so lange in den Schubladen, bis sie tatsächlich ein Teesieb fand. Als sie das siedende Wasser über ihre Teemischung goss, erschien Eva barfuß und im Morgenmantel in der Tür. Ihr Haar fiel wie ein seidiger, hellblonder Schleier auf ihre Schultern. Selbst verschlafen und ungeschminkt sah sie hinreißend aus. Ihre Haut war zart und rosig, nirgends kräuselte sich ein Fältchen. Sie wirkte so jung und unschuldig und arglos, dass Sara einen Moment lang den Impuls verspürte, ihre Mutter in den Arm zu nehmen. Schnell schüttelte sie diese Anwandlung ab.

„Was machst du da?“, fragte Eva erstaunt.

„Magenmilden Mittsommertraum.“

Evas Blick fiel auf die angebrochene Toastpackung auf der Anrichte, wanderte weiter über Butterdose und Marmeladenglas und hielt bei dem Frühstücksbrettchen an, das bis auf ein paar Krümel leer war.

„Heute ist Sonntag."

„Ich weiß." Sara beobachtete, wie die Teemischung blutrote Schlieren durch das Wasser zog, ignorierte das dringende Bedürfnis, woanders hinzusehen, und sagte sich, dass die Farbe von der Roten Bete komme.

Eva räusperte sich. „Ich verstehe nicht ganz …"

Ich verstehe auch so einiges nicht, dachte Sara.

Eva trat einen Schritt näher an sie heran. Sara drehte sich halb nach ihr um und begegnete dem Blick ihrer Mutter, der sie unergründlich musterte. Sie hatte nicht den geringsten Schimmer, was Eva gerade dachte. In diesem Moment ging ihr auf, dass es schon immer so gewesen war. Sie sah Eva lächeln, sie teilten sich die Badewanne, sie kuschelten sich zusammen unter eine Bettdecke oder relaxten in der Sauna – doch was in Evas Kopf vor sich ging, blieb Sara weitestgehend verborgen. Ihre Mutter war nicht der Mensch, der seine Gedanken mit anderen teilte. Nur war ihr das bisher nicht aufgefallen.

„Was ist los mit dir?", fragte Eva. „War gestern Abend irgendetwas nicht in Ordnung?"

Sara schürzte die Lippen und schüttelte den Kopf. „Nö."

Eva stand einen Augenblick lang unschlüssig da und schien auf eine Erklärung zu warten. Sara fischte unterdessen in aller Ruhe das Teesieb aus der Tasse, legte es zum Abtropfen in die Spüle, nippte an ihrem Tee, obwohl er zu heiß war, und verbrannte sich prompt die Lippe. Mit einem resignierten Seufzen begann Eva, ihre mittelalterliche Kaffeemaschine zu befüllen. Als das Gerät angestrengt gurgelte und die braune Brühe in die Kanne schnäuzte, holte sie eine Handvoll Eier aus dem Kühlschrank.

„Dann mache ich mir mein Rührei mit Champignons eben allein."

„Tu das."

Der Tee war noch immer heiß, trotzdem spülte Sara ihn mit wenigen Schlucken herunter. Er schmeckte wie Spülwasser, das intensiv über Heidelbeeren nachgedacht hatte. Wahrscheinlich hatte sie ihn nicht lange genug ziehen lassen. Sie schüttelte sich. Mit einem Knall stellte sie die Tasse in die Spüle und stieß sich von der Anrichte ab.

„Ich geh dann mal runter zu Moormanns. Schönen Sonntag noch."

+++

Falls Gaby Moormann sich darüber wunderte, dass Sara sonntagmorgens vor neun Uhr bei ihr auf der Matte stand, so ließ sie es sich nicht anmerken. Sara war zu jeder Tages- und Nachtzeit bei Moormanns willkommen. Gaby lud sie zu einem zweiten Frühstück ein, was sie gerne annahm.

„Du siehst blass aus", bemerkte Caros Mutter mit einem besorgten Blick, wobei neben ihren gesund glänzenden Apfelbäckchen fast jeder blass und fahl wirkte.

Sie war klein, nicht ganz schlank, hatte flammend rote Locken, die wie Korkenzieher von ihrem Kopf abstanden, und trug eine modische Brille.

„Na, komm mal mit in die Küche. Wenn du Glück hast, hat Christoph noch was von dem Aprikosenkompott übriggelassen, das ich gestern gekocht habe."

Als Sara in die gemütliche Wohnküche trat, nickte Caro ihr vom Tisch aus verschlafen zu. Sara tippte auf Krimi-Showdown morgens um halb drei. Tiefe Schatten saßen unter Caros Augen und die Lider waren verquollen.

Christoph häufte Kompott in ein Glasschälchen, schob es an den Platz, den Gaby schnell neu eindeckte, und summte dabei augenzwinkernd eine Melodie aus dem *Amélie*-Film. Sara ließ sich nieder und lächelte gequält.

Gaby reichte ihr den Brotkorb, in dem frische Brötchen dufteten. „Schön, dass du uns zum Sonntagsfrühstück besuchst, Sara."

„Gibt es einen besonderen Anlass dafür, dass du mit eurer Tradition brichst?"

Christoph hatte die Frage freundlich gestellt, aber Sara bemerkte, dass schon wieder sein altbekannter Ermittlerblick hinter den Brillengläsern aufleuchtete. Nicht mal sonntagmorgens im Kreise der Familie konnte er das Löchern und Bohren lassen. Aus Erzählungen wusste er von Henrikssons heiligem Frühstücksritual am Wochenende.

Sara fiel auf die Schnelle keine unverfängliche Antwort ein. Caro, die ihr Zögern bemerkte, kam ihr zur Hilfe. „Wahrscheinlich fand Sara die 957. Wiederholung von *Amélie* so zum Kotzen, dass ihr der Appetit vergangen ist und Eva heute allein frühstücken musste."

„So ungefähr", stimmte Sara ihr dankbar zu.

„Na denn", brummte Christoph und kratzte den letzten Rest Kompott aus der Schale in sein eigenes Schüsselchen. Restlos überzeugt wirkte er nicht.

In diesem Augenblick vibrierte das Handy in Saras Trainingshose mit einem vernehmbaren Brummen. Automatisch zuckte ihre Hand in Richtung Hosentasche, doch sie besann sich rechtzeitig und griff stattdessen nach dem Löffel, den Gaby ihr hingelegt hatte. Caro schien nun vollständig aufgewacht zu sein. Über den Tisch hinweg warf sie Sara einen fragenden Blick zu.

+++

„Schieß los!", forderte Caro, als sie eine Viertelstunde später in ihrem Zimmer saßen.

„Moment." Sara wühlte sich in dem neongrünen Sitzsack zurecht, der in der Ecke hinter der Tür lag, holte ihr Handy hervor und überprüfte den Nachrichteneingang. Jon hatte zwei Bilder in ihrem Chat gepostet.

„Jetzt bin ich gespannt ..."

„Na, und ich erst! Würdest du bitte endlich das Geheimnis lüften, warum du nach eurem Mädelsabend mit Zimtschneckenduft und allem Pipapo heute plötzlich in aller Frühe bei uns am Tisch sitzt und ein Gesicht ziehst wie lebenslang Blumenkohl?"

Sara ignorierte Caros Einwurf. Zu vertieft war sie in den Anblick des Fotos, das ihr gesamtes Display ausfüllte. Eine Studioaufnahme vor weißem Hintergrund. Ein Mann in Jeans und weißem Hemd, eine Frau in Jeans und weißer Bluse und ein Kind in einem weißen Sommerkleidchen saßen barfuß auf dem Boden. Die Frau erkannte sie sofort. Eine jüngere, mädchenhafter aussehende Version von Eva, die strahlend in die Kamera lächelte und den Kopf dabei ein wenig neckisch zur Seite drehte. Das warme Studiolicht warf schimmernde Reflexe auf ihr welliges Haar.

Der Mann saß neben ihr und hatte eine schmale, feingliedrige Hand auf ihre Schulter gelegt. Fast alles an ihm wirkte schmal. Die Statur, das Gesicht, die Lippen, die Nase. Seine Schultern nahmen sich dagegen ähnlich ausladend aus wie die von Sara, die selbst fand, dass sie für ihre schlanke Silhouette viel zu breite Schultern hatte. Der Mann war genauso dunkelhaarig wie sie. Er trug sein Haar akkurat gestutzt, war so sauber rasiert, dass sein Kinn fast glänzte, und obwohl er höchstens Ende zwanzig war und ein ausgesprochenes Milchgesicht hatte, lag etwas Erwachsenes in seinen Zügen. Lediglich ein paar blasse Sommersprossen auf seiner Nase wirkten, als wollten sie den ordentlichen Gesamteindruck mutwillig stören. Er lächelte zurückhaltend.

Das Mädchen saß im Schneidersitz vor den Eltern. Es war etwa vier Jahre alt, trug einen Pagenkopf mit dunkelbraunen Ponyfransen und grinste dem Fotografen mit seinen Milchzähnchen unbefangen entgegen. Es wirkte am natürlichsten von allen. Das Mädchen war sie selbst. Mit einer seltsamen Rührung betrachtete Sara das früheste Kinderbild, das sie je von sich gesehen hatte. So also hatte sie einmal ausgesehen. Und das war ihre Familie gewesen.

Das Gesicht ihrer Mutter erschien ihr absolut vertraut, aber der Mann hätte irgendjemand sein können. Er wirkte auf Sara einfach nur fremd. Sie hatte gehofft, dass ein Foto von ihm ihrer Erinnerung auf die Sprünge helfen würde, und war enttäuscht.

Sie kehrte zurück zur Chatansicht und scrollte weiter. Das zweite Bild zeigte denselben Mann, nur deutlich älter, etwa um die vierzig. Er stand vor einer dunklen Glasscheibe, in der das Blitzlicht der Kamera reflektierte, und sah frontal in die Linse. Offenbar hatte er ein Selfie gemacht. Feine Linien hatten sich in die Haut um seine Augen herum gegraben. Die Augen schimmerten ähnlich wie die von Sara, die jemand einmal gehässig als „schlammpfützenfarben" bezeichnet hatte. Nur wirkten sie dunkler und müder als auf dem ersten Foto.

Der Mann sah aus, als habe er in den vergangenen Jahren nicht nur an Jugend, sondern auch an Kraft eingebüßt. Er trug das Haar nicht mehr ganz so kurz getrimmt wie früher und inzwischen umrahmte die Andeutung eines Bartes sein Gesicht. Sara tippte auf die Dateiinfo. Das Bild war keine acht Stunden alt. Damit hatte sie den eindeutigen Beweis, dass ihr Vater am Leben war und Eva gelogen hatte.

Wortlos drehte Sara ihr Handy um. Ihre Jeans hochziehend hüpfte Caro heran, beugte sich vor und machte einen langen Hals. Sie brauchte nur einen kurzen Augenblick, um zu begreifen, was sie da zu Gesicht bekam.

„Oh mein Gott!"

Sara nickte nur und legte das Handy weg.

Caro zog den Bauch ein, knöpfte die Hose zu und ließ sich auf ihren Schreibtischstuhl plumpsen, der diese rücksichtslose Behandlung mit einem empörten Quäken quittierte.

„Das war bestimmt ein ziemlicher Schock für dich, oder?"

„Kann man so sagen."

Sara berichtete, was Jon in seiner Mail geschrieben hatte. Caro umarmte die Stuhllehne, legte ihr Kinn darauf ab und nickte nachdenklich. Sonderlich überrascht wirkte sie nicht.

„Das passt exakt zu dem, was mein Vater immer über deine Mutter sagt."

„Nämlich?", fragte Sara misstrauisch.

„Eine schöne junge Frau, die mit ihrer Tochter völlig zurückgezogen in einem fremden Land lebt, keine Freunde hat, den Kontakt zu anderen Menschen auf ein Minimum reduziert und sehr bemüht ist, nichts von sich preiszugeben – da stimmt was nicht."

„Sag bloß, er hat sie im Polizeicomputer gecheckt!"

Caro druckste herum und wich Saras Blick aus.

„Nicht im Ernst, oder?"

„Er hat mal so was erwähnt …"

„Hat er vielleicht auch noch heimlich Fingerabdrücke in unserer Wohnung eingesammelt oder DNA-Spuren gesichert?" Sara boxte in den Sitzsack. „Wie kann man nur so neugierig sein!"

„Das ist sein Job."

„Eher 'ne Familienkrankheit! Und, hat er was rausgefunden?"

Caro schüttelte den Kopf. „Nichts. Deine Mutter ist ganz ordnungsgemäß gemeldet und hat nicht mal ein Knöllchen auf ihrem Konto."

„Kunststück, nach zwölf Jahren ohne Auto. Wie war übrigens die Fahrstunde?"

„Nicht ablenken!", wich Caro aus. „Also, zumindest hierzulande hat sich deine Mutter nichts zuschulden kommen lassen."

„Zumindest hierzulande", äffte Sara sie nach. „Was soll das denn heißen?"

„Vielleicht hat sie ja früher in Schweden was ausgefressen und ist deshalb so einsilbig, was ihr Leben angeht?"

Sara lachte auf. „Ja, natürlich. Aber soll ich dir was verraten? Meine Mutter hat tatsächlich mal jemanden umgebracht."

„Ja, deinen Vater in ihrer Fantasie. Sogar mit einem Holzlaster. Auf so etwas muss man erst mal kommen!" Caro stieß sich ab und ließ sich mit ihrem Stuhl langsam im Kreis drehen. „Ob sie ihn wohl gehasst hat? Ich meine, seinen Lebenspartner so sang- und klanglos zu verlassen und ihn der Tochter anschließend als verblichenes Unfallopfer zu präsentieren, spricht nicht gerade von großer Liebe, wenn du mich fragst."

„Keine Ahnung. Ich weiß ja überhaupt erst seit gestern Nacht, dass er noch am Leben ist."

„Mal eine ganz andere Frage." Caro stoppte ihre Kreisfahrt jäh und sah Sara an. „Wie hat er dich überhaupt ausfindig gemacht, wenn du seit zwölf Jahren verschwunden bist? Ihr steht nicht im Telefonbuch und beim Einwohnermeldeamt gibt es eine Auskunftssperre über euch, sagt mein Vater."

Sara biss sich auf die Lippe. Christoph Moormann hatte sich für ihren Geschmack ein wenig zu sehr für Evas übertriebene Diskretion interessiert. Andererseits sprachen die Maßnahmen, die Eva ergriffen hatte, um ihren Aufenthaltsort zu verschleiern, Bände.

„Jetzt dämmert mir zumindest, warum es bei uns kein Internet gibt …" Sara griff wieder zu ihrem Handy und überflog zum x-ten Mal Jons Mail. „Er schreibt, er hätte ein Foto von mir auf der Webseite des Sportvereins gefunden."

„Wie ist das möglich?" Caro schnappte ihr eigenes Handy, das griffbereit auf ihrem Schreibtisch lag, und begann darauf herumzutippen. „Jeder im Verein weiß, dass du in keiner Publikation mit Namen oder Bild auftauchen darfst. Das war doch eine der ersten Auflagen deiner Mutter, als sie dir endlich erlaubt hat, dich anzumelden."

„Ich weiß."

Mit einem tiefen Seufzen erinnerte sich Sara an das Theater, das Eva bei jedem Trainerwechsel aufs Neue aufgeführt hatte. Dabei hatte sie sich schriftlich versichern lassen, dass Sara weder auf Mannschaftsfotos auftauchte noch in Spielberichten für die Webseite erwähnt wurde, und hatte bei Missachtung der Vorschrift sogar mit „ihrem Anwalt" gedroht.

Seitdem hatte Sara bei jedem Fototermin am Rand gestanden. Mit der Zeit war sie auch nicht mehr enttäuscht gewesen, wenn in Spielberichten verschwiegen wurde, wer die Mannschaft mit den meisten Treffern zum Sieg geführt hatte. Sie hatte einfach geglaubt, dass Eva in Sachen Internet paranoid war, und sich um des Haussegens willen gefügt.

„Sieh dir das an!" Caro wedelte aufgeregt mit ihrem Handy. „Erinnerst du dich noch an das Spiel gegen Schleswig im April?"

„Klar, die mit der grottigen Defense."

„Hier ist der Spielbericht, inklusive Fotogalerie. Wer auch immer den verfasst hat, war völlig hin und weg von dir. Pass mal auf."

Caro holte tief Luft.

„Besonderen Einsatz zeigte Shooting Guard – oder besser: Shooting Star – Sara Henriksson. Die 16-jährige Lübeckerin beeindruckte mit ihrem traumwandlerisch sicheren Ballhandling und ihrem Durchsetzungsvermögen unterm Korb. Insbesondere in der Schlussphase, als die Formschwäche der Schleswigerinnen allzu offensichtlich wurde, spielte Sara die Gegnerinnen nahezu im Alleingang an die Wand. Mit Talent und feiner Technik empfiehlt sich die U17-Spielerin eindeutig für höhere Aufgaben."

„Puh!" Sara verdrehte die Augen. „Shooting Star! Was war denn das für ein Formulierungsgenie? Fabienne hat nie so einen Quatsch verzapft!"

„Fabienne hat das Spiel damals gar nicht begleitet", trumpfte Caro auf. „Magen-Darm-Grippe, du erinnerst dich? Dieser FSJler – ich glaube, Markus hieß er – hat sie an dem Tag vertreten. Das Kürzel unter dem Artikel dürfte seines sein."

„Zeig mal." Sara streckte die Hand nach dem Handy aus, überflog den Spielbericht und scrollte durch die Bildergalerie. Markus hatte offensichtlich auch fleißig fotografiert. Auf jedem zweiten Bild war Sara zu sehen: in Angriffspose unterm Korb, springend beim *Rebound*, Gegnerinnen umdribbelnd und am Ende der Partie, als sie ihren fulminanten Sieg feierten. Sara hatte gar nicht bemerkt, dass Markus sie fotografiert hatte. Doch eines musste sie ihm lassen: Auf jedem der Bilder war sie hervorragend getroffen.

„Mit ihrem wunderschönen, strahlenden Lächeln feiert Sara Henriksson den wohlverdienten Sieg!", säuselte Caro, die über ihre Schulter spähte und die Bildunterschriften las. Kichernd stieß sie Sara an. „Hab ich dir nicht gesagt, dass der Kerl scharf auf dich war? Damals wolltest du es mir nicht glauben."

„Und jetzt sieh dir an, was dieser Spinner angerichtet hat!"

Markus war offenbar nicht bekannt gewesen, dass es in Saras Fall strenge Auflagen gab. Damit hatte er Jon Vicander die erste heiße Fährte seit dreizehn Jahren präsentiert – und der war darauf angesprungen. Mit Caros Handy googelte Sara ihren Namen und wurde fast sofort fündig. Wer regelmäßig im Internet nach ihr suchte, musste unweigerlich über diesen Spielbericht stolpern.

„Du solltest dich bei Markus bedanken", stichelte Caro und nahm Sara das Handy wieder aus der Hand, um sich noch einmal den Artikel anzusehen. „Immerhin hat er vor lauter Verknalltheit dafür gesorgt, dass dein Vater für dich wiederauferstanden ist."

„Bedanken?" Schnaubend ließ sich Sara wieder in den Sitzsack zurückfallen und funkelte Caro wütend an. „Hast du schon mal darüber nachgedacht, dass es einen Grund haben könnte, warum Eva ihn verlassen hat? Vielleicht ist dieser Jon gar nicht so harmlos, wie er auf den Fotos aussieht."

Caro nickte unbeeindruckt. „Es wird Zeit, dass du herausfindest, was damals passiert ist."

+++

Sara blieb zum Mittagessen. Appetitlos stocherte sie in den köstlich duftenden Rouladen herum, die Gaby zubereitet hatte. Gaby und Christoph gaben sich keine Mühe, die vielsagenden Blicke, die sie bei Tisch tauschten, zu verbergen. Sara hatte Caro zuvor eingeschärft, ihren Eltern gegenüber kein Wort zu verraten.

Nach dem Essen verabschiedete sie sich und verließ das Haus. Sie fühlte sich hibbelig und verspannt, nachdem sie den gesamten Vormittag in Caros Zimmer herumgesessen und auf winzige Bildschirme gestarrt hatte. Sie brauchte dringend Bewegung.

Ihr Weg führte sie aus der Siedlung heraus, über die Bahngleise an dem Erlenbruchwäldchen entlang, hinter dem sich der Kleine See verbarg. Mittlerweile hatte die Sonne genug Kraft entwickelt, um den Hochnebel zu vertreiben. Jetzt schien sie angenehm warm vom Himmel. Trotzdem bemerkte Sara die ersten vollständig gelben Blätter an den Büschen und Bäumen. Nur noch wenige Wochen und sie würde an derselben Stelle durch einen raschelnden Laubteppich waten.

Sie lief am Freibad vorbei und einige Hundert Meter weiter. Dann bog rechts ein schmaler Pfad ab, der direkt zu einer versteckt liegenden Stelle am Seeufer führte. Ein sattgrüner Rasenstreifen, eine grob gezimmerte Holzbank, ein Papierkorb und eine Kanu-Anlegestelle, mehr gab es hier nicht. Nur die Aussicht auf den Kleinen See, der friedlich die Sonne reflektierte wie ein blank geputzter Spiegel.

Sara setzte sich auf die Bank, streckte die Beine aus, schloss die Augen und ließ sich das Gesicht von den sanften Sonnenstrahlen wärmen. Perfekte Stille umfing sie. An diesem Ort konnte sie zur Ruhe kommen. Leise gluckerte das Wasser am Ufer, im Schilf raschelte ein Wasservogel. Einmal hatte Sara auf dem Holzpfosten, der aus dem Schilf herausragte, einen Eisvogel beobachtet, der unbeweglich wie eine winzige, rostrote und blaue Statue auf einem Sockel dagehockt und nach Fischen Ausschau gehalten hatte.

Zu ihrer Linken rauschte eine kaum wahrnehmbare Brise durch die Blätter des Auwaldes. Das Wasser trug weit entfernte Stimmfetzen vom Kaninchenberg gegenüber. Die Bewohner des Anwesens mit dem parkähnlichen Garten hatten wieder ihren Kaffeetisch ans Ufer gestellt und genossen – wie Sara – den sonnigen Spätsommernachmittag.

Nach einer Weile öffnete sie die Augen und verfolgte mit ihrem Blick ein Schwanenpaar, das weit draußen über die glitzernde Wasseroberfläche zog. Drüben beim Erlenbruch stand ein Graureiher im Wasser, unbeweglich wie aus Granit gemeißelt. Als Sara zurück zu den Schwänen sah, entdeckte sie flussabwärts, aus Richtung Innenstadt kommend, ein Kanu. Sie hoffte nur, dass der Paddler nicht auf die Idee kam, bei ihr anzulanden. Sie wollte ihre Ruhe haben. Doch als sich Sekunden später ihr Handy meldete, war es damit ohnehin vorbei.

Sara überlegte, ob sie den Signalton einfach ignorieren sollte, aber da war der Zauber der entspannten Stille schon verflogen. Sie würde nur noch an die ungelesene Nachricht in ihrer Hosentasche denken. Seufzend holte sie das Gerät hervor.

Du fragst, was damals passiert ist, schrieb Jon.

Saras Puls beschleunigte. Was kam jetzt? Sie starrte aufs Display, das ihr verriet, dass Jon an seiner nächsten Nachricht arbeitete. Mit einem leisen Pling erschien sie kurz darauf im Chatfenster.

Dasselbe würde ich gerne deine Mutter fragen.

Enttäuscht ließ Sara das Handy sinken. Entweder mimte Jon den Ahnungslosen oder er hatte tatsächlich genauso wenig Durchblick wie sie selbst. Das aber fiel ihr schwer zu glauben. Schnell tippte sie eine Antwort.

Du kannst mir nicht erzählen, dass das aus heiterem Himmel passiert ist!

Sie drückte auf das Sendesymbol und sah wieder auf den idyllischen See hinaus, diese Oase am Stadtrand, die in Reiseführern als „Naturparadies“ beworben wurde. Menschen wie sie saßen hier am Ufer oder paddelten über das Wasser, um in der Stille zur Ruhe zu finden und zu entspannen.

Aber wie sah es unter der spiegelglatten Oberfläche aus? Wie viel Müll und Unrat, den gewissenlose Menschen abgeladen hatten, häufte sich am Grund des Sees? Schmutz, den niemand auf den ersten Blick vermutete? Wahrscheinlich war diese Idylle nichts als ein Trugbild. Unter der Oberfläche lauerten Dinge, die niemals in einem Reiseführer Erwähnung finden würden.

Das Handy meldete sich.

Ich habe es nicht kommen sehen, schrieb Jon. *Aber du hast recht. Vor eurem Verschwinden war nicht alles in Ordnung.*

Sara richtete sich auf. Hatte sie es doch geahnt! Würde er nun mit dem wahren Grund für Evas Entschluss, ihn zu verlassen, herausrücken?

Was ist passiert?, schrieb sie zurück.

Während sie auf die Antwort wartete, beobachtete sie den Kanuten, der auf etwa hundert Meter herangepaddelt war. Er schien nicht anlanden zu wollen, sondern hielt auf den schmalen Durchlass zu, der den Kleinen See mit dem Rest der Wakenitz verband.

Im Chatfenster leuchtete eine neue Nachricht auf. Sara warf einen Blick darauf und hätte vor Schreck fast ihr Handy ins Wasser fallen lassen.

Du bist entführt worden, stand da.

Irritiert schüttelte sie den Kopf und las den Satz ein weiteres Mal. Entführt. Das wurde ja immer schöner! Einen Moment lang glaubte sie, dieser Fremde namens Jon trieb doch nur dumme Scherze mit ihr. Entführungen kamen in Caros Krimis oder bei *Aktenzeichen XY … ungelöst* vor, nicht aber im wahren Leben. Selbst Caro mit ihrer blühenden Fantasie wäre so etwas nicht eingefallen.

Laut Handyanzeige arbeitete Jon an der nächsten Nachricht. Sekunden später tauchte eine neue Sprechblase im Chatfenster auf.

Das war zwei Wochen vor eurem Weggang. Du bist nachmittags spurlos vom Spielplatz verschwunden und dann mitten in der Nacht an einer Bushaltestelle im Wald wieder aufgetaucht. 400 Kilometer von zu Hause entfernt. Bis heute weiß niemand, wer dich dorthin gebracht hat und warum.

Sara stutzte. *Im Wald?*, schrieb sie zurück.

Jons Antwort kam prompt.

Ja. Du hast mutterseelenallein im Straßengraben neben der Bushaltestelle gesessen. Da war kein anderer Mensch weit und breit. Totale Einöde, irgendwo an einer Landstraße. Ein Busfahrer hat dich zufällig entdeckt.

Trotz des Sonnenscheins auf ihrer Haut fröstelte Sara. Sie zuckte zusammen, weil sie glaubte, ein Regentropfen wäre auf ihrem Arm zerplatzt. Absurd, denn nicht ein Wölkchen war am Himmel zu erahnen. Sie schlug die Arme um die Schultern, um sich vor der Kälte zu schützen, die mit den Traumbildern vor ihrem inneren Auge in ihr hochstieg.

Wald. Stockfinsterer, nasser, kalter, modrig riechender Wald. Der Riese, der sie mit sich zerrte, antrieb, fluchte. Gut, aus der Perspektive einer Fünfjährigen war vermutlich jeder ausgewachsene Mann ein Riese. Irgendjemand hatte sie durch den Wald geschleift, an einer

Straße abgesetzt und war verschwunden. Er hatte sie allein zurückgelassen. An einer Bushaltestelle. Damit sie gefunden wurde.

„Scheiße." Sara vergrub das Gesicht in den Händen und schüttelte den Kopf. Nein, das war kein Scherz. Das war wirklich passiert. Sie erinnerte sich. Sie hatte es selbst erlebt.

Nachdem sie sich wieder gefangen hatte, antwortete sie Jon: *Glaubst du, Evas und mein Verschwinden und diese Entführung haben irgendetwas miteinander zu tun?*

Gebannt starrte sie auf ihr Handy. Jon schrieb und doch kam es ihr vor wie eine kleine Ewigkeit, bis seine Antwort endlich im Chatfenster erschien.

Sie erschrak, als zwei Erpel mit lautem Flügelschlagen aus dem Schilf emporflatterten und sich schnatternd über den See jagten. Sie sah den Vögeln hinterher, die kurz vor dem anderen Ufer zur Landung ansetzten, um sich dort im seichten Wasser weiterzukabbeln. Ihr Gezänk übertönte fast das Signalgeräusch der nächsten Nachricht.

Können wir telefonieren?

Erschrocken schaltete Sara das Display aus und stopfte das Handy in ihre Hosentasche. Telefonieren! Sie hatte den Schock, dass ihr Vater am Leben war, noch nicht verdaut. Seine Stimme zu hören wäre zu viel gewesen. Schriftlich zu kommunizieren war in Ordnung. Gedanken in Zeichen zu übertragen und über Hunderte Kilometer weit wegzuschicken, das wahrte die Distanz. Aber Stimmen sprechen zu lassen, die so viel mehr über einen selbst verrieten, als einem bewusst war, das war eine andere Dimension. Stimmen schufen Nähe. Sara aber war froh, dass zwischen ihr und Jon gut tausend Kilometer Entfernung lagen. So sollte es zunächst einmal bleiben.

Sie stand auf, warf einen letzten Blick auf die Wasseroberfläche, die sich kaum merklich wellte, drehte sich um und lief nach Hause.

+++

Der nächste Schultag rauschte an Sara vorbei wie ein Regionalzug. Sie konnte fast den Luftzug fühlen, war aber in Gedanken ganz woanders und kümmerte sich nicht weiter um den Lärm, den die Unterrichtsfächer verursachten. Sie war zu sehr damit beschäftigt, in ihrer spärlichen Erinnerung zu wühlen, um sich irgendeinen Reim auf die Entführungsgeschichte zu machen, die Jon ihr aufgetischt hatte.

Etwas musste dran sein, ihr Traum war ein deutlicher Hinweis. Aber wer um alles in der Welt hatte sie vom Spielplatz weggelockt, um sie anschließend Hunderte Kilometer weit weg durch den Wald zu zerren und an der Straße wieder auszusetzen? Und was hatte es mit dieser engen Röhre auf sich, in der sie am Anfang des Traums fast erstickte? War es ihr Entführer, der sie dort herauszog, oder jemand anderer? Denn wenn er sie an einer Bushaltestelle abgesetzt hatte, dann war die einzig logische Erklärung dafür, dass er wollte, dass sie gefunden wurde.

Sosehr Sara die Erinnerungsfetzen aber drehte und wendete und versuchte, sie in einem anderen Licht zu betrachten – sie ergaben keinen Sinn. Eva brauchte sie schon gar nicht danach zu fragen. Nach dieser unfassbaren Lüge, die sie ihr die letzten zwölf Jahre aufgetischt hatte, würde sie garantiert nicht damit rausrücken, was sich aus ihrer Sicht damals abgespielt hatte. Eva war keine Option. Zum Glück hatte Sara eine andere Idee.

„Ist das nicht schade, dass Französisch ausfällt?“, seufzte Caro nach Schulschluss.

In ihrer Stimme schwang ein solch leidenschaftliches Bedauern mit, dass Sara fast vorgeschlagen hätte, auf dem Heimweg einen Schwenk an der Eisdiele vorbei zu machen. Caro sah nach Erdbeerbecher mit viel Sahne aus. Aber Sara hatte andere Pläne für den angebrochenen Nachmittag.

„Ich würde dir ja gerne über die Trauer, dass du heute nicht in den Genuss des Anblicks von Herrn Vossbergs hübschem Hintern kommst, hinweghelfen. Aber ich muss leider schnell nach Hause.“

Caro streckte ihr die Zunge heraus. „Ach, eigentlich ist er sowieso viel zu alt. Bestimmt fast dreißig!“

„Aber gut erhalten“, räumte Sara ein.

Ihr Französischlehrer war ihr schon einige Male im Sportzentrum über den Weg gelaufen. Er war Handball-Torwart, was ihm nicht nur optisch Pluspunkte bei ihr einbrachte.

„Und was hast du so Dringendes vor?“, erkundigte sich Caro neugierig.

Sara, die voranfuhr, winkte sie mit sich. „Komm mit. Du kannst mir dabei helfen.“

Keine zwanzig Minuten später schlichen sie auf Zehenspitzen in Evas Schlafzimmer. Saras Mutter war zwar noch nicht zu Hause, doch etwas an diesem Raum veranlasste sie beide dazu, so wenige Geräusche wie möglich zu verursachen.

„Puh, hier sieht's ja aus wie in einem Hotelzimmer“, wisperte Caro, die den Raum nach langer Zeit zum ersten Mal wieder betrat.

Sara nickte, als ihr Blick über die faltenfreie hellgraue Tagesdecke auf Evas Bett schweifte, und über den Nachttisch, auf dem sich nichts weiter befand als ein Radiowecker und ein angelesener Liebesschmöker. Es gab einen Kleiderschrank mit Spiegeltüren, die so frei von Fingerabdrücken waren, als würde Eva sie täglich mit Glasreiniger behandeln. Die Gardinen vor dem Fenster waren zugezogen, dahinter blühte eine zartgelbe Orchidee auf dem Fensterbrett. Die hatte Sara ihrer Mutter zum letzten Geburtstag geschenkt. Sie selbst hätte lieber das Exemplar mit dem kräftigen Farbton ausgesucht, aber Eva bevorzugte die zarten, dezenten Töne. An der Wand neben der Tür stand eine weiß lackierte Wäschekommode und über dem Bett hing ein gerahmter Druck der Seerosen von Claude Monet. Sonst war der Raum leer.

„Nicht mal ein Foto von dir auf dem Nachttisch!“, bemerkte Caro kopfschüttelnd und dachte dabei wohl an das Schlafzimmer ihrer Eltern, die regelmäßig irgendwelche Bilderrahmen von ihren Nachttischen fegten, weil sie den klingelnden Weckern im Weg standen.

Sara wandte sich zielstrebig an den Kleiderschrank, öffnete die mittlere Tür, beugte sich hinunter und zog einen weißen Pappkarton mit Deckel hervor, der etwa doppelt so hoch wie ein Schuhkarton war.

„Was ist das?“, fragte Caro.

„Mamas Dokumentenschachtel.“ Sara stellte den Karton auf den Boden, hockte sich daneben, hob den Deckel ab und nahm das oberste Blatt Papier in die Hand. „Hier bewahrt sie Steuerbescheide, Bankunterlagen und so weiter auf.“

Caros Miene signalisierte einen abrupten Interessensverlust. „Ach so.“

Sara begann die Papiere durchzugehen, die systematisch nach Themengebieten und Datum sortiert waren.

„Und wonach suchst du genau?“

„Weiß ich auch nicht. Aber sieh mal hier. Die Bestätigung über die Eröffnung eines Girokontos. Nur wenige Tage nach unserer Ankunft in Deutschland.“

Sara kramte weiter. Caro setzte sich neben sie auf den Boden und sah zu. Nahm die Meldebescheinigung der Stadt Lübeck in Augenschein und schmunzelte über eine Urkunde über die erfolgreiche Teilnahme an einem Deutschkurs, unterschrieben von Gaby Moormann.

„Früher wäre ich im Traum nicht darauf gekommen, mir den Inhalt dieser Box mal genauer anzusehen“, sagte Sara, während sie durch gähnend langweilige Schriftsätze vom Finanzamt blätterte. „Aber meine Mutter wird doch nicht mit völlig leeren Händen nach Deutschland gekommen sein. Irgendwas muss sie mitgebracht haben. Geburtsurkunde, Zeugnisse, solche Sachen. Wie hätte sie sonst einen Job bekommen?“

Sie reichte Caro einen Stapel Papier und so durchforsteten sie gemeinsam die gesammelten Schriftstücke. Caro fand ein Untersuchungsheft vom Kinderarzt und Saras Impfpass, Sara ein Schulheft mit ihren ersten krakeligen Schreibversuchen. Nachdem sie sich darüber amüsiert hatten, suchten sie konzentriert weiter.

„Hei, mitä kuuluu?“, posaunte Caro plötzlich in die Stille hinein. Sie hielt ein Schulheft in der Hand und runzelte die Stirn. „Minä olen Eva ja minä asun Saksassa. Hauska tutustua.“

„Geht’s dir gut?“, erkundigte sich Sara besorgt.

„Das war Finnisch!“ Caro klang wie die Ansagestimme in der Sendung mit der Maus. „Das muss eins der vielen Lernhefte deiner Mutter sein.“

Sara nahm ihr das Heft aus der Hand und blätterte darin. Es war komplett vollgeschrieben mit ellenlangen Wortkaskaden, die aussahen, als hätten dort die vielen verlorengegangenen Vokale Zuflucht gefunden, die in Evas Tschechisch-Heft fehlten.

„Ich dachte immer, ich hätte jeden ihrer Sprachenticks mitbekommen, aber dass sie mal Finnisch gelernt hat, war mir neu. Na ja.“

Achtlos legte Sara das Heft auf den Stapel. Finnisch interessierte sie nun wirklich nicht. Sie arbeiteten sich weiter durch den Papierstapel, doch je mehr sie sich dem Grund des Kartons näherten, desto ernüchterter waren sie.

„Nichts mit Zeugnissen oder so“, stellte Caro seufzend fest. „Wenn deine Mutter etwas aus Schweden mitgebracht hat, dann muss sie es irgendwo anders aufbewahren. Vielleicht im Keller?“

Sara zuckte mit den Schultern. „Ich wüsste nicht, wo.“

Wenn andere über das Chaos in ihren Kellern stöhnten, konnte sie nicht mitreden. Der Inhalt ihres eigenen war überschaubar. Dinge horten lag ihr und Eva nicht.

„Tja, das war's wohl.“ Caro griff in den Karton und zog zwei vergilbte Zeitungsausschnitte heraus, die zuunterst gelegen hatten. „Das hier sind wahrscheinlich die Einschulungsfotos aus dem Stadtteilblättchen oder so.“

Sara lachte. „Bestimmt nicht, darauf wäre ich nie im Leben abgebildet worden.“

Caro faltete das erste Blatt auseinander, runzelte erneut die Stirn und räusperte sich. „Smörrebröd, Smörrebröd, römpömpömpöm!“ Grinsend reichte sie den Ausschnitt an Sara weiter. „Hier, lies du mal, das müsstest du doch verstehen.“

„Oh.“ Begierig griff Sara zu. Hatte Eva also doch etwas aus Schweden aufbewahrt? Als sie aber die Überschrift über dem Artikel las, machte sie nur ein verständnisloses Gesicht.

„Tödlicher Verkehrsunfall auf Kreisstraße", übersetzte sie die Schlagzeile und vertiefte sich in den Text darunter. Es handelte sich um einen nüchternen Unfallbericht über einen Sattelzug, der beim Abbiegen auf eine Landstraße die Vorfahrt missachtet hatte und mit einem anderen Lastwagen zusammengestoßen war. Der Beifahrer war dabei ums Leben gekommen, der Fahrer leicht verletzt worden. Der Sachschaden habe rund eine Million Kronen betragen, die Straße sei wegen der komplizierten Aufräumarbeiten mehrere Stunden lang voll gesperrt gewesen. Die genauen Umstände des Unfalls müssten noch von der Polizei ermittelt werden.

Caro schüttelte verwundert den Kopf, nachdem Sara ihr den Bericht übersetzt hatte. „Warum hebt Eva so was auf?"

„Ich habe keine Ahnung." Sara betrachtete das grobkörnige Foto vom Unfallort. Viel zu erkennen war darauf nicht.

Die Führerhäuser der beiden Lkw waren ineinander verkeilt, die Frontscheiben zerborsten, überall lagen Glassplitter und Metallteile herum. Der Auflieger des Sattelschleppers war umgekippt und die Fracht hatte sich über die gesamte Breite der Fahrbahn verteilt. Baumstämme. Dutzende sauber zurechtgesägte Baumstämme lagen übereinander und nebeneinander auf dem Asphalt, als hätten Riesen Mikado gespielt. Sara konnte sich lebhaft vorstellen, dass sich die Bergung der Ladung über Stunden hinweggezogen haben musste. Plötzlich zog sie scharf die Luft ein.

„Oh Gott."

Caro sah alarmiert auf. „Was ist?"

„Der Holzlaster! Es hat ihn wirklich gegeben. Das ist der Unfall mit dem Holzlaster, von dem Eva immer erzählt hat."

„Lass sehen!" Caro riss ihr das Papier aus der Hand und studierte das Bild. Dann suchte sie den unteren Rand der Zeitungsseite ab. „Guck mal, laut Datum ist der Unfall vor 24 Jahren passiert. Das kann also auf keinen Fall dein Vater gewesen sein, der dabei ums Leben gekommen ist."

„Aber wer dann?"

„Vielleicht steht es ja in dem anderen Ausschnitt?" Caro deutete auf den zweiten Papierfetzen, der vor ihnen auf dem Teppich lag, und Sara nahm ihn in die Hand. Schwedische Margarinewerbung. Sie drehte das Papier um und fand eine Todesanzeige vor. Schmucklos und knapp wie der Unfallbericht.

„Per-Olof Esterholt, gestorben im Alter von 47 Jahren am 27. Juni … Das war am Tag vor Erscheinen des Artikels!"

„Das war hundertpro der Fahrer. Sagt dir der Name was, Sara?"

Sie schüttelte den Kopf. „Nie gehört."

„Deine Mutter muss ihn gekannt haben", schloss Caro mit einem Eifer in der Stimme, der ihre Spürnase wieder mal zum Glühen brachte. „Und sie muss ihn gut gekannt haben, sonst hätte sie die Zeitungsausschnitte über ihn nicht aufgehoben."

Sara nickte nachdenklich. Dann nahm sie ihr Handy, fotografierte die beiden Ausschnitte ab, legte sie zurück in den Karton und schichtete sorgfältig sämtliche Dokumente in der Reihenfolge darüber, in der sie herausgenommen worden waren.

Eva durfte keinen Verdacht schöpfen. Als sie den Karton wieder in den Schrank gestellt und die Tür verschlossen hatte, atmete sie durch.

„Die Frage ist nur, ob der Tod von diesem Per-Olof Esterholt irgendetwas mit unserem Verschwinden zu tun hat. Immerhin ist das 24 Jahre her."

„Da gehe ich jede Wette …" Weiter kam Caro nicht, denn auf der Straße vor dem Haus hupte es. Hastig warf sie einen Blick auf ihre Handyuhr und wurde blass. „Oh Shit!"

Ohne sich zu verabschieden, sprang sie auf, sprintete aus der Wohnung und die Treppe hinunter. Sara folgte ihr und beobachtete von der Haustür aus vergnügt, wie Caro in ihren Schäfchenpantoffeln auf das Fahrschulauto zustürzte.

+++

Eine Viertelstunde später stand Sara mit ihrem Fahrrad vor einer in die Jahre gekommenen, aber gepflegten Doppelhaushälfte in der Parallelstraße. Sie öffnete die Gartenpforte und schob das Rad am Haus vorbei zu einer mit wildem Wein umrankten Doppelgarage im hinteren Teil des Grundstücks. Beide Tore waren hochgezogen und gaben den Blick auf eine kleine Werkstatt frei. Aus dem Inneren beschallte ein altes Kofferradio die Nachbarschaft mit den geseufzten Sehnsüchten einer Schlagersängerin. Es thronte auf einem Metallregal, umgeben von einem Sammelsurium an Werkzeugen, Fahrradeinzelteilen und ölverschmierten Lappen. An den Wänden hingen vergilbte Poster mit Rennrädern, die längst aus der Mode gekommen waren. Mitten in dem Durcheinander schraubte ein untersetzter alter Herr im Blaumann hingebungsvoll an einem aufgebockten Damenrad herum. Jeden Tag arbeitete er bei offenen Toren, ganz gleich, ob die Luft in der Sommerhitze flirrte oder Raureif auf den Weinranken glitzerte.

„Moin, Herr Schmidt!“, grüßte Sara, als sie ihr Rad in die Werkstatt schob.

Der alte Mann sah nicht von den Bremsschläuchen auf, an denen er gerade hantierte, sondern nickte nur knapp und grunzte ein langgezogenes „Gude“. Obwohl er schon seit Jahrzehnten hier lebte, sah er keinerlei Grund, seine hessische Herkunft zu verleugnen. Sara wartete geduldig, bis Herr Schmidt Drähte und Schläuche wieder an Ort und Stelle gebracht hatte, sich mit seiner knubbeligen Hand über das spärliche weiße Haupthaar strich und aufsah.

„Na, wo hakt’s denn diesmal?“

„Ich fürchte, der Zahnkranz ist fällig.“

„Zeischemol her.“

Breitbeinig wie ein Cowboy marschierte Herr Schmidt auf das Rad zu, ging in die Hocke, studierte den Zahnkranz, zupfte an der Kette und legte die Stirn in Falten.

„Jo, da haste rescht. Müsse mer austausche, sonst fliescht die Kett’ als runner.“

„Hm.“ Sara druckste herum.

Herr Schmidt arbeitete sich wieder in die Senkrechte, wischte sich die Hände an einem Lappen ab und legte den Kopf schief. „Ganz billisch wird des net."

Als er ihr den Betrag nannte, musste Sara schlucken. So viel hatte sie keinesfalls auf der hohen Kante. Sie würde nicht darum herumkommen, Eva um Geld zu bitten, ob sie wollte oder nicht.

Herr Schmidt bemerkte ihr Zögern. „Isch schau, dass es net zu teuer wird, ja?"

„Okay."

„Und womit fährste in der Zwischenzeit?"

Sara zuckte mit den Schultern. „Mit dem Rad meiner Mutter, die benutzt ihres ja nie."

„Ach geh, dieser Discounter-Schrott!" Herr Schmidt winkte ab und stapfte in den hinteren Teil der Garage, wo mehrere Räder an der Wand lehnten. Nach kurzem Überlegen griff er nach dem Lenker eines nicht ganz taufrischen, aber tadellos gewarteten Mountainbikes.

„Hier, des leih isch dir solang. Bist ja e gude Kundin. Mittwoch kannste dein Rad wieder abhole, ja?"

„Danke, Herr Schmidt!"

„Gude Fahrt!" Der alte Mann überreichte Sara den Lenker des Mountainbikes, tätschelte dessen Sattel und nickte ihr zu, ehe er sich wieder dem aufgebockten Damenrad zuwandte.

„Dann bis Mittwoch", sagte sie und schob das Rad auf den Pflasterweg hinaus.

„Tschö."

Sie beschloss, das Bike erst mal eine Runde zu testen. So lange mussten die Hausaufgaben eben noch warten.

#10

„Mädels." Lars hatte sich mit verschränkten Armen vor dem Tor zum Geräteraum postiert, das normalerweise hochgelassen war und den Blick auf die Drahtkörbe mit den Basketbällen freigab. Jetzt war das Tor verschlossen. Ein ungewohnter Anblick. „Heute machen wir mal was anderes."

„Kein Basketball?" Victoria sah enttäuscht aus.

„Nein."

Lars deutete auf eine der beiden kurzen Seiten der Halle, die auf der gesamten Breite bis unter das Dach zur Kletterwand ausgebaut worden war. An der Decke waren Haken und Sicherungspunkte angebracht, an denen die Halteseile befestigt wurden.

„Ich dachte, wir gönnen uns heute mal eine Herausforderung der anderen Art."

Die Reaktion im Team war gemischt. Während sich Victoria affektiert eine Haarsträhne aus dem Gesicht blies, Monja seufzte und Jette leidvoll dreinsah, stießen Sara und Johanna sich begeistert an, weil sie beide schon seit Längerem vorgehabt hatten, die Wand zu erklimmen.

„Immer nur Basketball, da wird man ja ganz rammdösig", meinte Lars vergnügt. „Hat jemand von euch zufälligerweise einen Sicherungsschein fürs Klettern gemacht?"

Johanna, Naima und Leonie meldeten sich.

„So viele?" Er strahlte. „Das ist ja bonfortionös!"

Er holte Seile und Klettergeschirre aus einem Schrank im Geräteraum und bat die Mädchen an die Kletterwand. Es gab zwei Sicherungsvorrichtungen, sodass zwei Personen gleichzeitig klettern konnten. Johanna war zappelig wie ein Welpe vor dem Gassigehen, weil sie als Erste in den Klettergurt steigen und den Aufstieg wagen durfte. Leonie sicherte ihr Seil und behielt sie im Auge, um beim kleinsten Abrutschen sofort zuzupacken.

Johanna zeigte keine Unsicherheit. Sie hatte ihre Fähigkeiten schon oft in Boulderhallen und Kletterparks trainiert, wählte gleich einen schwierigen Kurs aus und hangelte sich wie eine Bergziege die Wand entlang. Die anderen Mädchen sahen ihr beeindruckt zu. Emily, die von Naima gesichert auf der Anfängerroute daneben zugange war, tat sich deutlich schwerer und rutschte mehrfach ab.

Sara begutachtete die verschiedenen Kletterrouten. Es gab einen leichten Pfad, der mit hellblauen Griffen markiert war. Den würde sie locker schaffen. Auch die gelbe Route traute sie sich zu. Rot, wo Johanna unterwegs war, sah schon herausfordernder aus. Die Griffe standen weiter auseinander und boten weniger Haltefläche.

Johanna kraxelte bis unter die Decke, schlug mit Triumphgeheul oben an und ließ sich dann nach Blickkontakt mit Leonie ins Seil fallen. Leonie ließ sie ruhig und kontrolliert herab. Naima hatte größere Mühe, denn Emily rutschte zum x-ten Mal ab, beschloss, dass sie keine Lust mehr hatte, und ließ sich ohne Vorwarnung in die Sicherung plumpsen. Naima biss die Zähne zusammen und seilte die schwere Fracht vorsichtig ab. Dann wechselten die Gespanne.

Johanna schälte sich aus dem Klettergeschirr und übergab es an Sara, die als Nächste in der Schlange stand. Sara schielte hinüber zu Naima, die gerade Victoria beim Anschnallen des Geschirrs half. Sie wäre ja viel lieber unter der Regie ihrer Freundin geklettert als mit Leonie am anderen Ende des Seils. Die Sicherung in den Händen dieser Frau zu wissen, während sie unter der Hallendecke herumturnte, bereitete ihr Unbehagen.

Lars schien ihr Zögern als Unsicherheit zu deuten. „Fang mit der hellblauen Route an, die ist am leichtesten“, riet er ihr.

Da gab Sara sich einen Ruck und steuerte trotzig den Startpunkt der roten Route an. Sie versuchte, nicht daran zu denken, wer das Ende ihres Seils in Händen hielt. Beherzt fasste sie in die ersten roten

Griffe, tastete mit dem linken Fuß nach dem untersten, stieß sich leicht ab und suchte mit der rechten Fußspitze Halt. Konzentriert behielt sie den jeweils nächsten Griff im Blick und überlegte genau, welche Bewegung nötig war, um die Erhebung zu erreichen. Sie war schon einige Male geklettert und hatte mit der Zeit gelernt, dass es nicht darauf ankam, sich mit der Kraft ihrer Arme hochzuhangeln, sondern vor allem aus den Beinen heraus zu arbeiten. Daran hielt sie sich.

Das erste Drittel schaffte sie problemlos. Dann machte der Pfad einen Bogen nach links und zwang sie, seitwärts zu klettern. Sie war kurz vor der Hälfte angekommen, als sie mit der linken Fußspitze nach einer Trittmöglichkeit tastete, aber keine fand. Gleichzeitig rutschten ihre Finger immer weiter ab und sie erkannte, dass sie die Position nicht länger halten konnte. Ehe sie fiel, spürte sie schon einen beruhigenden Ruck am Sicherungsseil. Leonie hielt gegen, während Sara langsam zu Boden schwebte und sich ärgerte.

„Versuch's noch mal!", rief Lars. „Der Kurs ist anspruchsvoll, aber der Anfang war gut."

Sie wischte sich die verschwitzten Hände an ihren Shorts ab und machte sich erneut an den Aufstieg. Aus den Augenwinkeln sah sie, dass Victoria, die einen gleichschweren Kurs kletterte, schon fast oben angelangt war.

Beim zweiten Mal kam sie schneller voran, denn sie wusste inzwischen, wo sie hintreten und -greifen musste. Die Stelle, an der sie zuvor gescheitert war, überwand sie diesmal ohne Probleme. Das gab ihr das Zutrauen, auch den Rest zu schaffen, denn nach dem Linksschwenk führte die Route wieder relativ gerade aufwärts.

„Super!", rief Lars. „Beweg deinen Fuß ein Stückchen weiter nach rechts – genau!"

Sara heftete ihren Blick auf das Ziel unter der Hallendecke. Noch zwei Meter, dann hatte sie es geschafft. Sie griff nach rechts oben, aber der Haltegriff war so schmal, dass es sie große Anstrengung kostete, sich mit den Fingern hineinzukrallen. Wo konnte sie sich mit dem rechten Fuß abstoßen? Sara tastete und tastete, fand aber keinen Halt. Vorsichtig versuchte sie, unter ihrem Arm hindurch nach einem Griff zu schielen. Da war nichts. Dann musste sie sich eben doch auf die Kraft ihrer Arme verlassen. So kurz vor dem Ziel wollte sie nicht aufgeben. In diesem Moment schlug Victoria oben an und ließ sich unter dem Jubel ihrer Freundinnen abseilen. Sara hielt inne und sah ihr zu. Was die konnte, konnte sie schon lange!

Endlich ertasteten ihre Zehen einen kleinen Vorsprung. Kraftvoll versuchte sie, sich abzustoßen, nur um ebenso kraftvoll mit der durchgewetzten Sohle abzurutschen. Mist! Ihre Finger verloren den Halt, ein letzter Versuch, sich festzuhalten, doch ihre Fingerspitzen glitten vom Griff und sie fiel.

Und fiel.

Der kräftige Zug, der ihr eben noch so viel Sicherheit vermittelt hatte, blieb aus. Bunte Griffe rasten vorbei, der Hallenboden stürzte auf sie zu, jemand schrie etwas, ihr Herz setzte einen Schlag aus und in dem Moment, als sie begriff, dass sie unweigerlich aufschlagen würde, fuhr ein derart heftiger Ruck durch ihren Körper, dass ihr die Luft wegblieb. Sie presste die Lider zusammen, wurde erst hart nach links, dann nach rechts geschleudert und pendelte schließlich aus.

Langsam wurde sie heruntergelassen. Als ihre Beine die Erde berührten, quittierten sie ihren Dienst. Schwer atmend blieb Sara auf dem Hallenboden sitzen und versuchte zu begreifen, was passiert war.

Sofort scharten sich ihre Teamkameradinnen um sie.

„Geht's dir gut?", rief Caro atemlos, plumpste neben ihr auf die Knie und fiel ihr um den Hals.

„Oh mein Gott, ich dachte, das war's jetzt!", hörte sie Naima rufen.

Lars kam angelaufen. „Alter Schwede!", stieß er hervor und hockte sich neben sie. Dann half er ihr aus dem Klettergeschirr. Er sah kreidebleich aus. „Damit hab ich im Leben nicht gerechnet. Bedank dich bei Victoria für ihre Geistesgegenwart!"

Verwirrt drehte sich Sara zu Victoria um, die noch immer das Seil umklammert hielt, das eigentlich Leonie hätte halten sollen, und fast genauso geschockt wirkte, wie Sara selbst. Victoria trug noch ihr Klettergeschirr und hatte aufgeschürfte Knie. Offenbar hatte sie mit einem Hechtsprung nach dem losen Seil geschnappt.

Leonie, die neben ihr stand, betrachtete die ganze Szene merkwürdig teilnahmslos. Während die anderen Mädchen fassungslos die Köpfe schüttelten, blickte sie unbewegt, fast leer, in die Gegend. Wie jemand, der an einer Haltestelle stand und gleichgültig dem Bus in die Gegenrichtung hinterher sah. Als Sara das bemerkte, löste sich ihre Starre und eine unbändige Wut stieg in ihr auf.

„Bist du wahnsinnig?", schrie sie. „Warum hast du einfach losgelassen? Wolltest du mich umbringen?"

„Sorry." Leonie zuckte mit den Schultern und rückte ihre Sportbrille zurecht. „Ich hab zu spät gesehen, dass du fällst."

Lars stand auf, half Sara wieder auf die Füße, drehte sich zu Leonie um und starrte sie an.

„Zu spät gesehen!" Seine Stimme bebte vor Zorn.

Plötzlich erinnerte nichts mehr an den kleinen Mann mit dem fragwürdigen Humor und dem noch fragwürdigeren Klamottenstil. Allein sein Blick hätte gereicht, um Leonie an Ort und Stelle zu pulverisieren.

„Sara hing in fast zehn Metern Höhe unter der Hallendecke! Du hättest sie ununterbrochen im Blick haben müssen! Dafür reicht auch locker ein Auge!"

„Tut mir leid", tat Leonie zerknirscht. „War nicht meine Absicht."

Sara rieb sich den Nacken, der bei dem plötzlichen Ruck, mit dem Victoria ihr sämtliche Knochen gerettet hatte, ziemlich gelitten hatte. Sie war sicher, dass Leonie sie keine Sekunde lang aus dem Auge gelassen hatte. Leonie hatte sie absichtlich fallen lassen.

So schnell Lars' Wut aufgeflammt war, so schnell beruhigte er sich wieder – zumindest äußerlich. Er atmete durch, rief Leonie ein strenges „Darüber reden wir noch!" zu und sammelte die Klettergeschirre und Seile ein. Er wirkte erschöpft.

„Holt die Bälle aus dem Geräteraum. Wir spielen eine Runde."

Die Mädchen nickten erleichtert. Nach dieser Beinahe-Katastrophe hatte niemand mehr Lust auf Klettern. Sara war sogar kurz davor, das Training abzubrechen und nach Hause zu fahren, was sie noch nie getan hatte. Dann aber überwand sie sich und stürzte sich ins Spiel. Bewegung war die beste Therapie.

Trotzdem half die Partie nicht, die erhitzten Gemüter wieder abzukühlen. In der Umkleide, wo Lars nichts mehr zu melden hatte, stürzte sich Caro nach dem Training wie ein rothaariger Racheengel auf Leonie, die ihr beim Umziehen einfach die Seite zudrehte, um ihr möglichst wenig Angriffsfläche zu bieten.

„Von wegen *zu spät gesehen*! Du hast mit voller Absicht lockergelassen. Bist du noch ganz dicht?"

Caro bebte vor Wut. Sara hatte sie nur sehr selten derart in Rage erlebt. Ihre Freundin hatte rote Flecken im Gesicht und eine Ader an ihrer Schläfe pulsierte. Sie stand kurz vorm Platzen.

„Mit Absicht?" Leonie warf ihr einen abfälligen Seitenblick zu. „Ist dir eigentlich klar, was du mir da unterstellst?"

„Ich habe es gesehen!", beharrte Caro, doch als sie Luft holte, um Leonie verbal einen Kopf kürzer zu machen, griff Sara, die keine Kraft mehr für Auseinandersetzungen hatte, ein.

„Reg dich ab. Ich lebe ja noch."

Caro fuhr zu ihr herum und funkelte sie ebenso aufgebracht an. „Und dir hat's beim Absturz eben wohl das Hirn zernudelt! Die Frau hier hat dich fast auf dem Gewissen, und du machst wieder auf heile Welt wie sonst auch immer?"

„Quatsch, ich will ja nur –"

„Die Frage ist doch eigentlich eine ganz andere", kam es da ruhig aus Leonies Richtung.

Inmitten der hitzigen Atmosphäre klang ihre Stimme so kühl, dass nicht nur Sara und Caro, sondern alle Mädchen in der Umkleide unweigerlich zu ihr hinübersahen. Leonie blickte in die Runde und deutete so etwas wie ein Lächeln an. Doch ihre Augen blieben kalt und unbeteiligt wie immer.

„Die wirklich spannende Frage ist: Was hat Sara auf dem Gewissen?"

Damit schlüpfte sie in ihre Sweatjacke, warf die Sporttasche über die Schulter und verließ grußlos die Kabine.

„Die hat doch 'nen Schaden!", stellte Johanna nüchtern fest.

+ + +

Ramin wartete schon auf sie, als Sara nach der Schule wie verabredet am Käfig eintraf. Er saß mit dem Rücken an das Gitter gelehnt und schmökerte in lässiger Haltung, aber mit konzentriert gerunzelter Stirn in einem Buch. Sara verlangsamte ihren Schritt und kostete den Moment aus, in dem er sie noch nicht bemerkt hatte. Der Anblick seiner definierten Schultern war für sie jedes Mal ein Fest. Sie freute sich darauf, diesen trainierten Körper heute wieder in Aktion zu erleben.

Es dauerte erstaunlich lange, bis Ramin ihr Näherkommen wahrzunehmen schien. Oder tat er nur so, als hätte er sie nicht bemerkt? Erst, als Sara ihm ein betont lockeres „Hi!" zurief, hob er den Blick, rappelte sich auf und begrüßte sie mit Handschlag und einer kleinen Verbeugung, die in ihrer Formvollendung scharf an Spott grenzte. Hätte er ihr dazu noch ein Blumensträußchen überreicht, Sara hätte sich kaum darüber gewundert. Stattdessen aber zückte er das Buch, in dem er eben gelesen hatte: Deutsch als Zweitsprache.

„Erst die Arbeit, dann das Vergnügen?", fragte er auf Deutsch. Sara meinte, ein verräterisches Glimmen in seinen dunklen Augen zu erkennen.

„Gaby Moormann scheint euch im Deutschkurs auch kulturell gleich richtig einzunorden."

„Ohne Fleiß kein Preis", gab er mit todernster Miene zum Besten.

Sara warf einen wehmütigen Blick hinter sich auf den Sportplatz und seufzte ergeben. „Okay, dann machen wir erst mal Deutsch."

Da schnalzte Ramin mit der Zunge, pfefferte das Buch über die Schulter auf den Rucksack, der neben seinem Sitzplatz lag, und lachte. „Nimmst du alles so wörtlich?"

„Na, wenn du sonst nichts zu lachen hast." Sara ärgerte sich darüber, dass sie ihm mal wieder auf den Leim gegangen war.

Die Art, wie er Höflichkeit mit Frechheit kombinierte, irritierte sie jedes Mal aufs Neue, denn sie wusste nie, woran sie bei ihm war. Machte er sich über die scheinbare Überkorrektheit der Deutschen lustig? Oder legten Iraner sogar mehr Wert auf Umgangsformen, als sie es gewohnt war? In dem einen Moment strotzte Ramin nur so vor Wohlerzogenheit, nur um sie im nächsten Augenblick für irgendetwas auszulachen.

„Lass uns anfangen", rief er mit einer einladenden Geste. „Breakdance für Ladies. Erste Lektion: Schmetterlinge."

„Könntest du das jetzt endlich mal lassen?" Gegen ihren Willen musste Sara lachen. Ramin tat ahnungslos.

„Wieso? Ich dachte, ihr Frauen liebt Schmetterlinge, oder nicht?"

Sie schüttelte den Kopf. „Ich hasse die Dinger."

„Dieser hier wird dir gefallen. Es ist ein Breakdance-Move, der *Butterfly* heißt. Pass auf!"

Er ließ ihr keine Zeit für weitere Einwände, sondern legte gleich los. In der Mitte des Platzes führte er den Move vor. Es sah aus wie ein Radschlag, bei dem die Hände den Boden nicht berührten. So, wie Ramin ihn ausführte, hatte er tatsächlich etwas Leichtes, Schmetterlingshaftes an sich. Einer der Basic-Moves, wie er Sara erklärte. Anschließend zeigte er ihr Schritt für Schritt, was sie zu tun hatte.

Den Anfang bekam sie noch gut hin, doch als es zum Drehsprung kam, wurde die Sache kompliziert. Sie musste mit einem Bein in die schnelle Drehung kommen und auf halber Strecke auf den anderen Fuß umspringen, um die Drehung zu vollenden. Ramin machte es ihr vor, half ihr, die Füße zu sortieren, und stützte sie, als sie das Gleichgewicht zu verlieren drohte.

Sara war so überrascht von der plötzlichen Berührung an ihrem Rücken, dass sie erst recht ins Taumeln geriet. Doch dieses Fallen war etwas ganz anderes im Vergleich zu dem, was ihr am Abend zuvor zugestoßen war.

„Vorsicht!" Lachend fing Ramin sie wieder auf. „Komm, versuch es gleich noch mal!"

Sara brauchte ein paar Anläufe, bis sie die fremden Bewegungsabläufe verinnerlicht hatte und kombinieren konnte. Aber dann auf einmal klappte es! Sie sprang, wenn auch langsam, einen korrekten *Butterfly*. Ramin applaudierte begeistert und sie errötete.

„Ich wusste, du lernst das schnell! Komm, wir probieren es zusammen!"

Synchron tanzten sie den *Butterfly* auf dem Basketballplatz. Immer wieder sah Sara zu Ramin hinüber, bewunderte die Leichtigkeit und Schnelligkeit, mit der er durch die Luft glitt, und atmete die Freude, die er dabei versprühte. Er war wie ein Wind, der sich nicht einsperren ließ, sondern wehte, wohin er wollte. Erfrischend und leicht und zugleich voller Kraft. So wollte sie auch sein. Sich von seiner Lebensfreude anstecken lassen und allem trotzen, was sie runterzuziehen drohte. Wie viel schwerer hatte er zu tragen als sie selbst? Und doch schien in ihm eine Energiequelle zu sprudeln, die ihn tanzen ließ.

Ramin warf ihr mitten im Sprung ein Lächeln zu. Dankbar fing sie es auf.

+++

„Na, Meedsche, du hast ja ganz rote Bäckscher!" Herr Schmidt wischte sich die Hände am Blaumann ab. Eine Geste, die sich so verselbständigt hatte, dass er es sogar tat, wenn seine Hände sauber waren.

Sara stellte das Mountainbike ab, das sie auf dem Weg vom Käfig zu ihm schnell aus Moormanns Garage geholt hatte, und senkte etwas verlegen den Kopf. Was sollte sie dem alten Herrn, der Fahrräder und Schlagersender liebte, von gut aussehenden Iranern, schnellen Breakdance-Moves und einem unglaublich guten Flow erzählen?

„Fährt sich ganz prima, Ihr Mountainbike", sagte sie stattdessen und lächelte.

„Na, dein Rad is aach wieder flott."

Herr Schmidt nannte ihr einen Preis, der nahelegte, dass er keine Arbeitsstunden berechnet hatte. Als Sara protestierte, winkte er barsch ab.

„Isch bin Rentner, isch mach des net mehr, um reisch zu werde, sondern weil isch kaa Rost ansetze will. Lass gut sein!"

„Vielen lieben Dank, Herr Schmidt!"

Heute war wirklich ihr Glückstag! Sara legte die Scheine, die sie ihrer Mutter für die Fahrradreparatur abgeschwatzt hatte, auf die Werkbank, wo sie unbeachtet liegenblieben, und ließ sich ihr Rad aushändigen. Es blitzte und blinkte wie schon lange nicht mehr. Herr Schmidt hatte es offensichtlich auch noch nebenbei für sie auf Hochglanz poliert.

„Feines Rücklischt haste übrigens", bemerkte er mit einem anerkennenden Nicken. „Isch hab mol geguckt. So was kostet im Fachhandel gut und gerne zwohunnert Euro."

„Rücklicht?" Verwirrt beugte sich Sara am hinteren Schutzblech herunter. „Das hab ich doch erst letzten Winter von Ihnen machen lassen und da hat das Ersatzteil vielleicht zehn Euro gekostet."

Herr Schmidt schüttelte den Kopf. „Naa, des do is 'n anneres. Sieht zwar e bissche wie die Teile aus, die isch gern verbau, aber des is net von mir."

Sara begutachtete die Lichteinheit genauer und musste ihm recht geben. Am hinteren Schutzblech war ein anderes, viel moderneres Licht angebracht, als sie in Erinnerung hatte. Entgeistert schüttelte sie den Kopf.

„Wie kommt das denn dahin?"

„Ach, des is e Sach von zwaa Minute."

„Ja, aber ich hab doch gar nicht … Irgendwer hat mein Rücklicht ausgetauscht!"

Sara erinnerte sich, wie Caro vor Tagen um ihr Rad herumgestrichen war und bemerkt hatte, dass etwas verändert wäre. Sie musste das neue Licht gemeint haben, ohne bewusst darauf gekommen zu sein!

„Weißte denn, was der Clou an dem Dingelsche is?", fragte Herr Schmidt begeistert.

Auf klemmende Schaltungen und quietschende Bremsen verstand er sich besser als auf menschliche Regungen. Er tippte auf die rote Plastikabdeckung und strahlte sie durch seine Brillengläser an. „Da drin is ein klaaner Chip installiert. Damit kannste dein Rad per GPS orte, wenn's dir aaner geklaut hat! Deswesche is des aach so teuer."

„GPS …" Sara kam aus dem Kopfschütteln nicht mehr heraus. Wer machte sich denn die Mühe, ein zweihundert Euro teures Rücklicht mit GPS-Sender an ihr gut und gerne zwanzig Jahre altes Rad zu schrauben? Das war doch absurd!

„Also, isch würds behalte!" Herr Schmidt ließ dezent unter den Tisch fallen, dass die Leuchte deutlich mehr wert war als das gesamte Fahrrad.

„Ja … also, danke noch mal und bis zur nächsten Reparatur."

„Tschö!"

Sara schob ihr Fahrrad nach Hause. Zweimal blieb sie auf dem kurzen Weg stehen und betrachtete ungläubig das 200-Euro-Licht am hinteren Schutzblech, um sich davon zu überzeugen, dass sie sich nicht täuschte. Als sie um die Ecke ihrer Straße bog, kam ihr ein Gedanke.

Jon Vicander.

Erst hatte er die Adresse ihres Sportvereins herausgefunden. Ihre Handynummer kannte er inzwischen auch. Was, wenn er nach Lübeck gekommen war, während des Basketballtrainings unbemerkt das Rücklicht an ihrem Fahrrad ausgetauscht und ihr damit den GPS-Sender untergeschoben hatte? Dann wüsste er jetzt genau, wo sie wohnte.

Sara wurde kalt. Er hatte nicht einmal nach ihrer Adresse gefragt! Dass er gleich zu heimlichen Methoden griff, verhieß nichts Gutes. Vielleicht war es doch keine so verkehrte Idee von Eva gewesen, ihre Spuren in Deutschland zu verwischen. Wer wusste denn, was als Nächstes kam? Eine Bombe unter dem Mini Cooper? Noch eine Entführung?

„Hätte ich bloß nicht auf diese Karte geantwortet!“, murmelte sie, als sie das Fahrrad in die Garage schob.

Sie lauschte kurz, aber alles war still. In einer Schublade in der ausrangierten Kommode, die an der hinteren Wand stand, kramte sie nach einem kleinen Schraubendreher. Die Schutzkappe des Rücklichts ließ sich problemlos entfernen. Sara inspizierte das Innenleben und hatte den Chip, von dem Herr Schmidt gesprochen hatte, schnell entdeckt. Mithilfe des Schraubendrehers hebelte sie ihn vom Plastik herunter, setzte die Kappe zurück und verstaute das Werkzeug wieder in der Schublade.

Dann nahm sie das Stabfeuerzeug, das ihr beim Herumkramen in die Hände geraten war, heraus. Sie legte den Chip auf den Steinboden, klickte das Feuerzeug an und hielt die Flamme so lange drauf, bis er zu einem hässlichen schwarzen Klumpen zusammengeschmolzen war. Das aber täuschte nicht über die Tatsache hinweg, dass sich jemand sehr für sie zu interessieren schien. Und sie wollte sich lieber nicht ausmalen, was das bedeutete.

+++

Evas graue Pumps, die sie für gewöhnlich bei der Arbeit trug, standen schon im Schuhregal im Hausflur und hinter der Tür summte der Staubsauger. Zuerst wunderte Sara sich, doch dann erinnerte sie sich, dass ihre Mutter beim Frühstück erwähnt hatte, am Nachmittag zur Kontrolle zum Zahnarzt zu gehen. So etwas dauerte bei ihren perfekten Zähnen nie lange. Als Sara den Schlüssel ins Schloss steckte, verstummte der Staubsauger. Sie sperrte auf und trat in den Wohnungsflur. Eva kam ihr entgegen.

„Hallo, Mama, ich –“

Eva holte aus und verpasste ihr eine schallende Ohrfeige. Sara taumelte zurück und starrte ihre Mutter verdutzt an. Automatisch tastete sie nach ihrer Wange, die sich zuerst seltsam taub anfühlte. Dann breitete sich langsam wie eine Welle ein brennender Schmerz aus. Sie konnte es nicht glauben. Ihre Mutter hatte sie geschlagen! Das hatte es noch nie gegeben, ja Sara hätte es nicht einmal für möglich gehalten, wenn sie vor Überraschung und Schmerz nicht wie angewurzelt im Flur stehen würde.

Eva hatte sich vor ihr aufgebaut, deutlich um Ruhe bemüht, aber unter der Oberfläche brodelte es. Ihr Mund war ein verkniffener, schmaler Strich und eine tiefe Zornesfalte hatte sich in ihre makellose Stirn gegraben. Sie streckte eine Hand aus.

„Dein Smartphone."

„Mein … was?"

Das traf Sara genauso unerwartet wie die Ohrfeige. Eva wusste es. Sie wusste von dem geheimen Smartphone, obwohl Sara alles unternommen hatte, um es vor ihr zu verheimlichen.

„Stell dich nicht dumm. Raus damit." Evas Hand zuckte ungeduldig.

Nachdem Sara den Schock geschluckt hatte, regte sich ein erster Funke Widerstand. Sie war siebzehn Jahre alt. Nicht nur, dass sie sich von ihrer Mutter nicht mehr so abkanzeln und erst recht nicht schlagen lassen musste. Ihr Eigentum würde sie ganz bestimmt nicht herausrücken! Viel zu lange hatte sie sich alles gefallen lassen. Das würde sich jetzt ändern. Wütend atmete sie durch.

„Nein."

„Sofort."

„Es gehört mir."

Sie hielt Evas eisigem Blick stand. Doch mit dem, was ihre Mutter als Nächstes tat, hatte sie wieder nicht gerechnet. Zielsicher schnellte deren Hand vor in Richtung Saras linker Hosentasche, zog das Handy heraus und warf es auf den Boden. Als sie den Fuß hob, schrie Sara auf.

„Das wirst du nicht tun!"

Doch zu spät. Ehe sie sich bücken konnte, hatte Evas Ferse schon das Display zerdrückt. Mit einem hässlichen Knirschen zogen sich spinnwebartige Risse quer über die eingedellte Fläche.

Sara versuchte, das Gerät an sich zu ziehen. Eva schob sie beiseite, hob das Handy auf, öffnete erstaunlich flink die Verschalung auf der Rückseite und löste die Simkarte heraus. Dann drehte sie sich zum Telefontischchen um und nahm eine Schere aus dem Stifteköcher. Hilflos sah Sara zu, wie ihre Mutter die Karte in zwei Teile schnitt und zusammen mit den Überresten des Handys auf den Boden warf.

„Das war für die Lüge", sagte Eva kalt. „Und jetzt geh in dein Zimmer und sieh, was du angerichtet hast."

Damit drehte sie sich um und rauschte ins Wohnzimmer. Mit einem Knall flog die Tür ins Schloss, der Glaseinsatz bebte. Sara sah erst ihr hinterher, dann starrte sie auf die Trümmer ihres Handys und die zerschnittene Simkarte auf dem Teppich. Mit einem Kloß im Hals sammelte sie alles ein und ging in ihr Zimmer. Dort erkannte sie auf den ersten Blick, was Eva gemeint hatte.

Ihr Bett war frisch bezogen.

„Scheiße." Sara stürzte darauf zu und fuhr mit der Hand in den Spalt zwischen Matratze und Bettrahmen. Doch da war nichts. Sie hätte es sich denken können. Mit einem verzweifelten Stöhnen ließ sie sich auf ihr Bett fallen, stützte den Kopf in die Hände und wünschte sich, sie hätte sich mit der Wahl des Verstecks mehr Mühe gegeben.

Eva wusste nun also, dass sie es wusste.

Sara atmete tief durch und überlegte. Vielleicht war es aber auch gar nicht schlecht. Zwar hatte sie bis eben noch leise gehofft, dass sich die ganze Sache auf harmlose Weise aufklären ließe, aber Evas Reaktion hatte ihr unmissverständlich vor Augen geführt, dass in ihrem Leben etwas faul war – und zwar grundlegend. Keine Fotos, kein Internet, keine Kontakte, keine Reisen in die Heimat. Stattdessen nur Lügen, Heimlichkeiten und jetzt sogar Schläge.

Sara lachte bitter auf. Wenn sie für die Tatsache, dass sie als fast Erwachsene ihrer Mutter das Handy verheimlichen musste, eine Ohrfeige kassierte, was hatte Eva dann für zwölf Jahre Lügen verdient? Nein, sie würde sich nicht weiter manipulieren und für dumm verkaufen lassen. Damit war jetzt Schluss.

Entschlossen stand sie auf, lief zum Wohnzimmer und riss die Tür auf. Eva, die mit der Fernbedienung in der Hand vor dem Fernseher saß, wo gerade eine plastikbunte Vorabendserie flimmerte, fuhr herum.

„Dann schieß mal los. Was ist damals passiert? Warum sind wir Hals über Kopf aus Schweden abgehauen? Warum hast du jeden Kontakt dorthin abgebrochen? Und wieso, verdammt noch mal, erzählst du mir fast mein ganzes Leben lang, mein Vater wäre vom Holzlaster zermalmt worden, während er tatsächlich irgendwo in Stockholm sitzt und fröhlich Geburtstagskarten schreibt?"

Eva, deren Gesicht wieder zur perfekten Glätte zurückgefunden hatte, schüttelte nur leicht den Kopf. „Das geht dich nichts an."

„Ach, hör doch endlich auf, mich wie eine Vierjährige zu behandeln!"

„Du bist immer noch mein Kind."

„Und als solches soll ich also dumm sterben, ja?"

„Du sollst überhaupt nicht sterben", murmelte Eva kaum hörbar.

„Und was willst du machen, wenn ich nächstes Jahr achtzehn werde und beschließe, auf eigene Faust nach Schweden zu fahren? Willst du mich am Stuhl festbinden?"

Seufzend biss Eva sich auf die Lippe und schaltete den Fernseher ab. „Ich werde dich nicht dran hindern können. Aber mach dir keine Hoffnungen. Es gibt dort nichts, was du wissen müsstest."

„Ach ja? Aber meinen Vater würde ich vielleicht ganz gerne mal kennenlernen, nachdem ich völlig vergessen habe, wer er ist."

Sara beobachtete jede Regung im Gesicht ihrer Mutter, doch Eva hatte ihre Miene wieder perfekt unter Kontrolle. Sie hob nur scheinbar gleichgültig die Schultern.

„Der wird dir auch nicht weiterhelfen können."

„Oder verstecken wir uns hier vor ihm? Ist er hinter dir her?"

„Niemand ist hinter mir her und wir verstecken uns auch nicht", erklärte Eva mit einer Extraportion Nachsicht, wie man sie Kindern oder verwirrten alten Leuten entgegenbrachte.

„Lüg nur weiter, Mama. Aber wundere dich nicht, wenn ich nicht mehr bereit bin, dir irgendwas zu glauben."

Sara drehte sich um und ließ die Tür ins Schloss knallen. Das aber linderte ihre Wut nicht. Im Gegenteil, sie hatte große Lust, irgendetwas zu zerstören. Am liebsten hätte sie die Orchidee aus Evas Schlafzimmer genommen und mit ihrem Topf das Fenster zertrümmert – oder, noch besser, die Windschutzscheibe dieses dämlichen Mini Coopers!

Gegen solche Anwandlungen half nur eins: Laufschuhe an und raus. Sie wusste auch schon, wohin sie laufen würde.

#11

„Was ist denn damit passiert?" Ramin guckte bestürzt, als Sara die Überreste ihres Handys auf den zerkratzten Küchentisch knallte. Stirnrunzelnd nahm er die Teile in Augenschein. „Als ehemaliger Student vom Fach würde ich sagen: Elektroschrott vom Feinsten. Komm, setz dich und trink einen Tee mit mir!" Es tat ihr gut, dass er in diesem Moment keine Fragen stellte.

Er rückte Sara gentlemanlike den wackligen Stuhl zurecht. Dann nahm er einen Becher aus dem Hängeschrank, polierte ihn vorsichtshalber noch einmal sauber, goss Tee aus einer Kanne ein und streckte die Hand nach der Zuckerdose auf der Anrichte aus. Mitten in der Bewegung hielt er inne. „Ach nein, hier in Deutschland spart man ja Zucker, ich vergaß!"

„Zwei Löffel", seufzte Sara. „Heute mache ich eine Ausnahme."

„Okay …?" Ramin musterte sie besorgt, bevor er zwei matterhornmäßig gehäufte Löffel Zucker in ihren Tee stürzen ließ. Sofort bereute Sara ihre Bestellung. Er stellte den Becher vor ihr ab und setzte sich ihr gegenüber.

„Du siehst aus, als würdest du dich über mehr ärgern als nur über ein geschrottetes Handy."

Sara nippte an der Zuckerplörre und überlegte kurz. Dann begann sie zu erzählen. Von Anfang an, von dem Tag, als sie die geheimnisvolle Geburtstagskarte bekommen hatte. Ramin hörte zu, ohne zu unterbrechen. Am Ende sah er sie mitfühlend an.

„Ganz schön hart, so hintergangen zu werden."

„Es fühlt sich an, als wäre mein ganzes Leben eine einzige Lüge. Ich weiß nicht, wie ich das aushalten soll."

Er goss sich selbst einen Becher Tee ein – Sara machte sich nicht mehr die Mühe, die Zuckerberge zu zählen, die darin versanken – und rührte bedächtig um. Dann lachte er plötzlich leise auf. Sara warf ihm einen irritierten Blick zu. Sie hatte auf Verständnis gehofft, nicht auf Belustigung.

„Was ist jetzt so komisch?"

„Entschuldige!" Ramin schüttelte erneut den Kopf und legte den Teelöffel auf den Tisch. „Ich musste nur gerade an eure Schulaufgabe denken, in der ich die Ehre habe, Protagonist sein zu dürfen."

Sara fiel siedend heiß ein, dass sie sich unbedingt bald mit Caro zusammensetzen musste, um an ihrem Referat zu basteln. Seitdem Jon Vicander die Bombe hatte platzen lassen, war das in den Hintergrund geraten.

„Was hat unser Referat denn mit der ganzen Sache zu tun?"

„Eine ganze Menge." Ramin nahm einen Schluck Tee und sah sie über den Rand seiner Tasse aufmerksam an. Sofort schoss ihr Blutdruck in die Höhe und sie musste sich dazu zwingen, seinem Blick nicht verlegen auszuweichen.

„Eigentlich bräuchtet ihr mich für die ganze Story gar nicht", sagte er. „Du könntest deine eigene Geschichte erzählen."

„Was?" Diesmal war es Sara, die lachte. „So ein Unsinn. Ich bin doch nicht geflüchtet."

„Offenbar ja doch." Ramin stellte die Tasse ab und umfasste sie mit beiden Händen. Feiner Dampf kräuselte sich empor.

„Flucht kann ganz viele Ursachen haben, da hat eure Lehrerin recht. Hier in der Unterkunft hat jeder eine andere Geschichte." Er machte eine vage Handbewegung in Richtung Küchentür. „Manche wurden von Krieg und Terror bedroht. Andere von wirtschaftlicher Not. Dann gibt es Leute wie mich, die politisch oder gesellschaftlich verfolgt wurden. Und glaub mir, manche haben sogar hier in Deutschland noch Angst, dass irgendein langer Arm aus ihrer Heimat ihnen oder ihren Angehörigen schaden könnte. Jede Story hat ihre ganz eigene Dramatik."

Sara wiegte den Kopf hin und her. Sie hatte fast ihr gesamtes Leben in Deutschland verbracht und fühlte sich vollkommen als Teil dieser Gesellschaft. Oft vergaß sie, dass sie andere Wurzeln hatte. Man hatte sie und Eva aber auch nie in einem deprimierenden Haus wie diesem eingesperrt, sie nicht endlos im Unklaren darüber gelassen, ob sie anerkannt würden oder nicht, und man hatte sie nie spüren lassen, dass sie nicht dazugehörten. Als Schwedin wurde sie offenkundig anders behandelt als der Flüchtling Ramin. Dabei waren sie beide Ausländer. Eigentlich verrückt.

„Schweden ist eines der offensten und sichersten Länder dieser Welt“, sagte sie nach kurzem Überlegen. „Die Leute flüchten dorthin, nicht von dort weg. Also ergibt das, was du sagst, keinen Sinn.“

„Deine Mutter scheint sich dort nicht sehr sicher gefühlt zu haben“, stellte Ramin fest. „Erst verschwindet sie mit dir und bricht alle Kontakte ab. Dann verwischt sie alle Spuren, sorgt dafür, dass man euch im Ausland nicht findet, manipuliert deine Erinnerung und versucht dich mit allen Mitteln vom Internet fernzuhalten, damit du nicht, ohne es zu wissen, jemanden auf eure Fährte bringst. Wenn das keine Flucht vor irgendeiner Bedrohung ist, was dann?“

Sara musste ihm recht geben. So hatte sie die Sache noch nicht betrachtet. Wenn sie die äußeren Umstände abzog, hatte sie mehr mit den Menschen in diesem Haus gemeinsam, als sie für möglich gehalten hatte. Im Grunde war sie genauso entwurzelt wie Ramin und seine Mitbewohner.

„Wir sind beide Geflüchtete“, fasste er zusammen und sah sie abwartend an.

Sara nickte zögernd. „Aber während du dich für deine Flucht entschieden hast, weiß ich noch nicht mal, was hinter unserer steckt. Und meine Mutter -“

Weiter kam sie nicht, denn in diesem Augenblick erschien ein reichlich verschlafen aussehender junger Afrikaner im Türrahmen. Sara glaubte, in ihm einen der Jungs von der Bushaltestelle wiederzuerkennen, hatte aber gewisse Schwierigkeiten, die Gesichter auseinanderzuhalten. Er gähnte, doch als sein Blick auf Sara fiel, verzog er den Mund zu einem breiten Grinsen.

„Ey, Perser, deine Freundin?"

Ramin ignorierte das Gefrotzel. Stattdessen deutete er auf die Uhr über der Küchentür und strahlte ihn an. „Mann, Lucky, du hast schon wieder deinen Rekord gebrochen! Es ist neunzehn Uhr siebenundzwanzig. Guten Morgen!"

„Bin ja auch erst mittags schlafen gegangen", nuschelte Lucky, schlappte zur Teekanne, hob sie an und schüttelte sie.

„Trink aus", forderte Ramin ihn auf, was Lucky sich nicht zweimal sagen ließ.

Er kippte den Rest Tee in eine Tasse, setzte sich ungefragt mit an den Tisch, musterte Sara unverhohlen und grinste.

„Benimm dich!", zischte Ramin.

„Schon gut, Perser." Lucky patschte ihm freundschaftlich auf die Schulter, drehte sich wieder zu Sara um und zwinkerte ihr übertrieben zu. „Das ist unser Saubermann hier! Putzt, kommt immer pünktlich zu allen Terminen und ist der absolute Streber im Deutschkurs. Der wird auch mal Deutscher!"

Er lachte schallend, als hätte er einen besonders guten Witz gemacht. Dann fiel sein Blick auf das zerstörte Handy auf dem Küchentisch. „Oh, ist das deins?"

Sara nickte betrübt.

„Ich kenn da einen, der könnte dir günstig ein neues besorgen …" Als ihn Ramins warnender Blick traf, bog er sich erneut vor Lachen und versetzte ihm einen Schlag, der dumpf durch die Küche hallte. „Sei nicht so ein Spießer, Mann! Unser Bibelkreis steigt dir langsam zu Kopf, was?"

„Apropos, du bist heute dran mit Textaussuchen. Hast du schon was?"

Lucky ignorierte Ramins Frage und schielte zu Sara hinüber. „Vielleicht hat dein Mäuschen hier Lust, gleich 'ne Runde mit uns zu beten, eh?"

Sara beeilte sich, die Reste ihres Handys zusammenzuklauben und in ihre Hosentasche zu stopfen. „Vielleicht ein anderes Mal."

Seufzend verabschiedete sie sich von Ramin und seinem Mitbewohner. Lucky klimperte mit den Augendeckeln.

„Wenn du 'ne neue Handynummer hast, bekomm ich die dann auch?"

Sie konnte beim besten Willen nicht erkennen, ob er das ernst meinte oder sie nur aufziehen wollte. Im Gehen bekam sie gerade noch mit, wie Ramin ihm mit der flachen Hand auf den Hinterkopf klatschte. Luckys Kichern verfolgte sie bis ins Treppenhaus. Aber es klang freundlich.

+++

Den Rest des Abends verbrachte Sara bei Caro, die sturmfrei hatte. Ihre Mutter gab bis in die späten Abendstunden einen Deutschkurs an der Volkshochschule, und ihr Vater machte wegen einer *Leichensache* Überstunden, wie sie lakonisch bemerkte. Das kam häufiger vor, weshalb sich niemand im Haus mehr darüber wunderte und allenfalls beiläufig fragte, was denn vorgefallen sei.

Manchmal aber zog Christoph Moormann sich nach einem Besuch am Gerichtsmedizinischen Institut bereits in der Garage aus, tappte in Unterhosen in den Keller und stopfte seine gebrauchte Kleidung umgehend in die Waschmaschine. Wenn ihr Vater halbnackt von der Arbeit kam, frohlockte Caro jedes Mal in der Hoffnung auf eine saftige neue Mordgeschichte.

„Ich mach uns Kakao", bot sie sofort an und zog Sara mit sich in die Wohnküche.

Zwar war Sara alles andere als scharf auf Caros Kreation, die nicht ohne pfundschweres Sahnetopping auskam, doch sie ließ es geschehen. Während Caro Milch aus dem Kühlschrank holte und in eine Kasserolle schüttete, die sie dann auf den Herd stellte, erzählte Sara zum zweiten Mal an diesem Abend, was vorgefallen war.

„Grande merde!“ Die Milch kochte schäumend auf, Caro goss sie in zwei enorm große Becher und rührte Kakaopulver hinein. „Und was hast du jetzt vor?“

„Dein Geschenk einlösen, und zwar so schnell es geht.“

„Hm …“ Sie kramte nach einem Handrührgerät, um die Sahne zu schlagen, die schon auf der Anrichte bereitstand.

„Dieses Wochenende ist es schlecht“, rief sie, um das Geplärr des Geräts zu übertönen. „Unser erstes Spiel steht an.“

„Gegen Rendsburg“, nickte Sara, die es sich auf der Eckbank bequem gemacht hatte. „Gleich ein Auswärtsspiel.“

„Dann das Wochenende darauf.“

Caro schaltete den Handmixer ab, löste die Rührstäbe und schleckte genüsslich beide ab. Sara einen anzubieten wäre sinnlos gewesen, das wusste sie. Zuletzt verteilte sie die Sahne auf dem heißen Kakao, zauberte ein Päckchen Schokostreusel aus einem der Küchenschränke und garnierte die Sahnehaube damit.

„Et voilà!“ Mit einem breiten Lächeln stellte sie den Becher vor Sara hin. Das Sahnegebirge wackelte bedenklich und einige der Streusel rieselten auf die Tischplatte. Sara stippte sie mit dem Finger auf.

„Dann bereiten wir unsere Eltern und Johanna auf das Wochenende vor. Und wenn wir ausgetrunken haben, buchen wir gleich die Tickets!“

Eine Viertelstunde später scrollten sie an Caros Notebook gemeinsam durch Fährfahrpläne und Kabinenoptionen, staunten über die gepfefferten Preise, fanden am Ende aber doch eine bezahlbare Verbindung.

„Wir lassen am Freitagabend das Training sausen und fahren mit dem Bus nach Travemünde“, sagte Caro, als sie das Notebook wieder zuklappte. „Spätabends legt der Kahn ab und frühmorgens sind wir schon in Malmö. Und an diesem Wochenende überlegen wir, was wir den Tag über in Malmö anstellen!“

Sara nickte zufrieden. Die Planungen hatten ihr zumindest wieder ein klein wenig Auftrieb gegeben. Und sie freute sich, ihrer Mutter ein

Schnippchen schlagen zu können, indem sie ohne deren Wissen nach Schweden fuhr. Herausfinden würde sie in Malmö nichts. Sie wusste ja nicht einmal, ob Eva je irgendwelche Bindungen in diese Stadt gehabt hatte. Sie wollte einfach nur den Städtetrip mit ihrer besten Freundin genießen und ein wenig schwedische Luft schnuppern, das war alles.

Um halb elf kam Gaby nach Hause. Sie hängte ihre Jacke im Flur auf, stellte die Tasche mit den Unterrichtsmaterialien neben dem Schuhschrank ab und begrüßte die Mädchen in der Küche. Mit einem wehmütigen Blick streifte sie die beiden leeren Kakaobecher auf dem Tisch.

„Ach, so einen könnte ich jetzt auch gebrauchen …"

„Soll ich dir schnell einen kochen?", bot Caro an, aber Gaby winkte ab.

„Lass mal, es ist schon spät. Aber heute hatte ich es mal wieder mit einer geballten Ladung Begriffsstutzigkeit zu tun! Manchmal frage ich mich, wie gewisse Leute überhaupt den Weg zum Kursraum finden, so orientierungslos, wie sie sind … Na ja."

„Ich mach mich dann mal auf", murmelte Sara und stand auf.

Da fiel Gaby etwas ein. „Apropos Weg zum Kursraum: Rate mal, wen ich eben an der Schule gesehen habe, Sara!"

Wenig begeistert blieb Sara stehen. Sie wusste, dass Caros Mutter mittwochabends immer Kurse in den Räumen ihres Gymnasiums abhielt, also war sie wohl einem ihrer Lehrer über den Weg gelaufen.

„Vielleicht hat Herr Vossberg seinen prallen Hintern durch die Gänge wackeln lassen?", vermutete sie mit einem scheinheiligen Seitenblick auf Caro, die ihn mit einer genervten Grimasse erwiderte.

„Herr Vossberg, euer Französischlehrer?" Gaby warf ihrer Tochter einen prüfenden Blick zu. „Daher also diese ungewohnt frankophilen Töne hier in letzter Zeit!" Sie schmunzelte, schüttelte dann aber den Kopf. „Nein, dieser hübsche Hintern ist mir leider nicht begegnet. Ich habe eben deine Mutter gesehen, Sara."

„Überrascht mich nicht. Sie geht doch mittwochs immer zum Tschechisch-Kurs."

„Tschechisch? Da musst du dich aber irren!“, widersprach Gaby. „Sie ist in den Kursraum nebenan gegangen. Da findet mittwochs Finnisch statt.“

„Wie bitte?“ Sara starrte sie verblüfft an.

Das steckte also hinter den vollgeschriebenen Kursheften, die sie in der Dokumentenschachtel gefunden hatte. Zu dem Zeitpunkt hatte sie sich nur kurz darüber gewundert, dass Eva sie an dieser Stelle deponiert hatte, und das für einen Zufall gehalten. Nun sah die Sache anders aus.

„Und du bist sicher, dass du sie nicht verwechselt hast?“, hakte sie misstrauisch nach.

„Ich weiß doch, wie deine Mutter aussieht!“ Gaby rückte demonstrativ ihre Brille zurecht. „Sie war es ganz bestimmt. Außerdem findet Tschechisch immer montags und donnerstags statt. Zeitgleich mit meinem Kurs läuft aber Finnisch Modul 3.“

„Modul 3?“ Sara sah alarmiert zu Caro hinüber, die kakaoschwer auf der Bank saß und ebenso irritiert wirkte.

„Ja, das ist schon ziemlich fortgeschritten“, bestätigte Gaby. „Das heißt, dass sie schon seit mindestens einem Jahr Kurse belegt.“

„Das gibt's doch nicht!“ Sara versuchte, sich an die wechselnden Fremdsprachen zu erinnern, die Eva allesamt im vergangenen Jahr gepaukt hatte. Arabisch gehörte dazu, außerdem Niederländisch und Koreanisch. Aber warum belegte ihre Mutter seit über einem Jahr Finnisch-Kurse, ohne ein Wort darüber zu verlieren, und warum versteckte sie die Unterrichtsmaterialien? Sie hielt doch sonst nie mit ihren Sprachvorlieben hinterm Berg!

Das Bauchgrimmen, mit dem Sara sich verabschiedete, rührte nicht nur vom Kakao her. Als sie die Treppen zu ihrer Wohnung hinauflief, beschlich sie das Gefühl, dass sich irgendetwas zusammenbraute. Etwas, dessen Dimensionen sie nicht fassen konnte.

+++

Nach der Schule besorgte Sara sich in der Stadt eine neue Simkarte für das Handy, das sie noch nicht besaß. Sie überlegte, bei einigen Schulkameraden nachzufragen, ob sie ihr – zumindest übergangsweise – ein gebrauchtes Gerät leihen könnten. Aber ihr Stolz hielt sie davon ab. Eine andere Lösung musste her. Ein Job zum Beispiel. Damit würde sie sich schon jetzt finanziell ein wenig unabhängiger von ihrer Mutter machen. Es würde zwar mit Schule und Sport eng werden, aber vielleicht hatte ihr Sportverein ja kleine Nebenjobs zu vergeben? Sara nahm sich vor, demnächst im Büro nachzufragen.

Zu Hause klappte sie ihr Notebook auf, um ihre Mails zu checken. Das lief normalerweise über das Handy und das umständliche Anmelden beim Provider ging ihr ebenso auf die Nerven wie die Latte an Spammails, die ihr Postfach verstopften. Mitten unter dem ganzen Werbemüll aber fand sie eine Mail von Jon Vicander. Nach kurzem Zögern öffnete Sara sie.

Sara, ich hoffe, bei dir ist alles in Ordnung.

Spöttisch verzog sie das Gesicht. Absolut nicht, und daran trug Jon zu einem nicht unerheblichen Teil Mitschuld.

Ich habe einige Tage lang nichts mehr von dir gehört. Ich möchte dir trotzdem auf deine Frage vom Sonntag antworten. Ja, ich glaube tatsächlich, dass euer Verschwinden etwas mit der Entführung wenige Wochen zuvor zu tun hat.

Sara hielt inne und richtete sich gespannt auf, ehe sie weiterlas. Kam jetzt doch endlich mal ein brauchbarer Hinweis?

Eva sagte, sie sei am Spielplatz eingenickt, während du im Sandkasten spieltest. Als sie wieder aufwachte, warst du verschwunden. Sie suchte die Umgebung ab, und weil sie dich nicht fand, rief sie in heller Aufregung bei mir an. Sie war außer sich und in Tränen aufgelöst.

Du warst noch keine Viertelstunde verschwunden, da schrie sie ins Telefon, dass du tot sein könntest. Ich fand das übertrieben, doch sie blieb dabei. Mit jeder Stunde, die du weg warst, steigerte sie sich immer mehr hinein. Sie schien völlig überzeugt davon, dass du tot wärst und dass das alles ihre Schuld sei.

Inzwischen suchte die Polizei nach dir. Eine Beamtin betreute uns währenddessen. Weil Eva nicht damit aufhörte, dass du umgebracht worden wärst, fragte die Polizistin sie geradeheraus, ob sie etwas wisse. Daraufhin bekam Eva einen Nervenzusammenbruch. Sie tobte, riss sich die Haare aus und landete schließlich über Nacht auf der Psychiatrie. Deshalb musste ich allein nach Südschweden fahren, nachdem du dort wieder aufgetaucht warst.

In den darauffolgenden Wochen hat Eva sich von der Sache nicht erholt. Sie war hypernervös, weinte beim kleinsten Anlass und wollte dich nicht mehr aus der Wohnung lassen, geschweige denn in den Kindergarten bringen. Ich nahm mir zwei Wochen Urlaub, um für euch da zu sein. An dem Tag, an dem ich wieder zu arbeiten anfing, seid ihr verschwunden. Ich bin davon überzeugt, dass das kein Zufall war.

Sara schloss die Augen und rieb sich den Nacken. Das klang ganz nach ihrer Mutter. Sie konnte sich lebhaft vorstellen, wie Eva sich in die Sache hineingesteigert hatte. Diese Paranoia schien ihr gesamtes Leben überlagert zu haben. Ihre Zurückgezogenheit, ihr Misstrauen gegenüber anderen Menschen, ihre Versuche, Sara zu kontrollieren, wo sie nur konnte – das alles musste in einer tiefsitzenden Angst wurzeln. Trotzdem hatte sie Zweifel, denn es war Jon, der ihr das erzählte – und wer garantierte ihr, dass er die Wahrheit schrieb?

Seufzend klappte sie ihr Notebook zu und zog sich um. Es war mal wieder Zeit für eine Runde im Wald.

+++

Es war diesig. Feiner Nieseldunst waberte zwischen den Baumkronen umher und legte sich wie feuchte Papiertücher auf Saras Haut. Es tropfte von den Blättern herab. Das Laub auf dem Weg war glitschig und sie musste aufpassen, nicht darauf auszurutschen. Bei jedem Schritt sprenkelte ein Sprühregen aus Matsch ihre Beine. Ihr Atem dampfte. Noch immer kam ihr der Wald düster und bedrohlich vor. Noch immer fühlte sie sich auf Schritt und Tritt beobachtet. Fast erwartete sie, dass sich unsichtbare Hände nach ihr ausstreckten, um sie fortzuzerren.

Sie zwang sich zur Ruhe. Jetzt, da sie wusste, dass es nicht der Wald war, den sie fürchten musste, gelang ihr das sogar halbwegs. Zwar jagte ihr Puls nach wie vor und sie lief schneller als nötig, doch die Panik, die sie bei ihrer ersten Runde im Wald überfallen hatte, blieb aus. Als rechts von ihr im Unterholz etwas raschelte, fuhr sie erschrocken zusammen und sprang zur Seite. Dabei war es nur ein Rehbock, der wenige Meter vor ihr leichtfüßig über den Weg setzte und in das Gebüsch zu ihrer Linken schlüpfte.

Sara blieb kurz stehen, stützte die Hände auf die Knie und atmete durch, bis ihr Puls sich wieder beruhigt hatte. Das scheinbar Bedrohliche hatte sich als harmlos herausgestellt. Sie lief weiter und stellte sich bei jedem Knistern im Unterholz vor, dass die Bäume ihr für ihren Mut Beifall klatschten. Darüber musste sie sogar schmunzeln.

Sie war auf dem besten Weg, ihre Angst zu überwinden. Der Gedanke erfüllte sie mit Stolz. Der Wald würde nicht ihr Lieblingsort werden, aber er war auch kein Ort zum Fürchten.

Als sie den Waldrand erreichte und auf den Betonplattenweg stieß, auf dem sie beim letzten Mal so unsanft gelandet war, nahm sie sich vor, regelmäßig hier laufen zu gehen, um ihre irrationale Angst endlich komplett abzulegen. Was auch immer damals mit ihr in diesem schwedischen Wald geschehen war, es hatte nichts mit dem Wald hier in Lübeck zu tun.

Wenige Minuten später trabte Sara locker auf ihre Siedlung zu. Die letzten Meter legte sie im Schritt zurück, dehnte Arme und Schultern und versuchte, die Anspannung von sich abfließen zu lassen. Als dann aber Evas weißer Mini um die Ecke bog und in einem umständlichen Manöver vor dem Haus parkte, stellten sich erneut ihre Nackenhaare auf. Doch die einzige Fluchtmöglichkeit wäre gewesen, wie eine Katze unter Frau Kroligks Gartenzaun hindurchzuschlüpfen.

Die Fahrertür klappte. Eva stieg aus. Sie sah Sara näherkommen und musterte sie missbilligend von Kopf bis Fuß.

„Warst du schon wieder im Wald?", fragte sie anstelle einer Begrüßung.

Das gelbe Laub, das an Saras Laufschuhen klebte, und die Matschspritzer an ihren Beinen sprachen Bände.

„Statt meine Angst davor noch zu schüren, könntest du mir ihren Ursprung erklären", erwiderte sie kühl.

Eva wandte sich mit einem leisen Schnauben ab, öffnete die Pforte und betrat den Plattenweg zur Haustür. Sara blieb stehen und sah ihr ärgerlich hinterher. Schweigen und ignorieren. Mehr Register schien ihre Mutter im Umgang mit unbequemen Fragen nicht ziehen zu können. Sie musste einen Schritt weitergehen, um sie aus der Reserve zu locken.

„Ist der Wald heute so ein Tabu, weil die Entführung damals es auch ist?"

Eva blieb abrupt stehen. Sara konnte sehen, wie sich ihre Schultern unter dem grauen Blazer verkrampften. Langsam, wie in Zeitlupe, drehte Eva sich um.

„Hat er dir das erzählt?"

Die plötzliche Feindseligkeit in ihrem Blick ließ Sara erschrecken. Evas Gesichtskonturen stachen scharf hervor und an dem Zug um ihren Mund herum hätte man Messer wetzen können.

Sie wartete Saras Antwort gar nicht erst ab. „Natürlich hat er dir das erzählt." Wieder schnaubte sie. „Und du glaubst ihm das auch noch! Hast du denn gar nichts von mir gelernt?"

„Doch." Sara zögerte. Dann entschied sie sich, den Vorstoß zu wagen. „Ich habe von dir gelernt, sogar meiner eigenen Erinnerung zu misstrauen."

„Erinnerung?" In Evas Blick flackerte Panik auf.

Sara trat ebenfalls durch die Pforte, schloss sie hinter sich und hielt auf die Haustür zu. Im Vorbeigehen sagte sie zu ihrer Mutter: „Es gibt Bilder in meinem Gedächtnis, die sich deiner Kontrolle entziehen, Mama."

Eva heftete sich an ihre Fersen. „Was für Bilder?"

Sara schloss die Haustür auf und schob sich hindurch. Sie spürte Evas Hand auf ihrer Schulter, die sie zurückzuhalten versuchte.

„Was für Bilder, Sara?"

„Lass mich los!"

„Ich will wissen, woran du dich erinnerst!" Evas Stimme kippte.

Sara schüttelte ihre Hand ab und fuhr herum. Eine explosive Mischung aus Zorn und Angst sprühte in den Augen ihrer Mutter. Gefühle, die sie stets unterdrückte und die sich nun umso heftiger bahn zu brechen drohten.

„Ich möchte auch so manches gerne wissen", sagte Sara betont ruhig. „Aber so, wie du es vorziehst, mir entscheidende Details aus unser beider Leben vorzuenthalten, erlaube ich mir, dich auch nicht mehr in alles einzuweihen. Das ist nur fair."

„Fair!", spuckte Eva aus. „Du hast ja keine Ahnung."

„Und das ist allein deine Schuld." Sara stapfte die Treppen hinauf, kickte ihre Laufschuhe von den Füßen, ließ sie vor dem Schuhregal liegen und schloss die Wohnungstür auf. Eva folgte ihr.

Sara war schon in der Wohnung, als sie ihre Mutter im Hausflur murmeln hörte: „Du weißt ja gar nicht, was Schuld ist."

#12

Das würde nicht mehr lange gut gehen. Sara wagte einen Blick auf ihren rechten Basketballschuh, als sie aus der Umkleide trat. Was sie sah, gefiel ihr gar nicht. Bei jedem Schritt löste sich vorne die Sohle und schlappte herunter. Sie beschloss, das Problem zu ignorieren, denn sie konnte im Augenblick sowieso nichts daran ändern, und stürzte sich mit Eifer ins Training. Es war die letzte Einheit vor dem ersten Saisonspiel am nächsten Tag.

Lars wollte die Zeit nutzen, um noch ein paar taktische Manöver einzustudieren. Er ließ das Team *Fast breaks* üben, eine schnelle Angriffstechnik. Sara liebte es, dabei mit einem rasanten Dribbling vorwärtszustürmen. Die hohe Geschwindigkeit, die ein Basketballspiel entwickeln konnte, hatte sie schon immer fasziniert. Als Monja ihr den Ball zuspielte, nahm sie daher sofort Kurs auf die gegnerische Spielhälfte und wollte durchstarten. Genau in diesem Moment aber verabschiedete sich ihr rechter Schuh. Die Sohle löste sich in voller Länge ab, sie stolperte darüber und stürzte. Lars zitierte sie umgehend vom Platz.

„Das war Mülltrennung in Aktion!“

Betrübt betrachtete Sara die Sohle, die wie ein Entenschnabel vom Rest des Schuhs herabhing.

„Na ja, zur Not könnte man das mit Panzertape reparieren“, schlug Lars vor und tätschelte ihr tröstend die Schulter. „Ein paarmal drumgewickelt, das müsste bombenfest halten.“

Saras Augen leuchteten hoffnungsvoll auf. „Hast du welches da?“

Lars’ Augenbraue wanderte Richtung Haaransatz. Sein spöttischer Blick holte Sara sofort wieder auf den Hallenboden zurück.

„Das war ein Scherz, Liebes. Du brauchst neue Schuhe, und zwar bis morgen früh. Hast du noch ein Ersatzpaar zu Hause?“

„Nicht wirklich“, brummte sie.

Die Astronautenstiefel, die sie unter ihr Bett verbannt hatte, verschwieg sie dezent. Wenn sie damit am nächsten Tag in der Halle auftauchte, würde sie sich garantiert zum Gespött machen. Jeder Schritt würde einen Donnerhall erzeugen, als hätte sie sich Sonnenschirmständer unter die Füße geschnallt.

Wütend feuerte sie die kaputten Schuhe wenige Minuten später auf ihre Sporttasche, die auf der Bank in der Umkleide lag.

„Das wird knapp“, bemerkte Naima mit einem Blick auf die Uhr. „Jetzt schließen die Geschäfte und morgen müssen wir schon um zehn in Rendsburg sein. Da machen manche Sportgeschäfte erst auf. Was wirst du jetzt tun?“

„Keine Ahnung.“

Seufzend ließ Sara sich auf die Bank fallen und streifte das verschwitzte Sportshirt ab. Alles in ihr sträubte sich dagegen, am nächsten Tag mit den Astronautenstiefeln auflaufen zu müssen.

„Wahrscheinlich werde ich meine Laufschuhe nehmen. Was bleibt mir anderes übrig?“

Das Problem war, dass ihre Laufschuhe viel niedriger geschnitten waren, sodass sie den Fuß bei schnellen Drehbewegungen schlechter stützten. Sie brauchte vernünftige Basketballschuhe, und zwar noch diese Woche! Und ein neues Handy. Wo sie das Geld für all das hernehmen sollte, war ihr ein Rätsel.

Caro plumpste auf die gegenüberliegende Bank und nickte ihr aufmunternd zu. „Lass uns morgen nach dem Spiel gleich in die Stadt fahren und neue Schuhe besorgen. Ich kann dir was von meinem Sparkonto leihen und du zahlst es mir nach und nach zurück.“

„Du bist ein Engel!“ Sara fiel ein Stein vom Herzen. Eine Freundin wie Caro war unbezahlbar!

Sie duschte und zog sich an. Die Aussicht, das Schuhproblem schon am nächsten Tag lösen zu können, hob ihre Stimmung beträchtlich.

Wenn sie jetzt noch auf die Schnelle ein bezahlbares Handy fand, wäre zumindest manches wieder ins Lot gerückt.

Sie zog ihre Sneaker unter der Bank hervor, und weil sie sehr eng waren, musste sie mit Druck hineinsteigen. Als ihr rechter Zeh vorne anstieß, schrie sie erschrocken auf. Etwas Spitzes hatte sich tief ins Fleisch gebohrt. Schnell zog sie den Fuß wieder heraus. Ihre weiße Socke war blutgetränkt. Ein Glassplitter von der Größe ihres Daumennagels hatte sich im Stoff verfangen.

Caro, Johanna und Naima kamen in Handtücher gehüllt aus dem Duschraum geeilt und umringten sie.

Naima hielt sich erschrocken die Hand vor den Mund. „Wie ist das denn passiert?"

Monja, die bereits angezogen war, kam schnell hinzugelaufen. „Ich geh ins Büro und hole dort was zum Verbinden!", bot sie an und verschwand.

Caro bückte sich nach Saras Schuh. Sie begutachtete ihn kritisch und schüttelte ihn aus. Zwei weitere Glassplitter landeten klirrend auf dem Fliesenboden. Sara wurde blass.

„Sieht so aus, als wollte jemand, dass du morgen nicht spielen kannst", erklärte Caro grimmig.

„So was Beschissenes!" Johanna drehte sich um, lief mit langen Schritten zum Duschraum zurück, stieß die Tür auf und brüllte in die Dampfwolke hinein: „Leonie, kommst du mal?"

Wenige Augenblicke später erschien Leonie, ebenfalls in ein Handtuch gehüllt, im Türrahmen.

„Was ist denn?", fragte sie mit Unschuldsmiene.

„Tu nicht so, du weißt schon, was wir meinen!" Johanna deutete auf die Glasscherben am Boden.

Leonie folgte der Richtung, kniff die Augen zusammen, stutzte und schüttelte dann verärgert den Kopf.

„Hör mal, bloß weil mir neulich das Missgeschick mit dem Seil passiert ist, heißt das nicht, dass ich … Also, so was lasse ich mir nicht anhängen!"

„Und wie sollen die Scherben sonst in meine Schuhe gekommen sein?“, fragte Sara wütend, während sie die Socke auszog und notdürftig auf die blutende Wunde presste.

Leonie zuckte mit den Schultern. „Das ist dein Problem, nicht meins.“ Damit verschwand sie wieder in der Dampfwolke. Sekunden später ertönte das Rauschen einer weiteren Dusche, als wäre nichts gewesen.

Die Übriggebliebenen sahen sich an. So etwas Aalglattes wie Leonie hatte keine von ihnen je erlebt.

„Ich hätte echt Bock, die Alte bei der Vereinsleitung zu melden“, knurrte Johanna. „Die ist doch gemeingefährlich!“

Caro schüttelte den Kopf. „Dafür musst du ihr erst mal was nachweisen.“

Kurz darauf erschien Monja mit Pinzette, Desinfektionsspray und Pflaster und begann, Saras Zeh zu verarzten. Glücklicherweise war kein Splitterrest in der Haut steckengeblieben.

„Wirst du morgen damit überhaupt spielen können?“, erkundigte sich Naima besorgt.

Sara trat probehalber auf. Der Zeh quittierte die Belastung mit einem pochenden Schmerz. Der Schnitt war tiefer, als sie vermutet hatte. Aber wenn sie ihn am nächsten Tag mit mehreren Lagen Pflaster polsterte, würde es vielleicht gehen. Resigniert zuckte sie mit den Schultern.

„Mal sehen.“

+++

„Hundertpro war das Absicht!“, meinte Caro kurz darauf im Foyer.

Wieder einmal erinnerte ihr Gesichtsausdruck Sara an Christoph Moormann und sie wappnete sich innerlich. Da fuhr Caros Kopf auch schon zu ihr herum. „Und du bist dir sicher, dass du keine Ahnung hast, warum Leonie dich so hasst?“

„Nicht die geringste.“

„Aber irgendetwas muss damals passiert sein." Caro stieß die Tür zum Windfang auf und ließ Sara an sich vorbei, die ihrerseits die Eingangstür öffnete. „Anfang der Woche versucht Leonie dich umzubringen und jetzt das. Das ist doch krank!"

„Ja, genau!", nickte Sara, dankbar für das Stichwort, und strebte auf den Fahrradständer zu. „Krank ist das. Vielleicht ist sie paranoid oder schizophren und fühlt sich von mir verfolgt. Soll es ja alles geben."

„Mhm." Caro warf ihr einen Blick zu, der vor Zweifel nur so triefte. „Die Erklärung würde dir ganz gut in den Kram passen, Sara. Ich glaube ja, du weißt sehr genau, was hinter diesen Attacken steckt. Und weil du nicht willst, dass es herauskommt, wehrst du dich auch nicht. Leonie könnte ja was ausplaudern!"

Sara seufzte genervt. „Hast du langsam mal fertig ermittelt? Oder musst du für deine Bewerbung bei der Polizeischule einen aufgeklärten Kriminalfall vorweisen?"

„Vielleicht ist es auch etwas, das du mal wieder verdrängt hast. Darin bist du doch sonst auch Meisterin."

„Ja, klar! Am Ende gibst du mir noch die Schuld dafür, dass die Frau spinnt!"

Sara blieb vor ihrem Fahrrad stehen und fuhr mit der Hand in die rechte Jackentasche, in der sie für gewöhnlich ihren Schlüsselbund aufbewahrte. Sie stutzte. Er war nicht da. Sie tastete links, aber auch diese Tasche war leer. Mit wachsender Beunruhigung setzte sie ihre Sporttasche ab und durchwühlte sämtliche Fächer. Doch außer Portemonnaie, Trinkflasche, gebrauchter Wäsche und ihren kaputten Schuhen befand sich nichts darin. Ratlos richtete sie sich wieder auf.

„Und um ihre Rache perfekt zu machen, hat Leonie mir wahrscheinlich auch noch den Schlüssel geklaut."

„Unsinn", sagte Caro. „Geh noch mal drinnen nachgucken. Bestimmt ist er dir nur aus der Jackentasche gefallen."

Sara lief zurück ins Sportzentrum, durchsuchte die Umkleide und fragte jeden, der ihr begegnete, ob ihm ein herrenloser Schlüsselbund aufgefallen war. Aber niemand hatte etwas gesehen. Frustriert kehrte sie zu den Fahrradständern zurück.

Caro sah von ihrem Handy auf. „Und?"

„Weg." Wehmütig betrachtete Sara ihr Rad, das sie nicht losschließen konnte, weil der Reserveschlüssel natürlich zu Hause in der Schreibtischschublade lag. „Fahr schon mal vor, Caro. Ich nehme den Bus."

„Ich komme mit. Um die Uhrzeit sind die Busse nicht mehr so voll, da passt mein Fahrrad bestimmt mit rein."

Das klang nach einem Friedensangebot. Sara war erleichtert. Sie hasste Streit mit Caro. Glücklicherweise kam das selten vor und meistens vertrugen sie sich danach bald wieder. Wenn nur diese Sache mit Leonie nicht ständig aufkäme! Aus irgendeinem Grund hatte Caro sich darin festgebissen und schien nicht bereit lockerzulassen. Im Gegenteil: Je schärfer Leonie Sara anging, desto fester schloss sich Caros Biss. Beides war inzwischen mehr als unangenehm. Es tat allmählich richtig weh.

+++

In der Rendsburger Sporthalle herrschte eine Stimmung wie bei einem großen Familienpicknick. Auf den ausziehbaren Tribünen hatten sich ganze Familien mit Decken und Fresskörben ausgebreitet. So etwas hatte Sara noch nicht erlebt. Auf Lübecker Seite waren nur einige wenige Schlachtenbummler anwesend. Mütter, Väter und ein paar Jungs, die ihre Freundinnen begleiteten.

„Gemütlich hier", bemerkte Johanna grinsend.

„Hoffentlich auch auf dem Platz und nicht nur daneben", sagte Sara und wackelte probehalber mit ihrem rechten Zeh, der dick verpflastert im Laufschuh steckte. Sie hatte die Schuhe am Abend zuvor von Walderde und Tannennadeln gereinigt und hoffte, dass auch der Rendsburger Hallenwart zu den Gemütlichen gehörte und ihre Straßenschuhe gnädig übersah.

Nach dem Aufwärmen winkte Lars, zur Feier des Tages in Textmarkergrün gewandet, die Spielerinnen zur Bank, um mit ihnen noch einmal die Taktik durchzugehen. Sara bemühte sich, über Lars' Schulter hinweg auf dessen Kladde zu schielen, doch außer wirren Linien und noch wirrerem Gekritzel war darauf nichts zu erkennen.

Caro stieß sie unauffällig an und nickte zur Tribüne, wo sich Leonie gerade von einem ergrauten Herrn verabschiedete und zu ihnen hinüberschlenderte. Der Mann kam Sara entfernt bekannt vor. Leonies Vater? Sie erhielt keine Gelegenheit mehr, darüber nachzugrübeln, denn plötzlich ertönte ein markerschütternder Schrei aus Richtung der Rendsburger Bank. Das Team hatte sich mit seiner Trainerin im Kreis aufgestellt und feierte ein undurchsichtiges, aber lautstarkes Ritual, das in einem aggressiven Kampfgeheul endete. Als die Spielerinnen kurz darauf auf den Platz traten, erwiderten die Rendsburger Ränge das Geheul und jubelten. Eine Familie mit drei rotwangigen Kindern winkte frenetisch mit kalten Hähnchenschenkeln.

„Auf geht's, Mädels!" Lars scheuchte die Startformation auf den Platz.

Johanna stellte sich ihm gegenüber auf und verpasste jeder Spielerin unter den Anfeuerungsrufen der Lübecker Schlachtenbummler einen satten Klaps auf den Po.

Emily und eine bullige Rendsburgerin stellten sich im Mittelkreis auf. Der Referee hielt den Ball am ausgestreckten Arm in die Höhe. Mit einem Pfiff warf er ihn hoch, Emily und ihre Kontrahentin streckten sich danach. Emily knurrte deutlich hörbar, als ihr der Ball entwischte und die Rendsburgerin ihn in Richtung ihrer Mannschaft schlug. Das Spiel begann.

Sara grub die Zehen in ihre Schuhsohlen und ignorierte den Schmerz auf der rechten Seite. Nervös beobachtete sie auf der Bank sitzend die erfolglosen Versuche von Jette und Monja, sich den Ball zu sichern. Rendsburg knackte ihre Abwehr, eine erstaunlich flinke Spielerin hechtete in Richtung Korb und punktete.

Sara stöhnte auf. Emily holte den Ball, der hinter die Linie gesprungen war, zurück und leitete den ersten Lübecker Angriff ein. Doch das

Zusammenspiel stockte. Zu allem Übel glitt Emily der Ball durch die Finger und sprang einer Rendsburgerin vor die Füße, die ihn dankend annahm und das Ruder wieder herumriss.

„Oje …", seufzte Sara und verbarg das Gesicht in den Händen, um den zweiten Treffer innerhalb von zwei Minuten nicht mit ansehen zu müssen.

Das erste Viertel ging gründlich in die Hose. Lars blätterte in seiner Kladde herum und sog die Backen ein. Schließlich pfefferte er seine Notizen auf die Bank und zuckte mit den Achseln.

„Dann eben anders."

Statt einem oder zwei taktischer Wechsel ersetzte er die gesamte Mannschaft auf dem Platz. Nun kam Sara zum Zug, leider auch Leonie. Doch das war ihr in diesem Moment egal, Hauptsache, sie konnte endlich spielen und mithelfen, den Rückstand wieder aufzuholen! Als der Referee das zweite Viertel anpfiff, war Sara hochkonzentriert und entschlossen, ihr Bestes zu geben.

Sie sah, wie Leonie den Schiedsrichterball schnappte und an Caro abgab. Sofort war Sara zur Stelle. Sie umrundete zwei Rendsburgerinnen, nahm Blickkontakt zu Caro auf und fing den Pass. Zielstrebig dribbelte sie auf den Rendsburger Korb zu. Johanna schloss von rechts zu ihr auf. Sie gab ab, wuselte an der gegnerischen Defense vorbei und erspähte eine Lücke. Johanna sah es und passte zurück. Sara nahm den Ball an, hielt sich eine allzu anhängliche Rendsburgerin vom Leib, drang in die Zone unterm Korb ein, sprang ab und versenkte den Ball im Ring.

„Mega!", strahlte Johanna und klatschte im Vorbeilaufen ab.

Der schnelle Treffer hatte nicht nur Sara Aufwind gegeben. Johanna und Leonie fügten gleich zwei weitere schöne Korbleger hinzu und Naima gelang sogar ein Drei-Punkte-Wurf, was sonst überhaupt nicht ihre Stärke war. Lars hüpfte am Spielfeldrand auf und ab, als hätte ihm jemand unbemerkt das Sprungseil geklaut.

Sara hatte sich in den Kopf gesetzt, das Spiel in diesem laufenden Viertel zu wenden, und es sah aus, als würde es ihrem Team gelingen.

Im Vorbeilaufen erhaschte sie einen Blick auf Victoria, die in der Eröffnungsphase nicht gerade geglänzt hatte, und jetzt „not amused“ wirkte. Nach ihrem nächsten Treffer warf Lars Sara sogar eine Kusshand zu.

Das zweite Viertel neigte sich seinem Ende zu. Rendsburg griff an, doch Leonie pflückte den Ball routiniert aus der Luft und drehte den Angriff. Sara lief mit, obwohl sie kaum damit rechnete, einen Pass zu bekommen. Vielleicht war aber selbst Leonie dieses Spiel wichtiger als ihre Animositäten, die sie sich im Training so gerne erlaubte.

Sie hatten die gegnerische Zone fast erreicht und Sara brachte sich in eine günstige Position, was nicht leicht war. Seit die Rendsburgerinnen begriffen hatten, dass sie gefährlich war, hängten sie sich gleich in einer ganzen Traube an ihre Fersen. Sie versuchte, sich Raum zu erkämpfen, während Leonie mit dem Ball angepflügt kam. Sara änderte ihre Absicht und beschloss, ihr den Weg zum Korb bestmöglich freizuhalten, indem sie die Gegnerinnen abdrängte. Ihr Vorhaben ging auf, in der Zone öffnete sich eine wunderschöne Schneise. Leonie hatte freie Bahn. Drei Schritte und ein beherzter Sprung, mehr war nicht nötig. Und mit nichts anderem rechnete Sara.

Deshalb traf es sie völlig unerwartet. Sie sah gerade noch, wie Leonie abrupt stoppte und zu ihr herumfuhr. Einen Sekundenbruchteil später traf ein brachialer Schlag ihr Gesicht. Ihre Nase schien zu explodieren und mit ihr tausend Sterne vor ihren Augen, sie verlor die Kontrolle über ihr Gleichgewicht, knallte rücklings zu Boden und hatte das Gefühl, als wäre ihr die Luft im Hals steckengeblieben. Da hörte sie Leonies spöttische Stimme.

„Jetzt auch noch zu doof, ’nen simplen Pass anzunehmen, was?“

Sara krümmte sich auf dem Boden und hielt sich das Gesicht. Etwas Warmes, Nasses rann über ihre Finger. Ihre Nase musste bluten wie ein Wasserhahn. Der Referee pfiff. Lars und die übrigen Spielerinnen eilten herbei.

„Sie hat ihr einfach den Ball ins Gesicht geschleudert!“, hörte Sara eine fremde Stimme empört rufen. Sie gehörte zu einer der Rendsburgerinnen, die sie eben noch in Schach gehalten hatte.

„Quatsch, ich wollte passen!"

„Leonie, auf die Bank!", bellte Lars und ging in die Hocke. „Lass mal sehen."

Behutsam versuchte er, Saras Hände von ihrer Nase zu lösen, aber eine neue Schmerzwelle brandete über ihr Gesicht, sodass sie die Nase krampfhaft festhielt. Eine andere Hand berührte ihre Schulter.

„Gleich wird's besser, bestimmt", versuchte Caro, sie zu trösten.

„Ich fürchte, wir brauchen die Sanis", sagte Lars. „Das sieht mir fast so aus, als ob –"

„Vielleicht kann ich helfen, ich bin Arzt", unterbrach ihn die Stimme eines älteren Mannes. Jemand beugte sich neben Lars zu ihr herab. „Würden Sie bitte loslassen?"

Widerwillig löste Sara ihre Hände und blinzelte. Der Mann, der ihre Nase begutachtete, hatte schütteres Haar, tiefe Falten um die Mundwinkel herum und bernsteinfarbene Augen. Plötzlich runzelte er die Stirn und sah sie fragend an.

„Kennen wir uns?"

Sara schnaufte und ein neuer Schwall Blut rann aus ihrer Nase, die sich mittlerweile anfühlte, als wäre sie auf die Größe eines Lkw-Reifens angeschwollen.

„Wie heißen Sie?", fragte er mit einem Unterton, der ihr nicht gefiel.

„Sara", murmelte sie.

„Und weiter?"

Sie schwieg voller Unbehagen. Was tat das den jetzt zur Sache?

„Henriksson", trompetete Johanna aus dem Hintergrund ungefragt, wofür Sara ihr am liebsten einen satten Tritt vors Schienbein verpasst hätte, wenn sie denn dazu in der Lage gewesen wäre.

„Ach!" Die Falte zwischen den buschigen Augenbrauen des Mannes vertiefte sich und er wich ein Stück zurück, als hätte er soeben erfahren, dass sie an einer ansteckenden Krankheit litt. „Du bist das? Na, jetzt wird mir manches klar!"

„Und wer sind Sie, bitte schön?", fragte Lars etwas ungeduldig.

„Prof. Dr. Ulrich Schüle, der Vater von Leonie."

Saras Herz setzte einen Schlag lang aus. Warum hatte sie ihn nicht gleich erkannt, den werten Herrn Professor? Er war doch früher auch schon bei ihren Spielen anwesend gewesen. Immer korrekt mit Schlips und Kragen und der Körperhaltung eines Laternenpfahls. Gelächelt hatte er nie, nicht einmal, wenn Leonie gepunktet hatte. Auf sie hatte er stets wie ein Kontrolleur gewirkt, den nur das ordnungsgemäße Abrufen der Leistung interessiert hatte.

Professor Schüle drückte alles andere als sanft an ihrer Nasenwurzel herum. Sara hatte das Gefühl, dass er ihr absichtlich wehtat. Mit einem Aufschrei drehte sie den Kopf weg.

„Hab dich nicht so. Das ist nichts im Gegensatz zu dem, was du meiner Tochter angetan hast", zischte er.

„Ich habe überhaupt nichts …", versuchte Sara zu protestieren, doch der Professor schnitt ihr einfach das Wort ab.

„Keiner von uns hat das vergessen, Sara. Und es ist mir bis heute völlig unverständlich, dass du nicht dafür belangt wurdest."

„Worum geht es hier eigentlich?", warf Lars irritiert ein.

Professor Schüle richtete sich wieder auf und wischte sich die Hände an einem Taschentuch ab, das er aus der Tasche seiner Bundfaltenhose gezogen hatte.

„Nichts gebrochen. Aber irgendjemand sollte diese Sauerei hier aufwischen!" Er drehte sich um und verließ das Feld.

Lars half Sara sich aufzusetzen und sah sie dabei streng an. „Wir müssen das klären. Wenn dieser Krieg zwischen Leonie und dir nicht endlich beigelegt wird, fliegt ihr aus dem Team, und zwar beide!"

#13

Saras Kopf fühlte sich noch immer ein wenig dumpf an, als sie am Sonntagmorgen nach dem Frühstück lostrabte. Lars hatte ihr zwar eingeschärft, es in den kommenden Tagen ruhiger angehen zu lassen und bei Kopfschmerzen sofort zum Arzt zu gehen, aber Sara hatte das nur als wohlgemeinte Empfehlung interpretiert. Ihre Nase war nicht gebrochen und ihre Füße waren bis auf den Schnitt im Zeh in Ordnung. Warum sollte sie auf ihre Laufrunde verzichten?

Sie steuerte den Wald an. Mittlerweile machte es ihr fast gar nichts mehr aus, dort zu laufen. Ihre Sinne waren zwar in Alarmbereitschaft, doch ihre selbstverordnete Therapie zeigte Wirkung. Ohne zu frösteln und ohne sich ständig umzusehen, joggte sie den Waldweg entlang und zuckte nicht einmal zusammen, als ein Specht in ihrer Nähe ein Trommelkonzert gab.

Manchmal ertappte sie sich sogar bei dem Gedanken, dass es an einigen Orten im Wald eigentlich ganz schön war. Etwa, wenn die Sonne durch die Baumkronen hindurch helle Bahnen auf den Waldboden warf und die Blätter der Birken golden aufleuchten ließ. Dann musste sie schmunzeln. Vor wenigen Wochen hätte sie solche Anwandlungen nicht im Entferntesten für möglich gehalten.

Natürlich hatte ihre Mutter wieder die Stirn gerunzelt, als Sara nach dem gemeinsamen Frühstück – das nicht mehr traditionell im Bett, sondern ganz normal am Küchentisch stattfand – ihre Laufschuhe geschnürt hatte. Aber in letzter Zeit hatte Eva sowieso kaum noch einen anderen Gesichtsausdruck. Sara meinte sogar, einige Fältchen auf der Stirn ihrer Mutter zu erkennen, die vorher nicht dort gewesen waren.

„Und wenn du doch eine Gehirnerschütterung hast?“, hatte Eva vorwurfsvoll gefragt, während sie in der Wohnungstür stand und Sara beim Schuheanziehen beobachtete.

„Hab ich nicht.“

„Ich will, dass du zu Hause bleibst.“

„Ich halte es hier aber nicht aus. Ich muss mich bewegen. In der Wohnung fühle ich mich wie ein Meerschwein im Käfig!“

„Und wenn du unterwegs Nasenbluten bekommst?“

Sara rollte mit den Augen, fummelte ein Päckchen Papiertaschentücher aus der Tasche ihrer Laufhose und hielt es ihrer Mutter demonstrativ unter die Nase. An diese Möglichkeit hatte sie längst gedacht, zumal sie am Morgen vor dem Badezimmerspiegel jede Menge Blutkrüstchen aus ihren Nasenlöchern entfernt hatte. Schließlich hatte sie Eva und deren Bedenken einfach stehengelassen und war losgelaufen.

Bisher hatte Sara immer zugesehen, dass sie den Wald möglichst schnell durchquerte. Weil sie sich nun mutig genug dafür fühlte, wählte sie an diesem Morgen eine Schneise, die tiefer in den Wald hineinführte. Bald schon aber bereute sie ihre Entscheidung. Je weiter ihre Schritte sie von den inzwischen bekannten Wegen wegführten, desto mulmiger wurde ihr.

Die Baumkronen schienen ihr näherzukommen, das spärliche Licht sickerte allmählich weg und das Knacken und Rascheln im Unterholz klang bedrohlich laut in ihren Ohren. Überhaupt knackte und raschelte es mehr, zumindest bildete sie sich das ein. Sara lauschte angestrengt. Sie kam sich vor wie ein Reh, umzingelt von Wölfen, die sie zu ihrem nächsten Snack auserkoren hatten.

Denk an etwas Positives!, schärfte sie sich ein. *Denk an etwas Schönes!*

Sie dachte an Ramin, den sie schon seit Tagen nicht mehr gesehen hatte. Sie rief sich sein Bild vor Augen und stellte sich vor, wie er an ihrer Seite lief. Sofort schwappte der Aufruhr in ihr von der bedrohlichen Richtung in eine, die sie sehr viel lieber erkunden würde …

Plötzlich hörte sie Schritte hinter sich. Schuhsohlen, die rhythmisch auf den Weg klopften. Steinchen knirschten, Laub knisterte.

Saras Atem stockte und sie musste sich zwingen, ihr Tempo beizubehalten. Die Schritte kamen immer näher. Sie wich an den rechten Wegesrand aus. Da tauchte in ihrem linken Augenwinkel eine Gestalt auf.

Ein Jogger in schwarzen Tights und grauer Jacke, den Schirm seiner Basecap tief ins Gesicht gezogen und die Ohren zugestöpselt. Stoisch trabte er an Sara vorbei, würdigte sie keines Blickes und lief weiter, als hätte er sie überhaupt nicht wahrgenommen. Erleichtert atmete sie aus und schämte sich. Ein Jogger. So wie sie. Was denn sonst? Sie straffte die Schultern und verringerte ihr Tempo. Sie war kein Reh und erst recht keine Beute. Und nicht jedes Geräusch von hinten war sofort eine Bedrohung. Das musste sie endlich verinnerlichen.

Der Jogger bog an der nächsten Kreuzung links ab. Sara lief weiter geradeaus. Die Schneise endete an der Umgehungsstraße bei Schlutup. Dort würde sie umkehren und zurückjoggen. Dann wäre sie mehr als vier Kilometer durch den Wald gelaufen. So viel hatte sie in der grünen Hölle noch nie geschafft. Das Ziel vor Augen beflügelte sie.

Sie hatte den Jogger von eben schon fast vergessen, da tauchte in einiger Entfernung ein weiterer Schemen auf. Kein Spaziergänger, ein Läufer. Sara behielt ihn im Blick. Er schien in hohem Tempo unterwegs zu sein, denn er näherte sich rasch. Er war nicht besonders groß und trug dunkle Kleidung. Auch sein Haar war schwarz. Sara beschleunigte etwas und je näher sie dem Läufer kam, desto heller leuchtete der kleine Hoffnungsschimmer, der in ihr aufgeflackert war. Breite Schultern, eine widerspenstige Haartolle und das Lächeln, als er sie erkannte …

„Ramin!"

Saras Herz hüpfte in einem neuen Takt und sie fühlte sich, als hätte sie ihn kraft ihrer Gedanken einfach heraufbeschworen! Außer Atem blieben sie voreinander stehen und lachten sich an. Ramin pumpte, beugte sich vornüber und stützte seine Hände auf den Oberschenkeln ab.

„Sorry, ich war gerade beim Sprint … gleich geht's wieder!"

Sara wartete ab, bis er zu Atem gekommen war. „Bist du öfter in diesem Teil des Waldes unterwegs?"

„Jeden Tag. Und du?"

„Heute zum ersten Mal."

Ramin hob erstaunt die Brauen. „Ich dachte, du wohnst in der Nähe."

„Ja, aber ich bin bis vor kurzem nie in den Wald gegangen. Ich habe dir doch von dieser Entführungsgeschichte erzählt. Seither hatte ich immer panische Angst vor dem Wald."

„Und trotzdem gehst du jetzt hier laufen?" Er nickte beeindruckt. „Respekt! Ich kenne nicht viele Leute, die gegen ihre Ängste angehen."

Sara war froh über ihr erhitztes Gesicht, denn so würde Ramin zumindest nicht bemerken, wie sie errötete. Trotzdem stutzte er, als er sie näher betrachtete, und sah erschrocken aus.

„Was ist denn mit dir passiert? Hat dich jemand geschlagen?"

Sie lachte verlegen. „Nur ein Basketball. Ich hatte beim Spiel gestern etwas Pech."

„Das sieht heftig aus. Aber hey, warte mal!" Ramins Miene hellte sich auf. „Es ist gut, dass ich dich gerade jetzt treffe. Ich habe nämlich etwas für dich und das wird dich garantiert aufmuntern!"

„Für mich?" Verwundert schüttelte Sara den Kopf. „Wieso?"

„Komm mit, ich zeige es dir. Wir müssen kurz zu mir in die Unterkunft. Wenn wir da vorne rechts abbiegen, ist es gar nicht weit."

Ramin zeigte auf eine Schneise, die in etwa fünfzig Metern Entfernung ihren Weg kreuzte und winkte Sara, ihm zu folgen. Neugierig und vor allem froh, ihren Weg nicht mehr alleine fortsetzen zu müssen, lief sie ihm hinterher und holte auf. Locker trabten sie Seite an Seite, bis sich der Wald vor ihnen lichtete und sie auf die Kirschenallee stießen. Kurz darauf erreichten sie das Asylbewerberheim.

„Warte hier!" Ramin lief ins Haus und kehrte kaum eine Minute später wieder zurück. Er trug eine Pappschachtel von der Größe eines Federmäppchens vor sich her, die er ihr ohne Umschweife in die

Hand drückte. „Hier. Hätte ich gewusst, dass wir uns heute treffen, hätte ich es natürlich schöner eingepackt!“

„Äh … danke.“ Verwundert nahm Sara die Schachtel entgegen und wog sie unschlüssig in der Hand.

„Du darfst sie ruhig aufmachen“, grinste Ramin.

Sie hob den Deckel an und gleich darauf machte sich ihre Kinnlade selbständig. Fast schon entsetzt klappte sie die Schachtel wieder zu und streckte sie Ramin entgegen.

„Du bist verrückt. Das geht gar nicht!“

Abwehrend hob er die Hände. „Und ob das geht!“

„Das kann ich nicht annehmen! Wo hast du das Teil überhaupt her?“

„Sag doch erst mal, ob du so ein Handy überhaupt gebrauchen kannst.“

„Natürlich brauche ich dringend eins, aber du kannst mir doch nicht einfach … Und wie gesagt, wie kommst du da überhaupt dran?“

Ramin schob schmollend die Unterlippe vor, so als hätte Sara ihm etwas Unerlaubtes unterstellt. Sofort bemühte sie sich abzuwiegeln.

„Entschuldige, ich meine natürlich nicht, dass du das … Also, nicht, dass du denkst, ich würde glauben …“

Sein Blick verdüsterte sich. „… ich hätte das geklaut, meinst du?“, fragte er mit scharfer Stimme.

Sara rutschte das Herz in die Kniekehlen. Jetzt bloß nicht alles schlimmer machen! „Nein, nein, genau das will ich ja eben nicht sagen, sondern …“, beteuerte sie.

„Ja, ja“, erwiderte er verletzt. „Aber wir Asylanten greifen doch alles ab, was geht. Dafür sind wir hergekommen.“

„Du glaubst doch nicht etwa, dass ich so was …“

Da begann Ramin schallend zu lachen. „Ich krieg dich doch jedes Mal so aufs Glatteis!“

Nun war es Sara, die ihn wütend anfunkelte, was ihn umso mehr zu amüsieren schien. Noch immer lachend legte er die Hände auf die Schachtel und schob sie mit Nachdruck in ihre Richtung.

„Mach dir keine Sorgen. Ich habe dieses Handy auf ganz legalem Weg erhalten und ich habe mich dafür auch nicht krummgelegt. Sagen wir, es hat sich eine günstige Gelegenheit ergeben. Außerdem ist es nicht das allerneueste Modell."

„Ach, so was ist mir egal. Hauptsache, es funktioniert."

„Das tut es. Und wenn ich dir helfen kann, macht mir das Freude."

Wieder einmal wurde Sara ganz warm ums Herz. Am liebsten hätte sie Ramin umarmt, doch sie traute sich nicht, sondern beließ es bei einem strahlenden Lächeln zum Dank.

„Ich weiß gar nicht, was ich sagen soll. Aber du hast gerade ein großes Problem für mich gelöst."

„Umso besser", freute sich Ramin. „Dann haben wir uns gegenseitig schon geholfen. Übrigens, wenn du mal wieder Zeit hast, kannst du dich gerne mit weiteren Deutschstunden bei mir revanchieren."

Sie verabredeten sich und dann machte Sara sich auf den Heimweg. Zu Hause probierte sie sofort das neue Smartphone aus, das deutlich mehr Features besaß als ihr altes. Ramin war verrückt, ihr so etwas zu schenken. Sie fragte sich, wie er dieses Handy so schnell aufgetrieben hatte. Und ob sie hinter dem Geschenk mehr vermuten durfte als nur eine nette Geste. Sie hoffte es.

+++

„Der Kerl mag dich!", frohlockte Caro, als sie und Sara am Montagnachmittag aus einem großen Sportkaufhaus nahe dem Holstentor traten. Sara schwenkte glückselig eine Plastiktüte, in der sich ein Schuhkarton befand. Sie hatte sich nicht damit aufgehalten, nach dem Paar zu suchen, das sie sich vor ihrem Geburtstag hatte zurücklegen lassen, sondern war schnurstracks auf einen der hippen Verkäufer zugelaufen, hatte Marke, Farbe und Größe heruntergebetet und dafür einen erstaunten, vielleicht auch etwas amüsierten Blick geerntet. So zielstrebig und mit vor Eifer geröteten Wangen erkundigten sich wohl die wenigsten Kunden nach einem Paar Schuhe.

Der Verkäufer hatte ihr den entsprechenden Karton herausgesucht. Feierlich hatte Sara den Deckel abgehoben, einen der dunkelblauen Schuhe mit den silberfarbenen Applikationen herausgenommen, ihn von allen Seiten begutachtet, mit einem zufriedenen Nicken wieder im Karton verstaut und sich bedankt.

„Willst du die denn nicht anprobieren?", fragte der Verkäufer verblüfft.

„Die passen", versicherte Sara ohne eine weitere Erklärung und ging zur Kasse, um zu bezahlen.

„Jede Wette, dass er auf dich steht", bekräftigte Caro noch einmal. Sie tauchten ein in das Gewühl der Touristen und Shoppingbegeisterten, die zu dieser Tageszeit die Bürgersteige der Holstenstraße verstopften.

„Wer?", fragte Sara verwundert. „Der Verkäufer? Der hat sich wahrscheinlich nur gefreut, dass endlich mal jemand mit Sachverstand vor ihm steht, der genau weiß, was er will."

„Quatsch, ich rede doch nicht vom Verkäufer!", lachte Caro und schielte im Vorbeigehen auf einen Eisladen, vor dem sich eine Schlange gebildet hatte.

Sara konnte die Portion Marzipaneis, die in der Denkblase über Caros Kopf schwebte, fast leibhaftig vor sich sehen. Mit wehmütiger Miene riss sich Caro von dem Anblick los.

„Ich meine diese andere süße Versuchung in deinem Leben!"

Sara begriff und wagte ein vorsichtiges Nicken. „Vielleicht ist es so."

„Hallo?!" Caro machte eine Scheibenwischerbewegung vor ihrem Gesicht. „Der Typ hat dir ein Handy geschenkt!"

„Ja, das war ziemlich nett von ihm."

„Schnapp ihn dir! Es wird dringend Zeit, dass du mal einen strapazierfähigen Kerl abkriegst."

„Wieso strapazierfähig?"

„Na, einen, der dein Dauergeschnacke über Basketball aushält!"

„Du bist doof!", tat Sara eingeschnappt.

„Okay", lenkte Caro ein. „Er hat ja noch mehr Qualitäten. Sein Arsch zum Beispiel: ein Träumchen!"

„Was ja bekanntlich ein entscheidender Faktor in laufenden Asylverfahren ist", seufzte Sara.

„Wird schon", meinte Caro zuversichtlich. „Jedenfalls hat er dir ziemlich aus der Patsche geholfen."

Sara hob ihre Einkaufstüte an. „Du mir aber auch. Vielen Dank fürs Leihen! Du kriegst das Geld so schnell wie möglich zurück."

„Das hat Zeit", winkte Caro ab. „Hauptsache, du kannst morgen im Training wieder richtig durchstarten."

Sie hatten die Fußgängerzone erreicht und ließen sich mit dem Gewimmel treiben. Dabei umrundeten sie mehrere Touristengrüppchen, die Fotos von dem eigenartig verschachtelten Rathaus schossen oder mit zurückgelegten Köpfen die wuchtige Marienkirche bestaunten. Nach einer Weile nahmen sie Kurs auf die Querstraßen abseits der Fußgängerzone. Dort gab es statt großer Ketten kleinere, individuellere Geschäfte. Viele lagen im Erdgeschoss prächtiger Kaufmannshäuser mit den für Lübeck typischen Treppengiebeln.

„Ob Lars das mit dem Rausschmiss ernstgemeint hat?", überlegte Caro, als sie einen Klamottenladen betraten, der in ihrer Jahrgangsstufe gerade angesagt war.

Sara zuckte mit den Schultern und sah sich um. Sofort fielen ihr zwei, drei Teile ins Auge, die sie sich gerne gegönnt hätte, wenn sie das nötige Kleingeld dafür gehabt hätte. Modetechnisch herrschte in ihrem Kleiderschrank schon seit Längerem Ebbe. Im Wesentlichen lebte sie von Jeans, Tops und Sportklamotten.

„Ich wüsste nicht, was ich falsch gemacht haben soll. Die Aggressionen gehen allein von Leonie aus. Soll er sie rauswerfen."

Caro begutachtete die paillettenbesetzten Oberteile an einem Drehständer. „Mich würde ja brennend interessieren, warum auch ihr Vater sauer auf dich ist."

Sara bewegte sich unauffällig weiter in den Laden hinein und tat, als hätte sie nichts gehört. Eingehend studierte sie die Preisschilder

der bunten Schals, die an einer Art Gerüst nahe der Umkleiden hingen. Direkt über ihr wummerten die Beats eines aktuellen Hits aus einem versteckten Lautsprecher.

Caro rief ihr etwas zu, doch diesmal konnte sie es beim besten Willen nicht verstehen. Mit einer entschuldigenden Geste deutete Sara auf ihr Ohr. Caro nickte und kam, zwei Tops über den Arm gelegt, näher.

„… es klang, als würde er dir die Schuld an dem geben, was auch immer mit Leonies Auge damals passiert ist", hörte Sara sie sagen.

Verständnislos schüttelte sie den Kopf. „Du glaubst doch nicht im Ernst, dass ich sie so verletzt hätte?"

Sie sah Caro vorwurfsvoll an und hoffte, ihr dadurch eine schuldbewusste Miene zu entlocken. Es war schon ein starkes Stück, dass ihre Freundin solch einen Gedanken überhaupt ernsthaft aussprach! Aber Caro ruderte nicht zurück.

„Es wäre zumindest eine schlüssige Erklärung für den Hass, den Leonie auf dich hat."

„So was würdest du mir zutrauen?" Sara warf den Schal, den sie in der Hand hielt, über einen Haken neben sich. „Ich hätte doch überhaupt keinen Grund dafür gehabt."

„Vielleicht war es ein Versehen."

„Ich weiß überhaupt nicht, wie das passiert ist, weil ich nicht dabei gewesen bin!", rief Sara so aufgebracht, dass die Verkäuferin, die auf der gegenüberliegenden Ladenseite Jeans in ein Regalfach sortierte, sich neugierig nach ihnen umdrehte.

„Warum regst du dich denn so auf?", fragte Caro aufreizend ruhig.

„Weil ich von dir anderes erwartet habe, als mir in den Rücken zu fallen", giftete Sara zurück.

Caro überlegte kurz. Dann strebte sie mit ihren beiden Oberteilen auf den Umkleidebereich zu. Bevor sie den Vorhang ihrer Kabine zuzog, streckte sie noch einmal den Kopf heraus. „Weißt du, was ich durch die Sache mit deiner Mutter gelernt habe?"

„Nein, was?"

„Wie krass man von den Menschen, die einem am nächsten stehen, enttäuscht werden kann." Damit zog sie den Vorhang zu und begann sich umzuziehen.

Sara stand unschlüssig vor der Kabine und dachte nach. Am liebsten wäre sie schnurstracks aus dem Laden gelaufen, einmal quer über die Altstadtinsel zu dem Fahrradständer, wo ihre Räder parkten, und wäre nach Hause gefahren. Doch das wäre einem Schuldeingeständnis gleichgekommen, und das war falsch. Denn sie wusste ja selbst nicht, woran sie hätte schuld sein sollen.

Sie ließ sich auf einem der bequemen Clubsessel im Umkleidebereich nieder und stellte die Tüte mit dem Schuhkarton zwischen ihren Füßen ab. Breiige, synthetische Sounds waberten über sie hinweg. Es kam ihr vor, als hätten die Angestellten die Musik hier extra laut gestellt, damit man jegliches Gefühl für Raum und Zeit verlor. Außerdem war das Licht zu grell. Erschöpft stützte Sara das Gesicht in die Hände, versuchte den Lärm und das Licht auszublenden und den Verdacht, der über ihr kreiste. Sie versuchte einfach, an nichts zu denken.

+++

Es war spät. Zu spät. Längst war die Dunkelheit über ihr hereingebrochen und der ehemals feine Nieselfilm hatte sich in einen kapitalen Dauerregen verwandelt. Innerhalb weniger Augenblicke war sie vollkommen durchnässt. Doch das war ihr geringstes Problem. Sie wäre ohne zu klagen einmal quer durch die Trave geschwommen oder hätte einen stundenlangen Fußmarsch um die Palinger Heide herum unternommen, um nach Hause zu kommen. Sie hätte auf jede erdenkliche Weise das Lauerholz umgangen, das sich schwarz wie ein Scherenschnitt von dem wolkenverhangenen Abendhimmel vor ihr abhob. Nur wenige Meter vor ihr ragten die Wipfel der Kiefern vor ihr auf, wogten im Wind, und sie meinte sogar, den herben Duft der Kiefernnadeln und die kalte, feuchte Erde und das tote Laub zu riechen.

Zwei Kilometer Wald lagen zwischen ihr und der Stadt. Zwei Kilometer, die sie im Stockfinstern mit dem Fahrrad zurücklegen mussten. Ihr war klar, dass sie es nicht schaffen würde. Es wäre vernünftiger gewesen, sich unter irgendeinem Vorwand von Gaby oder Christoph abholen zu lassen, aber sie waren so überstürzt aufgebrochen, dass sie nicht mehr dazu gekommen war zu telefonieren.

Je näher sie dem Wald kam, desto schwerer wurden ihre Beine. Als hätte die aufbrandende Angst ihr Blut in Blei verwandelt, das beim Anblick der schwarzen Baumwipfel erstarrte. Ihre Füße rutschten von den Pedalen, die Spitzen ihrer durchgeweichten Sneaker scharrten über den Asphalt.

Vor ihr, im Dunkeln, flackerte das Rücklicht von Leonies Fahrrad. Sie überlegte, ob sie ohne Bescheid zu sagen einfach umkehren sollte. Sie würde sich klammheimlich aus dem Staub machen und in die entgegengesetzte Richtung nach Hause fahren. Denselben Weg, den sie auch gekommen war. Es war ein Riesenumweg über mehrere Dörfer, mindestens dreimal so weit wie durchs Lauerholz. Nur ohne Wald. Ja, das wäre das Beste.

Leonie würde sich zwar darüber wundern, dass sie sich unterwegs verloren hätten, aber der Umweg bot ihr genügend Gelegenheit, sich eine plausible Ausrede einfallen zu lassen. Alles war besser, als zwei Kilometer lang tausend Tode zu sterben.

Das rote Licht bewegte sich immer weiter von ihr fort. Bald war es nur noch ein kleiner flackernder Punkt. Sie wollte gerade ihr Fahrrad herumwuchten und sich still und leise verkrümeln, als der Lichtschein erlosch.

„Sara?“, tönte Leonies Stimme durch den Regen. „Wo bleibst du?“

So ein Mist. Sie stemmte sich wieder in die Pedale, der Dynamo surrte und ihr Vorderlicht flammte auf. „Komme ja schon!“

Der milchige Schein irrlichterte über das feucht glänzende Herbstlaub im Rinnstein.

„Komm in die Puschen, wir sind spät dran!“, drängte Leonie.

Sie hoffte, das rote Rücklicht wieder aufleuchten zu sehen, denn das würde bedeuten, dass Leonie weiterfuhr. Das wäre ihre Gelegenheit, unbemerkt zu verschwinden. Aber Leonie wartete auf sie. So musste sie sich zwingen, weiter auf den Wald zuzufahren, obwohl jeder Pedaltritt zur Qual wurde.

Der Geruch nach Fäulnis wurde intensiver und sie spürte das altbekannte kalte Kribbeln unter ihrer Haut. Verzweifelt biss sie die Zähne zusammen, damit ihr Unterkiefer nicht unkontrolliert zu zittern begann.

„Nun mach schon, sonst wachs ich hier noch fest!“, peitschte ihr Leonies Stimme aus dem Dunkeln entgegen.

„Ich … kann nicht …“, hörte sie sich leise wimmern.

„Was sagst du?!“

„Ich glaube … ich hab was vergessen. Ich muss noch mal zurück …“

„Quatsch!“, herrschte Leonie sie an. „Dafür ist jetzt keine Zeit mehr. In einer halben Stunde fängt das Training an und ich habe keine Lust auf Strafrunden, nur weil du so trödelst!“

Eine heiße Welle der Wut brandete über ihre Wangen. Trödeln! So etwas ließ sie sich nicht vorwerfen. Sie trödelte nicht, sie starb nur fast vor Angst.

Als die ersten Baumstämme an ihr vorüberzogen, hatte sie das Gefühl, von einem kalten Sog erfasst und in einen finsteren Abgrund gerissen zu werden. Im Dunklen erkannte sie einen Umriss. Leonie, auf dem Fahrradsattel sitzend, einen Fuß auf dem Boden abgestützt.

Ihre Beine versagten, sie hielt an.

„Los jetzt!“ Leonie stieß sich ab, das Rotlicht flackerte, sie rollte los und wandte sich um. „Mensch, was ist denn noch?“

„Ich kann nicht …“, flüsterte sie in den Regen.

Leonie schien zu begreifen. Sie stoppte, drehte das Rud, fuhr ein paar Meter zurück, hielt direkt vor ihr an und stieg ab. Trotz der Dunkelheit meinte sie, Leonies spöttischen Blick zu erkennen. Ihre Augen, die sonst warm wie polierter Bernstein schimmerten, konnten mit einem Mal auflodern, als wären sie entzündet worden.

„Du hast Schiss vorm dunklen Wald, nicht wahr?“

Sie schwieg.

„Was glaubst du denn? Dass uns irgendein irrer Serienmörder aus dem Gebüsch anspringt?" Leonie lachte höhnisch.

„Ich glaub gar nichts", erwiderte sie, doch statt fest und trotzig klang ihre Stimme nur dünn und zittrig.

„Seit wann bist du denn so ein Baby? Nee, also das ist mir jetzt wirklich zu blöd!"

Scheinwerfer zerrissen die Dunkelheit mit ihrem grellen Licht, ein Auto zischte vorbei. Direkt danach noch eines. Und tief im Wald glomm ein weiteres Scheinwerferpaar auf und näherte sich.

„Ich dreh um. Fahr du allein zum Training!"

Sie hob den Lenker an, wollte umkehren und wegfahren. Weg von den Baumgerippen, weg von dem feucht-modrigen Gestank und auch weg von Leonie und ihrem Spott. Es war so typisch. In der Gruppe ging sie fast unter und sagte kaum je ein Wort. Witterte sie im Umgang mit ihren Freundinnen aber eine Schwäche, konnte sie gnadenlos sein.

Als ihr rechter Fuß mit Schwung ins Pedal treten wollte, spürte sie eine Hand auf ihrer Schulter, die sie zurückhielt.

„Komm schon, du Baby!" Leonie lachte. Es klang nervös. Wahrscheinlich war ihr die Aussicht, allein durchs dunkle Lauerholz zu radeln, auch nicht ganz geheuer. „Wir sind doch zu zweit, was soll schon passieren?"

In diesem Augenblick fiel etwas auf sie herab. War es ein Kiefernzweig, war es ein Blatt? Sie wusste es nicht. Irgendetwas, das der gleichmäßig plätschernde Regen von einem der Baumwipfel auf sie herabspülte. Es war wie ein kalter, kratziger Finger, der sich wie aus dem Nichts nach ihr ausstreckte und über ihre Wange strich. Das war der Moment, in dem die Angst in ihrem Kopf explodierte.

+++

Schweigend fuhren sie nach dem Shoppingbummel mit den Rädern nach Hause. Sara zermarterte sich das Gehirn, was damals zwischen ihr und Leonie passiert war. Sie erinnerte sich nur an dieses grauenhafte Gefühl, als der Fichtenzweig oder was auch immer es gewesen war, ihr Gesicht gestreift hatte.

Irgendetwas war in jenem Moment mit ihr geschehen. Als hätte diese zufällige, harmlose Berührung einen Schalter in ihr umgelegt und etwas tief Verborgenes in ihr freigesetzt. Etwas, das versteckt und vergessen in ihr geschlummert hatte und sich nun, da es geweckt worden war, mit aller Macht Bahn brach. Je mehr sie darüber nachdachte, desto mehr drängte sich ihr Traum vom Wald auf, in dem die Zweige und Äste der Bäume ihren Körper streiften wie gierige Hände, die nach ihr zu greifen versuchten. Hatte der Fichtenzweig damals irgendeine verborgene Erinnerung wachgerüttelt? Und was war dann passiert?

Sara strengte sich an, doch es war, als schlüge ihr Gedächtnis eine Tür vor ihrer Nase zu. Sie konnte sich beim besten Willen nicht daran erinnern, was geschehen war, nachdem sie und Leonie mit ihren Rädern im Lauerholz gestanden und gestritten hatten. Und das machte ihr Angst. Was, wenn sie am Ende tatsächlich etwas getan hatte, das Leonie schwer verletzt hatte? War sie auf sie losgegangen, hatte sie ihr irgendetwas ins Gesicht geschlagen und so ihr Auge zerstört?

Sie konnte nur hoffen, dass es nicht so gewesen war. Schlimm genug, dass sie das tiefe Vertrauen in ihre Mutter auf einen Schlag verloren hatte. Offenbar durfte sie aber nicht einmal sich selbst trauen. Dieser Gedanke war unerträglich.

Zu Hause verabschiedeten sie sich knapp. Caro hatte gleich eine Fahrstunde. Sara stieg die Treppe zu ihrer Wohnung hoch und kramte in der Jackentasche nach dem Ersatzschlüssel, den sie von Moormanns geliehen hatte, weil ihr eigener verschwunden war. Sie streifte die Schuhe ab, steckte den Schlüssel in den Zylinder – und wunderte sich. Kaum hatte sie umgedreht, sprang das Schloss auf. Es war nicht abgeschlossen gewesen.

Sara zog das Handy aus der anderen Jackentasche und checkte die Uhrzeit. Es war kurz nach fünf. Ihre Mutter dürfte eigentlich noch nicht zu Hause sein. Vorsichtig schob sie die Wohnungstür auf.

„Mama? Bist du schon da?“

Auf Socken schlich sie in die Wohnung. Stille schlug ihr entgegen, nur unterbrochen vom abgehackten Ticken der Küchenuhr. Sie blieb stehen und lauschte. In der Küche sprang summend der Kühlschrank an. Kopfschüttelnd hängte sie den Schlüssel an das Brettchen neben der Tür. Sie hatte am Morgen als Letzte die Wohnung verlassen und sie war sicher, dass sie, wie gewohnt, zweimal abgeschlossen hatte. Aber vielleicht war Eva zwischendurch kurz zu Hause gewesen, um etwas zu holen, und hatte in der Eile vergessen abzuschließen.

Sara zog ihre Jeansjacke aus, hängte sie an die Garderobe und wollte in die Küche gehen, um sich ein Glas Wasser einzugießen und den Inhalt des Kühlschranks zu inspizieren, als sie erneut stutzte. Zunächst wusste sie nicht, was sie irritierte, aber irgendetwas war anders. Mitten im Flur blieb sie stehen, sah sich um, lauschte und verstand nicht.

Alle Dinge lagen an ihrem Platz. Das Telefon stand in seiner Station auf dem schmalen Sideboard an der linken Wand, der Anrufbeantworter blinkte nicht. Branchenverzeichnis, Zettelblock, Briefmarken und Umschläge lagen ordentlich aufgeschichtet daneben, die Kugelschreiber im Köcher waren fast so sorgfältig arrangiert wie ein Blumenstrauß. Evas Werk, natürlich. Bei ihr durften nicht mal die Kulis aus der Reihe tanzen!

Jacken und Schals hingen an der Garderobe hinter der Tür, wo sie hingehörten, und selbst die Rabattcoupons, Terminzettel, Ärztevisitenkarten und der Abfallkalender an der Pinnwand wirkten – verglichen mit der chaotischen Zettelwirtschaft an Moormanns Magnettafel – wie ein liebevoll arrangiertes Kunstwerk.

Sara konnte beim besten Willen nicht erkennen, was ihre Sinne alarmiert hatte. Sie wollte den Eindruck abschütteln und ihren Weg in die Küche fortsetzen, da roch sie es. Das Fremde.

Sie sog die Luft ein und schnupperte. Ein unbekannter Duft hing in der Wohnung. Wie der Hauch eines fremden Deodorants, gemischt mit dem Geruch nach Haut, Kleidungsstoff, Leder und Gummisohlen. Und noch etwas, das sich nicht beschreiben ließ, ihr aber unwillkürlich die Nackenmuskeln zusammenzog. Etwas, das sie schon einmal gerochen hatte. Irgendwann, irgendwo. Ein Geruch, der sich eingeprägt hatte, ohne dass sie ihn bestimmen konnte. Nur eins war ihr in diesem Augenblick klar: Jemand war hier gewesen!

Sara blieb im Flur stehen und wagte kaum zu atmen. Sie wusste nicht, ob vor oder zurück. Wann war der Fremde hier gewesen? Was hatte er gewollt? War es ein gewöhnlicher Einbrecher gewesen? Mit einem Dietrich?

So leise sie konnte, zog sie die oberste Schublade des Sideboards auf. Rechts, neben den Telefonbüchern, die sie nie benutzten, lag ein kleines Metallkästchen mit chinesisch anmutenden Verzierungen, ein Artikel aus dem Ein-Euro-Laden. Sara klappte den Deckel auf. Mehrere Geldscheine, zwei Zwanziger, drei Zehner, zwei Fünfer, wellten sich ihr entgegen. Dazwischen schimmerten Münzen. Ihr Notgroschen, wenn sie auf die Schnelle etwas Bargeld brauchten. Lautlos schob sie die Schublade wieder zu. Geld hatte den Fremden anscheinend nicht interessiert. Aber was dann?

Sara wandte sich um und betrat ihr Zimmer. Mit einem Blick scannte sie den Raum. Links das Regal mit den Büchern und den Stapeln mit Sportmagazinen, den gerahmten Urkunden und Medaillen, die sie beim Sport gewonnen hatte. Oben auf dem Schrank lag ihr Basketball. Auf dem Schreibtisch wütete das unvermeidliche Chaos aus Schnellheftern, Schreibblöcken, einzelnen Zetteln, Kurslektüre und dem Notebook, das zugeklappt in der Mitte der Arbeitsplatte lag und träge vor sich hin blinkte. Ihr Bett an der rechten Wand war zerwühlt und eine Ecke der Schwedenfahne hing herab, weil sie am Morgen beim Aufwachen an der Reißzwecke hängengeblieben war.

Sara legte leicht den Kopf in den Nacken und schnupperte. Keine Frage, er war hier gewesen. Hatte hier gestanden, an derselben Stelle wie sie jetzt, und seinen Blick über ihr persönliches Reich schweifen lassen. Ihr erster Impuls war, zum Fenster zu stürmen und es aufzureißen, um den fremden, aufdringlichen Geruch hinauszulüften. Sie hatte noch keinen Schritt nach vorn gemacht, als ein Geräusch sie mitten in der Bewegung erstarren ließ. Ein mehr als vertrautes Geräusch. Ein feines, leises Quietschen, gefolgt von einem metallischen Knarren. Es kam aus dem Nebenraum, aus Evas Zimmer. Jemand hatte dort die Türklinke heruntergedrückt.

Sara hielt die Luft an. Er war noch hier! Nebenan. Und offenbar stand er in diesem Augenblick genauso still da und lauschte wie sie selbst. Hatte er sich heimlich hinausschleichen wollen? Oder, noch schlimmer –

Sara dachte den Gedanken nicht zu Ende, sondern stürzte zu ihrer Zimmertür, schlug sie zu und lehnte sich mit dem Rücken dagegen. Wenn er nur rauswollte, sollte er gehen! Jetzt! Was aber, wenn es gar nicht das war, was er vorhatte? Ihr Blick flackerte durch den Raum auf der Suche nach einer möglichen Waffe, um sich zu verteidigen. Doch da war nichts. Sie hätte allenfalls mit Büchern, Bilderrahmen oder dem Basketball werfen können. Und wenn sie aus dem Fenster kletterte? Sie könnte von der Dachrinne hängend in die Hecke springen …

Nebenan knarrte die Klinke und die Tür sprang auf. Saras Herz hämmerte ihr bis in die Ohren. Sie schluckte und erwartete jeden Moment, dass sich die Klinke in ihrem Rücken bewegte. Und wenn es doch nur ihre Mutter war? Sie hoffte und betete, Evas Stimme zu hören. Dann würde sie in erleichtertes Lachen ausbrechen und sich über ihre Panik lustig machen.

Stattdessen aber hörte sie Schritte auf dem Teppichboden. Nicht Evas leichtfüßiges Trippeln, sondern energische, schwere Schritte, die sich keine Mühe machten, leise zu sein. Wozu auch? Sie wusste ja, dass er da war. Die Schritte durchquerten den Flur und kamen genau vor ihrer Tür zum Stehen. Wieder hielt Sara den Atem an. Sie versuchte, sich an die Griffe und Kniffe aus dem Sportunterricht zu erinnern, als ihre Lehrerin eine Einheit Selbstverteidigung mit ihnen durchgenommen hatte, konnte sich aber nicht einen davon ins Gedächtnis rufen. Dabei wäre es genau jetzt dringend angebracht gewesen!

Jeden Augenblick konnte die Tür nach innen aufgeschoben werden. Dann musste sie handeln. Sie nahm sich vor, sich einfach blind auf den Fremden zu stürzen und mit bloßen Händen auf ihn einzuschlagen. Was völlig albern war. Sie war schnell, sie war sportlich, aber sie hatte nie gelernt zuzuschlagen.

Etwas drückte von außen gegen die Tür. Ein schwerer Körper, der sich dagegen lehnte. Sara hörte das feine Kratzen von Stoff auf der Holzplatte, vernahm leise Atemzüge, bildete sich sogar ein, das Vibrieren des fremden Herzschlags zu spüren, der sich mit ihrem eigenen, wild davongaloppierenden Puls mischte. Er lehnte an der Tür und lauschte. Sie lauschte zurück. Sekundenlang, minutenlang, sie hatte kein Zeitgefühl mehr. Höchstens fünf Zentimeter, die Stärke des Türblatts, trennten sie und den Fremden, der hinter ihr und Eva her war. Ein Mensch aus einem Leben, von dem ihre Mutter nicht mehr wollte, dass es existierte.

Das neue Rücklicht, schoss es Sara durch den Kopf. Er hatte es montiert! Sie selbst war es gewesen, die ihn zu ihrem Haus geführt hatte. Sie hatte ihrem unbekannten Verfolger Tür und Tor geöffnet. Hätte sie das nur früher bemerkt!

Plötzlich ließ der Druck nach. Das Türblatt knarrte kaum hörbar. Schuhsohlen strichen über den Teppichboden im Flur. Die Wohnungstür klappte auf und zu, dann hörte sie bemüht leise Schritte auf der Treppe. Kurz darauf schlug unten die Haustür zu.

Sara wusste, dass sie nun zum Fenster rennen und auf die Straße hinabsehen müsste, um zu schauen, wer sich da im einsetzenden Dämmerlicht aus dem Staub machte und wo er hinlief. Sie müsste eigentlich die Polizei anrufen und eine Beschreibung abgeben. Aber sie war unfähig, sich zu rühren.

Nach ewigen Minuten des Wartens, während sich ihr Herzschlag nach der wilden Jagd erschöpft verlangsamte, rutschte sie mit dem Rücken an der Tür herab, ließ sich zu Boden sinken, presste die Handballen auf die Augen und atmete zitternd durch.

+++

Ihre Mutter durfte von diesem Eindringling nichts erfahren. Sie würde völlig ausrasten. Niemand durfte etwas erfahren. Wenn Christoph Moormann mitbekam, dass jemand Fremdes in sein Haus eingebrochen war, dann würde er nicht zögern, alles auf den Kopf zu stellen. Das fehlte noch.

Etliche Minuten vergingen, ehe Sara sich so weit im Griff hatte, dass sie sich wieder aus dem Zimmer traute. Ihre Knie fühlten sich an wie weichgespült. Im Flur blieb sie stehen und lauschte angestrengt, obwohl der ungebetene Gast deutlich hörbar das Haus verlassen hatte. Das mulmige Gefühl ließ sich nicht einfach abschütteln. Es war von der hartnäckigen Sorte und krallte sich noch einmal tiefer in ihre Eingeweide, als ihr ein Gegenstand auf dem Sideboard ins Auge fiel, der sich vorhin definitiv nicht dort befunden hatte.

Neben der Telefonstation lag ihr Schlüsselbund. Sara schnappte nach Luft. Schnell griff sie danach und stopfte ihn in ihre Hosentasche. Dann stürmte sie aus der Wohnung, zog sich ihre Sneaker an, verließ das Haus und lief zum Kleinen See.

Auf dem Weg sah sie sich immer wieder um. Lauerte jemand hinter der Lorbeerhecke? Und was war das für ein Schatten dort neben dem Mercedes am Straßenrand? Auch entlang der Bahnlinie fühlte sie sich verfolgt. Sie bereute schnell, diesen einsamen Weg gewählt zu haben, und nicht in Richtung Stadt gelaufen zu sein. Das leise Sirren der Gleise, mit dem sich der Regionalzug ankündigte, steigerte ihre Nervosität. Was, wenn der Einbrecher ihr auflauerte, um sie hier vor den Zug zu stoßen?

„Werde nicht paranoid!“, ermahnte sie sich selbst laut, als die Bahn vorbeirauschte. Es war weit und breit kein Mensch zu sehen.

Endlich hatte sie die versteckte Bucht mit der Anlegestelle erreicht. Die Sonne stand schon tief und malte goldene Ringe auf die spiegelglatte Wasseroberfläche. Es funkelte wie ein ganzer Juwelierladen. Sara schloss die Augen, atmete tief durch, lauschte dem Schnattern der Enten im Schilf und dem fernen Röhren eines Außenborders, und beruhigte sich allmählich wieder.

Sie tastete nach dem Schlüsselbund in ihrer Hosentasche. Was war das für ein Einbrecher, der ihr erst den Schlüssel klaute, und ihn dann gut sichtbar im Flur hinterließ? Zumindest schien er das in ihrer Wohnung erledigt zu haben, was er sich vorgenommen hatte. Der Schlüssel war ein Zeichen dafür, dass sie keine weiteren ungebetenen Besuche zu erwarten hatte. Das stimmte sie etwas ruhiger. Trotzdem ekelte sie der Gedanke, dass jemand Fremdes seine Nase in ihre Sachen gesteckt hatte. Wonach mochte er gesucht haben?

Sara holte das neue Smartphone hervor, öffnete die Messenger-App und rief Jon Vicanders Profil auf. Als sie das Handy neu eingerichtet hatte, war sie zunächst versucht gewesen, seine Kontaktdaten auszulassen. Dann hatte sie doch beschlossen, ihn hinzuzufügen.

Wo bist du gerade?, tippte sie ins Textfeld und wartete.

Jon hatte die Nachricht gelesen. Wenige Augenblicke später tauchte darunter seine Antwort auf.

Wer will das wissen?

Sara schlug sich vor die Stirn. Natürlich, er hatte noch ihre alte Nummer. Schnell tippte sie *Deine Tochter*, doch ehe sie auf das Sendesymbol drückte, überlegte sie es sich anders, löschte die beiden Wörter und ersetzte sie mit ihrem Namen.

Deshalb gingen meine Nachrichten alle ins Leere. Du hast eine neue Nummer, stellte Jon fest. *Schön, von dir zu hören. Wie geht es dir?*

Das ging ihn in diesem Moment überhaupt nichts an, entschied Sara.

Wo bist du gerade?, wiederholte sie ihre Frage.

In der U-Bahn, antwortete Jon. *Auf dem Weg zur Arbeit. Warum ist das so wichtig?*

Schick ein Foto, forderte sie und wartete. Sollte Jon sich ruhig darüber wundern.

Nach dem Signalton erschien ein Bild im Textfenster. Jon hatte ein Selfie von sich geschossen. Etwas verschwommen, sein Gesicht war überbelichtet, aber im Hintergrund war unverkennbar das Innere eines U-Bahn-Waggons zu sehen. Durch eines der Fenster konnte Sara ein Stationsschild erahnen. *Hötorget*, entzifferte sie und erinnerte sich dunkel daran, dass so ein Platz in der Stockholmer Innenstadt hieß. Sie atmete auf. Also war es nicht Jon gewesen, der bei ihnen geschnüffelt hatte. So beruhigend das einerseits war, umso rätselhafter ließ es die ganze Sache trotz allem erscheinen.

Was ist los bei dir?, wollte er wissen.

Aber Sara dachte gar nicht daran, ihn einzuweihen.

Nichts weiter. Was arbeitest du eigentlich, wenn du erst abends aus dem Haus musst?

Am Ende war er Polizist, so wie Caros Vater, der manchmal zu den verrücktesten Uhrzeiten ins Präsidium fuhr. Sara erinnerte sich, wie sie einmal während einer heftigen Magen-Darm-Grippe morgens um halb drei über der Toilettenschüssel gehangen und gehört hatte, wie unten in der Garage Christoph Moormanns Passat ansprang.

Ich habe heute Nachtschicht, antwortete Jon. Ich bin Orthopäde an einer Stockholmer Klinik.

Orthopäde! Sara verdrehte die Augen. Das klang ja nach medizinischen Schuheinlagen und Rückenschule! Wie spannend.

Wozu das Foto, Sara?, versuchte er es erneut.

Sie schaltete das Display aus und steckte das Handy weg. Mehr brauchte er nicht zu wissen. Hauptsache, er war dort, wo er hingehörte. Nur brachte sie diese Erkenntnis keinen Schritt weiter. Denn sie hatte keine Ahnung, wie sie herausfinden sollte, wer sonst noch hinter ihr und Eva her war – und warum.

#14

Am Dienstagabend wappnete sich Sara innerlich vor der nächsten Begegnung mit Leonie. Die aber tauchte nicht zum Training auf. Niemand vermisste sie. Ihrer Unbeherrschtheit war es zu verdanken, dass die Mannschaft haushoch verloren hatte. Sara ertappte sich bei dem hoffnungsvollen Gedanken, dass Leonie das Training komplett aufgeben könnte. Nach der Aktion beim Auswärtsspiel würde sie in diesem Team mit Sicherheit keinen Fuß mehr auf die Erde bekommen.

Sara beschloss, die Ruhe vor Leonie voll auszukosten. So konnte sie entspannt ihre neuen Schuhe einlaufen, die perfekt saßen. Zu ihrer Überraschung ließ sich ausgerechnet Victoria zu einem anerkennenden „Schick!" herab, als sie in der Halle aufeinandertrafen.

Lars erschien mit einem Zehn-Liter-Eimer Popcorn und mehreren Sofakissen und ließ den Spott seiner Spielerinnen mit huldvollem Nicken an sich abperlen.

„Gucken wir heute Netflix?", fragte Caro halb hoffnungsvoll, halb im Scherz.

„Wartet's nur ab", erwiderte er mit seinem liebenswürdigsten Lächeln. Sara kannte ihn inzwischen genug, um zu wissen, dass das nichts Gutes verhieß.

Nach seinen Anweisungen bauten sie einen Geräteparcours auf. Dann erklärte Lars die Übungen. Saras Teamkameradinnen brachen in kollektives Ächzen aus, als sie begriffen, dass ihnen in dieser Einheit ein superbrutales Zirkeltraining blühte. Sah so die Strafe für das vergeigte Spiel vom Wochenende aus? Aber dafür trugen sie doch die geringste Schuld!

„Ihr stöhnt ja jetzt schon!", lästerte Lars. „Spart euch euren Atem lieber für den Parcours."

Er hatte leicht reden. Während Sara und die anderen von Station zu Station hetzten und sich schwitzend verausgabten, lümmelte er mit seinen Sofakissen und dem Popcorn-Eimer auf der Bank herum und freute sich wie ein Schnitzel.

„Soll der doch an seinem Popcorn ersticken!", japste Caro, als sie und Sara zufällig an der Station mit den Springseilen zusammentrafen.

Sara biss nur die Zähne zusammen und hüpfte weiter. Eigentlich war so ein Training nach ihrem Geschmack. Das Gefühl, sich bis zur Belastungsgrenze ausgepowert zu haben, war durch nichts zu ersetzen. Trotzdem hatte die ganze Aktion etwas von Kollektivbestrafung – nur dass diejenige, die die Strafe verdient hätte, mit Abwesenheit glänzte.

Nach einer Dreiviertelstunde kam die Erlösung. Lars wuchtete sich von der Bank hoch, verkündete, er habe nun genug Herzschmerz gesehen, und spendierte Popcorn und Eiweißshakes. Die Mädchen waren jedoch so ausgelaugt, dass sie sich nicht einmal mehr über seine Sprüche aufregen konnten. Sie ließen sich erschöpft in den Mittelkreis plumpsen und stürzten die Getränke hinunter.

„Damit dürften die erhitzten Gemüter vom Wochenende bereit sein zum Abkühlen", sagte Lars und erklärte das Training offiziell für beendet.

+++

Den nächsten Schultag hätte Sara am liebsten in einer Eistonne liegend verbracht. Ihr Körper brannte. Vor allem in den Oberschenkeln zwickte es bei jeder Bewegung. Trotzdem schnürte sie spätnachmittags nach der Schule ihre Laufschuhe und trabte in Richtung Wald. Der Muskelkater weckte in ihr das Bedürfnis, ihre Beine kräftig auszuschütteln. Eigentlich hätte sie für die Matheklausur am Tag darauf lernen müssen. Doch bevor sie sich mit Integralrechnung herumplagte, die sie nur so halbwegs durchblickte, hielt sie es für besser, sich erst einmal den Kopf freizulaufen. *Aufschieben* hätte ihre Mutter es genannt. Aber wenn sie die Wahl hatte zwischen Mathelernen und im Nieselregen laufen zu gehen, so gab sie gerne Letzterem den Vorzug.

Im Wald hingen feine Nebelschwaden in den Baumkronen. Es sah fast aus, als hätten Unmengen an Spinnen unglaublich fragile Netze von einem Wipfel zum nächsten gesponnen. Mancher Laubbaum leuchtete schon in sattem Gelb, zumindest, wenn die Sonne schien. An diesem trüben Nachmittag aber wirkten die Bäume, als hätte der Nebel sämtliche Kraft aus ihren farbenfrohen Blätterkleidern gesaugt. Und der feuchte Schleier begnügte sich nicht damit, in der Luft zu stehen. Er musste unbedingt unter die Ärmel und in den Kragen von Saras leichter Sportjacke kriechen. Trotz der Bewegung fröstelte sie. Nach einigen Hundert Metern begann sie doch von einer Tasse heißer *Hyggelige Herbstharmonie*, Kuschelsocken und ihrem Mathebuch zu träumen. Aber da sie nun schon einmal hier war, würde sie die Runde auch beenden.

Der Boden war aufgeweicht vom Regen und quatschte bei jedem Schritt unter ihren Sohlen. An solch feuchten Tagen roch der Wald intensiver. Dumpfer und modriger. Manchmal hasste Sara ihren feinen Geruchssinn. Das schummerige Zwielicht, das gelegentliche Plätschern und Knacken um sie herum machte ihr kaum etwas aus, das konnte sie inzwischen ausblenden. Aber die Gerüche setzten sich aufdringlich in ihre Nase, krochen ungefragt weiter ins Hirn und riefen dort Bilder und Gefühle – halb Traum, halb Erinnerung – hervor, die sie im Hier und Jetzt nicht gebrauchen konnte.

Zur Ablenkung kam ihr die Analysis dann doch recht. Sie versuchte, sich die Beispielfunktionen aus dem Unterricht und ihre Ableitungen ins Gedächtnis zu rufen. Dabei verhedderte sie sich gedanklich aber schon nach kurzer Zeit mit den einzelnen Elementen und gab es auf.

An der nächsten Weggabelung hielt Sara sich links, um dann wenige Schritte weiter wieder links abzubiegen. Das war die kürzeste

Runde, die ihr bei diesem ekligen Nieselregen trotzdem viel zu lang vorkam. Der Weg führte direkt auf die Kirschenallee zu. In einigen Hundert Metern Entfernung lichtete sich der Wald.

Auf dieser Strecke waren oft Spaziergänger mit Hunden und andere Läufer unterwegs, aber dank des Mistwetters war keine Menschenseele zu sehen. Die hatten sich wohl alle in ihrem warmen Zuhause eingemummelt.

Erst vor wenigen Tagen war Sara zusammen mit Ramin hier entlanggelaufen. Die Erinnerung daran ließ ihr Herz sofort ein paar Takte schneller schlagen. An diesem Abend waren sie – trotz Klausur am nächsten Tag – zum Deutschlernen in der Küche des Wohnheims verabredet.

Während Sara einen mehr als mannshohen Stapel aufgeschichteter Kiefernstämme am rechten Wegesrand passierte, überlegte sie, ob sie das Treffen nicht lieber in ein Bistro nahe ihrer Siedlung verlegen sollten. Vom Stylefaktor her rangierte es zwar nicht weit über Tankstellenniveau, versprühte aber immer noch mehr Charme als die versiffte Gemeinschaftsküche im Wohnheim. Außerdem gab es dort leckere überbackene Baguettes – und es platzte nicht alle Nase lang irgendein redseliger Mitbewohner herein.

Ramin hätte bestimmt nichts dagegen, dachte Sara, als sie aus dem Augenwinkel eine Bewegung von rechts wahrnahm. Da war es aber schon zu spät.

Etwas Dunkles sprang auf sie zu. Ein Schatten, der sich von dem Holzstapel gelöst hatte. Ehe Sara reagieren konnte, krachte der Schatten gegen ihre Schulter und riss sie zu Boden. Ihr Hinterkopf knallte ungebremst auf den Weg. Sie verschluckte sich an ihrem eigenen Schrei, die Baumwipfel über ihr zerflossen vor ihren Augen zu Kreisen, als würde ein Regentropfen auf Wasser treffen, und Nässe sickerte durch ihre Jacke und ihr Shirt.

Dann warf sich ein massiger Körper mit voller Wucht auf ihren Brustkorb und presste sämtliche Luft aus ihren Lungen. Es fühlte sich an, als wäre ein Betonklotz auf sie herabgestürzt. Im nächsten

Moment schlossen sich zwei Hände um ihren Hals. Sara riss die Lider auf und starrte voller Entsetzen sich selbst in die Augen. Für den Bruchteil einer Sekunde glaubte sie, den Verstand zu verlieren. Erst dann erkannte sie, dass die Gestalt, die rittlings auf ihr hockte und ihren Hals zudrückte, eine verspiegelte Skibrille trug, die ihr eigenes Gesicht reflektierte.

Eine Skibrille! Wie absurd war das denn bei diesem Schietwetter? Mund und Nase des Angreifers waren hinter einem olivfarbenen Tuch verborgen, ebenso die Haare. Darüber trug er eine dunkle Schirmmütze.

Nachdem der erste Schreck über sie hinweggerollt war, kam wieder Leben in ihre schockstarren Glieder. Sie riss die Arme hoch und versuchte, den Angreifer abzuwehren. Der aber saß so breit auf ihrer Brust, dass ihre Schläge fast wirkungslos verpufften und auch ihre Fußtritte nichts weiter vermochten, als Waldboden aufzuwühlen. Der Druck auf ihre Kehle wurde unerträglich. Verzweifelt wand sie sich, um seiner Umklammerung zu entgehen.

Mit einem kräftigen Ruck gelang es ihr kurz, den Kopf wegzudrehen. Sie schnappte nach Luft, japste, hörte ihren eigenen Kehlkopf pfeifen. Da traf sie ein Schlag ins Gesicht, die Hände umschlossen abermals ihren Hals und drückten zu, bis es in ihren Ohren knirschte. Ihre Lungen waren kurz vorm Platzen. Sie spürte, wie ihre Kräfte schwanden. Ihre Arme erlahmten und wollten nicht mehr reagieren und ihr Bewusstsein trudelte langsam herab wie ein Stein auf den Grund eines tiefen Sees.

Hilfe!, flehte sie stumm in Richtung der Oberfläche, doch sie glaubte nicht, dass sie dort irgendjemand hören würde.

Die Farben der Baumwipfel über ihr verschwammen zu matten grünen und gelben Schlieren, die weit über ihr davontrieben. Sie tauchte tiefer und tiefer. Allmählich ließ das tonnenschwere Gewicht auf ihrer Brust nach. Der Schmerz verblasste. Eine sanfte, warme Strömung fing sie auf und trug sie mit sich. Ihr Kopf, ihre Arme schaukelten mit, die Beine gaben nach.

Alle Geräusche um sie herum, der schwere Atem der Gestalt über ihr, das leise Prasseln des Regens, verschwammen und wurden mit einem dumpfen Rauschen davongespült. Sie war bereit, sich von der Strömung mitnehmen zu lassen, wohin auch immer. Ihr Körper schien selbst wie Wasserfarbe zu zerfließen und sich in trübem Grau aufzulösen. Sie ließ es geschehen. Ihre Sinne, ihr Verstand blichen langsam aus, bis sie nichts mehr fühlte.

Da brandete aus großer Entfernung ein Schrei heran. Er schwoll an, wurde lauter und donnerte über sie hinweg wie eine gewaltige Welle. Mit aller Kraft riss er die tiefe Gleichgültigkeit, die sie umflossen hatte, davon. Ihr Körper wurde brutal an Land gespült, rollte weg und plötzlich waren ihre Sinne wieder da. Ein neuer Schmerz jagte in ihre Lungen, als diese sich wie mit Druckluft betankt aufblähten. Brust, Kehle und Augen brannten. Hustend und würgend wand sie sich auf dem Boden, der eben noch flüssig gewesen war, und kniff die Lider zu, damit ihre Augen nicht verbrannten.

„Come on, breathe!“

Zwei Hände packten sie und wuchteten ihren Oberkörper in die Senkrechte. Jemand zog sie an sich. Hielt sie fest und murmelte dabei Worte, die wie fremdartige Melodien in ihre Ohren perlten. Die Wärme des anderen Körpers floss in ihren. Der kraftvolle Puls an ihrer Wange wurde zum Taktgeber für ihr eigenes Herz, das noch immer in wilder Panik jagte. Mit jedem Atemzug strömte das Leben in sie zurück. Wie ein Sturm, der das gleichgültige Nichts fortjagte, das sich in ihr ausgebreitet hatte. Da erst begriff sie, dass sie nur Sekunden zuvor den Tod berührt hatte. Er hatte sie mitziehen wollen und sie wäre ihm anstandslos gefolgt.

„Bist du okay? Sag was, bitte!“

Ramins Stimme, rau, als hätte der Schrei ein Stück davon abgeschmirgelt, und fast so atemlos wie sie selbst.

Alles, was Sara herausbrachte, war ein tonloses Krächzen. Ramin drückte sie noch fester an sich und stieß etwas in seiner Sprache aus, das wie *Gott sei Dank* oder so etwas klang. Sara lehnte ihren Kopf an seine Schulter und ließ sich einfach nur halten. Sie konnte gar nicht fassen, dass er da war. Eben noch lag sie unter diesem Typen begraben, der sie umbringen wollte, diesem Alptraum einer jeden Joggerin, und ausgerechnet Ramin … Ohne ihn wäre sie jetzt tot.

Mühsam versuchte sie, die Reste ihrer Stimme zusammenzukratzen. „Wo kommst du so plötzlich her?", fragte sie.

Das hätte sie besser sein lassen. Sie musste husten und ihr Brustkorb ging in Flammen auf. Ramin wartete ab, bis sie sich wieder beruhigt hatte.

„Ich weiß auch nicht", sagte er dann, noch immer schwer atmend. „Eigentlich wollte ich heute gar nicht laufen gehen. Viel zu kalt! Aber ich war so unruhig, konnte mich auf nichts konzentrieren." Er fuhr sich mit der Hand über das regennasse Gesicht. „Das war wie so eine Stimme in mir, die mir permanent sagte: Geh laufen! Geh laufen! Also bin ich gegangen. Sonst hätte ich keine Ruhe gehabt."

Sara atmete durch. Als hätte doch jemand ihren stummen, verzweifelten Hilferuf gehört … Einen Augenblick lang fand sie den Gedanken beinahe schön, doch dann schüttelte sie leicht den Kopf.

„Jetzt müsste ich wahrscheinlich sagen: Dich hat der Himmel geschickt!" Das hatte scherzhaft klingen sollen, wenn ihre Stimme nur nicht so gezittert hätte.

„Ich glaube das", erwiderte Ramin fest. „Freiwillig gehe ich bei so einem Ekelwetter nämlich nicht vor die Tür!"

„Wie auch immer … Ich bin einfach nur froh, dass du da bist!"

Sie ließ ihren Kopf weiter an seiner Schulter ruhen und keiner von ihnen sagte mehr ein Wort. Erst, als ihr Atem sich wieder beruhigt hatte und der Schmerz in ihrer Kehle langsam nachließ, richtete sie sich vorsichtig auf. Ramin hielt mit beiden Händen ihren Kopf, als fürchtete er, dass er mit dem Hals zusammen umknicken könnte.

Sara schloss kurz die Augen, als sie seine behutsamen Hände an ihren Wangen spürte. Als sie den Blick wieder hob, sah sie direkt in seine dunklen Augen, die fest auf sie gerichtet waren. Sie las Schrecken darin, unbändige Wut, Erleichterung. Und etwas anderes. Ein warmes

Glimmen wie von einer Glut, die in tiefer Dunkelheit aufleuchtet. Ein Funke davon sprang auf sie über, entfachte sie und brachte sie im nächsten Moment dazu, etwas zu tun, wozu sie sonst nie im Leben den Mut gehabt hätte.

Sie nahm sein Gesicht in beide Hände und küsste ihn. Seine Lippen kamen ihr entgegen, warm und weich, als hätten sie nur darauf gewartet, und sie fragte sich, warum sie das nicht schon längst getan hatte. Er zog sie fester an sich und sie ließ sich hineinsinken in diese Umarmung, in diesen Kuss. Für den Moment vergaß sie allen Schrecken und Schmerz, vergaß, dass sie beide bis auf die Haut durchnässt und schlammverschmiert waren, und dass irgendwo in ihrer Nähe ein Irrer herumlief, der es auf sie abgesehen hatte. Was sie taten, war unvernünftig, völlig verrückt. Und nichts in diesem Augenblick fühlte sich richtiger an als das.

+++

Ramin half ihr auf die Beine. Die Wärme, die Sara eben von innen heraus durchströmt hatte, verflog jäh und mit ihr das Adrenalin. Plötzlich fühlte sie wieder die Kälte, die sich durch ihre nassen Sachen hindurch in ihre Haut fraß, und sie begann zu zittern. Ramin legte einen Arm um ihre Schultern. Die ersten Schritte wankte sie mehr, als dass sie ging. Ihr Kopf schien mit Sofakissen ausgestopft zu sein und noch immer toste ein Wasserfall in ihren Ohren.

„Du brauchst einen Arzt“, sagte Ramin und zog mit der freien Hand sein Handy hervor, um den Notruf zu wählen.

„Ich brauche vor allem eine heiße Dusche“, wollte Sara erwidern, hätten ihre Stimmbänder nicht erneut den Dienst versagt.

Ihr Hals schwoll immer weiter an und das Atmen fiel ihr schwer. Widerwillig musste sie zugeben, dass Ramin recht hatte. Zu allem Überfluss fingen ihre Schultern und Beine unkontrolliert zu beben an. Der Schock hatte sie voll im Griff und schien sie wild zu schütteln.

Sie dachte an den Kuss. Ohne den Schock hätte es ihn nicht gegeben. Vielleicht war das gar kein so schlechter Zustand, denn er ließ sie Dinge tun, zu denen sie unter normalen Umständen kaum fähig gewesen wäre. Außerdem betäubte er den Schrecken. Von Angst keine Spur, stattdessen fühlte sie sich erschöpft und euphorisch zugleich. Sie lebte und das verdankte sie Ramin.

Als sie den Waldrand erreichten, stand der Rettungswagen, den Ramin alarmiert hatte, schon da. Blaulicht strich über die nassen Baumstämme und ließ den Nieselregen in der Luft aufleuchten wie Disconebel. Zwei Sanitäter kamen ihnen mit schnellen Schritten entgegen. Hinter dem Rettungswagen rollte ein Polizeiauto an. Das Motorengeräusch erstarb. Ramin kniff die Augen zusammen.

„Die hab ich aber nicht dazugebeten!"

Plötzlich wirkte er nervös. Das Erscheinen der Polizei schien ihm ganz und gar nicht zu behagen.

Die beiden Sanitäter nahmen Sara in Empfang und halfen ihr in den Rettungswagen. Ramin erklärte dem einen, was geschehen war, während der andere Saras Hals in Augenschein nahm, durch die Zähne pfiff und feststellte: „Schwein gehabt!"

Da klopfte es von außen an den Wagen. Ein bulliger, grauhaariger Polizist kletterte hinein, gefolgt von einem schmächtigen Polizeischulabsolventen mit Pickeln am Kinn, der schon den Notizblock bereithielt. Nun wurde es richtig eng.

„So, was haben wir denn da?" Der Grauhaarige drängelte sich nach vorn, ignorierte die beiden Sanitäter und verzog abschätzig das Gesicht. Weil Sara jedes Mal, wenn sie zu sprechen versuchte, nur ein heiseres Krächzen zustande brachte, übernahm Ramin das Reden. Und obwohl er ruhig und in gepflegtem Englisch sprach, glotzte der Polizist ihn mit unverhohlenem Misstrauen an. Sara konnte die Schublade, die in seinem Hirn aufging, laut und deutlich schrappen hören.

„Moment mal", unterbrach er Ramin und rekapitulierte. „Also, Sie sind nur zufällig vorbeigekommen, als das Mädel hier angegriffen wurde, ja?"

Ramin nickte ungeduldig. „Das habe ich doch eben gesagt."

„Und was wollten Sie ausgerechnet jetzt hier im Wald?"

„Sport machen."

„Bei dem Wetter? Wer's glaubt!", brummte der Beamte. Dann deutete er aus dem Wagen hinaus in Richtung Straße. „Sie sind doch sicherlich einer von denen aus der Kirschenallee, nicht wahr? So sehen Sie mir zumindest aus."

Sara biss sich wütend auf die Lippe. Darum ging es hier doch gar nicht! Hilfesuchend sah sie den jüngeren Polizisten an, der aber so emsig mitschrieb, dass er ihren Blick nicht bemerkte.

„Ich glaube Ihnen ja, dass Sie der jungen Dame hier geholfen haben, und das ehrt Sie sehr", erklärte der Ältere nun gönnerhaft. „Aber könnte es nicht sein, dass der Täter einer von Ihren ... Mitbewohnern gewesen ist? Haben Sie jemanden erkannt?"

Er klang, als hätte ihm das Wort *Kumpan* oder *Komplize* eher auf der Zunge gelegen. Dass ein schwarzhaariger, südländischer Typ eine junge Joggerin vor einem brutalen Angriff rettete, schien nicht in sein Weltbild zu passen. Über so viel Vorurteil spürte Sara schmerzhaft Wut in ihrem Brustkorb hochsteigen.

„Der Kerl hatte sich vermummt und trug eine Skibrille", antwortete Ramin, der unter den Blicken des Polizisten ungewohnt nervös wirkte.

„Eine Skibrille! Vielleicht auch noch Schwimmflossen?", höhnte der Beamte.

Da platzte Ramin der Kragen. „Im Asylbewerberheim fliegt allerhand Zeug herum, das ist wahr. Aber eine Skiausrüstung hat sich bisher wirklich noch nicht dorthin verirrt. Deshalb glaube ich nicht, dass das einer von uns gewesen ist."

„Schon gut, reg dich ab, Junge!" Der Ältere bedachte ihn mit einem unwirschen Nicken und wandte sich seinem jüngeren Kollegen zu. „Hast du das mit der ... Skibrille?"

„Ist notiert."

„Tja, dann mal zu dir, Frollein."

Er griff an sein Koppel und löste eine Taschenlampe ab, mit der er Sara ungefragt ins Gesicht, in die Augen und an den Hals leuchtete. Einer der Sanitäter schnaubte unterdrückt, traute sich aber nicht einzugreifen.

„Würgemale, Einblutungen … hast du das, Hannes? … Also, ich würde meiner Tochter ja was erzählen, wenn die alleine hier im Wald rumrennen würde. Da braucht sich wirklich keiner zu wundern … Stimme weg?"

Sara zuckte zusammen und nickte.

„Nicht vernehmungsfähig, alles klar", diktierte der Beamte weiter.

Zu gerne wollte sie sich lauthals empören, hätte ihren Protest aber nur pantomimisch zum Ausdruck bringen können. Und auch ihr wütender Blick verpuffte wirkungslos, weil der Polizist sich nun wieder eingehend um Ramin kümmerte.

„Sie führen uns dann gleich mal an den Tatort. Apropos führen: Führen Sie denn auch Ihre Aufenthaltsgenehmigung mit sich? Dazu sind Sie verpflichtet, wie Sie wissen."

Ramin sah unglücklich zu Sara hinüber. „Ich würde jetzt eigentlich gerne –"

„Nein, Sie sind Zeuge, Sie kommen jetzt mit uns mit. Hannes?"

Der jüngere Polizist steckte hastig den Notizblock weg. Hätte nur noch gefehlt, dass er zackig die Hacken zusammenstieß und salutierte. Gemeinsam nahmen die beiden Beamten Ramin in ihre Mitte, als wollten sie ihn abführen. Er drehte sich mit einer bedauernden Geste zu Sara um und versuchte, ihr einen aufmunternden Blick zuzuwerfen. Dafür fiel sein Lächeln jedoch eine Spur zu traurig aus.

„Ich ruf dich an!" Er machte eine Telefongeste.

Dann wurde er von den Polizisten aus dem Wagen gedrängt. Mit einem Ziehen im Magen sah Sara ihm nach. Sie hatte mehr als nur ein ungutes Gefühl.

+++

Ich hoffe sehr für dich, dass du dich in diesem Augenblick in Stockholm aufhältst. Sonst hast du zum letzten Mal von mir gehört!

Sara tippte auf „Senden“ und legte ihr Handy in die Nachttischschublade neben sich. Sie lag noch keine Viertelstunde in dem Dreierzimmer auf Station, wo sie nach einem kleinen Untersuchungsmarathon letztlich gelandet war. Eine Ärztin hatte angeordnet, sie zur Beobachtung über Nacht dazubehalten.

Nun saß Sara auf dem Krankenhausbett, neben sich zwei ältere Frauen, die abwesend in ihre Fernsehgeräte starrten und außer einem knappen Gruß keine Notiz von ihr genommen hatten, und überlegte, ob sie sich trotz der Halsbandage eine heiße Dusche gönnen sollte. Sie fror zwar nicht mehr, richtig kuschelig war das papierdünne Krankenhausnachthemd, das sie hatte überstreifen müssen, aber auch nicht.

Ihre Kleidung und ihre Laufschuhe hatte der Kriminalbeamte eingetütet, der zu ihr in die Notaufnahme gekommen war. Bevor irgendein Arzt etwas hatte untersuchen dürfen, hatte er Saras Hals mit Folie abgeklebt und ihr die Fingernägel schneiden lassen. Bei dieser ausgiebigen Spurensicherung war ihr reichlich mulmig zumute gewesen.

„Ich komme mir vor wie bei einem Kapitalverbrechen“, hatte sie flüsternd herausgequetscht.

Woraufhin der Beamte nur ernst erwidert hatte: „Sie haben gerade einen Mordversuch überlebt. Das würde ich ein Kapitalverbrechen nennen.“

Mordversuch. Am nächsten Tag würde es in der Zeitung stehen: *Überfall auf Joggerin im Lauerholz.* Damit sich die Lübecker für einen Tag gepflegt gruseln durften.

Sara berührte ihren Hals, der unter einer dicken Schicht stinkender weißer Paste und jeder Menge Lagen Gaze verschwunden war. Natürlich hätte es reines Pech sein können. Vielleicht war sie einem ganz gewöhnlichen Triebtäter in die Arme gelaufen, der sich auf die Lauer gelegt hatte, um eine der Joggerinnen, die bei solchem Sauwetter selbstverständlich in Scharen durch die Wälder rannten, abzupassen.

Aber das glaubte sie nicht. Der Angriff hatte ihr gegolten. Jemand hatte es ernsthaft auf sie abgesehen.

In der Schublade summte das Handy. Sie holte es hervor und checkte die Nachricht von Jon. Für einen Mann seines Alters war er erstaunlich schnell im Zurückschreiben, das musste sie ihm lassen. Seine Antwort überraschte sie.

Und wenn du jetzt nicht endlich damit herausrückst, was bei euch los ist, steige ich in den nächsten Flieger und komme runter!

Das musste so ein typischer Väter-Satz sein. Sie hatte ja nicht so viel Erfahrung damit. Dass Jon das aber nach all den Jahren noch beherrschte, war erstaunlich. Und dass er es wagte, seiner Tochter, die er gar nicht mehr kannte, so etwas zu schreiben, umso mehr.

Du hast unsere Adresse nicht, erwiderte sie mit einem gewissen Gefühl der Schadenfreude.

Jon antwortete prompt. *Ich komme trotzdem!!*

In diesem Moment flog die Tür zum Krankenzimmer auf. Sara ließ das Handy unter der Bettdecke verschwinden. Eva stürmte herein und fiel ihr um den Hals, was dieser gar nicht begrüßte. Sie klammerte sich an Sara fest und begann haltlos zu schluchzen.

„Ich habe es gewusst!", stieß sie mit zitternder Stimme hervor. „Ich wusste, dass so etwas passieren würde! Du hättest tot sein können!"

Die beiden älteren Damen aus den Nebenbetten starrten weiterhin angestrengt auf ihre Bildschirme. Ihre Ohren aber wuchsen fast schon sichtbar in Saras Richtung.

„Warum hast du nicht auf mich gehört? Ganz allein im Wald … musstest du dich so zur Zielscheibe machen?"

Wieder wurde ihre Mutter von heftigem Schluchzen geschüttelt. Der Stoff von Saras Nachthemd weichte allmählich durch. Außerdem bohrte Eva ihr schmerzhaft die Fingernägel in die Schulter.

„Zielscheibe?", krächzte sie. „Warum bin ich die Zielscheibe? Kannst du mir endlich mal verraten, was Sache ist?"

Doch Eva weinte und klammerte nur noch mehr. Verwundert schüttelte Sara den Kopf. Irgendetwas lief hier verkehrt. War sie nicht diejenige, die Trost gebraucht hätte? Hätte es nicht ihre Mutter sein müssen, die sie festhielt, statt umgekehrt? Allmählich bekam sie eine Ahnung davon, wie Eva damals nach ihrer Entführung reagiert haben musste. Jons Schilderung kam dem, was sie in diesem Augenblick erlebte, ziemlich nahe. Eva war außer sich. Die kühle, kontrollierte Fassade war verschwunden und an deren Stelle ein elendes und verquollenes Etwas getreten, das Sara so nicht kannte. Dieser extreme Gefühlsausbruch verwandelte ihre Mutter in eine Fremde.

Es klopfte und Caros sommersprossige Nase erschien im Türspalt. Dahinter der schlohweiße Haarschopf ihres Vaters.

„Mensch, was machst du für Sachen!“ Caro trippelte heran, schwang sich auf der freien Seite zu Sara aufs Bett und umarmte sie fest.

Christoph strich ihr über das Haar wie einem kleinen Kind. Trotzdem empfand sie gerade diese einfache Geste als ungemein tröstend.

„Wie geht's dir?“

Er war der Erste, der sie das überhaupt fragte. Aber sie vermochte es beim besten Willen nicht zu sagen. Es war, als hätte der Schock die Leitungen zu den wesentlichen Gefühlen abgeklemmt. Nur der unkontrollierte Zitterschauer, der gelegentlich über ihre Beine lief, verriet, dass sie nicht in Ordnung war.

Christoph zog sich einen Besucherstuhl heran und setzte sich. „Dein Fall ist in meinem Sachgebiet gelandet. Du kannst dir sicher sein, dass meine Kollegen alles tun werden, um diesen Kerl zu schnappen!“

„Deine Kollegen? Ermittelst du nicht selbst, Papa?“, wunderte sich Caro.

Christoph schüttelte den Kopf. „Ich bin zu nah dran. Sara gehört ja quasi zur Familie. Nein, Pieroth übernimmt das.“

„Ach du Schreck!“ Caro verzog das Gesicht, als hätte man ihr auf einen Zahnnerv gebohrt.

„Mein Kollege will dich morgen früh vernehmen, Sara. Jetzt solltest du dich erst mal von dem Schrecken erholen. Es ist ja Gott sei Dank noch mal gut gegangen.“

„Ramin sei Dank", murmelte Sara.

Selbst wenn es sein Gott gewesen sein sollte, der ihm eingeflüstert hatte, joggen zu gehen, so hatte Ramin entschieden, darauf zu hören.

Eva richtete sich auf und zog die Nase hoch. „Von wem redest du?", fragte sie verwirrt.

„Das war der junge Mann, der den Angreifer in die Flucht geschlagen hat." Christoph griff in die Innentasche seines Sakkos und reichte ihr ein sauberes Stofftaschentuch. „Er hat deiner Tochter das Leben gerettet, Eva."

Sie nahm das Taschentuch dankbar entgegen, trocknete ihre Augen und schnäuzte sich kräftig. „So etwas musste ja irgendwann passieren ...", murmelte sie dabei und starrte vor sich hin.

Christoph räusperte sich vorsichtig. „Eva, hör mal. Können wir uns eben mal kurz auf dem Gang unterhalten? Ich habe ein paar Fragen an dich, die mich schon seit Längerem beschäftigen."

Eva sah alarmiert auf. Ihr Blick flackerte. Nichts erinnerte in diesem Moment an die stets gefasste Frau, die sie sonst war. Sara hatte mit einem Mal das Gefühl, als wäre ihre Mutter kaum älter als sie selbst. Ein ängstliches, verschrecktes Mädchen, das mit der Welt um sich herum nicht mehr klarkam.

Christoph stand auf und wandte sich zur Tür. „Nur kurz, Eva. Bitte."

Sie rang mit sich. Nach einigem Zögern rutschte sie schließlich vom Krankenbett herunter und folgte ihm auf den Gang. Kaum hatte sich die Tür geschlossen, leuchteten Caros Augen auf.

„Nun sag schon: Hat Ramin dem Typen so richtig eins aufs Maul gegeben?"

Das kam für Sara so unerwartet, dass sie im ersten Moment laut loslachte, nur um sofort darauf von einem heftigen Hustenanfall geschüttelt zu werden. Glühende Lava war nichts gegen diese Halsschmerzen!

„Sachte!" Caro klopfte ihr mitfühlend den Rücken, dann setzte sie wieder ihren Verschwörerblick auf. „Und? Sag schon!"

„Ich hab ihn geküsst", japste Sara entgegen ihrer Absicht.

„Wen, Ramin?"

„Nein, den Kerl, der mich umbringen wollte", erwiderte Sara augenrollend. „Natürlich Ramin!"

„Na endlich!" Caro schlug sich auf den Schenkel, dass es klatschte und sie strahlte sie voller Begeisterung an. „Ich hatte schon Angst, dass das mit euch beiden nichts mehr wird. Und dann auch noch so hollywoodmäßig! Ganz ehrlich, Sara, so viel Drama hätte ich dir gar nicht zugetraut!"

Sie kicherten, dass eine der Fernsehdamen sich verstohlen nach ihnen umdrehte. Im selben Augenblick kam Christoph zurück. Allein. Mit verstörter Miene setzte er sich wieder auf den Besucherstuhl.

„Wo ist Eva?", fragte Caro.

„Tja …" Ihr Vater kratzte sich ratlos am Kopf. „Sie ist einfach weggelaufen, ehe ich ihr überhaupt eine Frage stellen konnte."

„Nicht dein Ernst!"

Christoph richtete seinen Blick auf Sara, die sich vorstellte, wie ihre Mutter von irgendwelchen dunklen Ängsten getrieben durch die Krankenhausflure eilte. Sie fühlte sich im Stich gelassen. Jede normale Mutter hätte ihrer Tochter in solchen Stunden beigestanden und wäre ihr nicht von der Seite gewichen. Ihre aber flüchtete, weil es unbequem wurde.

„Irgendetwas stimmt bei euch nicht, Sara", stellte Christoph mit sachlicher Stimme fest. „Und den Verdacht habe ich schon seit Längerem."

„Wie lange?", fragte Sara flüsternd.

Er knetete seine Hände und kniff die Lippen zusammen. „Um genau zu sein: seit ich euch kenne."

+++

Als am nächsten Morgen ein schlecht gelaunter Mann mit Raubvogelgesicht an der Seite von Christoph Moormann ihr Zimmer betrat, wusste Sara sofort, was Caro mit „Ach du Schreck!“ gemeint hatte. Der Typ schickte ihr zur Begrüßung einen Blick, mit dem die Hölle hätte zufrieren können.

„Mein Kollege Jens Pieroth“, stellte Christoph ihn vor.

Der Raubvogel ruckte mit dem Kopf. „Morgen“, grüßte er knapp.

Er stakste durch den Raum, ignorierte den Besucherstuhl neben dem Bett und lehnte sich wenig dekorativ an den Wandschrank. Von dort aus ließ er seinen Geierblick auf Sara herabkreisen. Einen Fuß, der zu dem schlammgrauen Anzug denkbar unpassend in weißen Chucks steckte, stützte er an der Schranktür ab.

Christoph setzte sich auf den Stuhl, schlug die Beine übereinander und sah aus, als versuchte er, mit der Umgebung zu verschmelzen. Sie waren allein im Zimmer. Die beiden Fernsehdamen waren direkt nach der Visite gemeinschaftlich in Richtung Haupteingang verschwunden. „Eine schmöken“, wie die ältere im Hinausgehen gekrächzt hatte.

Pieroth räusperte sich. „Ich habe gestern Abend den jungen Mann vernommen, der so freundlich war, Ihnen diesen aufdringlichen Zeitgenossen vom Hals zu schaffen“, begann er reichlich geschraubt.

In seiner Stimme schwang eine Schärfe mit, mit der er problemlos Mortadella hätte aufschneiden können. Sara war nicht sicher, ob er sarkastisch, feindselig oder genervt auf sie wirkte. Von allem ein wenig.

„Fühlen Sie sich in der Lage, mir die Tat aus Ihrer Sicht zu schildern?“

Sie nickte. Während sie berichtete, musste sie sich immer wieder den Hals freiräuspern und einen Schluck aus dem Wasserglas auf ihrem Nachttisch trinken. Christoph warf ihr eine ganze Serie mitleidiger Blicke zu. Pieroth hingegen hörte stoisch schweigend zu und starrte dabei auf seine Finger, die er ineinander verschränkt hatte. Auch, nachdem sie ihre Schilderung beendet hatte, schwieg er. Seine Kiefermuskeln mahlten, als würde er das Gesagte in Gedanken wiederkäuen. Endlich sah er auf.

„Ihr persischer Freund glaubt nicht, dass der Täter aus seiner Asylbewerberunterkunft stammt."

„Ihr Kollege von der Streife schien da ganz anders zu denken", erwiderte Sara.

„Wo kein Hirn, da auch kein Gedanke", murmelte Pieroth und winkte ab. „Was haben Sie denn von dem Täter wahrgenommen, außer seiner Vermummung und seiner Skibrille? Wie groß war er, wie schwer etwa? Ist Ihnen irgendetwas aufgefallen? An seiner Kleidung vielleicht oder an der Art, wie er sich bewegt hat? Hat er gesprochen?"

Sara dachte nach. Sie hatte den Kerl ja praktisch nur von unten wahrgenommen, wie er auf ihr saß. Sie zuckte nur vage mit den Schultern.

„Er war weder groß noch klein. Und eher stämmig. Aber auch nicht wirklich übergewichtig … Mehr weiß ich nicht."

Pieroth kniff die Lippen zu einem Strich zusammen. Offensichtlich hatte er sich mehr Information erhofft. „Sind Sie denn sicher, dass es ein Mann war?"

Verdutzt sah Sara auf. „Wie kommen Sie denn darauf?"

An dieser Stelle schaltete sich Christoph ein, der bis dahin schweigend danebengesessen und sich, wie angekündigt, herausgehalten hatte. Lediglich seine wippende Fußspitze hatte verraten, wie schwer ihm das gefallen war.

„Weißt du, Sara, ich habe mich gestern Abend länger mit meiner Tochter unterhalten. Und nachdem ich ein wenig gebohrt hatte, sprudelte auf einmal ein ganzer Quell interessanter Geschichten aus ihr heraus."

Sara konnte sich lebhaft vorstellen, wie Caro am Vorabend in den Genuss einer kostenlosen Demonstration polizeilicher Verhörkunst gekommen war. Sie war sicher, dass Caro diese Methoden zu ihrem eigenen Katalog hinzufügen würde, sobald sie sich davon erholt hatte.

„Es ging dabei unter anderem um eine Kletterwand und um Glasscherben in deinen Schuhen", fuhr Christoph fort. Damit schlug er eine Richtung ein, an die Sara bisher noch gar nicht gedacht hatte.

„Sie scheinen eine Feindin zu haben", stellte Pieroth mit zufriedener Miene fest, fast so, als hätte er von ihr nichts anderes erwartet. „Vielleicht war die junge Frau aus ihrer Basketballmannschaft enttäuscht, weil Sie den Absturz an der Kletterwand neulich unbeschadet überstanden haben, und hat sich was Neues ausgedacht?"

Darauf wusste Sara nichts zu erwidern. Dass Leonie keine Gelegenheit ausließ, um ihr Schaden zuzufügen, war inzwischen ein offenes Geheimnis. Aber würde sie ernsthaft versuchen, sie umzubringen? Ging das nicht doch ein bisschen zu weit?

„Rufen Sie sich noch einmal den Täter vor Augen", forderte Pieroth sie auf. „Hätte es sich dabei theoretisch um Leonie Schüle handeln können?"

Sara zuckte wieder mit den Schultern. „Ich kann es nicht mit Sicherheit sagen. Aber Leonie ist stabil gebaut, ja. Und sie hat große Kraft."

„Na ja." Pieroth vergrub die Hände in den Taschen seines grauen Sakkos. „Wir werden Frau Schüle auch noch zu der Sache befragen."

Ein neuerlicher Zitterschauer jagte unter der Bettdecke über Saras Beine. Das war nicht gut. Wer wusste, was Leonie alles auspacken würde, wenn die Polizei sie darauf anstieß? Wenn Christoph Moormann hörte, was … Ja, was eigentlich? Sie schüttelte den Gedanken ab, ehe er in ihrem Kopf einen Ankerplatz fand.

„Ich glaube nicht, dass es Leonie war. Der Täter kam mir stämmiger vor."

„Ist aber insgesamt schon 'ne komische Angriffssituation", meinte Pieroth. „Warum hockt sich jemand bei absolutem Schietwetter mit einer Skibrille maskiert hinter einen Holzstapel? Wie der typische Triebtäter klingt das nicht gerade. Ich halte es zumindest für möglich, dass Sie kein Zufallsopfer waren, Sara."

Er hatte noch immer die Hände in den Sakkotaschen vergraben. In seiner Linken raschelte es.

„Ich möchte, dass Sie sich etwas ansehen." Er zog einen durchsichtigen Plastikbeutel aus der Tasche und hielt ihn Sara vor die Nase.

„Das hier haben die Kollegen von der Spurensicherung am Tatort sichergestellt. Gehört das Ihnen?“

Stirnrunzelnd betrachtete sie den Inhalt. Ein kleines, silbrig glänzendes Häuflein. Erst bei näherem Hinsehen erkannte sie ein zerrissenes Silberkettchen mit zwei filigranen Anhängern. Schmetterlinge mit Strass besetzten Flügeln. Der eine grün lackiert, der andere lilafarben. Sara schluckte und drehte den Kopf weg. Das durfte nicht wahr sein.

„Ist das Ihre Kette, Sara?“

„Nein. Ich habe sie noch nie gesehen.“

Sie hatte den Satz noch nicht beendet, da tauchte ein Bild vor ihrem inneren Auge auf. So plötzlich, dass sie irritiert den Kopf schüttelte. Sie sah einen dunklen Pulloverausschnitt, helle Haut mit zahlreichen kleinen Leberflecken – und eine Silberkette mit ebendiesen beiden Anhängern. Ehe sie den Anblick festhalten konnte, entglitt er ihr auch schon wieder. Als hätte sie einen kurzen Moment durch ein Schlüsselloch geschaut, ehe in dem Raum das Licht ausging. Irgendwo hatte sie diese Kette schon einmal gesehen. Vor sehr langer Zeit. Nur wusste sie nicht, an wessen Hals und zu welcher Gelegenheit.

Pieroth hatte ihr Stutzen bemerkt und belauerte sie wie ein besonders schmackhaftes Kaninchen. „Na?“

Sara wich seinem Blick aus. Diesen winzig kleinen Flashback musste sie erst mal verarbeiten. Pieroth wartete einige Augenblicke, ehe er den Beutel wieder wegsteckte.

„Kann vom Täter stammen. Kann auch zufällig dort gelegen haben. Na ja.“

Sara hoffte, dass der Vogel bald fertig war. Zu ihrem Leidwesen aber raschelte es nun auch in seiner rechten Sakkotasche.

„Unser zweiter Fund sieht mir allerdings nicht sehr nach Zufall aus.“ Pieroth präsentierte ihr einen weiteren Plastikbeutel. Der Gegenstand darin war so klein, dass Sara die Tüte im ersten Moment für leer hielt.

„Falls Sie Ihrer Kleidung von gestern noch nachtrauern, dann bringe ich Ihnen die frohe Kunde, dass sich die Spurensicherung daran echt gelohnt hat! Das hier haben wir in der Lasche Ihres rechten Laufschuhs entdeckt."

Sara kniff die Augen zusammen. Ein winziger, rechteckiger, matt goldener Gegenstand schimmerte durch das Plastik hindurch. Das Ding kam ihr bekannt vor. Aber was hatte das in ihrem Schuh verloren?

„Ist das eine Simkarte?", fragte sie entgeistert.

Mit einem Ausdruck, der sich mit gutem Willen als Anerkennung interpretieren ließ, schürzte Pieroth die Lippen. „Wir haben anfangs genauso dumm geguckt wie Sie gerade. Aber Sie liegen gar nicht so falsch. Das ist ein kleiner Sender. GPS. Jemand hatte offenbar großes Interesse daran, Ihre Bewegungen auf Schritt und Tritt zu verfolgen."

Sara wurde blass. Nicht nur ihr Fahrrad hatte der Kerl präpariert. Er hatte buchstäblich über jeden ihrer Schritte Bescheid gewusst!

Christoph lehnte sich in seinem Stuhl nach vorne und sah sie eindringlich an. „Jetzt wäre genau der richtige Zeitpunkt, uns ein paar grundsätzliche Dinge zu erklären, Sara. Du weißt, wovon ich rede."

Mit einem Mal fühlte sie sich, als wäre all ihre Kraft aus ihr herausgeflossen. Sie ließ sich gegen das Kopfende ihres Bettes fallen und atmete durch.

„Irgendjemand da draußen macht Jagd auf Sie, Sara", sagte Pieroth. „Dieses Mal hatten Sie Glück. Für das nächste Mal kann niemand garantieren."

#15

Backbord zog langsam die grün-weiß gestreifte Nordermolenbake vorbei. Sara lehnte an der Reling und beobachtete einige Touristen, die vor dem kleinen Leuchtfeuer in der Hafenausfahrt Selfies schossen. Andere winkten mit zeitlupenartigen Bewegungen dem Fährschiff, das in diesem Augenblick die Trave hinter sich ließ und auf die Ostsee hinausglitt.

Das Meer glänzte in der Abendsonne, als hätte jemand einen riesigen Eimer Goldfarbe ausgekippt. Am Horizont schimmerte der Himmel violett. Weit draußen blinkten die Positionslichter eines Schiffes. Nur noch wenige Minuten und der Zauber wäre vorbei. Dann würde sich die Dunkelheit über das Meer senken und die Uferlinie sich wie eine Perlenkette aus tanzenden Lichtern im Wasser spiegeln.

„Und neulich haben wir noch da unten gestanden und den Schiffen hinterhergeguckt, weißt du noch?" Caro schloss die Augen und reckte genüsslich die Nase in den lauen Fahrtwind. Sara ordnete ihren Loopschal neu und nickte. Sie bemühte sich, die Spuren des Angriffs, die inzwischen in kräftigen Farben schillerten, so gut es ging zu verdecken. Trotzdem bemerkte sie, wie Leute immer wieder verstohlen auf ihren Hals schielten. Das, was an manchen Stellen unter dem Schal hervorblitzte, sah aus wie der größte Knutschfleck aller Zeiten.

„Hoffentlich geht das alles gut", murmelte sie sorgenvoll.

„Wieso? Johanna ist gebrieft und unsere Eltern glauben, dass wir bei ihr zu Hause gerade das Bett mit Chips vollkrümeln. Alles easy."

Zu Saras immensem Erstaunen hatte Eva ihr die Bitte, bei Johanna übernachten zu dürfen, nicht abgeschlagen. Sie hatte erwartet, dass Eva sie nach der Attacke im Wald zu Hause einsperren und nur herauslassen würde, damit sie ihrer Schulpflicht nachkommen konnte. Offenbar aber wähnte sie Sara in der Wohnung von Johannas Familie in St. Lorenz sicherer als in ihren eigenen vier Wänden.

Sara und Caro hatten an diesem Freitagabend das Basketballtraining sausen lassen und waren mit dem Bus zum Fährterminal gefahren. Auf der Gangway hatten Saras Beine vor Aufregung gekribbelt. Als dann auf den Korridoren der Fähre die ersten Fetzen Schwedisch an ihr vorbeigeflogen waren, hatte ihr Herz vor lauter Vorfreude höher geschlagen. Bei den mehrsprachigen Ansagen hatte Caro sich vor Lachen ausschütten wollen, so verzückt hatte Sara ausgesehen.

Travemünde rückte langsam immer weiter von ihnen weg. Sara beobachtete, wie im *Maritim*-Hochhaus, das den Ort mit all seiner nüchternen Hässlichkeit überragte, die Lichter angingen. Das Hotelgebäude würde das Letzte sein, was man vom Festland erahnen konnte. Neben ihr an der Reling leuchtete Caros Handydisplay auf.

„Hat er sich gemeldet?“, fragte Sara zaghaft hoffend.

„Nein.“ Seufzend steckte Caro das Handy wieder ein und schlug mit der flachen Hand auf das Metallgestänge, das daraufhin dumpf summte. „Warum meldet der Kerl sich nicht? Das Ganze ist doch schon zwei Tage her! Und er hat es dir versprochen, oder?“

Sara biss sich auf die Lippe. Sie erinnerte sich nur zu gut, wie Ramin sich ein letztes Mal nach ihr umgedreht hatte, als die Polizisten ihn aus dem Rettungswagen geführt hatten. Sein Blick war traurig gewesen. Am selben Abend war er von Kommissar Pieroth vernommen worden. Sara hatte gehofft, dass Ramin sich bei ihr melden würde. Sie war nicht mehr dazu gekommen, ihm ihre neue Handynummer mitzuteilen. Aber er hatte Caros Nummer! So schlau, sie anzuschreiben, wäre er doch allemal gewesen.

„Wahrscheinlich habe ich es einfach verbockt“, murmelte sie niedergeschlagen. Sie fand eine winzige Scharte im Lack der Reling und grub ihren Fingernagel hinein. „Vielleicht war ich zu forsch.“

„Du standest unter Schock.“

„Ja, eben.“

Caro schüttelte energisch den Kopf. „Das glaub ich nicht. Hat er sich denn gegen deinen Kuss gewehrt?"

Obwohl sie aufgewühlt war, stahl sich ein Lächeln auf Saras Gesicht, als sie an den Moment zurückdachte. Nein, Ramin hatte sich nicht gewehrt. Nach der ersten Überraschung hatte er ihren Kopf mit beiden Händen umfasst, sie näher an sich herangezogen und den Kuss erwidert, leidenschaftlich und voller Hingabe. In diesem Augenblick hatten sie zusammengehört. Umso mehr schmerzte es sie, dass er sich nun nicht meldete. Oder hatte es ihm einfach nur gefallen, ein Mädchen zu küssen, ohne sich etwas dabei zu denken? Wie gut kannte sie ihn denn überhaupt?

„Vielleicht muss er sich nach dem Erlebnis erst mal sortieren. Warum solltest nur du völlig durch den Wind sein?" Caro legte ihr einen Arm um die Schultern. „So, und jetzt lass uns reingehen und gucken, was dieser Pott an Entertainment zu bieten hat. Außerdem hab ich Hunger!"

Den Rest des Abends versuchten sie, Ramin, herumlaufende Mörder und durchgeknallte Mütter zu vergessen. Stattdessen plünderten sie das skandinavische Bordbüffet und schmiedeten Pläne, was sie am nächsten Tag in Malmö alles unternehmen wollten. Aber die Leichtigkeit, die Sara sich von diesem Trip erhofft hatte, stellte sich nicht ein. Nicht einmal die Aussicht, in wenigen Stunden ihre alte Heimat zu betreten, heiterte sie auf. Dabei hatte sie sich in den vergangenen Wochen schon so auf diesen Moment gefreut.

+++

Im allerersten Morgendunst stand Sara in eine Fleecejacke gemummelt an Deck und starrte angestrengt zum Horizont, wo sich in einer dunklen Linie die schwedische Küste abzeichnete. Noch nicht zum Greifen nah, aber doch deutlich zu erkennen. Vor dem graublauen Himmel hob sich die schlanke Form der Öresundbrücke ab, die sich knapp acht Kilometer über die Meerenge zwischen Schweden und

Dänemark spannte. Kurz vor dem dänischen Ufer verschwand die Konstruktion in einem Tunnel unter dem Meer. Lange Kolonnen von Autoscheinwerfern wanderten über die Brücke in Richtung Schweden. Sara sah ihnen sehnsüchtig nach. In weniger als einer Stunde würde sie erstmals wieder das Land betreten, in dem sie geboren worden war. Es fühlte sich für sie an, als würde sie einen unbekannten Kontinent bereisen.

Hinter der Brücke ragten die Konturen Malmös auf. Ähnlich wie Travemünde wurde auch die Silhouette dieser Stadt von einem markanten Hochhaus beherrscht, das sich aber deutlich fantasievoller dem Himmel entgegenreckte als der kastenförmige Betonklotz des *Maritims*. *Turning Torso* hieß das in sich gedrehte, futuristische Gebäude, das in sämtlichen Reiseführern als das neue Wahrzeichen Malmös gefeiert wurde. Es war eine dieser architektonischen Gewagtheiten, die die Menschen entweder liebten oder hassten. Sara betrachtete fasziniert die Fassade des Hochhauses und versuchte, sich den Ausblick von dort oben über den Öresund nach Kopenhagen vorzustellen.

Die Hafenanlagen kamen in Sicht. Kurz darauf ertönte die mehrsprachige Durchsage, die die Reisenden aufforderte, sich auf die Ankunft in Malmö vorzubereiten. Sara kehrte zurück zu ihrer Kabine, wo Caro sich verschlafen in ihrer Koje rekelte und ihr entgegengrinste.

„Na, wie war die Morgenandacht?“

„Frisch“, grinste Sara zurück und packte ihren Rucksack.

Nachdem Caro sich angezogen und sie fertig gepackt hatten, gingen sie gemeinsam an Deck und beobachteten, wie die Fähre anlegte. Sara bebte vor Aufregung mit dem Schiffsrumpf mit. Gleich war es so weit. Mit einem kaum merklichen Ruck landete das Schiff an.

„Jetzt aber flott!“, drängte Caro und zog sie am Arm zum Ausgang.

In den Fluren herrschte diszipliniertes Gedränge. Geduldig schoben sich die Reisenden in Richtung Parkdecks und Gangway: Geschäftsleute, Lkw-Fahrer, Familien mit kleinen Kindern. Sara betrachtete die Leute und spitzte die Ohren. Mit freudiger Erregung filterte sie jedes schwedische Wort aus der Luft. Es klang fremd und vertraut zugleich.

Sie erreichten die Glastüren zur Gangway und ließen sich mit dem Strom der Fußgänger an Land spülen. Sara war außerordentlich feierlich zumute, während sie den Steg entlangschritt. Ihr Heimatland hatte sie endlich wieder!

„Herzlich willkommen in Schweden!", posaunte Caro, als sie den Hafenplatz betraten.

„Geht's noch lauter?", zischte Sara und musste doch lachen, weil Caros Wangen mindestens genauso glühten wie ihre eigenen. Es rührte sie, dass ihre Freundin sich so mit ihr mitfreute.

„Heja Sverige!", setzte Caro noch einen obendrauf und sah aus, als hätte sie am liebsten Glitzerkonfetti geworfen.

Mehrere Leute sahen sich nach ihnen um. Manche lächelten amüsiert über die beiden ausgelassenen jungen Frauen mit den leuchtenden Augen. Andere schüttelten die Köpfe, weil die kleine Rothaarige ihr Handy zückte und im Laufen Selfies mit ihrer Freundin schoss und sogar ein Video drehte.

„Jetzt reicht's aber!", protestierte Sara gutmütig nach einigen Schritten. „Ich möchte den Moment gerne auch ohne Kameralinse vor der Nase genießen."

Sie ließ den Blick über die weitläufige Fläche schweifen und musste schlucken. Obwohl sie natürlich keine schnuckeligen roten Holzhäuschen und blumenstreuenden Schwedinnen in blau-gelber Tracht erwartet hatte, war der Anblick der Hafenanlagen ernüchternd. Autos, endlose Reihen abgestellter Container, schmucklose Gebäude – es sah nicht großartig anders aus als zu Hause.

Die Leute vor ihnen strömten zielstrebig in Richtung Innenstadt. Sara und Caro schlossen sich der Karawane an. Die allermeisten Reisenden aber tuckerten in ihren Autos und Lkws an ihnen vorbei, um sich gleichmäßig über den Rest des Landes zu verteilen.

Plötzlich stutzte Sara. Vor ihr schoben sich zwei Gestalten gegen den Strom. Ein Mann, so blond wie ein Weizenfeld, und eine dunkelhaarige Frau. Sie trugen Uniform und alberne Hütchen, die wie Bäckermützen geformt waren. *Polis* leuchtete es in gelben Buchstaben von ihren dunkelblauen Jacken herab.

Polizei. Sara beschlich ein ungutes Gefühl.

„Bist du sicher, dass mit Johanna alles geklappt hat?", raunte sie Caro zu.

„Klar. Was soll denn da schiefgegangen sein?"

Die beiden Polizisten raunten sich ebenfalls etwas zu, fixierten Sara und Caro und nickten. Ihr Gang wurde zielstrebiger. Caro schien sie entweder nicht zu bemerken oder sie ignorierte sie mit Absicht.

„Nicht weit von hier muss der Hauptbahnhof sein. Da gibt es bestimmt Schließfächer, wo wir unsere Taschen deponieren können. Dann müssen wir das ganze Zeug nicht kreuz und quer durch die Stadt schleppen ..."

„Hej!" Das uniformierte Weizenfeld stellte sich ihnen in den Weg. Die Polizistin bezog an seiner Seite Position und musterte sie streng.

„Sara Henriksson und Carola Moormann?"

Caro blieb vor Staunen der Mund offen stehen. Sara schluckte. Ihre Sprachlosigkeit schien den Beamten als Antwort zu reichen, denn nun sagte die Polizistin: „Dann kommt mal mit, ihr beiden!"

+++

„Da seid ihr Delinquentinnen ja wieder!"

Christoph Moormann empfing sie abends am Skandinavienkai. Der strenge Blick misslang ihm völlig. Darunter lauerte ein breites Schmunzeln, das Eva, die mit Grabesmiene neben ihm stand, zur Weißglut reizen musste. Eva sah aus, als wünschte sie sich Zwangsjacken und Augenbinden herbei.

Sara und Caro begrüßten ihre Elternteile gebührend kleinlaut und zerknirscht. Statt einen aufregenden Tag in Malmö zu erleben, waren sie sofort mit der nächsten Fähre zurückgeschickt worden. Während der Rückfahrt hatten sie ausgiebig gerätselt, was schiefgelaufen war.

„Eure Freundin Johanna hat euch nicht freiwillig verpetzt", informierte Christoph sie auf dem Heimweg. „Aber sie wusste sich nicht mehr zu helfen, als die Polizei vor ihrer Tür stand."

Die Ärmste! Sara bedauerte, Johanna mit in ihr Vorhaben hineingezogen zu haben. Den Stress hatte sie nicht verdient.

„Und bevor du ihr die Polizei auf den Hals gehetzt hast, hast du Johanna wahrscheinlich mit zahlreichen Anrufen terrorisiert", knurrte sie in Evas Richtung. „Weil du nie Ruhe geben kannst!"

Eva drehte sich im Beifahrersitz um und sah Sara wütend an. „Du hast vor wenigen Tagen mit viel Glück einen Mordanschlag überlebt. Da werde ich doch wohl sichergehen dürfen, ob mit dir alles in Ordnung ist!"

„Dein Kontrollzwang ist echt nicht mehr normal, Mama."

„Nun ja, es gibt tatsächlich einige Hinweise darauf, dass das kein Zufallsangriff gewesen ist, Sara", warf Christoph ein. „Und das beunruhigt auch mich ein wenig."

„Hast du denn mal meine Mutter gefragt, was sie darüber weiß?"

„Sara!" Eva warf ihr einen scharfen Blick zu.

„Wir haben uns heute schon ausführlich unterhalten", erwiderte Christoph diplomatisch.

Sara seufzte. Das konnte alles bedeuten.

Sie erreichten ihre Siedlung. Christoph lenkte den Passat in die offen stehende Garage und sie stiegen aus.

„Unter uns", raunte er Sara zu. „Ich hätte euch den Spaß in Malmö von Herzen gegönnt!"

Das war nur ein schwacher Trost. Auf dem Weg in ihre Wohnung dachte Sara an die knappe Stunde zurück, die sie auf schwedischem Boden verbracht hatte. Auf dem tristen Hafengelände, bewacht von zwei Polizisten, darauf wartend, dass die Fähre für die Rückfahrt nach Travemünde startklar war. Toller Ausflug, wirklich!

+++

Kaum war die Wohnungstür hinter ihnen ins Schloss gefallen, da erwartete Sara ein gewaltiges Donnerwetter. Sie hoffte sogar darauf. Vielleicht wurde Eva, wenn sie wütend war, unvorsichtig und verplapperte sich. Doch stattdessen gab ihre Mutter sich ruhig, fast schon ein wenig resigniert. Als wäre ihr durchaus bewusst, dass sie ihre siebzehnjährige Tochter nicht mehr lange an die kurze Leine legen konnte.

„Geh in dein Zimmer", sagte Eva kraftlos. „Ich muss nachdenken, wie es mit uns in Zukunft weitergeht."

Das klang fast noch unheilvoller als heftige Vorwürfe oder lautes Geschrei.

In ihrem Zimmer ließ Sara den Rucksack hinter die Tür plumpsen und sich selbst aufs Bett. Sie zog das Handy aus der Hosentasche, scrollte durch ihre noch spärlich bestückte Kontaktliste und ärgerte sich, dass sie Ramins Nummer verloren hatte. Zu gerne hätte sie ihn gefragt, warum er sich nicht meldete, obwohl er es versprochen hatte. Sie überlegte sogar, erneut auszubüxen und in die Kirschenallee hinüberzulaufen. Allerdings wollte sie keine Schuld an Evas nächstem Nervenzusammenbruch tragen, falls sie das spitzkriegte.

Außerdem war es schon dunkel geworden und die Kirschenallee lag direkt am Waldrand. So abgebrüht, dass sie sich im Dunkeln in die Nähe des Waldes traute, war sie dann doch nicht. Diese bescheuerte alte Angst!

Und selbst wenn sie zu später Stunde im Wohnheim auftauchte – würde Ramin sie überhaupt sehen wollen? Vielleicht hatte er sich die ganze Sache noch einmal durch den Kopf gehen lassen und war zu dem Schluss gekommen, sie in den Wind zu schießen?

Frustriert schob Sara das Handy unter die Decke. Der Angriff, der Kuss, das Warten, die verpatzte Reise, der Konflikt mit ihrer Mutter – was kam als Nächstes?

Ein leises Pling ertönte unter der Bettdecke. Sara wagte kaum, sich Hoffnungen zu machen, als sie nach dem Handy tastete. Hatte sich Ramin mit Caro kurzgeschlossen und sich ihre neue Nummer geben lassen? Würde er fragen, ob er sie besuchen dürfe?

Die Mail stammte von ihrem Mathelehrer. Sie solle sich darauf gefasst machen, die verpasste Klausur am Montag nachzuschreiben.

Stöhnend feuerte Sara das Handy auf ihr Kopfkissen. Dann war ja klar, was sie am Sonntag zu tun hatte.

#16

Ohne großen Elan brachte Sara am Montagmorgen die Matheklausur hinter sich. Der Rest des Tages verlief wie ein einziger Spießrutenlauf. Irgendjemand hatte das Gerücht in die Welt gesetzt, dass sie in der vergangenen Woche im Wald fast vergewaltigt worden sei. In jedem Kurs spürte sie die verstohlenen Blicke, die unter ihren sorgfältig zurecht geschlungenen Schal kriechen wollten, und hörte das Getuschel ihrer Mitschüler in den Gängen.

Dass man für die Leute erst interessant wurde, wenn man als reißerische Meldung in den Nachrichten gelandet war! Dieses Sensationsgegeifer widerte sie an. Und das sagte sie denjenigen, die sie direkt darauf ansprachen, auch. Ob sie damit in der allgemeinen Popularität auf- oder abstieg, war ihr in diesem Moment völlig egal. Überhaupt war die Schule ihr im Moment ziemlich egal.

Nach dem Gong zum Schulschluss fühlte sie sich ausgelaugt und müde. An Caros Seite schlenderte sie zum Fahrradständer, um die Räder loszumachen. Da verzog Caro schmerzvoll das Gesicht. „Ach du Schreck!“

Sara folgte ihrem Blick und stieß ihrerseits einen genervten Seufzer aus.

Kommissar Pieroth lehnte, nicht unbedingt dekorativer als bei ihrem letzten Zusammentreffen, an einem der Fahrradständer und tat, als wäre er in sein Smartphone vertieft. In Wahrheit musste er sie längst entdeckt haben. Er stieß sich ab, ließ das Handy in die Sakkotasche gleiten und kam ihnen in aller Seelenruhe entgegen.

„Haben Sie einen kurzen Augenblick für mich Zeit, Sara?“

Wenig begeistert ließ sie die Schultern sacken. „Wenn’s sein muss.“

Pieroth nickte. „Muss." Dann wandte er sich mit einem tiefgekühlten Lächeln an Caro. „Du kannst schon mal einen schönen Gruß mit nach Hause nehmen, Carola."

„Na denn", murmelte diese enttäuscht und trollte sich schlüsselrasselnd zu ihrem Fahrrad, das weiter hinten im Ständer parkte.

„Kommen Sie, wir gehen ein Stück." Pieroth deutete vage in Richtung der Kleingartenanlage, die an das Schulgelände grenzte. Dahinter floss in einigen Hundert Metern Entfernung die Wakenitz.

Ein romantischer Flussspaziergang wird das mit Sicherheit nicht werden, dachte Sara grimmig, als sie dem Kommissar zum Tor hinaus folgte. Dabei kam sie an zwei Schülerinnen aus ihrem Französischkurs vorbei, die bei ihrem Anblick so eng die Köpfe zusammensteckten, dass sich ihre Ohrringe fast ineinander verhakten.

Als sie außer Hörweite waren, kam Pieroth sofort zur Sache. „Ich habe mich dieser Tage mit Leonie Schüle unterhalten", begann er und machte eine kurze Pause, damit Sara den Brocken schlucken konnte. „Das war in mancherlei Hinsicht bemerkenswert."

Er wartete ihre Reaktion ab, aber sie wanderte nur schweigend neben ihm her. Sollte er doch reden.

„Ich war ein wenig überrascht, muss ich gestehen. Normalerweise tun potenziell Verdächtige alles, um möglichst harmlos zu wirken. Leonie Schüle hingegen hat keinen Hehl daraus gemacht, dass sie … nun ja, Ihnen nicht gerade gewogen ist, Sara."

„Freundinnen sind wir nicht", gab sie widerwillig zu, weil sie das Gefühl hatte, nun doch etwas sagen zu müssen. Sie wich einer Schubkarre mit Grünschnitt aus.

„Aber Sie waren mal befreundet", soufflierte Pieroth geduldig.

„Das ist lange her."

„Mhm." Er schlenderte ein paar Schritte schweigend voran und ließ den Blick über eine akkurat gestutzte Hecke gleiten. Sara wurde immer unbehaglicher zumute. Was hatte Leonie ihm erzählt?

„Vor vier Jahren war dann plötzlich Schluss mit lustig", stellte er fest. „Warum?"

„Hat Leonie Ihnen das nicht gesagt?“, fragte Sara unwillig.

„Ich würde es gerne von Ihnen hören.“

Sara seufzte und zuckte mit den Schultern. „Ich weiß es nicht“, sagte sie, wohlwissend, dass Pieroth diesen faulen Futterbrocken unbesehen verschmähen würde. Und sie behielt recht: Der Blick, den er ihr zuwarf, wirkte direkt beleidigt.

„Ist ’n bisschen wenig.“

„Ich erinnere mich nicht mehr an alles.“

„Aha.“ Das klang unverhohlen genervt. Dabei war es die Wahrheit. Sara hatte allmählich das Gefühl, dass sie hier als Verdächtige vernommen wurde, nicht als Geschädigte.

„Hören Sie, ich weiß wirklich nicht mehr, was genau passiert ist“, sagte sie fast flehend.

Pieroth nickte übertrieben geduldig. „Dann helfe ich Ihnen gerne auf die Sprünge.“

Er blieb stehen und führte mit seinem Blick eine Probebohrung an ihr durch. Sie musste sich zwingen, ihm nicht auszuweichen.

„Schlutup, Wesloer Landstraße“, sagte Pieroth langsam und betont. „Am 28. Oktober vor vier Jahren, etwa gegen sieben Uhr abends. Es schüttete wie aus Eimern. Sie und Leonie waren mit den Fahrrädern unterwegs zurück in die Innenstadt. Vor Ihnen das Lauerholz. Sie hatten gerade eine Freundin aus dem Verein besucht, die einen Bänderriss auskurierte. Sie hatten sich verquatscht und waren dann übereilt aufgebrochen, um nicht zu spät zum Training zu kommen.“

Sara nickte wortlos. So weit kam sie noch mit.

„Was ist dann passiert?“ Pieroth sah sie an, als wollte er allein mit der Kraft seiner Augen ein Geständnis aus ihr herausfräsen. Sie wand sich. Am liebsten wäre sie einfach weggelaufen, doch das konnte sie nicht bringen.

„Ich wollte umkehren“, gestand sie zögernd. „Ohne Leonie.“

„Aber warum? Sie waren schon spät dran. Und laut meinem Kollegen Moormann würden Sie selbst mit dem Kopf unterm Arm noch pünktlich zum Training erscheinen!“

„Ich wollte nicht durch den Wald", murmelte Sara und fügte nach einigem Zögern hinzu: „Ich hasse Wälder."

Pieroth hob erstaunt die Brauen. „Und wie haben Sie es vorher nach Schlutup geschafft? Die einzige Straße aus Richtung Lübeck dorthin führt zwei Kilometer weit durchs Lauerholz."

„Herrnburg, Palingen, Selmsdorf ...", zählte Sara die Dörfer im Hinterland auf, die sie auf dem Umweg durchquert hatte. „Wir haben uns erst in Schlutup getroffen. Und denselben Weg wollte ich eigentlich auch zurücknehmen. Zum Training hätte ich es dann nicht mehr geschafft, aber das war mir an dem Abend egal."

Verdutzt schüttelte Pieroth den Kopf. „Sie gurken mindestens die dreifache Strecke quer durch die Wallachei, um nicht durch ein kurzes Waldstück fahren zu müssen? Das muss ja 'ne ausgewachsene Phobie bei Ihnen sein!"

„Tja."

„Leonie sagte mir aber, Sie beide wären ein ganzes Stück in den Wald hineingefahren. Es sei ungefähr auf Höhe des Depenmoors gewesen, wo Sie sich auf sie gestürzt und sie schwer verletzt haben, Sara."

„Ich soll was getan haben?" Sara war so verblüfft, dass sie lachen musste. Sie konnte es nicht glauben. „Ich soll mich auf sie gestürzt haben? Das ergibt doch keinen Sinn!"

„'tschuldigung, ich vergaß, dass Sie sich an die ganze Sache wundersamerweise nicht mehr erinnern können", ätzte Pieroth mit vor Sarkasmus triefender Stimme.

In diesem Moment heulte in der Hecke hinter ihm ein Rasenmäher auf. Sara fuhr vor Schreck zusammen, während der Kommissar nicht einmal mit der Wimper zuckte, weil er zu sehr damit beschäftigt war, irgendeine aufschlussreiche Reaktion von ihrem Gesicht abzulesen. Er scannte sie so intensiv, dass sie fürchtete, er könnte das Abbild des Fichtenzweigs sehen, der ihr in ihrer Erinnerung ein ums andere Mal über die Wange strich. Sie kniff die Augen zu und wandte den Kopf ab. Was, um Himmels willen, war danach bloß geschehen?

„Lassen Sie uns zurückgehen", schlug Pieroth endlich vor. Erleichtert stolperte Sara in Richtung Schule. Dann würde sie es bald hinter sich haben!

„Leonie hätte jedenfalls ein ganz hübsches Motiv, um Ihnen an die Gurgel zu gehen, Sara. Nur macht mich eine Sache daran stutzig."

Schweigend, den Blick auf das Schultor in einiger Entfernung vor sich gerichtet, lief sie voraus. Pieroth holte sie jedoch ohne Mühe auf seinen langen Gräten wieder ein.

„Wenn Sie damals absurde Umwege in Kauf genommen haben, um ein Stückchen Wald zu umgehen – warum rennen Sie dann heute freiwillig dort herum? Oder war der Wald damals gar nicht Ihr Problem? Sondern eher die Tatsache, dass Sie in Leonie eine Konkurrentin um einen Platz im Kader gesehen haben?"

„Nein!" Sara schüttelte vehement den Kopf, eilte durchs Schultor und direkt auf den Fahrradständer zu. Das ging zu weit! So etwas durfte er nicht behaupten.

„Wir spielen doch völlig unterschiedliche Positionen", erklärte sie mit Nachdruck.

„Jetzt spielt Leonie *Center*, hat sie mir verraten. Aber damals, bevor sie so in die Länge geschossen ist, war sie wohl auch ein ziemlich guter *Shooting Guard*. Und das ist doch Ihre Paradeposition, Sara, nicht wahr?"

„Sie kennen sich ja blendend mit Basketball aus", schnaubte sie.

Pieroth deutete ein Achselzucken an. Dann ging er zum nächsten Angriff über. „An dem Wochenende darauf wollte Ihre Trainerin Sie und Leonie zu einer Sichtung für den Regionalkader schicken, weil Sie beide so vielversprechende Nachwuchstalente waren. Aber nur eine von Ihnen hätte Aussicht auf einen Platz gehabt. Und Sie sollen sehr ehrgeizig gewesen sein."

Nervös fummelte Sara ihren Fahrradschlüssel aus ihrem Schulrucksack. An diese dämliche Kadersichtung hatte sie seit Ewigkeiten nicht mehr gedacht. Schon allein deshalb, weil der Termin für sie eine herbe Enttäuschung gewesen war. Sie steckte den Schlüssel ins

Schloss, rüttelte an dem widerspenstigen Ding und ließ es aufschnappen.

„Während Leonie im Krankenhaus um ihr Leben kämpfte, sind Sie allein mit Ihrer Trainerin zu der Sichtung gefahren", erinnerte Pieroth sie. „Aber Ihr Auftritt dort war wohl ein ziemliches Desaster."

„Sie waren ja sehr gründlich mit Ihrer Recherche." Sara bemühte sich, ihre Stimme nicht zittern zu lassen.

Was war, wenn er recht hatte? Wenn sie Leonie tatsächlich aus dem Weg hatte räumen wollen? Natürlich hatte sie gehofft, sie bei der Kadersichtung auszustechen. Aber sie hatte auch gesehen, dass Leonie in Topform war und die besseren Fähigkeiten besaß …

Jens Pieroth schenkte ihr über den Fahrradsattel hinweg sein wärmstes Raubvogellächeln. Er sah aus, als hätte er die arme kleine Maus in die Enge getrieben und würde jeden Augenblick vorstoßen, um mit seinem scharfen Schnabel nach ihr zu schnappen.

„Ich habe heute Vormittag mit Fabienne Jahneke telefoniert, Ihrer damaligen Trainerin. Sie sagt, nach diesem Termin hätte sich Ihre Spielweise drastisch verändert. Verkrampft und verbissen seien Sie geworden. So hat sie Sie beschrieben."

„War's das?", knurrte Sara gereizt.

Pieroth legte den Kopf schief und sah regelrecht vergnügt aus, so als bereitete es ihm besondere Freude, sein Gegenüber zur Weißglut zu bringen. „Das hängt ganz von Ihnen ab, meine Liebe."

+++

Das „Passen Sie gut auf sich auf!", das Pieroth ihr zum Abschied mit auf den Weg gegeben hatte, hörte sich in Saras Ohren zynisch an. Erst grillte dieser Vogel sie, nur um am Ende Fürsorglichkeit zu heucheln. Wütend trat sie in die Pedale. Sie nahm nicht den direkten Weg nach Hause, sondern durchquerte ein Wohngebiet abseits der Hauptstraße, und bog von dort in die Kirschenallee ab. Zu Ramins Unterkunft am Waldrand waren es nur wenige Meter.

Sara ließ das Rad langsam vor dem Asylbewerberheim ausrollen und sah an der verwitterten Klinkerfassade zu den Fenstern im ersten Stock hinauf. Sie hatte keine Ahnung, ob eines davon zu Ramins Zimmer gehörte. Er hatte sie immer nur in der Küche empfangen und ihr nie Einblick in sein kleines Reich gewährt. Im Vorbeigehen hatte sie einmal kurz einen Blick durch eine halb geöffnete Tür werfen können und dabei einen trostlosen, bedrückend engen Raum mit einem Stockbett aus Stahlrohren und mehreren Metallspinden erspäht. Er hatte düster auf sie gewirkt, wie eine Gefängniszelle.

Eines der Fenster wurde komplett von einer schwarz-rot-grünen Fahne verdeckt, die jemand im Rahmen eingeklemmt hatte und die Sara vage als Flagge Afghanistans identifizierte – ganz sicher war sie sich nicht. Hinter dem danebenliegenden Fenster glotzte ihr ein halbes Dutzend Winkekatzen aus Plastik entgegen, eine hässlicher als die andere. Eher nicht Ramins Stil. Der dritte Bewohner in der Reihe war schon perfekt assimiliert. Er hatte sich eine Holzgans mit blaukarierter Schleife um den Hals aufs Fensterbrett gestellt. Kopfschüttelnd betrachtete Sara die seltsame Mischung der Fensterfront. Was für unterschiedliche Menschen auf engstem Raum zusammengepfercht lebten! Sie konnte sich vorstellen, dass das nicht immer reibungslos ablief.

Während sie dort stand und überlegte, wie sie es angehen sollte, öffnete sich die Haustür. Saras Puls beschleunigte sich. Doch statt Ramin traten zwei dunkelhäutige junge Frauen in enger Kleidung und mit neonfarbenen Turnschuhen auf die Straße. Eine trug Kreolen, durch die man getrost einen Löwen hätte springen lassen können, die andere ließ eine ganze Batterie Armreifen an ihrem Handgelenk rasseln. Sie kicherten über irgendetwas und nahmen von Sara keine Notiz.

„Entschuldigung“, sprach sie die beiden spontan an. Sie blieben stehen, eine mit eher misstrauischem Blick, die kreolenbehängte Frau mit einem offenen Lächeln.

„Habt ihr Ramin gesehen?“, versuchte Sara ihr Glück.

„Ramin?“ Die Frauen sahen sich an.

Die Bearmreifte zuckte nur mit den Schultern und schürzte die Lippen. „Who?“

„Iran“, sagte Sara. „Breakdance.“

Diesmal war der Blick, den die beiden tauschten, skeptisch. Was wollte diese Deutsche, die solch unzusammenhängenden Unsinn von sich gab, nur von ihnen?

„Sorry“, bedauerte die Frau mit den Kreolen. „I don't know.“

Sara nickte resigniert. „Okay, thanks.“

Die beiden Frauen verabschiedeten sich und schlugen den Weg in Richtung des großen Einkaufsmarktes ein, der an der nächsten Kreuzung lag.

Unschlüssig blieb Sara stehen. Offenbar kannte man sich in dem Haus nicht besonders gut, obwohl die Anzahl der Wohneinheiten überschaubar war. Das wunderte sie. Oder Ramin hatte dort nicht den besten Stand. Nach kurzem Überlegen lehnte sie ihr Fahrrad an die Hauswand, verzichtete aufs Abschließen und betrat das Haus. Sie lief ins erste Stockwerk hinauf.

Niemand begegnete ihr, es war ungewohnt still. Sämtliche Türen auf dem düsteren Flur waren geschlossen. Sara warf einen Blick in die Gemeinschaftsküche, die ebenso verwaist dalag. Der Herd und die Wand dahinter waren mit Soßenspritzern übersät und es roch nach vollem Mülleimer. Kein Ramin weit und breit. Enttäuscht wandte sie sich ab. Weil sie sich nicht traute, an die Zimmertüren zu klopfen, um nach ihm zu fragen, verließ sie das Haus wieder.

Als sie die Briefkästen an der Wand neben der Eingangstür erblickte, kam ihr eine Idee. Sie ließ ihren Schulrucksack auf den Boden plumpsen, kramte Schreibblock und Stift hervor und schrieb ihren Namen und ihre neue Handynummer auf einen Zettel. Das dürfte als Aufforderung, sich zu melden, genügen, fand sie.

Sie faltete das Papier und suchte auf den mit etlichen Prägeetiketten beklebten Briefkästen nach Ramins Namen. Klebstoffreste auf den verbeulten Metallklappen zeugten von einem regen Wechsel der

Etiketten. Manche hielten kaum noch und rollten sich auf. Stirnrunzelnd entzifferte Sara die etwa zwei Dutzend fremdartig klingenden Namen. Ohne Erfolg. Weil sie glaubte, ihn übersehen zu haben, ging sie die Reihen erneut durch, konnte aber keinen Ramin finden. Sie suchte den Boden ab. Vielleicht war das Etikett ja heruntergefallen. Sie warf sogar einen Blick in die improvisierte Altpapiertonne, einen Pappkarton, in den die Bewohner die Werbeprospekte, die sie nicht haben wollten, hineinwerfen konnten. Und tatsächlich – obenauf lag ein zusammengekräuseltes Prägeetikett.

Sara bückte sich danach, strich es glatt und seufzte. *Ramin Arsanjani.* Entweder war das Schild von einem der Briefkästen über dem Karton herabgefallen oder jemand hatte es mutwillig abgerissen. Jedenfalls war es unmöglich herauszufinden, zu welchem Briefkasten es gehörte. Sie steckte das Etikett in ihre Hosentasche. Dann schwang sie sich frustriert auf ihren Fahrradsattel und machte sich auf den Heimweg.

Ein Insekt flog ihr ins Auge. Sie blinzelte, rieb sich das Lid und schon lief ihr eine dicke Träne über das Gesicht. Und noch eine. Das fehlte ihr gerade, dass sie wegen eines Kerls, der sich nicht mehr meldete, zu heulen anfing. Warum unternahm Ramin nichts, um mit ihr in Kontakt zu treten? Er hatte es versprochen. Und was hatte es zu bedeuten, dass sein Namensschild im Müll gelegen hatte? Sara hoffte, dass es nur ein dummer Streich gewesen war. An das Naheliegende wollte sie gar nicht erst denken.

+++

Als Sara am Dienstagabend kurz vor knapp aus der Umkleide in die Turnhalle trat, machte Lars ein Gesicht, das Salvador Dalí nicht besser hinbekommen hätte. Der Anblick ihres Halses, der noch immer in lebhaften Farben schillerte, traf ihn unvorbereitet.

„So kommst du mir nicht auf den Platz!“, rief er und wackelte energisch mit dem Zeigefinger.

„Aber das ist doch fast schon verheilt!“, versuchte Sara die Sache herunterzuspielen. Seit der Attacke im Wald war beinahe eine Woche vergangen und sie fühlte sich wieder fit.

„Fast verheilt“, äffte Lars sie nach. „Herzchen, du siehst aus, als hätte jemand versucht, dich umzubringen!“

Der Satz wirkte auf ihre Teamkameradinnen wie ein kapitaler Misthaufen auf einen Fliegenschwarm, denn nun kamen sie alle sensationslüstern angeschwirrt und umringten sie gaffend. Auch Leonies Kopf ragte aus der Gruppe hervor. Dabei hatte Sara gehofft, dass Leonie nie wieder im Training auftauchen würde, so wie damals. Hilfesuchend sah sie sich nach Lars um, doch der marschierte gerade mit dem Handy am Ohr aus der Halle.

„Sind das Würgemale?“, fragte Victoria. Ihre Stimme schwankte zwischen Faszination und Abscheu. Dann lachte sie ungläubig. „Sag bloß, du bist die Joggerin aus den Nachrichten! Die von diesem Triebtäter im Wald angegriffen wurde.“

„Ach, krass!“, meinte Nancy, als hätte Sara die Vermutung bestätigt.

Leonie, die sonst immer auf Abstand gegangen war, kam ihr so nahe, dass sie ihr Deo riechen konnte. Als sie Saras Hals in Augenschein nahm, umspielte ein zufriedenes Lächeln ihre Lippen.

„Er scheint nicht ganz fertig geworden zu sein“, sagte sie und fügte bedauernd hinzu: „Schade, eigentlich.“

Das reichte. „Ja, dir hätte das sehr gefallen, wenn der Kerl mich umgebracht hätte!“, fuhr Sara sie an.

Die anderen Mädchen wichen zurück. Die Feindseligkeit, die plötzlich zwischen ihnen knisterte, schien sie einzuschüchtern.

Leonie verschränkte die Arme und lächelte Sara nachsichtig an. „Nein, das hätte ich mir nicht gewünscht. Das habe ich übrigens auch diesem komischen Polizisten gesagt, der mich dazu befragt hat, nachdem irgendjemand hier Gerüchte in die Welt gesetzt hat!“

Ihr Blick wanderte über die Reihen und blieb an Caro hängen, die ihn trotzig erwiderte. Dann wandte sie sich wieder Sara zu. „Ich hätte mir etwas ganz anderes für dich gewünscht.“

„Nämlich?“ Sara hob das Kinn und sah sie abwartend an.

Leonies Lächeln wurde breiter, als wollte sie die Wirkung ihrer Worte erst ausgiebig kosten, bevor sie sie aussprach.

„Ich hätte mir gewünscht“, sagte sie langsam, „dass der Typ ein Messer gehabt hätte. Um dir damit ein Auge auszustechen. Oder einen Finger abzuschneiden. Dass er dir irgendetwas genommen hätte, das du nie zurückbekommen wirst. Das hätte mir gefallen.“

„Hör bloß auf mit dem Scheiß!“, rief Johanna scharf.

Die anderen Mädchen schüttelten mindestens ebenso entsetzt die Köpfe. Sprachlos starrten sie Leonie an. Deren Miene leuchtete triumphierend. So heiter hatte Sara sie schon sehr lange nicht mehr erlebt. Und das machte ihr Angst. Leonie war noch nicht fertig.

„Dieser Polizist hat genauso dumm geglotzt wie ihr gerade, als ich ihm das gesagt habe. Aber wenn ihr wüsstet, was eure liebe Sara angerichtet hat, würdet ihr mich verstehen.“

„Das reicht jetzt!“, fuhr Naima dazwischen. Ihre Stimme bebte vor Zorn. Sie hob die Hände, um Leonie von weiteren Ausführungen abzuhalten. „Ich glaube, niemand hier will sich diesen kranken Scheiß weiter anhören! Es wäre besser, wenn du jetzt abhaust und nie wiederkommst!“

„Okay“, erwiderte Leonie schulterzuckend. „Aber bevor ich gehe, solltet ihr euch von Sara mal erklären lassen, wie ich zu meinem Glasauge gekommen bin. Sie war immerhin daran beteiligt.“

Sofort ruckten alle Köpfe zu Sara herum.

„Also doch!“, hörte sie Caro neben sich murmeln.

Der Boden unter ihren Füßen schien in Bewegung zu geraten. Wie im Hallenbad, wenn die Wellen kamen. Sara hatte das Gefühl zu taumeln. Und alle starrten sie an. Ungläubig. Erschüttert. Selbst Caro, die kaum merklich den Kopf schüttelte.

Victoria brach die unbequeme Stille als Erste. „Was ist denn damals überhaupt passiert?“

Nein. Sara warf Leonie einen flehenden Blick zu. Aber die ließ ihn nur mit einem weiteren Lächeln von sich abprallen. Sara erkannte, wie sie diesen Augenblick auskostete. Sie hatte die volle Aufmerksamkeit und die würde sie nutzen. Um sie ein für alle Mal fertigzumachen.

Leonie holte Luft, ließ ihren Bernsteinblick auf Sara ruhen wie ein Schlachter, der beim Anblick eines Schweins in Gedanken überschlug, wie viel Geld sein Fleisch ihm einbringen würde, und blies die Luft dann langsam wieder aus.

„Sara war früher meine Freundin", sagte sie. „Bis zu dem Abend, an dem sie mich fast umgebracht hätte. Und heute tut sie so, als wäre nichts passiert."

Der Boden unter Saras Füßen bebte immer stärker. Leonie sprach weiter, aber ihre Stimme zerlief in Saras Ohren zu einem quälenden Rauschen. In ihrer Magengrube sprudelte Kälte wie aus einer lecken Leitung und in ihren Händen und Füßen kribbelten tausend kleine Nadelstiche. Sie hielt es nicht mehr aus. Ihre Beine setzten sich wie von alleine in Bewegung. Sie lief aus der Halle, hinaus ins Foyer. Dort stieß sie die Eingangstüren auf, überquerte den Vorplatz zu den Fahrradständern, erinnerte sich daran, dass ihr Schlüssel in ihren Klamotten in der Umkleide steckte, drehte ab und rannte in Richtung Straße. Sie rannte den ganzen Weg bis nach Hause, wo sie nach einer knappen Dreiviertelstunde außer Atem und mit Seitenstechen ankam.

Das war es gewesen. Jetzt wussten es alle.

+++

Frierend saß sie auf den Stufen vor der Haustür. Nicht einmal ihre Jacke hatte sie bei sich. Bei Moormanns war alles dunkel und die Garage gähnte ihr leer entgegen. Eva war auch nicht zu Hause. Sara hatte keine Ahnung, wo sie steckte. Aber sie musste nicht lange warten. Nur Minuten später bog Caro mit Schwung um die Straßenecke. Auf ihrem Gepäckträger stapelten sich zwei Sporttaschen. Mit quietschenden Bremsen hielt sie vor dem Zaun. Sie lächelte nicht.

„Hier sind deine Sachen."

„Warum bist du schon da?", fragte Sara erstaunt.

„Als Leonie fertig war, waren wir anderen es auch. Lars hat das Training abgebrochen.“

Caro kniff die Lippen zusammen. Sie schien etwas sagen zu wollen, aber nicht die richtigen Worte zu finden. In der oberen der beiden Taschen gab Saras Handy eine Reihe von Signaltönen von sich. Wahrscheinlich brach im Basketballchat gerade die Hölle los.

„Ehrlich, ich kann nicht glauben, dass du das gemacht hast!“, stieß Caro endlich hervor. Mit einer Enttäuschung im Blick, die Sara so bei ihr noch nie gesehen hatte, sah Caro sie an. „Jetzt weiß ich immerhin, warum Leonie für dich nie wieder eine Erwähnung wert war.“

Sie schluckte. Sie wünschte sich, dass Caro einfach nur die Tür aufschließen und sie ins Haus lassen würde. Dass sie nichts darauf geben würde, was immer Leonie erzählt hatte. Wer konnte denn wissen, ob die das Ganze nicht zu ihren Gunsten ausgeschmückt hatte, um Sara schlechter dastehen zu lassen? Doch Caro schien sie überzeugt zu haben.

„Dass du zu Feigheit neigst, Sara, wusste ich schon lange.“ Sie hob die Schultern. „Ist okay. Wir haben alle unsere Fehler. Aber das, was ich heute über dich erfahren habe … Das war einfach zu viel!“

Damit schien sie alles gesagt zu haben. Ohne ein weiteres Wort hob sie Saras Sporttasche vom Gepäckträger und warf sie ihr vor die Füße. Dann schob sie ihr Rad in die Garage und tauchte nicht mehr wieder auf. Sara hörte nur, wie die Metalltür, die die Garage mit dem Haus verband, ins Schloss krachte. Einen Moment lang blieb sie noch trotz der Gänsehaut auf ihren Armen draußen sitzen.

Frau Kroligks rote Tigerkatze hüpfte auf den Zaun, balancierte darauf entlang und streifte sie mit einem beiläufigen Blick. Die Katze wartete ab, bis der Nachbar drei Häuser weiter sein Auto aus der Ausfahrt heraus auf die Straße gelenkt hatte. Dann machte sie einen Buckel, sprang vom Zaun herunter und jagte in einem Affenzahn über die Fahrbahn, so knapp vor dem Wagen des Nachbarn, dass dieser erschrocken auf die Bremse trat. Ärgerlich fuhr er wieder an. Die Katze stand mit steil aufgerichtetem Schwanz auf dem gegenüberliegenden

Bürgersteig und hielt sich anscheinend für besonders verwegen. Seufzend raffte Sara sich auf. Feigheit war für die Nachbarskatze offensichtlich kein Thema.

Sie suchte ihren Schlüssel aus der Sporttasche, schloss die Haustür auf und ging nach oben in ihre Wohnung. Wieder zwitscherte ihr Handy mehrere Male. Als sie die Tasche im Flur fallen ließ, warf sie einen Blick aufs Display. Im Basketballchat jagte eine Nachricht die nächste. Sofort schaltete sie ihr Handy ab.

Sie lief in die Küche und nahm sich eine Flasche Apfelschorle aus dem Kühlschrank, mit der sie sich in ihr Zimmer verzog. Während sie auf dem Bett saß und direkt aus der Flasche trank, fiel ihr Blick auf den Basketball, der oben auf dem Schrank lag. Alle Teamkameradinnen aus ihrer alten Mannschaft hatten mit Edding darauf unterschrieben. Die Schrift war vom Dribbeln auf unterschiedlichen Belägen fast vollständig abgerieben. Sara erinnerte sich an die schönen Zeiten von früher. Daran, wie viel Spaß sie im Team gehabt hatte. Das war nun vorbei. Jetzt war es an der Zeit, Abschied zu nehmen. Von der Mannschaft. Vom Verein. Vielleicht sogar vom Basketball an sich. Aber was blieb ihr dann noch?

#17

Am nächsten Morgen erwachte Sara mit Kopfschmerzen.

„Du siehst schlecht aus", bemerkte Eva beim gemeinsamen Blitzfrühstück in der Küche. „Vielleicht bleibst du heute besser zu Hause."

Sara nickte und hoffte, dass sie genügend Kopfschmerztabletten im Apothekenschränkchen hatten. Wenn Eva Migräne hatte, futterte sie das Zeug wie Bonbons.

Eva sah auf die Uhr, erschrak und sprang vom Stuhl hoch. „Schon so spät! Bist du so gut und räumst ab? Ich muss heute sehr pünktlich sein, mein Chef erwartet um halb acht den ersten Mandanten ..."

Damit war sie schon fast zur Tür raus. Sara räumte das gebrauchte Geschirr in die Spülmaschine, stellte Quark und Marmelade in den Kühlschrank und verstaute die Packung Toast im Brotkasten. Sie fand tatsächlich noch eine allerletzte Schmerztablette, spülte sie mit Wasser hinunter und legte sich wieder hin. So verdöste sie den Vormittag, nur einmal unterbrochen von einer Nachricht von Caro, die inquisitorisch fragte, ob sie schwänzte, markierte oder tatsächlich krank sei. Sara ignorierte die Mitteilung. Sollte Caro doch denken, was sie wollte.

Am späten Vormittag erwachte sie aus ihrem Dämmerschlaf. Ein seltsam flötendes Geräusch, das sie noch nie gehört hatte, drang an ihr Ohr. Es kam aus dem Flur und klang wie ... polyphone Klingeltöne?

Mit einem Schlag war Sara hellwach. Sie sprang aus dem Bett, stürzte aus ihrem Zimmer und nahm verblüfft zur Kenntnis, dass es Evas Steinzeithandy war, das auf dem Sideboard im Flur vor sich hin dudelte. Es kam öfter vor, dass Eva vergaß, es einzustecken. Allerdings hatte Sara es noch nie klingeln gehört.

Sie zögerte nur einen winzigen Augenblick. Dann griff sie zu, drückte auf die Telefontaste und presste das Handy ans Ohr.

„Ja?“

„Guten Tag. Spreche ich mit Eva Henriksson?“ Es war eine helle Frauenstimme, die Schwedisch mit einem eigenartigen Akzent sprach.

„Äh … ja“, antwortete Sara geistesgegenwärtig.

Ihre Nackenhaare richteten sich auf. Ein Dutzend Gedanken jagte gleichzeitig durch ihr Hirn. Wer war das? Jemand von früher? Warum rief die Frau an? Was wollte sie? Warum gerade jetzt?

„Mein Name ist Enni Peltomaa von der Anwaltskanzlei Vesala & Söderström in Helsinki. Eva, wir haben Ihre Bewerbung vorliegen. Wir suchen sehr kurzfristig jemanden, der unsere Korrespondenz mit Deutschland übernehmen kann. Hätten Sie vielleicht schon heute Nachmittag Zeit für ein Gespräch?“

Sara vergaß vor Schreck zu atmen. Bewerbung? Helsinki? War das der nächste schlechte Scherz? In der Leitung rauschte es, sie hörte diese Enni Peltomaa leise mit Papieren rascheln.

„Natürlich nicht vor Ort!“, versuchte die finnische Anwaltssekretärin sie zu beruhigen. „Ich sehe ja, dass Sie zurzeit noch in Deutschland wohnen. Wäre Ihnen fünfzehn Uhr für eine Videokonferenz recht? Dann könnten die Chefinnen Sie ein wenig kennenlernen.“

„Na ja …“ Sara räusperte sich.

Hier bahnte sich die nächste Katastrophe an – und nur durch Zufall bekam sie gerade noch rechtzeitig Wind davon. Was für ein Glück, dass Eva ausgerechnet heute ihr Handy vergessen hatte! Das musste ein Wink des Schicksals sein. Es gab nur eine Möglichkeit, das drohende Unheil abzuwenden.

„Also, wissen Sie …“ Fieberhaft kramte sie in ihrem eingerosteten schwedischen Wortschatz. „Es ist sehr nett, dass Sie sich melden, aber ich habe gerade heute früh einer anderen Stelle zugesagt. Tut mir leid.“

„Oh.“ Enni Peltomaa klang ehrlich enttäuscht. „Das ist schade. Ihr Profil hätte perfekt zu dem Job gepasst. Und der Umstand, dass Sie sogar vorhaben, nach Finnland zu ziehen … Aber da kann man wohl nichts machen. Ich wünsche Ihnen alles Gute."

„Danke, gleichfalls."

Am anderen Ende wurde aufgelegt. Sara ließ das Telefon sinken und atmete tief durch. Sie fühlte sich wie ein Bombenentschärfer im Film, der schwitzend grübelte, welchen Draht er durchschneiden musste, eine Entscheidung traf, die Zange ansetzte, den Draht durchknipste und dann vor Erleichterung fast zusammenbrach, weil der Zähler zwei Sekunden vor Null stehengeblieben war. Mission erfüllt, Leben gerettet!

„Finnland!", stöhnte sie kopfschüttelnd und knallte das Handy aufs Sideboard. „Was zur Hölle willst du in Finnland, Mama?"

Dieses Land war so ziemlich der letzte Flecken Erde, den Sara auf dem Schirm gehabt hätte. Aber zumindest ergab Evas heimlicher Finnischunterricht nun deutlich mehr Sinn. Beunruhigend war die Sache trotzdem. Denn das bedeutete, dass Eva die nächste Flucht schon seit weitaus Längerem plante, mindestens seit einem Jahr! Dabei hatte der ganze Ärger ja erst vor wenigen Wochen begonnen. Wahrscheinlich aber hatten die jüngsten Ereignisse Evas Pläne stark beschleunigt.

Sara nahm sich vor, wachsam zu sein. Wenn Eva unbedingt nach Finnland wollte – warum auch immer, dann sollte sie. Sara würde sie nicht begleiten. Sie würde hierbleiben. In Lübeck. Hier war schließlich ihr Zuhause.

+++

Das Fahrrad stand noch immer vor der Sporthalle. Am frühen Nachmittag raffte Sara sich auf, um es abzuholen. Weil sie keine Lust hatte, den weiten Weg bis in die Innenstadt zu Fuß zurückzulegen, beschloss sie, den Bus zu nehmen. Sie griff nach Geldbeutel und Schlüsselbund und verließ das Haus. Kurz darauf erreichte sie die Bushaltestelle, die etwas zurückgesetzt an der Hauptstraße lag. Im Wartehäuschen saßen drei junge Afrikaner und beugten sich über ein laut quakendes Smartphone. Zwei von ihnen rauchten. Sara wollte eigentlich ein paar Meter von ihnen entfernt auf den Bus warten, um nicht mitten im Qualm zu stehen, da erkannte sie einen der Männer wieder.

„Lucky?"

Der Typ rechts hob den Kopf, grinste und breitete die Arme aus, als erwartete er, dass sie sich jubelnd hineinwarf. „Ah, Iran's little girlfriend!"

Die beiden anderen jungen Männer betrachteten Sara feixend. Der mittlere steckte das Handy weg. Ihr Anblick erschien ihm offenbar interessanter.

„Hör mal, Lucky, weißt du, was mit Ramin los ist? Ich versuche seit Tagen, ihn zu erreichen, aber er geht nicht mehr ans Handy."

„Oh." Lucky nickte schwerfällig und zog die Nase hoch. „Der ist nicht mehr da. Ist letzte Woche von der Polizei mitgenommen worden."

„Von der Polizei?" Sara wurde abwechselnd heiß und kalt. „Als er neulich vernommen wurde, oder wie meinst du das?"

Jetzt schüttelte der junge Mann links den Kopf. „No, sweetie! Am Morgen, nachdem dieser Polizist im Anzug sich mit ihm unterhalten hat, kamen zwei Polizisten in Uniform. Ganz frühmorgens. Sie haben Ramin aus dem Bett geholt und seitdem ist er nicht mehr aufgetaucht. Fast alle seine Sachen sind noch da. Sogar das eine von seinen beiden Handys. Das scheint er in der Eile liegengelassen zu haben."

Sprachlos starrte Sara die drei an. Dieser Pieroth! Hatte er Ramin einkassieren lassen, weil er ihn für verdächtig hielt? Aber das ergab doch überhaupt keinen Sinn! Verwirrt schüttelte sie den Kopf.

„Du bringst da was durcheinander, Noah", sagte Lucky und patschte ihm über seinen Freund in der Mitte hinweg gutmütig auf die Schulter. „Das eine hatte mit dem anderen nichts zu tun." Bedauernd sah er Sara an. „Ramin ist zuerst in Griechenland angekommen. Er muss seinen Asylantrag dort stellen, nicht hier in Deutschland. Deshalb haben sie ihn abgeholt. Wahrscheinlich sitzt er schon eine geschlagene

Woche bei den Griechen und stellt fest, dass sie ihn auch nicht haben wollen."

„So kann's laufen", murmelte der Typ in der Mitte achselzuckend.

„Und ihr verarscht mich nicht?", fragte Sara misstrauisch. Was hätte sie in diesem Moment dafür gegeben, dass Lucky sich wiehernd auf die Schenkel klopfte und ihr eröffnete, dass Ramin gerade die Gemeinschaftsküche auf Hochglanz wienerte. Aber sie sah nur dreifaches Kopfschütteln und gleichgültige Mienen.

„Den siehst du nicht wieder", sagte Noah und schnipste seine Zigarette in den Rinnstein.

„Griechenland", flüsterte Sara fassungslos. Das kam ihr fast so weit weg vor wie der Iran. Wie sollte sie Ramin dort nur finden?

„Nichts zu machen." Lucky grinste sie schief an. „Aber du kannst ja stattdessen uns besuchen kommen. Wir sind auch ganz nett. Oder, Jungs?"

Die beiden anderen feixten wieder. Sara war heilfroh, in diesem Moment das Quietschen der Bremsen ihres Busses hinter sich zu hören.

„Macht's gut", nickte sie lahm und stieg vorne beim Fahrer ein, um ihre Fahrt zu bezahlen.

Zischend schlossen sich die Türen hinter ihr. Sie suchte sich einen Einzelplatz, ließ sich schwerfällig ins Polster fallen und lehnte die Stirn an die kühle Scheibe. Mühsam versuchte sie, die Tränen zurückzuhalten. Ramin war in Griechenland verschollen und sie hatte keine Möglichkeit, ihn ausfindig zu machen. Wo sollte sie ansetzen in einem Land, das mit der Aufnahme ständig neuer Flüchtlinge überfordert schien? Was, wenn man ihn in den Iran zurückschickte, wo ihm empfindliche Strafen drohten? Die Ungewissheit machte ihr Angst.

Plötzlich kam ihr Jon Vicander in den Sinn. Hatte er sich ähnlich hoffnungslos gefühlt, nachdem sie und Eva spurlos verschwunden waren? Sara schluckte. Wieder solch eine Parallele zwischen Ramin und ihr. Es war fast unheimlich. Und aussichtslos zugleich. Denn wenn ihr Vater schon zwölf Jahre benötigt hatte, um sie aufzuspüren, dann waren ihre Chancen bei Ramin gleich null.

+++

Caro schien ernsthaft sauer zu sein. Als Sara am Donnerstagmorgen die Treppe ins Erdgeschoss hinunterlief, ging nicht, wie üblich, die Wohnungstür unten auf. Keine Caro, die sich mit einem gut gelaunten „Morgen!" in den Hausflur schob. Einen Moment wartete Sara unschlüssig ab. In der Wohnung rauschte ein Föhn. Sie hob die Hand und klopfte laut. Das Rauschen erstarb. Einen Augenblick später öffnete Gaby mit halb geföhntem Haar und sah sie erstaunt an.

„Caro? Nee, die ist schon vor einer Viertelstunde gefahren. Ich hab mich auch gewundert. Bist du denn wieder gesund?"

Sara nickte. „Hat sie irgendwas gesagt?"

„Nein. Was ist denn los mit euch beiden? Christoph guckt jetzt auch immer so komisch, wenn dein Name fällt, Sara!"

Das konnte sie sich lebhaft vorstellen. Bestimmt hatte Pieroth seine Beute fangfrisch mit ihm geteilt und zerlegt. Alle schienen Bescheid zu wissen. Alle – nur sie selbst nicht. Und Gaby.

„Ich muss dann", verabschiedete sie sich mit gesenktem Kopf.

Sie radelte allein zur Schule. In den Kursen, die sie gemeinsam hatten, saß Caro zwar nach wie vor neben ihr, wechselte aber kaum ein Wort mit ihr. Saras Mut sank. Mehrmals war sie kurz davor zu fragen, was genau Leonie erzählt hatte, traute sich dann aber doch nicht. Sie fürchtete sich vor dem Abgrund, der sich auftun würde. Vor dem, was sie angerichtet haben musste und von dem sie nie geglaubt hatte, dass sie dazu fähig wäre. Etwas, das so schrecklich war, dass sie es verdrängt hatte.

Nach der Schule saß Sara stundenlang allein an ihrem Lieblingsplatz am Kleinen See und starrte aufs Wasser, das spiegelglatt und unschuldig vor ihr lag. Mit der Zeit kam ihr die Idylle, in der sie sonst Ruhe fand, immer trügerischer vor. Sie hatte das Gefühl, als hielte ihr das Wasser einen Spiegel vor. Eine hübsche, glatte Oberfläche, unter der in Wahrheit Unmengen versunkener Hässlichkeiten schlummerten. Schließlich konnte sie nicht mehr über den Fluss sehen, ohne sich den Müll vorzustellen, den gewissenlose Menschen mit Sicherheit darin hatten verschwinden lassen. Der Ort kam ihr regelrecht vergiftet vor. Als sie es nicht mehr aushielt, sprang sie von der Bank auf und machte sich mit eiligen Schritten auf den Heimweg. Sie wusste nicht mehr, wohin mit sich.

+++

„Sara! Aufwachen!"

Schlaftrunken wälzte Sara sich in ihrem Bett herum. Sie blinzelte in Richtung Fenster. Durch die Rollladenritzen drang nur ein dunkelgrauer Schimmer. Die roten Leuchtziffern ihres alten Radioweckers vom Flohmarkt zeigten Viertel nach fünf.

„Mama, spinnst du?", grummelte sie und wollte sich wieder umdrehen. Doch nun rüttelte Eva an ihrer Schulter.

„Wach auf. Ich habe eine Überraschung für dich!"

Sofort wurde Sara misstrauisch. Überraschung. Das klang aus Evas Mund wie eine Drohung. Unwillig schob sie die Hand ihrer Mutter weg und wickelte sich fester in ihre Decke ein. „Lass mich weiterschlafen!"

„Na warte." Das klang unerwartet vergnügt.

Eva stand auf und trippelte aus dem Zimmer, nur um wenige Augenblicke später mit einem Gegenstand im Schlepptau wiederzukommen, der leise auf Rollen über den Teppichboden scharrte. Sara bekämpfte die Anwandlung, sich die Decke über den Kopf zu ziehen. Stattdessen spitzte sie die Ohren.

„Das hier ist die erste Überraschung", verkündete Eva und klopfte auf etwas, das nach hohlem Plastik klang.

Nun packte sie die Neugier doch. Sara blickte über ihre Schulter zurück und blinzelte ein weiteres Mal. Neben ihrem Bett stand ein nagelneuer, grellgrüner Rollkoffer.

Eva lächelte wie das Covergirl eines Discounter-Prospekts. „Der gehört dir."

„Aha. Planst du schon meinen Auszug?"

„Ich habe den gleichen in Blau. Wenn der dir besser gefällt, können wir auch tauschen."

„Ich komme nicht mit nach Finnland!", hätte Sara fast gesagt, biss sich aber rechtzeitig auf die Zunge.

Eva klopfte erneut gegen das Hartplastik. „Steh schnell auf und pack alles ein, was du für eine Woche benötigst."

Jetzt war Sara endgültig wach. Sie setzte sich im Bett auf und sah ihre Mutter fragend an. „Eine Woche? Wo fahren wir denn hin?"

„Nach Schweden", erklärte Eva munter. „Wir machen zusammen Urlaub."

Sara starrte sie an, als hätte sie gerade mit zwei Flugtickets nach Tahiti gewedelt. Ihre Mutter brach in helles Gelächter aus.

„Da staunst du, was? Aber dir wird nicht entgangen sein, dass heute der letzte Schultag vor den Herbstferien ist. Ich rufe von unterwegs aus im Sekretariat an und melde dich einfach krank."

„Schweden", wiederholte Sara tonlos.

„Ja. Warum guckst du denn so? Jahrelang liegst du mir in den Ohren: ‚Mama, ich will nach Schweden! Mama, warum fahren wir nie dahin?' Dann büxst du nach Malmö aus. Sag bloß, du freust dich nicht?"

„Woher der Sinneswandel?", fragte Sara misstrauisch.

„Ach, weißt du, Schätzchen." Seufzend ließ Eva sich auf der Bettkante nieder und knetete ihre Hände. „Ehe du mir noch mal auf eigene Faust ausrückst, fahre ich doch lieber mit dir zusammen. Das scheint mir sicherer. "

„Und tauchst ein weiteres Mal mit mir unter", fügte Sara grimmig hinzu. Eva schüttelte heftig den Kopf.

„Aber nein! Wir fahren nur eine Woche. Nächsten Samstag sind wir wieder da. Ich habe schon alles geplant."

Wieder sprang sie auf, lief aus dem Zimmer und kehrte mit einigen Computerausdrucken zurück, auf denen das Logo eines großen

Reisebüros in der Innenstadt prangte. Eva zeigte ihr die Hotelbuchungen für Stockholm, Rättvik, Göteborg und Malmö. Alles war bereits beglichen.

Sara studierte die Zettel genau, doch sie fand keinen Haken. Ihre Mutter hatte eine Touristenroute durch ihre Heimat gebucht. Von Malmö aus würden sie mit der Autofähre wieder nach Travemünde zurückkehren. So wie Sara und Caro neulich erst.

„Komm, pack dein Zeug, dann fahren wir los!“

„Darf ich mich vorher noch anziehen?“

Gähnend schwang Sara die Beine aus dem Bett und tapste ins Bad. Sie hasste es, frühmorgens überrumpelt zu werden. Andererseits war die Aussicht, endlich nach Schweden zu kommen, mehr als verlockend. Vielleicht war das ja ein Friedensangebot ihrer Mutter, nach all dem Stress, den sie in den vergangenen Wochen miteinander gehabt hatten. Ein paar Tage gemeinsamer Urlaub täten ihnen sicher gut. Und wenn sie dafür sogar schon einen Tag eher in die Herbstferien starten konnte, umso besser.

Und was, wenn es doch eine Falle war?

Sara bürstete ihre Mähne, die vom Schlafen ganz wirr war, und überlegte. Untertauchen würden sie in der Heimat wohl kaum. Nicht nach zwölf Jahren im Ausland. Und selbst wenn Eva irgendeinen Unsinn anstellen sollte – Sara traute sich durchaus zu, sich allein wieder zurück nach Hause durchzuschlagen. Im größten Notfall würde sie Christoph Moormann um Hilfe bitten oder trampen.

Sie wägte ab und sah zuletzt keinen Grund, sich gegen die Reise zu wehren. Im Gegenteil. Stockholm! Ihre Geburtsstadt, die für sie bisher nur auf Postkarten- und Reiseführermotiven existiert hatte. Wenn alles glattging, würde sie noch an diesem Abend die Lichter der Stadt auf dem Mälarsee funkeln sehen!

Sara zog sich an und packte in Windeseile ihren neuen Koffer. Als sie ihn durch ihre Zimmertür bugsierte, wartete ihre Mutter mit dem königsblauen Exemplar auf sie und klimperte mit dem Schlüsselbund.

„Los geht's! Ab in die Mädelswoche!“

Sie verließen die Wohnung. Eva schloss ab, steckte den Schlüssel in ihre Handtasche und nickte Sara zu.

Sie lächelte.

+++

Die Feierabendwalze schob sie über eine achtspurige Autobahn. Sara hielt Ausschau nach Wasser. Eben noch hatte sie über den weitläufigen See und die vielen Inseln inmitten der Stadt gestaunt. Jetzt verstellten Häuserzeilen den Blick. Zwischen gläsernen Bürowürfeln klaffte eine gewaltige Baustelle, die noch mehr Glas, Stahl und Beton anzudrohen schien.

Stockholm hatte Sara sich irgendwie putziger vorgestellt. Mit altehrwürdigen Kaufmannshäusern in freundlichen Ockertönen, buckligen Kopfsteinpflastergassen, malerischen Straßencafés und natürlich mit Sonnenuntergängen, die sich im Wasser des Mälarsees spiegeln – eben so, wie sie die Stadt aus den Hochglanzprospekten und Reiseführern zu kennen glaubte. Doch das, was links und rechts neben der Stadtautobahn aufragte, unterschied sich kaum von dem Anblick, den sie aus Deutschland gewohnt war.

Trotzdem wirkte nichts vertraut, obwohl sie hier einmal gelebt hatte. Dies war nur eine fremde Großstadt, wie viele andere auch, mit genervten Gesichtern hinter Autofenstern. Der einzige Lichtblick war die Aussicht, dass sie ihr Ziel nun fast erreicht hatten und sie die beklemmende Enge des Wagens, die sie in den vergangenen Stunden mehr als deutlich gespürt hatte, nur noch für kurze Zeit aushalten musste.

Evas Blick wanderte auf die Uhr am Armaturenbrett. Seitdem die ersten Mietskasernen aus dem Wald gewachsen waren, hatte sie kein Wort mehr gesagt. Trotzdem war Sara die Veränderung an ihr nicht entgangen: Weder umklammerte Eva das Lenkrad noch quälte sie die Kupplung. Stattdessen ließ sie das Auto mit dem Strom mitrollen, bremste sanft, wenn bei ihrem Vordermann die Rücklichter aufleuchteten, und fuhr dann ohne Ruckeln wieder an. Saras Halswirbel applaudierten. Eva musste diese Strecke damals oft gefahren sein. In Lübeck schielte sie bei jeder Kreuzung auf das Navi, hier beachtete sie das Gerät überhaupt nicht.

Sie verließen die Autobahn und tauchten in die Stadt ein. Kaum hatten sie die Abfahrt genommen, wandelte sich das Bild wieder. Eva bog auf einen breiten Boulevard ab, dessen Mittelstreifen von üppigen Baumriesen gesäumt wurde. Im Schatten der schon herbstlich leuchtenden Kronen wippten Jogger an Fahrradfahrern und Hundebesitzern vorbei.

Zu beiden Seiten ragten mehrstöckige Häuserzeilen mit verspielten Fassaden empor. Gepflegte Altbauten mit hohen Fenstern, hier und da entdeckte Sara sogar Türmchen und schmiedeeiserne Balkongitter. Jedes Haus wirkte wie frisch renoviert. Nirgends verunstaltete Graffiti die Wände, anders als in Lübeck, wo sich gerade in der Altstadt zahlreiche Schmierfinken zu schaffen gemacht hatten. Hier lebten bestimmt nicht die Allerärmsten.

„Damals haben wir hier gewohnt."

Überrascht drehte Sara sich zu Eva um. Sie hatte nicht damit gerechnet, dass sie überhaupt noch mal den Mund aufmachen würde.

„In dieser Straße?"

Eva nickte.

So nobel sollten sie einmal gewohnt – oder besser residiert – haben? Unwillkürlich schüttelte Sara den Kopf. Hier passten sie doch überhaupt nicht her. Entweder hatte ihr Vater damals Geld wie Heu verdient oder es war in Stockholm normal, so zu wohnen.

„In welchem Haus?", fragte sie.

Eva winkte ab. „Sind schon dran vorbei."

Sara hatte Lust, sie zum Umdrehen aufzufordern, aber vermutlich hätte auch der Anblick ihres früheren Wohnhauses keine Erinnerungen in ihr wachgerufen. Verrückt. Vor zwölf Jahren hatte sie hier gewohnt und sah doch alles zum ersten Mal. Und nicht nur ihr Gedächtnis, auch ihr Schwedisch war inzwischen so eingerostet, dass sie gewisse Schwierigkeiten hatte, manche Schilder und Reklamen zu entziffern.

Eva setzte den Blinker und bog von der prächtigen Allee ab. Sara verrenkte sich fast den Hals, um so lange wie möglich zurückzublicken. Als sie sich wieder nach vorne drehte, schlängelten sie sich durch die nächste Baustellenwüste. Staub und Geröllhaufen, wohin sie sah, dazwischen schweres Arbeitsgerät. Die schienen ja die halbe Stadt umzupflügen!

Dann tauchte, zu Saras Erstaunen, hinter Baumaschinen und Rohbauten plötzlich ein Schiff auf. Eine dieser riesigen, weiß-blauen Fähren, wie sie von Travemünde aus auf die Ostsee hinausschipperten. Es hatte Ähnlichkeit mit dem Malmö-Kreuzer von neulich. Das Schiff wuchs und erschien immer mächtiger, je mehr sie sich ihm näherten.

In Saras Magengrube meldete sich ein leises Gefühl von Panik. Sie klammerte sich an der Hoffnung fest, dass sie einfach an dem Schiff vorbeirollen, den Hafen auf der rechten Seite liegen lassen und weiter durch die Stadt fahren würden, mit welchem Ziel auch immer. Doch bei einem Hinweisschild Richtung Fähre setzte Eva erneut den Blinker und bog ab.

„Ist nicht dein Ernst!“, stieß Sara hervor.

Schweigend lenkte ihre Mutter das Auto am Terminalgebäude vorbei und reihte sich in die Schlange der wartenden Fahrzeuge ein. Sie schienen auf den letzten Drücker zu kommen.

„Reich mir mal meine Handtasche von der Rückbank“, bat Eva. „Da ist das Ticket drin.“

Sara tat, als hätte sie nichts gehört. Eva musste sich selbst nach ihrer Tasche umdrehen und kramte einen säuberlich gefalteten Computerausdruck hervor. Den hatte sie Sara am frühen Morgen unterschlagen.

Kurz darauf geriet die Blechpolonaise vor ihnen in Bewegung. Eva fuhr in aller Ruhe auf die Schranke zu und reichte der Frau in dem Kabuff daneben den Zettel. Sie wechselten ein paar knappe Worte, der Zettel wanderte zurück durchs Autofenster und schon rollte der Mini über eine Rampe in den Bauch der Fähre. Hilflos musste Sara mit ansehen, wie der Schiffsrumpf sie verschluckte. Trübes Kunstlicht senkte sich auf sie herab.

Nachdem sie das Auto so eng an die Stoßstange ihres Vordermanns gesetzt hatte, dass kein Fährticket mehr dazwischen passte, stellte Eva den Motor ab und atmete durch. Sara hingegen hielt die Luft an.

Das kann nicht, das darf nicht sein, dachte sie.

Wie blöd war sie, sich so austricksen zu lassen? Die süßen Versprechungen von einem netten Urlaub und entspannter Mutter-Tochter-Zeit nach dem ganzen Stress – das war zu schön gewesen, um wahr zu sein. Statt mehr als nur einen kurzen Augenblick lang nachzudenken, hatte sie sich von ein paar Zetteln mit Hotelbuchungen einlullen lassen und bereitwillig ihren Koffer gepackt.

Aus lauter Frust hätte Sara sich am liebsten selbst ins Hinterteil gebissen. Sie hatte ihrer Mutter bequem die nächste Flucht ermöglicht. Sie hatte nichts dazugelernt, sondern Evas Lügen Glauben geschenkt – genau wie früher.

„Lass uns aussteigen und in die Cafeteria gehen. Ich habe Hunger." Eva öffnete die Autotür.

Sara blieb sitzen und verschränkte die Arme. Sie würde nirgendwohin gehen.

„Komm schon, Sara! Wir dürfen während der Überfahrt nicht beim Auto bleiben."

Eva stieg aus und lud die Koffer aus. Nach zwei, drei weiteren Aufforderungen gab Sara ihren Widerstand auf. Die Nacht auf dem Autodeck zu verbringen war ja doch keine Option. Wütend zog sie ihren Trolley hinter Eva her in Richtung Aufzug.

Sie fuhren auf ein Deck mit einer protzigen Ladenzeile. Finnische Familienväter schoben palettenweise Bierdosen auf Sackkarren an ihnen vorbei und sahen dabei sehr glücklich aus. Eine Borddurchsage begrüßte die Reisenden auf der Überfahrt nach Helsinki, erst auf Schwedisch, dann in einer Sprache, die klang, als würde jemand mit seiner Stimme Holz hacken. In wenigen Minuten sollte das Schiff ablegen. Die leise Panik von eben brüllte inzwischen ziemlich laut.

„Mama!", schrie sie Eva hinterher, die auf ein Bordrestaurant zustrebte. „Was verdammt noch mal sollen wir in Helsinki?"

Eva blieb stehen und drehte sich zu Sara um, wobei sie von einem Bierpaletten-Papa angerempelt wurde. Dabei lächelte sie, als wäre es das Normalste der Welt, die eigene Tochter mit der langersehnten Schwedenreise zu ködern, nur um sie dort auf eine Fähre in ein Land zu verschleppen, dessen Sprache aussah wie Buchstabensuppe.

„Sara, wir fangen ganz neu an."

„Vergiss es, den Job da hab ich für dich abgesagt!"

„Welchen Job?", fragte Eva verdutzt.

„Vesala & Söderström. Die haben neulich angerufen und wollten einen Termin für eine Videokonferenz mit dir ausmachen. Ich habe behauptet, ich wäre du und hätte kein Interesse mehr an dem Job."

Saras Überlegenheit verpuffte sofort, als ihre Mutter nachsichtig den Kopf schüttelte. „Das macht nichts, ich werde schon einen Job finden. Das habe ich bisher immer geschafft. Und du fängst in der Zwischenzeit an deiner neuen Schule an. Schwedischsprachig, keine Sorge. Du wirst sehen, die finnischen Schulen sind top!"

Sara wich entsetzt zurück. Die hatte wohl einen Pisa-Schock!

„Ich scheiß auf deine finnische Schule!", schleuderte sie Eva entgegen. „Ich komme nicht mit."

Eva zuckte nur mit den Schultern. „Jetzt ist es zu spät."

War es das? Noch hatte die Fähre nicht abgelegt.

Eva machte einen Schritt auf sie zu und versuchte versöhnlich auszusehen. „Sei doch vernünftig. Früher oder später wären wir sowieso aus Lübeck weggezogen. Du wirst dich in Finnland einleben und neue Freunde finden. Wo ist also das Problem?"

„Du sagst, ich soll vernünftig sein? Und was ist mit dir? Du kannst nicht einfach einen Schlussstrich nach dem anderen unter deine Vergangenheit ziehen, dich aus dem Staub machen und dann so tun, als wäre nie etwas gewesen!"

Eva kam einen weiteren Schritt auf sie zu. Die versöhnliche Fassade bekam Risse um die Mundwinkel.

„Sara, weißt du eigentlich, was Schuld ist?“, fragte sie unvermittelt. „Richtige, tiefe Schuld?“

Ihre Stimme, ihr Blick lösten in Sara ein eiskaltes Prickeln aus. Sie dachte an Leonie. An den Hass, der in ihrem gesunden Auge loderte, an die Narbe auf ihrer rechten Gesichtsseite, an die starre, gläserne Prothese.

„Ja, ich glaube, ich weiß, was Schuld ist.“

Doch zu ihrer Überraschung schüttelte Eva den Kopf. „Nein, das weißt du nicht. Schuld ist mehr als das zwischen dir und Leonie damals.“

Sara zuckte zurück. „Woher weißt du davon?“

Einen kurzen Augenblick lang sah Eva sie zutiefst erstaunt an. „Ich habe dich zu den Polizeiverhören begleitet, erinnerst du dich …“

„Nein!“ Sara schrie fast. „Nein, ich erinnere mich nicht!“

„Ich habe kein Wort von dem geglaubt, was sie dir vorgeworfen haben. Leonie hat nach ihrem Koma wirres Zeug geredet. Kein Wort davon war wahr. Ich kenne dich doch! Du wärst gar nicht fähig …“

„Genug jetzt!“, fiel Sara ihr ins Wort.

Sie ertrug kein weiteres Wort. Es tat zu weh. Immer dann, wenn sie glaubte, sie hätten sich voneinander entfernt, kam ihre Mutter ihr plötzlich wieder so nah, dass es schmerzte. So, wie Eva vor ihr stand und sie ansah, wollte sie sich von ihr wegwinden, aber Evas Blick hielt sie gnadenlos fest, während um sie herum die Leute mit ihren ratternden Trolleys an ihnen vorbeirauschten.

Eva schüttelte langsam den Kopf. „Deine Schuld, Sara – oder das, was du dafür hältst –, ist nichts. Gar nichts. Richtige Schuld und richtiger Hass haben uns beide erst hierhergebracht.“

Sara wusste nicht, was sie sagen sollte. Nun stand sie so nahe am Rande der Wahrheit, die sie doch so unbedingt erfahren wollte, dass sie auf einmal fürchtete hineinzustürzen. Aber Eva hatte recht, es war zu spät. Saras Vertrauen in sie war weg. Restlos aufgebraucht. Anstelle ihrer Mutter sah sie nur eine Frau vor sich, die ein Problem hatte, das keine Flucht beenden konnte.

„Was hast du getan?“, fragte sie leise.

Evas Gesicht verdunkelte sich und sie wich Saras Blick aus. „Das musst du nicht wissen.“

„Sag es mir!“

„Es geht dich nichts an. Das ist mein Leben.“

In Sara platzte etwas, als hätte ein Eisblock einen tiefen Riss bekommen. Nicht nur Eva hatte ein Leben. Sie selbst hatte auch eins. Das wurde ihr in diesem Augenblick klar.

„Dann leb dein Leben doch weiter, wie du willst, aber ohne mich!“

Sie packte den Griff ihres Koffers, drehte sich um und lief los. Irgendwo musste es einen Ausgang geben. Irgendwie würde sie von diesem verdammten Schiff runterkommen. Sie rannte an Boutiquen und Restaurants vorbei, der Trolley eierte über diverse Füße hinter ihr her. Leute wichen ihr aus, warfen ihr verärgerte Blicke zu. Eine Stimme protestierte. Sie sah sich um, aber es war nicht die von Eva. Ihre Mutter war nirgends zu sehen, war verschluckt von dem Menschenstrom, der zäh durch die Gänge floss.

Als sie die Gangway erreichte, war ein Mitarbeiter gerade im Begriff, die Glastüren zu verriegeln.

„Ich muss von Bord!“

„Dann gibt's aber kein Zurück, wir legen gleich ab!“

„Ist egal“, murmelte Sara und schob sich an ihm vorbei durch die Tür.

Die Gangway war abschüssig. Immer wieder donnerte ihr der Koffer in die Hacken. Einen Augenblick lang glaubte sie, Evas Stimme würde das Rattern der Rollen übertönen, doch als sie über ihre Schulter zurückblickte, war da niemand.

Vor ihr glitt eine Schiebetür auf. Sara stolperte in das Terminalgebäude. Die Abfertigungshalle lag fast leer vor ihr, nur vereinzelt standen Leute vor der Glasfront, um das Ablegemanöver zu beobachten. Sie stellte sich dazu und starrte hinüber aufs Schiff. Sah zu, wie sich ein paar Minuten später der Rumpf langsam von der Hafenkante löste. Fragte sich, ob Eva auch gerade an einem Fenster stand und zurückblickte. Ob sie ihr nachgelaufen war. Vielleicht hatte sie schon zum Kapitän hochfunken lassen, dass er umkehren solle. Das hätte sie doch tun müssen – oder?

Die Fähre tuckerte auf den schmalen Meeresarm hinaus und drehte vor der gegenüberliegenden Stadtinsel nach Süden ab. Dutzende Menschen standen an der Reling und winkten. Sara starrte ihnen hinterher, bis das Schiff hinter Häuserzeilen verschwand und nichts als aufgewühltes Wasser hinterließ. Plötzlich wurden ihre Knie weich. Sie ließ sich auf ihren Koffer sinken. Erst mal durchatmen.

Unglaublich. Nun saß sie allein in Stockholm. Keine Mutter, kein Geld, kein Plan. Aber völlig überwältigt von ihrem eigenen Mut. Ihr Herz pumpte eine Welle des Stolzes durch ihren Körper. Sie hatte Eva einfach stehen gelassen! Sie wollte gleichzeitig laut lachen und verzweifelt ihren Kopf gegen die Scheibe knallen. Dass sie so etwas bringen würde, hätte sie nie für möglich gehalten. Nicht mal nach diesem verkorksten Wochenendtrip mit Caro neulich. Diesmal aber kamen bestimmt keine Polizisten um die Ecke und eskortierten sie nach Hause. Ihre Mutter schipperte ja gerade ihrer neuen Zukunft in Finnland entgegen. Sara war zum Heulen zumute und gleichzeitig fühlte sie sich frei.

Aber was sollte sie jetzt tun?

TEIL 2
STOCKHOLM

#18

Der Wartesaal hatte sich geleert, die Gesichter hinter den Schaltern waren verschwunden. Ein kleiner Mann mit Schnurrbart schob mit ausdrucksloser Miene ein Reinigungsgerät über den Boden. Das Summen schwoll an und ab, je nachdem, in welchem Winkel der Halle er sich bewegte.

Sara zog ihr Handy aus der Tasche und sah auf die Uhr. Ob die Finnlandfähre die letzte an diesem Abend gewesen war? Schloss das Terminalgebäude irgendwann? Sie rechnete jeden Moment damit, dass jemand kam und sie zur Tür hinauskomplimentierte. Aber selbst wenn das nicht passierte, übernachten wollte sie hier auf keinen Fall. Was sollte sie nur stattdessen tun?

Der Inhalt ihres Portemonnaies würde umgerechnet allenfalls für eine Viertelstunde im Hotel reichen. Oder für ein Menü bei McDonald's. Dann war Schluss. Ihr blieb nichts anderes übrig, als Caros Eltern anzurufen. Diesmal würde Christoph nicht schmunzeln. Außerdem würde es bis zum nächsten Tag dauern, bis er hier in Stockholm ankäme. Lübeck lag fast tausend Kilometer weit entfernt. Damit war die Übernachtungsfrage noch immer nicht geklärt.

Sara begann, an der Fensterfront auf und ab zu wandern. Sollte sie sich ein Hotel suchen und Christoph bitten, beim Auschecken die Rechnung zu begleichen? Er könnte sich das Geld ja von Eva zurückgeben lassen, wenn sie wieder aus Helsinki zurückkam. Oder besser: falls. Wer konnte schon sagen, was ihr als Nächstes einfiel?

Sie tippte erneut auf ihr Smartphone und scrollte durch die Kontaktliste, bis Evas Name auftauchte. Ohne große Hoffnung auf Erfolg wählte sie die Nummer. Das Freizeichen ertönte. Mehr nicht. Sie fragte sich, ob ihre Mutter das Handy in ihrer Handtasche deponiert hatte oder ob es zu Hause in Lübeck auf dem Sideboard lag. In dem Fall konnte sie natürlich lange warten. Sie ließ es eine gute Minute lang klingeln, dann gab sie auf.

Erneut öffnete sie die Kontakte und wollte bis *Moormann* scrollen, um Christoph oder Gaby anzurufen. Doch als ihr Daumen über dem Namen *Jon* und seiner Nummer schwebte, hielt sie inne. Nun war sie schon einmal hier in Stockholm. Warum eigentlich nicht?

Sie blieb wieder vor der Panoramascheibe stehen und betrachtete die gegenüberliegende Insel. Die Straßenlaternen sprangen an und die Fenster in den Wohnhäusern waren erleuchtet. Dahinter, in Richtung Osten, war der Himmel schon in sattes Violett getaucht. Sie war in Stockholm. Das war ihre Chance. Wenn sie die nicht jetzt und hier ergriff, würde sie so schnell keine weitere Gelegenheit mehr erhalten.

Natürlich konnte sie die Flucht ins Altbekannte wählen, so wie früher. Christoph anrufen, sich abholen lassen und so weiterleben wie bisher. Sie konnte aber auch mutig sein. Es zumindest versuchen.

Noch immer leuchtete Jons Name auf dem Display. Während der Putzmann mit seinem summenden Reinigungswagen hinter ihr die nächste Runde drehte, drückte sie auf das grüne Telefonsymbol. Sekunden später gellte das Freizeichen in ihrem Ohr. Einmal, zweimal, dreimal … sechsmal.

Und wenn er gerade Dienst hatte? Sein Handy in irgendeinem Spind vor sich hin dudelte? Sie stand kurz davor, den Hörer sinken zu lassen und den Versuch abzubrechen. Schicksal. Dann würde sie doch Christoph bitten und –

„Sara?“

Eine angenehme, warme Stimme riss sie aus ihren Überlegungen. Sie klang verwundert und ein wenig unsicher. Wie hätte Jon auch mit ihrem Anruf rechnen sollen.

„Sara, bist du das wirklich?“

Sie wollte antworten, doch sie brachte keinen Ton heraus. Mit Jon zu schreiben, kleine schwarze Zeichen über tausend Kilometer

Distanz auszutauschen, war eine Sache gewesen. Sich in derselben Stadt zu befinden und seine Stimme zu hören, etwas völlig anderes. Die wenigen Worte reichten aus, um ihr zum zweiten Mal an diesem Tag den Boden unter den Füßen fortzureißen. Denn in diesem Augenblick wurde ihr bewusst, dass sie die Stimme kannte.

Sie stand ganz still, starrte hinaus aufs Wasser und wunderte sich über die Wärme, die sie plötzlich durchströmte. Sie erinnerte sich. Sie erinnerte sich und es war gut. Diese Stimme jagte ihr keine Angst ein, im Gegenteil. Sie klang vertraut. Wie etwas, das sie lange vermisst hatte, ohne sich dessen bewusst zu sein.

Ein neues Gefühl begann in ihr zu fließen, mischte sich mit der Wärme und ließ sie lau werden. Sara versuchte, diesem Gefühl nachzuspüren. Zuerst bekam sie es nicht zu fassen. Erst, als ihre Kehle eng wurde und sie bemerkte, dass ihre Augen brannten, begriff sie, was es war. Traurigkeit. Eine alte, rigoros beiseitegeschobene Traurigkeit, die immer da gewesen war, aber immer unbeachtet, weil es sie nicht geben durfte. Doch jetzt war sie zurück. Und stach erbarmungslos zu.

„Sara, bist du noch dran?“, fragte Jon.

Seine Stimme zitterte ein wenig. Er gab sich keine Mühe, seine Aufregung zu verbergen.

„Ja“, brachte sie mühsam hervor, noch immer fassungslos, dass sie diese Stimme erkannte.

Was Fotos und Berichte in ihr nicht hatten wachrufen können, war Jon allein mit dem Klang seiner Stimme gelungen. Und das, obwohl sie vom Telefon verzerrt wurde. Sie hatte doch nicht alles vergessen, wie sie geglaubt hatte. Es war noch etwas da. Etwas Wesentliches.

„Wo bist du?“, fragte er.

Sara räusperte sich. „Ich bin hier.“ Dann ging ihr auf, was für einen Unsinn sie da erzählte. „In Stockholm“, schob sie hinterher.

Jon zog überrascht die Luft ein. „Ist deine Mutter bei dir?“

„Nein. Sie ist … sie fährt gerade mit der Fähre nach Helsinki.“

„Nach Helsinki?“, wiederholte er ungläubig. „Du lieber Himmel, was will sie denn da? Und du bist allein hier zurückgeblieben?“

„Deshalb rufe ich an."

Jon schwieg. Sara hörte, wie er die Information erst einmal sacken ließ, ehe er vernehmlich ausatmete. Sie hatte das Gefühl, dass er ahnte, was sich zwischen ihr und Eva abgespielt hatte.

„Okay … Bist du noch am Hafen?"

„Im Wartesaal, ja."

„Bleib, wo du bist! Ich bin in einer Viertelstunde da."

Dann legte er auf. Benommen starrte Sara auf ihr Handy. Eine Viertelstunde. Hätte ihr Eva an diesem Morgen gesagt, dass sie noch am selben Tag ihrem Vater gegenüberstehen würde, sie hätte es nicht geglaubt. Wieder einmal wirbelte ihr Leben haltlos umher wie ein Radfahrer, der ein Schlagloch erwischt hatte. Sie hoffte nur, dass sie am Ende nicht auf der Strecke blieb.

+++

Der Putzmann hatte sein Gerät in einer Abstellkammer verstaut und war mit Wischmopp und Eimer in Richtung Toiletten verschwunden. Alles im Terminal sah schwer nach Feierabend aus. In der Stille summten die Getränke- und Süßwarenautomaten fast noch nervtötender als das Reinigungsgerät von eben.

Sara sah auf den Hafen hinaus. Beobachtete zwei kleine Sportboote, die denselben Weg nahmen wie die Finnlandfähre eine knappe Dreiviertelstunde zuvor. Hätte Eva das Schiffspersonal kontaktiert, wäre mit Sicherheit schon ein Mitarbeiter bei Sara aufgekreuzt, um ihr zu sagen, was zu tun wäre. Aber es war niemand gekommen.

Im hinteren Teil der Halle hörte sie eine Tür. Dann Schritte, die sich langsam auf sie zu bewegten. Sie drehte sich nicht um, sondern sah weiter durch das Fenster auf den Hafen hinaus. Die Schritte wurden langsamer, zögernder, dann änderten sie ihre Richtung.

Sara spitzte die Ohren und versuchte vergeblich, in der Reflexion der Scheibe etwas zu erkennen. Wenn das Jon war, warum beeilte er sich dann nicht, zu ihr zu kommen? Sie hörte ein Piepsen und ein

Geräusch, als würde jemand eine Taste drücken. Flüssigkeit plätscherte in einen Becher hinein. Dann wiederholte sich das Ganze. Nachdem der Automat fertiggegurgelt hatte, bewegten sich die Schritte weiter in ihre Richtung und kamen rasch näher. Ein Mann in einem dunklen Mantel trat neben sie und reichte ihr einen Pappbecher mit Kaffee.

„Vorsicht, ist noch heiß."

Es hätte nicht viel gefehlt und der Becher wäre ihr durch die Finger gerutscht. Nicht, weil er heiß gewesen wäre, sondern weil die Worte sie für einen winzigen Augenblick lang lähmten. Sie klangen vertraut und kamen ihr so nah, dass sie erschrak. Sie bemühte sich, die Hand ruhig zu halten. Trotzdem schwappte etwas Kaffee über den Rand und verbrühte ihr die Finger. Der Schmerz ließ die Erinnerung noch schärfer hervortreten.

„Das hast du früher schon immer gesagt. Wenn du mir morgens meinen Kakaobecher gegeben hast."

Sie hatte kein Bild vor Augen. Nie hatte sie in den vergangenen Jahren an diese Worte gedacht und doch erinnerte sie sich ganz deutlich an den Klang der Stimme, die sie aussprachen. Es war nicht alles weg. Sie bildete sich sogar ein, dass ihre Zungenspitze etwas taub wurde. Wie früher, wenn sie trotz der Ermahnung ihres Vaters sofort an ihrem heißen Kakao genippt hatte, weil sie es nicht mehr hatte abwarten können.

Jon nickte nur. Er vergrub die freie Hand in der Manteltasche, führte die andere Hand mit dem Becher zum Mund und nahm einen vorsichtigen Schluck. Sara musterte ihn verstohlen von der Seite, wie er scheinbar beiläufig den Hafen durch die Panoramascheibe betrachtete.

Sie war verwirrt. Sie hätte mit allem Möglichen gerechnet. Leuchtenden Augen, aus denen Wiedersehensfreude strahlte, stürmischen Umarmungen, vielleicht sogar Tränen. Wenigstens mit einem Lächeln. Doch der Mann neben ihr sah müde aus. Wie ein Läufer, der sich zu sehr verausgabt hatte, um seinen Einlauf ins Ziel feiern zu können. Endlich drehte er sich zu ihr um und sah sie zum ersten Mal an.

„Ziemlich lange her", sagte er langsam und betrachtete sie nachdenklich.

Sara stellte sich vor, wie Jon versuchte, ihren Anblick mit dem des kleinen Mädchens in Einklang zu bringen, das er einmal gekannt hatte. Ihre hochgewachsene Gestalt schien ihn zu irritieren. Sein Blick streifte ihre Hände, die genauso schmal und feingliedrig waren wie seine und die nichts mehr mit den Kleinkind-Patschehändchen von früher gemein hatten. Und als er ihr ins Gesicht sah, konnte sie seinen Gedanken lesen: *Sie sieht aus wie Eva!* Sie wusste nicht, ob das gut oder schlecht war.

Jons Kehlkopf hüpfte. Sara musterte ihn ihrerseits. Das schmale Gesicht hatte auf den früheren Bildern jungenhaft gewirkt. Jetzt sah es hager und ernst aus, fast schon schwermütig. Im Gegensatz zu seiner Stimme lösten seine Züge kein Wiedererkennen bei ihr aus. Auf der Straße wäre sie achtlos an ihm vorbeigelaufen. Ein Allerweltstyp mit ein bisschen zu sauber gestutztem Haar und blank gewienerten Schuhen.

Plötzlich kniff er die Augen zusammen. „Was ist mit deinem Hals passiert?"

Sara wand sich. Die Blutergüsse verloren längst an Farbe und sie hatte ihren Schal so sorgfältig drapiert, dass sich auf der Fähre niemand nach ihr umgesehen hatte. Unwillkürlich zupfte sie mit der freien Hand den Stoff zurecht. Sie bemerkte, dass Jon blass geworden war. Die wenigen Sommersprossen auf seinen Wangen traten schärfer hervor.

„Genau wie damals", murmelte er kopfschüttelnd und seufzte. Es klang resigniert. „Jemand versucht dich umzubringen. Eva dreht durch. Ihr flüchtet. Als wäre alles wieder von vorne losgegangen."

„Glaub mir, ich bin es leid, den Sündenbock für meine Mutter zu spielen", sagte sie düster.

„Da hast du völlig recht."

Jon leerte seinen Kaffeebecher mit einem langen Zug, während Sara nicht einen Schluck von ihrem genommen hatte. Er knüllte ihn zusammen und warf ihn zielsicher in einen Papierkorb, der mehrere Meter entfernt stand. Diese kurze Bewegung reichte aus, um ihr vor Augen zu führen, von wem sie ihr Wurftalent geerbt hatte.

Jon sah sich um. „Ich glaube, die machen hier gleich zu. Lass uns nach Hause fahren."

Nach Hause. Sara dachte an den prächtigen Boulevard zurück, den sie auf der Fahrt zum Fährhafen bewundert hatte und der sich so eklatant von der unscheinbaren Siedlungsstraße mit ihren bescheidenen Häuschen unterschied, in der sie bis zu diesem Morgen gelebt hatte. Jon, der sich schon in Richtung Tür gewandt hatte, bemerkte ihr Zögern.

„Es ist nicht weit. Nur fünf Minuten mit dem Auto."

Sara nickte. „Ich weiß."

+++

Grauer Sandstein, ockerfarbene Klinker und zierliche, schmiedeeiserne Eckbalkone vor hohen Bogenfenstern. Sara nickte beeindruckt, als sie ihren Blick über die Fassade wandern ließ. Nicht schlecht. Das sechsstöckige Haus, in dem Jon wohnte – und in dem sie die ersten Jahre aufgewachsen war –, wirkte wie eine Mischung aus verspieltem Jugendstilbau und trutziger Ritterburg. Ganz anders als die Wohnhäuser, die sie aus Lübeck gewohnt war. Stolz und ehrwürdig, wie die alten Kaufmannshäuser, aber viel wuchtiger.

Die riesige Eingangstür aus dunkel gebeiztem Holz hätte die Bezeichnung Portal verdient. Sie fiel mit einem satten Schnappen ins Schloss, als Sara hinter Jon eintrat. Der Straßenlärm verstummte jäh, als hätte ihn jemand streng ermahnt, leise zu sein. Stattdessen umfingen sie Stille und gedämpftes Licht. Zögernd setzte sie ihre Füße auf den ausgetretenen, schwarzweißen Mosaikboden, der nach Schmierseife roch.

Jon blieb vor einem Metallkäfig mit Scherengittern stehen und bediente eine altmodische Armatur. Über ihnen begann es zu rattern und zu rasseln. Wenige Augenblicke später senkte sich der Aufzugskorb zu ihnen herab. Ihr Vater zog das Gitter auf und ließ Sara den Vortritt. Als der Aufzug sich ruckelnd in Bewegung setzte, merkte sie, wie ihre Schultern verkrampften. Sie kam sich vor wie in einem Karnickelkäfig. Caro wäre über diesen Retro-Lift in verzücktes Frohlocken verfallen. Sara hingegen konnte es kaum abwarten, bis der Käfig endlich mit einem Ruck im Dachgeschoss zum Stehen kam. In dem trüb ausgeleuchteten Flur erkannte sie zwei Wohnungstüren. Jon steuerte die linke Tür an und schloss auf.

„Willkommen zurück", sagte er schlicht und machte einen Schritt zur Seite.

Langsam setzte Sara einen Fuß über die Schwelle in den Vorraum. Ihr Blick fiel auf das unvermeidliche Schuhregal, auf dem ordentlich aufgereiht mehrere Paar Anzugschuhe, bequeme Straßenschuhe und Sportschuhe standen. Der erste vertraute Anblick in diesem Gebäude, das sie mit seiner Erhabenheit einschüchterte. Ein simples Schuhregal aus Kiefernholz.

Ganz außen, wo das Licht der Deckenlampe kaum noch hinreichte, entdeckte sie auf den zweiten Blick ein Paar Kinderschuhe. Lilafarben, mit zwei reflektierenden Sternen an der Seite. Die Spitzen waren abgewetzt, wie nach stundenlangem Toben, Klettern und Sandkastenbuddeln, und an den Rändern der Sohlen klebten sogar noch eingetrocknete Erdkrumen. Erstaunt hob Sara den Kopf und suchte mit den Augen die Garderobe auf der anderen Seite ab. Doch dort hingen nur Herrenjacken. Sie schlüpfte aus ihren Sneakern und zeigte auf das Paar Kinderschuhe.

„Sind das …?"

Jon nickte. „Ja. Das waren mal deine."

„Darf ich?"

„Bitte."

Sie griff nach einem der Schuhe und wog ihn in der Hand. Die Sohle passte exakt in ihre Handfläche. Sie konnte sich nicht mehr erinnern, jemals so winzige Schuhe getragen zu haben. Vorsichtig schnupperte sie daran, roch Wildleder und einen Hauch Spielplatzsand, der seit zwölf Jahren an den Sohlen haftete. Aber in ihrer Erinnerung öffnete sich keine neue Tür. Enttäuscht stellte sie den Schuh zurück und wandte sich dem Flur zu.

„Sieh dich gerne um", sagte Jon und ging voraus. Am anderen Ende öffnete sich der längliche Gang zum Wohnzimmer. „Ich mache uns etwas zu essen. Du hast vielleicht Hunger."

Vielleicht war untertrieben. Die letzte Mahlzeit war Ewigkeiten her. Ein hastiges Mittagessen aus Wurst, die nach Sägespänen geschmeckt hatte, und matschigem Kartoffelbrei in einem Tankstellenshop an der Autobahn. Trotzdem hatte Sara keinen Appetit. Die letzten zwei Stunden waren ihr gehörig auf den Magen geschlagen. Eben noch hatte sie mit ihrer Mutter im Auto gesessen, wieder halbwegs vertraut nach der stressigen Zeit. Jetzt stand sie in dieser fremden Wohnung, die ihr nicht fremd vorkommen sollte, und wusste nicht, wohin mit sich.

Vorsichtig lugte sie am Ende des Flurs in das geräumige Wohnzimmer, das schlicht, aber geschmackvoll eingerichtet war. Hellgraue Sitzgruppe, hellgraue bodenlange Vorhänge. Hellgrau, Evas Lieblingsfarbe. In derselben Farbe hatte sie es sich in ihrer Lübecker Wohnung gemütlich gemacht.

In der Ecke neben den Südfenstern rankte eine Kletterpflanze an einem Moosstab bis knapp unter die Decke – *Philodendron Red Emerald*. Sara erkannte sie sofort. Das gleiche Gewächs wucherte in ihrem Wohnzimmer zu Hause neben dem Fenster. Eva hatte es gehegt und gepflegt.

Die gesamte rechte Wand nahm ein Bücherregal ein, das bis auf den letzten Millimeter vollgestopft war. Das hätte es bei ihrer Mutter nicht gegeben. Ein wenig wirkte das Regal auf Sara wie die Sommersprossen auf Jons Gesicht. Die schienen den Eindruck absoluter Ordnung und Regelmäßigkeit auf eine ähnliche Weise stören zu wollen wie dieses Regal in dem ansonsten fast schon zwanghaft aufgeräumten Wohnzimmer.

In einem der unteren Fächer entdeckte Sara die bunten Rücken einiger Kinderbücher. Und der Inhalt in dem Fach direkt darüber ließ ihr Herz kurz höherschlagen: Fotoalben! Sie wollte ihren Rollkoffer fressen, wenn das nicht die verschollenen Familienalben wären!

„Isst du noch Räucherlachs?", kam Jons Stimme aus der offenen Küche. Sein Kopf steckte in einem Kühlschrank, der jeder amerikanischen Vorabendserie Ehre gemacht hätte.

Sara stutzte. Was hieß hier *noch*? Räucherlachs hatte sie immer gerne gegessen!

„Oder doch lieber *Surströmming*?", fragte er mit einem leisen Lauern in der Stimme.

„Igitt!", rief sie spontan und schüttelte sich.

Surströmming, das war dieser stinkende, halb vergammelte Hering! Jedes Mal, wenn ihr Vater damals eine Dose davon geöffnet hatte, war Sara angewidert aus der Küche geflohen. Während ihre Eltern sich den bedauernswerten Fisch mit Kartoffeln und Gurkensalat genussvoll einverleibten, beschränkte sie sich darauf, ihnen über den Tisch hinweg böse Blicke zuzuwerfen. Insbesondere, wenn sie ihr mit scheinheiligem Lächeln ein Stück auf der Gabel zum Probieren reichten.

Jon zog den Kopf aus dem Kühlschrank und nickte zufrieden. „Hab ich mir gedacht."

Die Anspannung in seinen Zügen schien ein klein wenig zu weichen. Sara fragte sich, ob sie auf ihn genauso fremd wirkte wie umgekehrt. Oder ob er sich jetzt einbildete, sie noch zu kennen, weil sie stinkenden Dosenhering nach wie vor verabscheute?

Jon fuhr fort, in der Küche herumzuhantieren, und schien froh darüber, etwas zu tun zu haben. Sara wandte sich um und ging in den Flur zurück. Die Tür links von ihr stand einen Spalt breit offen und gab den Blick auf den Fuß eines Doppelbetts und auf eine weiß lackierte Kommode frei. Das Schlafzimmer. Auf der Kommode lehnte ein gerahmtes Bild an der Wand, auf dem etwas in schlichter heller Schrift auf dunklem Grund geschrieben war. Mehr konnte Sara im

Halbdunkel nicht erkennen. Neugierig trat sie einen Schritt näher und entzifferte mit etwas Mühe den schwedischen Text.

Lass dich nicht vom Bösen überwinden, sondern überwinde das Böse mit Gutem. (Römer 12,21)

Diese Worte mussten das Erste sein, was Jon morgens beim Aufwachen vor Augen hatte. Eine eigenartige Wahl, fand sie. Als ob er sich jeden Morgen daran erinnern lassen musste, seine Gedanken in Zaum zu halten. Bisher hatte er auf sie sehr friedfertig gewirkt. Aber wie viel von dieser zur Schau gestellten Ruhe war echt und wie viel Fassade?

Sie beschloss, jetzt lieber nicht weiter darüber nachzudenken, und wandte sich der nächsten Tür zu. Verschlossen. Probehalber drückte Sara die Klinke, nur um verwundert festzustellen, dass die Tür abgeschlossen war. So viel zum Thema: „Sieh dich gerne um!" Warum schloss ein Mann, der offenbar allein wohnte, eine Zimmertür ab? Was befand sich in dem Raum? Sie probierte die gegenüberliegende Tür und erwartete beinahe, ebenso an der alten Messingklinke zu rütteln. Doch die Tür ließ sich anstandslos öffnen. Auf das, was sich dahinter verbarg, war Sara allerdings in keiner Weise vorbereitet.

+++

Jon schien ihren erschrockenen Ausruf gehört haben, denn plötzlich stand er hinter ihr und rieb sich verlegen den Nacken.

„Ich hätte dich vielleicht vorwarnen sollen."

Sara nickte wortlos. Sie blieb auf der Schwelle zu ihrem Kinderzimmer stehen und starrte hinein. Der Raum sah aus, als hätte sie ihn eben erst verlassen. Die Wände waren zartgelb gestrichen und unterhalb der Decke zog sich eine leicht angegraute Bordüre mit Winnie-Pooh-Motiv entlang. Das Bett stand unter der Dachschräge. Auf der lilafarbenen Tagesdecke saß eine Gruppe Stofftiere aufgereiht: ein Delfin, eine Schildkröte, ein Bär, ein Hase und ein Affe. Nur der Löwe fehlte. Der bewachte gerade ihr Bett in Lübeck. Er war das einzige Spielzeug, das Eva ihr erlaubt hatte mitzunehmen.

An der gegenüberliegenden Wand entdeckte sie ein halbhohes Bücherregal, daneben ein Puppenhaus. Zuerst wollte sie Jon um Erlaubnis bitten, den Raum betreten zu dürfen, doch das wäre ihr genauso seltsam vorgekommen wie die Tatsache, dass das alles hier einmal ihr gehört hatte. Langsam näherte sie sich dem Regal, strich mit dem Finger über die Buchrücken und überflog die Titel. Klassiker von Astrid Lindgren und Tove Jansson, aber auch vieles, was ihr nichts sagte. Sie seufzte leise.

Welches mochte ihr Lieblingsbuch gewesen sein? Vielleicht die uralte, abgegriffene Ausgabe von *Michel aus Lönneberga*, der im Schwedischen Emil hieß? Oder das Buch mit den Mumin-Trollen? Sie erinnerte sich, wie sie als Sechsjährige in der Lübecker Stadtbücherei ein Mumin-Buch aus dem Regal genommen hatte und damit freudestrahlend zu Eva gelaufen war. Die aber hatte es ihr mit einem angewiderten Gesichtsausdruck aus der Hand gerissen und es kommentarlos wieder zurückgestellt. Sara zog das Buch aus dem Regal und begann, darin zu blättern.

„War das mein Lieblingsbuch?", fragte sie.

„Eines davon", antwortete Jon, der sie beobachtete. „Ich kann mich erinnern, es dir mehrere Male vorgelesen zu haben."

Sie schob das Mumin-Buch zurück zwischen die beiden *Petterson und Findus*-Ausgaben, wo es gestanden hatte, und betrachtete das Puppenhaus mit den winzigen Möbeln und Figuren. Eine Familie mit zwei Kindern und Hund, die im Erdgeschoss um den Esstisch versammelt saß. Etwas an der Szene irritierte Sara. Sie betrachtete das Ensemble eine Weile, bis ihr auffiel, dass nirgendwo ein Stäubchen lag. Vorsichtig wischte sie in dem Zimmer im Dachgeschoss über den Boden. Ihr Finger war sauber. Auch sonst waren ihr im ganzen Raum nirgends Staub oder Spinnenweben aufgefallen. Jon schien hier regelmäßig sauberzumachen. Fast so, als hätte er jeden Augenblick damit gerechnet, dass sie in ihr altes Zimmer zurückkehren würde. Jetzt war dieser Moment eingetroffen. Sie wandte sich um und sah ihm an, dass er ihren Gedanken erraten hatte.

„Hätte ich die Hoffnung aufgegeben, dann hätte ich das Zimmer geräumt. Aber ich habe recht behalten."

Einerseits rührte Sara diese Treue. Andererseits fühlte sie sich unbehaglich. Das hier war nicht mehr ihr Zimmer. Es war das Zimmer eines Mädchens, das verschwunden war und nie wieder zurückkehren würde. Sie war nicht mehr das Kind von früher. Das war ihr in diesen Minuten bewusst geworden.

„Ich beziehe sogar das Bett jede Woche frisch", sagte Jon. „Du kannst also wieder hier schlafen."

Das hatte Sara befürchtet. Die Couch im Wohnzimmer wäre ihr lieber gewesen, aber sie traute sich nicht, das Angebot abzuschlagen. Weil es, genau genommen, keines war. Jon wünschte sich das so. Und dann schob er gleich einen Satz hinterher, den sie fast genauso befürchtet hatte.

„Du kannst so lange bleiben, wie du willst."

Sie quittierte das mit einem Schulterzucken. Woher sollte sie wissen, wie lange sie in Schweden bleiben würde? Vielleicht kam Eva sofort mit der nächsten Fähre aus Helsinki zurück und sammelte sie wieder ein? Was dann? Würde sie mitgehen? Oder sollte sie doch besser gleich Christoph und Gaby Moormann anrufen und um Hilfe bitten? Damit würde sie sich aber jeder Chance berauben, irgendetwas über ihre Vergangenheit herauszufinden …

„Lass uns jetzt essen", schlug Jon vor. „Und danach rufe ich bei der Reederei an, damit man Eva ausrichtet, dass du bei mir bist."

Sara richtete sich auf und trottete hinter ihm her ins Wohnzimmer zurück. Da hatte Eva sich all die Jahre in ihren Bemühungen überschlagen, sie von diesem Ort fernzuhalten, und jetzt war sie hier, aber ihre Mutter war weg. Ihr Gefühl sagte ihr, dass Eva sich von Helsinki aus nicht direkt auf den Rückweg machen würde.

Eva hatte sie gehen lassen. Und genau diese Tatsache löste bei Sara ein unangenehmes Ziehen im Magen aus. Als hätte ihre Mutter sie letztendlich aufgegeben.

#19

Der angenagte Buntstiftstummel war auf den Läufer gefallen. Zwei Zentimeter weiter nach links und das klackernde Geräusch auf den Holzdielen hätte Sara geweckt. Aber sie hatte nichts davon mitbekommen, und war darüber sogar etwas erleichtert. Der Schlüssel steckte im Schloss, der Rollkoffer stand hochkant vor der Tür, niemand schien in der Nacht in dieses Zimmer gekommen zu sein. Versucht hatte Jon es aber offenbar doch. Nachdem Sara am Abend zuvor die Tür hinter sich verriegelt hatte, hatte sie den Buntstiftstummel auf die Klinke gelegt, damit er herunterfiel und sie aufweckte, falls jemand von außen die Tür zu öffnen versuchte.

Sie checkte ihr Handy, das, entgegen ihrer Gewohnheit, unverdeckt auf dem Nachttisch lag. Das Nachrichtengeräusch hatte sie geweckt. Einen Moment lang hoffte sie, dass Eva sich auf ihre SMS aus Helsinki gemeldet hatte. Doch es war Caro, die geschrieben hatte.

Wo zum Teufel steckt ihr??? Seit gestern früh ist bei euch alles verrammelt, euer Auto ist weg, in der Schule warst du nicht und du hattest den ganzen Tag das Handy aus! Was ist los?

Hatte sie aus lauter Neugier ihr Schmollen also doch unterbrochen.

Bin im Urlaub, antwortete Sara.

Es dauerte nicht lange, bis ihr Handy einen neuen Ton von sich gab.

Verarschen kann ich mich selber!

Vom Bett aus schoss sie ein Foto und schrieb dazu: *Mein altes Kinderzimmer in Stockholm.*

Die Antwort kam Sekunden später und bestand aus drei entsetzt dreinblickenden Emojis. Kurz darauf setzte Caro nicht ganz so scharfsinnig wie sonst hinterher: *Hab ich was verpasst??*

Allerdings, dachte Sara mit einem Anflug von Schadenfreude. Sie tippte *Ist ne lange Geschichte* ins Handy und schwang sich dann aus dem Bett. Caro musste jetzt erst mal warten.

Sie tappte zum Fenster, das zum Hof hinausging, öffnete es und atmete die kühle Morgenluft ein. Der Straßenlärm drang nur gedämpft an ihr Ohr. In den Bäumen im Hof zwitscherten Vögel. Sie atmete noch einmal durch, ehe sie den Fensterflügel wieder schloss und auf den kleinen Wecker auf ihrem Nachttisch sah. Er zeigte kurz nach acht an. Ob Jon schon aufgestanden war?

Sara wuchtete den Koffer von der Tür weg, drehte geräuschlos den Schlüssel um, öffnete die Tür einen Spaltbreit und lauschte. Stille. Sie schlich in den Flur, lugte durch den Durchlass ins Wohnzimmer und fand auch dieses verlassen vor. Auf dem Tresen, der die Küche vom Wohnraum abtrennte, lagen ein Zettel, ein Schlüssel und zwei Geldscheine. Sie nahm den Zettel in die Hand.

Guten Morgen, Sara. Ich habe Frühdienst und werde erst im Laufe des Abends nach Hause kommen. Im Kühlschrank findest du genug zu essen. Vielleicht hast du ja Lust, in die Stadt zu fahren. Die U-Bahnstation liegt gleich links, wenn du aus dem Haus gehst. Der Türcode unten lautet 4739. Ich wünsche dir einen schönen Tag. Jon.

Sturmfrei, was für ein Glück! So konnte sie sich in aller Ruhe genauer umsehen, ohne dass Jon ihr ständig über die Schulter sah und seinen Senf dazugab.

Nachdem sie sich angezogen und gefrühstückt hatte, zog es sie direkt zu dem Bücherregal, wo die Fotoalben auf sie warteten. Die nächste Stunde hindurch versank Sara in den Bildern aus ihrer frühesten Kindheit. Sie betrachtete fasziniert die ersten Babyfotos von sich, staunte über das glückliche Strahlen ihrer Mutter und das ausgelassene Lachen ihres Vaters auf einem Bild, auf dem er sie in die Luft warf.

Sara ging Album für Album durch und stellte fest, dass sie offenbar ein ganz normales Familienleben geführt hatten. Geburtstage mit Kuchen und Luftballons; Wochenendausflüge in Parks, ans Meer oder in den Zoo; Feiern, zu denen sie sich alle zurechtgemacht hatten; Weihnachten mit Kerzenlicht und Geschenkeauspacken. Nichts auf den Fotos deutete an, dass bald irgendetwas diese Idylle stören würde.

Sara konnte sich gar nicht sattsehen an dem fröhlichen, unbekümmerten Kindergesicht, das auf fast allen Bildern lachte. Und immer wieder suchte sie in Evas Gesicht nach dem Glanz, der ihr später abhandengekommen war. Verglichen mit den Aufnahmen von früher wirkte Eva heute spröde und blass. Wie eine Pflanze, deren Wurzeln beim Umtopfen Schaden genommen hatten. Was Sara aber fast noch mehr in den Bann schlug als alles andere, war die Tatsache, dass es außer ihren Eltern noch weitere Familienangehörige gab.

Immer wieder fand sie Aufnahmen von einem älteren Ehepaar, das sie als Baby stolz im Arm hielt oder mit ihr zusammen vor einem reich geschmückten Weihnachtsbaum posierte. Das mussten Jons Eltern sein, ihre Großeltern! Der Mann war ähnlich schmal und hager wie er, hatte aber ein freundliches Gesicht. Die Frau war etwas rundlicher, hatte sorgfältig geföhntes graues Haar und ein liebenswürdiges Lächeln. Sie sah so aus, wie Sara sich eine nette Großmutter immer vorgestellt hatte – was bestimmt kein Zufall war. Die Bilder ihrer Großeltern rührten etwas Neues in ihr an.

Bis zu diesem Moment war sie gar nicht auf die Idee gekommen, dass es außer Jon noch weitere Verwandte geben könnte. Sie hatte Evas Beziehungslosigkeit automatisch auf ihn übertragen. Was für ein Fehler! Sie nahm sich vor, Jon am Abend zu seiner Verwandtschaft auszufragen. Vielleicht würde sie sogar ihre Großeltern treffen?

Als sie das letzte Album zuklappte und auf den Stapel legte, atmete sie glückselig durch. Allein für diese Stunde hatte sich der ganze Stress am Tag davor gelohnt. Nun wusste sie, dass sie eine Familie hatte. Und dass sie, bis zu dieser einen großen Katastrophe, ein völlig normales Leben geführt hatte.

Aber schon nach wenigen Augenblicken legte sich ein Schatten auf das strahlende Gefühl. Irgendjemand hatte all das zerstört. Hatte ihre glückliche Kindheit zerrissen und dafür gesorgt, dass sie weitab ihrer

Heimat ein entwurzeltes und einsames Dasein geführt hatte. Es gab einen Menschen, der sie nicht nur ihrer Unbeschwertheit beraubt hatte, sondern der sie am liebsten tot sehen wollte.

Seit sie dieses Zeugnis ihrer ersten Lebensjahre in den Händen hielt, wünschte sie sich nichts mehr, als diesen Menschen aufzuspüren und zur Rede zu stellen. Was dachte er sich eigentlich dabei, sich in ihr Leben einzumischen?

Sara stemmte den Packen Alben hoch und wuchtete ihn ins Regal zurück. Das hier war ihre Chance. Sie würde nicht bei Moormanns angewinselt kommen und sie bitten, sie nach Hause zu holen. Sie würde ihre Zeit hier nutzen. Zwei Wochen Herbstferien, bevor die Schule wieder losging. Da müsste doch was drin sein!

Sara beschloss, gleich ihren Koffer auszupacken. In ihrem Kinderzimmer gab es einen Kleiderschrank. Vielleicht fand sich darin ein freies Fach für ihre Sachen. Auf dem Weg zurück in ihr Zimmer rüttelte sie noch einmal an der Klinke der verschlossenen Tür. Erfolglos. Jon wollte offenbar nicht, dass sie einen Blick hineinwarf.

Im Kinderzimmer ließ sie ihren Koffer auf den Boden plumpsen, öffnete den Deckel und nahm einen Stapel Jeans in die Hand. Doch als sie die Schranktür aufzog, erkannte sie auf den ersten Blick, dass es keinen Zweck hatte. Der Schrank war reichlich gefüllt mit Kinderklamotten aller Art. Eva schien damals nur das Allernötigste eingepackt zu haben.

Sara warf den Jeansstapel achtlos neben sich auf den Boden und zog einen anderen, wesentlich kleineren Kleiderstapel aus dem nächstbesten Schrankfach. Lauter Kinder-T-Shirts, wie sie einer Fünfjährigen gepasst hatten. Viel Rosa, an manchen Teilen sogar Rüschen und Schleifchen, was heute überhaupt nicht ihr Stil war. Die Sachen waren allesamt tadellos in Schuss, gebügelt und wie mit dem Lineal gefaltet.

Sie ging die Shirts durch, schmunzelte über ein besonders kitschiges Exemplar mit einem Einhorn mit Regenbogenmähne und Glitzerschweif. Fast schon hätte sie den Stapel wieder in den Schrank zurückgestopft, da machte sie eine Entdeckung. Das vorletzte Kleidungsstück war anders als die anderen. Schmutzig grau, als wäre es durch zu vieles Waschen verfärbt, und seltsam ausgeleiert.

Sara zupfte es zwischen den übrigen T-Shirts hervor, schob den Rest ins Schrankfach zurück und faltete es auf. Zu ihrem großen Erstaunen hielt sie kaum mehr als einen löchrigen Fetzen in der Hand. Das Shirt war ursprünglich einmal weiß gewesen. Der Stoff war verzogen, am Bauch und an den Nähten klafften riesige Löcher. Über der Brust bröckelten die Reste eines Aufdrucks ab. Sara runzelte die Stirn. Waren das zwei Schmetterlinge? Sie meinte, einen Flügel zu erkennen, schwarz und lila gemustert. Der andere war fast völlig zerstört. An einem Flügelrest glitzerte es grünlich.

Die Schmetterlingshöhle!, schoss es ihr in dieser Sekunde durch den Kopf. Das Wort warf ein Echo, das lange in ihren Hirnwindungen nachhallte. *Schmetterlingshöhle?* Irritiert spürte Sara dem Gedanken nach. Warum nur hatte ihr Gehirn nichts Besseres zu tun, als mit Andeutungen um sich zu werfen? Hätte es zur Abwechslung nicht einfach mal so freundlich sein können, klare, zusammenhängende Erinnerungen von sich zu geben? Stattdessen tat es so, als wäre es ein kalbender Gletscher, der ab und an mal einen neuen Eisberg ins Meer schickte, der ziellos mit der Strömung schwamm.

Diese Schmetterlinge mussten eine Bedeutung haben. Sie tauchten nicht nur in ihrer Erinnerung auf. Kommissar Pieroth hatte sie ihr neulich sogar versilbert vor die Nase gehalten! Ratlos stopfte Sara den Fetzen zurück in den Schrank und warf die Tür zu. Auf Kofferauspacken hatte sie keine Lust mehr. Bewegung würde ihr guttun. Sie beschloss, mit der U-Bahn in die Stadt zu fahren.

+++

Sara steckte Geld und Schlüssel ein und zog im Vorraum ihre Schuhe an. Sie hatte keine Ahnung, in welchem Stadtteil sie sich befand und wie sie von hier aus in die City kam, aber das würde sich mit dem Handy ja innerhalb weniger Sekunden herausfinden lassen. Sie konnte auch einfach zum Hauptbahnhof fahren und von dort aus sehen, wie sie weiterkam. Sich durch die Stadt treiben lassen. Augen und Ohren aufsperren und alles in sich aufsaugen, was in einem anderen Leben für sie völlige Selbstverständlichkeit gewesen wäre. Die Altstadtgässchen in *Gamla Stan*, das königliche Schloss, die Brücken über den Mälarsee und die lebhaften Einkaufsstraßen. Reklametafeln, U-Bahn-Durchsagen, Menschen, die sich in ihrer Muttersprache unterhielten. Sie würde die Stadt, die einmal ihre Heimat gewesen war, wie eine Touristin erkunden. Sie war gespannt, was sie entdecken würde. Und sie hatte Zeit.

Bevor sie die Wohnungstür öffnete, warf sie einen schnellen Blick auf ihr Handy. Jon hatte am Abend mit der Reederei telefoniert und gebeten, Eva auszurichten, dass Sara bei ihm sei und sie sich dringend melden möge. Aber seither war nichts geschehen. Weder auf Jons Festnetzanschluss noch auf Saras Handy war eine Nachricht eingegangen. Dabei musste Eva längst in Helsinki angekommen sein und eine Möglichkeit gefunden haben zu telefonieren. Aber entweder wollte sie nicht – oder sie war nicht in der Lage. Sara konnte dieses Verhalten nicht deuten und das bereitete ihr Sorge. Seufzend steckte sie das Handy wieder in die Hosentasche und verließ die Wohnung.

Sie ließ den Aufzugkäfig links liegen und nahm die breite Wendeltreppe nach unten. Doch sie hatte kaum einen Fuß auf die oberste Stufe gesetzt, als ihr jemand eilig entgegenkam. Es klang, als würde er zwei Stufen auf einmal nehmen. Sara ging einen Schritt zur Seite, um dem Entgegenkommenden Platz zu machen, trat ihm dabei jedoch, ohne es zu beabsichtigen, genau in den Weg. Mitten auf der Treppenstufe stießen sie zusammen. Sara taumelte rückwärts und plumpste mit dem Hintern auf den Treppenabsatz. Der junge Mann suchte Halt am Geländer.

„Kannst du nicht aufpassen?“, raunzte er sie an.

„Was rennst du auch so!“, pflaumte sie zurück und rappelte sich auf, womit sie dem Typen wieder im Weg stand. Sichtlich genervt versuchte er sich an ihr vorbeizuschieben. Plötzlich aber hielt er inne und starrte sie unverhohlen an. Verärgert starrte sie zurück. Er mochte Anfang zwanzig sein, war nicht sonderlich groß und trug einen eher mäßig coolen, teddybärbraunen Bürstenschnitt. Auch seine Stupsnase und die braunen Knopfaugen erinnerten Sara spontan an ein Teddygesicht, nur der missgelaunte Ausdruck wollte nicht recht dazu passen.

In seinen Augen lag eine Mischung aus Verdrossenheit und ungläubigem Staunen, das sich allmählich zu einer gewissen Faszination verlief. Fast so, als hätte Sara sich vor seiner Nase in eine Figur aus seinem Lieblingscomputerspiel verwandelt. Mit Flammenwerfer in der Hand. Was hatte sie an sich, dass sie ihn derart aus der Fassung brachte? Sie wollte doch einfach nur die Treppe hinunterlaufen.

„Ist was?“, fragte sie den Typen, weil ihr sein Starren allmählich unangenehm wurde.

Er sah aus, als wollte er sie etwas fragen, brachte aber kein Wort heraus. Hinter seiner Stirn schien eine lange Reihe aus Einsen und Nullen dahinzutickern. Sara hatte nicht die Geduld, um das Ergebnis seines Denkprozesses abzuwarten. Schulterzuckend wand sie sich an ihm vorbei und rief ihm über die Schulter ein „Schönen Tag auch!“ zu.

Erst zwei Stockwerke tiefer hörte sie, wie oben im Dachgeschoss eine Tür ins Schloss krachte. Jons Nachbar schien keiner von der entspannten Sorte zu sein. Sara trippelte die Wendeltreppe herab und beschloss, sich nicht weiter zu wundern. Komische Leute gab es überall.

+++

Draußen brauste der Verkehr über die breite Allee, aber die Linden, die den Mittelstreifen säumten, schluckten einen Teil des Lärms. Auf dem Grünstreifen, im Schatten der Bäume, luden Bänke zum Verweilen ein. In der Nacht musste es geregnet haben. Gelbe Lindenblätter klebten an den grün gestrichenen Holzplanken und die Luft roch nicht nur nach Abgasen, sondern auch etwas muffig nach feuchter Erde.

Zu ihrer Linken entdeckte Sara nur wenige Schritte entfernt auf einem Pfahl das charakteristische blaue T auf kreisrundem, weißem Grund. Das musste der Eingang zur *Tunnelbana* sein, wie die Stockholmer ihre U-Bahn nannten. Entschlossen setzte sie sich in Bewegung. Sie hatte den Aufgang schon fast erreicht, als sie hinter sich plötzlich eilige Schritte hörte.

„Sara! Warte!"

Sie blieb stehen und drehte sich erstaunt um. Eine junge Frau rannte auf sie zu. Schulterlange schwarze Locken wehten hinter ihr her und auf ihrem Gesicht lag ein Strahlen, als würde Feenstaub auf sie herabregnen. Ehe Sara sich versah, flog ihr die Frau um den Hals und drückte sie so überschwänglich an sich, dass ihr die Luft wegblieb.

„Warum hast du denn nicht gesagt, dass du wieder da bist?"

„Äh … was?", stammelte sie verständnislos.

Sie war zu perplex, um sich ernsthaft zur Wehr zu setzen. Zwar hatte sie damit gerechnet, bei ihrer kleinen Citytour auf die eine oder andere Überraschung zu stoßen, doch dass sie ihr keine fünfzig Meter vor der Haustür um den Hals fallen würde – darauf war sie nicht gefasst gewesen.

Die Frau packte ihre Schultern, schob sie ein Stück von sich weg und schüttelte lachend den Kopf. „Du hast Nerven! Verschwindest eine Ewigkeit lang und spazierst dann hier durch die Straßen, als wärst du nie weggewesen. Warum hat Jon nicht erzählt, dass du kommst?"

Okay, eine Verwechslung war das schon mal nicht. Die Frau meinte eindeutig sie. Doch Sara hatte keine Ahnung, wer sie war und woher sie sich kennen sollten. Das Gesicht mit den lebhaften, schwarzen Augen weckte keine Erinnerung in ihr.

„Sorry." Sie lächelte gequält. „Aber ich …"

„Oder hab ich jetzt etwa die Überraschung vergeigt?", fiel die Frau ihr ins Wort und sah sich hektisch um, als lauerten irgendwo versteckte Kameras.

Sara schüttelte den Kopf. „Ich weiß gar nicht …"

„Na, jedenfalls habe ich gedacht, Ville spinnt, als er mir eben erzählt hat, dass du wieder da bist!"

Wer zum Henker war denn jetzt dieser Ville? Sara kapitulierte vor dem aufgeregten Redeschwall und beschränkte sich auf weiteres hilfloses Kopfschütteln.

Dann hakte sich die Frau auch noch bei ihr unter, zog sie zum Stationsaufgang und überschüttete sie mit dem nächsten Redeschwall: „Wie geht es dir? Mensch, du bist so groß geworden. Als wir uns das letzte Mal gesehen haben – ach …!"

Allmählich wurde Sara das Ganze zu bunt. Sie schüttelte den Arm ab und räusperte sich. „Entschuldige, wenn ich dich unterbreche, aber wer bist du eigentlich?"

Wie vom Donner gerührt blieb die Frau stehen. „Wie? Das weißt du nicht mehr?" Sie riss die Augen auf, als könnte sie es schier nicht fassen.

Sara zuckte mit den Schultern. „Nein."

Da schlug die Frau die Hand vor den Mund und machte ein betroffenes Gesicht. „Oh … und ich überfalle dich hier so! Ja, also … Du erinnerst dich wirklich nicht mehr? Ich bin Jamila!"

Sara hob schicksalsergeben die Hände. „Ich war damals fünf. Ich erinnere mich an so gut wie gar nichts mehr."

„Aber wir waren so viel zusammen! Ich habe mit meinen Eltern direkt gegenüber gewohnt. War ganz oft zum Babysitten bei euch. Wir haben im Wohnzimmer *Heiße Lava* gespielt und sind über sämtliche Möbelstücke gehüpft. Und vorm Schlafengehen hab ich immer Geschichten für dich erfunden!"

Sara nickte langsam. Sie konnte sich zwar nicht erinnern, dafür aber umso lebhafter vorstellen, wie Jamila sie damals beim Ins-Bett-Bringen ins Koma gequatscht hatte. Immerhin musste sie ihr die Informationen nicht aus der Nase ziehen. Die liefen praktisch wie von selbst. Ob sie immer zu solchem Sprechdurchfall neigte oder nur, wenn sie aufgeregt war?

„Wo willst du hin?", fragte Jamila unvermittelt. Abrupte Themenwechsel schienen ihr ebenso zu liegen.

„In die Stadt, ein bisschen gucken", antwortete Sara ausweichend. „Bin ja lange nicht mehr hier gewesen."

„Großartig!", rief Jamila begeistert und strahlte sie an. „Ich komme mit und zeige dir alles, was du sehen willst!"

Wieder hakte sie sich bei Sara unter und zog sie zielstrebig an dem U-Bahnaufgang vorbei die Straße entlang. Sara unterdrückte einen tiefen Seufzer. Was hatte sie sich da bloß für eine Klette eingehandelt? Und vor allem: Wie wurde sie die wieder los?

+++

Um sie herum brüllte der Verkehr. Sara stand auf einem weitläufigen Platz, der sich über zwei Ebenen erstreckte. Sie spähte über die Balustrade auf die untere Ebene, die in einem schwarz-weißen Dreiecksmuster gepflastert war. Menschen schlenderten dort entlang und verschwanden in den unterirdischen Ladenzeilen. Tauben pickten Dreck auf und auf der breiten Treppe hatten sich ein paar Jugendliche mit Tüten aus einem Burgerladen hingefläzt. Der Anblick der oberen Ebene war auch nicht erhebender. Sara konnte sich umdrehen, so viel sie wollte, der Platz war umzingelt von Bausünden, die darum wettzueifern schienen, welche sich mit der scheußlichsten Fassade hervortat.

Am hässlichsten von allem aber war der fast dreißig Meter hohe Obelisk aus schmuddelig angelaufenen Glasprismen, der über einem riesigen Springbrunnen in die Höhe ragte. Es sah aus, als hätte jemand eine Raketenabschussrampe mitten in die Stadt gesetzt. Eigentlich hatte der Künstler eine funkelnde Glassäule kreieren wollen, hatte sich aber leider in den Berechnungen der Prismen vertan. Nichts funkelte. Höchstens das schadenfrohe Grinsen von Mathematiklehrern aus aller Welt, wenn sie vor dem Obelisken standen.

Jamila breitete stolz die Arme aus und strahlte. „Ist das nicht sagenhaft hässlich hier?"

Sara konnte sich nicht helfen. Sie musste lachen, denn Jamila hatte völlig recht. „Und dafür sind wir jetzt eine halbe Stunde hierhergelaufen?"

„Den *Sergels Torg* muss man schon gesehen haben", schmunzelte Jamila. „Das ist gewissermaßen das Herz der City."

„Ah ja."

Sara sah sich ernüchtert um. Diese geballte Hässlichkeit hatte nichts mit dem Postkarten-Stockholm ihrer Träume zu tun. Sie stand mitten in Norrmalm, dem Geschäftsviertel der Stadt, das vor einigen Jahrzehnten der Kompromisslosigkeit umbauwütiger Stadtplaner zum Opfer gefallen war, wie Jamila auf dem Weg dorthin erklärt hatte. Sara dachte an Lübeck, dessen Altstadt im Krieg zerstört worden war. Inmitten der geschichtsträchtigen Bausubstanz standen heute zahlreiche Bausünden aus der Nachkriegszeit. Nicht auszudenken, hätte man die gesamte Stadt auf solche Weise wiederaufgebaut! In diesem Augenblick lernte Sara die herrlichen alten Kaufmannshäuser, die sie regelmäßig übersah, wenn sie sich in der Innenstadt bewegte, erst richtig zu schätzen.

Jamila tröstete sie damit, dass die berühmte *Gamla Stan*, die Altstadt mit ihren verwunschenen Gassen und Plätzen, gleich auf der nächsten Insel läge.

„Da gehen wir dann hin, wenn du dich von dem Schock hier erholt hast. Lass uns jetzt erst mal einen Happen essen gehen!"

Zielsicher führte sie Sara in eines der umliegenden Cafés und lud sie dort zu Sandwiches und Salat ein, weil es inzwischen Mittag geworden war. Herrschten draußen Beton, Stahl und nüchterne Funktionalität, so regierten in diesem Laden Plüsch und goldene Putten an der Wand. Sara konnte sich nicht entscheiden, was sie grauenvoller fand.

Als sie auf die weich gepolsterte Bank sank, merkte sie erst, wie erschöpft sie schon wieder war. Jamilas Dauerbeschallung war ziemlich ermüdend. Sara hatte den Eindruck, mit ihrem Erscheinen eine Staumauer eingerissen zu haben, denn Jamilas Aufregung und Wiedersehensfreude brachen sich in einer beängstigenden Flut Bahn. Immer wieder hatte sie spontan nach Saras Arm gegriffen und ihn kräftig gedrückt. Was für ein krasser Gegensatz zu Jons bemühter Zurückhaltung am Abend zuvor.

Er hatte auf Sara gewirkt wie jemand, der durch ein Minenfeld balancierte. Bloß keinen Millimeter Regung zu viel zeigen, um ja keine Detonation auszulösen. Jamila schienen solche Gedanken fremd zu sein. Zuerst hatte es Sara irritiert, einem Menschen zu begegnen, der sie von früher kannte und Dinge über sie wusste, an die sie sich beim besten Willen nicht erinnerte. Aber jetzt erkannte sie die Chance, die sich ihr dadurch auftat. Jamila würde ihr mit Sicherheit das ein oder andere aufschlussreiche Detail aus ihrer Vergangenheit mitteilen. Sie musste nur gezielt nachfragen.

„Du hast also früher schon gegenüber gewohnt", nahm Sara den Faden, den Jamila ihr vorhin zugeworfen hatte, wieder auf und nippte an ihrer Cola.

„Ich wohne auch immer noch dort. Die Wohnung gehört meinen Eltern. Diplomaten-Ehepaar aus dem Libanon. Sie leben aber schon lange drüben auf Lidingö, dafür habe ich jetzt zwei Informatikstudenten als Untermieter. Chaos-WG, sage ich dir!" Jamila rollte mit den Augen und lachte.

„Mhm." Sara nickte bedächtig, ehe sie zum Überraschungsangriff ausholte. Wozu Zeit verplempern, wenn es wichtige Dinge zu klären gab? Aufmerksam sah sie Jamila an. „Wie hast du das mit der Entführung damals erlebt?"

Die Frage wirkte wie ein Sprengsatz. Ein Knall und Jamilas fröhliche Fassade war wie weggesprengt.

„Das war heftig", sagte sie, nachdem sie sich wieder gefasst hatte. „Ich war damals vierzehn. Ich erinnere mich noch, wie ich mit Freunden in unser Stadtviertel ausgeschwärmt bin, um dich zu suchen. Sämtliche Spielplätze und Hinterhöfe haben wir durchsucht. Die U-Bahnstation, die Läden, die Hauseingänge … Und dann sah ich den Krankenwagen vor unserem Haus, als deine Mutter abgeholt wurde. Nervenzusammenbruch."

Nachdenklich zupfte sie kleine Fitzelchen aus einem Salatblatt, das aus ihrem Sandwich lugte. Jetzt wirkte sie alles andere als fahrig und übersprudelnd. Sara sah ihr an, dass sie diese Erinnerung lebhaft vor Augen hatte. Jamila runzelte die Stirn und schüttelte leicht den Kopf.

„Ich konnte von draußen hören, wie Eva im Krankenwagen schrie, das sei alles ihre Schuld. Das war so furchtbar. Und ich wusste genau, dass niemand sie in diesem Moment trösten konnte. Wir alle dachten an das Schlimmste, aber nur sie sprach es aus."

„Und Jon?", fragte Sara.

„Der hat sich bemüht, die Fassung zu bewahren. Nach dem Motto: Es reicht, wenn einer durchdreht! Aber er war auch fertig mit den Nerven." Jamila schien eine trockene Kehle bekommen zu haben. Sie nahm einen Schluck von ihrem Cidre, stellte das Glas mit einem Knall ab und sah Sara mit einem bitteren Zug um den Mund an. „Das ist er bis heute noch!"

„Kann ich mir vorstellen", murmelte Sara.

„Ehrlich, es hat mich nicht gewundert, dass Eva zwei Wochen später mit dir zusammen verschwunden ist", verkündete Jamila dann zu ihrem Erstaunen. „Irgendwie hat sich das angebahnt. Sie war hypernervös. Wollte nicht mehr aus dem Haus gehen. Hat dich nicht mehr in den Kindergarten gelassen. War nur noch verheult, wenn man sie sah. Ich habe noch nie einen Menschen gesehen, der so von Angst zerfressen war wie sie. Sie hat es hier nicht mehr ausgehalten."

„Aber warum hat sie den Kontakt zu Jon abgebrochen?", wunderte Sara sich.

Jamilas Gezupfe an dem Salatblatt hatte sie unbewusst offenbar dazu animiert, sich an ihrer Serviette abzuarbeiten. Die lag nun in kleinen Fetzen vor ihr auf dem Platzset. Die Bedienung, die in diesem Moment an ihrem Tisch vorbeirauschte, warf ihnen beiden einen missbilligenden Blick zu. Plötzlich fühlte Sara sich tiefer mit Jamila verbunden, als sie es noch eine Stunde zuvor für möglich gehalten hätte.

„Tja." Jamila schnipste ein Salatfitzelchen von ihrem Finger und seufzte. „Ich glaube, sie konnte gar nicht mehr klar denken. Wahrscheinlich wollte sie einen deutlichen Schnitt mit allem hier machen. Das hat dann wohl leider auch Jon getroffen. Kollateralschaden, gewissermaßen. Dabei war er derjenige, der am allerwenigsten für den ganzen Schlamassel konnte."

Sie beugte sich über den Tisch, griff nach Saras Hand und sah sie eindringlich an. „In den Wochen nach der Entführung hat er alles für euch getan. Hat sich Tag und Nacht um euch gekümmert, dich getröstet, Evas Angstattacken ausgehalten. Und dann wart ihr plötzlich weg. Ohne ein Wort. Totale Funkstille. Das hat er bis heute nicht verkraftet."

Sara dachte an die Geburtstagskarte, die Jon ihr geschrieben und die das alles, was sie nun erlebte, losgetreten hatte. Ein schüchterner Versuch, mit ihr in Kontakt zu treten. Erst jetzt erkannte sie die unsichtbare Angst, die er mit in den Umschlag hineingelegt hatte. Die Angst, dass die Antwort darauf wieder nur Funkstille sein würde. Und sie hatte ihn daraufhin ja auch tagelang zappeln lassen, weil sie von all dem nichts geahnt hatte. Er musste schon geglaubt haben, dass er niemals eine Antwort bekommen würde.

„Ich kann es noch gar nicht fassen, dass ich wieder hier bin", sagte Sara leise.

Da breitete sich wie ein Sonnenstrahl nach einem Gewitter ein warmes Lächeln auf Jamilas Gesicht aus. „Ich auch nicht. Ich dachte vorhin echt, mich knutscht der König, als Ville in die Wohnung gestürmt kam und rief: ‚Ich glaub, die Kleine von gegenüber ist wieder da!'"

„Dein Mitbewohner mit der Teddyfrisur?", kombinierte Sara.

Jamila nickte. „Er hat dich sofort wiedererkannt."

„Und woher kennt er mich?"

„Er kann dich gar nicht kennen, er wohnt erst seit anderthalb Jahren hier. Aber jeder im Haus kennt eure Geschichte. Als ihr euch im Treppenhaus begegnet seid, wird Ville wohl zwei und zwei zusammengezählt haben."

Sara verzog skeptisch den Mund. Sie hatte nicht den Eindruck gehabt, dass Ville nur allmählich gedämmert war, wer sie sein könnte. Ein Blick in ihr Gesicht hatte ihm gereicht, um ihn völlig aus dem Konzept zu bringen. So, als hätte er sie wiedererkannt. Aber wie war das möglich?

Seufzend fegte sie die Serviettenfetzen vom Platzset. Statt Antworten kamen immer nur neue Fragen auf. Allmählich war sie es leid.

+++

Zurück in der Wohnung suchte Sara sämtliche Türschlösser nach Schlüsseln ab. Drei Stück fand sie. Nacheinander probierte sie die Schlüssel an der abgesperrten Tür aus. Der Letzte, der zur Badezimmertür gehörte, passte. Ob Jon das wusste? Sie drehte um und das Schloss sprang knackend auf. Das schlechte Gewissen, das sich ihr dabei aufdrängen wollte, schob sie beiseite. Zu lange hatte sie sich von Denkverboten und verschlossenen Türen beeindrucken lassen. Jetzt war Schluss damit. Sie trat ein und zuckte zusammen, als eine Diele unter ihrem Fuß knarrte. Doch der kleine Schreck war nichts gegen den Anblick, der sich ihr bot.

„Ach du Scheiße!", entfuhr es ihr.

Sie stand in einem schmalen Zimmer. Die rechte Wand war wie eine überdimensionale Pinnwand komplett mit Kork überklebt. Und daran hatte Jon offenbar einen Großteil seiner Suche nach Sara und Eva dokumentiert. Zeitungsausschnitte, Suchmeldungen, wie man sie an Straßenlaternen und Bushaltestellen fand, Ausdrucke aus dem Internet, Protokolle, Fahndungsfotos … Verstört stand Sara vor der Wand und vergaß vor Aufregung fast zu atmen. Sämtliche lokalen und überregionalen Zeitungen hatten von ihrer Entführung berichtet. Viele davon später auch von ihrem und Evas Verschwinden.

Fünfjährige von Spielplatz in Östermalm verschleppt
Unbekannter entführt Mädchen aus Stockholm

Entführte Sara von Busfahrer in Småland gerettet
Mutter und fünfjährige Tochter aus Stockholm spurlos verschwunden

Sie überflog jede Zeitungsmeldung, betrachtete die Bilder, mit denen nach ihr gefahndet worden war, und wunderte sich über manche Schlussfolgerung der Reporter.

Eva (25) und Sara (5) spurlos verschwunden – Lebensgefährte schweigt, schrie ihr eine reißerisch aufgemachte Schlagzeile entgegen. Daneben prangte ein Foto von Jon im Gespräch mit zwei Polizisten vor dem Hauseingang. Sara erkannte das dunkel gebeizte Holz der mächtigen Tür im Hintergrund. Das Bild sah aus, als hätte es ein Paparazzo aus großer Entfernung aufgenommen.

Es gibt auch weiterhin kein Lebenszeichen von der jungen Mutter und ihrer Tochter, die vor einer Woche aus ihrer Wohnung in Östermalm verschwunden sind. Nachbarn berichten von Gewalt in der Familie. Der Vater des Kindes schweigt beharrlich zu den Vorwürfen.

Gewalt? Sara runzelte die Stirn. Unwillkürlich berührte sie mit den Fingerspitzen die kleine, wulstige Narbe über ihrem rechten Ohr, die vom Haaransatz perfekt kaschiert wurde. Sie war nahezu unsichtbar. Sara bemerkte sie eigentlich nur, wenn sie sich zufällig durchs Haar strich oder mit der Haarbürste zu forsch drüber strich. Sie hatte diese Narbe schon immer gehabt, kannte ihren Ursprung aber nicht. Eva hatte stets so getan, als wüsste sie von nichts, und hatte sogar behauptet, an der Stelle nichts Ungewöhnliches zu ertasten, als Sara sie einmal gebeten hatte, nach der Narbe zu fühlen.

War Jon am Ende doch nicht so harmlos, wie er sich den Anschein gab? Hatte er diese Verletzung damals verursacht? Sich von dem *Bösen* überwinden lassen, vor dem ihn der Spruch auf seiner Schlafzimmerkommode warnte?

Sara trat einen Schritt zurück und betrachtete die Ansammlung von Zeitungsausschnitten, Steckbriefen, Fahndungsfotos und Computerausdrucken. Genau in der Mitte erkannte sie eines der Fotos von der Internetseite ihres Sportvereins. Jon hatte es auf die Größe einer

Zeitungsseite vergrößert und quer über zwei Presseartikel gepinnt. Es war eines der Bilder, die nach dem Spiel aufgenommen worden waren. Sara gab irgendjemandem außerhalb des Bildausschnitts High Five und strahlte über das ganze Gesicht.

Damals hatte sie sich nur über einen deutlichen Sieg gefreut. Durch diese Montage aber hatte Jon dem Bild eine ganz eigene Bedeutung gegeben. Sara schüttelte den Kopf. Ihr Triumph von damals hatte rein gar nichts mit dem zu tun, was in den letzten Wochen geschehen war. Am liebsten hätte sie das Bild heruntergerissen. Stattdessen atmete sie durch, zählte innerlich bis zehn, verließ das Zimmer wieder und schloss ab. Sie hatte genug gesehen.

+++

Aus der Papiertüte, die Jon auf den Küchentresen legte, duftete es verheißungsvoll. Sofort regte sich Saras Appetit. Erst jetzt bemerkte sie, dass sie Hunger hatte. Seit dem Imbiss mit Jamila hatte sie nichts mehr gegessen. Zu beschäftigt war sie damit gewesen, in der Wohnung zu stöbern und nach Hinweisen zu suchen. Außer den Entdeckungen, die sie im Arbeitszimmer gemacht hatte, war sie aber nicht weiter fündig geworden.

„Ich hoffe, du isst Samosas?", fragte Jon und ließ mehrere knusprig braun frittierte Teigtaschen aus der Tüte auf zwei Teller gleiten.

Sara zuckte ratlos mit den Achseln. Sie hatte keine Ahnung, was Samosas waren. Aber sie sahen lecker aus und der Duft ließ ihr das Wasser im Mund zusammenlaufen. Fremdartige Gewürze kitzelten ihre Nase. Während Jon Getränke aus dem Kühlschrank holte, setzte Sara sich auf einen der beiden Hocker am Küchentresen.

„Die habe ich eben auf dem Heimweg bei meinem Lieblings-Inder geholt." Jon schob ihr einen Teller mit zwei Teigtaschen hin und setzte sich ihr gegenüber. Herzhaft biss er in sein erstes Samosa hinein. Es war weit nach 21 Uhr gewesen, als er aus der Klinik gekommen war, und er wirkte regelrecht ausgehungert.

Sara schnupperte an ihrem Samosa, ehe sie vorsichtig hineinbiss. Der frittierte Teig knackte unter ihren Zähnen und hinterließ einen Fettfilm auf ihren Lippen. Die Füllung schmeckte nach Kartoffeln und Kichererbsen, gewürzt mit Ingwer und einem Hauch Chili. Ihre Eltern hatten früher nicht schlecht gestaunt, mit welcher Geschwindigkeit sie die Dinger stets weggeputzt hatte, obwohl sie sonst kein scharfes Essen mochte. Doch von den Samosas vom *Mumbai Palace* hatte sie nie genug bekommen können.

Abrupt hörte Sara auf zu kauen, ließ die Teigtasche auf den Teller sinken und sah sie erstaunt an. Wieder eine winzig kleine Erinnerung! Sie hob den Kopf und begegnete Jons Blick. Ihr Stutzen war ihm nicht entgangen.

„Und?", fragte er erwartungsvoll.

„Gut." Sara nickte knapp und versuchte ein Lächeln, das etwas schief geriet. „Wie früher."

„Erstaunlich, wie tief Gerüche und Geschmäcker in der Erinnerung verankert bleiben, nicht wahr?"

Sie erwiderte nichts darauf, sondern biss ein weiteres Mal in ihr Samosa. Sie hatte sich schon gedacht, dass die Wahl des Abendessens kein Zufall gewesen war. Eine Weile saßen sie sich schweigend gegenüber und kauten. Jon mit sichtlichem Appetit. Am Ende leckte er sich sogar die fettigen Krümel von den Fingern.

„Übrigens habe ich ein paar Tage frei", verkündete er, während er sich die Hände an einer Papierserviette abwischte. „Meine Kollegen haben spontan ihre Schichten mit mir getauscht, damit ich einige Tage am Stück Zeit für dich habe."

„Wie nett von ihnen."

„Das ist im Klinikbetrieb nicht einfach. Aber sie haben sich wirklich für mich gefreut. Und in der Pause habe ich mit meinen Eltern telefoniert – deinen Großeltern. Die würden am liebsten sofort in den nächsten Flieger steigen und herkommen."

Sara steckte sich den letzten Bissen in den Mund und sah Jon fragend an. „Du liebe Zeit! Wo wohnen sie denn?", nuschelte sie.

„Málaga", lautete die knappe Antwort. „Schwedisches Rentner-Dasein unter spanischer Sonne. Diese Woche liegt mein Vater allerdings wegen einer Augen-OP in der Klinik, deshalb können sie nicht sofort weg."

„Schade, ich würde sie wirklich gerne sehen!", rief Sara. Nicht nur, um Jon eine Freude zu machen, sondern weil sie es sich selbst so wünschte. Vielleicht würde ein Wiedersehen weitere verschüttete Erinnerungen ans Licht holen? „Ich möchte meine ganze Familie kennenlernen!"

Jon lächelte. „Das lässt sich einrichten. Vielleicht können sie nächste Woche herkommen. Hast du schon überlegt, wie lange du bleiben willst?"

In seinem Blick glomm Hoffnung auf, aber Sara wusste keine Antwort.

„Das hängt davon ab, ob meine Mutter …" Sie brach ab. Noch immer hatte sie kein Lebenszeichen von Eva erhalten. Den ganzen Tag lang hatte sie ihr Handy im Blick gehabt, aber es herrschte Funkstille.

„Selbst, wenn sie sofort mit der nächsten Fähre zurückgefahren wäre, würde sie erst am späten Abend eintreffen", versuchte Jon, sie zu beruhigen. „Sie kann sich also noch melden."

Doch so richtig überzeugt klang auch er nicht.

Wieder begann Sara, ihre Serviette zu zerrupfen. Sie formte Kügelchen aus dem dunkelgrünen Papier und ließ sie auf den Teller rollen. Und wenn Eva erneut abgetaucht war? Unauffindbar für jeden, der nach ihr suchte? Wenn sie wieder sämtliche ihrer Spuren verwischte? Sara seufzte. Evas Verhalten ergab überhaupt keinen Sinn! So wie diese gesamte Entführungs- und Verschwindegeschichte von vorne bis hinten keinen rechten Sinn ergab. Sie knüllte den Rest ihrer zerpflückten Serviette zusammen und warf ihn auf den Teller. Sie musste in die Gänge kommen mit ihren Recherchen.

„Ich will morgen früh auf den Spielplatz", erklärte sie mit Nachdruck.

Jon nickte und stellte die Teller zusammen. „Schäufelchen und Eimer habe ich noch im Keller."

„Quatsch, ich will eine Tatortbesichtigung machen."

Da traf sie sein spöttischer Blick. „Schon klar. Und was erhoffst du dir davon?"

Sara zuckte mit den Schultern. „Irgendwo muss ich ja anfangen, oder?"

Jon drehte sich um und räumte die Spülmaschine ein. „An der Sache haben sich Polizei, Detektive und Presse seit Jahren die Zähne ausgebissen. Und jetzt kommst du."

Die Bitterkeit in seiner Stimme verletzte sie. Als ob er ihr nichts zutrauen würde. Womöglich hatte er ja sogar recht. Wenn es bisher niemandem geglückt war, das Rätsel um ihr Verschwinden zu lösen, warum sollte es ausgerechnet ihr gelingen?

Gerüche. Geschmäcker. Kleine, scheinbar nebensächliche Details. Und nicht zuletzt der Traum, der gar keiner war. Sara biss sich trotzig auf die Lippe. Sie wusste mehr, als ihr bewusst war. Dessen war sie sich inzwischen sicher. Sie musste nur einen Weg finden, ihrer Erinnerung auf die Sprünge zu helfen.

#20

Gleich nach dem Frühstück machten sie sich auf Saras Drängen hin auf den Weg. Sie überquerten den Valhallavägen und erreichten nach etwa zehn Gehminuten einen kleinen Park. Der Spielplatz lag direkt neben dem Eingang. Sara trat durch das niedrige Tor, sah sich um und musste als Erstes ihre Enttäuschung herunterschlucken. Was hatte sie denn erwartet? Einen Schwall an Erinnerungen?

Die Anlage hätte banaler nicht sein können. Es gab ein Klettergerüst mit Rutsche, einen Sandkasten, verschiedene Schaukeltiere. So früh am Morgen, es war kurz nach acht, spielte noch kein einziges Kind hier. Dafür drehte im Park eine halbe Hundertschaft Jogger vom Nieselwetter unbeeindruckt ihre Runden. Bei dem Anblick begann es in Saras Beinen zu kribbeln. Sehnsüchtig sah sie den Läufern hinterher. Sie hatte seit Tagen keinen Sport mehr gemacht. Aber der musste vorläufig warten. Im Moment gab es Wichtigeres.

Schweigend betrachtete sie den von Hecken umsäumten Spielplatz, der auffallend gepflegt wirkte. Nirgendwo lag Müll herum und die Klettergeräte waren längst nicht so mit Kritzeleien übersät, wie Sara es von zu Hause kannte. Im Gebüsch tschilpten ein paar Spatzen.

Jon räusperte sich leise. Als er sprach, klang seine Stimme belegt. „Das letzte Mal, als ich hier war … das war mit dir, Sara." Er deutete auf den Sandkasten, in dem ein vergessenes Sandförmchen lag. „Da hast du gesessen und Küchlein gebacken. Ab und zu hast du mir eine Tasse Sandkaffee angeboten. Du hast am liebsten dein Puppengeschirr und deine Mini-Backutensilien mit hierher genommen. Auch an dem Tag, als du entführt wurdest. Allerdings war Eva mit dir hier."

Sara vergrub die Hände in den Jackentaschen, während sie ihren Blick über das Gelände schweifen ließ und sich vorzustellen versuchte, wie sie hier einmal gespielt hatte. Es gelang ihr nicht. Dieser Ort war fremd und unbelebt. Er weckte keinerlei Erinnerung in ihr.

„Wie ist es passiert?", fragte sie.

„Eva sagte, sie sei auf der Bank dort drüben eingeschlafen." Jon nickte in Richtung einer Bank, die dem Sandkasten gegenüberstand. Die Sitzfläche und der Boden davor waren übersät mit den herzförmigen gelben Blättern der stattlichen Linde, in deren Schatten sie stand. So musste es hier auch vor zwölf Jahren ausgesehen haben. Sara war an einem Herbsttag verschwunden.

„Sie muss ungefähr zehn Minuten geschlafen haben. Als sie wieder aufwachte, warst du nicht mehr da", sagte Jon.

Sara ging langsam zu der Bank an der Hecke, setzte sich und schloss die Augen. Sie ignorierte die Nässe, die durch ihren Hosenboden kroch. Stattdessen versuchte sie, sich in Eva hineinzuversetzen. Den Schrecken nachzuempfinden, der sie ergriffen hatte, als sie aufgewacht war und den verlassenen Sandkasten bemerkt hatte.

Ein Anflug von Panik überkam sie. Ihr Brustkorb wurde eng und ihr Atem stockte. In ihren Ohren pulsierte es rauschend und sie kämpfte gegen den Drang, aufzuspringen und loszurennen. Aber sie zwang sich sitzenzubleiben. Sie schlug die Augen auf, starrte in den leeren Sandkasten und hatte zum ersten Mal das Gefühl, ihre Mutter ein klein wenig verstanden zu haben. Früher hatte sie sich immer gewundert, wenn Eva ausgerastet war, weil sie sich mal ein paar Minuten verspätet hatte oder nicht Bescheid gesagt hatte, wohin sie gegangen war. Jetzt wusste sie, dass Eva dabei jedes Mal diesen leeren Sandkasten vor Augen gehabt haben musste. Plötzlich tat sie ihr leid.

„Sie muss völlig aufgelöst gewesen sein", sagte sie leise.

Jon nickte, das Gesicht grimmig verzogen. „Aufgelöst ist gar kein Ausdruck dafür. Sie hatte einen handfesten Zusammenbruch. Passanten haben die Polizei verständigt, weil Eva in heller Panik durch den Park rannte, schrie und nicht mehr zu beruhigen war."

Gedankenverloren bückte Jon sich nach dem roten Sandförmchen, hob es auf und drehte es in den Händen hin und her.

„Die Polizistin, die sich zuerst um sie gekümmert hat, sagte hinterher, Eva hätte immer wieder gerufen: ‚Sie ist tot! Was, wenn sie tot ist?' Dabei wäre es ja denkbar gewesen, dass du auf eigene Faust ein wenig durch den Park gestreift wärst. Aber Eva dachte sofort an das Allerschlimmste."

Sara stutzte. „So etwas Ähnliches hat sie neulich auch gerufen, als ich im Krankenhaus lag: Du hättest tot sein können!"

Jon warf ihr einen scharfen Blick zu und deutete auf den Schal um ihren Hals. „Du hast mir immer noch nicht erklärt, wie das passiert ist."

Sara senkte den Kopf und begann, Sand mit den Schuhspitzen zusammenzuschieben. „Ich konnte ja nicht wissen, ob du …"

„… ob ich derjenige bin, vor dem ihr euch jahrelang versteckt habt", vervollständigte er ärgerlich. „Dein Misstrauen ist mir nicht entgangen, glaub mir."

„Woher hätte ich es denn wissen sollen? Ich kenne dich ja gar nicht!"

Jon drehte den Kopf weg, als hätte er aus dem Nichts heraus einen Schlag ins Gesicht bekommen. Sofort tat Sara leid, was sie so unbedacht gesagt hatte.

„Entschuldige."

„Schon gut", murmelte er, atmete durch und straffte die Schultern. Er blinzelte wie jemand, dem ein Staubkorn ins Auge geflogen war. „Du hast ja recht."

Sara stand auf und klopfte sich die Lindenblätter von der Hose. Minutenlang standen sie und Jon befangen nebeneinander und wussten nicht, was sie sagen sollten. Jon wirkte verletzt, aber sie konnte doch ihm zuliebe nicht so tun, als hätten die vergangenen zwölf Jahre einfach nicht existiert. Und das wusste er auch, sonst würde er sich nicht so krampfhaft um Zurückhaltung bemühen. Nur wenn er von der Strapaze müde wurde, brach ab und an eben doch ein echtes Gefühl durch. Sara fand beides gleichermaßen anstrengend.

Sie betrachtete die Buchenhecke hinter dem Sandkasten. Dahinter schloss sich dichtes Gebüsch an. Hatte der Unbekannte dort gesessen und auf eine günstige Gelegenheit gewartet? Je länger sie in diese Richtung sah, desto sicherer war sie, dass es so gewesen war. Die Hecke, die die spielenden Kinder vor aufdringlichen Blicken vom Weg her schützen sollte, bot jedem, der selbst nicht gesehen werden wollte, das perfekte Versteck.

Gut möglich, dass der Fremde, der ihr neulich im Wald hinter dem Holzstapel aufgelauert hatte, dort Deckung gesucht hatte. Vielleicht hatte er stundenlang gewartet, in der Hoffnung, dass sie vorbeikommen würde? Sara schauderte. Dann hielt sie inne, irritiert von ihrem eigenen Gedanken. Wer sagte denn, dass der Angreifer, der Entführer, ein Fremder gewesen war? Wäre sie damals als Fünfjährige einfach so mit einem Fremden mitgegangen, der sich neben ihr aus den Büschen schlug? Hatte er sie blitzschnell gepackt und mit sich gerissen, hatte er sie betäubt? Oder hatte sie ihn erkannt, sich gefreut und war arglos mit ihm zusammen weggegangen?

Sie schloss die Augen, grub so tief sie konnte in ihrer Erinnerung nach, aber da war nichts. Kein Bild, kein Geräusch, kein Geruch. Sie schüttelte den Kopf und seufzte. Es hatte keinen Zweck.

Als sie die Augen wieder aufschlug und sich umdrehte, bemerkte sie, dass Jon sie nachdenklich ansah. Nachdenklich und irgendwie düster.

„Zweimal hast du Glück gehabt“, sagte er. „Verdammt viel Glück. Wollen wir hoffen und beten, dass dieser Verrückte noch nicht mitbekommen hat, dass du hier bist!“

+++

Der Spielplatz war ihr zu eng geworden. Wieder einmal hatte Sara das Gefühl, dass Bäume und Buschwerk bedrohlich näher rückten und sie einschließen wollten. Und nicht nur das. Als sie den Park verließen und auf die Straße hinaustraten, schienen sich sogar die Hochhäuser auf sie zuzubewegen. Sie hob den Kopf und fixierte die Flachdächer der Häuser. Waren es nur die Wolken, die rasch darüber hinwegzogen oder stürzten die Gebäude langsam in ihre Richtung? Wieder spürte sie den unsichtbaren Griff um ihren Brustkorb. Das Atmen fiel ihr schwer. Sie versuchte, das Unbehagen abzuschütteln, aber es lag ihr wie ein zentnerschwerer Sack im Nacken. Das war neu. Dieses Gefühl überkam sie doch sonst nur beim Anblick eines Waldes. Da war der Auslöser völlig klar. Diesmal konnte sie sich keinen Reim darauf machen und das beunruhigte sie noch mehr.

„Kannst du in den Schuhen schnell laufen?", fragte Jon unvermittelt und zeigte auf ihre Sneaker.

Sara riss ihren Blick von den kippenden Hochhäusern los und sah ihn verwirrt an. Ihr Herz klopfte wild in ihrem Hals.

„Ja. Wieso?"

„Komm mit!" Zu ihrem Erstaunen joggte er plötzlich los – in Jeans, Regenjacke und Trekkingschuhen, die zwar jedem Wetter standhielten, aber nicht für hohes Tempo gemacht waren. Er drehte sich um und winkte ihr, ihm zu folgen. Kopfschüttelnd setzte Sara sich in Bewegung.

Trotz seiner Montur legte Jon einen beachtlichen Kaltstart hin. Er überquerte die Straße und lief nach links in ein Wohngebiet, das parallel zu einem Park verlief. Hier reihten sich noch mehr Hochhäuser aneinander, doch Sara hatte keine Zeit, sich weiter den Kopf darüber zu zerbrechen. Sie rannte hinter Jon her, der mühelos sein hohes Tempo hielt, vorbei an parkenden Autos, kleinen Geschäften und Passanten, die ihnen verwundert hinterherblickten.

„Hey!", rief sie, als sie endlich zu ihm aufschloss. „Was soll das?"

Statt einer Antwort erhöhte er das Tempo. Im Laufen zerrte Sara am Reißverschluss ihrer Regenjacke und riss sie sich vom Körper. Lieber ließ sie sich nassregnen, als in ihr zu schwitzen. Sie kam sich völlig bescheuert vor, ihrem Vater hinterherzurennen. Ob er häufiger solche Anwandlungen hatte? Dann konnte sie sich ja auf etwas gefasst machen. Eine neurotische Mutter und ein Vater, der ohne sichtbaren Anlass wie von Furien gehetzt durch die Gegend rannte. Warum konnte sie nicht wie die meisten anderen normale Eltern haben?

Nach einigen Hundert Metern lichteten sich die Hochhausreihen und gaben den Blick auf eine Rasenfläche frei, die so groß wie ein ganzer Stadtteil war. In sanften Hügeln wellte sie sich bis zum Hafen hin. Im Sommer war das Areal sicherlich wie aus der Konfettikanone mit bunten Picknickdecken gesprenkelt. Jetzt aber bog sich nur hohes, gelbliches Gras im Wind. Einige Jogger drehten ihre Runden auf den Wegen. Auf einer Wiese ließen Hundehalter ihre Lieblinge umhertollen.

Sara blieb stehen, hielt sich die Seiten und staunte. Auf so viel Freiraum mitten in der Stadt war sie nicht gefasst gewesen. Eine frische Brise wehte ihr von der See her entgegen und kühlte ihr erhitztes Gesicht. Sie hob den Kopf und streckte die Nase in den Wind, weil es so guttat.

Jon lief langsam aus, blieb schließlich stehen und drehte sich schwer atmend nach Sara um. Seine Wangen waren gerötet und an seinen Schläfen flossen Schweißtropfen mit Regen zusammen.

„Geht's wieder?", rief er ihr zu und fuhr sich mit der Hand über das Gesicht.

„Wovon redest du?", fauchte sie zurück.

„Na, wunderbar." Jon stieß ein zufriedenes Prusten aus. Dann schlenderte er, als wäre nichts gewesen, auf die Freifläche hinaus und rubbelte mit beiden Händen den Regen aus dem Haar. Wütend stapfte Sara hinter ihm her.

„Hast du so was öfter?", fragte sie entnervt.

„Bewegung baut Stress ab. Das hilft. Bei Panikattacken, zum Beispiel." Jon warf ihr einen vielsagenden Blick zu. „Hast du so was öfter?"

Diese Retourkutsche hätte er sich verkneifen können.

Sara senkte beschämt den Kopf. Sie hatte sich bemüht, sich nichts anmerken zu lassen, aber es war wohl zu offensichtlich gewesen.

Eine Windbö zerrte an den Haarsträhnen, die sich beim Rennen aus ihrem Pferdeschwanz gelöst hatten, und klebte sie ihr quer über die verschwitzte Stirn. Unwirsch strich sie die losen Haare nach hinten weg. Zugleich war sie erleichtert, wieder durchatmen zu können. Die weite Fläche vor ihr, der unverstellte Blick, taten ihr gut. Hier konnten sie weder Bäume umschließen noch Häuserschluchten zermalmen. Sie blieb stehen, breitete die Arme aus und ließ den Wind durch ihr Sweatshirt flattern.

Jon hatte die Hände in den Jackentaschen vergraben und starrte vor sich hin, als hätte er einen ganz bestimmten Film vor Augen. Nach einer Weile drehte er sich zu Sara um und sah sie direkt an. „Unmittelbar vor einer Attacke kriegst du immer so einen glasigen Blick. Den hattest du früher schon, wenn du kurz vorm Durchdrehen warst."

„Wie meinst du das – kurz vorm Durchdrehen?", fragte sie misstrauisch. Sie war doch nicht Eva, die wegen ihrer gereizten Nerven umherflatterte wie ein Vogel im Käfig!

Jon seufzte. „Nach der Entführung hattest du klaustrophobische Anfälle."

Was sollte das denn nun wieder? Angst vorm Wald hatte sie, das war klar. Das ergab Sinn. Aber Platzangst? Entschieden schüttelte Sara den Kopf.

„Das glaub ich nicht."

„Damals war es so", beharrte Jon. „Du konntest es nicht mehr ertragen, wenn Zimmertüren geschlossen wurden. Enge Räume haben dir Angst gemacht. Die Gästetoilette ging gar nicht mehr und auch der Besenschrank war Tabuzone. Früher hattest du dich gerne darin versteckt."

Sara schwieg nachdenklich. Diese Beispiele brachten etwas in ihrer Erinnerung zum Rollen. Es fühlte sich an wie ein Poltern in ihrem Hinterkopf, das langsam nähertrudelte.

„Ach ja: Auto- und U-Bahnfahren ging auch nicht mehr", ergänzte Jon.

Autofahren. Sara dachte an die Spritztour mit Evas neuem Mini vor ein paar Wochen zurück. Sie erinnerte sich lebhaft an die Abscheu, die sie empfunden hatte, als sie in das Auto eingestiegen war. Und an die Erleichterung, als sie endlich wieder zu Hause angekommen waren. Das hatte nicht nur an Evas ruckeligem Fahrstil gelegen.

Es war auch der Wagen selbst gewesen. Die Enge, die von dieser Blechkiste ausgegangen war, und die Befürchtung, ihr nicht entrinnen zu können. Sara hatte peinlichst darauf geachtet, dass ihr Arm nicht die Tür oder ihre Knie nicht das Handschuhfach berührten. Das hätte das Gefühl, eingesperrt zu sein, nur verschlimmert.

„Verstehst du, was ich meine?", fragte Jon.

Sie nickte. Allmählich begriff sie. Dieses Meiden von engen Räumen war ihr so in Fleisch und Blut übergegangen, dass sie überhaupt keinen Gedanken mehr daran verschwendet hatte. Ihren ständigen Drang, das Haus zu verlassen und sich an der frischen Luft zu bewegen, hatte sie für völlig normal gehalten. War er in Wahrheit eine verdeckte Flucht vor geschlossenen Räumen?

Wenn jemand anders als sie selbst eine Zimmertür schloss, wurde sie unruhig. Und tatsächlich benutzte sie bei Moormanns nie die Gästetoilette, sondern nur die im großen Bad. Sie fuhr ungern mit dem Bus oder mit der Bahn. Auch in Aufzügen fühlte sie sich maximal unwohl. Sie hatte sich jedoch stets eingeredet, dass sie Aufzüge, Busse und Autos mied, weil sie Treppensteigen und Radfahren für sportlicher hielt.

„Komisch", murmelte sie. „Und ich dachte immer, ich hätte nur Angst vor dem Wald."

Jon blieb stehen, atmete durch und schüttelte schwerfällig den Kopf. „Was auch immer im Wald geschehen ist – es hat dich verändert." Seine Miene verfinsterte sich, als er wieder aufsah und in Richtung Hafen starrte. „Äußerlich warst du nahezu unversehrt. Aber du warst nicht mehr das Kind, das ich kannte."

Sara schluckte. Die Bitterkeit in seiner Stimme schloss sich wie eine Hand um ihren Hals. So wie er sprach, klang es, als hätte er sie bereits verloren, bevor sie mit Eva verschwunden war. Als wäre nur ein Teil von ihr aus dem Wald zurückgekehrt, während der andere verschollen blieb.

„Und weißt du, was das Schlimme an der Sache ist?" Jons Kopf fuhr herum und sein Blick traf sie mit unvermittelter Härte. „Deine Mutter hat es gewusst!"

Sara runzelte die Stirn. „Was soll sie gewusst haben?"

„Alles. Wer dich mitgenommen hat. Wohin er dich gebracht hat. Was er mit dir vorhatte. Sie wusste es. Davon bin ich fest überzeugt."

+++

Zurück in der Wohnung kochte Jon Kaffee. Als Sara nach dem ersten Schluck angewidert das Gesicht verzog, grinste er.

„Das ist nur der Kaffee für die Tagschicht. Wenn ich Nachtschicht habe, tu ich noch zwei Löffel obendrauf."

„Damit reanimiert ihr doch eure Patienten, gib es zu!", hüstelte sie und stellte die Tasse auf dem Tresen ab.

In letzter Zeit hatte sie mit Heißgetränken Pech. Erst diese fruchtig-fiesen Teesorten, dann Ramins Zuckerplörre und zuletzt Jons Klinikkaffee. Eine Zumutung nach der anderen. Wobei sie in diesem Moment eine Menge dafür gegeben hätte, zusammen mit Ramin an dem versifften Wohnheimtisch zu sitzen, Tee mit zu viel Zucker zu trinken und sich gleichzeitig von ihm durch den Kakao ziehen zu lassen. Wo er wohl steckte? Und ob er ab und zu auch an sie dachte?

Die Funkstille schwelte leise in ihr wie ein Kabelbrand in der Wand. Nun waren gleich zwei Menschen, die ihr etwas bedeuteten, verschollen. Denn auch von Eva gab es kein neues Lebenszeichen. Anrufe auf ihrem Handy gingen ins Leere. Die Reederei hatte nichts erreicht.

„Wir sollten die Polizei einschalten." Sara steckte ihr Handy zurück in die Hosentasche und wagte einen weiteren Schluck vom Klinikkaffee. Sie hatte das Gefühl, dass das Koffein bis in ihre Haarspitzen schoss.

Jon sah nicht überzeugt aus. „Die haben sie damals schon nicht gefunden. Warum sollte es ihnen heute gelingen?“ Er stürzte den letzten Rest seines Kaffees herunter und knallte den Becher in die Spüle.

Wenn die Sprache auf Eva kam, reagierte er heftiger als nötig. Als würde die Erwähnung ihres Namens jedes Mal eine kleine Wutwelle über seine mühsam erbaute Staumauer schwappen lassen. Er kämpfte sehr dagegen an, sich nicht von Zorn übermannen zu lassen, das spürte Sara. Sie musste an den Bibelvers an der Wand in seinem Schlafzimmer denken. Ob Jon in Augenblicken wie diesem daran dachte, wie eine Art Mantra?

„Nichts Neues in all den Jahren“, knurrte er. „Es gab nicht den geringsten Hinweis darauf, woher sie gekommen und wohin sie gegangen ist. Manchmal habe ich das Gefühl, ich hätte mir die Jahre mit ihr zusammen auch nur eingebildet. Als hätte sie nie existiert.“

„Vielleicht gibt es doch einen Hinweis, dem wir nachgehen können“, sagte Sara vorsichtig.

Jon fuhr herum und starrte sie an. „Warum hast du das nicht gleich gesagt?“

„Ich weiß ja selbst nicht, was ich davon halten soll.“

Sie zog erneut ihr Handy hervor und suchte in der Galerie nach den Fotos von den Zeitungsausschnitten, die sie in Evas Dokumentenschachtel gefunden hatte. Jon kam um den Tresen herum und sah ihr über die Schulter. Sara vergrößerte die Ausschnitte, damit er den Text entziffern konnte.

„Per-Olof Esterholt“, murmelte er. „Nie gehört den Namen. Wer soll das sein?“

„Ich hab ihn gegoogelt, aber es gab keinen Treffer. Er ist wohl schon zu lange tot.“ Sara hob ratlos die Schultern. „Vielleicht war Eva damals irgendwie in diesen Unfall verwickelt. Oder er war ein Angehöriger von ihr. Meinst du, man kann herausfinden, aus welcher Zeitung die Artikel stammen?“

„Bestimmt.“ Jon richtete sich auf und rieb sich den Nacken. „Aber es geht noch viel einfacher. Warte mal!“

Damit drehte er sich um und verschwand in Richtung seines Arbeitszimmers. Wenige Augenblicke später hörte Sara, wie er mit einem Schlüssel im Schloss stocherte. Was hatte er vor?

+++

Jon kam, nachdem er die Tür wieder sorgfältig abgeschlossen hatte, mit einem altersschwachen Notebook zurück. Er stellte es auf den Tresen, klappte es auf, schaltete es an, wartete – und fluchte.

„Das letzte Update hat mir das Teil total zerschossen! Ich muss wohl Ville mal wieder drüberschauen lassen."

Zwei Neustarts später war der Rechner endlich bereit. Jon öffnete den Browser und loggte sich auf einer schwedischen Internetseite für Personensuche ein. „Mal sehen, ob wir hier was über den Knaben finden."

Er tippte den Namen *Esterholt* in die Suchmaske und drückte auf Enter. „Über Per-Olof selbst werden wir nichts herausfinden, der ist schon zu lange tot. Aber vielleicht gibt es Verwandte."

Sekunden später spuckte die Datenbank einen Treffer aus. Einen Namen mit Geburtsdatum, Anschrift und Telefonnummer. Jon beugte sich vor und studierte die Informationen, die ihnen die Datenbank präsentiert hatte. „Wer sagt's denn. Gott sei Dank ist Esterholt kein gewöhnlicher Name. Was meinst du, wie viele Einträge wir bei Svensson hätten überprüfen müssen?!"

„Lennart Esterholt", las Sara halblaut vor und rechnete. „45 Jahre alt." Sie zog 24 Jahre ab, überlegte kurz und nickte. „Vom Alter her könnte das Per-Olofs Sohn sein."

Jon fischte nach einem Kugelschreiber und dem Zettelblock, die auf dem Tresen lagen, und notierte sich Lennart Esterholts Adresse und Telefonnummer.

„Der Ortsname sagt mir nichts, aber von der Postleitzahl her … Moment!" Plötzlich wurde Jons Blick starr und er ließ den Stift fallen. „Das würde ja heißen …"

„Was denn?“, drängelte Sara.

Doch Jon stierte nur auf den Bildschirm vor sich und kraulte sich den Bart, während er angestrengt nachdachte. Dann schaltete er jäh wieder um, öffnete im Browser einen weiteren Tab und rief einen Online-Kartendienst auf.

„Wenn das stimmt ...“, murmelte er, ohne den Satz zu beenden.

Sara spürte seine Aufregung, konnte sie sich aber nicht erklären.

Nach wenigen Augenblicken lud die Seite ein Satellitenbild von ihrem aktuellen Standort. Jon gab Lennart Esterholts Adresse ein. Wie bei einer Kamerafahrt zoomte der Bildausschnitt von Stockholm weg, flog Hunderte Kilometer nach Süden, blieb über einer scheinbar endlosen Waldfläche stehen und zoomte wieder herein.

„Der wohnt ja mitten im Gemüse“, stellte Sara fest, als sie das pixelige Anwesen auf einer Lichtung betrachtete.

Es schien sich um eine Art Bauernhof zu handeln. Die Dächer dreier Gebäude gruppierten sich um einen Innenhof, in dessen Mitte ein Lkw parkte. Viel mehr war nicht zu erkennen. Jon vergrößerte den Bildausschnitt, studierte ihn mit angestrengter Miene und zoomte wieder heraus, bis eine größere Straße am rechten Bildrand angezeigt wurde.

„Aha. Und wenn das jetzt die Hundertsechsundzwanzig ist ...“, murmelte er. Sara verstand nur Bahnhof.

„Wonach suchst du eigentlich?“, fragte sie ungeduldig.

Er ignorierte ihren Einwurf und scrollte wieder so lange, bis über der Straße ein blaues Viereck mit der Zahl 126 darin auftauchte. Voller Genugtuung schlug er mit der flachen Hand auf den Tresen. „Tatsächlich!“

„Sieht wie eine stinknormale Landstraße aus“, fand Sara.

„So stinknormal, dass sie sich überall in Schweden befinden könnte“, nickte Jon. „Aber in unserem Fall ist die Provinzstraße 126 interessanter als jede andere. Ahnst du, warum?“

Sie seufzte gequält auf. Konnte der Mann sich nicht endlich einmal klar ausdrücken?

Jon zoomte wieder in dem Kartenausschnitt herum, studierte Ortsnamen, verschob die Ansicht und ging, als er gefunden zu haben schien, wonach er suchte, so nah hinein, dass Sara die Spitzen einzelner Baumwipfel und die Markierstriche in der Straßenmitte erkennen konnte.

„Was ist das?", fragte sie und zeigte auf eine Einbuchtung neben der Straße, die mit einem türkisfarbenen Viereck gekennzeichnet war. Sie nahm einen Schluck von ihrem Kaffee, der inzwischen fast kalt geworden war. Jon bewegte den Mauszeiger genau über das Viereck und der Name *Granefors* tauchte daneben auf.

„Eine Bushaltestelle. Mitten im Wald, irgendwo in Südschweden. Vierhundert Kilometer von Stockholm entfernt."

Sara verschluckte sich und hätte um ein Haar den Kaffee auf den Bildschirm gespuckt.

„Da bin ich nach der Entführung wieder aufgetaucht?", japste sie und wischte sich in Ermangelung eines Taschentuchs mit dem Sweatshirtärmel über den Mund.

Jon nickte. Erneut vergrößerte er den Kartenausschnitt und zog eine Linie von der Bushaltestelle bis zur Adresse Lennart Esterholts. „Das sind keine zwei Kilometer Luftlinie." Triumphierend sah er Sara an. „Zufall?"

Sie schüttelte fassungslos den Kopf und schniefte, weil ihr der Kaffee sogar in die Nase geschossen war. Als sie sich wieder gesammelt hatte, zeigte sie auf den Bildschirm. „Ich will da hin und mit dem Typen reden!"

„Wir haben seine Telefonnummer. Vielleicht reicht auch erst mal nur ein Anruf?"

„Damit er uns gleich abwimmeln kann, wenn er Evas Namen hört? Nein!"

Sara war wie elektrisiert. Ein Name und ein Ort, das waren zwei Anhaltspunkte! Sie wollte mit eigenen Augen die Stelle sehen, an der sie seit Jahren in ihren Träumen im Straßengraben hockte und vor Angst und Kälte zitterte. Und sie wollte von Lennart Esterholt wissen, was er mit Eva zu schaffen hatte. Jede Wette, dass er sie von früher kannte. Sara fühlte eine ungeahnte Genugtuung. Womöglich stand sie kurz davor, eines der Geheimnisse ihrer Mutter zu lüften! Am Ende war es doch gar nicht so schwierig.

Aber Jon verzog zweifelnd das Gesicht. „Ich kann ja verstehen, dass das aufregende Neuigkeiten sind. Aber stellen wir uns mal vor, es wäre dieser Lennart, der dir nach dem Leben trachtet. Wäre es dann so eine gute Idee, einfach so zu ihm ins Wohnzimmer zu spazieren?"

„Du bist ja dabei, oder?"

Jon schnaubte. „Ich bin Orthopäde, kein Bodyguard."

„Umso praktischer. Dann kannst du ihm die Knochen, die du ihm brichst, falls er mich angreifen sollte, anschließend wieder richten."

„Ich bevorzuge subtilere Methoden", bemerkte Jon trocken. „Und natürlich Prävention. Was in diesem Fall bedeutet, dass ich von einem Besuch bei Lennart Esterholt dringend abraten möchte."

„Ich pfeif auf Prävention." Sara reckte energisch das Kinn vor und sah ihren Vater herausfordernd an. „Ich will da hin! Gleich morgen."

Jon seufzte entnervt. „Nicht dieser Blick, Sara! Den kenne ich zu gut."

„Und habe ich dich damit auch früher schon weichbekommen?"

Als Antwort erhielt sie ein unwirsches Brummen.

+++

Den Nachmittag verbrachten sie in *Gamla Stan*, der weltberühmten Altstadt Stockholms. Nach der herben Enttäuschung in der Betonwüste am *Sergels Torg* bekam Sara nun endlich ihr Postkarten-Stockholm zu sehen. Die Sonne war herausgekommen und ließ die liebevoll restaurierten Altstadthäuser in warmen Ocker- und Marzipantönen leuchten. Jon führte sie abseits der Touristenströme durch einige schmale Gassen mit buckligem Kopfsteinpflaster. Manche Durchgänge waren so eng, dass Sara mit ausgebreiteten Armen links und rechts die Häuserwände berühren konnte. Grün gerahmte Sprossenfenster duckten sich fast bis hinunter an die Straßenkanten und manches Schaufenster lockte in Kunstgalerien, Antik- und Trödelläden hinein.

Jede der trutzigen alten Eingangstüren sah anders aus, als herrschte ein stiller Wettbewerb, dass keine zwei Eingänge einander gleichen dürften. Einige glänzten mit frischem Anstrich und Messinggriffen, andere waren Jahrhunderte alt und vom Holz blätterte die Farbe ab. Schmiedeeiserne Beschläge und Laternen ließen die Gassen wirken, als wäre die Zeit vor zweihundert Jahren stehen geblieben. Sara war verzaubert. Aber die Ernüchterung lauerte meist hinter der nächsten Straßenecke, wenn die schmalen Gässchen wieder auf die Hauptroute der Touristen stießen, wo sich Kram- und Andenkenläden mit sündhaft teuren Cafés abwechselten.

Auf dem zentralen Platz, dem *Stortorget*, setzten sie sich dennoch in eines der Cafés mit Blick auf die stolzen Kaufmannshäuser. Deren schmale, hohe Fassaden wirkten auf Sara wie gute Freunde, die eng zusammenstanden und sich gegenseitig die Arme um die Schultern legten. Sie leuchteten in Rot, Ocker und Grün und trugen ähnlich verspielte Giebel zur Schau wie ihre Pendants in der Lübecker Altstadt. Doch wirkte das ganze Ensemble farbenfroher und heiterer.

Sara hatte gerade ihren Kaffee ausgetrunken, als ihr Handy in der Hosentasche vibrierte. Eilig zog sie es hervor. Unbekannte Rufnummer. Meldete sich Eva aus Helsinki? Vor Aufregung hätte sie beinahe die falsche Schaltfläche gedrückt und den Anrufer abgewürgt. Sie presste den Daumen auf das grüne Symbol und rief ein atemloses „Hallo?" in den Hörer.

„Ach, Sara, wo steckst du denn bloß?"

Sie brauchte einen Augenblick, um Christoph Moormanns Stimme zu erkennen.

„Ich musste förmlich bei Caro zu Kreuze kriechen, damit sie mir endlich deine neue Handynummer verrät! Was machst du denn gerade?"

„Ich bin in Stockholm und mache *fika*", antwortete Sara wahrheitsgemäß.

„*Fika*? Was soll das sein?“

„Schwedische Kaffeepause. Auf dem wunderschönen *Stortorget* mitten in *Gamla Stan.*“

„Na, du lässt es dir ja gut gehen!“ Christoph gab sich keine Mühe, seinen Unmut zu verbergen. „Wir machen uns hier größte Sorgen über euren unangekündigten Abgang und ihr lasst ganz gemütlich die Seele baumeln! Gib mir doch mal deine Mutter!“

„Geht nicht“, murmelte Sara.

„Wieso nicht?“

„Sie ist weg. Verschwunden. Mal wieder.“

„Ach du heiliger Sockenschuss!“, stöhnte Christoph und musste sich offenbar erst mal sammeln.

Dann schien ihm etwas zu schwanen. „Bist du etwa ganz allein in Stockholm?“, fragte er entsetzt.

„Nein, mein Vater sitzt gerade neben mir.“

Wieder verschlug es Christoph die Sprache. Sara hörte ihn am anderen Ende nur vernehmlich schniefen, bis er sich zu einem „Was ist passiert?“ durchrang.

Sie berichtete kurz von ihrem Streit an Bord der Fähre und dass Eva seitdem auf dem Weg nach Helsinki verschollen war.

„Und was habt ihr unternommen?“

Sara warf einen Seitenblick auf Jon, der sie fragend ansah.

„Nichts“, sagte sie. „Sie geht nicht an ihr Handy und die Reederei hat auch nichts erreicht.“

„Auf die Idee, die Polizei zu verständigen, seid ihr wohl nicht gekommen, was?“, spottete Christoph und klang dabei richtiggehend beleidigt.

„Und was soll die unternehmen? Meine Mutter ist ein erwachsener Mensch. Sie tut und lässt, was sie will.“

„Sie hat ihr minderjähriges Kind allein zurückgelassen!“, brauste Christoph mit ungeahnter Heftigkeit auf.

Sara hielt das Telefon ein Stück von ihrem Ohr fort und verzog das Gesicht. Selbst Jon konnte seinen Ausbruch in bester Qualität hören und hob die Augenbrauen. Sara fragte sich, ob er überhaupt Deutsch verstand.

„Deine Mutter ist wirklich von allen guten Geistern verlassen!“, schimpfte Christoph lauthals.

Sie hatte ihn selten so wütend erlebt. Das letzte Mal, als Caro sich für ein Partymitbringsel an einer Flasche seines Lieblingswhiskys vergriffen hatte. Da verstand Christoph keinen Spaß.

„Ich würde ihr glatt zutrauen, dass sie irgendwo zwischen Schweden und Finnland in die Ostsee gesprungen ist!“, knurrte er und kleidete damit einen Gedanken in Worte, der Sara seit zwei Tagen heimlich quälte und den sie mit besten Mitteln zu verdrängen versuchte: dass ihre Mutter sich etwas angetan hatte.

„Dann hätte die Reederei doch spätestens nach der Ankunft in Helsinki bemerkt, dass ein Passagier fehlt“, wandte sie ein. „Das Auto war ja mit auf der Fähre.“

Christoph seufzte. „Jedenfalls habe ich mir schon lange Sorgen um deine Mutter gemacht, Sara. Um ehrlich zu sein: Gaby und ich haben schon vor Jahren Pläne geschmiedet, für den Fall, dass Eva sich etwas antun würde. Du wärst ja sonst ganz allein gewesen.“

Diesmal verschlug es Sara die Sprache und sie musste heftig schlucken. Sie hatte immer das Gefühl gehabt, bei Moormanns willkommen zu sein. Dass Christoph und Gaby aber heimlich für den äußersten Notfall vorgesorgt hatten, traf sie trotzdem unerwartet und rührte sie tief.

„Sara“, sagte Christoph und klang nun wieder ruhig. „Egal, was in den nächsten Tagen passiert: Du kannst jederzeit zu uns zurückkommen. Wir sind für dich da.“

Als sie auflegte, blinzelte sie ein paar Tränen weg. Da saß sie an dem Ort, nach dem sie sich jahrelang gesehnt hatte. Den sie sich anhand von Bildern und Reisedokus irgendwie zurechtgeträumt hatte. Doch ausgerechnet hier wurde ihr klar, dass sie ganz woanders zu Hause war. Dass sie hier genauso fremd war wie die Massen an Touristen, die von den bunten Reisebussen vor dem königlichen Schloss ausgespuckt worden waren. Stockholm war wunderschön, aber es war nicht mehr ihre Heimat.

„Lass uns gehen", sagte sie zu Jon.

+++

Am frühen Abend schnürte Sara ihre Laufschuhe. Christoph hatte sie ihr nach der Spurensicherung aus dem Präsidium mitgebracht. Das Bummeln durch die Altstadt hatte sie ermüdet und sie war bei der Rückkehr in Jons Wohnung schlecht gelaunt gewesen. Während Jon das Abendessen vorbereitete, lief sie sich auf dem Mittelstreifen des Valhallavägen den Frust von der Seele. Ganz gelang es ihr nicht, doch sie fühlte sich besser, als sie eine Dreiviertelstunde später wieder durch das Portal in die schummerig beleuchtete Eingangshalle trat.

Sie murmelte einen Gruß in Richtung der alten Dame, die gerade die Post aus ihrem Kasten holte, und war schon halb im Treppenhaus, als eine brüchige Stimme sie zurückrief.

„Sara?"

Seufzend blieb sie stehen. Offenbar funktionierten die verborgenen Kanäle in diesem Haus hervorragend. Jeder schien zu wissen, dass sie wieder da war.

Sie drehte sich um und sah, wie sich die alte Dame ihr zögernd näherte. Sie wirkte äußerst gepflegt. Das weiße Haar hatte sie sorgfältig in Form geföhnt und dezentes Make-up aufgelegt, auch wenn der Lippenstift auf ihren runzligen Lippen kaum noch Halt fand. Sie trug einen dunkelgrünen Blazer. Auf dem Revers funkelte eine goldgefasste Brosche. Ein Schmetterling, dessen Flügel bläulichgrün irisierten. Sara starrte auf das Schmuckstück, als würde es sich jeden Moment in die Lüfte erheben und davonfliegen.

„Wie geht es dir, mein Kind?", fragte die alte Dame und lächelte liebenswürdig.

„Äh … gut", stammelte Sara, die wenig Lust hatte, der fremden Omi auf die Nase zu binden, wie sie sich in diesem Augenblick wirklich fühlte: verunsichert und verwirrt nach all den neuen Eindrücken.

„Ich habe schon damals in der Wohnung unter euch gewohnt", erklärte die alte Dame. „Greta Larsson. Manchmal hast du an meiner Tür geklingelt, um dir ein Stückchen Kuchen abzuholen. Sonntags habe ich immer Mandelkuchen gebacken."

Greta lächelte versonnen. Sara zog pflichtschuldig die Mundwinkel auseinander. Sie wusste nicht, was sie sagen sollte.

Dann aber erstarb Gretas Lächeln jäh und ihr Blick trübte sich. „Diese ganze unselige Geschichte. Dass du überhaupt wieder zurückgekommen bist!" Sie sah sich um, als wollte sie überprüfen, dass keine Ohren aus den Wänden wuchsen. „Ist er auch in der Nähe?"

„Sie meinen Jon?", vergewisserte sich Sara.

Gretas Augen verengten sich zu Schlitzen. „Wen sonst?"

„Er ist oben in der Wohnung und macht Abendessen."

„Gut!" Die alte Dame atmete erleichtert aus. „Und deine Mutter?"

„Ist unterwegs", murmelte Sara. Gelogen war es nicht.

Plötzlich trat Greta einen Schritt vor und legte ihr eine dürre Hand auf den Arm. „Versprich mir eins, Kind: Pass gut auf dich auf. Mir ist nicht wohl bei der Sache!"

„Was meinen Sie?", fragte Sara irritiert.

„Du solltest nicht hier sein. Es war gut, dass ihr damals gegangen seid. Das hat der Kerl verdient, nach allem, was er euch angetan hat!"

Sara wand sich unter der Berührung weg und trat einen Schritt zurück.

„Was wissen Sie über die Entführung? War Jon irgendwie darin verwickelt?"

Greta lachte kurz und bitter auf und winkte ab. „Davon rede ich doch gar nicht. Erinnerst du dich denn nicht mehr?"

Sara sah sie nur verständnislos an. Worauf wollte die Alte hinaus?

Greta wartete ihre Reaktion ab. Als diese nicht kam, schüttelte sie entschieden den Kopf. „Nun, wenn du dich erinnern würdest, wärst du nicht freiwillig wiedergekommen!"

Genau genommen bin ich auch ohne mich zu erinnern nicht freiwillig hier, dachte Sara, verkniff sich aber die Bemerkung.

„Was hat dir denn deine Mutter über den Ursprung der Narbe über deinem Ohr erzählt?", fragte Greta.

Sara erschrak. Ihre rechte Hand fuhr zu der Stelle kurz hinter der Schläfe. Ihre Fingerspitzen spürten raue Haut.

„Nichts", antwortete sie. „Ich weiß nicht, woher die Narbe stammt."

„Die hat er dir zugefügt", trumpfte die Alte auf und warf einen vielsagenden Blick in Richtung der oberen Stockwerke. „Es war wenige Tage vor eurem Verschwinden. Ich habe alles mitangehört. Sein Brüllen. Das laute Poltern. Dein Weinen. Minuten später seid ihr dann alle zusammen durchs Treppenhaus gelaufen. Ich habe es durch den Türspion beobachtet. Dein Kopf war blutüberströmt und Eva schrie deinen Vater an, das sei alles seine Schuld. Was soll ich noch sagen?"

„Vielleicht war es nur ein Unfall?", wandte Sara ein, doch Greta verzog nur geringschätzig den Mund.

„Tage zuvor hat dein Vater einen Fotoreporter verprügelt. Immer wieder wurde es bei euch laut. Wie soll ich es mir anders erklären?"

Sara schüttelte den Kopf. „Ich will mir das nicht länger anhören!"

Sie drehte sich um und eilte ins Treppenhaus, angewidert von der Tratschsucht der alten Frau. Aber als sie schwer atmend im Dachgeschoss angelangt war und vor Jons Wohnungstür stand, hielt sie inne und tastete erneut nach der Narbe. Konnte es sein? Hatte sich Jon doch nicht so unter Kontrolle, wie er es ständig demonstrierte? Lag da nicht doch eine versteckte Aggression in seinen Worten, seinen Bewegungen? War Greta die Nachbarin, die gegenüber der Presse von Gewalt gesprochen hatte, oder war das inzwischen die Standardmeinung der gesamten Hausgemeinschaft?

Sie zwang sich, die Gedanken beiseitezuschieben, weil sie nirgendwo hinführten, und drückte auf den Klingelknopf. Augenblicke später hörte sie Schritte hinter der Wohnungstür. Zu ihrem großen Erstaunen war es aber nicht Jon, der ihr öffnete.

„Was machst du denn hier?", wunderte sich Sara und trat an Ville vorbei in den Vorraum. Sie hatte nicht unfreundlich klingen wollen, aber sie war zu verblüfft.

„Ich mach Jons Notebook wieder flott. Das spinnt schon wieder", murmelte Ville mit gesenktem Kopf und verschwand gleich darauf wieder im Arbeitszimmer.

Deshalb hatte er sie neulich also sofort erkannt! Nun wurde Sara einiges klar. Wenn Jon ihm schon vorher Zutritt in sein Allerheiligstes gewährt hatte, dann musste Ville die Fotos von ihr gesehen haben. Kein Wunder, dass er ziemlich erstaunt gewesen war, als sie ihn im Treppenhaus fast über den Haufen gerannt hatte.

Sie zog ihre Schuhe aus und ging ins Wohnzimmer. Jon widmete sich mit voller Konzentration dem Abendessen: Er hockte vor dem Backofen und wendete Frühlingsrollen, während es auf dem Herd in mehreren Töpfen brodelte. Der Duft asiatischer Gewürze schlug ihr entgegen. Jon schien ein ernsthaftes Faible für die fernöstliche Küche zu haben.

„Essen ist gleich fertig", rief er über den Lärm des Dunstabzugs hinweg. „Ich habe Ville dazu eingeladen."

Sara rollte mit den Augen. Na toll! Die Aussicht, mit diesem maulfaulen IT-Fuzzi am Tisch zu sitzen, stimmte sie nicht gerade heiter. Sie nickte nur knapp und lief in ihr Zimmer, um ihre Klamotten vom Bett aufzusammeln. Sie wollte vor dem Essen rasch duschen und sich umziehen. Doch als sie ihr Zimmer betrat, stutzte sie. Es roch anders als noch vor einer guten Stunde, bevor sie es verlassen hatte. Ein fremder Duft lag in der Luft. Dasselbe herbe Deo, das sie eben schon im Flur gerochen hatte.

Was zum Teufel hatte Ville in ihrem Zimmer zu suchen gehabt? Ärgerlich raffte Sara die Kleidungsstücke zusammen, die sie auf ihrem Bett ausgebreitet hatte. Erst diese aufdringliche Alte von eben und jetzt auch noch ein verklemmter Schnüffler! Wo war sie hier bloß hingeraten?

#21

„Bist du offen für eine Planänderung?", empfing Jon sie beim Frühstück am nächsten Morgen.

Sara blies die Backen auf, als sie sich am Tresen niederließ. Was war denn nun wieder?

„Eigentlich wäre heute Lennart Esterholt dran", erinnerte sie ihn, schüttete Müsli in eine der Schüsseln und goss Dickmilch aus dem Karton dazu.

Jon stellte eine Tasse dampfenden Straßenbelag vor ihr ab. „Wärst du sehr enttäuscht, wenn wir erst morgen nach Småland fahren?"

Sara seufzte. „Was ist denn dazwischengekommen?"

Doch statt ihr eine Antwort zu geben, schaufelte Jon in aller Ruhe sein Müsli in sich hinein und überflog gleichzeitig Nachrichten auf dem Smartphone, das neben ihm lag.

„Hallo?" Sara winkte vor seinem Gesicht herum.

„Moment, ich sag es dir gleich …" Er studierte weiterhin seine Nachrichten, nickte, brummelte etwas vor sich hin, scrollte auf und ab und tippte dann eine Antwort.

„Was hast du vor?", drängelte sie.

„In einem Waldgebiet südlich der Stadt wird seit gestern eine Joggerin vermisst. Heute Vormittag startet unser Verein eine Suchaktion. Dafür wurde ich gerade angefragt."

„Was denn für ein Verein?" Sara nippte an ihrer Tasse. Der Kaffee floss bitter und zähflüssig in ihren Magen, als wäre der ein Schlagloch, das gestopft werden müsste.

„Er heißt *Leuchtturm*", erklärte Jon und steckte das Handy weg. „Wir unterstützen Menschen bei der Suche nach vermissten Angehörigen.

Meistens mit Anzeigen in sozialen Netzwerken, manchmal aber auch mit großen Suchaktionen im Gelände. So wie heute."

Sara dachte an die vielen Steckbriefe und Fotos an der Korkwand in Jons Arbeitszimmer. Tatsächlich war ihr auf mehreren Ausdrucken ein Leuchtturm-Logo aufgefallen.

„Dann hat dein Verein bestimmt auch nach Eva und mir gefahndet, oder?", fragte sie.

Jon nickte. „Natürlich. Über diese Schiene bin ich erst auf die Idee gekommen, mich selbst zu engagieren. Ich weiß, wie sehr Ungewissheit und Untätigkeit einen Angehörigen zermürben können. Wenn ich euch schon nicht aufspüren konnte, wollte ich wenigstens anderen Leuten dabei helfen, ihre Lieben zu finden."

„Gelingt euch das denn?"

„In den meisten Fällen tauchen die Gesuchten innerhalb von zwei Wochen von alleine wieder auf." Jon kratzte seine Müslischüssel leer, schüttelte den Dickmilchkarton und ließ den letzten Rest in die Schüssel tropfen. „Bei der vermissten Joggerin vermuten wir allerdings ein Unglück. Vielleicht stellt sich am Ende aber auch heraus, dass sie heimlich einen Flieger nach Mallorca genommen hat und sich dort sonnt, während ihre Familie sich Sorgen macht. Hat es alles schon gegeben."

„Und warum macht das nicht die Polizei?", wunderte sich Sara.

„Die wird dort auch antreten. Wir sehen uns nur als Helfer der Behörden. Das Waldgebiet ist riesig, da sind die ganz dankbar, wenn wir einen anderen Teil des Geländes durchkämmen. Wir arbeiten Hand in Hand. Inzwischen kennen wir die Koordinatoren bei der Polizei durch die vielen Einsätze ganz gut."

„Habt ihr bei so einem Sucheinsatz schon mal jemanden gefunden?"

„Hm, ja, das ist schon vorgekommen", antwortete Jon ausweichend.

„Ist doch super!"

„Zwei Leichen."

„Oh."

„Der eine ist verunglückt und wir kamen leider zu spät. Der andere hat sein Ende selbst gewählt. Wir hoffen natürlich, dass wir bei der Joggerin mehr Glück haben." Jon sah auf die Uhr am Backofen. „Wir treffen uns um elf auf einem Parkplatz in dem Waldstück. Dort steht noch ihr Auto."

„Kann ich mitkommen?", fragte Sara hoffnungsvoll.

Die Sache hörte sich spannend an. Und mittlerweile traute sie sich sogar einen längeren Marsch durch den Wald zu. Sie wäre dabei ja auch nicht allein. Doch zu ihrer Enttäuschung schüttelte Jon den Kopf.

„Das wird kein netter Waldspaziergang, Sara. Wir marschieren unter Umständen stundenlang durchs Gelände, teilweise mitten durchs Unterholz."

„Kein Problem."

„Zecken, Mücken, Spinnen!"

„Sehe ich so aus, als würde mir das was ausmachen?"

„Und es dürfen nur Volljährige mitsuchen." Damit glaubte er, das Totschlagargument in der Hand zu haben. Sara wischte seinen Einwand einfach weg.

„Ich habe doch einen Erziehungsberechtigten dabei", wandte sie ein, legte den Kopf schief und lächelte Jon breit an.

Er seufzte. Aber während er scheinbar schicksalsergeben den Kopf schüttelte, bemerkte Sara, wie sich einer seiner Mundwinkel leicht kräuselte.

„Da hast du allerdings recht." Er stand auf, faltete den Milchkarton klein und warf ihn quer durch die Küche zielgenau auf den Mülleimer. „Probieren wir's. Je mehr Leute wir sind, desto besser. Ich werde auch gleich Ville Bescheid geben. Er hat uns schon bei einigen Suchen unterstützt. Der Junge ist ein Ass im Navigieren!"

Damit hatte Sara nun wieder nicht gerechnet. Aber jetzt war es zu spät für einen Rückzieher. Irgendwie würde sie mit dem Kerl schon klarkommen.

+++

Insgeheim hatte Sara gehofft, dass irgendeine wichtige Uni-Veranstaltung Ville davon abhalten würde, sich ihnen anzuschließen. Doch als er auf die Rückbank von Jons Volvo kletterte, nuschelte er, die heutigen Kurse könne er ohne Bedenken sausen lassen. Dann stöpselte er sich die Ohren zu, drückte auf seinem Smartphone herum und versank in fernen Welten. Aus den Kopfhörern quietschten Metal-Riffe, die wie Messer auf Porzellantellern klangen. Sara schüttelte sich.

Sie fuhren auf der Autobahn aus der Stadt heraus und dann eine Dreiviertelstunde Richtung Südosten. Die Straßen wurden schmaler, die Ortschaften kleiner, bis sie nur noch aus einzelnen, weit verstreut liegenden Häusern inmitten von Wald bestanden. Es waren zumeist Holzhäuser, rot, gelb oder weiß gestrichen, manche sogar himmelblau. Sara fühlte sich an die Abbildungen aus dem Urlaubskatalog erinnert, den sie sich einmal aus einem Reisebüro mitgenommen und unter ihrem Kopfkissen versteckt hatte. Mit solch einer Urlaubskulisse hätte sie so nahe der Hauptstadt nicht gerechnet.

Jon bog von der Landstraße auf einen unscheinbaren Schotterweg ab, der mitten in den Wald hineinführte. Nach einigen Hundert Metern erreichten sie einen Parkplatz auf einer Lichtung. Trotz der abgeschiedenen Lage war an diesem Vormittag dort der reinste Rummel los. Sara staunte. Sie zählte mehrere Einsatzbusse der Polizei, außerdem ein knappes Dutzend privater PKWs. Vor einem roten Kleinbus hatte ein älteres Ehepaar ein Vorzelt aufgespannt und einen Tapeziertisch aufgebaut, auf dem, neben diversem Kartenmaterial, auch eine beachtliche Gulaschkanone stand.

Die Frau kletterte gerade aus dem Bus und stellte Plastikgeschirr bereit. Ihr Mann verteilte Geländekarten an die Umstehenden. Die übrigen Freiwilligen hatten sich in Grüppchen zusammengefunden und plauderten. Mehrere trugen blaue Reflektorwesten mit dem Leuchtturmsymbol des Vereins und jeder hatte einen Rucksack geschultert.

Sara hatte dabei zugesehen, wie Jon ihre Rucksäcke bestückt hatte: je eine Wasserflasche, eine Thermoskanne Kaffee, Bananen, Müsliriegel, ein Päckchen Studentenfutter, ein Regencape, Wechselsocken und

Blasenpflaster. Für sich hatte er außerdem einen analogen Kompass, eine Stirnlampe und ein Erste-Hilfe-Paket eingepackt. Und natürlich seine blaue Weste.

„Das ist ja ein ziemlicher Auflauf", bemerkte Sara, als sie ausstiegen.

Ville schälte sich schwerfällig von der Rückbank, vergrub die Hände in den Hosentaschen und lehnte sich ans Auto. Er machte keine Anstalten, die Kopfhörer abzunehmen.

Jon nickte. „Und die Polizisten sind offensichtlich schon im Wald unterwegs. Sonst wäre hier noch mehr los. Da ist Ulrika!"

Er setzte sich zügig in Bewegung und marschierte auf eine kräftig gebaute Frau in blauer Weste zu, die in einer Hand eine Kladde hielt, in der anderen ein Funkgerät. Damit gestikulierte sie immer wieder in Richtung Wald, während sie zwei jungen Männern, die eine Geländekarte auf der Motorhaube ihres Autos entfaltet hatten, etwas erklärte. Als sie Jon entdeckte, nickte sie den beiden abschließend zu und ließ sie stehen.

„Jon, da bist du ja! Wie schön!" Sie umarmten sich kurz zur Begrüßung.

Die Frau wirkte robust wie ein Eichenschrank und hatte ein wettergegerbtes Gesicht mit strahlend blauen Augen. Über ihren kurzen Haaren trug sie eine ausgeblichene dunkle Baseballmütze mit dem Logo eines Traktorherstellers. Sie sah aus, als wäre die freie Natur ihr wahres Wohnzimmer. Ihre Outdoorhosen waren an mehreren Stellen geflickt und ihre Wanderstiefel schon reichlich heruntergetreten. Einzig der zart geblümte Loopschal, den sie um den Hals trug, wirkte seltsam deplatziert an ihr.

Der Händedruck, mit dem sie Sara begrüßte, hatte etwas Schraubstockartiges. Sara, die damit schon gerechnet hatte, quetschte zurück, so gut sie konnte, und erntete dafür ein anerkennendes Nicken.

„Ulrika."

„Sara."

„Nein!" Ulrikas Augen leuchteten auf.

Dann beugte sie sich vor, musterte fasziniert Saras Gesicht, schüttelte den Kopf und lachte, ehe sie sich mit gespieltem Vorwurf zu Jon umdrehte.

„Mensch, warum hast du mir das denn nicht erzählt? Das ist ja unglaublich! Dass ich deine Kleine mal nicht nur auf Fotos zu sehen bekomme, sondern leibhaftig vor mir … Und Donnerwetter, ist die hübsch geworden!"

Ulrika schlug Sara begeistert auf die Schulter. Wäre sie ein Zaunpfahl gewesen, hätte sie einen halben Meter tiefer im Boden gesteckt. Jon stand daneben und grinste über ihr verdutztes Gesicht.

„Willst du uns bei der Suche unterstützen?", fragte Ulrika.

Sara nickte. „Deswegen bin ich hier."

Über ihren Kopf hinweg warf Ulrika Jon einen zweifelnden Blick zu. „Wie alt ist sie? Sechzehn?"

„Siebzehn", korrigierte Jon.

Da schüttelte sie den Kopf. „Nein, das geht nicht! Minderjährige nehmen wir nicht mit. Das weißt du doch, Jon."

Sara öffnete ihren Mund, um zu protestieren. „Aber ich …"

„Du bleibst am besten bei Britt und Gunnar am Bus", unterbrach Ulrika sie rigoros und stach mit ihrem Funkgerät Löcher in die genannte Richtung. „Nicht, dass du uns im Wald verlorengehst. Das soll ja schon mal vorgekommen sein, wenn ich mich recht entsinne."

„Ich komme mit", widersprach Sara. „Ich bin nicht hier, um mich den ganzen Tag auf dem Parkplatz zu langweilen."

„Auf gar keinen Fall. Erstens fehlt dir das entscheidende Jahr und zweitens ist das hier kein Kindergeburtstag mit Schnitzeljagd."

„Ich habe es dir gesagt", raunte Jon.

Sara bedachte ihn mit einem wütenden Blick. Dann straffte sie sich und verschränkte entschieden die Arme. „Erstens bin ich fit und kann ganz gut auf mich aufpassen. Und zweitens: Jedes weitere Paar Augen sieht mehr, nicht wahr?"

Ulrika musterte sie abschätzend und schien zu überlegen. Sara sah sie voller Entschlossenheit an und bemühte sich, ihrem Blick so selbstbewusst sie konnte standzuhalten. Von ihrem Gepolter wollte sie sich nicht einschüchtern lassen. Und sie hatte wirklich keine Lust, den restlichen Tag mit den beiden alten Leutchen die Gulaschkanone zu bewachen. Dann hätte sie auch in der Stadt bleiben können. Schließlich kniff Ulrika die Lippen zusammen und seufzte. Zuerst dachte Sara, sie wäre genervt, doch dann breitete sich allmählich ein Grinsen auf Ulrikas kantigem Gesicht aus.

„Deine Kleine gefällt mir, Jon. Die hat Biss." Wieder verpasste sie Sara einen Klaps auf die Schulter, der Gerechtigkeit halber auf die andere Seite. „Also gut, ausnahmsweise. Und weil dein Papa dabei ist. Aber merke dir eins: Ich leite das Ganze hier, und wenn du meinen Anweisungen nicht Folge leistest, brechen wir sofort ab. Und kein Gejammer wegen Hunger, Pipi, Durst! Verstanden?"

Als Antwort grinste Sara zurück. Der Punkt ging an sie.

+ + +

Eine halbe Stunde später dachte Sara sehnsüchtig an den Parkplatz zurück. Einen warmen Teller Suppe auf dem Schoß balancierend in der Sonne zu sitzen und mit netten alten Leutchen zu plaudern kam ihr nun doch recht erstrebenswert vor. Zumindest im Vergleich zu der Wildnis, durch die sie sich an der Seite von Jon und Ulrika schlug.

Ihr kleines Team war als letztes losgezogen, nur wenige Minuten, nachdem Ville mit zwei anderen jungen Männern in seinem Alter im Wald verschwunden war. Alle drei hatten Sweatshirts mit den verschwurbelten Logos irgendwelcher Metalbands getragen, über die sie sich erst in der allerletzten Sekunde ihre blauen Warnwesten gezogen hatten. Sara war heilfroh, dass Ville sich diesem Trupp angeschlossen hatte. Da konnten sich die drei gegenseitig anmuffeln, ohne ihr auf die Nerven zu gehen.

Zunächst waren sie der breiten Hauptschneise gefolgt, die an Kiefernhainen und lichten Kahlschlägen entlangführte. Sonnenlicht flutete auf den Weg und die ganze Aktion mutete an wie ein entspannter

Waldspaziergang. Ulrika reichte Sara ein ausgedrucktes Foto. Es zeigte eine blonde Frau um die fünfzig mit Pagenkopf und randloser Brille.

„Das ist die Vermisste", erklärte Ulrika. „Annelis Berg. Sie geht in diesem Waldstück regelmäßig laufen. Gestern aber ist sie nicht von ihrer Runde zurückgekehrt."

„Hab ich das eigentlich richtig verstanden? Trainiert sie tatsächlich Querfeldeinlauf?", fragte Jon und klang dabei, als wünschte er sich sehnlichst das Gegenteil.

„So hat ihr Mann das gesagt."

Jon schnaufte. „Na, großartig! Wenn ihr bei Kilometer sechzehn die Pumpe versagt hat, wird das heute nichts mehr."

Sara warf ihm einen entgeisterten Blick zu. So zynisch hatte sie ihn bisher noch nicht erlebt. Aber Jon zuckte nur knapp mit den Schultern.

„Passiert immer wieder. Da kommt jede Hilfe zu spät", sagte er lapidar. „Tu nicht so, als hätte ich dich nicht vorgewarnt!"

Sara zog es vor zu schweigen und stapfte missmutig zwischen ihrem Vater und Ulrika her. Was hatte sie auch erwartet? Während der Autofahrt hatte sie sich lebhaft ausgemalt, wie sie die Joggerin nach stundenlanger Suche kurz vor Ende ihrer Kräfte gefunden hätten. In ihrer Fantasie hatte sich die bedauernswerte Frau bei einem Sturz den Fuß verknackst und die Nacht über tapfer im finsteren Wald ausgeharrt. Sara hatte richtig mit ihr mitgefiebert. An eine andere Möglichkeit hatte sie gar nicht denken wollen. Offenbar war sie immer noch anfällig für allerhand Illusionen.

„Wir gehen hier entlang", sagte Ulrika nach einem Blick auf ihr Smartphone und wandte sich nach rechts.

Die Schneise, die vom Hauptweg abging, war so schmal, dass Sara sie kaum bemerkt hatte. Sie wäre gerne weiter auf dem breiten Weg gelaufen. Solche Art Wege durch den Wald fand sie mittlerweile erträglich. Die Schneise, in die sie nun eintauchten, war jedoch das komplette Gegenteil: Ein enger Tunnel aus Fichten, deren Zweige sich dicht über ihren Köpfen ineinander verschränkten. Sie schluckten fast das gesamte Licht.

Plötzlich umfing Sara eine grünliche Dämmerung und der Geruch nach Baumnadeln und Harz stach ihr in die Nase. Aber da war noch etwas, das sie nicht einordnen konnte. Ein herber Duft, der wie Nieselregen in der Luft hing. Sie fröstelte. Unter den Ärmeln ihres Sweatshirts prickelte die Gänsehaut.

Jon streifte sie mit einem Seitenblick, sagte aber nichts. Sara biss die Zähne zusammen und lief weiter. Nach wenigen Metern standen die Bäume so dicht, dass sie im Gänsemarsch hintereinander laufen mussten.

Ulrika ging voran, dann Sara, zuletzt Jon. Dabei legte Ulrika ein beachtliches Tempo vor, obwohl der Boden die reinste Buckelpiste war. Ein knorriges Geflecht aus Wurzeln zog sich kreuz und quer über den Trampelpfad.

Die perfekten Fußangeln, dachte Sara. *Wie gemacht, um darüber zu stolpern, sich den Fuß zu verknacksen und hilflos liegenzubleiben.* Sie schauderte, doch sie hielt den Mund.

„Augen offenhalten!", mahnte Ulrika. „Immer das Unterholz im Blick haben."

In regelmäßigen Abständen riefen sie und Jon Annelis' Namen in den Wald hinaus. Danach lauschten sie jedes Mal auf eine Reaktion. Doch die einzige Antwort des Waldes war tiefe Stille. Nicht einmal ein laues Lüftchen flüsterte in den Fichtenzweigen. Sie hingen schlaff und schwer herab, als hätte das Leben sie schon lange verlassen, und dämpften jedes Geräusch.

Saras Rückenmuskeln zogen sich zusammen. Im Lübecker Wald hatte sie sich zuletzt zwar nicht unbedingt entspannt bewegt, aber längst nicht mehr mit dieser bohrenden Angst im Nacken. Doch gegen dieses Dickicht hier war der Stadtwald zu Hause zahm wie eine Buchsbaumhecke.

Als ein knorriger Finger über ihre Schulter kratzte, schrie Sara erschrocken auf und sprang zur Seite, nur um dort mit dem Kopf fast gegen einen dicken Ast zu prallen. Dabei war es nur ein überhängender Zweig gewesen.

Ulrika drehte sich um und hob fragend die Brauen. Von Jon kam ein Ton, der klang, als hätte er ein missbilligendes Schnalzen unterdrückt. Sein Ärger darüber, Sara nachgegeben zu haben, quoll ihm aus jeder Pore.

„Alles okay", murmelte sie beschämt und nahm sich vor, sich so gut sie konnte zusammenzureißen. Immerhin hatte sie förmlich darum gebettelt, bei der Suche mithelfen zu dürfen. Das hatte sie jetzt davon.

+++

Stundenlang marschierten sie durch tunnelartige Schneisen, kletterten über Wurzeln und herabgestürzte Äste, erklommen Hügel und tasteten sich Abhänge herab. Gesprochen wurde nur das Allernötigste, von den regelmäßigen Rufen nach Annelis einmal abgesehen. Ab und an schnarrte das Funkgerät, das neben einem Fahrtenmesser an Ulrikas Gürtel baumelte. Andere Teams gaben Statusmeldungen durch, und Ulrika erwiderte mit knappen Anweisungen. Wenn sie sich mit Jon abstimmte, geschah das ebenfalls ohne große Worte. Die beiden wirkten auf Sara wie ein jahrelang eingespieltes Team, das sich aufeinander zu verlassen wusste.

Mit festen Schritten wanderten sie über den Waldboden und zeigten keine Ermüdungsanzeichen, während Sara mit jedem Kilometer mehr darum kämpfte, nicht zurückzufallen. Ihre Beine wurden immer schwerer und ihre Laufschuhe waren nach dieser Aktion reif für die Tonne. Die Federung versagte und Sara spürte schmerzhaft jede Baumwurzel durch die Sohle. Als sie ihren Koffer für Schweden gepackt hatte, wäre sie im Traum nicht auf die Idee gekommen, stundenlang über Trampelpfade im Wald zu marschieren.

Nachdem sie einen rutschigen Abhang heruntergeschlittert waren, sprach Ulrika das erlösende Wort: „Pause!" Sara ließ ihren Rucksack zu Boden plumpsen, sich selbst hinterher und lehnte sich mit dem Rücken gegen einen moosbewachsenen Findling. Erschöpft machte sie sich über ihre Wasservorräte und die Energy-Riegel her, die Jon ihr eingepackt hatte, nur um festzustellen, dass die Riegel nach kleingemahlenen Sägespänen mit Kokosaroma schmeckten. Fast hätte sie die Pampe angewidert wieder ausgespuckt. Auch Jon und Ulrika hatten sich auf den Waldboden gesetzt und kramten in ihren Rucksäcken.

„Ganz schöner Marsch, was?", bemerkte Ulrika, während sie eine Banane schälte. Sie klang direkt vergnügt.

Sara nickte matt. „Du scheinst so was öfter zu machen."

Ulrika lachte. „Ich bin beim Verein fest angestellt. Solche Suchen zu organisieren und durchzuführen ist mein Job."

Daher also ihre robuste Konstitution. Selbst nach drei Stunden auf dieser Buckelpiste wirkte sie frisch wie nach einem Stadtbummel. Wahrscheinlich würde sie auch einen Achttausender erklimmen, ohne sichtbare Zeichen von Ermüdung zu zeigen, vermutete Sara.

„Wie bist du dazu gekommen?", fragte sie.

„Aus demselben Grund wie dein Vater." Ulrika streifte Jon, der sich mit einem großen Schluck Kaffee aus der Thermoskanne dopte, mit einem raschen Seitenblick.

„Viele, die sich bei uns engagieren, haben selbst mal einen Angehörigen vermisst", sagte er und schraubte den Deckel zurück auf die Kanne.

„Britt und Gunnar zum Beispiel, das alte Ehepaar vom Parkplatz, suchen seit Jahren nach ihrem Sohn", erklärte Ulrika. „Er ist auf dem Weg zur Arbeit verschwunden und seitdem verschollen. Sie haben die Hoffnung, ihn zu finden, nie aufgegeben."

„Oder nimm Ville", ergänzte Jon.

„Ernsthaft?" Sara sah ihn erstaunt an.

„Ja. Als er dreizehn war, hatte sein Vater einen Geschäftstermin in Borås. Er ist nie dort angekommen. Keiner weiß, ob er Opfer eines Verbrechens geworden ist oder ob er sich klammheimlich ins Ausland abgesetzt hat."

„Dieses Bangen und Warten zermürbt." Ulrika holte aus und warf ihre Bananenschale ins Unterholz. Dann schnürte sie ihren rechten Stiefel fester. „Es gibt wohl kaum etwas, das schwerer auszuhalten ist, als die Ungewissheit über das Schicksal eines geliebten Menschen. Frag deinen Vater."

Jon nickte.

„Deshalb tun wir das", sagte Ulrika. „Weil wir diese Ungewissheit kennen. Und weil wir wissen, dass es hilft, wenn sich jemand kümmert. Die Leute sind dankbar, wenn jemand ihre Qualen ernst nimmt und mitträgt. Das hilft auch uns."

„Hm."

Sara streifte ihre Schuhe von den Füßen und massierte sich die Sohlen. Nach drei Tagen ohne ein Lebenszeichen von ihrer Mutter ahnte sie, wovon Ulrika sprach. Christophs Worte am Nachmittag zuvor hatten sie erschüttert. Denn dass Eva sich vom Fährschiff gestürzt haben könnte, hielt sie mittlerweile nicht mehr für ausgeschlossen. Und dann das plötzliche Verschwinden von Ramin. Die Aussicht, ihn nie wiederzusehen. Sara schluckte den Kloß, der sich in ihrem Hals bildete, herunter.

„Und wen hast du verloren?", fragte sie, um sich von ihrem eigenen Kummer abzulenken.

„Verloren?" Ulrika rappelte sich hoch und schnaubte. Plötzlich sah sie zornig aus. „Du redest ja, als wäre mir das Portemonnaie aus der Tasche gefallen!"

Erschrocken versuchte Sara zurückzurudern. „Tut mir leid, ich wollte …"

„Schon gut", schnitt Ulrika ihr das Wort ab, schulterte ihren Rucksack und nickte auffordernd. „Lasst uns weitergehen. Damit wir unser Gebiet abgesucht haben, ehe die Dunkelheit hereinbricht."

+++

Sara hatte mittlerweile völlig die Orientierung verloren. Ulrika hingegen schien genau Bescheid zu wissen, wo sie sich befanden. Immer wieder überprüfte sie mit dem Handy ihre Standortdaten und navigierte sie in aller Ruhe durch den Wald mit seinem Wirrwarr von verschlungenen Forstwegen. Inzwischen war es früher Nachmittag geworden. Von der Sonne war nichts mehr zu sehen, stattdessen wurde die Luft immer klammer. Doch noch regnete es nicht.

„Das ist unser letzter Weg für heute“, verkündete Ulrika als die Schatten allmählich länger wurden, und schlug eine schmale Schneise ein, die links abzweigte. Sara wunderte sich, dass solche tunnelartigen Wege überhaupt auf irgendwelchen Karten verzeichnet waren. Die Bäume standen eng wie Pendler im Berufsverkehr. Nach einer Joggingstrecke sah das wirklich nicht aus.

„Wir haben es bald geschafft!“, sagte Ulrika.

Es klang ernüchtert. Kein Wunder. Weder sie noch die anderen Teams hatten auch nur die leiseste Spur von Annelis entdeckt. Die ganze Suchaktion schien vergebens. Annelis' Mann und ihre drei Töchter würden sich weiter mit der Sorge über ihren Verbleib quälen müssen.

Stumm marschierten sie nebeneinanderher. Der dichte Wald dämpfte nicht nur ihre Schritte und ihren Atem, sondern allmählich auch ihr Empfinden. Hatte Sara anfangs noch aus alter Gewohnheit nach Gefahren im Unterholz geäugt, war es ihr mittlerweile egal, ob dort etwas Düsteres lauerte oder nicht. Sie war zu geschafft. Trotzdem zwang sie sich, weiterhin die Füße zu heben, um nicht verräterisch zu schlurfen. Sie bereute inzwischen zutiefst ihre großspurigen Beteuerungen über ihre Fitness vor Beginn des Marsches.

Weil sie schon seit geraumer Zeit kein Wort mehr gesagt hatte, zuckten Jon und Ulrika gehörig zusammen, als hinter ihnen ein lauter Fluch durch den Wald hallte. Sara war aus Unachtsamkeit mit dem Fuß in einer dicken Baumwurzel hängengeblieben, die sich wie ein gestelltes Bein über den Weg spannte, und knallte der Länge nach hin. Dabei rutschte ihr das Handy aus der Hosentasche und schlitterte ein Stück weit den leicht abschüssigen Pfad entlang. Auf allen Vieren kroch Sara hinterher. Da sah sie etwas Metallisches zwischen den knorrigen Fichtenwurzeln aufblitzen. Sie streckte die Hand aus und griff danach.

„Hier, seht mal!", rief sie aufgeregt und reckte den Gegenstand in die Höhe. „Ein Autoschlüssel!"

„Was? Zeig her!" Sofort war Ulrika zur Stelle, hockte sich neben sie und begutachtete den Fund. „Von einem Mazda. Der muss Annelis gehören." Sie nahm den Schlüssel an sich und steckte ihn ein.

Sara sammelte ihr Handy ein, rappelte sich auf und klopfte sich den Dreck von den Jogginghosen. „Jede Wette, dass Annelis genauso auf die Nase gefallen ist wie ich eben!"

„Das ist gut möglich." Auch Jon wirkte plötzlich wie unter Strom. „Hochachtung vor deinen scharfen Augen, Sara. Wir anderen sind einfach blindlings drübergestiegen."

„Mancher großen Erkenntnis liegt ein tiefer Fall zugrunde", schmunzelte Ulrika.

Dann entfernte sie sich einige Schritte, formte mit den Händen einen Trichter um den Mund und rief mehrere Male hintereinander Annelis' Namen. Gemeinsam hielten sie den Atem an und lauschten.

„Nichts", flüsterte Sara nach einer Weile enttäuscht.

„Nur nicht aufgeben", trieb Jon sie an. „Vielleicht hat sie irgendwann gemerkt, dass sie ihren Schlüssel verloren hat, und ist auf der Suche von der hereinbrechenden Dunkelheit überrascht worden."

Sara schauderte. Was für ein gruseliger Gedanke! Nachts allein durch den Wald zu irren – sie würde so etwas nicht noch einmal erleben wollen. Sie hoffte nur, dass der armen Annelis Ähnliches erspart geblieben war.

Die Müdigkeit war wie weggeblasen. Jon und Ulrika riefen abwechselnd nach Annelis. Jedes Mal blieben sie stehen und lauschten angestrengt. Aber außer einem leisen Rauschen in den Baumwipfeln über ihnen war nichts zu hören. Allmählich sank Saras Mut wieder. Annelis konnte spät bemerkt haben, dass sie ihren Schlüssel verloren hatte, und sich praktisch überall befinden. Womöglich würde es Stunden dauern, bis sie sie fanden – falls überhaupt.

Ulrika gab Statusmeldungen durch ihr Funkgerät ab und bat die Teams in den angrenzenden Waldgebieten um erhöhte Wachsamkeit.

„Hier ist ein abgeknickter Ast", bemerkte Jon wenige Augenblicke später und deutete auf einen Fichtenzweig, dessen abgebrochenes Ende schlaff herabhing.

„Könnte auch ein Tier gewesen sein", erwiderte Ulrika zweifelnd. „Die nutzen diese Pfade als Wildwechsel."

Mehrere Äste versperrten ihnen in Augenhöhe den Weg. Ulrika schob sie mit einer energischen Geste zur Seite und hielt sie fest, damit Jon und Sara an ihr vorbeigehen konnten, ohne dass ihnen die Zweige ins Gesicht schlugen. Sara quetschte sich als Erste durch den Spalt, nur um festzustellen, dass vor ihr noch weitere Äste über den Weg hingen. Sie tat es Ulrika nach, bog die Äste zur Seite und machte einen Schritt vorwärts. Dabei stieß ihr Fuß gegen etwas Weiches. Sie strauchelte, die Zweige rutschten ihr aus den Händen und fegten ihr mit voller Wucht ins Gesicht.

Sara verlor den Halt und landete auf dem Hosenboden. Äste schlugen über ihrem Kopf zusammen. Schützend hob sie die Arme vor ihre Augen, duckte sich weg und sah in diesem Moment, was sie zu Fall gebracht hatte. Ein Anblick, auf den sie nicht gefasst gewesen war.

Sie öffnete den Mund, brachte aber keinen Ton heraus. Entsetzt starrte sie in das Gesicht der Frau, über deren Schienbeine sie gerade gestolpert war. Sie saß an einen Baumstamm gelehnt, der Oberkörper war halb zur Seite gekippt. Ihr Kinn war auf die Brust gesunken und die randlose Brille bis zur Nasenspitze gerutscht. Ihre Haut sah fahl und wächsern aus, die Lippen rissig und blutleer. So etwas hatte Sara noch nie gesehen. Eine unbegreifliche Stille ging von diesem Körper aus. Eine Stille, die jede Hoffnung in sich auflöste.

Neben ihr ging jemand auf die Knie. Sara sah, wie Jon die Hand ausstreckte, um nach der Halsschlagader der Frau zu tasten, sie kurz davor aber wieder sinken ließ, weil auch er sah, dass es keinen Zweck mehr hatte. Er atmete lange aus und fuhr sich stattdessen über den Nacken, dass die Haare knisterten. Er sagte kein Wort, aber sein Blick sprach Bände. Sie waren zu spät gekommen.

Aus den Augenwinkeln nahm Sara wahr, wie Ulrika nach ihrem Funkgerät griff, es vor den Mund hielt und den Sprechknopf drückte.

„An alle: Die Aktion ist beendet. Wir haben Annelis Berg aufgefunden – tot. Teams fünf und sechs bitte zu uns aufschließen."

Sie tippte auf ihr Handy, gab die genauen Standortdaten durch und bat darum, die Polizei zu informieren. Dann ließ sie das Funkgerät sinken und gab ein lapidares „Tja" von sich.

Tja. Mehr nicht. Das Wort wirkte auf Sara wie ein Peitschenknall. Sie sah verstört zu Ulrika auf, die ihren Blick mit einem traurigen Lächeln erwiderte.

„Wir können nichts mehr tun. Es ist, wie es ist."

Saras Augen begannen zu brennen. Sie blinzelte. Noch nie hatte sie einen toten Menschen gesehen und nun war sie buchstäblich über Annelis, die sie seit Stunden gesucht hatten, gestolpert. Sie versuchte, das Entsetzen, das sich wie ein kalter See in ihr ausbreitete, wegzuatmen, aber ihr Brustkorb krampfte sich zusammen. Am Vormittag hatte sie Jons Bemerkung darüber, dass Annelis auf der Strecke tot zusammengebrochen sein könnte, als Schwarzmalerei abgetan. Sie war sogar sauer gewesen, weil sie geglaubt hatte, dass er ihr das kleine Abenteuer vermiesen wollte.

Hätte sie das Ganze nur ernster genommen! Da war ein Mensch mitten aus dem Leben gerissen worden. Eine Mutter von drei Kindern, das jüngste gerade elf Jahre alt, wie Ulrika ihr am Anfang der Suche erzählt hatte. Während sie um ihre Mutter gebangt hatten, war Sara in der naiven Erwartung mitgelaufen, dass alles gut ausgehen werde. Die Suche war für sie nicht mehr als ein interessanter Zeitvertreib gewesen. Jetzt hockte sie neben der toten Annelis, deren Familie in diesem Augenblick noch hoffte, dass sie am Leben wäre. Die Faust in ihrer Brust ballte sich fester zusammen und sie gab einen erstickten Laut von sich.

Jon legte ihr eine Hand auf die Schulter. „Genau das war es, was ich dir ersparen wollte", sagte er leise.

#22

Eine Viertelstunde später traf das erste der beiden angeforderten Teams ein. Ville und seine Metalbrüder. Die jungen Männer bemühten sich krampfhaft, cool und abgeklärt zu wirken. Doch bei dem Bärtigsten der drei schimmerten Tränen in den Augen und sein kaum weniger bärtiger Kumpel brach bei Annelis' Anblick in hilfloses Fluchen aus. Innerhalb einer halben Minute lernte Sara mehr schwedische Kraftausdrücke als zuvor in ihrem ganzen Leben.

Jon nahm sie beiseite und rief Ville hinzu.

„Ville, ich möchte, dass du Sara zum Parkplatz zurückbegleitest. Axel und Jimmy werden wir nachher, wenn die Polizei vor Ort gewesen ist, noch brauchen. Aber Sara gehört hier nicht her."

„Aber ich …", begann sie zu protestieren, weil ihr die Aussicht, mit Ville allein durch den Wald zu wandern, überhaupt nicht gefiel. Jon brachte sie mit einem strengen Blick zum Schweigen.

„Das wird hier noch einige Stunden dauern, Sara. Mit Polizei und allem Drum und Dran. Ich will dich nicht dabeihaben."

„Wenn wir den direkten Weg nehmen, ist es nicht sehr weit", sagte Ville und nickte Sara zu. „Komm mit. Ist besser so."

Mehr als widerwillig folgte sie ihm. Sie musste sich zwingen, sich nicht noch ein letztes Mal nach Annelis umzudrehen. Dabei würde sie den Anblick des stillen Körpers ohnehin ihr Leben lang nicht vergessen.

Ville führte sie über dieselbe enge Schneise zurück, die sie gekommen waren. Dabei legte er ein scharfes Tempo vor. Sara hatte Mühe, ihm zu folgen. Immer wieder musste er stehenbleiben, um auf sie zu warten. Manchmal zog er dann sein Smartphone aus der

Hosentasche, richtete es in die Luft und tippte darauf herum. Sara vermutete, dass die Bäume zu dicht für den Satellitenempfang standen und Ville auf diese Weise versuchte, den Kontakt zu halten. Sie hoffte nur, dass er wirklich so ein Ass im Navigieren war, wie Jon behauptet hatte. Mit ihm in diesem Wirrwarr aus Schneisen und Trampelpfaden verlorenzugehen wäre das Letzte, was sie jetzt gebrauchen konnte.

Nachdem sie eine Weile geradeaus gewandert waren, bog Ville nach rechts ab, wo sich ein Pfad auftat, den Sara zuvor im Vorbeilaufen gar nicht bemerkt hatte. Wortlos stapfte er voran. Nur hin und wieder drehte er den Kopf, um sicherzugehen, dass sie ihm noch folgte. Sara zog die Schultern hoch und versuchte, sich so schmal wie möglich zu machen.

Die Bäume standen so dicht, dass einzelne Zweige ihre Arme streiften. Sie hasste dieses Gefühl. Das alte Unbehagen, das sie vorhin vor lauter Erschöpfung fast vergessen hatte, meldete sich wieder. Bei jedem Knacken und Rascheln sah Sara sich nach allen Seiten um. Wer wusste denn, ob Annelis an Herzversagen gestorben war? Vielleicht war es ganz anders gewesen. Vielleicht war auch ein Mensch die Ursache gewesen. Am Ende sogar dieselbe Person, die fast dafür gesorgt hatte, dass Sara tot im Wald gelegen hätte.

Stopp! Sie presste die Hände an die Schläfen und rieb die Haut, als ob sich diese irren Gedanken dadurch heraus massieren ließen. Sie hatte heute genug gesehen. Und dies war definitiv der falsche Ort, um die Nerven zu verlieren. Sara fixierte Villes roten Rucksack und stolperte verbissen hinter ihm her. Er war der Einzige, der sie heil hier herausführen konnte. Sie hoffte nur, dass er nichts anderes vorhatte als das.

+ + +

Stunden später kauerte Sara verfroren und ausgehungert auf einer Bank und verfolgte gleichgültig das Treiben auf dem Parkplatz. Es hatte zu nieseln begonnen. Die Äste einer Tanne schirmten sie notdürftig vor der Nässe ab, aber die klamme Luft kroch ihr unter die Kleidung und ließ sie frösteln.

Obwohl sich viele Helfer bereits auf den Heimweg gemacht hatten, war noch immer einiges los. Zwei Einsatzfahrzeuge der Polizei standen auf dem Platz, außerdem der Kleinbus von Britt und Gunnar und vier private Autos – daneben der silbergraue Mazda von Annelis. Und ganz hinten in der Reihe, fast so, als wollte er sich dezent im Hintergrund halten, parkte ein Leichenwagen. Der Fahrer saß am Steuer und schien ein Spiel auf seinem Handy zu zocken.

Im Licht der Scheinwerfer zweier Wagen beobachtete Sara, wie sich einige Männer verabschiedeten. Sie lachten und klopften sich gegenseitig auf die Schultern, ehe sie in ihre Autos stiegen. Diese Leute verhielten sich so normal, dass es schmerzte, aber Sara fehlte die Kraft, sich darüber zu ärgern.

Auch Villes plötzliches Verschwinden hatte sie nicht mehr aufregen können. Nach ihrer Ankunft auf dem Parkplatz war er direkt in Richtung Plumpsklo marschiert. Seitdem hatte sie ihn nicht mehr gesehen. Wahrscheinlich war er mit irgendjemandem zurück in die Stadt gefahren. Was aus Sara wurde, schien ihm herzlich egal gewesen zu sein, nachdem er seinen Auftrag ausgeführt hatte. Sie war nicht böse darum. Ihr war gerade nicht nach Gesellschaft zumute und erst recht nicht nach der von einem Typen mit der Ausstrahlung eines Sumpflochs.

„Hier, mein Kind. Du siehst aus, als könntest du das gebrauchen."

Britt war zu ihr gekommen und reichte ihr einen Plastikteller voll Erbsensuppe. Sara bedankte sich und probierte einen Löffel. Doch ihr Hals war zu eng und die Suppe zu mächtig. Sowie Britt sich umgedreht hatte, um zu ihrem Bus zurückzukehren, stellte sie den Teller neben sich auf die Bank, ließ erschöpft den Kopf in den Nacken fallen und schloss die Augen. Sie war so erledigt, dass sie es fertigbringen würde, mit dem Rücken zum Wald auf dieser Bank einzuschlafen.

Die Geräusche auf dem Parkplatz drangen nur noch gedämpft an ihr Ohr. Gemurmelte Wortfetzen, ab und zu Schritte oder das Schnarren eines Funkgeräts. Irgendwo klappte eine Wagentür. Der Kies knirschte laut, als ein Auto langsam vom Parkplatz rollte, vorbei an Saras Bank und hinaus in den Wald. Schritte näherten sich von vorn.

„Nicht erschrecken, ich bin's noch mal." Britt trat an sie heran und breitete eine Decke über ihr aus. „Wenn du magst, darfst du dich gerne zu uns in den Bus setzen."

Ohne zu blinzeln, schüttelte Sara den Kopf. Dafür hätte sie aufstehen und den gesamten Parkplatz überqueren müssen. Das war nicht mehr drin. In diesem Augenblick hätte man sie wegtragen können. Es wäre ihr gleichgültig gewesen.

Sie gähnte. Jon und Ulrika würden hoffentlich bald zurück sein. Sie hatte wenig Lust, die Nacht auf dem Parkplatz zu verbringen. Ein heißes Bad wäre jetzt schön. Sich ins Wasser sinken zu lassen, den Schaum knistern zu hören und alles andere einfach auszublenden. Vor allem das Gesicht der toten Annelis, das immer wieder vor ihrem inneren Auge auftauchte.

Sara versuchte, ihre Gedanken umzulenken. Dachte an Eva und wie sie bei ihrem letzten gemeinsamen Mädelsabend in der Wanne relaxt hatten. An die angenehme Schwere in den Gliedern danach. Aber ein Bad würde sie an diesem Abend nicht mehr schaffen. Sie würde auf der Rückfahrt einschlafen und sich nach der Ankunft in Jons Wohnung irgendwie in ihr Bett quälen, um bis zum nächsten Mittag zu schlafen. Mindestens.

Auf dem Parkplatz schwoll neues Stimmengewirr an. Eine Gruppe Helfer schien aus dem Wald zurückzukehren. Aus Richtung des Leichenwagens klappte eine Wagentür. Sara bekam davon kaum noch etwas mit. Ihr Kopf kippte nach hinten weg. Sie schreckte für eine Sekunde hoch, weil sie eingeschlafen war, nur um gleich wieder wegzudämmern.

Sie nahm die Schritte, die sich von irgendwoher näherten, nicht wahr. Blendete sie im Halbschlaf aus, ebenso wie das Rascheln und den Atem, der ihr Ohr streifte wie ein warmer Windhauch. Doch als eine raue Hand über ihre Wange strich, geschah alles auf einmal. Sie sprang instinktiv auf, war im Bruchteil einer Sekunde hellwach und fuhr herum.

Im selben Augenblick leuchteten hinter ihr ein Paar Scheinwerfer auf. Grell strahlten sie die Gestalt, die sie hinterrücks berührt hatte, bis in Brusthöhe an. Sara wusste nicht, woher die Kraft kam, sie war einfach da und lenkte sie. Lenkte ihren Arm, lenkte ihre Hand, die sich zur Faust ballte und mit aller Macht zuschlug. Die Gestalt taumelte rückwärts. Da geriet ihr Gesicht in den Lichtkegel. Doch als Sara sie erkannte, glaubte sie, nicht recht zu sehen. Mit jedem hätte sie gerechnet – aber nicht mit ihr.

+++

Auf halber Strecke nach Stockholm setzte Jon unvermittelt den Blinker, lenkte den Wagen in eine Haltebucht, stellte den Motor ab und drehte sich, nachdem er die ganze Fahrt über kein Wort gesprochen hatte, zu Sara um.

„Erzähl."

Sara schüttelte stumm den Kopf.

Jon tippte mit dem Zeigefinger auf dem Lenkrad herum, seine Kiefermuskeln arbeiteten und er blickte den vorbeiziehenden Autos nach. Dieses Zischen von Reifen auf nassem Asphalt – allein das Geräusch brachte Saras Innerstes erneut zum Beben. Sie hielt ihre Hände fest, damit sie endlich aufhörten zu zittern.

„Wer ist Leonie?", fragte Jon in die Stille hinein.

Sara biss sich in ihre Wange und schüttelte wieder den Kopf. Er fühlte sich an, als würde jeden Moment eine Handgranate darin hochgehen.

„Sara." Sie hörte, wie er sich um einen ruhigen Tonfall bemühte und wie trotzdem Ungeduld und Irritation mitschwangen. „Ich weiß nicht, woran du dich noch erinnerst. Du warst einen Moment wie weggetreten, nachdem du Ulrika den Faustschlag ins Gesicht verpasst hast. Und dann hast du in einem fort *Leonie* gemurmelt und: *Es tut mir leid.*"

„Ich weiß."

Natürlich erinnerte sie sich. Sie erinnerte sich an alles. Nicht nur an das, was gerade eben geschehen war. Der ganze verhängnisvolle Abend vor vier Jahren war plötzlich wieder da. Grell ausgeleuchtet bis ins letzte all der schrecklichen Details, die sie verdrängt hatte, weil es nicht auszuhalten gewesen war.

Seufzend lehnte sie den Kopf gegen die kühle Seitenscheibe, die unter ihrem Atem sofort beschlug. Regentropfen zogen glitzernde Bahnen über das Glas und lösten sich auf. Ähnliche Bahnen hatte auch das Blut auf Leonies Gesicht gezogen, bis es auf den nassen Asphalt geflossen war. Mitten in den weißen Mittelstreifen hinein, so als wollte es Sara die Schwere ihrer Schuld ins Hirn brennen.

„Was ist mit Leonie passiert?", fragte Jon.

Sara schluckte. Ihr Hals war wie zugeschnürt, fast so wie neulich, als die mächtigen Hände ihn zerquetschen wollten. Trotzdem fanden die Worte ihren Weg und wanden sich heraus.

„Ich habe sie vor ein Auto gestoßen."

Jetzt war es raus. Sie starrte aus dem Fenster und lauschte atemlos in die Stille, die ihren Worten folgte. Stille. Mehr nicht. Kein entsetztes „Was hast du getan?", kein wütendes „Wie konntest du!". Aber sie hatte ja auch noch nicht die ganze Wahrheit gesagt.

„Und dann habe ich sie auf der Straße liegengelassen, habe mein Rad genommen und bin nach Hause gefahren. Einfach so."

Spätestens jetzt wäre irgendeine schockierte Reaktion angebracht, fand sie. Ein Unfallopfer hilflos auf der Straße liegenzulassen und abzuhauen, das ging nicht. Unterlassene Hilfeleistung wurde zu Recht bestraft. Doch sie war nicht belangt worden, weil sie noch nicht strafmündig gewesen war.

Sehr vage erinnerte sie sich an Befragungen durch die Polizei, neben sich eine blasse Eva mit zusammengekniffenen Lippen. Daran, dass sie die Befragungen nicht einmal vor Caro verschweigen musste, weil sie sich anschließend an nichts mehr erinnern konnte. Irgendwie war sie scheinbar heil aus der ganzen Sache herausgekommen. Diese

Tatsache ließ ihr Vergehen aber nicht weniger schwer wiegen. Sie hatte sich schuldig gemacht und es gab keine Möglichkeit, das wiedergutzumachen.

Sara lauschte angestrengt. Jon sagte noch immer nichts. Als die Stille unerträglich wurde und sie am liebsten aus dem Auto gesprungen wäre, spürte sie plötzlich eine Hand auf ihrer Schulter. Mehr nicht. Sie war verwirrt, denn wenn sie eines nicht verdient hatte, war es Mitgefühl. Mühsam blinzelte sie die Tränen weg, die schon in den Startlöchern saßen. Sie räusperte den Hals frei und begann zu erzählen.

Etwas fiel auf sie herab. Irgendetwas, das der gleichmäßig plätschernde Regen von einem der Baumwipfel auf sie herabspülte. Es war wie ein kalter, kratziger Finger, der sich wie aus dem Nichts nach ihr ausstreckte und über ihre Wange strich. Das war der Moment, in dem die Angst in ihrem Kopf explodierte. Wie ein Feuerball raste die Panik durch ihren Körper, versengte jede Faser und raubte ihr die Luft zum Atmen. Sie krümmte sich zusammen und schrie.

„Sara!“ Leonies Stimme klang verstört. „Sara, was hast du?“

Dann berührte Leonies Hand ihre Schulter. Sara fuhr zusammen und dieselbe Kraft, die sie eben in die Knie gezwungen hatte, ließ sie sich plötzlich aufbäumen. Mit aller Macht stieß sie Leonie vor die Brust, weg von sich, nur weg.

Im Scheinwerferlicht des herannahenden Wagens sah sie, wie Leonie erschrocken die Augen aufriss. Sie taumelte rückwärts gegen die Leitplanke, die den Fahrradweg von der Fahrbahn trennte, verlor das Gleichgewicht und stürzte rücklings darüber. Reifen zischten auf nassem Asphalt, Bremsen kreischten auf und übertönten den Knall, mit dem Leonies Körper auf der Motorhaube aufschlug. Sara sah, wie er abprallte, durch die Luft wirbelte, aufkam und in die Mitte der Fahrbahn rollte, wo er genau auf dem weißen Mittelstreifen liegenblieb. Der Wagen kam erst etliche Meter weiter zum Stehen. Niemand stieg aus. Der Regen prasselte gleichgültig auf den Asphalt, als wäre nichts geschehen.

Saras Herz setzte aus. Was hatte sie getan?

Hatte sie eben noch geglaubt, von innen heraus zu verbrennen, fühlte sie sich nun innerhalb von Sekundenbruchteilen zu Eis erstarrt. Wie eine versengte Landschaft, über die der Winter hereingebrochen war. Erst die alles verschlingende Hitze, dann die ebenso tödliche Kälte. Das war zu viel. Es knackte. Sie spürte den tiefen Riss, bevor sie in zwei Teile zersprang. Der eine Teil blieb reglos wie eingefroren auf dem Fahrradweg stehen und sah zu, wie sich der Rest von ihr wie ferngesteuert in Bewegung setzte, langsam über die Leitplanke auf die Fahrbahn stieg und sich Leonie vorsichtig näherte, als müsste er sich restlos davon überzeugen, was sie angerichtet hatte.

Leonies Körper lag auf der Seite, den Rücken in ihre Richtung gewandt, und regte sich nicht. Von rechts flammte wieder ein Lichtkegel auf. Autoreifen zischten. Das Geräusch fräste sich schmerzhaft in ihr Hirn.

Als sie den Körper erreichte, ging sie in die Hocke, traute sich jedoch nicht, ihn anzufassen. Sie beugte sich vor, um einen Blick auf das Gesicht zu werfen. Sah das Blut, das aus einer tiefen Wunde an der rechten Schläfe pulsierte. Sah, dass etwas fehlte, und wich entsetzt zurück. Hörte kaum das Hupen, als das zweite Fahrzeug scharf abbremste, sie nur knapp verfehlte und ebenfalls zum Stehen kam.

Die Kälte schlug wieder um in Hitze. Sara hechtete über die Leitplanke und stürzte zu ihrem Fahrrad, wo der eine Teil von ihr noch immer reglos stand und starrte und sich fragte, was da gerade geschehen war. Autotüren klappten, aufgeregte Stimmen irrten durch die Luft. Sie sprang auf ihr Rad. Das starre Ich folgte ihr, sie stieß sich ab, trat mit aller Kraft in die Pedale und raste los. Tiefer in den Wald hinein, ganz egal, nur weg von diesem Ort.

Eine Viertelstunde später kam nur ihr starres, stummes Ich zu Hause an. Der Rest von ihr war irgendwo auf der Strecke verlorengegangen, und mit ihm jede Erinnerung. Nur das vage Gefühl, dass etwas Schreckliches passiert war, nagte tief in ihr.

In dieser Nacht träumte sie zum ersten Mal seit langem wieder vom Wald.

Sara hielt inne, verwundert, wie glasklar sie sich an alles erinnerte. In diesem Augenblick konnte sie sich nicht mehr vorstellen, wie es möglich gewesen war, all das zu vergessen. Doch zugleich hatte sie auch das Gefühl, dass sich irgendetwas in ihr wieder zusammengefügt hatte. Der Teil ihrer Seele, der damals auf der Strecke geblieben war, hatte zu ihr zurückgefunden. Sie war wieder komplett. Schrecklich komplett. Denn jetzt musste sie mit der Erinnerung an das, was sie getan hatte, leben. Es gab keine Ausreden mehr.

+++

„Du bist ja schon auf“, stellte Jon überrascht fest, als Sara früh am nächsten Morgen am Küchentresen erschien.

Sie sah zu, wie er ein deftiges englisches Frühstück zubereitete. Spiegeleier, Bratwürstchen, Bohnen in Tomatensauce, Toast. Das Öl zischte in der Pfanne, als er die Würstchen hineingleiten ließ. Wieder fühlte sie sich an das Zischen von Autoreifen auf nasser Straße erinnert. Sie schloss die Augen und massierte sich die Schläfen. Die ganze Nacht hatten die schrecklichen Bilder sie verfolgt. Zwischendurch war sie in unruhigen Schlaf gefallen, nur um kurz darauf wieder aufzuschrecken.

„Schlecht geschlafen?“, erkundigte sich Jon.

Sara lag eine patzige Antwort auf der Zunge, aber sie schluckte sie herunter und nickte nur. Nach einer besonders wirren Traumepisode, in der Annelis sie am Steuer eines Autos über Waldpisten verfolgt hatte, war sie mit knurrendem Magen und höllisch schmerzenden Beinen aufgewacht. Das würde der Muskelkater des Jahrhunderts werden! Auch ihr Rücken fühlte sich steif an und ein bohrender Kopfschmerz kroch ihren Nacken hoch.

Jon musterte sie prüfend, dann öffnete er den Küchenschrank, holte ein Glas und eine Schachtel Aspirin heraus, füllte das Glas unter dem Wasserhahn und warf eine Brausetablette hinein.

„Vielleicht legst du dich nach dem Frühstück noch mal hin“, sagte er, als er ihr das Gebräu vor die Nase stellte.

Genervt von so viel wohlmeinender Fürsorge schüttelte Sara den Kopf. „Heute ist Lennart Esterholt dran."

„Ganz bestimmt nicht!" Jon holte mit dem Pfannenwender aus und gestikulierte damit in ihre Richtung. „Ich hätte dich gestern nicht mitnehmen dürfen. Das war ein Riesenfehler. Heute fahren wir nirgendwohin!"

„Und stattdessen setzen wir uns auf die Couch, drehen Däumchen und warten, ob meine Mutter sich freundlicherweise mal meldet?"

„Du brauchst eine Pause, Sara. Das gestern war zu viel für dich."

Das reichte.

„Sag du mir nicht, was gut für mich ist!" Sara schlug mit der flachen Hand auf den Tresen, dass ihr Glas überschwappte. „Ich bin nicht mehr fünf. Wann kapiert ihr das alle endlich?"

Jon zuckte zurück, überrascht von ihrem heftigen Ausbruch. Wortlos drehte er ihr den Rücken zu und schaufelte in der Pfanne herum. Sara seufzte. Jetzt war er beleidigt. Aber warum spielte er sich auch so auf? Sie war es leid, dass jeder meinte, für sie bestimmen zu müssen.

„Übrigens glaube ich nicht, dass es ein Fehler war, mich mitzunehmen", sagte sie und wartete Jons Reaktion ab.

Er wendete zum x-ten Male die Würstchen, die schon rundum braun waren, fast verkohlt.

„Ach nein? Du bist ja auch nur über eine Leiche gestolpert, hast Ulrika blutig geschlagen und dann einen filmreifen Nervenzusammenbruch hingelegt. Das war ein bisschen viel für einen Tag, findest du nicht?"

„Hast du Angst, dass ich heute wieder durchdrehe?"

Jon pfefferte den Pfannenwender in die Spüle und drehte sich zu ihr um. Sein Blick war zornig.

„Als du Leonie vor das Auto gestoßen hast, was hast du in dem Augenblick gefühlt?"

Mit dieser Frage hatte Sara nicht gerechnet. „Ich weiß nicht", erwiderte sie verdutzt. „Angst?"

„Todesangst?", half Jon ihr auf die Sprünge.

Sie zuckte mit den Achseln. „Wahrscheinlich. Sonst hätte ich wohl nicht so reagiert."

„Bei dir reicht ein winzig kleiner Reiz, um dich sofort wieder in diesen Zustand zu bringen. Aber du willst unbedingt an den Ort fahren, wo das ganze Unheil angefangen hat!" Jon kniff den Mund zusammen und schüttelte entnervt den Kopf. „Vielleicht kannst du jetzt nachvollziehen, dass ich mir ein klein wenig Sorgen mache."

„Deine Sorgen bringen mich nicht weiter", entgegnete Sara kühl. „Ich hätte Leonie fast umgebracht. Meinetwegen fehlt ihr ein Auge. Ich habe mich schuldig gemacht, weil sich jemand an mir schuldig gemacht hat. Ich will wissen, wer und warum. Und wenn ich das herausgefunden habe, werde ich es Leonie erklären. Wenigstens das!"

Darauf erwiderte Jon nichts mehr.

+++

Nach dem Frühstück fuhren sie los. Jon lenkte seinen Volvo auf die Autobahn nach Süden und ließ einen Nachrichtensender laufen. Keiner von ihnen hatte Lust zu reden. Das unentwegte Geplauder über Börsenkurse und das Wochenendwetter lullte Sara in einen unruhigen Halbschlaf. Sie hörte noch das Motorgeräusch und spürte die Bewegungen des Autos. Zugleich aber stand sie wieder im eiskalten Regen über Leonies reglosem Körper, sah das Blut auf die Fahrbahn rinnen und wünschte sich nichts sehnlicher, als sich selbst links und rechts eine zu scheuern, damit sie zur Besinnung kam und ihrer Freundin half. Doch sie stand wie festgefroren da, unfähig, sich zu bewegen. Starrte auf das rote Rinnsal und die klaffende Wunde in Leonies Gesicht.

„Keiner von uns hat das vergessen." Die Stimme von Leonies Vater schien direkt hinter ihr zu schweben. *„Keiner von uns. Aber du. Wie konntest du das vergessen?"*

„Du weißt nicht, was Schuld ist!", höhnte ihre Mutter irgendwo in den Tiefen ihres Hinterkopfs.

Doch!, wollte sie schreien, *und ob ich es weiß!*

Wieder und wieder spulte sich die Szene vor ihrem inneren Auge ab, wie in einer dunklen, quälenden Endlosschleife. Sara hörte sich selbst verzweifelt aufstöhnen und schreckte aus dem Dämmerschlaf auf. Die Sonne stand hoch am Himmel und goss gleißendes Licht auf den Asphalt. Geblendet kniff sie die Augen zusammen.

„Alles okay?", fragte Jon und drehte das Radio ab.

Sie schüttelte stumm den Kopf.

„Blöde Frage, tut mir leid." Jon setzte den Blinker und scherte aus, um einen Lastwagen zu überholen.

Sara versuchte, die Bilder aus ihren Gedanken zu vertreiben, aber sie waren wie mit Nadeln festgepinnt und mit ihnen das entsetzlich lähmende Gefühl, dass nun alles verloren sei. Sie erinnerte sich wieder. In jenem Moment war sie überzeugt gewesen, Leonie umgebracht zu haben. Sie hatte es nicht ausgehalten. Der Riss, der sich damals in ihr aufgetan hatte, brannte abermals.

„Es wäre besser gewesen, der andere Wagen hätte nicht gebremst", murmelte sie.

Jon warf ihr einen irritierten Blick zu. „Welcher andere Wagen?"

„Nachdem Leonie von dem ersten Auto erwischt worden war, kam doch noch ein zweites. Es hat nur haarscharf vor mir gebremst. Wenn es mich auch über den Haufen gefahren hätte, wären wir jetzt quitt."

„Du meinst, eine doppelte Katastrophe hätte die einzelne weniger schlimm gemacht? Minus mal Minus ergibt Plus?"

Sara zuckte kraftlos mit der Schulter. „Irgendwie so."

„Merkst du eigentlich, was du da für einen Unsinn erzählst?" Jon schüttelte langsam den Kopf.

„Wieso? Leonie hat keinen Hehl daraus gemacht, dass sie mir das gleiche wünscht, was ihr passiert ist. Und mittlerweile kann ich sie verstehen. *Auge um Auge.*"

„Und was hätte Leonie davon, wenn du dich nun in einem Anfall von Selbstmitleid vor ein Auto wirfst oder dir ein Auge ausstichst?"

„Genugtuung."

„Und würde ihr das das fehlende Auge ersetzen?"

„Natürlich nicht."

„Also, was soll's?"

Sara sah ihn ungläubig an. „Das ist nicht dein Ernst, oder? Wie kannst du das so abtun?"

„Na ja, weißt du, das Prinzip *Auge um Auge* hat man damals in der Bibel eingeführt, weil die Leute es mit ihrer Rachsucht übertrieben haben. Da gab es regelrechte Blutfehden. Aber was bringt Rache auf lange Sicht? Neues Leid, neues Unrecht. Sonst nichts. Da kann man es auch bleiben lassen."

„Sag das mal Leonie", brummte Sara.

„Sag es ihr selbst", erwiderte Jon.

Sie lachte bitter auf.

„Ich meine das ernst", beharrte er. „Leonie leidet unter ihrem Verlust. Aber was sie noch nicht weiß, ist, dass du auf andere Weise genauso darunter leidest. Sie wird nie wieder ihr volles Augenlicht zurückbekommen. Und du wirst die Sache niemals ungeschehen machen können."

Sara schwieg nachdenklich. Nein, Leonie ahnte wirklich nichts davon, dass es ihr leidtat. Für sie musste es in den vergangenen Wochen so ausgesehen haben, als wollte Sara die ganze Sache bewusst unter den Teppich kehren. Das vehemente Leugnen musste sie erneut tief verletzt haben. Dass Sara von der Ungeheuerlichkeit dessen, was passiert war, selbst schwer mitgenommen worden war, konnte Leonie nicht wissen.

„Du hast recht", gab sie schließlich zu. „Es hat keinen Sinn, diese Schuld irgendwie gutmachen zu wollen. Ich könnte Leonie niemals das zurückgeben, was ich ihr genommen habe."

Jon nickte. „Genauso ist es."

Sara biss sich auf die Lippe. Es war ihr gelungen, in Worte zu fassen, was sie bis auf den Grund ihres Herzens gespürt und verzweifelt fortgeschoben hatte. Was sie nun mit tiefer Scham und Reue erfüllte. Doch die Erkenntnis, dass sie nicht die Macht besaß, die Dinge ungeschehen zu machen, brannte wie Jod auf der frisch aufgerissenen Wunde. Würde dieser Schmerz sie nun ihr Leben lang begleiten?

„Du wolltest Leonie doch erklären, wie es dazu gekommen ist", sagte Jon nach einer Weile. „Und ich glaube auch, dass es das einzig Richtige ist."

„Aber was ändert es?", fragte Sara zweifelnd.

„Du gibst ihr dadurch die Möglichkeit, dir zu vergeben."

„Vergeben?" Sie schnaubte. „Die? Im Leben nicht!"

„Weil sie nicht weiß, wie. Aber wenn sie *versteht*, was wirklich passiert ist, hat sie eine Chance, ihre eigene Last, die sie mit dir hat, loszuwerden. Verstehen ist der erste Schritt."

„Und der zweite?"

„Das Einsehen, dass man selbst nicht fehlerlos ist. Leonie hat sich auch an dir schuldig gemacht, nach allem, was du mir erzählt hast. Wir sind Menschen. Kein Mensch ist ohne Fehler."

„Ja, ja, *wer ohne Sünde ist, werfe den ersten Stein*", brummte Sara verdrossen.

Jons Zeigefinger schoss in ihre Richtung, sodass sie zusammenzuckte. „Und das ist der springende Punkt!"

„Warum? Was hat denn dein Jesus damit zu tun? Das war doch so ein Jesus-Spruch, oder? Ich kenn mich damit nicht aus."

„Es bedeutet: Kein Mensch ist ohne Fehler. Jeder ist auf Vergebung angewiesen. Du. Ich. Leonie. Eva. Jeder. Bei Gott ist es so, dass er bereit ist, zu vergeben, wenn uns ein Fehler ehrlich leidtut."

„Nun ist Leonie zufälligerweise nicht Gott", merkte Sara an.

„Das nicht." Jon schmunzelte. „Aber du könntest ja bei ihm schon mal ein bisschen üben."

#23

„Hier soll es gewesen sein? Bist du sicher?“

Sara drehte sich einmal im Kreis und zog die Nase kraus, als ein Sonnenstrahl sie blendete. Sie stand neben Jons Auto in einer Haltebucht an der Landstraße, der sie etliche Kilometer gefolgt waren. Außer einem Pfosten mit einem winzigen blaugelben Schild, einer überdachten Infotafel und einem Haufen ausgeblichener Baumstämme, die kreuz und quer im Straßengraben lagen, gab es hier nichts zu sehen. Nichts als Tannen, die über ein paar verkrüppelten Birken und moosbewachsenen Granitbrocken am Wegesrand thronten.

Jon, der nach ihr aus dem Auto gestiegen war, nickte langsam. „Ja, das hier ist die Bushaltestelle *Granefors.*“

Gran, das bedeutete Tanne, erinnerte sich Sara. Davon gab es hier reichlich. Aber sonst?

„Wozu braucht man hier eine Bushaltestelle?“, wunderte sie sich. „Hier wohnt doch kein Mensch!“

„Wahrscheinlich gibt es ein paar Gehöfte und einzelne Häuser in der Umgebung.“

Sara versuchte, zwischen die Tannen zu spähen, doch sie standen zu dicht, um sie irgendetwas erkennen zu lassen. Sie schloss die Augen, sog den Duft von Tannennadeln und warmem Asphalt ein und versuchte sich gedanklich in jene Nacht zurückzuversetzen, in der sie frierend, durchnässt und halbtot vor Angst in dem Straßengraben gekauert hatte, vor dem sie jetzt stand. Doch die Mittagssonne strahlte auf ihr Gesicht, das Licht schien rötlich hinter ihren Lidern und anstatt zu frösteln verspürte sie den Wunsch, den Reißverschluss ihrer Sweatjacke zu öffnen, weil sie zu schwitzen begann.

Das Prasseln des Regens, das in ihren Traumerinnerungen unfassbar laut in ihren Ohren dröhnte, fehlte. Kaum ein Windhauch war zu hören, lediglich das eintönige Summen einiger Insekten hing in der Luft. Sara strengte sich an, das Gefühl von nasser Kleidung, die kalt an ihrer Haut klebte, hervorzurufen, doch es misslang ihr.

Sie öffnete die Augen und sah sich erneut um. Sonnenkringel auf Asphalt und Tannenäste, die träge über vom Sommer verblichenen Grashalmen schaukelten. Sie hätte wetten können, dass sie schlimmste Beklemmungen bekommen würde, wenn sie sich diesem Ort auf zehn Kilometer näherte. Doch ihr Kopfkino, auf das sie sich sonst immer hatte verlassen können, ließ sie diesmal im Stich. Ratlos schüttelte sie den Kopf.

„Was ist?“, fragte Jon, der sie unauffällig im Auge behalten hatte.

„Vielleicht enttäuscht es dich, aber ich habe gerade nicht das geringste Bedürfnis, auszurasten und dir die Nase zu brechen.“

„Ich hatte mich schon darauf gefreut“, erwiderte er trocken.

„Nein, im Ernst. Wie kann es sein, dass ich nach zwölf Jahren voller Alpträume nun an diesem Ort stehe und mir denke: *Ist eigentlich voll öde hier?*“

„Na ja …“ Jon zuckte mit den Schultern. „Vielleicht, weil du begonnen hast, dich von deiner Angst zu lösen und die Dinge so zu sehen, wie sie tatsächlich sind. Und das ist in diesem Fall eben … öde.“

Sara nickte nachdenklich. Sie musste an den Riesen aus ihrem Traum denken, der sie so unnachgiebig, so brutal durchs Unterholz geschleift und schließlich über seine Schulter geworfen hatte, um sie hierher zu bringen. Die Gestalt hatte ihr damals schreckliche Angst eingejagt. Nun hätte sie gern gewusst, wer der Mann war, der ihr damals das Leben gerettet und dafür gesorgt hatte, dass sie gefunden wurde. Lennart Esterholt?

Sie wandte sich dem Auto zu und öffnete die Tür.

„Lass uns fahren, Jon. Hier habe ich alles gesehen.“

+++

Sie waren nur wenige Hundert Meter gefahren, als das Navi ihnen befahl, rechts abzubiegen, wo ein schmaler Abzweig in die Provinzstraße mündete. Sara warf einen Blick auf die Entfernung zum Ziel. Noch zwei Kilometer. Sie begann ihre Finger zu kneten. Würde sie gleich dem Riesen von damals gegenüberstehen? Was sollte sie ihn fragen?

Noch ein Kilometer. Diese enge Straße wand sich in sanften Kurven wie ein Tunnel durch den Wald. Die Bäume krochen fast zu den Autofenstern hinein. Nur an wenigen Stellen lichteten sie sich und gaben den Blick auf kleine Holzhäuser frei. Nirgends war eine Menschenseele zu sehen. Nur die akribisch gemähten Rasenflächen auf den Grundstücken ließen darauf schließen, dass hier irgendeine Form von Leben stattfand.

„Voll am Arsch der Welt", murmelte sie auf Deutsch.

Jon drehte den Kopf und grinste.

Wenig später bog er links in eine Zufahrt ab. Sara hätte sie glatt übersehen. Der verblichene grüne Briefkasten, der an einen verwitterten Pfosten genagelt war, verschmolz fast perfekt mit dem Gestrüpp am Wegesrand, das an einer uralten Feldsteinmauer emporwucherte. Mehrere Hundert Meter rumpelte der Wagen über einen Schotterweg, bis der Wald nach einer Kurve wie ein Theatervorhang zur Seite schwang und den Blick auf ein Gehöft freigab, das wie die Kulisse einer Geisterstadt wirkte.

Das Erste, was Sara auffiel, war, dass sich hier niemand ums Rasenmähen scherte. Rund um das gelb verklinkerte, zweistöckige Bauernhaus schoss das Gras in die Höhe. Vom Küchenfenster aus hätte man mit einer Schere bequem ein paar Halme abschneiden können. Zwischen dem Kies im Hof spross kniehoch das Unkraut. Auf dem Dach der rot gestrichenen Kate auf der rechten Seite fehlten zahlreiche Ziegel. Es sah aus, als wäre es von einem Orkan halb abgedeckt und nie repariert worden. Die Fenster waren blind und von den Holzbalken platzte die Farbe ab. An der Wand lehnte Sperrmüll, es sah aus wie die Einzelteile mehrerer Kleiderschränke.

Der Kate gegenüber, auf der anderen Seite des Hofplatzes, stand ein länglicher Schuppen, vor dem sich weiterer Unrat stapelte. Jahrzehntealte Pflüge und Eggen rosteten vor sich hin, daneben verfiel die Ruine eines Radladers mit zertrümmerten Scheiben. Eimer, Kisten, Paletten und eine vermooste Badewanne lagen wild verstreut herum.

Mitten im Hof stand ein Sattelschlepper, der auch schon bessere Tage gesehen hatte. Auf der Tür des Führerhauses klebte ein Schild mit der Aufschrift *Fuhrunternehmen L. Esterholt* und einer Telefonnummer. Rote Rindenfetzen auf dem Auflieger zeugten von seiner letzten Fracht.

Jon parkte daneben und sie stiegen aus. Kein Hund schlug an, nirgendwo ertönten Schritte im Kies. Wieder empfing sie nur diese Stille, die genauso tot wirkte, wie der gesamte Ort. Das Einzige, was hier vor Leben strotzte, war das Unkraut, das an jedem Flecken spross, selbst in den Blumenkübeln, die irgendeine sorgsame Hand vor Jahrzehnten auf dem Gelände aufgestellt hatte.

Sara versuchte sich vorzustellen, wie dieser Hof wirken würde, wenn die Gebäude renoviert, Unrat und Unkraut beseitigt, der Kies geharkt und die Kübel bepflanzt wären. Das Anwesen wäre nicht mehr wiederzuerkennen. Deutsche Urlauber würden sich um dieses Fleckchen reißen! Zumindest solche, die ihren Urlaub gerne am Arsch der Welt verbrachten.

Jon sah auf seine Uhr und dann auf den Sattelschlepper. „Lennart macht wohl Pause zwischen zwei Fuhren. Wir scheinen Glück zu haben."

Sie stiegen die Stufen zur Haustür hinauf, klopften und warteten ab, aber nichts regte sich. Sara lehnte sich zur Seite und versuchte durchs Küchenfenster zu spähen. Aussichtslos, die Scheiben waren zu schmutzig, um etwas erkennen zu können. Bestimmt lebte Lennart allein hier. Nach Frau und Kindern sah das verwahrloste Anwesen nicht aus.

Da hörten sie ein Rumpeln, das aus dem Schuppen zu kommen schien. Sara und Jon überquerten den Hof, folgten dem schmalen Trampelpfad zwischen dem Gerümpel und näherten sich vorsichtig dem flachen, langgestreckten Gebäude, dessen Tür halb offenstand. Jon gab Sara ein Zeichen, hinter ihm zu bleiben. Als er durch die angelehnte Tür spähte, hielt sie den Atem an.

„Lennart? Hallo?", rief er ins Halbdunkel.

Als Antwort erhielt er ein unwirsches Grunzen. Dann hörte Sara Schritte. Schwere Schritte, die sie an etwas erinnerten, das nicht lange zurücklag. Unwillkürlich wich sie zurück und blickte über ihre Schulter nach hinten.

Wie schnell wäre ich wohl im Notfall beim Auto? Hat Jon es eigentlich abgeschlossen?, dachte sie.

Doch als sie sich wieder umdrehte, erkannte sie erleichtert, dass solch eine Überlegung unnötig war. Der Mann, der in der Tür erschienen war, würde einen Sprint gegen sie nur dann gewinnen, wenn er Arme und Beine einklappte und bergab rollte. Er füllte den Türrahmen aus, denn er war fast genauso breit wie hoch. Sein Bauch quoll wie Hefeteig über den Hosenbund. Ein Teil davon, von der Farbe her einem Hefeteig nicht unähnlich, blitzte unter dem verwaschenen, ehemals weinroten Polohemd hervor.

Die Dimensionen des Kleidungsstücks schienen ausreichend, um es im Bedarfsfall als Zelt für eine Kleinfamilie aufzuspannen. Die Nikotinwolke, die es außerdem verströmte, hätte praktischerweise sämtliches Summ- und Brummgetier ferngehalten. Über dem Halsauschnitt wabbelte ein beachtliches Doppelkinn, das von einem ungepflegten Bart überwuchert wurde.

Der Mann trug eine verblichene Baseballmütze, unter der er misstrauisch die Stirn runzelte. Der behäbigen Erscheinung zum Trotz musterten seine blauen Augen sie wieselflink.

„Was wollt ihr?", brummte er.

Jon räusperte sich. Neben diesem Mann wirkte er in seinen Markenjeans, dem gebügelten Hemd und den gepflegten Schuhen wie ein Großstadtschnösel par excellence, fand Sara. Sein höfliches „Mein Name ist Jon Vicander, das ist meine Tochter Sara. Wir kommen aus Stockholm", verstärkte den Eindruck nur.

„Ich hab euch gefragt, was ihr hier wollt, nicht, wo ihr herkommt!", knurrte Lennart Esterholt zurück. „Wenn ihr 'ne Panne habt und nichts von Motoren versteht, dann ruft halt den Pannendienst."

Er ratterte eine Telefonnummer herunter, drehte sich um und watschelte wieder in den Schuppen. Jon und Sara sahen sich verdutzt an.

„Wir haben keine Panne!", rief Jon in den Schuppen hinein, wo es wieder rumpelte, dann folgte ein scharrendes Geräusch. „Wir möchten dich nur etwas fragen."

„Und dafür seid ihr den ganzen weiten Weg aus der Weltmetropole angegondelt?", tönte es spöttisch aus dem Innern des Schuppens.

„Ja", sagte Jon nur und wartete.

Metall klapperte, als jonglierte Lennart mit alten Milchkannen. Dann näherten sich wieder seine schweren Schritte und er steckte erneut den Kopf durch die Tür. Sein freundliches Gesicht schien er in dem Gerümpel nicht gefunden zu haben.

„Dann stellt eure verdammte Frage und verschwindet! Ich hab zu tun."

„Eva Henriksson", rief Sara aus dem Hintergrund. „Sagt dir der Name etwas?"

Lennart spähte über Jons Schulter hinweg zu ihr hinüber. Er schien sie bisher kaum wahrgenommen zu haben. Doch als er ihr zum ersten Mal direkt ins Gesicht sah, geschah etwas Unerwartetes. Er kniff die Augen zusammen, als versuchte er, eine Erinnerung einzufangen. Dann blitzte es in seiner Miene auf und er starrte sie unverhohlen an. Plötzlich zuckte es um seine Mundwinkel. Angewidert, so wie man Hundedreck unter der Schuhsohle betrachten würde, und er schüttelte den Kopf.

„Eva wer?"

„Eva Henriksson", wiederholte Sara, die sein Mienenspiel aufmerksam beobachtet hatte. „Das ist meine Mutter. Sie ist verschwunden."

„Damit hab ich nichts zu tun."

„Das meinen wir ja auch nicht", sagte Jon, um einen ruhigen Tonfall bemüht. „Wir fragen uns nur, ob du Eva vielleicht von früher kennst und uns etwas über sie erzählen kannst. Vielleicht würde uns das helfen, sie zu finden.“

Lennart schüttelte abermals den Kopf und schnaufte wie eine Hydraulikbremse. *Wenn sich Hunde und Herrchen im Laufe der Jahre angleichen, warum nicht auch Lastwagen und Fahrer?*, dachte Sara.

„Der Name sagt mir nichts. Und jetzt Abmarsch!“

Lennart wedelte mit dem Arm in Richtung Zufahrt und war in der nächsten Sekunde schon wieder im Schuppen verschwunden. Sara kickte einen Schotterbrocken weg, der mit einem lauten Klonk gegen die Badewanne donnerte. Jon vergrub die Hände in den Hosentaschen, sog die Unterlippe ein und wirkte unschlüssig.

„Ich fürchte, wir werden nichts aus ihm herauskriegen“, sagte er leise. „Lass uns fahren.“

Sara kickte einen weiteren Stein weg, diesmal landete er im Gestrüpp. „Wir sind doch nicht viereinhalb Stunden hierhergefahren, um uns wieder wegschicken zu lassen! Hast du gesehen, wie er mich angeguckt hat?“

„Ist mir nicht entgangen.“

„Er hat mich angestarrt, als hätte er mich schon mal gesehen, Jon!“ Im Schuppen kreischte eine Säge auf und Sara war froh, sich nicht darum bemühen zu müssen, leise zu sprechen. „Jeder sagt mir, ich sähe meiner Mutter so wahnsinnig ähnlich. Was, wenn er sie in mir erkannt hat?“

Jon wiegte den Kopf. „Dann müsste er sie schon gut gekannt haben.“

„Und was, wenn? Wenn er es nur nicht sagen will?“ Sie sah ihn herausfordernd an. Zögern und Zaudern, das schien in ihrer Familie zu liegen. Und womöglich war Jon sogar der größere Zauderer von ihren Eltern. Eva hatte sich hingegen insbesondere in letzter Zeit als ausgesprochen handlungsfreudig erwiesen.

„Er will nicht mit uns reden, Sara.“

Jon wandte sich um und strebte zurück zum Auto. Er hatte sich von Lennart Esterholts ruppigem Auftreten doch nicht etwa einschüchtern lassen?

Sara verschränkte trotzig die Arme. „Nach Per-Olof haben wir ihn auch noch nicht gefragt. Und da draußen steht ein dicker, fetter Holzlaster! Also, bitte!"

Der Laster brachte sie auf eine Idee. Sie hatte ja nicht nur die Fotos von der Todesanzeige und dem Zeitungsartikel über den Unfall auf ihr Handy geladen. Sie hatte zudem in der Zwischenzeit auch sämtliche anderen Bilder aus der Cloud wiederhergestellt. Schnell zog sie das Handy aus der Hosentasche und durchsuchte den Fotospeicher. Nach einer Weile hatte sie gefunden, wonach sie suchte.

„Und was kommt jetzt?", fragte Jon ungeduldig. Er stand zwischen Schuppen und Auto und ließ den Schlüssel um den Zeigefinger kreisen.

„Das wirst du sehen." Sara drehte sich um und betrat erneut die Werkstatt.

„Mach keinen Unsinn!" Jon eilte ihr hinterher und zupfte an ihrem Ärmel, um sie zurückzuhalten, aber sie schüttelte ihn ab.

Im Dämmerlicht wand sie sich durch enge Gänge zwischen Regalen, die mit allerhand Kram und Eisenwaren vollgepackt waren. Sie hatte keine Ahnung, wozu dieser Schuppen diente. Am ehesten kam ihr eine Werkstatt in den Sinn. Als sie zwischen wuchtigen Metallregalen um eine Ecke bog, sah sie einen Tisch mit einer Kreissäge, an der Lennart Holzplatten zersägte. Sie wedelte mit ihrem eingeschalteten Handydisplay, um auf sich aufmerksam zu machen. Er sah auf, schaltete die Säge ab und starrte sie wütend an.

„Du bist nicht die Allerhellste, was? War ich nicht deutlich genug?"

Anstelle einer Antwort hielt sie ihm das Handy vor die Nase. „Das ist Eva Henriksson. Hast du sie schon mal gesehen?"

Jon trat hinter sie und legte seine Hand auf ihre Schulter. „Sara, komm …"

Da riss Lennart die Augen auf. „Donnerwetter! Wie alt ist das Bild?"

„Ein paar Wochen." Sara hatte das letzte gemeinsame Selfie von sich und ihrer Mutter aufgerufen, das sie umständlich von der vorsintflutlichen Digitalkamera auf ihr Handy gezogen hatte. Es zeigte sie beide in dem Sushi-Imbiss, zu dem Sara sie bei ihrem vorletzten Mädelsabend mitgeschleppt hatte.

„Als wäre sie nicht einen Tag älter geworden", murmelte der Mann kopfschüttelnd.

Sara las Erstaunen in seiner Miene, sogar eine gewisse Faszination, ehe beides wie von einer dunklen Wolke überschattet einen Grauschleier bekam. In ihrer Magengrube kribbelte es verheißungsvoll. Er wusste etwas. Sie hatte recht mit ihrer Vermutung.

„Du kennst sie also doch?", drängte sie.

Lennart richtete sich wieder auf und rückte den Mützenschirm zurecht. „Klar kenn ich sie. Aber dass sie sich jetzt Eva Henriksson nennt, war mir neu." Er brach in ein Lachen aus, das ungesund klang und in einen bellenden Husten überging. „Eva! Ist das denn zu glauben?"

Sara starrte ihn an. „Natürlich heißt sie so. Ich werde doch wohl den Namen meiner Mutter kennen."

„Deine Mutter, ja?" Etwas Lauerndes stahl sich in den Blick, mit dem Lennart sie erneut musterte. „Hab ich's mir doch gedacht. Diese Kulleraugen und der breite Mund, genau wie unser kleines Froschgesicht damals! Soll ich dir verraten, wie deine Mutter in Wahrheit heißt?"

„In Wahrheit?" Sie flüsterte fast.

Lennart war es gelungen, ihre Forschheit mit wenigen Worten zunichtezumachen. Sara hätte mit allem Möglichen gerechnet, nur auf diesen Gedanken war sie nie gekommen. Jons Griff um ihre Schulter wurde fester. Auch er sah Lennart ungläubig an, dem die Genugtuung über ihre fassungslosen Mienen nun aus allen Knopflöchern quoll.

„Ihr habt wirklich keine Ahnung, so dämlich, wie ihr guckt. Diese Frau –", er deutete auf das Foto in Saras Handydisplay, blähte sich auf und genoss die Kunstpause, mit der er sie auf die Folter spannte, „diese Frau heißt nicht Eva Henriksson."

„Sondern?", fragte Sara unwirsch. Am liebsten hätte sie diese plötzliche Wichtigtuerei aus ihm herausgeschüttelt.

„Nicht so ungeduldig, mein Mädchen." Lennart schenkte ihr ein nikotingelbes Grinsen. „Ihr richtiger Name ist Camilla Esterholt."

In der Stille, die darauf folgte, hörte Sara seinen Magen gluckern. Im Geiste wiederholte sie den Namen. Wieder und wieder: Camilla. Esterholt. Camilla Esterholt. Konnte das wahr sein? Und wenn ja – trug sie, Sara, dann mit Henriksson einen Namen, der in Wahrheit … falsch war?

„Und da bist du dir ganz sicher?", fragte Jon mit unverhohlenem Zweifel.

„Na hör mal", antwortete Lennart, der den Triumph über den verdutzten Großstadtschnösel sichtlich auskostete. Er trat einen Schritt vor und griente Jon an. „Ich werde doch wohl meine eigene Schwester wiedererkennen!"

+++

Lennart Esterholts Familiensinn reichte nicht weit genug, um seine Nichte und ihren Vater zum Kaffee ins Haus zu bitten. Nachdem sowohl Sara als auch Jon sich von ihrer Verblüffung erholt hatten, machte er erneut Anstalten, sie loszuwerden. Er versuchte, den frisch gesponnenen Gesprächsfaden abzuschneiden, indem er von neuem die Kreissäge anwarf.

„Per-Olof Esterholt!", brüllte Sara über den Lärm hinweg. „War das dein Vater?"

Lennart nickte, während er eine Spanplatte so zurechtlegte, dass die Bleistiftmarkierung bündig mit dem Sägeblatt war. „Ist aber schon seit Ewigkeiten tot!", brüllte er zurück.

„Und deine Mutter?"

„Keine Ahnung!"

„Wie – keine Ahnung?"

Mit einem genervten Augenrollen nahm Lennart den Fuß vom Pedal und die Säge kreiselte langsam aus.

„Ich weiß nicht, ob sie noch lebt! Sie hat vor fast dreißig Jahren die Koffer gepackt und die Familie genauso sang- und klanglos verlassen wie Camilla später. Ist irgend so 'nem deutschen Touristen hinterhergereist, der damals die Kate für den Sommer gemietet hatte. Sie hatte wohl die Schnauze voll von allem hier. Vielleicht lebt sie noch da unten. Vielleicht liegt sie auch schon unter der Erde. Ist mir egal."

Sara und Jon tauschten einen Blick. War Evas Entschluss, nach Deutschland zu ziehen, doch keine Zufallsentscheidung gewesen? Hatte sie gehofft, nebenbei ihre Mutter ausfindig zu machen?

„Camilla scheint beschlossen zu haben, euch dumm sterben zu lassen, was?", bemerkte Lennart. „Na ja, das sieht ihr ähnlich. Ich weiß auch nicht, was sie die letzten Jahre getrieben hat. Hat sich nie wieder gemeldet, seit sie hier weg ist. Müsste bald zwanzig Jahre her sein."

Sara rechnete zurück. Ihre Mutter musste gerade achtzehn gewesen sein, als sie ihre Heimat verlassen hatte. Kaum älter, als sie selbst war. „Eine letzte Frage, Lennart, dann lassen wir dich in Ruhe."

„Das will ich hoffen."

„Warum ist Eva ... Camilla weggegangen? Was ist damals passiert?"

Lennarts Miene verschloss sich wie eine Jalousie nach Ladenschluss. Er wich Saras Blick aus und verschob die Holzplatte um Millimeter, obwohl sie perfekt gelegen hatte. Dann schnaubte er. „Sie war hier nicht mehr erwünscht."

„Warum?", fragte Jon leise.

„Sie hat Ärger gemacht. Vaters Tod geht auf ihre Kappe. Nur als Beispiel."

„Sie war damals dreizehn!", rief Sara erschrocken. „Wie kann eine Dreizehnjährige für einen Lkw-Unfall verantwortlich sein?"

„Wenn der Vater sie ans Steuer lässt, weil er das für eine gute Idee hält ..."

Sara schnappte nach Luft. Ihre Mutter am Steuer eines solchen Ungetüms? Mit voll beladenem Anhänger? Welcher Vater würde so unverantwortlich handeln? Sie konnte es kaum glauben.

„Letztlich war Vater selbst dran schuld. Natürlich lassen viele Eltern hier auf dem Land ihre Jugendlichen schon mal mit dem Auto ein paar Runden um den Hof drehen. So hab ich's auch gelernt. Aber mit 'nem Sattelschlepper? Vater kann nicht ganz nüchtern gewesen sein!"

Wieder schnaubte Lennart und wischte unsichtbare Späne von der Holzplatte. Dann zuckte er mit den Schultern. „Ihm hätte klar sein müssen, dass die dumme kleine Gans damit völlig überfordert war. Wahrscheinlich wollte er sie vorführen und sich über sie lustig machen. Das war so seine Art. Aber dass er sie gleich auf die Landstraße schickt!"

Er zog die Nase hoch und schüttelte den Kopf. „Keinen hat's gewundert, dass es gleich an der Einmündung gekracht hat. Vater tot, der andere Fahrer schwer verletzt. Nur Camilla hatte wie durch ein Wunder nur ein paar Kratzer."

Sara und Jon schwiegen betroffen. Sara versuchte sich ihre Mutter im Führerhaus eines Sattelschleppers vorzustellen. Ihre Armspanne dürfte kaum ausgereicht haben, das Lenkrad zu umfassen! Dass Eva bis heute eine unsichere Autofahrerin war, wunderte sie nicht mehr im Geringsten.

Ehe Lennart erneut auf das Fußpedal treten und die Säge loslärmen konnte, meldete Jon sich zu Wort. „Du sagtest eben *nur als Beispiel*. Was ist noch passiert?"

Lennart machte eine unwirsche Handbewegung. „Ich hab euch schon mehr erzählt, als ich wollte. Der Rest geht euch nichts an. Das ist eine Familienangelegenheit."

„Dann ist das auch meine Angelegenheit!", wagte Sara trotzig einzuwerfen, doch die Säge kreischte auf und fuhr unbarmherzig durch ihre Worte hindurch.

+++

Eine Viertelstunde später brachte Jon den Wagen kurz vor der Einmündung zur Provinzstraße zum Stehen und sie stiegen aus.

„Hier muss es gewesen sein."

Sara nickte. Sie schien genau an der Stelle zu stehen, von der aus der Zeitungsreporter sein Foto geschossen hatte. Sie erkannte die Straßenecke wieder, auch wenn natürlich nichts mehr an den Unfall vor vierundzwanzig Jahren erinnerte. Sämtliche Spuren waren von Einsatzkräften beseitigt und von jahrelangem Wind und Wetter getilgt worden. Wer es nicht wusste, ahnte nichts von den beiden Lkw, deren Führerhäuser an dieser Stelle ineinander verkeilt gewesen waren, und von den Dutzenden Baumstämmen, die auf der Fahrbahn verstreut gelegen hatten.

Jon setzte sich langsam in Bewegung und wanderte mit gesenktem Kopf am Straßenrand entlang, als suchte er nach irgendetwas.

„Was machst du da?“, rief Sara ihm hinterher.

„Moment …“ Er wechselte die Straßenseite und setzte seine Suche fort. Nach einigen Metern ging er in die Hocke, schob mit den Händen etwas Gras beiseite, und nickte zufrieden. „Sieh mal hier!“

Sara überquerte die Fahrbahn und hockte sich neben ihn. Verborgen hinter dem hohen Gras stand ein kleines, verwittertes Holzkreuz. PAPPA hatte jemand ungelenk in den Querbalken geritzt. Sonst nichts. Sie streckte die Hand aus und fuhr mit den Fingerspitzen über die rauen Buchstaben.

In ihrem Hals wuchs ein zäher Kloß, der sich kaum herunterschlucken ließ. Es mussten Evas Kinderhände gewesen sein, die dieses Kreuz gebastelt und anschließend hier aufgestellt hatten. Klein und verschämt, sodass es kaum zu entdecken war. Trotzdem hatte sie ein Zeichen hinterlassen. Das war ihr wichtig gewesen.

Sara mochte sich nicht vorstellen, wie sich das Mädchen von damals dabei gefühlt hatte. Lennart hatte recht, letztlich war es Per-Olofs Schuld gewesen, sie ans Steuer zu lassen. Er hatte die Verantwortung getragen. Aber hatte Eva das begriffen? Oder war sie an dem Glauben, ihren Vater getötet zu haben, verzweifelt? Sara brauchte gar nicht lange darüber nachzudenken, um die Antwort zu wissen. Tiefes Mitgefühl ergriff sie und sie begann zu weinen.

Jon legte ihr einen Arm um die Schultern. Als sie aufsah, bemerkte sie, dass auch er Tränen in den Augen hatte.

„Hätte ich das nur gewusst“, murmelte er. „Ich hätte so vieles besser verstanden …“

Sara nickte. Ihr ging es genauso. Aber offenbar war das nicht alles. Wenn sie Lennarts Andeutungen richtig aufgefasst hatte, musste noch etwas anderes geschehen sein. Etwas weitaus Schlimmeres. Dabei konnte sie sich kaum vorstellen, was die Tragik dieses Unfalls übertreffen würde.

„Komm", sagte Jon nach einer Weile und richtete sich wieder auf.

„Warte kurz." Sara beugte sich vor, fuhr mit dem Finger unter einen daumenbreiten Splitter, der sich am Rande des Querbalkens gelöst hatte, brach ihn ab und steckte ihn in ihre Hosentasche. Sie wollte ein winziges Stück von dem Schmerz ihrer Mutter mitnehmen und bei sich tragen. Denn letztlich hatte er sie zu der gemacht, die sie heute war.

Bewegt und nachdenklich fuhren sie zurück nach Stockholm. Sara fühlte sich ausgelaugt. Die Erkenntnis, dass ihre Mutter jahrelang unter einem anderen Namen gelebt hatte, war ein Schock. Eva Henriksson war ihr immer so vertraut gewesen wie ihr eigener Name. Dass er nicht echt war, rüttelte erneut an ihren Grundfesten. Camilla war ihr zutiefst fremd, und mit ihr, so schien es, war auch das letzte bisschen Vertrautheit, das letzte bisschen Eva, verschwunden.

Sara war ähnlich erschüttert wie in dem Augenblick, als sie begriffen hatte, dass ihr Vater nicht tot war. Wieder einmal stand ihre Welt Kopf. Ihr Leben baute nicht nur auf einer Lüge, sondern auf einem ganzen Berg davon auf!

Warum hatte Camilla ihren Namen geändert? Hatte sie einen Schlussstrich unter ihr altes Leben ziehen wollen? Oder war sie vor jemandem auf der Flucht, dessen Hass sie auf sich gezogen hatte? Irgendetwas war geschehen, das ihr irgendjemand bis heute nachtrug. Leonie hatte sich in ihren Hass auf Sara hineingesteigert und wollte sie zerstören. Welchen Hass hatte ihre Mutter ausgelöst? Je mehr Sara über diese Parallelen nachdachte, desto mehr begriff sie, wie eng verwoben Evas und ihre Geschichte waren. Alles hing zusammen wie ein fürchterliches, unentwirrbares Geflecht.

„Und? Glaubst du, dass es Lennart war, der dich angegriffen hat?", fragte Jon, als sie gegen Abend an einer Raststätte hielten, sich mit

Würstchen und Kartoffelbrei eindeckten und sich im Freien an einen Picknicktisch setzten.

Sara malte mit den Zinken ihrer Plastikgabel Muster in die Bratensoße, die der Mann an der Theke über ihren Kartoffelbrei geklatscht hatte, und schüttelte den Kopf. „Lennart hätte sich einfach nur auf mich draufsetzen und ein paar Minuten warten müssen, um mich zu erledigen. Der Typ, der mich angegriffen hat, war zwar stämmig, aber beileibe nicht so fett."

„Mich treibt die Frage um, woher unser großer Unbekannter von Evas ... oder Camillas ... Namensänderung weiß, wenn selbst ihr Bruder nichts davon mitbekommen haben will", sagte Jon nachdenklich. „Ich denke doch, sie hat ihren Namen geändert, damit keiner, der Rache üben will, sie ausfindig macht."

Sara nickte. Irgendetwas musste schiefgegangen sein. „Da betreibt sie schon diesen Riesenaufwand und dann ist alles für die Katz!"

Jon sah sie verständnislos an. „Was für ein Aufwand?"

„Na ja, eine Namensänderung geht ja nicht einfach so. Da musst du schon sehr triftige Gründe anführen und am Ende wird's richtig teuer."

„In Deutschland vielleicht. Hier in Schweden beantragst du das einfach, zahlst eine kleine Gebühr und schon kannst du heißen, wie du willst. Manch einer strebt nach Originellerem als Svensson."

„Und manch einer will sich mit dem neuen Namen so unauffällig wie möglich machen", erwiderte Sara. Sie legte ihr Handy auf den Tisch. „Ob ich ihr schreiben soll, was wir herausgefunden haben? Vielleicht lockt sie das aus der Reserve."

„Möglich. Es könnte aber auch nach hinten losgehen", gab Jon zu bedenken. Und Sara begriff, dass sie nun zwar ein wenig mehr über Eva wussten, aber trotzdem meilenweit davon entfernt waren, sie zu verstehen.

#24

Jon versuchte sie abzudrängen, ging in die Knie, breitete die Arme aus und wollte den Korb vor Sara abschirmen. Gleichzeitig lauerte er auf eine Gelegenheit, ihr den Ball abzuluchsen. Doch sie war schneller. Sie täuschte eine Drehung nach links an, wirbelte dann rechts herum, dribbelte ihn aus, sprang und versenkte den Ball im Ring. Die Kette rasselte. In diesem Moment donnerte ein Lkw über die vielbefahrene Brücke, unter der sich der Sportplatz befand. Das Echo hallte entfernt von den Betonpfeilern wider.

Der Ball war zwischen den Brückenpfeilern hindurch in ein Gebüsch gerollt. Sara lief hinterher und holte ihn zurück. Jon nickte anerkennend, als sie damit angedribbelt kam.

„Du spielst gut. Man merkt, dass du viel trainierst."

„Haben wir früher eigentlich auch zusammen Körbe geworfen oder ist das heute das erste Mal?"

Jon lachte. Mit einer Hand landete er einen beneidenswert präzisen Treffer, sprang dem Basketball hinterher und sammelte ihn wieder ein.

„Was glaubst du, warum ich dich mit hierhergenommen habe? Du warst schon immer verrückt nach Bällen! Sowie du auch nur ansatzweise laufen konntest, hast du die Dinger durch die Gegend geschleppt. Später musste ich dich an jedem Korb hochheben, damit du den Ball durchwerfen konntest. Aber auch das reichte irgendwann nicht mehr."

Er spielte Sara zu und sie versuchte sich an einem Drei-Punkte-Wurf, der aber danebenging.

„Lass mich raten, ich wollte es lieber alleine probieren."

„Exakt! Und für deine kurzen Ärmchen hast du dich schon erstaunlich geschickt angestellt. Deshalb hat es mich überhaupt nicht gewundert, dass ich den ersten Hinweis auf dich ausgerechnet auf einer Basketballseite gefunden habe."

„Wie muss meine Mutter sich geärgert haben, als ich mit acht Jahren unbedingt in den Verein wollte!", kicherte Sara schadenfroh.

Manche Neigungen ließen sich eben nicht so einfach unterdrücken. Bestimmt hätte sie viel früher mit Basketball angefangen, wenn sie in Schweden aufgewachsen wäre. Und je mehr sie darüber nachdachte, desto mehr begriff sie, dass sie auch hier ein schönes Leben hätte führen können. Wäre ihre Mutter nicht so aus der Spur geraten, hätte sie eine ganz normale Familie gehabt. Womöglich sogar Geschwister. Doch Eva hatte all das zerstört. Andererseits war ihr Leben in Lübeck gut gewesen. Ein wenig zu zurückgezogen, aber dank Caro und deren Eltern nicht vollkommen einsam. Trotzdem loderte eine immer heißer werdende Wut in ihr auf, wenn sie daran dachte, worum ihre Mutter sie betrogen hatte.

„Ich hätte das zu gerne erlebt." Jons Miene verdüsterte sich. „Ich hätte dich gerne bei Turnieren angefeuert und am Wochenende mit dir die Sportplätze unsicher gemacht. So wie jetzt."

Sara wusste nicht, was sie darauf erwidern sollte. Es klang so anklagend, dabei war sie diejenige, die am wenigsten dafürkonnte. Aber die eigentliche Adressatin hatte es ja vorgezogen unterzutauchen.

Jon bückte sich nach dem Ball und ließ ihn auf der flachen Hand springen. „So vieles habe ich verpasst. Deinen ersten Schultag. Wie du schwimmen und Fahrradfahren gelernt hast. Wer deine ersten Freunde waren und welches Schulfach du am blödesten fandst. Alle Meilensteine, alle Kleinigkeiten. Nichts davon konnten wir teilen. Und jetzt ist es zu spät." Er fing den Ball auf und schleuderte ihn gegen das Brett, wo er hart abprallte und weit davonsprang. „Die verlorenen Jahre gibt mir niemand zurück."

Die Bitterkeit in seiner Stimme machte Sara traurig. Sie wünschte, sie hätte wenigstens eine klare Erinnerung an ihn, wie er früher gewesen war. Irgendetwas, an das sie gemeinsam zurückdenken könnten. Jons Versuche, ihr Gedächtnis zu provozieren, wirkten auf sie rührend und verstörend zugleich. Als wollte er einfach nicht akzeptieren, dass sie einander fremd geworden waren.

„Was würdest du tun, wenn meine Mutter plötzlich vor dir stehen würde?“, fragte sie.

Jon drehte sich um und lief zu der Stelle, wo der Ball liegen geblieben war. Bedächtig hob er ihn auf, wog ihn in der Hand und schlenderte zurück. „Das habe ich in Gedanken natürlich oft durchgespielt.“

„Und?“

Jon zögerte ziemlich lange. Sara beobachtete aufmerksam seine Miene. Er sah aus, als wollte er sich um die Antwort herumwinden, ehe er endlich zu sprechen begann.

„Ich habe mich in die Fantasien, wie ich sie mit bloßen Händen erwürge, hineingesteigert, weil es lange Zeit das Einzige war, das mit Erleichterung verschafft hat.“

Sara sah ihn erschrocken an. Obwohl sie immer wieder die unterdrückte Wut wahrnahm, die unter seiner Oberfläche brodelte – Tötungsfantasien hätte sie ihm nicht zugetraut. Zumal er ihr erst kürzlich diesen Vortrag über das Vergeben gehalten hatte.

„So war das. Ich habe mich vorher immer für einen friedliebenden Menschen gehalten. Nichts in meinem Leben hat mich auch nur annähernd so wütend gemacht wie das, was Eva mir angetan hat. Dafür habe ich sie gehasst.“

„Hast du dir deshalb diesen Bibelvers vor dein Bett gehängt? Den mit ‚das Böse überwinden‘ oder wie das heißt?“

Er nickte. „Ich muss mir das auch heute noch jeden Tag vor Augen halten. Gerade jetzt, wo ich dich neu kennenlerne. Denn jedes Mal, wenn ich dich sehe, sehe ich zugleich, was mir genommen wurde. Ich bin einfach wieder nur unfassbar wütend.“

Er schleuderte den Ball gegen den nächstbesten Betonpfeiler und ließ ihn wegspringen. Sara blieb stehen und sah dem Ball nach, weil sie nicht wusste, wohin sie sonst sehen sollte.

„Kann man sich wirklich dafür entscheiden, sich nicht von Hass oder Bösem oder wie auch immer man das nennen mag, überwältigen zu lassen?", fragte sie nach einer Weile leise.

Wieder einmal musste sie an Leonie denken. Die hatte sich aus lauter Hass zu jeder Menge Dinge hinreißen lassen, die Sara ihr damals, als sie noch befreundet gewesen waren, auch nie zugetraut hätte. Wenn Hilflosigkeit und Trauer zu schwer zum Tragen waren, schenkte Hass neue Kräfte.

„Natürlich kann man sich dafür entscheiden", antwortete Jon. „Aber das heißt noch lange nicht, dass man es auch schafft, das immer so durchzuziehen. Ich kriege das alleine jedenfalls nicht hin. Es gibt Tage, an denen ich trotzdem in Gedanken die Messer wetze und mich am liebsten rächen würde."

„Und was tust du dann?"

„Ich bete", sagte Jon schlicht.

„Ach so." Sara musterte ihn spöttisch. „Und was betet man da so? ‚Lieber Gott, bitte mach, dass ich heute lieb und brav bleibe und mich gedanklich nicht dreckig mache'?"

Jon lachte. „Bisschen überspitzt, aber so in der Art. Vor allem aber bete ich darum, dass ich wirklich vergeben lerne. Dass ich diese ganze verdammte Last im wahrsten Sinne des Wortes ver-gebe, um sie irgendwann loszuwerden."

„Du kannst nicht vergeben, weil du nicht verstehst, warum Eva dein Leben zerstört hat", folgerte Sara.

„Sie ist ja nicht da, um es zu erklären. Womöglich werde ich sie nie wiedersehen. Also versuche ich jeden Tag aufs Neue, die Sache an Gott abzugeben. Ich will nicht an Hass und Rachsucht ersticken. Das macht mir das Leben schwer."

Sara legte zweifelnd den Kopf schief. „Aber wie soll das funktionieren?"

„Na ja ..." Jon zuckte mit den Schultern und überlegte. „Du hast vielleicht schon mal gehört, dass Gott auch so eine Art Richter ist."

Sara rollte mit den Augen. „Klingt streng."

„Ja, aber was ist die Aufgabe eines Richters? – Gerechtigkeit schaffen! Ich werde vielleicht nie erfahren, warum Eva mir das alles angetan hat. Aber Gott weiß es. Und ich glaube daran, dass er irgendwann für Gerechtigkeit sorgen wird. Die mag ganz anders aussehen, als ich mir das vorstelle. Ich sehe Gott als den Experten an, der in meiner Sache Recht spricht, weil er mehr durchblickt als ich."

„Du knallst ihm sozusagen die Akte mit deinem Fall auf den Tisch."

„Richtig." Jon nickte. „Mein Problem ist nur, dass ich immer noch den Drang habe, ständig die Nase reinzustecken. Damit aufzuhören und die Sache wirklich dem Experten zu überlassen, fällt mir schwer."

„Kann ich mir vorstellen", murmelte Sara. Sie hatte ja noch nicht einmal eine wirkliche Vorstellung von diesem Gott, von dem ihr neuerdings immer wieder erzählt wurde. Aber es machte sie nachdenklich, dass der Glaube sowohl für Ramin als auch für Jon nicht bloß aus irgendwelchen kleingedruckten Bibelformeln bestand. Völlig unabhängig voneinander erweckten beide den Eindruck, als wäre eine Beziehung zu Gott nicht so abwegig, wie sie sich das bisher gedacht hatte.

„Und merkst du, dass sich was ändert?", fragte sie Jon.

„Wenn ich auf die lange Zeit zurückblicke, ja. Aber in kleinen Schritten. *Sehr* kleinen Schritten. Vergeben ist ein Prozess, verstehst du?"

„Ich glaube schon." Plötzlich hatte Sara das Gefühl, dass irgendwie in ihrem Innern ein kleines Licht anging. Als hätte jemand in einem verschlossenen Zimmer eine Kerze angezündet, deren schwachen Schein sie unter dem Türspalt hindurch sah. Vielleicht gab es Hoffnung. Vielleicht war es möglich, dass sie und Leonie diesen Prozess in Gang setzten. Mit Geduld.

Jon betrachtete sie prüfend und nickte, als hätte er ihren Gedanken erraten. „Ich bete gerne für dich und Leonie", bot er an.

Sara seufzte. „Danke. Aber dann musst du für ein Wunder beten."

Jon setzte sich langsam in Bewegung und holte den Ball, der ein gutes Stück weit weg gekullert war. Als er wieder zurückkehrte, lächelte er.

„Ich glaube an Wunder. Ich habe zwölf Jahre lang für eines gebetet. Jetzt steht es vor mir."

+++

Für den späten Nachmittag hatten sich Ulrika und Britt angekündigt. Sie wollten gemeinsam mit Jon den Sucheinsatz rekapitulieren und ihre Social-Media-Strategie besprechen. Sara war froh, dass Jamila sie zu einem Bummel im Szenestadtteil Södermalm eingeladen hatte. So konnte sie der peinlichen Begegnung mit Ulrika entgehen. Sie schämte sich im Nachhinein für ihren Ausraster.

Sara holte Jamila von der Arbeit ab. Sie war Verkäuferin in einem Fachgeschäft für Sicherheitstechnik, das unweit ihrer Wohnung in einer Seitenstraße lag. Das Schaufenster war mit Werbebannern für Türschlosssicherungen, Überwachungskameras und Alarmanlagen dekoriert. Kaum ein Geschäft hätte besser zu dieser gehobenen Wohngegend gepasst, fand Sara, als sie eintrat. Die Türglocke ertönte.

„Ich bin gleich da!", rief Jamila aus dem hinteren Teil des Ladens.

Der Geschäftsraum war weitaus größer, als er von außen den Anschein erweckte. Sara blieb stehen und sah sich um. Neben Schließanlagen, diversen Kameras und Bewegungsmeldern entdeckte sie Diebstahlsicherungen für Autos, kleine Tresore und in einer Ecke sogar Fahrradschlösser. Neugierig trat sie näher. Zweimal schon war ihr das Rad geklaut worden. Jedes Mal hatten die Diebe das Schloss geknackt. Während Jamila im Hinterzimmer mit irgendetwas raschelte, betrachtete Sara die verschiedenen Schlösser, rechnete die Preise in Euro um und schluckte. Für das Geld konnte sie sich fast schon ein neues Fahrrad leisten!

Im Regal daneben lag weiteres Fahrradzubehör aus. Sara streifte das Angebot mit einem Blick, hielt erstaunt inne und griff nach einer der Schachteln. „Rücklicht/Tracker (GPS)" stand auf der Verpackung und die Abbildung darunter glich haargenau der Leuchte, die der Unbekannte an ihrem Fahrrad montiert hatte.

„Die Dinger gehen zurzeit weg wie nichts!"

Sara fuhr herum, weil sie nicht bemerkt hatte, wie Jamila näher getreten war.

„Kennst du so was schon?"

Sara nickte zerstreut und legte die Schachtel zurück ins Regal. „Aber nicht meine Preisklasse", murmelte sie.

Jamila lachte. „Meine auch nicht. Aber mein Fahrrad ist so alt, das wird höchstens fürs Museum geklaut. Komm, lass uns gehen!"

Sie rief einen Gruß in Richtung Hinterzimmer, hakte sich bei Sara unter und gemeinsam verließen sie den Laden.

Die Anstrengungen der letzten Tage hatten Sara wortkarg werden lassen. Sie war froh, dass Jamila das Reden übernahm. Als sie in Södermalm aus der U-Bahn stiegen, ließ sie sich von ihr durch die Straßen mit den angesagten Mode- und Lifestyle-Läden lotsen. Während sie in den Geschäften stöberten und Jamila fröhlich plauderte, fühlte Sara sich plötzlich an Caro erinnert. Oder war ihr Caro immer so sympathisch gewesen, weil diese sie unbewusst an Jamila erinnert hatte? Beide strahlten dieselbe unbekümmerte Lebensfreude aus und waren mit einem ähnlichen Temperament gesegnet. Und beide beherrschten die Kunst der harmlosen Dauerbeschallung. Sara ließ sich einfach mitziehen und genoss es, ein paar Stunden abgelenkt zu sein.

Ein paarmal dachte sie zurück an Caro und fühlte dabei einen Stich. Sie vermisste ihre Freundin. Jetzt, nachdem ihre Mutter verschwunden war, blieb nur noch Caro als ihre engste Vertraute. Doch nach Leonies Offenbarung war auch ihr Verhältnis angeknackst. Sara nahm sich vor, Caro in einem ruhigen Moment anzurufen und ihr alles zu erklären. Vielleicht ließ sich dadurch einiges wieder kitten.

Als der Kaffeedurst sich meldete, zog Jamila sie in ein Café, das offenbar so beliebt war, dass es hoffnungslos war, dort einen Platz zu bekommen. Sie versorgten sich am Tresen mit Coffee-to-go und Zimtschnecken.

„Wie kommt ihr beiden eigentlich so miteinander aus, du und Jon?", erkundigte sich Jamila, als sie kurz darauf durch schmale Sträßchen schlenderten, vorbei an einigen alten Holzhäusern. Früher ärmliche Arbeiterwohnungen, heute begehrte Kleinode.

„Ich werde aus ihm nicht so recht schlau“, gab Sara zu.

„Kann ich mir vorstellen“, sagte Jamila und biss herzhaft in ihr Gebäck. „Nachdem ihr verschwunden wart, ist er ganz schön kauzig geworden. Mich wundert's nicht.“

„War er früher anders?“

„Aber ja!“ Jamila lachte. „Freundlich, zuvorkommend, nett. Mein Vater konnte ihn nicht ausstehen, weil er Angst hatte, dass meine Mutter sich in ihn verguckt hätte!“

„Und, hat sie?“, fragte Sara grinsend.

Als Antwort erhielt sie nur ein vielsagendes Kichern. Doch schnell wurde Jamila wieder ernst.

„Euer Fall hat ja landesweit Schlagzeilen gemacht. Jon ist von der Presse ganz schön in die Mangel genommen worden, weil irgendjemand aus dem Haus Gerüchte über ihn gestreut hat. Er soll euch misshandelt haben.“

„Ich kann mir schon denken, wer“, murmelte Sara.

„Das Schlimme war: Das ganze Haus hat sich von diesem Mist anstecken lassen. Jon konnte nicht mehr zum Briefkasten oder zur Mülltonne gehen, ohne dass hinter seinem Rücken getuschelt wurde.“ Jamila schnaubte verächtlich. „Er ist nur deshalb nicht von hier weggezogen, weil die Wohnung die einzige Anlaufstelle war, die du und Eva gehabt hättet, wenn ihr zurückgekommen wärt. Und weil seine Eltern wollten, dass er darin wohnen bleibt. Die Wohnung gehört eigentlich ihnen.“

„Hm.“

Nachdenklich folgte Sara Jamila durch das Viertel, das etwas abseits des Trubels lag, bis sie einen Pfad erreichten, der nach wenigen Schritten auf ein Hochplateau führte. Für Sara unerwartet, öffnete sich vor ihnen ein herrlicher Ausblick über den funkelnden Riddarfjärden und die Altstadtinsel. Im Hintergrund blinkten die goldenen drei Kronen auf dem Turm des *Stadshusets* im Sonnenlicht. Sie staunte. Mit solch einem Panorama hatte sie an dieser Stelle nicht gerechnet.

Sie setzten sich auf einen von der Sonne aufgewärmten Granitbuckel und sahen auf die Stadt hinab. Der Verkehr, der sich über die Brücken wälzte, summte entfernt zu ihnen hinauf.

„Greta Larsson hat behauptet, Jon hätte mich mit dem Kopf voran gegen einen Glastisch gestoßen“, nahm Sara nach einer Weile den Faden wieder auf.

„Mhm.“ Jamila nickte augenrollend. „Die Story erzählt sie gerne. Sie hat irgendwelches Gerumpel und Geschrei gehört und natürlich sofort Bescheid gewusst.“

„Du glaubst, dass sie falschliegt?“

„Sie ist eine alleinstehende alte Schachtel mit einer lebhaften Fantasie.“

„Aber Jon soll tatsächlich einen Pressefotografen angegriffen haben“, gab Sara zu bedenken.

„Das war ein Paparazzo, der Bilder von dir schießen wollte. Dem hätte ich an Jons Stelle auch die Fresse poliert!“

Nachdenklich fuhr Sara über die Narbe an ihrem rechten Ohr. So vorbehaltlos, wie Jamila ihren Vater verteidigte, regte sich in ihr der Verdacht, dass nicht nur deren Mutter ihn angeschwärmt hatte. Restlos überzeugt von seiner Unschuld war sie nach Jamilas Schilderung nicht. Inzwischen traute sie es ihrem Vater zu, dass er Paparazzi verprügelte. Wenn die Wut mit ihm durchging, konnte er grob werden. Sie hatte es selbst erlebt, als er sie nach ihrem Angriff auf Ulrika gepackt und von ihr weggezerrt hatte. Aber hätte er auch ein kleines Kind mit dem Kopf gegen einen Tisch geschleudert?

Jamila griff nach Saras Hand und drückte sie schnell.

„Ich glaube nicht, dass es so gewesen ist, wie Greta behauptet. Das kann auch ein ganz blöder Unfall gewesen sein. Du hast beim Rennen die Kurven gerne ein bisschen zu eng genommen.“

Sara nickte langsam und hoffte, dass Jamila recht hatte.

+++

„Kommst du noch mit rein?“, bot Jamila an, als sie eine Stunde später wieder im Hausflur des Dachgeschosses standen. „Ich habe sturmfrei und es ist so langweilig allein. Wir können ein bisschen vor dem Fernseher abhängen und ich mache was zu essen.“

„Das klingt so herrlich normal!“, lachte Sara und folgte Jamila in die Wohnung, die ähnlich geschnitten war wie die von Jon.

Das war es aber auch schon mit den Gemeinsamkeiten. Im Vorraum traf Sara ein Chaos an Schuhen an, die wahllos vor, neben, auf und ins Schuhregal geworfen worden waren. Im Flur wartete ein voller Wäschekorb darauf, dass sich irgendjemand seiner annahm. Mitten auf den Handtüchern hatte es sich eine graugetigerte Katze gemütlich gemacht. Es roch streng nach Katzenfutter und als Sara Jamila in Richtung Wohnzimmer folgte, verschwand ein weiterer vierbeiniger Schatten durch eine angelehnte Zimmertür.

„Das sind Villes Katzen“, erklärte Jamila beiläufig. „Was willst du trinken? Bier? Oder soll ich dir was mixen?“

„Warum nicht“, antwortete Sara abgelenkt.

Etwas anderes hatte ihre Aufmerksamkeit erregt. Villes Zimmertür. Außen klebte ein schwarzes Poster mit dem Logo einer Metalband. Sie konnte den Namen nicht entziffern, aber diese Logos sahen ohnehin alle gleich aus. Ein solch verschnörkeltes Zeichen hatte neulich auch Villes T-Shirt geziert, als er sie durch den Wald geführt hatte.

Durch den Türspalt nahm sie ein undurchdringliches Chaos aus schwarzen Klamottenbergen und Fastfood-Schachteln wahr. Ein Anblick, wie sie ihn erwartet hatte. Doch etwas daran machte sie stutzig, ohne dass sie in diesem Moment hätte benennen können, was genau es war.

Jamila war vor ihr im Wohnzimmer verschwunden.

„Wo ist denn das Klo?“, rief Sara ihr hinterher.

„Da, wo du es gegenüber auch finden würdest!“, erhielt sie als Antwort.

„Danke.“ Als sie hörte, wie die Kühlschranktür geöffnet wurde, schlüpfte sie in Villes Zimmer. Die Katze lag auf dem ungemachten

Bett und starrte sie vorwurfsvoll an. In Gedanken musste Sara dem Tier recht geben. Was wollte sie hier? Was hatte sie hierhergezogen?

Nur ein schneller Blick, sagte sie sich. *Mehr nicht.* Sie mochte von Jamila nicht beim Schnüffeln ertappt werden.

Sie scannte den Raum, der nicht viel mehr enthielt als die typische Studenten-Ausstattung von IKEA: Schrank, Regal, Bett und einen Schreibtisch, der von einem überdimensionierten Bildschirm beherrscht wurde. Neben der Tastatur lagen Game-Controller und irgendwelche Hardware-Teile herum. Leere Cheeseburger-Schachteln, verschrumpelte Pommes und eingetrocknete Ketchup-Flecken auf der Tischplatte zeugten von Villes letzter Mahlzeit.

Im ganzen Raum gab es keine einzige Fläche, die nicht mit herumliegenden Klamotten, Uni-Aufzeichnungen oder Chipstüten dekoriert war. Auf dem Bett entdeckte Sara eine ausgeleierte Unterhose, offensichtlich gebraucht. Angewidert wandte sie den Blick ab, der als Nächstes auf dem Wäschehaufen neben dem Kleiderschrank hängenblieb.

Ein türkisfarbener Fetzen zog ihre Aufmerksamkeit auf sich. Sara stutzte. Das war es gewesen, was sie eben durch den Türspalt bemerkt hatte. Diesen türkisfarbenen Fleck in all dem Schwarz. Bei näherem Hinsehen stellte sie fest, dass es eine einzelne Socke war, die ganz oben auf dem Wäschehaufen lag. Eine zierliche Sneakersocke für Damen. Genau solch eine, wie Sara sie an ihrem Anreisetag getragen hatte. Und genau jene, die sie seit einigen Tagen vermisste.

Erstaunt trat sie näher, hob die Socke auf und betrachtete sie. Kein Zweifel, das war ihre. Kopfschüttelnd steckte Sara sie in die Tasche ihrer Jeans. Wie kam sie auf Villes Wäschehaufen? War er es gewesen, der sich neulich Zutritt zu ihrem Zimmer verschafft hatte? Aber was hatte er ausgerechnet mit ihrer Socke vor? In Sara regte sich ein widerlicher Verdacht. Mit spitzen Fingern zog sie ein Wäschestück nach dem anderen von dem Haufen. Hatte Ville sich etwa auch an ihrer Unterwäsche bedient? Doch weil der stinkende Klamottenhaufen sie ekelte, sparte sie sich die weitere Suche.

Als sie das Zimmer verlassen wollte, stieß sie in ihrer Hast mit der Hüfte gegen die Tischplatte. Dabei rutschte ein Zettelstapel über die Kante und knallte auf den Boden. Sie unterdrückte einen Schmerzensschrei und rieb sich stöhnend die Seite. Hoffentlich hatte Jamila den Lärm nicht bemerkt.

Sara bückte sich und sammelte die Zettel hastig auf. Darunter befanden sich einige ausgedruckte Fotos. Sie wollte sie zurück in den Haufen schieben, doch als sie erkannte, was darauf abgebildet war, wurde ihr plötzlich kalt. Fassungslos starrte sie auf das erste Bild. Das hatte er nicht ernsthaft getan! Sie blätterte weiter. Es war eine Fotoserie. Eine Serie von ihr selbst, vorgestern im Wald, wie sie erschöpft und mit wirrem Haar hinter Ville herlief. Jetzt begriff sie, warum er so oft mit seinem Handy hantiert hatte. Von wegen GPS-Empfang – er hatte Fotos von ihr gemacht. Und sie hatte keinen Verdacht geschöpft. Was für ein kranker Typ.

Sara überlegte kurz. Sollte sie die Bilder mitnehmen und vernichten? Aber das war zwecklos. Ville hatte sie ohne Zweifel auf seinem Handy gespeichert und konnte sie beliebig oft ausdrucken. Widerwillig schob sie die Fotos zurück in den Papierstapel und legte ihn auf die Tischplatte. Dann sah sie zu, dass sie aus dem Zimmer kam. Die Katze maunzte ihr beifällig hinterher. Sie schlüpfte ins Bad, zog die Tür hinter sich zu und atmete tief durch.

„Nanu, ist dir schlecht?“, erkundigte sich Jamila besorgt, als Sara Minuten später wieder im Wohnzimmer erschien. „Du bist so blass um die Nase!“

„Gib mir einfach was zu trinken“, murmelte sie und ließ sich auf das durchgesessene Sofa fallen.

Sie dachte an ihre erste Begegnung mit Ville und an das unheimliche Gefühl, das sie erfasst hatte, als er ihr ins Gesicht gestarrt hatte. Er hatte sie wiedererkannt, ohne Zweifel. Aber wo und wann hatte er sie zum ersten Mal gesehen? Sie rechnete zurück. Er konnte höchstens vier oder fünf Jahre älter sein als sie. Somit war er in der Entführungsgeschichte aus dem Rennen. Aber war es am Ende gar nicht der

Entführer von damals gewesen, der ihr neulich im Wald aufgelauert hatte, sondern Ville? Ging es um etwas völlig anderes als um das, was sie bisher angenommen hatte? Hatte er den GPS-Tracker aus Jamilas Geschäft mitgehen lassen? Oder steckten die beiden sogar unter einer Decke?

Saras Magen verkrampfte sich. Die altbekannte Panik packte zu. Sie ließ die offene Bierflasche, die Jamila vor ihr hingestellt hatte, stehen und verabschiedete sich hastig. Jamila sah ihr verständnislos nach, doch da knallte schon die Tür ins Schloss.

Zwei Minuten später öffnete Sara ihren Kleiderschrank. Fehlte noch etwas? Sie durchwühlte die Plastiktüte, in der sie ihre Schmutzwäsche aufbewahrte, aber ihre Unterwäsche schien komplett zu sein. Dann überprüfte sie ihre Jeans und T-Shirts. Alles da. Doch beim Blick auf die Fächer mit den Kinderklamotten hielt sie inne. Sie hob den T-Shirt-Stapel aus seinem Fach und schüttelte ratlos den Kopf. Das zerfetzte Schmetterlingsshirt hatte zuletzt obenauf gelegen. Jetzt war es nicht mehr da. Ein weiteres Mal durchsuchte sie den Schrank, danach das gesamte Zimmer, aber das Shirt war verschwunden.

Was hatte Ville damit vor?

#25

Jons freie Tage waren aufgebraucht. Als Sara am nächsten Morgen aufstand, war er schon lange zur Frühschicht in die Klinik gefahren. Sie rief Caro an, die aber hatte ihr Handy offenbar stummgeschaltet, und aus Evas Handy ertönte nur wieder minutenlang das Freizeichen. Sara stellte sich vor, wie Eva das Telefon in der Hand hielt und anstarrte, bis es zu klingeln aufhörte. An diesem Bild klammerte sie sich fest. Daran, wie ihre Mutter tot in der Ostsee trieb, während das Handy auf dem Sideboard zu Hause vor sich hin flötete, wollte sie ganz einfach nicht denken.

Nach dem Frühstück schnürte sie ihre Laufschuhe und ging auf der riesigen Freifläche joggen, zu der Jon sie neulich mitgenommen hatte. Dabei spielte sie sämtliche Erkenntnisse der vergangenen Tage noch einmal durch. Aber nichts passte zusammen, nichts ergab irgendeinen Sinn. Allmählich verließ sie der Mut. Zwar kannte sie nun den früheren Namen ihrer Mutter, Eva selbst blieb jedoch verschollen. Die Polizei in Finnland war keine große Hilfe, wie Jon es prophezeit hatte.

Dann die Anschuldigungen, die Greta Larsson gegen ihren Vater ausgesprochen hatte. Das verschwundene Shirt. Villes heimliche Nachstellungen. Hatte er einfach nur ihr Bild in Jons Arbeitszimmer entdeckt und war ihr auf irgendeine kranke Art verfallen? Oder gab es eine Verbindung zwischen ihm und Eva, die sie noch nicht sah? Hing Jamila womöglich auch mit drin? Versuchte sie, Sara mit ihrer redseligen Art einzuwickeln und in Sicherheit zu wiegen?

Sara konnte sich auf all das keinen Reim machen. Statt einer klaren Antwort ergaben sich nur immer wieder neue Fragen. Am liebsten wollte sie sich zu Hause einfach nur die Bettdecke über den Kopf ziehen. Aber gab es ihr Zuhause überhaupt noch auf lange Sicht? Sollte sie im schlimmsten Fall bei Moormanns bleiben oder nach Stockholm umziehen und hier die Schule fertigmachen? Sara wusste weder aus noch ein. Frustrierter als zuvor kehrte sie vom Joggen zurück. Am Ende würde sie nie erfahren, was ihr Leben damals zerstört hatte.

Sie trat gerade aus der Dusche, als sie in ihrem Zimmer das Handy klingeln hörte. In ein Handtuch geschlungen huschte sie hinüber. Vielleicht rief Caro zurück. Oder ihre Mutter …

Doch im Display stand Ulrikas Name. Bei der Suchaktion hatten sie ihre Handynummern ausgetauscht. Was wollte die denn von ihr? Zögernd nahm sie den Anruf entgegen.

„Ja?"

„Hallo, Sara", begrüßte Ulrika sie unerwartet freundlich. Wenn sie ihr den Faustschlag in irgendeiner Weise übelgenommen hatte, so ließ sie es sich zumindest nicht anmerken. „Das mag jetzt etwas plötzlich kommen, aber ich habe einen Anschlag auf dich vor. Was hast du dir für heute vorgenommen?"

„Nichts weiter", antwortete Sara überrascht. „Jon muss wieder arbeiten und ich wollte mir gerade überlegen, ob ich mir noch etwas die Stadt angucke."

„Ach, die Stadt läuft dir nicht weg. Ich brauche deine Hilfe."

Sara richtete sich gespannt auf. „Wobei?"

„Ich habe eine Anfrage von einer unserer Ortsgruppen in Südschweden bekommen", erklärte Ulrika. „Dort wird seit einigen Tagen ein junger Mann vermisst. Leider war die Resonanz auf die erste Geländesuche sehr überschaubar. Für heute ist eine zweite Suche angesetzt und meine Bekannte dort unten hat mich um Unterstützung gebeten. Ich werde gegen elf Uhr losfahren. Ich würde mich freuen, wenn du mitkämst."

Sara zögerte. Wie kam Ulrika auf die Idee, ausgerechnet sie zu fragen? Sie hatte doch mitbekommen, wie fertig sie am Ende gewesen war. Außerdem mussten die Spuren von Saras Ausraster noch ihr Gesicht zieren.

„Ich weiß nicht, ob das so eine gute Idee ist …"

„Komm schon", ermunterte Ulrika sie. „Ich zähle auf dich! Deinen scharfen Augen ist es zu verdanken, dass Annelis nicht monatelang irgendwo im Unterholz liegen musste. So kann ihre Familie sie würdig bestatten und muss nicht über lange Zeit hinweg im Ungewissen leben."

Das war für Sara nur ein schwacher Trost. „Ganz ehrlich, der Einsatz von neulich steckt mir noch immer in den Knochen. Vielleicht hatte Jon recht, als er sagte, es sei ein Fehler gewesen, mich mitzunehmen."

„Das war es ganz sicher nicht", widersprach Ulrika. „Du hast dich wacker geschlagen."

„Du meinst, ich habe *dich* wacker geschlagen!"

Ulrika lachte. „Das auch. Ein schönes Veilchen hast du mir verpasst! Aber wenn du mir heute hilfst, soll die Sache damit vergessen sein. Wie wär's, wenn ich dich in einer Stunde abhole?"

Seufzend wickelte Sara ihr Handtuch fester um sich. „Wie weit ist das denn weg?"

„Es ist schon ein kleines Stückchen, aber wenn alles gut geht, sind wir heute Abend zurück. Also?"

„Ich … okay", gab Sara nach. Sie hatte ja tatsächlich nichts Besseres vor.

„Wunderbar. Dann bis nachher!" Ulrika legte auf.

Sara ließ ihr Handy sinken und sah gedankenverloren aufs Display. Sie fragte sich, ob das eine gute Idee war.

+++

Ulrikas Opel war mindestens zwanzig Jahre alt, der dunkelgrüne Lack stumpf von Wind und Wetter, die hintere Stoßstange hatte sie mit mehreren Lagen Panzertape an der Karosse befestigt und an einem der Radkästen fraß sich Rost durchs Blech. Auch von innen hatte der Wagen schon bessere Tage gesehen. Sara war sicher, dass sie nach spätestens einer Stunde auf dem durchgesessenen Beifahrersitz Rückenschmerzen bekommen würde.

Vom Rückspiegel hing irgendwelcher Nippes. Ein ausgeblichener Plüschpinguin und ein silbernes Medaillon von der Größe einer alten Taschenuhr. Im Fußraum schob sie mit den Schuhspitzen zusammengeknüllte Taschentücher und Zellophanreste hin und her und auf der Rückbank kompostierten mehrere Papiertüten aus Fastfoodläden. Es roch nach einer Mischung aus durchgewetzten Stoffbezügen und Pommesfett und der Motor dröhnte so laut, dass sie fast schreien mussten, um sich zu unterhalten.

Zwischendurch stellte Ulrika am Radio herum und legte schließlich eine CD mit schwedischer Rockmusik ein. Der Sänger röhrte mit dem Motor um die Wette.

Nach einer knappen Stunde Fahrt schickte Sara ihrem Vater eine Nachricht, dass sie mit Ulrika unterwegs war. Später schrieb sie mit Caro hin und her, die endlich auf ihre Nachrichten reagiert hatte. Sie verbrachte ein paar Tage bei ihrer Cousine in Plön und segelte fast rund um die Uhr auf dem See herum.

„Wem wolltest du eigentlich an meiner Stelle die Nase brechen?", fragte Ulrika unvermittelt und stellte dabei die Musik leiser.

Sara sah von ihrem Handy auf. Der Himmel zog sich allmählich zu, je weiter sie nach Süden kamen. Ein Industriegebiet mit Möbelhaus, verspiegelten Glasfassaden und Tankstellen flog auf ihrer Seite der Autobahn vorbei. Links ragten mehrere Hochhäuser empor. Der Anblick kam ihr bekannt vor. Hier musste sie vor ein paar Tagen mit Jon entlanggekommen sein. Es war eine der wenigen größeren Städte auf dem Weg nach Süden, aber sie hatte den Namen vergessen.

„Niemandem", antwortete sie ausweichend. „Ich habe mich einfach nur erschreckt."

„Das sah nach mehr aus als nur einem normalen Schrecken. Du warst ja völlig aufgelöst. Das hat mir leidgetan. Ich fürchte, ich habe irgendetwas losgetreten. Dabei wollte ich eigentlich nur deine Decke zurechtzupfen, bevor sie ganz herunterrutschte."

Sara wägte ab. Sie kannte Ulrika kaum. Aber sie hatte das Gefühl, dass sie ihr zumindest eine Erklärung dafür schuldig war, warum sie ihr ein blaues Auge und eine blutige Nase verpasst hatte, auch wenn es unbeabsichtigt geschehen war. Nach kurzem Zögern erzählte sie ihr, wie sie Leonie vor das fahrende Auto gestoßen und hilflos am Unfallort zurückgelassen hatte.

„Es war wie neulich", schloss sie. „Diese eine flüchtige Berührung hat mich ganz plötzlich in Todesangst versetzt. Offenbar fange ich dann an, unkontrolliert um mich zu schlagen, und verletzte Leute. Dabei will ich das gar nicht."

„Natürlich nicht", sagte Ulrika, setzte den Blinker und nahm die nächste Ausfahrt. Sie fuhr auf eine Landstraße, die eine sanfte Kurve in den ewig gleichen Wald hineinschrieb. „Aber du hast wirklich einen beachtlichen Schlag drauf!"

„Das ist nichts, worauf ich stolz bin. Aber immerhin erinnere ich mich jetzt wieder an alles. Und ich will es Leonie bei nächster Gelegenheit auch erklären. Wenn sie mir überhaupt zuhört. Sie hasst mich und will sich an mir rächen."

„Das kann ich gut verstehen", sagte Ulrika leise.

„Ach ja?"

Ulrika fing ihren irritierten Blick auf und hob eine Hand vom Lenkrad. „Nicht, dass ich das gutheißen würde. Aber wenn ich versuche, mich in das Mädchen hineinzuversetzen, ergibt das durchaus Sinn. Du hast ihr etwas Unersetzliches genommen. Nun will sie dir dasselbe zufügen."

„Ja, ich weiß", murmelte Sara zerknirscht.

„Leonie wird sich erst besser fühlen, wenn es dir genauso schlecht geht wie ihr selbst. Manche Menschen sind so."

Sara ließ die Schultern sinken und schwieg beklommen. Sie ahnte, dass Ulrika recht hatte. Aber es klang unheimlich hoffnungslos.

„Mach mal das Medaillon auf." Ulrika deutete auf das angelaufene Schmuckstück, das an einer Kette vom Rückspiegel baumelte. Sara zögerte.

„Schau ruhig rein!"

Sie nahm das Medaillon in die Hand, fuhr mit dem Fingernagel zwischen die beiden Hälften und klappte sie vorsichtig auf. Ein Foto kam zum Vorschein. Es zeigte ein kleines, braunhaariges Mädchen mit lustigen, nussbraunen Augen. Es mochte vielleicht drei oder vier Jahre alt sein und lachte unbekümmert in die Kamera.

„Das ist meine Tochter Liv."

„Ist sie verschwunden?", fragte Sara vorsichtig nach. Zu lebhaft hatte sie in Erinnerung, wie abrupt Ulrika das Thema gewechselt hatte, als die Sprache darauf gekommen war, wen sie vermisste.

Ulrika schüttelte den Kopf. „Sie ist tot", sagte sie, ohne den Blick von der Straße zu wenden.

„Oh. Das tut mir ... also, ich meine ..." Sara brach ab und hätte sich am liebsten auf die Zunge gebissen, denn so etwas Lapidares konnte man doch nicht sagen, wenn es um ein totes Kind ging! Nur fiel ihr spontan nichts Besseres ein. Irgendwie fühlte sich jedes Wort falsch an.

„Dir muss das nicht leidtun", erwiderte Ulrika und warf einen wehmütigen Seitenblick auf das Bild in dem aufgeklappten Medaillon. „Es gibt nur einen Menschen, dem das leidtun muss. Aber dieser Mensch stiehlt sich aus seiner Verantwortung und will davon nichts wissen."

„Hat er sie ... ermordet?"

Ulrika verzog geringschätzig den Mund. „Ob ermordet oder nicht, welchen Unterschied macht das? Das Ergebnis ist dasselbe: Liv ist tot. Und dieser Jemand trägt die Schuld daran."

Sara verstand. Ulrika hatte einen Verlust erlitten, der noch schlimmer war als das, was Leonie zugestoßen war. Sie kannte die dunklen Gedanken und Gefühle, die Leonie beherrschen mussten.

„Rache ist eine unglaublich starke Kraft." Ein bitterer Zug hatte sich in Ulrikas Gesicht gegraben. Die Falten zwischen Nase und Mund waren tiefer geworden, die Augen müder. „Aber was habe ich davon, mich an dem Schuldigen selbst abzureagieren? In Gedanken habe ich diesen Menschen tausendmal getötet. Es ändert nichts. Nach seinem Tod leidet er nicht mehr."

Sara wollte nicht wissen, wie oft Leonie sie in ihrer Fantasie vor ein Auto geworfen oder ihr ein Auge ausgestochen hatte. Sie schauderte. Sie erinnerte sich an Leonies kalten, bernsteinfarbenen Blick, der sie belauerte. Und sie wusste, dass sie nichts tun konnte, damit Leonie ihr vergeben würde. Es lag nicht in ihrer Macht.

Ulrikas Miene hatte sich verschlossen. Düster starrte sie auf die Straße vor sich und Sara traute sich nicht, weiterzufragen. Sie bereute, Ulrika von Leonie erzählt zu haben. Aber sie hatte ja nicht wissen können, welches Leid diese Frau mit sich herumtrug. Immerhin verstand sie jetzt, was hinter ihrem aufopfernden Engagement für vermisste Menschen steckte. Wie Jon hatte auch Ulrika aus einer eigenen Verlusterfahrung heraus Befriedigung darin gefunden, anderen Menschen Hoffnung zu schenken. Hoffnung, dass zumindest deren Lieben noch nicht ganz verloren waren.

+++

Der Rest der Fahrt verlief schweigend. Sara sah aus dem Fenster und ließ ihre Gedanken treiben. Sie waren nun schon sehr lange unterwegs und es war längst später Nachmittag. Als sie nach geraumer Zeit, in der sie Wald, Wald und noch mehr Wald durchquert hatten, durch einen kleinen Ort fuhren und an einer weißen Kirche mit vier kleinen Spitzen rings um den Turmaufsatz vorbeikamen, stutzte Sara. Diese Kirche kam ihr bekannt vor. Waren sie gerade auf derselben Route unterwegs wie neulich mit Jon?

Als sie einen weiteren Ort und kurz darauf das Städtchen Lammhult passierten, war sie sicher: Hier war sie erst vor zwei Tagen entlanggefahren. Sie erkannte die Straßenzüge und die Geschäfte wieder. Die Muskeln in ihren Beinen spannten sich an und sie richtete sich automatisch auf. Wenige Kilometer hinter Lammhult war Jon auf eine kleinere Provinzstraße abgebogen, soweit erinnerte sie sich. Ihre Unruhe stieg, als auch Ulrika kurz nach der Ortschaft den Blinker setzte und rechts abbog.

„War es der småländische Ableger eures Vereins, der dich um Hilfe gebeten hat?", fragte sie in die Stille.

Ulrika warf ihr einen kurzen Blick zu und schaltete hoch. „Ja, der junge Mann, der vermisst wird, stammt aus der Gegend um Växjö. Das ist eine der größeren Städte in der Region."

„Aber hätten wir, um nach Växjö zu kommen, nicht auf der anderen Straße bleiben müssen?" Sara dachte an die Wegweiser mit der Kilometerangabe bis Växjö, die sie vor dem Abbiegen gesehen hatte. Der Abzweig eben aber war mit Alvesta und Moheda bezeichnet gewesen.

„Das alles hier zählt zum Umland von Växjö", erklärte Ulrika ruhig. „Bis dahin sind es ja nur noch dreißig Kilometer."

Trotzdem beschlich Sara ein eigenartiges Gefühl. Sollte es ein Zufall sein, dass diese neue Suche ausgerechnet in derselben Gegend stattfand, die sie erst wenige Tage zuvor besucht hatten? Und warum hatte Ulrika so gut wie kein Wort über den Einsatz verloren? Wer wurde vermisst, wie waren die Begleitumstände? Bei Annelis hatte es doch auch ein ausführliches Briefing gegeben. Allerdings erst vor Ort. Sara versuchte, sich mit diesem Gedanken zu beruhigen.

Als dann aber die Bushaltestelle *Granefors* an ihr vorbeirauschte, diese Ödnis im Nirgendwo mit dem Haltestellenschild und der Infotafel, und als Ulrika wenige Hundert Meter weiter abbremste und in eine kleine Seitenstraße einbog, krallte Sara die Hände in das Sitzpolster. Hier hatte sie neulich gestanden, dort hatte Jon das Holzkreuz im Gras entdeckt. Ulrika fuhr kommentarlos an der Stelle vorbei. Wusste sie, was hier geschehen war?

„Bist du sicher, dass wir hier richtig sind?" Sara versuchte, ihre Stimme fest klingen zu lassen, doch in ihren eigenen Ohren hörte sie nur ein verzagtes Piepsen.

Ulrika nickte beruhigend. „Ich weiß, wo wir hinmüssen. Es ist nicht mehr weit."

Sie fuhren an den Holzhäusern vorbei, die auf Sara beim letzten Mal so merkwürdig unbelebt gewirkt hatten. Wieder begegnete ihnen weder Auto noch Mensch. Diesmal aber erblickte sie den windschiefen grünen Briefkasten an dem verwitterten Holzbalken schon von weitem. Ulrika trat auf die Bremse und bog links in die Zufahrt. Schotter knirschte unter den Reifen des alten Opels.

„Woher kennst du Lennart Esterholt?"

Schweigend lenkte Ulrika den Wagen über die Piste. Doch anders, als Sara erwartet hatte, bremste sie nicht ab, als das Auto um die Kurve rollte und das heruntergekommene Gehöft in Sicht kam, sondern fuhr mit unverminderter Geschwindigkeit über den Vorplatz, vorbei an dem parkenden Sattelschlepper, der roten Kate und dem gelb verklinkerten Wohnhaus. Dahinter bogen sie nach rechts ab.

„Ich will aussteigen!", rief Sara und umklammerte den Türgriff.

„Gleich."

„Jetzt!"

Ulrika gab Gas. Kies spritzte zu beiden Seiten ins hohe Gras.

„Was soll das? Warum sind wir hier?", schrie Sara über den Lärm der Steinbrocken, die gegen den Unterboden knallten, an.

„Das werde ich dir gleiche erklären", sagte Ulrika mit nachsichtiger Geduld und hielt auf ein rotes Wohnhaus zu, das sich in einiger Entfernung gegen den Waldrand abhob. Nur der Schotterweg, eine Wiese und eine Reihe Birken trennten das Haus vom Ufer eines Sees, der mattgrau durch die gelben Blätter schimmerte.

Das Gebäude wirkte verlassen. Die rote Farbe blätterte ab, an den weißgestrichenen Eckstreben kroch Moos hinauf. Hinter den Fensterscheiben gähnte schwarze Leere. Der Garten war heillos verwildert. Das Gras stand fast meterhoch und mitten auf dem Grundstück schossen junge Birken empor. Hier hatte sich seit Jahren niemand mehr gekümmert und das idyllisch gelegene Gebäude dem Verfall überlassen.

Ulrika ließ den Wagen auf dem kleinen Vorplatz vor der Haustür ausrollen. Die ehemalige Rasenfläche hatte sich über die Jahre in einen wilden Unkrautteppich verwandelt. Das Garagentor hing schief in seiner Verankerung, durch einen Spalt konnte Sara einen mannshohen Stapel verwitterten Brennholzes ausmachen.

„Wir sind da." Ulrika stellte den Motor ab und zog den Schlüssel aus dem Schloss.

Sara tastete nach ihrem Handy. Bei nächster Gelegenheit würde sie Jon anrufen und ihm eine Nachricht auf die Mailbox sprechen. Irgendetwas stimmte hier nicht.

„Es gibt keinen Sucheinsatz", stellte sie fest.

„Schlaues Kind." Ulrika schenkte ihr ein beifälliges Lächeln. „Wobei ich erwartet hätte, dass du schon früher darauf kommen würdest. Aber nun steig aus. Ich will dir etwas zeigen."

Sara hielt inne. Auf merkwürdige Art fühlte sie sich an die letzten Minuten mit ihrer Mutter erinnert. Als Eva versucht hatte, sie auf der Fähre zum Aussteigen zu bewegen, und ihr klar geworden war, dass sie blindlings in ihre Falle getappt war. Das schien ihr immer wieder zu passieren. Wütend darüber, dass sie sich erneut hatte reinlegen lassen, schüttelte sie den Kopf. „Ich will auf der Stelle zurück nach Stockholm."

„Ach so." Ulrika maß sie mit einem spöttischen Blick. „Ich dachte, du wärst in Schweden geblieben, weil du ein großes Geheimnis lüften möchtest? Und jetzt, wo du unmittelbar davorstehst, alles zu erfahren, willst du einen Rückzieher machen?"

Erschrocken wich Sara zurück. Der Türgriff bohrte sich ihr schmerzhaft in den Rücken. „Was hast du damit zu tun?"

„Du wirkst ein wenig überrascht, meine Liebe."

„Du sagst mir jetzt sofort, was das alles hier zu bedeuten hat!", rief Sara, ihre Stimme überschlug sich und sie merkte im selben Atemzug, wie lächerlich sie klang. Ulrikas nachsichtiges Lächeln gab ihr den Rest.

„Komm, lass uns aussteigen. Wir machen einen kleinen Spaziergang in den Wald, und ich erkläre dir auf dem Weg in aller Ruhe, was damals passiert ist."

Sie öffnete die Autotür, stieg aus, ging um den Wagen herum und ließ die Kofferraumklappe aufschnappen. Sara verrenkte sich fast den Hals, dachte aber nicht daran, ihr zu folgen. Stattdessen öffnete sie die

Kontaktliste auf ihrem Handy, wählte Jons Nummer an und presste das Gerät ans Ohr. Zu dumm, dass er vierhundert Kilometer weit weg war! Es würde Stunden dauern, bis er hier sein konnte!

Das Freizeichen tutete ihr gleichgültig ins Ohr. Natürlich ging Jon nicht dran. Während er sich um seine Patienten kümmerte, lag sein Handy im Spind oder im Stationszimmer. Nach einer Zeit, die sich fast so lang anfühlte wie die gesamte Herfahrt, meldete sich endlich die Mailbox. Sara holte Luft.

„Jon, ich brauche -“ Weiter kam sie nicht. Die Beifahrertür sprang auf, Ulrika riss ihr das Handy vom Ohr und beendete den Anruf.

„Du kannst doch nicht ...!“ Empört wollte sie nach Ulrikas Hand schlagen, fror aber mitten in der Bewegung ein, als sie erkannte, was Ulrika darin hielt.

Im ersten Augenblick war Sara zu verblüfft, um Angst zu empfinden. Wie kam die Frau an eine Waffe?

„Dann eben so“, sagte Ulrika, richtete den Pistolenlauf auf Saras Kopf und ließ die Sicherung klicken. In ihrer Stimme schwang Ärger mit, gerade so, als würde sie ein widerspenstiges Kind maßregeln. „Steig jetzt endlich aus, Sara.“

„Die ist nicht echt, oder?“

„Ich kann sie dir gerne vorführen, aber dann wirst du bedauerlicherweise nicht mehr in der Lage sein, meinen Ausführungen zu lauschen. Und du warst doch bis vor kurzem noch so neugierig, nicht wahr?“

Das war der Moment, in dem Saras Beine versagten. Sie hatte das Gefühl, von der Brust abwärts aus Gips gegossen zu sein. Sie blieb auf dem Autositz sitzen, unfähig, sich zu bewegen. Dabei wanderte ihr Blick an Ulrikas stämmigem Körper entlang. An den stabilen Beinen, dem festen Rumpf, den kraftvollen Armen und den großen Händen, die ans Zupacken gewöhnt schienen. Das alles in schwarzer Kleidung, darüber eine Mütze und eine Skibrille ...

Plötzlich wurde ihre Kehle eng. Der Angreifer im Wald war kein Mann gewesen, sondern eine Frau. Diese Frau. Saras Blick wanderte weiter, hinauf zu Ulrikas Hals. Hatte sie nicht eben noch einen Schal getragen? Bisher hatte sie Ulrika nie ohne gesehen. Jetzt aber lag ihr Hals frei und als Sara den Ansatz ihrer Schlüsselbeine durch den Kragen ihres graumelierten Sweatshirts erblickte, begriff sie. Dort, über dem linken Schlüsselbein, umrahmt von mehreren Leberflecken, tanzten zwei Schmetterlinge. Ein grüner und ein lilafarbener. Wie auf dem T-Shirt in Saras Kinderzimmerschrank. Wie auf dem Schmuckstück vom Tatort, das Kommissar Pieroth ihr gezeigt hatte. Wie in ihrem Traum.

„Ein schönes Tattoo, nicht wahr?", sagte Ulrika lächelnd. Dann hob sie ihre linke Hand, in der sie einen hellen Stofffetzen hielt – das verschlissene Schmetterlingsshirt. „Das hier war Livs Lieblings-T-Shirt. Das mit den beiden Schmetterlingen. Sie hat es an dem Tag getragen, als sie starb."

„Und wie kam es in meinen Schrank?", flüsterte Sara heiser.

„Auch du hast es getragen, Sara. Ich selbst habe es dir angezogen. An dem Tag, als du sterben solltest."

+++

Sara watete durch das hohe Gras. Raue Halme streiften ihre Oberschenkel und ihre Hände. Die niedrige Feldsteinmauer, die das Grundstück zur Wiesenseite umfriedete, verschwand fast hinter einer Flut wild wuchernder, abgeblühter Lupinen. Im Frühsommer mussten sie einen farbenfrohen Anblick geboten haben, ein Meer aus zartrosa und kräftig violetten Rispen, doch jetzt hingen nur noch ihre haarigen Samenkapseln an den vertrockneten Stauden. Von weitem erinnerten sie Sara an eine Invasion fetter Raupen, die sich über die Pflanzen hermachten.

Sie blieb stehen, weil ihre Fußspitze im dichten Gras gegen etwas Hartes gestoßen war, das sie nicht auf den ersten Blick erkennen konnte. Irgendein Gartengerät. Die Überreste eines Rechens?

„Weiter, weiter!"

Sara wagte nicht, sich umzudrehen. Ulrika stand nur einen Meter hinter ihr, und mit ihr die Mündung der Waffe, die auf ihren Rücken gerichtet war.

„Der Sandkasten", sagte Ulrika. „Siehst du ihn?"

Vor einem verblühten Fliederbusch erblickte Sara am Boden ein Viereck aus verwitterten Holzbohlen. Vom Sand war nichts mehr zu erkennen. Wind und Wetter hatten ihn fortgetragen. An seiner Stelle wuchs alles Mögliche, sogar eine krüppelige Birke.

„Hier hat Liv gesessen und gespielt", sagte Ulrika und blieb neben Sara stehen. „Deine Mutter sollte im Garten auf sie und den Hund aufpassen."

Sie deutete zur Hauswand, wo einige Holzlatten zwischen weiteren Lupinenstauden lagen. Mit etwas Fantasie ließ sich daraus eine Art Gestell erahnen. Weiße Farbe blätterte von den Latten ab. Es sah aus, als pellte sich Haut nach einem kräftigen Sonnenbrand.

„Camilla hat es sich in dem Liegestuhl da bequem gemacht. Sie hatte irgendein Buch dabei, wie immer. Griechische Grammatik? Italienisch für Idioten? Weiß der Geier!" Ulrika lachte höhnisch auf. „Jedenfalls hatte sie wohl in erster Linie Augen für ihre Sprachwälzer und weniger für das Kind, das ich ihr anvertraut hatte."

Es fiel Sara schwer, sich vorzustellen, dass einmal ein kleines Kind in dieser Sandkastenruine gespielt haben sollte. Oder dass der Stapel Holzlatten an der Hauswand ein Liegestuhl gewesen war, auf dem ihre Mutter die Sonne genossen hatte. Der Waffenlauf, der nach wie vor auf sie gerichtet war, half ihrer Vorstellungskraft auch nicht gerade auf die Sprünge. Aber offenbar war dies einmal ein gepflegter Garten gewesen, in dem ein kleines Mädchen im Sand gesessen und Küchlein gebacken hatte – unter der Aufsicht von Camilla, ihrer Mutter. Der Gedanke war ihr schmerzlich vertraut.

„War sie euer Babysitter?", fragte Sara zaghaft.

Es war das erste Mal seit langem, dass sie überhaupt ein Wort herausbrachte. Aber lag es nicht nahe, dass Ulrika das Mädchen vom Nachbarhof gelegentlich nach ihrer Tochter hatte schauen lassen?

„Babysitter!“ Ulrika schnaubte verächtlich. „Deine Mutter wäre ihr Geld nicht wert gewesen. Ein Babysitter passt auf und schläft nicht mittendrin über seinem Schmöker ein!“

„Das war also ihr Vergehen.“

Sara drehte sich um und sah ihr zum ersten Mal, seitdem sie aus dem Auto gestiegen war, geradewegs ins Gesicht. Sie konnte kaum glauben, dass es so etwas Banales gewesen sein sollte, das die Katastrophe in Gang gesetzt hatte. Ihre Mutter war in der Sonne eingeschlafen. Weiter nichts. Doch in Ulrikas Augen, das erkannte sie, hatte sie damit einen Mord begangen. Der Blick, der sie traf, ließ sie frösteln. Jegliche Gnade darin war erloschen. Wie bei Leonie.

„Was ist dann passiert?“, fragte Sara leise.

Ulrika schwieg und sah über den Garten hinweg, als müsste sie die Erinnerungen aus den Grashalmen herauslesen. Dann zuckte sie mit den Schultern.

„Das weiß niemand so genau. Als Camilla irgendwann aus ihrem Nickerchen aufwachte, waren Liv und Molly jedenfalls verschwunden.“

„Molly?“

„Der Hund. So ein alberner kleiner Mops. Livs Liebling. Ihr Onkel hatte ihn ihr geschenkt. Und beide waren weg.“

„Das ist ja wie ...“ Verstört sah Sara vom Sandkasten zu dem traurigen Lattenhaufen an der Hauswand. Ulrika, die sie scharf im Auge behielt, folgte ihrem Blick. Ihre Mundwinkel verzogen sich zu einem Grinsen.

„Ja, deine Mutter hat mir auf dem Spielplatz damals den unglaublichen Gefallen getan, mit ihrem Schmöker auf dem Schoß einzuschlafen, während du im Sandkasten gespielt hast, Sara.“ Sie lachte und schüttelte den Kopf, als müsste sie an eine allzu drollige Anekdote denken. „Ich dachte, ich sehe nicht recht! Dass ihr so etwas nach dem ganzen Drama noch einmal passieren würde ... Für so dumm hätte ich Camilla nie im Leben gehalten! Diese Chance musste ich nutzen.“

„Du hast mich vom Spielplatz entführt!“, flüsterte Sara.

Ulrika nickte. „Das war leichter als gedacht.“

„Und meine Mutter wusste, dass du es warst."

„Selbstverständlich."

„Was hattest du mit mir vor?"

„Halt!" Ulrika hob die linke Hand, während die rechte weiterhin mit der Waffe auf Saras Bauch zielte. „Eins nach dem anderen."

Sie drehte sich um, wedelte mit dem Pistolenlauf und bedeutete Sara, ihr zu folgen. Während sie sich durchs Gras in Richtung Hausecke vorarbeitete, sah Sara sich verstohlen um und überlegte, ob sich ein Hechtsprung über die Feldsteinmauer lohnen würde. Vielleicht boten ihr die Lupinen genügend Deckung, um zum Waldrand zu huschen und dort Schutz zu suchen. Doch der Weg war zu weit. Sara schätzte die Entfernung auf fünfzehn bis zwanzig Meter. Ehe sie die Mauer erreicht hätte, würde ihr mindestens eine Kugel im Rücken stecken. Sie verwarf die Idee und folgte Ulrika widerwillig. Sie hatte keine Ahnung, was die Frau vorhatte, doch zunächst schien es klüger, zu tun, was sie verlangte. Sie hatte gar keine andere Wahl.

Auf dem Platz vor dem Haus blieb Ulrika stehen und sah auf den Schotterweg, der kaum fünfzig Meter weiter in den Wald hineinführte. Sie winkte Sara zu sich heran und deutete auf den Weg.

„Am wahrscheinlichsten ist, dass der Hund irgendeine Witterung aufgenommen hat. Er war jung und unerzogen. Vielleicht hat er ein Kaninchen gerochen. Er muss aus dem Garten gelaufen sein und Liv hinterher – in den Wald hinein."

Saras Zwerchfell verkrampfte sich. Dort im Wald war Liv etwas zugestoßen. Und ihr hatte dasselbe widerfahren sollen. Etwas Tödliches. Irgendwie war ihr die Flucht gelungen. Auf dem Rücken des Riesen war sie geritten. Es war zu verrückt. War ihr Traum am Ende doch nur ein Gespinst aus Erinnerung und wirren Fantasien? Diesmal würde kein Riese sie retten, was auch immer sie in dem Zwielicht erwartete.

„Bitte." Ulrika lächelte und machte eine Geste, die einladend aussehen sollte. Die Waffe in ihrer Hand zog deren Wirkung jedoch ins Groteske. „Nach dir, mein Kind!"

Zögernd setzte Sara sich in Bewegung.

„Nicht so lahm! Du bist doch sonst so sportlich!"

Unbeholfen stolperte sie vorwärts. Sie wusste nicht, was ihr mehr Angst einjagte: Die Verrückte mit der Pistole in der Hand hinter ihr oder der Wald, der vor ihr aufragte. Der Ort, an dem sie vor vielen Jahren beinahe gestorben wäre.

Ihr Gedächtnis hatte jede Erinnerung daran weggeschlossen, doch ihr Körper spürte es mit jeder Faser. Ihr Herz begann zu rasen. Sie wusste nicht, woher sie die Kraft nahm, einen Fuß vor den anderen zu setzen. Wie sie Schritt für Schritt in den Wald hineinging. Die Baumkronen über ihr schluckten das trübe Licht des wolkenverhangenen Nachmittags, der langsam in den Abend überging. Fahles Dämmerlicht senkte sich auf sie herab wie ein klammer Umhang.

Sie zog die Schultern hoch und zitterte. Würde in der nächsten Sekunde ein Schuss knallen? Würde sie ihn überhaupt noch hören, den Schlag fühlen, würde sie einfach nur tot mit dem Gesicht voran in den Schotter fallen? Oder hatte Ulrika sich etwas anderes, Spezielleres für sie ausgedacht? Einen Tod, der nicht schnell und gnädig von hinten kam, sie packte und mitriss. Sondern einen, der sie langsam umkreiste, mit ihr spielte und quälend näherkam, bis er Erlösung brachte? War das mit Liv passiert?

Schritt für Schritt ging Sara weiter. Ulrika folgte ihr still. Nur das Knirschen der Steine unter ihren Schuhsohlen und ihr leiser Atem waren zu hören. Vor ihr verengte sich der Waldweg zu einem düsteren Tunnel. Die Bäume rückten näher. Tannenzweige schaukelten auf und ab wie Hände, die sie zu sich winkten. Hände, die über ihre Haut streichen wollten …

Plötzlich knackte es in ihrer Brust. Es fühlte sich an, als zerbreche darin ein dicker Ast. Sie blieb stehen, krümmte sich zusammen und schnappte nach Luft. Eine Flut kalten Schmerzes schoss durch ihren Körper. Einen Augenblick lang glaubte sie, eine Kugel aus dem Lauf von Ulrikas Waffe hätte ihre Brust durchschlagen. Sie hatte doch den Knall gehört – oder nicht? Sara rang nach Luft. Langsam floss der Schmerz durch sie hindurch und sickerte wie Blut in den Boden.

Als sie sich wieder aufrichtete, hatte sie das Gefühl, dass der Wald sich verändert hatte. Die Bäume schienen höher emporzuragen als noch vor einem Augenblick. Die Schatten waren länger und die Frau stand neben ihr, nicht mehr hinter ihr. Sie wirkte größer und wesentlich jünger. Sie umfasste Saras Hand und lächelte ihr aufmunternd zu.

„Komm! Jetzt zeige ich dir die geheime Schmetterlingshöhle. Du wirst staunen. Sie ist wunderschön!"

Die Hand der Frau war warm und stark. Und obwohl Sara sich vor dem finsteren Wald fürchtete, folgte sie ihr. Sie hatte Vertrauen zu der netten Frau, die sie vorhin auf dem Spielplatz angesprochen und sie gefragt hatte, ob sie Schmetterlinge möge. Auf Saras schüchternes Nicken hin hatte sie ihr ein verwaschenes weißes T-Shirt mit zwei Schmetterlingen darauf gezeigt. Sie waren grün und lilafarben und flatterten fröhlich um eine Blumenranke.

„Streif es über!", hatte die Frau geflüstert. „Wenn es dir passt, verrate ich dir ein Geheimnis!"

Das T-Shirt saß wie angegossen. Da hatte die Frau die Hand nach ihr ausgestreckt und sie aufgefordert, mitzukommen. Sara hatte sich zu ihrer Mutter umgedreht, die auf der Bank saß und mit ihrem Buch auf dem Schoß schlummerte. Die Frau hatte gelacht und gesagt, sie würden bald zurück sein. Sie würden nur rasch zu einem geheimen Ort fahren. Zu einer echten Schmetterlingshöhle! Ob sie sich das entgehen lassen wolle? Nein, natürlich nicht! Da war Sara ihr gefolgt.

Die Fahrt war lang gewesen. Sara hatte kurz Angst bekommen, denn sie sollte ja nicht zu Fremden ins Auto steigen. Aber die freundliche Frau hatte ihr versichert, sie werde ihrer Mutter später alles erklären, und es würde schon keinen Ärger geben. Das hatte sie beruhigt. Und jetzt waren sie ja am Ziel angekommen. Sie wollte endlich die Schmetterlingshöhle sehen, von der die Frau ihr auf der Fahrt so viel erzählt hatte!

Eine Höhle, in der tausende bunter Schmetterlinge herumflatterten. Deren Wände glitzerten wie mit der Farbe der Sterne bemalt und wo der Schmetterlingsstaub bei jedem Schritt aufwirbelte wie Perlmuttregen. Und sie, Sara, würde diesen magischen Ort gleich mit eigenen Augen sehen! Ihr kleines Herz pochte vor Freude und Aufregung. Und ein wenig vor Angst. Denn der Wald war wirklich sehr dunkel.

Sie blieben vor einer Röhre stehen, die über dem Graben am Wegrand aus dem Waldboden ragte. Mit einer feierlichen Geste deutete die Frau auf das gähnend schwarze Loch.

„Dies ist der Eingang zur Schmetterlingshöhle."

Sara schluckte enttäuscht. Sie hatte sich etwas ganz anderes vorgestellt. Einen Zugang zwischen funkelnden Steinen. Einen hell erleuchteten Gang, durch den sie aufrecht gehen würde, und in dem sie schon die ersten zarten Schmetterlingsboten willkommen hießen – aber kein düsteres Loch, aus dem eine stinkende Brühe in den Abwassergraben tröpfelte. Außerdem war sie müde von der langen Fahrt und es gefiel ihr nicht in diesem dunklen Wald. Ihre Unterlippe begann zu zittern und sie kämpfte mit den Tränen.

Die Frau lachte gutmütig. „Nun sei nicht traurig. Natürlich muss der Eingang so wenig einladend wie möglich aussehen. Die Höhle ist schließlich geheim! Du musst nur hineinkriechen. Immer weiter und weiter. Und wenn du glaubst, du kannst nicht mehr, wird sich plötzlich ein großer Saal vor dir öffnen. Und dann siehst du so viele Schmetterlinge, wie du sie dein Lebtag nicht mehr sehen wirst. Versprochen!"

Sara ging in die Knie und spähte in das Loch. Ein fauliger Hauch wehte ihr entgegen. Angewidert verzog sie das Gesicht.

„Die Höhle hat Mundgeruch!"

Wieder lachte die Frau. „Ja, wer Schönes sehen will, muss bereit sein, Unangenehmes in Kauf zu nehmen. Hinein mit dir!"

Sara drehte sich zaghaft zu ihr um. „Du kommst doch mit, oder?"

„Tja …" Die Frau lächelte entschuldigend und deutete auf ihre ausladenden Hüften. „Ich fürchte, mein Po ist ein wenig zu dick dafür. Ich würde in dem Tunnel stecken bleiben."

„Oh. Und jetzt?"

„Du schaffst das auch ohne mich. Ich warte hier draußen auf dich und bin gespannt, was du erzählen wirst, wenn du zurückkehrst. Also los, ich helfe dir!"

„Na gut."

Sie machte sich ganz klein, schloss die Augen und hielt die Luft an. Sie war bereit. Bereit, das Schönste zu sehen, was sie sich vorstellen konnte.

+++

„Na, was ist?" In Ulrikas Stimme lag Ungeduld.

Sara schüttelte sich und starrte auf die enge Röhre, die in Höhe ihrer Knie aus dem Graben am Wegrand ragte. Kiefernnadeln und fauliges Laub rotteten in einer schwarzen Brühe vor sich hin. Der modrige Gestank raubte ihr fast den Verstand. Wie hatte sie es damals nur fertiggebracht ...

„Hier war es."

Mit einer knappen Geste deutete Ulrika auf das Betonrohr. Es maß kaum mehr als einen halben Meter im Durchmesser. Unter anderen Umständen wäre Sara achtlos daran vorbeigegangen und hätte es nicht einmal bemerkt, so alltäglich war dieser Anblick.

„Kaum zu glauben, was?" Ulrika sah auf das Rohr und schüttelte den Kopf. „Ich kann es mir nur so erklären, dass Livs Hündchen einem Karnickel oder sonst einem Getier in die Röhre gefolgt ist und von selbst nicht mehr herausfand. Liv muss ihm hinterhergekrochen sein, um es zu befreien. Sie war verrückt nach ihrem Hund und sehr furchtlos. Aber dann ... ja." Ulrika seufzte und ihre Stimme stockte. „Sie geriet zu tief hinein. Die Atemluft wurde knapp. Sie wurde ohnmächtig und ist in dem Wasser, das in der Röhre stand, ertrunken. Erst Stunden später haben die Polizeihunde sie aufgespürt. Da waren Liv und Molly schon lange tot."

Sara schluckte und sah Ulrika erschüttert an. Sie spürte den Schmerz, der hinter Ulrikas unbewegter Miene tobte. Der wie dunkle Wolken ihren Blick trübte und ihre Haut fahl aussehen ließ. Sie fühlte Mitleid mit der Mutter, die ihr Kind auf so tragische Weise verloren hatte. Einen Augenblick lang vergaß sie fast sogar die Waffe, die in ihrer Hand bebte.

„Es tut mir so …“

„Deiner Mutter sollte es leidtun!“, unterbrach Ulrika sie harsch. Ihre Stimme hallte so schrill durch den Wald, dass Sara zusammenzuckte. „Aber glaubst du, sie hat danach auch nur ein Wort an mich gerichtet? Geschwiegen hat sie! Feige geschwiegen!“

„Vielleicht konnte sie nicht …“, wandte Sara kleinlaut ein, um nur irgendetwas zur Verteidigung ihrer Mutter hervorzubringen.

Nein, Camilla hatte das nicht gewollt. Sie war an ihrer Schuld zerbrochen. So sehr, dass sie ihre Vergangenheit, ihren Namen, einfach alles aufgegeben hatte, was sie einmal gewesen war.

Ulrika machte einen Schritt auf sie zu. Der matte Schleier über ihren Augen war verschwunden. Jetzt glänzten sie blank vor Hass.

„An dem Tag, an dem das Gericht entschied, dass es ein Unfall war und Camilla dafür nicht belangt werden konnte, packte sie ihre Sachen. Ich fragte sie, wohin sie wolle. Sie sagte nur: ‚Weg!‘ Und sie kam nie wieder zurück.“

Ulrika spuckte ihre Verachtung in den Waldboden und lachte freudlos.

„Sie konnte weg. Ich aber bin für immer an diesen verfluchten Ort gebunden. Schließlich war es mein Kind, das hier gestorben ist. Nicht ihres. Aber da kam mir der Gedanke, wie ich sie dazu bringen könnte, niemals zu vergessen. Möchtest du ihn erfahren?“

Sara ahnte es, ehe Ulrika es aussprach. Unwillkürlich hielt sie den Atem an.

„Bevor Camilla den Hof für immer verließ, sagte ich zu ihr: ‚Wenn ich jemals erfahren sollte, dass du ein Kind hast, dann garantiere ich dir: Es wird auf dieselbe Weise sterben wie Liv. Eher gebe ich keine Ruhe. Verlass dich darauf!‘“

„Und du hältst deine Versprechen“, flüsterte Sara mit gesenktem Kopf.

Ulrika nickte voller Genugtuung. „Allerdings.“

Sara biss sich auf die Lippe, um sie am Beben zu hindern. Panik stieg in ihr hoch und schnürte ihr den Hals zu. Ulrikas Hände waren dazu nicht mehr nötig. Sie fühlte sich wie ein Opfertier auf dem Weg zur Schlachtbank, das das Blut auf der Schlachterschürze roch und ahnte, was ihm blühte. Wie das unschuldige Tier sollte auch sie als Stellvertreterin sterben. Weil Ulrika das so wollte.

Aber was hatte diese Frau eigentlich zu bestimmen? Das Engegefühl im Hals ließ etwas nach. Sara spürte, wie wieder Luft in ihre Lungen strömte. War sie wirklich kurz davor, sich aufzugeben? Nur, weil eine Frau in totaler emotionaler Schieflage das gerne sehen wollte?

Sara klammerte sich an diesem einen klaren Gedanken fest und hob den Kopf. „Ich will aber nicht der Sündenbock für meine Mutter sein."

„Tja, weißt du, meine Liebe …" Ulrika legte den Kopf schief und lächelte sie fast schon entschuldigend an. „Hat es jemals irgendwen interessiert, was du willst? Die liebe Eva anscheinend nicht."

„Nein", gab Sara zu, doch im nächsten Moment straffte sie sich wieder. „Aber mich."

„Das hilft dir jetzt leider auch nicht mehr", bedauerte Ulrika.

„Aber eine Frage habe ich noch, falls du mir die erlaubst."

„Bitte."

„Wie hast du herausbekommen, dass es mich gibt? Ich dachte, meine Mutter hätte alle Kontakte abgebrochen."

„Irgendwann bin auch ich nach Stockholm gezogen. Der Rest war Zufall." Ulrika breitete die Arme aus und ließ sie wieder sinken. „Ich habe Camilla und dich eines Tages in der U-Bahn gesehen und bin euch gefolgt. Alles Weitere war nicht besonders schwierig. Ich wusste bald, wo ihr wohnt, wie ihr heißt, in welchen Kindergarten du gehst, was dein Vater arbeitet, wann ihr zum Spielplatz geht … Ich war schon immer gut im Recherchieren."

„Und wie hast du mich in Lübeck aufgespürt?", wunderte sich Sara.

„Nachdem ihr verschwunden wart, habe ich deinem armen, trauernden Vater einen Flyer von unserem Verein eingeworfen. Er hat sofort angebissen. Seitdem war ich immer auf dem Laufenden, was euch betraf."

„Und nachdem er mich gefunden hat, bist du nach Lübeck gekommen und hast mir mit GPS-Sendern nachspioniert, um mich umzubringen", kombinierte Sara und schnaubte. „Ich habe das erst Jon in die Schuhe geschoben und dann Ville!"

„Die beiden sind zwar auf ihre ganz eigene Weise verrückt nach dir, aber ich bin wohl ein klein wenig verrückter!" Ulrika zuckte lächelnd mit den Schultern. Sie sah regelrecht vergnügt aus. „Ville ist nur ein verklemmter kleiner Spinner, der sich nicht an Frauen rantraut, und dein Vater ist viel zu brav, um Böses im Sinn zu haben. Und allemal zu nett für deine Mutter! Was mich übrigens an etwas erinnert ..."

Mit der freien Hand fasste Ulrika in die Tasche ihrer Cargohose, zog Saras Handy hervor und reichte es ihr. „Hier, entsperr das mal. Wenn du Unsinn machst, beenden wir das ganze Thema gleich hier an Ort und Stelle."

Drohend hob sie die Waffe. Sara biss die Zähne zusammen. Mit dem Pistolenlauf vor der Brust gab sie den Pincode ein. Ihre Finger zitterten, sodass sie zweimal danebentippte und von vorne anfangen musste.

„Und jetzt wähl Camillas Handynummer aus."

„Sie wird nicht drangehen."

„Wähl sie aus!"

Der Pistolenlauf wackelte bedrohlich. Sara beeilte sich, in der Kontaktliste nach Eva zu scrollen. Als die Nummer im Display leuchtete, riss Ulrika ihr das Handy aus der Hand, drückte auf die Anruftaste und hielt das Gerät ans Ohr. Sara hörte das Freizeichen und wunderte sich, dass es hier draußen Handyempfang gab. Ulrika ließ es seelenruhig tuten, bis die Mailbox ansprang. Dann holte sie Luft und ein begeistertes Lächeln breitete sich auf ihrem Gesicht aus.

„Camilla, Schwesterherz! Da hören wir uns wieder, nach so langer Zeit. Ich wollte dir nur mitteilen, dass deine entzückende Tochter und ich gerade zu Hause sind. Du weißt schon. Ich freue mich, wenn du dazukommst. Allerdings wird es nicht mehr rechtzeitig sein, um Sara noch lebend anzutreffen. Tut mir leid, aber ich hatte es dir ja versprochen! Bis dann."

Sie drückte auf Ende, ließ das Handy sinken und lachte über Saras entgeistertes Gesicht.

„Ja, unsere Ähnlichkeit ist nicht gerade verblüffend, ich weiß! Zwei hässliche Entlein und ein stolzer Schwan. Aber Lennart, Ulrika und Camilla Esterholt, wir sind Geschwister. Na mit dieser Wendung hast du wohl nicht gerechnet."

„Lennart hängt also doch mit drin?", rief Sara.

Ulrika schüttelte den Kopf. „Der Schwachkopf hat keine Ahnung. Aber kommen wir nun zum spannenden Teil, liebe Nichte."

Sie breitete die Arme aus und strahlte wie ein Quizmaster vor der entscheidenden Frage. Sara begriff, dass dies der Moment war, auf den Ulrika seit dreizehn Jahren gewartet hatte. Und dass sie fest entschlossen war, ihn voll auszukosten.

„Es war mir schon ein gewisses Vergnügen, dich kennenzulernen. Du hast wesentlich mehr Mumm als deine Mutter. Schade, eigentlich. Aber nun ist es Zeit Abschied zu nehmen." Ulrika deutete mit dem Pistolenlauf auf die Röhre „Hinein mit dir!"

+ + +

Raue Betonwände umschlossen sie wie ein Sarkophag. Der Boden war nass und glitschig. Sofort waren Saras Jeans und ihr Kapuzensweater durchweicht. Sie musste auf dem Bauch robben und den Kopf einziehen, trotzdem stieß sie ihn sich immer wieder an. Als sie den linken Unterarm erneut in die widerwärtige Brühe aus Abwasser, verrottetem Laub und Schlamm tauchte, schrie sie auf. Irgendetwas hatte den Stoff ihres Ärmels durchschnitten und die Haut aufgerissen. Eine Glasscherbe? Sie tastete danach und schleuderte sie von sich. Viel weiter würde sie ohnehin nicht mehr kriechen können. Dafür war die Röhre zu eng und mit jedem Meter, den sie voran robbte, wurde die Schlammschicht immer höher.

Es stank nach faulen Eiern und totem Tier. Sara rechnete ständig damit, den Kadaver einer Ratte oder eines Marders zu berühren. Krampfhaft unterdrückte sie den aufsteigenden Würgereiz. Wenn sie hier drin die Nerven verlor, war es vorbei. Die einzige Chance zu überleben war, besonnen und wach zu bleiben, sich nicht von der Panik übermannen zu lassen, die schon in den Startlöchern saß, und so lange zu warten, bis Ulrika ihren Posten vor der Röhre aufgab, weil sie glaubte, es sei mit ihr zu Ende gegangen.

Sara versuchte eine Drehung, um mit den Füßen voran weiterzurutschen. Dann würde ihr Gesicht in Richtung Ausgang zeigen und sie hätte zumindest eine geringe Chance, etwas frischere Luft zu atmen. Doch sosehr sie sich bemühte, es gelang ihr nicht. Die Röhre war zu eng. Sie schürfte sich lediglich die Handgelenke blutig und fürchtete einen Moment lang sogar, sich zu verkeilen.

Die Panik schoss hervor wie ein wütender Hund. Sara holte tief Luft, atmete Verwesung ein, musste husten und sog nur noch mehr von dem Moder ein, der dick wie der Schlamm, aus dem er emporstieg, in der Röhre hing. Die Panik raste weiter. Sara hielt die Luft an und stellte sich einen schützenden Zaun vor, gegen den der Hund mit wütendem Gegeifer krachte.

Sie schürfte mit einer ihrer lädierten Hände an der rauen Wand entlang, spannte alle Muskeln an und schob sich langsam zurück, bis sie wieder gerade lag – aber immer noch mit den Füßen Richtung Ausgang. Erschöpft ließ sie sich auf den Bauch sinken, während der Hund in ihrem Hinterkopf tobte. Sie war ohnehin weit genug gekrochen.

Von der kalten Dreckbrühe war sie inzwischen bis auf die Haut durchnässt. Sie versuchte, den Kopf aufrechtzuhalten, damit er nicht in den Schlamm sank. Sie hätte es nicht gedacht, aber schon nach wenigen Metern in dem Rohr war es ihr kaum noch möglich zu atmen. Die Fäulnisgase vergifteten die Luft.

Wie tief war Liv damals hineingekrochen? Wann war sie ohnmächtig geworden? Lag sie in diesem Augenblick womöglich exakt an der

Stelle, an der das kleine Mädchen, ihre Cousine, jämmerlich erstickt war? Und wie lange hatte sie selbst damals in diesem finsteren Grab gelegen? Zitternd vor Angst, als sie begriffen hatte, dass hier drin keine wunderschönen Schmetterlinge auf sie warteten, sondern nur der Tod. Aber sie war schon einmal aus dieser Falle entkommen. Sie musste es ein weiteres Mal schaffen.

Es konnte nicht sein, dass Ulrika ihren Willen bekam. Wofür? Was hätte sie gewonnen, wenn sie starb? Nichts. Sie, Sara, war kein braves Lämmchen, das nur beschützt und behütet worden war, um am Ende geschlachtet zu werden. Sie wollte leben. Es gab so viel zu tun. Sie wollte ihre Mutter wiedersehen. Sie tröstend in die Arme nehmen nach allem, was sie durchlitten hatte. Ihr sagen, dass es ihr leidtäte, nun, da sie verstand.

Sie wollte ihren Vater wiedersehen und sich für ihre Zweifel an ihm entschuldigen. Ihm sagen, dass sie sich kaum etwas sehnlicher wünschte, als sich an die Zeit damals erinnern zu können. Sie wollte ihre Großeltern sehen und die Wiedersehensfreude in ihren Gesichtern, ihre Stimmen und ihre Geschichten hören.

Sie wollte Caro wiedersehen, mit ihr lachen, Pläne schmieden, Leichtigkeit leben. Ja, sie wollte sogar Leonie wiedersehen! Sie fragen, wie es ihr ging, und ihr ernsthaft zuhören. Sie wollte doch noch eine klitzekleine Chance erhalten, zu verstehen und verstanden zu werden.

Und sie wollte Ramin wiedersehen. Wo auch immer er war. Mit ihm über unmögliche Teesorten diskutieren und neue Breakdancemoves lernen. Noch einmal seine Lippen spüren und seinen Duft atmen. Bei ihrer letzten Begegnung hatte er ihr das Leben gerettet. Jetzt war er Tausende Kilometer entfernt. Er würde nicht vorbeigejoggt kommen, Ulrika ein weiteres Mal überwältigen und sie aus dieser Röhre befreien.

Saras Kopf wurde immer schwerer. Ihre Augenlider fühlten sich an wie zugeschwollen und ihre Zunge klebte wie Pergament an ihrem Gaumen. Der Sauerstoffmangel zeigte allmählich Wirkung.

Ramin. Was hatte er gesagt? Der Himmel habe ihn geschickt. Er habe ihn aufgefordert, bei diesem Schietwetter joggen zu gehen, obwohl er gar keine Lust dazu gehabt hatte. Ramin war dieser inneren Stimme gefolgt. Erst hinterher sei ihm klar geworden, warum.

Gott.

Sara ließ ihren Kopf auf ihre verschränkten Hände sinken. Das Atmen fiel ihr immer schwerer. Glaubte sie an Gott? Sie wusste es noch immer nicht. Ramin tat es. Jon auch. Aber sie selbst? Und was würde es ihr in dieser gottverdammten Situation noch bringen, falls sie sich hier und jetzt dafür entschied, zu glauben? Ihr ging die Luft aus und vor ihrem stinkenden, schlammigen Grab saß eine Verrückte mit einer Pistole. Ein denkbar schlechter Zeitpunkt.

Jon hatte zwölf Jahre für ein Wunder gebetet. So viel Zeit hatte sie nicht. Sie brauchte jetzt Hilfe. Nur wen sollte der Himmel ihr diesmal schicken, wenn überhaupt? Und konnte sie zweimal solch ein unverschämtes Glück haben?

Sie spürte warme Tränen auf ihren Handrücken, die ins faulige Wasser rannen. Unter größter Mühe riss sie sich zusammen, konzentrierte ihre Gedanken auf die Leere in sich, dieses Nirgendwo, das sie immer spürte, wenn sie sich Gott vorzustellen versuchte, halb hoffend, dass sie dort irgendjemanden erreichten. Vielleicht war da doch etwas. Und wenn nicht, dann würde es bald sowieso nichts mehr ausmachen.

Tu was! Bitte!

Als sie den Gedanken losgeschickt hatte, fühlte sie sich ein klein wenig leichter. Der Tränenfluss versiegte. Sie war so unendlich erschöpft.

Dann glomm plötzlich ein schwacher Lichtschein hinter ihren Lidern auf. Mühsam hob Sara den Kopf und öffnete die Augen. Die kleine Bewegung kostete sie ihre letzten Kraftreserven. Sie blinzelte in die Finsternis und glaubte, ein mattes Schimmern vor sich zu sehen. Ein warmer Hauch wehte ihr entgegen. Modrig zwar, aber längst nicht mehr so klamm und kalt wie eben. Aus der Ferne bewegten sich zwei Lichtbahnen in tanzenden Linien auf sie zu. Grün. Lila.

Es gab sie doch, die Schmetterlingshöhle. Zwei zarte Boten hatten sich zu ihr auf den Weg gemacht, um sie willkommen zu heißen. Liv wartete dort auf sie. Sie müsste sich nur aufraffen und weiterrobben. Dann wäre sie erlöst und würde zur Belohnung das Schönste zu sehen bekommen, was sie sich jemals hätte vorstellen können. Doch Sara hatte keine Kraft mehr. Als die Schmetterlinge begannen, vor ihr auf und ab zu flattern, sank ihr Gesicht in die Brühe aus Laub und Schlamm, benetzte ihre Lippen und floss in ihr Ohr. Eisige Kälte kroch über ihre Haut und in sie hinein.

Das Letzte, woran sie dachte, war Ramin. Wie sie gemeinsam den *Butterfly* tanzten. Sie lächelte.

#26

Dieses nervtötende, schrille Pfeifen! Unwillig bewegte Sara den Kopf. Sie hasste es. Manchmal fing es mitten in der Nacht an, steigerte sich und mündete in einem unsäglichen Fiepen. Dann wusste sie, dass es Zeit war, den Heizkörper zu entlüften. Aber nicht jetzt, wo sie so schön geschlafen hatte. Sie tastete nach ihrer Bettdecke, um sie ein Stück höher zu ziehen, weil sie fror. Doch ihre Finger fühlten sich merkwürdig taub an. Und warum lag sie in einer Pfütze? Und was war das für ein seltsames Ächzen und Scharren, das sich mit dem Pfeifen mischte?

Allmählich dämmerte ihr, dass es nicht der Heizkörper war, der in ihrem Ohr pfiff, sondern dass es ihr Ohr selbst war. Und dass sie nicht in ihrem gemütlichen Bett lag, sondern in einer schlammigen Lache. Der Gestank, der in ihre Nase drang, war unerträglich. Ihr Magen krampfte sich zusammen und stülpte sich nach außen. Sie erbrach sich in den Schlamm. Kalter Schweiß perlte auf ihrer Oberlippe. Sie war noch am Leben. Die Luft hatte gereicht.

Während ihr Magen eine Zugabe erwog, drangen weitere Geräusche an ihr Ohr. Das Scharren und Stöhnen hallte gespenstisch von den Betonwänden wider. Es kam von hinten, vom Röhreneingang. Sara erstarrte, ihr Magen glücklicherweise auch. Atemlos lauschte sie auf das schrappende Geräusch, das sich ihr langsam näherte. Ihr wurde kalt.

Hatte Ulrika bemerkt, dass sie nicht tot war? Wie lange war sie ohnmächtig gewesen? Nur einen kurzen Augenblick oder länger? Sie konnte vom Glück reden, nicht mit dem Gesicht voran in den Schlamm gesunken zu sein. Dann wäre sie ertrunken.

Kam Ulrika hinter ihr her, um ihr den Rest zu geben? Würde sie es wagen, in dieser Röhre einen Schuss abzufeuern? Das wäre verrückt! Aber war es das alles hier nicht sowieso schon?

Etwas packte ihren linken Fuß. Sara schrie entsetzt auf. Eine Hand umklammerte ihren Knöchel und zerrte sie nach hinten weg. Ihr Kopf knallte links gegen die Wand und sie spürte, wie die Haut an ihrer Schläfe und an ihrem Kinn aufriss. Wieder schrie sie, doch das Reißen hörte nicht auf. Unaufhaltsam wurde sie über den Boden geschleift, begleitet von einem hohlen Ächzen und Stöhnen, das klang wie von einem Tier. Mit ihren tauben Fingern versuchte Sara, Halt zu finden, doch sie rutschte ab an dem glitschigen Film, der den Boden bedeckte. Dann hörte das Rucken und Reißen für einen kurzen Moment auf. Sie kniff die Augen zusammen. Kam jetzt der Schuss?

Nein. Eine zweite Hand packte ihren rechten Knöchel. Ein Ruck, ihre Beine rutschten über die Kante und ihre Knie landeten im Graben. Die Hände umfassten ihren Oberkörper und zerquetschten ihn fast, als sie ihn aus der Röhre zogen. Stöhnend plumpste Sara in den Graben und rang nach Luft. Sie hatte beinahe vergessen, wie herrlich frisch richtige Atemluft schmeckte, und nahm einen tiefen Zug. Aber der Augenblick währte nicht lange. Die Hände packten sie erneut und zerrten sie hoch, aus dem Graben heraus, auf ihre Füße.

„Steh auf, verdammt!“, raunte eine heisere Stimme, die ihr entfernt bekannt vorkam.

Der Riese. Er war zurück.

„Lennart?“, krächzte Sara und sah sich orientierungslos um.

Es war genauso stockfinster wie in dem Rohr. Und genauso kalt und genauso nass. Es regnete! Ein feiner Tropfennebel hing in der Luft. Sie schüttelte sich.

„Wir müssen weg! Sie kann jeden Augenblick zu sich kommen. Los!“

Lennart umfasste ihr Handgelenk und rannte los. Sara stolperte hinterher. Ihre Füße gehorchten ihr kaum und kribbelten, als steckten sie in einem Ameisenhaufen.

„Was ist mit Ulrika?", rief sie atemlos.

„Hat vor der Röhre gehockt und reingestarrt … Da war mir klar, was Sache war … Hab ihr mit 'nem Ast eins übergebraten …"

Lennarts Atem pfiff vor lauter Anstrengung. Sein massiger Körper war das Rennen nicht gewohnt. Sara konnte im Dunkeln kaum seine Umrisse ausmachen. Aber nun erkannte sie, dass es auch den Riesen nie gegeben hatte. Es war ein ganz normaler Mann gewesen, der ihr damals, als sie unter Schock stand, wie ein Ungeheuer vorgekommen war.

„Woher wusstest du …?", rief sie.

„Hab ihr Auto vorbeifahren sehen …", keuchte Lennart. „Kam mir irgendwie komisch vor … Ist ewig nicht mehr hier gewesen. Dachte, ich guck besser mal nach."

Der Zusammenhalt auf dieser Seite ihrer Familie schien nicht sonderlich groß zu sein, erkannte Sara, während sie hinter ihrem Onkel herrannte. Allmählich kehrte das Blut zurück in ihre Beine. Sie brannten höllisch. Immer wieder sah sie über die Schulter in die Dunkelheit, über der sie einen gräulichen Schimmer wahrnahm. Sie spitzte die Ohren, doch von Ulrika war nichts zu hören. Sie hoffte, dass Lennart nicht zimperlich gewesen war.

„Hast du auch ihre Pistole?", rief sie ihm zu.

„Was für 'ne Pistole?"

Sara seufzte. Jetzt hoffte sie erst recht, dass sein Schlag gesessen hatte.

Vor ihnen lichtete sich der Wald. Inzwischen hatten sich Saras Augen an die Dunkelheit außerhalb der Röhre gewöhnt. In kurzer Entfernung erkannte sie das halb verfallene Haus und Hunderte Meter weiter über das freie Feld Lennarts Gehöft. So wie der Mann pfiff, glaubte sie nicht, dass er das Tempo bis dorthin durchhalten würde. Und auch sie selbst war ausgelaugt und erschöpft. Hinter ihren Schläfen hämmerte es im Stakkato mit ihrem Herzschlag. Sie konnte es immer noch nicht fassen, am Leben zu sein.

„Hier rein!", keuchte Lennart. Seine schweißnasse Hand zog sie zu dem Haus hin.

„Ich glaube nicht, dass das eine gute Idee ist", erwiderte Sara. Ihre Schuhsohlen sanken in den Kies auf dem Vorplatz und ihre Beine protestierten.

„Wenn Ulrika 'ne Knarre hat, dann wäre es Selbstmord, über die Wiesen zu rennen! Zielen kann sie. Und guck mal nach oben!"

Zwischen den Wolken blitzte ein nahezu voller Mond hervor und beleuchtete die Wiese wie ein einsamer Spot eine Bühne.

Lennart stieß die Haustür auf.

„Dann laufe ich alleine am Waldrand entlang", sagte Sara und hielt sich die Seiten. Unglaublich, dass sie nach dem kurzen Weg Seitenstechen bekommen hatte! „Hier im Haus guckt sie doch als Erstes nach!"

„Wir verbarrikadieren uns und rufen die Polizei. Komm jetzt."

Störrisch schüttelte Sara den Kopf, aber Lennart umklammerte ihr Handgelenk wie ein Schraubstock. „Wie lange dauert es, bis die hier sind? Zwei Tage? Drei Tage, in dieser Einöde?"

„Die nächste Polizeistation liegt zwanzig Kilometer entfernt!"

Zwanzig Kilometer! Da konnte Ulrika ja noch gemütlich einen Kaffee trinken, ehe sie sie fertigmachte.

„Los jetzt, oder willst du hier Wurzeln schlagen?"

Mit einem harten Ruck zog Lennart sie ins Haus. Sara taumelte über die Schwelle und kam auf ausgetretenen Bodendielen zum Stehen. Spinnweben baumelten im Luftzug von der Decke. In Windeseile sah sie sich um. Ein winziger Vorraum. Rechts führte eine schmale Stiege empor, links und in der Mitte lagen die Durchgänge zu Küche und Wohnzimmer. Im Dunkeln erkannte sie die Umrisse von Möbelstücken. Es roch nach Staub und Feuchtigkeit. Ulrika musste das Haus nach ihrem Auszug völlig sich selbst überlassen haben.

Lennart strebte zu einer schmalen Holztür neben der Treppe, die verdächtig nach Keller aussah. Sie war nur angelehnt.

„Da gehe ich auf keinen Fall runter!", zischte Sara ihm zu und wunderte sich, warum das verlassene Haus sie dazu brachte, zu flüstern. Das Gebäude schlief nicht, es war ausgestorben.

„Das ist der sicherste Platz", erwiderte Lennart. „Da unten gibt es eine Metalltür und ..."

„Da. Gehe. Ich. Nicht. Runter!"

Selbst wenn Ulrika die Metalltür nicht aufbekam – sie brauchte nur etwas Schweres davor zu rücken und sie säßen fest. Ob man sie dann noch rechtzeitig fand, konnte niemand garantieren.

„Dann eben in die Dachkammer!", schnaufte Lennart und schubste sie in Richtung Treppe.

Sara wäre fast der Länge nach auf die Stufen geknallt. Ihr widerstrebte zutiefst, sich diesem Haus auszuliefern. Lieber wäre sie auf dem Bauch hunderte Meter durch hohes Gras bis zum gegenüberliegenden Waldrand gerobbt, als sich der Möglichkeit auszusetzen, Ulrika in diesen vier Wänden wieder zu begegnen. Was, wenn sie bereits auf den Beinen und hinter ihnen her war? Ihr Getrappel und Gekeuche auf dem Waldweg musste man kilometerweit gehört haben. Wusste sie längst, wo sie sich befanden? Dann hätte sie ein leichtes Spiel mit ihnen.

„Los doch!" Lennart patschte ihr von hinten auf den Po.

Sara wand sich um den Treppenabsatz im ersten Stock und kletterte weiter. Die zweite Treppe war steiler und kürzer. Vor sich erahnte sie die Umrisse einer Tür, die sich etwas heller von der Dunkelheit um sie herum abhoben. Eilig polterte sie, gefolgt von Lennart, darauf zu. Doch trappelten da nicht noch mehr Schritte?

Sara warf sich gegen die Tür, die nach innen aufschwang. Im selben Augenblick krachte ein Schuss. Lennart winselte. Wie ein gigantischer Sandsack plumpste er hinter ihr durch die Tür und robbte sich auf dem Boden in den Raum. Wieder ein ohrenbetäubender Knall. Sara sprang über den massigen Körper hinweg, stieß die Tür ins Schloss und entdeckte im selben Augenblick eine Holztruhe, die an der Wand neben der Tür stand. Noch ein Knall. Splitter bohrten sich in ihren rechten Arm. Sie warf sich zur Seite, weg von der Tür, stemmte sich gegen die schwere Truhe und schob sie unter Einsatz all ihrer Kraft davor. Keine Sekunde zu früh, denn gleich darauf quietschte die

Klinke, das Türblatt bewegte sich um Zentimeter auf sie zu und donnerte unversehens gegen die Holzkiste.

„Scheiße!" Ulrika versetzte der Tür einen Tritt, doch die Truhe stand.

Sara lehnte an der Wand, dort, wo das Möbelstück eben noch gestanden hatte, und spähte nach links. Sie wagte nicht zu atmen. Dann peitschten weitere Schüsse. Sechs, sieben, acht, Sara zuckte jedes Mal zusammen und fürchtete, ihre Trommelfelle würden platzen. Ulrika ballerte in ihrer Wut das gesamte Magazin gegen die Tür. Es regnete Holzsplitter, Lennart grunzte erneut auf, dann herrschte tiefe Stille.

Sara horchte. Ulrika auf der anderen Seite der Wand tat anscheinend dasselbe. Lennart stöhnte kaum hörbar. Er lag direkt unter dem Dachfenster auf dem Bauch. Im Mondlicht sah Sara einen schwarzen Fleck, der sich langsam auf seinem Rücken ausbreitete.

„Verdammt!", flüsterte sie atemlos. Was, wenn er hier vor ihren Augen verblutete?

Jenseits der Tür scharrten Fußsohlen.

„Na schön", sagte Ulrika. „Dann eben anders."

Im nächsten Moment polterten ihre schweren Schritte die Holzstufen hinab. Sara gab dem Trommelfeuer in ihrer Brust nach und sank an der Wand entlang zu Boden. Nur einen kurzen Augenblick lang. Nur rasch zu Atem kommen. Sie war noch am Leben. Aber Lennart? Sie presste ihre Hand auf die Brust, stieß sich ab und kroch auf allen Vieren zu ihm hinüber. Vorsichtig berührte sie seine Schulter. Wieder ein leises Stöhnen.

„Lennart, dein Handy", flüsterte Sara. „Wir müssen Hilfe rufen!"

Er antwortete nicht. Verzweifelt bemühte sie sich, mit den Fingern in die stramm sitzenden Taschen seiner Jeans zu fassen, aber dort trug er das Handy nicht. In der Brusttasche? Er lag drauf. Sara biss sich auf die Lippe und überlegte kurz, während sie gleichzeitig auf die Geräusche im Untergeschoss lauschte. Schranktüren schlugen, Schubladen kratzten. Was tat Ulrika da? Suchte sie nach einer Axt? Sie schüttelte den Gedanken ab. Das Handy war in diesem Augenblick wichtiger.

Sie umfasste Lennarts rechte Schulter und versuchte, den schweren Mann auf die Seite zu wuchten. Plötzlich bäumte er sich auf, schrie und stieß sie von sich. Sara segelte quer durch die kleine Kammer und prallte gegen eine altersschwache Stehlampe, die mit einem Poltern umfiel.

„Lennart, wo ist dein Handy?", flehte sie.

Röchelnd hievte er sich auf die Knie und gleich darauf sank er wieder in sich zusammen. Kein Handy. Er hatte es wohl gar nicht erst eingesteckt. Sara wollte vor Verzweiflung laut aufheulen. Nun saßen sie in dieser Kammer fest, ohne Hilfe rufen zu können. Hätte sie sich vor dem Haus nur losgerissen und wäre in den Wald zurückgelaufen, ins Unterholz. Sie hätte eine reelle Chance gehabt, Ulrika zu entkommen! Stattdessen hatte sie sich von diesem Dummkopf geradewegs in diese Falle manövrieren lassen. Da schickte ihn schon der Himmel und dann vermasselte der Kerl seinen Auftrag!

Unten schlug die Haustür zu.

Ein Trick? Glaubte Ulrika ernsthaft, dass sie darauf hereinfiel, die Truhe von der Tür wegrückte und herauskam? Auf Zehenspitzen schlich sie zum Fenster, stellte sich daneben und spähte seitlich hinaus. Sie sah nichts als Waldrand, die Ecke des Gartens mit dem verwitterten Sandkasten und direkt unter sich das moosbewachsene Garagendach. Als sie wieder in die Knie ging und sich duckte, kitzelte plötzlich ein Geruch ihre Nase. Sara hielt inne und schnupperte. So ähnlich roch es, wenn im Ofen heißes Fett verschmorte und ein feiner Rauchfaden durch die Ofentür entströmte …

Schlagartig fuhr sie hoch, stieß sich an der Dachschräge den Kopf und sah zur Tür. Täuschte sie sich oder kräuselte da Rauch unter dem letzten sichtbaren Rest des Türspalts durch? Hatte Ulrika am Fuß der Dachstiege Feuer gelegt? Die trockene alte Holztreppe würde in Nullkommanichts lichterloh brennen. Sara stürzte zur Tür, legte sich auf den Bauch und versuchte, durch den Restspalt, der nicht von der Kommode verdeckt war, etwas zu erkennen. Dort flackerte ein orangefarbener Lichtschein. Und Rauch strömte ihr entgegen. Unverkennbar. Sie hustete, richtete sich wieder auf und wandte sich ab.

„Lennart! Es brennt!“

Schwerfällig hob er den Kopf. „Was?“

„Ulrika hat Feuer gelegt. Das Haus brennt! Wir müssen hier raus!“

„Scheiße.“

Ratlos blieb Sara in der Kammer stehen und sah sich um. Außer der Truhe und der umgefallenen Stehlampe standen in einer Ecke nur ein paar uralte Kartons und zwei unterschiedliche Holzstühle. Ihre einzige Fluchtmöglichkeit war das Fenster. Wieder stellte sie sich an die Wand und sah hinaus. Keine Ulrika in Sicht. Sie taxierte das schmale Fenster und den Abstieg zum Garagendach. Mit einem beherzten Sprung würde sie selbst es unbeschadet schaffen. Aber Lennart?

Sie sah zur Tür. Jetzt war es unverkennbar. Rauch quoll ins Zimmer, immer dicker, immer dichter. Der Brandgeruch stach ihr in die Nase. Sie hatte nicht mehr viel Zeit. Sollte sie springen und irgendwie versuchen, Hilfe zu holen?

Das ging nicht. Ehe Hilfe eintraf, wäre Lennart erstickt, wenn nicht sogar zur Unkenntlichkeit verkohlt. Aber sie konnte ihn nicht einfach hier liegen und sterben lassen, nur um sich selbst zu retten. Sara schüttelte den Kopf und fasste sich ein Herz. Mit zwei Schritten war sie bei der massigen Gestalt am Boden und rüttelte sie.

„Los, steh auf! Wir müssen durchs Fenster. Eine andere Möglichkeit gibt es nicht.“

„Hau alleine ab“, murmelte Lennart. „Du kannst da von mir aus runterturnen. Ich schaff’s nicht.“

„Du hast es nicht kapiert. Das Haus brennt! Du wirst sterben!“

„Verbluten oder verbrennen, is’ beides scheiße.“

Er hustete und irgendetwas in seinem Hals gurgelte dabei ekelerregend. Im nächsten Augenblick spuckte er eine weitere schwarze Pfütze auf die Holzdielen. Sara stöhnte verzweifelt. Ihr lief die Zeit davon.

„Dann versuchen wir es wenigstens! Hilf mit!“ Sie umfasste Lennarts Oberkörper, ging in die Knie und versuchte unter Aufbietung all ihrer Kräfte, ihn in die Höhe zu wuchten und Richtung Fenster zu ziehen.

„Du spinnst, Mädchen", röchelte ihr Onkel.

„Es wurde schon Schlimmeres über mich gesagt."

Erleichtert stellte Sara fest, dass er mitmachte. Trotzdem fürchtete sie, ihr Rückgrat würde brechen, als sie Lennart zum Fenster hievte und ihm dabei half, sich in halb aufrechter Position daneben an die Wand zu lehnen. Er schwankte bedrohlich. Mit fahrigen Fingern enthakte sie den Fensterriegel, riss die Läden auf und spürte den Schwall nassfeuchter Luft, der hereinströmte, wie die Gischt der Ostsee an einem windigen Tag.

Ehe Lennart erneut zusammenbrach, schob sie ihn ans Fenster. Sein Oberkörper klappte über das Sims. Sara befürchtete, dass er kopfüber stürzen und sich das Genick brechen würde. Aber eine andere Möglichkeit blieb ihr nicht. Sie überlegte kurz, wie sie es anstellen sollte, dann bückte sie sich, stemmte sich mit ihrem Rücken unter Lennarts Hinterteil, spannte alle Muskeln an und stellte sich vor, er wäre einfach nur eine besonders schwere Hantel, die sie aus der Kniebeuge heraus nach oben wuchten wollte. Sie biss die Zähne zusammen und drückte sich aus dem Kreuz hoch.

Millimeter um Millimeter stemmte sie die Last durch den Fensterrahmen. Ihre Lungen brannten, aber sie konnte keine Luft holen. Dann, plötzlich, bekam Lennart Übergewicht nach vorne, seine Beine schwangen unkontrolliert weg, ein Turnschuh traf Sara im Gesicht, sie taumelte rückwärts und in dieser Sekunde darauf hörte sie draußen auf dem Garagendach einen hässlichen, dumpfen Aufprall. Dann hörte sie nichts mehr.

Schwer atmend lauschte sie, aber außer ihrem eigenen Keuchen und dem beunruhigenden Prasseln aus Richtung des Treppenhauses nahm sie nichts wahr. Sie musste husten, denn sie hatte Qualm eingeatmet. Nun wurde es auch für sie Zeit. Als sie sich von der Schwerstarbeit erholt hatte, huschte sie zurück zum Fenster und spähte erneut hinaus. Lennart lag bäuchlings auf dem Garagendach und rührte sich nicht.

Sara atmete die frische Luft ein. Dann kletterte sie aufs Sims, setzte sich darauf, visierte ihren Landeplatz in etwa zweieinhalb Metern Tiefe an und sprang. Ein schmerzhafter Blitz schoss in ihren linken Knöchel, als sie aufkam, sie verlor das Gleichgewicht und landete auf dem Hintern. Einen Moment lang glaubte sie, sie hätte sich den Fuß verstaucht, aber der Schmerz ließ schnell wieder nach. So hatte es sich doch manchmal angefühlt, wenn sie als Kind von einer Schaukel oder einem Klettergerüst gesprungen war. Sie rieb sich den Fuß, legte sich dann flach auf den Bauch und robbte bis zum Rand des Garagendachs, um auf den Vorplatz hinabzusehen.

Ulrikas Auto stand noch da. Sie selbst war nicht zu sehen, aber das musste nichts bedeuten. Sara drehte um und kroch in die andere Richtung, um einen Blick in den Garten zu werfen. Auch dort lag alles still, verwildert und unschuldig im Mondlicht. Wo steckte Ulrika? Lauerte sie am Waldrand? Als Sara zum Haus hinüberblickte, sah sie Rauch aus den rückseitigen Fenstern im ersten Stock quellen. Das Feuer breitete sich aus. Sie musste Lennart in Sicherheit bringen, denn es war nur eine Frage der Zeit, bis der Brand auf die Garage übergreifen würde.

Sie richtete sich auf und umfasste erneut seinen Körper. Wie einen tonnenschweren Mehlsack zog sie ihn zum Rand des Garagendachs. Als es nicht mehr weiterging, ließ sie ihn ins Moos sinken, stieg über ihn hinweg, setzte sich auf den Hosenboden und drückte beide Füße gegen seine Schulter.

„Es tut mir so leid."

Sie kniff die Augen zu, stemmte sich gegen Lennarts Körper, spürte, wie er über die Kante rollte, hörte den gedämpften Aufprall und das Rascheln von Unkraut. Sie robbte zur Dachkante und spähte hinab. Lennart lag auf dem Rücken in einem Meer aus plattgedrückten Lupinen. Aber immer noch zu nah an der Garage, sollte sie Feuer fangen.

Sara dachte nicht lange nach. Schnell hangelte sie sich vom Garagendach runter, sprang neben Lennart in die Lupinenstängel, packte ihn und zerrte ihn weg vom Gebäude, zum Sandkasten hin. Es waren nur wenige Meter, doch das Gewicht, das ihr fast die Arme aus den Gelenken riss, ließ die kurze Strecke zu einem Kilometer anschwellen. Sara zog und zerrte, ruckte und rumpelte, und mit großer Anstrengung gelang es ihr, Lennart neben den Bohlen des Sandkastens ins Gras plumpsen zu lassen. Erleichtert stöhnte sie auf. Dann erst wurde ihr bewusst, dass sie wie auf einem Silbertablett mitten auf dem verwilderten Rasen stand, und erschrak. Sie musste weg!

Sie sah die Wiese vor sich, Lennarts Gehöft in einem halben Kilometer Entfernung, dahinter den Waldrand, der sich wie eine Reihe spitzer, schwarzer Zähne vom dunkelgrau verhangenen Himmel abhob. Genauso hatte sie den Wald neulich auf ihrem Bild im Kunstunterricht gezeichnet – so, wie er sich in ihrem Alptraum dargestellt hatte. Finster und furchteinflößend. Jetzt, wo sie ihn erneut vor Augen hatte, war alles anders. Diesmal war der Wald nicht die Bedrohung. Er war der einzige Schutz, der ihr blieb.

Ihre Gedanken rasten. Wenn sie es dorthin schaffte und sich durchs Unterholz schlug, würde sie nach einer Weile auf die Straße stoßen. Die Straße, auf der scheinbar nie ein Mensch unterwegs war. Dahinter kam ein weiteres Waldstück. Dann die Provinzstraße mit der Bushaltestelle. Alles in allem musste sie etwas mehr als zwei Kilometer zurücklegen.

Unter normalen Umständen war das überhaupt kein Problem. Mit einer bewaffneten Verrückten im Nacken sah die Sache aber ganz anders aus. Und Sara hatte jetzt schon das Gefühl, am Ende ihrer Kräfte zu sein. Doch es half nichts. Immerhin wusste sie nun, wofür sie in letzter Zeit trainiert hatte!

Ohne sich umzusehen, lief sie los. Setzte mit einem Sprung über die Feldsteinmauer hinweg, lehnte sich nach vorn und rannte, so schnell ihre erschöpften Beine sie trugen. Wind pfiff um ihre Ohren wie bei einer rasanten Radfahrt, leichter Regen sprühte in ihr Gesicht. Sie fixierte den Hof, sah zum Wald, versuchte zu vergessen, was hinter ihr lag, pumpte alle Energie in ihre Beine und hatte plötzlich das Gefühl, zu fliegen. Wie neulich, bei ihrem ersten Lauf im Stadtwald.

Die Angst gab ihr den letzten Kick, das letzte Quäntchen Kraft, das sie zur Höchstleistung beflügelte. Wenn sie jetzt nicht alles gab, war es vorbei. Hier ging es nicht um Meisterschaft. Hier ging es ums Überleben.

Lennarts Hof flog immer näher auf sie zu. Sie wandte sich ein wenig nach links, um am Hof vorbeizulaufen, direkt auf den Waldrand zu. Schotter sprang unter ihren Schuhsohlen weg, als sie den schmalen Weg überquerte, einen Sekundenbruchteil geriet ihr Fuß ins Rutschen, doch sie fing sich wieder. Die alte, rote Kate wischte im Mondschein an ihr vorbei. Die Bäume am Waldrand schienen zum Greifen nah. Sie musste nur in das schützende Dunkel eintauchen.

Dann krachte ein Schuss.

+++

„Sara!"

Ulrikas Kreischen schrillte in den Riss hinein, mit dem der Schuss die Luft zerfetzt hatte. Sara warf sich ins Gras. Wieder peitschte ein Schuss. Ein scharfer Luftzug pfiff an ihrem linken Ohr vorüber. Atemlos kniff sie die Augen zusammen. Wann war das alles endlich vorbei? Sie keuchte, ihr Herz hämmerte, als wollte es aus ihr herausspringen und ohne sie weiterlaufen.

„Sara, du kommst hier nicht lebend weg! Weil ich es so will!"

Aber was Ulrika wollte, kümmerte Sara in diesem Augenblick nicht. Sie wusste nur, was sie selbst wollte: in den Wald! In das schützende Dickicht. Irgendwie. Und am besten ohne Projektil im Genick.

Sie stemmte sich auf ihre Unterarme und robbte durchs hohe Gras. In Gedanken gratulierte sie Lennart für seine fehlende Liebe zum Rasenmähen. Dicht an den Boden gepresst kroch sie auf das Unterholz zu. Meter um Meter. Sie hoffte, dass Ulrika die Bewegung der Grashalme nicht sah. Hinter ihr raschelte es.

„Im Wald bist du auch nicht sicher!", schrie Ulrika. „Ich kenne das Gelände wie meine Westentasche! Ich werde dich finden!"

Sara zog den Kopf ein und robbte weiter. Es gab keine andere Möglichkeit. Tannenzweige winkten ihr zu, als würden sie sagen: „Komm näher. Komm näher!“ Sie richtete ihren Blick auf die Zweige, ihr Ziel, das sie unbedingt erreichen musste. Wieder ein Knall. Gleich darauf noch einer. Wann würde Ulrika die Munition ausgehen?

Unmittelbar hinter ihr raschelte es. Schwere Schritte, die durchs Gras stapften. Ulrika war schneller als sie. Aber sie durfte den Wald nicht als Erste erreichen. Sara stemmte sich auf die Knie und krabbelte. Noch zehn Meter. Noch fünf. Hinter ihr ein metallisches Klicken, ganz nah. Dröhnende Schritte in ihrem Ohr. Sie schaffte es nicht! Sie presste die Augenlider zusammen.

Ein Schrei wütete in ihrer Kehle. Er zwang ihren Mund auf, doch sie hielt dagegen. Gleich würde es erneut knallen und die Wucht des Projektils würde sie zu Boden reißen, ihren Kopf zerschmettern. Sara riss die Augen wieder auf. Noch drei Meter. Ulrika musste genau hinter ihr sein. Es war völlig wahnwitzig, doch ihr blieb keine andere Wahl.

Sie schoss aus dem Gras in die Höhe, sprang vorwärts, riss die Arme vor den Kopf und stürzte sich in die Tannenzweige. Die Nadeln zerkratzten ihr Gesicht, wischten über ihre Ohren, dämpften das ohrenbetäubende Krachen und fingen Sara auf, als ein Schlag von hinten gegen ihre Schulter sie zu Boden stieß. Während sie sich aufrappelte, erwartete sie, von Ulrikas Händen gepackt zu werden, aber es waren nur die Spitzen der Tannenzweige, die über ihren Rücken strichen.

Sara verlor keine Zeit. Sie tauchte unter dem Ast hindurch, streckte die Arme aus und rannte weiter. Versuchte, Baum für Baum auszuweichen, stieß mit den Fußspitzen gegen Wurzeln, strauchelte, fing sich und sah sich nicht um. Hinter ihr ein Fluch. Ulrika kämpfte sich durch die Tannen, doch die Äste schienen sie nicht durchlassen zu wollen. Wütend schrie sie auf. Das Echo hallte von den Baumstämmen wider.

Sara rannte blindlings geradeaus. Sie sah die Bäume erst, wenn sie unmittelbar vor ihr aufragten, schlug Haken, schrappte an schuppigen

Kiefern und rauen Tannen vorbei, riss sich an Sträuchern die Handrücken blutig und sprang über einen Findling hinweg, der plötzlich vor ihr aus dem Boden ragte.

„Sara!“ Ulrika gab nicht auf.

Sie konnte sie unmöglich sehen, sondern feuerte aufs Geratewohl in die Dunkelheit. Holzsplitter regneten auf Sara herab. Sie lief weiter. Ihre Kehle war rau wie ein Messerblatt und ihre Lungen brannten. Doch sie durfte nicht haltmachen.

Wieder schrie Ulrika. Es klang wie das wütende, verzweifelte Jaulen eines Tieres, hoch und schrill. Der Ton waberte durch den Wald, die Bäume fingen ihn auf und warfen ihn zurück. Sara hatte das Gefühl, dass die Stimme sich entfernte. Dass Ulrika zurückfiel. Das spornte sie an. In letzter Sekunde nahm sie den Baumstamm wahr, der quer vor ihr auf dem Waldboden lag, und sprang. Sie umrundete einen Findling, so mächtig wie ein ausgewachsenes Wildschwein. Plötzlich brach sie aus dem Wald heraus, setzte über einen Graben voll verblühter Lupinen und spürte Asphalt unter den Sohlen. Verwirrt blieb sie stehen. Natürlich, die Straße! Sie schnappte nach Luft, ihr Herz schien zu explodieren.

Wieder ein Heulen. Der Ton näherte sich. Mit einem Ruck lief Sara an, zwei lange Schritte, ein weiterer Graben, ein Sprung, und schon tauchte sie erneut in die schützende Umarmung des Waldes ein. Ein Ast klopfte ihr auf die Schulter, wie um ihr Mut zu machen. Bald würde sie die Provinzstraße erreichen. Ein Auto anhalten. Hilfe holen.

„Sara!“ Der Ton von Ulrikas Stimme hatte sich verändert. Er klang klarer, heller. Sie musste auf der Straße stehen, wo kein Baum den Ton dämpfte. „Sara, es ist vorbei!“

Nein, das ist es nicht, dachte Sara grimmig und kämpfte weiter. Sie war schneller als Ulrika. Jünger. Ausdauernder. Sie würde es schaffen!

Ein gellender Schrei jagte ihr hinterher, griff nach ihr, packte von hinten ihren Kopf und rüttelte ihn. Noch nie hatte Sara solch ein Geräusch aus dem Mund eines Menschen gehört. So viel Schmerz, so viel Verzweiflung. Der Schrei biss sich an ihr fest. Sie wollte weiterlaufen, sie versuchte, ihre Beine zu überreden, doch wie ein wildes Tier, das seine Beute mit einem Biss ins Genick zur Strecke brachte, zwang der Schrei sie buchstäblich in die Knie.

Es knallte. Der Schrei ließ abrupt los, sein Echo verhallte und eine unheimliche Stille senkte sich über den Wald.

Sara kauerte auf dem Boden. Obwohl ihre Lungen nach Luft schrien, hielt sie den Atem an und lauschte. Zuerst hörte sie nur das Blut in ihren Ohren wie einen Wasserfall rauschen. Ihre Nerven waren zum Zerreißen gespannt. Aber da war kein Rascheln mehr. Keine Schritte. Kein Atem. Nur absolute Stille.

#27

„Dich kann man wirklich nicht allein lassen!"

Mit langen Schritten eilte Jon durch den Warteraum der Notaufnahme auf Sara zu und schloss sie in eine Umarmung, die ihr fast die Luft abrückte. Und er machte keinerlei Anstalten, sie wieder loszulassen. Dass sie schlamm- und blutverschmiert war und roch, als hätte sie einen Triathlon durch die Kläranlage gemacht, schien ihn nicht im Mindesten zu stören. Die Blicke der anderen Wartenden waren ihm gleichgültig.

Zögernd erwiderte Sara die Umarmung. Als ihre Hände seinen Rücken berührten und das leichte Beben spürten, stellte sie verwundert fest, dass Jon weinte.

Wie damals!, schoss es ihr in derselben Sekunde durch den Kopf. Und im nächsten Augenblick kam mit voller Wucht die Erinnerung zurück. Wie Papa sie damals im Krankenhaus, nachdem sie Ulrika das erste Mal entkommen war, auf dieselbe Weise umklammert und lautlos geweint hatte.

Sie erinnerte sich, wie schuldig sie sich deswegen gefühlt hatte. Schließlich war sie entgegen aller Ermahnungen zu der fremden Frau ins Auto gestiegen. Und ja, es war etwas Furchtbares geschehen. So, wie Mama und Papa es gesagt hatten, und so, wie es in ihren Bilderbüchern beschrieben gewesen war. Sara erinnerte sich, wie sie Papa damals tröstend über den Rücken gestreichelt und geflüstert hatte, dass es ihr leidtäte.

„Ich weine doch nicht, weil du einen Fehler gemacht hast!" Er hatte sie losgelassen und den Kopf geschüttelt. „Ich weine, weil ich mich so freue, dich wiederzuhaben!"

Es war nur ein kurzes Blitzlicht aus der Vergangenheit, aber sie sah deutlich das junge Gesicht ihres Vaters vor sich, seine ernsten Augen, die sommersprossige Nase und dasselbe Kräuseln der Mundwinkel, das ihr in den letzten Tagen immer vertrauter geworden war. Es war nicht alles verlorengegangen.

Vielleicht schlummerte in ihrem Gedächtnis noch mehr, was entdeckt werden wollte. Aber die großen, schwärenden Löcher in ihrer Erinnerung waren gefüllt. Und obwohl die Bilder schmerzlich waren und es seine Zeit brauchen würde, bis sie das alles aufgearbeitet hatte, überkam Sara zum ersten Mal das Gefühl, wirklich komplett zu sein. Und es war gut.

Wie damals begann ihre Hand, über Jons Rücken zu streichen, und sie sagte: „Jetzt hast du mich wirklich wieder."

+++

Als sie die Augen öffnete, lugte eine tiefrote Sonne über den Horizont. Hochhäuser wuchsen zu beiden Seiten der Autobahn aus dem Wald. Der Anblick wurde ihr von Mal zu Mal vertrauter. Jetzt würde es nicht mehr lange dauern, bis sie zu Hause waren.

Sie streckte sich, aber der Schmerz hatte sich in ihren Armen und Beinen bereits häuslich eingerichtet. Sie sehnte sich nach einer heißen Dusche und ihrem Bett. Und nach frischen Klamotten! Ihre Jeans und der Kapuzensweater waren reif für die Tonne. Hosenbeine und Ärmel waren zerfetzt und zur Unkenntlichkeit verdreckt, und wenn sie unter der Dusche stand, würden die Tannennadeln und Blätter, die in ihren Haaren hingen, mit Sicherheit den Abfluss verstopfen.

In der Klinik hatte ihr eine Krankenschwester sogar einen Tannenzapfen aus der Kapuze ihres Sweaters gefischt und ihn ihr augenzwinkernd überreicht. Sara hatte ihn in ihre Hosentasche gesteckt. Offenbar hatte der Wald ihr ein kleines Erinnerungsstück mitgegeben. Als ob das nötig gewesen wäre! Vergessen würde sie diese Nacht im Leben nicht. Außerdem hatte Ulrika für eine bleibende Erinnerung an ihrem Oberarm gesorgt. Die Stelle, an der ihr Schuss ihn gestreift hatte, pochte ein wenig. Das würde eine schöne Narbe geben, hatte der Arzt gemeint, während er mit einer Pinzette Tannennadeln aus der Wunde gezupft hatte.

Sara hatte ihn gefragt, wann sie wieder Basketball spielen könne. Nicht, dass ihr dieser blöde Streifschuss die komplette Saison versaute! Aber der Arzt hatte sich nicht festlegen wollen und hätte sie am liebsten zur Beobachtung über Nacht in der Klinik behalten. Dagegen hatte sie sich entschieden gesträubt. Sie wollte so schnell wie möglich wieder nach Hause. Jon hatte seinen Kollegen überzeugen können und so waren sie die Nacht durchgefahren. Sara war vor Erschöpfung eingeschlafen, noch ehe das Krankenhaus außer Sichtweite gewesen war.

„Übrigens bist du nicht ganz gescheit", sagte Jon plötzlich, blinzelte und klappte die Sonnenblende herunter. Die lange Nacht war auch an ihm nicht spurlos vorbeigegangen. Vor Müdigkeit hatte er verquollene Augen und er fuhr nicht so zügig wie sonst.

„Was soll das denn nun wieder?", fragte Sara und gähnte ungeniert.

„Na ja. Da rennst du um dein Leben, um dieser Wahnsinnigen zu entkommen, nur um dich dann auf der Landstraße fast über den Haufen fahren zu lassen!"

„Ich habe ein Auto angehalten", korrigierte sie ihn.

„Aber dafür stellt man sich nicht nachts mit dunklen Klamotten mitten auf die Straße!"

„Hätte ich mich wie damals an der Bushaltestelle in den Graben gehockt, würde ich jetzt noch dort sitzen."

„Auch wieder wahr", brummte Jon.

„Und was willst du eigentlich? Nachdem der Fahrer mich erst beschimpft hat, hat er mich ja auch gleich zur Polizei gefahren."

„Den Kommentar zum Thema ‚Zu Fremden ins Auto steigen' spare ich mir an dieser Stelle mal. Du bist langsam alt genug."

„Und selbst zu Bekannten ins Auto zu steigen, kann gefährlich werden", bemerkte Sara.

„Und wieder hast du recht." Jon seufzte und rieb sich die Augen. „Auf Ulrika wäre ich im Leben nicht gekommen. Und als ihr abends nicht zurückkamt und auf euren Handys nicht erreichbar wart, habe ich noch gedacht, ihr würdet in irgendeinem Funkloch herumirren."

„Wann bist du eigentlich misstrauisch geworden?", fragte Sara.

„Erst ziemlich spät. Ich habe bei den Regionalkoordinatoren für Südschweden angerufen, um herauszufinden, wo ihr steckt. Als sie einstimmig sagten, dass für den Tag gar kein Sucheinsatz geplant gewesen sei und ich mich irren müsste, ist mir klar geworden, dass da etwas nicht stimmt. Da habe ich die Polizei verständigt."

„… und zufälligerweise auch gebetet?", hakte Sara nach.

„Zwischendurch auch das, ja. Hätte doch sein können, dass du es brauchst."

„Womit du nicht ganz falschgelegen hast", murmelte sie.

Wieder musste sie an das Spruchbild auf Jons Schlafzimmerkommode denken. Ulrika hatte sich vom Bösen überwinden und sich mitreißen lassen. Sara erinnerte sich an das Gefühl, wie sie langsam weggedämmert war und sich vom nahenden Tod beinahe hätte forttreiben lassen, als Ulrika ihr den Hals zugedrückt hatte. Anfangs hatte es furchtbar wehgetan, doch dann war die Verlockung, sich einfach gehen zu lassen, fast übermächtig gewesen. Hatte Ulrika etwas Ähnliches gefühlt, als sie dieser zerstörerischen Macht in ihrem Leben nachgegeben hatte? War sie innerlich so abgestorben gewesen, dass nur die Rache sie lebendig gehalten hatte?

Am Ende hatte es sie das Leben gekostet. Ein Autofahrer hatte ihre Leiche mitten auf der Straße liegend entdeckt und die Polizei alarmiert. Zeitgleich war die Feuerwehr, die der Mann, den Sara angehalten hatte, auf ihr Drängen hin gerufen hatte, schon damit beschäftigt gewesen, das Holzhaus zu löschen und Lennart in Sicherheit zu bringen.

„Meinst du, Lennart wird es schaffen?", fragte Sara beklommen. Jon hatte vor ihrer Abfahrt ein paar Worte mit einem der Ärzte gewechselt, die Lennart behandelt hatten.

„Schwer zu sagen“, antwortete er ausweichend. „Fürs Erste haben sie ihn wohl stabilisieren können. Viel länger hätte er nicht mehr in dem Garten liegen dürfen, sonst wäre er ganz sicher verblutet.“

„Hoffentlich habe ich ihm nicht den Rest gegeben“, murmelte sie.

„Du hast ihm das Leben gerettet“, erklärte Jon mit fester Stimme. „Und wenn er dafür ein paar Mal unsanft irgendwo runterplumpsen musste. Er ist ja gut gepolstert. Mir ist es nach wie vor ein Rätsel, wie du das geschafft hast.“ Er maß sie mit einem zweifelnden Seitenblick. „Lennart muss mehr als das Doppelte von dir wiegen!“

„Ich konnte ihn ja schlecht in dem brennenden Haus liegen lassen“, erwiderte Sara schulterzuckend. „Außerdem hat er mir zuerst das Leben gerettet. Und das schon zum zweiten Mal!“

Bei ihrer letzten Begegnung mit ihrem Onkel hätte sie sich das nicht träumen lassen. Versonnen sah sie aus dem Fenster, als Jon von der Autobahn abfuhr und in den Valhallavägen bog.

„Können wir in ein paar Tagen noch mal zurückfahren und Lennart besuchen? Ich möchte mich bei ihm bedanken.“

„Klar, das machen wir. Aber jetzt wird es erst mal höchste Zeit für ein paar Stunden Schlaf.“ Jon überlegte kurz, schielte Sara erneut von der Seite an und rümpfte dezent seine Großstadtschnösel-Nase. „Und für eine Dusche.“

Sara grinste müde.

+++

Als sie im Obergeschoss aus dem Aufzugkäfig stiegen und Jon den Schlüssel ins Schloss steckte, runzelte er die Stirn.

„Was ist?“, fragte Sara.

Behutsamer als gewöhnlich ließ er das Schloss aufschnappen. „Es ist nicht abgeschlossen.“

„Vielleicht hast du es letzte Nacht in der Eile vergessen.“

„Bestimmt nicht.“ Jon trat in den Flur und streckte eine Hand nach Sara aus. Er wirkte angespannt. „Warte hier.“

Doch sie dachte gar nicht daran. Was sollte sie jetzt noch erschrecken? Sie ignorierte Jons Aufforderung und trottete hinter ihm her durch den Flur. Am Ende, im Durchgang zum Wohnzimmer, blieb er aber so abrupt stehen, dass Sara unsanft mit ihm zusammenprallte. Er schien es gar nicht zu registrieren, denn er war zu sehr damit beschäftigt, mit offenem Mund in Richtung Sitzgruppe zu starren.

„Du?"

Sara drängte sich an ihm vorbei und blieb dann ebenfalls verblüfft stehen. Es brauchte einen Moment, ehe sie ihre Sprache wiederfand.

„Wo warst du so lange?", brach es schließlich aus ihr heraus.

Zögernd machte sie ein paar Schritte auf ihre Mutter zu, die sie mindestens ebenso ungläubig ansah, blieb aber auf halbem Weg stehen. Die Erleichterung darüber, dass Eva wohlbehalten vor ihr saß, trieb sie zu ihr hin, die Wut darüber, so lange von ihr hingehalten worden zu sein, bremste sie. Sie wusste nicht, was sie tun sollte.

Eva erhob sich vom Sofa und knetete ihre Hände. „Ich habe jede eurer Nachrichten bekommen. Da dachte ich, du wärst hier sicherer als bei mir und dass Ulrika dich niemals wieder hier vermuten würde."

„Aber warum bist du nicht vorher zurückgekommen?", fragte Sara irritiert. „Warum hast du dich nicht gemeldet?"

Eva unterdrückte ein Schluchzen. „Ich hatte solche Angst! Was, wenn Ulrika nicht nur dein Fahrrad und deine Schuhe, sondern auch das Auto und mein Handy präpariert hat? Der Gedanke kam mir erst, kurz bevor wir auf die Fähre gefahren sind. Ich habe den Mini dann irgendwo in Helsinki abgestellt und ein neues Handy besorgt. Anschließend bin ich mit dem Zug nach Norden gefahren. In Oulu habe ich nach einer Wohnung und einem Job gesucht. In ein paar Tagen hätte ich dich geholt. Aber dann kam Ulrikas Anruf ..."

Ihre Augen schimmerten feucht. Sie wandte sich ab und begann leise zu weinen. „Ich habe den nächsten Flug nach Stockholm genommen, aber ich war mir sicher, ich komme zu spät ..."

„Ulrika ist tot", sagte Jon ruhig. „Ihr müsst euch nicht mehr verstecken."

Langsam drehte Eva sich wieder um und sah ihn zum ersten Mal richtig an. Ihr Blick flackerte misstrauisch. „Bist du dir da sicher?"

Er nickte. „Es ist vorbei."

Da sank Eva kraftlos aufs Sofa zurück, verbarg das Gesicht in den Händen und weinte haltlos. Die Anspannung, die sie immer aufrecht gehalten hatte, verschwand. Sie sackte in sich zusammen wie eine Marionette, der die Fäden abgeschnitten worden waren. In diesem Moment begriff Sara, dass Rache nicht nur zu Ulrikas Lebenssinn geworden war, sondern auch Evas Handeln bestimmt hatte.

Fast zwanzig Jahre lang waren die beiden Schwestern auf unheilvolle Weise eng miteinander verbunden gewesen. Nun war Ulrika nicht mehr da und Eva, die alles getan hatte, um Sara zu schützen, hatte ihre Daseinsberechtigung verloren. Mehr denn je hatte Sara das Gefühl, ihre Mutter gar nicht zu kennen. Eva war eine Rolle gewesen. Diese erschöpfte Frau, die ihr da gegenübersaß und eigentlich Camilla hieß, war ihr fremd.

„Wie kann ich das alles wiedergutmachen?", flüsterte Eva.

Sara gab sich einen Ruck und setzte sich zu ihr aufs Sofa. Zaghaft legte sie ihrer Mutter eine Hand auf die Schulter. „Gar nicht. Aber das verlangt jetzt auch niemand mehr."

Jon nickte. „Wir können nur miteinander reden. Zuhören und verstehen. Vielleicht können wir einander dann irgendwann vergeben. Einen Schlussstrich unter die ganze Sache ziehen."

„Und endlich mal anfangen, richtig zu leben!", fügte Sara hinzu.

Eva schniefte und griff intuitiv unter den Couchtisch, wo eine Box mit Taschentüchern stand. Sie nahm eins heraus und schnäuzte sich die Nase. Weder Sara noch Jon war dieser kleine Handgriff entgangen, der doch so viel verriet.

„Mal was ganz anderes, wie bist du eigentlich hier hereingekommen?", fragte Jon plötzlich.

Eva knüllte das Taschentuch zusammen und hob den Kopf. „Mit meinem Wohnungsschlüssel natürlich. Den hatte ich all die Jahre an meinem Schlüsselbund hängen."

EPILOG

Nervös trat Sara von einem Fuß auf den anderen. Sie zog das Handy aus der Jackentasche und sah auf die Uhr. Noch war es zu früh, um loszufahren. Doch der Boden fühlte sich an wie heiße Lava. Sie verließ die Wohnung, schlüpfte auf dem Treppenabsatz in ihre neuen Sneaker, schloss hinter sich ab und ging die Treppe hinunter. Langsam, Stufe für Stufe. Sie trat aus der Haustür, atmete den erdigen Oktoberhauch ein und zog den Reißverschluss ein wenig höher. Dann schlenderte sie zur Straßenecke, wo Frau Kroligks Katze saß und in den Gully im Rinnstein starrte. Als Sara an ihr vorbeiging, machte sie einen Buckel und zischte, als wäre sie in ihrer Andacht gestört worden.

Wieder sah Sara auf die Handyuhr. Sie blieb stehen und rief den letzten Chat mit Leonie auf.

Lass uns reden. Ich muss dir etwas erklären, hatte sie ihr geschrieben, ohne sich besondere Hoffnungen auf eine Reaktion zu machen. Doch zu ihrer Überraschung hatte Leonie nur wenige Minuten später geantwortet.

Siehst du deine Schuld endlich ein?

Im ersten Augenblick hatte Sara sich über den üblichen schroffen Ton geärgert. Dann hatte sie ein paar Mal tief durchgeatmet, bis zehn gezählt und geantwortet.

Ich weiß jetzt, was damals passiert ist. Und warum. Lass uns reden. Vielleicht hilft es uns beiden.

Leonie hatte eingewilligt, doch Sara wusste nicht, ob sie darüber erleichtert oder besorgt sein sollte. Würde Leonie ihr zuhören? Würde sie nachvollziehen, wie das alles gekommen war? Oder war sie so hoffnungslos verletzt und verbittert, wie Ulrika es gewesen war? Manche Menschen sind so, hatte Ulrika zu ihr gesagt.

Nein, das wollte Sara nicht glauben. Leonie war nicht so. Sie schien sich auf das Treffen einlassen zu wollen. Also gab es eine kleine Chance, dass sie vernünftig miteinander reden konnten.

Dann war ihr eine Idee gekommen. Sie hatte Lars gefragt, ob er bei dem Gespräch dabei sein würde, um zu vermitteln. Leonie war damit einverstanden gewesen und so hatten sie sich für diesen Sonntagnachmittag verabredet. Lars hatte ein Café in der Altstadt vorgeschlagen, neutrales Terrain. Aber obwohl er anwesend sein würde, war Sara nervös – und trotzdem hoffnungsvoll. Nur, wenn sie einander zuhörten, die Funkstille aufgaben und wieder in Kontakt kamen, war Heilung möglich. Das wünschte sie sich.

Als sie die Hauptstraße fast erreicht hatte, sah sie auf der anderen Seite der Siedlungsstraße einen jungen Mann entlanglaufen. Einen der Afrikaner, die so gerne an der Bushaltestelle, zu der sie gerade unterwegs war, abhingen. Er trug grasgrüne Kopfhörer und wippte mit dem Kopf im Takt der Musik, die Hände tief in den Jackentaschen vergraben. Als er aufsah und Sara bemerkte, grinste er ihr breit entgegen.

„Hey, Sweetie!", rief er und setzte die Kopfhörer ab.

„Hallo, Lucky", grüßte sie und wunderte sich darüber, was er hier in ihrer Siedlung tat.

„Gut, dass ich dich treffe, zu dir wollte ich!"

„Zu mir?"

„Ja, du wohnst doch hier, nicht wahr?"

„Ich wundere mich, woher du das weißt."

Wieder grinste Lucky. „Man muss nur die richtigen Leute fragen!" Dann zog er einen zerknitterten Briefumschlag aus der Jackentasche und wedelte damit vor Saras Gesicht herum. „Falls du es genau wissen willst: Ich spiele gerade Postbote. Der hier ist für dich. Hat leider 'ne Weile bei mir rumgelegen. Sorry."

„Aha." Sara wollte nach dem Umschlag greifen, doch Lucky zog ihn blitzschnell weg und lachte.

„Du bekommst ihn nur, wenn du rätst, von wem der Brief kommt, Sweetie!“

Aber Sara hatte keine Lust auf solche Spielchen. Wie sie es vom Basketball geübt war, wenn jemand den Ball allzu offensichtlich in der Luft jonglierte, machte sie einen schnellen Satz und schnappte sich den Umschlag.

„Hey!“ Lucky kicherte.

Im selben Augenblick fuhr auf der Hauptstraße der Bus vorbei. Sara klopfte Lucky flüchtig auf die Schulter und sprintete los. Sie schaffte es gerade noch rechtzeitig. Bevor die Türen schlossen, quetschte sie sich hinein, warf sich auf den nächstbesten Sitz und ratschte den Umschlag auf. Mit zittrigen Fingern fischte sie einen Briefbogen heraus.

DANK

Meinem Mann und meinen beiden Kindern, die mich manches Mal entbehrt haben, damit sich diese Geschichte aus meinem Kopf heraustrauen und zwischen zwei Buchdeckeln Heimat finden konnte. Ihr seid die Besten!

Verena Linde, die sich durch über 500 Seiten Erstfassung gewühlt und sie mit wunderbarem Feedback gewürzt hat. Einfach schmonströs!

Meinen übrigen „Schreibfreunden" Axel Täubert, Doris Arend, Sandra Bräutigam und Simon Kümmling, die dieses Buch zum Teil von Anfang an mitbegleitet haben.

André Hille und Frank Griesheimer für den Startschuss.

Heinke Heymer und John Newman fürs Testlesen.

Pontus aus Östermalm und Ruben & Ann-Marie aus Vitteryd für die wunderbare Gastfreundschaft („Lennarts Hof" ist in Wahrheit ein idyllischer, liebevoll gepflegter Flecken Erde).

Dr. Martin Grabe für sein Buch „Lebenskunst Vergebung", dessen Gedanken an manchen Stellen mit eingeflossen sind.

Dem Amrumer Leuchtturm, der mir eine intensive Schreibwoche lang sein Licht durchs Fenster geschickt hat.

Ruth Harmsen, Carolin Kilian, Désirée Wiktorski & dem Team von Gerth Medien.

Und demjenigen, der den Himmel für uns öffnet (und hin und wieder auch mal jemanden schickt …).

MIX
Papier aus verantwortungsvollen Quellen
FSC® C014496

1. Auflage 2022
Bestell-Nr. 817922
ISBN 978-3-95734-922-4

Umschlagfoto: Shutterstock, Pilgij (Verlagsausgabe);
Shutterstock, Paul Aniszewski (Clubausgabe)
Umschlaggestaltung: Hanni Plato
Satz: Apel Verlagsservice, Celle
Druck und Verarbeitung: GGP Media GmbH, Pößneck
Printed in Germany

www.gerth.de